Luisa

New Lif

Und doch wie

Luisa Brenke

New Life and Love
Und doch wieder ein Bad Boy

Young Adult Roman

Bibliografische Information der Deutschen Nationalbibliothek:
Die Deutsche Nationalbibliothek verzeichnet diese Publikation in der
Deutschen Nationalbibliografie; detaillierte bibliografische Daten sind
im Internet über http://dnb.dnb.de abrufbar.

© 2023 Luisa Brenke

Coverdesign: A&K Buchcover

Herstellung und Verlag: BoD – Books on Demand, Norderstedt

ISBN: 978-3-7578-0323-0

S K Y

Rot-braune glatte Haare, türkisgrüne Augen, rote Lippen, ein schönes Gesicht, ein schlichtes T-Shirt und eine hautenge Jeans an einem zierlichen Körper. Eigentlich ganz hübsch, jedoch zunichte gemacht durch hängende Schultern und eine bedrückte Körperhaltung …

Die Person im Spiegel, das war ich: Skyla Montgomery. Das schüchterne, zurückgezogene Mädchen, das alles mit sich machen ließ. Doch so bin ich nicht immer gewesen und so wollte ich auch nicht mehr sein. Denn momentan hatte ich außer meiner Mum niemanden. Und das nur wegen IHM! Aber das würde sich jetzt ändern! Von heute an würde ich wieder ein tolles, fröhliches Leben führen und das konnte mir keiner vermiesen!

»Sky, kommst du? Wir wollen los …!«, rief meine Mum von unten.

»Ich komme schon!«, schrie ich zurück.

Ich warf noch einen letzten Blick in den Spiegel, stellte mich aufrecht hin und zog meine Schultern zurück. Dann sah ich mich ein letztes Mal in meinem Zimmer um, schnappte meine Tasche und den letzten Umzugskarton und machte mich auf den Weg nach unten.

Mum saß schon im Auto, also zog ich die Haustür mit einem »Auf nimmer Wiedersehen« zu, packte meine Sachen in den Kofferraum von Mums kleinen Toyota und ließ mich mit einem befreiten Seufzen auf den Beifahrersitz plumpsen.

»So erleichtert?«, wunderte sich Mum.

»Ja«, entgegnete ich glücklich.

Sie wusste ja nicht, was mir in dem letzten Jahr alles passiert war, denn sie war immer lange arbeiten gewesen und in der restlichen Zeit hatte ich versucht, es vor ihr zu verbergen. Ich wollte ihr keine zusätzlichen Sorgen bereiten, da sie sich bereits genügend Vorwürfe machte, dass sie nicht genug Zeit für mich hatte. Na ja, letztendlich hatte sie meine Veränderung dann auf die Pubertät geschoben.

»Na dann let´s go!«, rief sie fröhlich, »Auf nach Los Angeles!«
»Yippie!«

Also los zu dem neuen Freund meiner Mutter. Ich hatte ihn zwar erst ein Mal getroffen, aber er war mir gleich sympathisch vorgekommen und wenn Mum ihn liebte, dann musste er einfach super sein.

Ich sah die letzten Häuser San Franciscos an uns vorüberziehen und merkte, wie mir eine Last von den Schultern fiel. Augenblicklich setzte ich mich gerader und selbstbewusster hin. Endlich war ich IHN los! Und hätte es passender nicht sein können, lief gerade *Happy* von Pharrell Williams im Radio. Augenblicklich sang ich lauthals mit.

Mum fing an zu lachen, doch ich störte mich nicht daran. Heute war einfach so ein toller Tag. Somit sang beziehungsweise grölte ich alle mir bekannten Songs mit und irgendwann stimmte selbst meine Mutti mit ein. Es war echt lustig und nach fünf Stunden Autofahrt, aber erst einer gefühlten Stunde, begann Mum zu reden: »Ski, Schatz. Wir fahren jetzt in Los Angeles rein und werden in circa 25 Minuten ankommen. Du weißt ja schon über das Wichtigste Bescheid. Trotzdem möchte ich ein paar Dinge noch mal ansprechen. Also: Unsere Klamotten et cetera wurden, wie du weißt, schon vor zwei Tagen vom Umzugsservice abgeholt und rübergebracht. Da Dave ja etwas mehr Geld hat, hast du auch dein eigenes Zimmer samt eigenem Bad.« Oh mein Gott! Wie geil war das denn?! »Es ist sogar in deinen Lieblingsfarben eingerichtet. Sprich, du hast alles in Gelb-Orange-Rottönen ...«

Besser ging es ja gar nicht, mein eigenes Zimmer in meinen Lieblingsfarben und auch noch mit eigenem Bad, was für ein Luxus! Wie es wohl aussah …»… Jason … ganz nett … gut verstehen … Los Angeles International School … ab Montag … Freunde … Hobbys … Dave … Schatz … Liebe … tolles Leben …« Viel mehr bekam ich nicht mit, denn ich war die ganze Zeit dabei, mir mein neues Zimmer auszumalen.

»Sky, wir sind da-ha«, riss mich Mum nach einer Weile aus meinen Gedanken.

»Ohhh …« Ich schaute mich irritiert um. »Aber hier wohnt Dave doch nicht, oder?« Die Häuser oder eher Villen um uns herum sahen alle zu teuer für einen ›etwas mehr Verdienenden‹ aus.

»Doch Schatz, die weiße Villa mit dem Audi Q7 vor der Tür, dort werden wir von nun an wohnen«, entgegnete mir Mum locker.

»Was?! Du willst mich doch auf den Arm nehmen! Also sag schon, wo müssen wir hin?«

»Nein, will ich nicht. Hier wohnt mein Liebling«, schmunzelte Mum.

»Aber warum hast du mir davon nichts erzählt?«, fragte ich vorwurfsvoll.

»Zum einen habe ich es dir schon mal erzählt, aber du scheinst nicht zugehört zu haben, und zum anderen hätte ich die Fahrt nicht überlebt, wenn du mir auch noch deswegen die Ohren voll geschrien hättest.« Ich drehte mich beleidigt weg und starrte stur aus dem Fenster.

Doch lange eingeschnappt sein konnte ich nicht, denn schon fuhr Mum die Einfahrt hinauf und uns kam ein überglücklicher

Dave entgegen. So konnte ich nicht anders, als zu grinsen.

Wir hielten an und kaum war meine Mutter ausgestiegen, lag sie ihrem ´Schatz´ in den Armen. Die benahmen sich wie Teenager. Aber süß waren sie schon irgendwie. Jetzt war ich die, die schmunzelte, und stieg ebenfalls aus dem Wagen. Dass Mum das nicht peinlich war, dass sie hier mit so einer alten Karre aufkreuzte. Aber Liebe machte ja bekanntlich blind, und mir sollte es recht sein.

Als ich die Autotür zuschlug, bemerkte Dave mich und kam sofort auf mich zu gelaufen. »Hi, Sky. Wie geht es dir? Wie war die Reise?«

»Hi, Dave«, lachte ich. »Alles ist super. Ich freue mich, hier zu sein.«

»Das ist schön, dann lasst uns doch rein gehen. Du bist sicherlich schon gespannt auf dein Zimmer.«

»Und wie!« Jetzt waren die beiden Erwachsenen an der Reihe mit Lachen. Ich musste mich wie ein Kleinkind angehört haben, das einen Lolli geschenkt bekommen hat. Aber von nun an war ich halt ein fröhlicher Mensch und damit mussten sie klarkommen.

Als wir unser neues Heim betraten, blieb mir vor Staunen der Mund offenstehen. Wow. Vor mir lag ein edler Flur mit Marmorfliesen, in denen man sich spiegeln konnte. An der Garderobe, die sich links von der Tür befand, entledigte ich mich meiner Schuhe. Meine ›Eltern‹ taten es mir gleich und so gingen wir, Dave vor und meine Mum hinter mir, als Erstes in die Küche. Sie war ziemlich groß und hatte eine rot glänzende Küchenzeile, samt Kücheninsel und Barhockern. Außerdem gab es eine Essecke, die aus einem Tisch für vier Personen bestand und vor der einzigen dunkelroten Wand – die anderen waren weiß – ihren

Platz hatte. Ich fand sie wirklich schön, aber Mum war total geflasht.

»Gefällt sie dir, Süße? Ich habe sie extra für dich renovieren lassen, nachdem du mir erzählt hast, wie lange du dir schon eine Küche dieser Art wünschst.«

»Oh mein Gott, sie ist einfach perfekt.« Schon wieder lag Mum ihrem Freund in den Armen und gab ihm einen dicken Kuss.

Nach einigen Minuten – und es war echt schwer gewesen, die auszuhalten – räusperte ich mich. Die beiden Turteltauben vor mir schien das aber kein bisschen zu stören, weshalb ich beschloss, das Haus auf eigene Faust zu erkunden.

Gegenüber von der Küche befand sich ein riesiges Wohnzimmer, welches in warmen Brauntönen gehalten war. Die vielen Sitzgelegenheiten, wie die gemütlich wirkende Couch und der Sessel, aber auch der dicke Fransenteppich sahen sehr einladend aus. Außerdem fand ich einen Flachbildfernseher, einen Kamin und eine Fotowand vor.

Ich trat näher und betrachtete sie ausgiebig. Viele Bilder von Dave, einem kleinen Jungen und einem noch jüngeren Mädchen – vielleicht sein Neffe und seine Nichte – waren darunter. Und dort war ein Bild von ihm und meiner Mum. Echt süß. Doch von mir fand ich keine Aufnahme. Vielleicht irgendwann, wenn es eine schöne, aktuelle von mir gab, hang ich auch hier. Dann gehörte ich zur Familie, zu einer heilen Familie, einer Art der Familie, an die ich mich nur noch vage erinnern konnte. Denn als mein Dad vor vier Jahren gestorben war, hatte sich für Mum und mich alles verändert. Sie hatte hin und wieder eine kurze Beziehung mit einem Mann gehabt, aber es war nie so wie früher …

Ich wandte mich von der Bilderwand ab. Sonst machte ich mir

nur viel zu viele Gedanken und schließlich hatte ich mir geschworen, dass ich ab heute ausschließlich positiv war.

Nachdem ich den Raum verlassen und das relativ unspektakuläre kleine Gäste-WC und die Besenkammer hinter mir gelassen hatte, steuerte ich die Treppe, die scheinbar in den ersten Stock führte, an.

Der Flur oben war ähnlich wie der unten, nur haben die Marmorsteine einem Holzboden Platz gemacht. Es gab fünf Türen. Ich beschloss im Uhrzeigersinn vorzugehen. Also öffnete ich die Tür zu meiner Linken und OMG, dahinter befanden sich ein Whirlpool und eine Zwei-Mann-Sauna! Der stilecht eingerichtete Raum schrie förmlich danach, dort zu bleiben und sich zu entspannen, aber ich wollte ja noch die restlichen Räume erkunden. Schweren Herzens verließ ich die Wohlfühloase.

Doch kaum war ich draußen, hatte mich die Neugierde gepackt, was sich wohl hinter der nächsten Tür verbarg. Es wurde noch besser, denn es war ein Fitnessraum. Von Laufband über Boxsack bis Hantelbank war alles nur Erdenkliche vorhanden. Hier drin würde ich mich bestimmt noch öfter aufhalten.

Das folgende Zimmer war nicht weniger genial, denn es ließ das Herz eines jeden Gamers oder Kinoliebhabers höherschlagen. Es war ein abgedunkelter Raum mit ein paar Sesseln, einer Leinwand samt Beamer, einer Playstation inklusive Zubehör und einem Schrank mit hunderten Filmen und Spielen. Ich war mir sicher, diesem Paradies ebenfalls sehr bald einen Besuch abzustatten.

Aber nun erst mal weiter. Eigentlich wäre nun ein anderes Zimmer an der Reihe gewesen, doch da aus dem gegenüber der Wohlfühloase Musik drang, beschloss ich, erst dort vorbeizuschauen. Vielleicht hatten sich Mum und Dave ja voneinander losreißen können und waren in ihr Zimmer gegangen. Somit drückte ich nichts ahnend die Türklinke runter. Als ich schon halb drin war, erschrak ich und blieb wie angewurzelt stehen. Vor mir befand sich ein halbnackter Junge, der sich konzentriert in einem Spiegel betrachtete. Er stand mit dem Rücken zu mir und schien mich noch nicht wirklich bemerkt zu haben, denn er zischte ziemlich genervt: »Mensch, Dad, ich hab es dir doch schon tausend Mal gesagt, du sollst anklopfen, bevor du reinkommst. Außerdem bin ich gerade beschäftigt!«

Damit schien das Gespräch für ihn beendet. Doch da sich die Tür nicht, wie er wohl erwartet hatte, schloss, drehte er sich schließlich doch um und setzte schon zu einer weiteren Motz-Attacke an. Als er mich sah, blieben ihm die Worte jedoch im Halse stecken. »Ach, wen haben wir denn da?« Mit jedem Wort kam er einen Schritt näher auf mich zu und erst jetzt merkte ich, dass er über einen Kopf größer war als ich. »Du bist also die kleine Sky, die von nun an mit ihrer ach-so-tollen Mutter hier wohnen wird.«

Nun stand er direkt vor mir. Er musterte mich erst ausgiebig, drängte mich dann mit dem Rücken gegen die Wand und stützte sich mit den Händen links und rechts von meinem Kopf ab, was mich an Ort und Stelle hielt. Och, nö! Ein Bad Boy! Von denen hatte ich die Nase gestrichen voll. Ich merkte, wie ich mich verkrampfte. Am liebsten würde ich schreien, doch den Triumph wollte ich ihm nicht gönnen.

»Also: Nur, um das klarzustellen, dieses Haus ist mein Revier. Das heißt, dass ich hier das Sagen habe! Vor allem, wenn Dad auf Geschäftsreise ist, was gar nicht mal so selten ist. Da ich dich leider nicht rausschmeißen kann, muss ich dich hier wohl billigen. Aber du wirst mir nur, wenn es wirklich notwendig ist, über den

Weg laufen. Wenn meine Kumpels da sind, bleibst du in deinem Zimmer und nervst nicht. Haben wir uns da verstanden?!«

»Also, ...«, setzte ich an.

»Keine Widerrede! Und jetzt raus!« Er hielt kurz inne, nur um arrogant hinzuzufügen: »Ach ja, ich weiß, dass ich heiß bin.«

Hatte ich ihm wirklich so offensichtlich auf sein Sixpack gestarrt?! Peinlich berührt senkte ich meinen Kopf.

»So gefällst du mir schon viel besser«, schmunzelte mein Gegenüber. »Du brauchst deswegen doch nicht rot zu werden, Süße.« Ich versuchte mein Gesicht zu verbergen. Wie peinlich ...

»Trotzdem reicht mir deine Gesellschaft für heute.«

Mit diesen Worten stieß er sich von der Wand ab, schupste mich halbwegs sachte aus seinem Zimmer und schloss die Tür. Das konnte noch heiter werden ...

Nach einigen Augenblicken hatte ich mich wieder gesammelt und mir kam der Gedanke, dass ich immer noch nicht wusste, wie mein neues Zimmer aussah. Also setzte ich mich in Bewegung und betrat das letzte Zimmer auf diese Etage, welches hoffentlich meins ... WOW, dieses Zimmer war ein Traum! An der einen Wand befand sich ein riesiges Himmelbett mit ganz vielen flauschigen Kissen. Direkt gegenüber war ein Flachbildschirm an die Wand montiert worden. Auf der kleinen Konsole darunter standen Receiver, DVD-Player und einige Filme. Doch was mich viel mehr flashte, war das tolle Mark Twain-Zitat an der Wand über dem Fernseher:

Dance like nobody´s watching
Love like you´ve never been hurt
Sing like nobody´s listening
Live like it´s heaven on earth

stand dort in großen, schnörkeligen Buchstaben. Das war von nun an mein Lebensmotto!

»Na, Schatz, wie findest du den Spruch? Dave und ich dachten, dass er dir gefallen könnte.« Mums Worte rissen mich aus meiner Starre. Wie lange ich so dagestanden und die Wand betrachtet hatte? Keine Ahnung …

»Er ist spitze, Mum! Und der Rest des Zimmers erst!« Ich lief auf meine Mutter und Dave, die Arm in Arm im Türrahmen standen, zu und umarmte sie stürmisch. »Das ist das beste Zimmer, was ich mir je hätte erträumen können. Ihr seid genial! Danke, Mum. Danke, Dave.« Ich sah sie bis über beide Ohren strahlend an.

»Das freut mich. Also habe ich mit dem begehbaren Kleiderschrank deinen Geschmack getroffen?«, fragte Dave ebenfalls lächelnd.

»Ein begehbarer Kleiderschrank? Oh mein Gott!« Ich war kurz vorm Ausflippen.

»Du hast ihn also noch gar nicht gesehen?«, lachte er nun. Ich schüttelte aufgeregt den Kopf. »Na dann schau doch mal hinter die Tür rechts neben deinem Bett.«

Natürlich machte ich mich sofort auf den Weg dorthin und was ich hinter der Tür sah, machte mich schon wieder sprachlos. Der Raum war fast so groß wie mein altes Zimmer und er war voller Klamotten, Schuhe und Schmuck! Aber wo kam das alles her?! Ich hatte doch nur zwei Kartons voll Kleidung hergeschickt. Das hier war mindestens das Doppelte! Wenn nicht sogar das Drei- oder Vierfache!

»Ich dachte mir, dass zu einem neuen Zimmer auch neue Kleidung gehört. Dabei habe ich mich ein bisschen an den aktuellen Trends orientiert und die Größen hatte ich durch deine Mum. Ich hoffe sie gefallen dir und du bist mir nicht böse, dass ich so frei war«, beantwortete Dave meine unausgesprochenen Fragen. Jason ... So hieß der Junge also, mit dem ich eben Bekanntschaft gemacht hatte.

»Nein, auf keinen Fall. Ich liebe es! ... Aber das hättest du nicht machen brauchen. Das war doch alles viel zu teuer!«

»Sieh es als kleines Willkommensgeschenk«, zwinkerte er mir zu und ich konnte nicht anders, als ihm erneut in die Arme zu fallen. So stand meinem Neustart nichts mehr im Weg!

Auch wenn es mir schwerfiel, mich von diesem Raum zu trennen, so überwog doch die Neugierde, mein eigenes Badezimmer zu sehen. Ich riss mich los, wechselte den Raum und war erneut geflasht. Schon fast in Trance bemerkte ich, wie mir Mum von hinten den Arm um die Schulter legte. »Na, Schatz, ist doch gar nicht so schlecht, oder?«

»Nein, Mum. Es ist perfekt!«

»Das freut mich.« Wir standen noch einen Moment so beieinander, bis Mum wieder zu sprechen begann: »Dann lasse ich dich mal ein wenig mit deinem neuen Zimmer allein. Du möchtest dich sicher ein bisschen ausruhen oder deine letzten Sachen auspacken. Um 18:30 Uhr gibt es Abendessen.«

»Oki, Mum. Bis nachher.«

Mum drehte sich um und verließ mit Dave, den ich schon komplett vergessen hatte, das Zimmer. Ich betrachtete noch kurz das lila eingerichtete Bad samt Badewanne, Dusche, WC und einem Waschbecken mit großem Spiegelschrank, drehte mich um, ging zurück in mein ›Hauptzimmer‹.

Gerade als ich mich auf mein Bett fallen lassen wollte, fiel mir noch etwas auf: Ich hatte nicht nur ein großes Fenster, sondern auch eine Glastür, die auf einen Balkon hinausführte. Natürlich ging mein nächster Weg dorthin. Der Balkon schien sich über die ganze Hausseite zu erstrecken. Genial! Und es standen dort sogar zwei Liegestühle samt gemütlichen Auflagen. Da war wohl vorhersehbar, was ich als Nächstes tat. Ich ließ mich in einen der Stühle sinken und schon wenige Sekunden später war ich in einen schönen Traum versunken:

»Hi, Sky, wie geht´s?« Ein gutaussehender Typ umarmte mich von hinten und legte seinen Kopf auf meiner Schulter ab.

»Gut, und dir?« Ich drehte mich in seinen Armen und sah zu ihm auf.

»Solange du bei mir bist, ist meine Welt vollkommen.« Ich konnte nichts erwidern. Als Antwort drückte ich meine Lippen auf die Seinen und wir versanken in einem langen, liebevollen Kuss …

»Sky, Sky …«, drang es nur schwach zu mir durch und ich löste mich langsam von ´meinem Freund´. Aber als ich ihn ansah, war er nicht mehr der Mann von eben. Es war … Jason!

Ich schreckte aus meinem Traum hoch und es stand kein geringerer vor mir als Jason …

»Endlich bist du wach! Es gibt Essen. Und ich will endlich zu meinen Kumpels!«, motzte er.

»Ihr hättet auch einfach ohne mich anfangen können«, grummelte ich verschlafen und rieb mir die Augen.

»Dad will unbedingt, dass wir zusammen essen, als ›Familie‹« Dabei malte er Anführungszeichen in die Luft. »Also komm!«

»Ja, ja, ganz gechillt, lass mich doch erst mal richtig wach werden!«

»Ich bin schon lange genug ruhig geblieben, also beweg jetzt deinen Arsch in die Küche oder ich werde echt ungemütlich.« Ich zuckte von seinem Tonfall zusammen und sah zu, dass ich aufstand.

»Geht doch!«, grinste Jason zufrieden.

»Bild dir bloß nichts darauf ein! Ich tue das nur unseren Eltern zuliebe!«, giftete ich zurück, drückte mich an ihm vorbei und verschwand in Richtung Küche. Jason fluchte, folgte mir aber.

In der Küche angekommen grüßte ich meine ′Eltern′ und ließ mich auf einen Stuhl fallen. Jason tat es mir gleich und er hatte sogar ein Lächeln aufgesetzt. Es war falsch, das sah ich sofort. Wie oft hatte ich in letzter Zeit dasselbe Gesicht aufgesetzt ... Aber Mum würde es nicht erkennen, das war mir klar, und Dave wahrscheinlich auch nicht, sonst würde Jason es vermutlich gar nicht erst versuchen. Na ja, mal abwarten. Aber der führte mit Sicherheit was im Schilde!

Mum trug das Essen zu Tisch. Es war Spagetti Bolognese. Mein Lieblingsessen!

Die beiden Erwachsenen setzten sich zu uns und somit war das Abendessen eröffnet. Ich wollte mir gerade etwas nehmen, als Jason sich zu Wort meldete: »Soll ich dir etwas auffüllen, Skyla?« So freundlich? Na gut, was du konntest, konnte ich auch!

»Sehr gerne, danke, Jason. Aber nenn mich doch bitte Sky.« Er sah mich erst irritiert an, reichte mir aber schließlich einen Teller mit Spagetti. Höflicherweise wartete ich, bis alle etwas hatten und begann dann zu essen. Ich musste sagen, es war echt lecker!

Kurz bevor ich fertig gegessen hatte, riss mich Dave aus meinen Gedanken. »Wie ich sehe, versteht ihr euch sehr gut. Das freut mich.« Nach einer kurzen Pause fuhr er fort: »Und ich bin stolz auf dich, Jason. Ich hätte echt gedacht, dass du dich komplett querstellst ...« Jason sah seinen Dad gespielt entrüstet an und ich musste mir ein Lachen verkneifen.

»Aber, Dad!« Okay, das war zu komisch. Ich begann wie eine Verrückte zu grinsen und stand kurz vor einem Lachflash. Doch einen bösen Blick von Jason später wich mir das Grinsen schlagartig aus dem Gesicht. Jason sah zufrieden aus und widmete sich wieder dem Gespräch mit seinem Vater. Mensch, der hatte aber Stimmungsschwankungen. Ich dachte, er wollte am Tisch auf gut Wetter machen. Mal sehen wie´s weiterging.

»… Aber Dad, ich treffe mich in einer halben Stunde mit den Jungs und da kann sie nicht mitkommen. Das geht sie nichts an!« Okay, jetzt wusste ich, was Sache war: Jason wollte noch weg und wusste schon, dass sein Vater dagegen sein würde. Und anscheinend wollte dieser jetzt, dass Jason mich mitnahm.

»Das ist mir ganz egal. Sie ist neu hier und du nimmst sie mit.« Daves Stimme duldete keine Widerworte. Doch da ich keinen unnötigen Streit mit Jason wollte, mischte ich mich in die Diskussion ein: »Danke, Dave, aber ich würde mich gleich lieber hinlegen. Heute war ein aufregender und anstrengender Tag.«

»Na gut. Aber das heißt nicht, dass du jetzt für immer aus dem Schneider bist.« Jason war schon halb aus der Tür, drehte sich aber noch mal um.

»Ja, Dad. Ist mir klar. Bis später!« Schon war er weg. Ich hörte die Haustür knallen und kurz darauf das Aufheulen eines Motors, der ganz schön viele PS auf dem Kasten zu haben schien. Na ja, jedenfalls war er jetzt weg. Eigentlich ganz gut, denn nun hatten wir unsere Ruhe und ich lief keine Gefahr auf eine erneute Kollision mit Jason. Juchhu!

»Der Junge raubt mir noch den letzten Nerv«, seufzte Dave und sah Mum leidend an.

»Ach, das wird schon wieder. Jason ist in der Pubertät, da sind alle Jungs so.«

»Da hast du Recht.« Wenn wir das jetzt geklärt hätten …

»Ich gehe dann mal hoch.«

»Okay, schlaf schön, Schatz. Wenn was sein sollte, wir sind im Wohnzimmer.«

»Oki, schlaf schön, Mum.« Ich umarmte meine Mutter und gab ihr einen Kuss auf die Wange. Dann wandte ich mich an Dave: »Schlaf gut.«

»Du auch, Sky.« Er lächelte mich warm an.

Ich sah noch einmal zu den beiden, drehte mich dann um und ging hoch in mein neues Reich.

Oben angekommen schaute ich mich erst mal in Ruhe in meinem Zimmer um. Hatten die echt gedacht, dass ich schlafen gehen würde? Nachdem ich den ganzen Nachmittag verpennt hatte? Nein, ich war hellwach. Also, was konnte ich jetzt machen? Nach kurzem Überlegen entschied ich mich dazu, meine letzten Umzugskartons auszupacken.

Gesagt, getan. Nach circa einer Dreiviertelstunde war ich fertig und hatte die leeren Umzugskartons zusammengefaltet und entsorgt. Ich ließ mich auf mein Bett plumpsen. So, und was nun? Ich würde zu gerne wissen, was Jason gerade machte, doch er hatte es nicht erzählt und fragen würde ich ihn ganz bestimmt nicht! Auch egal. Also … Auf Fernsehen schauen hatte ich so gar keine Lust. Ich stand auf und lief planlos durch mein Zimmer, bis mein Blick schließlich nach draußen fiel. Jetzt wusste ich, was ich machen würde!

Ich nahm mir eine Wolldecke, ging damit auf den Balkon und ließ mich auf dem Liegestuhl, auf dem ich eben geschlafen hatte, nieder. Es war angenehm warm, sodass ich die Decke eigentlich gar nicht brauchte, doch ich fand, dass es so gemütlicher war. Also kuschelte ich mich ein und betrachtete den aufgehenden Sternenhimmel. Er sah echt schön aus.

Wie ich so starrte und in Gedanken versunken war, merkte ich kaum, wie ich langsam doch immer müder wurde. Eigentlich wollte ich nicht noch einmal draußen einschlafen, aber ehe ich mich versah, waren meine Augen zugefallen und ich in eine Traumwelt abgedriftet.

JASON

»… Bis später!«, rief ich meinem Dad noch zu, da war ich schon aus der Haustür und bei meinem weißen Porsche Cayman s 981C. Ich stieg ein, ließ den Motor kurz aufheulen und machte mich dann auf den Weg zu den verlassenen Lagerhallen am Stadtrand. Ich gab Gas und war innerhalb von 20 Minuten da. Ich parkte neben den Wagen meiner Freunde, stieg aus und kurz bevor ich die Halle, die unser Quartier war, betrat, hörte ich schon die Stimmen der Jungs. Ich ging rein und begrüßte sie mit unserem üblichen Handschlag. »Also, was gibt´s?«, fragte ich sie. Sie hatten schließlich das Treffen einberufen.

»Ich glaube, das solltest du uns sagen«, meldete sich Jayden zu Wort. Ich sah ihn nur verständnislos an.

»Na, du hast schließlich heute Familienzuwachs bekommen und nicht wir!«, half Aiden mir auf die Sprünge. Woher wussten die das? Hatte ich es ihnen erzählt? Nein, ich meinte nicht. Aber woher sollten sie es sonst …? Ach egal.

»Alsooo?« Alle sahen mich gespannt an. Ich seufzte und ließ mich auf eins der Sofas, die wir in unserem Quartier hatten, fallen.

»Ja, wir haben ›Familienzuwachs‹ bekommen. Dads neue Freundin und ihre Tochter sind heute bei uns eingezogen. Zufrieden?« Ich sah sie genervt an. Aber sie dachten gar nicht daran aufzuhören, mich mit Fragen zu durchlöchern: »Ist sie hübsch?«, »Wie alt ist sie?«, »Ist sie Single?«, fragten meine Freunde durcheinander.

»Jetzt mal langsam«, lachte ich, »Ich denke, sie ist um die 16. Sie sieht okay aus und ob sie Single ist, weiß ich nicht.«

»Geht´s noch genauer? Dir muss man alles aus der Nase ziehen«, fing jetzt auch Colton an.

»Mehr gibt es aber nicht zu sagen!«, antwortete ich sichtlich genervt und nun schien es auch bei den anderen angekommen zu sein, denn sie hielten sofort ihren Mund. Tja, sie kannten mich halt und wussten, wann es genug war.

»Also Leute, warum sind wir nun wirklich hier?«

»Es geht um …«

Wir hatten viel zu besprechen. Entsprechend spät war es, als ich heimfuhr. Zurück zu Hause ging ich leise hoch in mein Zimmer. Ich bemerkte sofort, dass nebenan noch Licht brannte. Ich hätte schwören können, dass sie um diese Zeit schon schlief. Und … Ach ja, das tat sie auch. Sie war schon wieder auf dem Balkon eingeschlafen.

Da mein Zimmer auch eine Tür dorthin hatte, ging ich raus zu ihr. Ich betrachtete sie einen Moment, wie sie so friedlich schlief, hob sie dann aber vorsichtig hoch und brachte sie in ihr Bett. Sie sollte schließlich nicht krank werden. So warm war es nun auch nicht mehr. Und Dad wäre sicher auch nicht begeistert darüber, wenn ich sie hier draußen liegen lassen würde.

Bist du dir sicher, dass du es nur deswegen tust?, meldete sich mein Unterbewusstsein zu Wort. Ja natürlich, warum denn sonst? Ich konnte genug Mädchen haben, ohne nur einen Finger zu rühren, also warum sollte ich was von ihr wollen? Vor allem, wo sie so unfreundlich zu mir war! Aber vielleicht war es wegen … Ich verbannte den Gedanken sofort wieder aus meinem Kopf, machte bei Sky das Licht aus und verließ das Zimmer, wie ich es betreten hatte.

Da ich zu faul war, ins Bad zu gehen, zog ich mir nur mein Shirt aus, entledigte mich meiner Hose und ging schlafen.

SKY

Als ich am nächsten Morgen aufwachte, schien schon die Sonne in mein Zimmer. Ich brauchte einen Moment, um mich zurechtzufinden. Ach, stimmte ja, wir wohnten ja jetzt in Los Angeles! Aber was mich am meisten verwirrte, war die Tatsache, dass ich auf dem Balkon eingeschlafen und in meinem Bett aufgewacht war. War Mum noch mal reingekommen und hatte mich draußen schlafen sehen? Hatte sie dann Dave Bescheid gegeben, der mich reingetragen hatte? Wahrscheinlich war es so. Na ja, war eigentlich auch egal.

Nachdem ich mich noch mal ordentlich gereckt und gestreckt hatte, schwang ich mich aus dem Bett und ging auf direktem Weg ins Bad. Kurz darauf lief mir das Wasser wohlig warm den Rücken herunter. So eine heiße Dusche am Morgen war doch was Schönes!

Nach ein paar Minuten, die sich wie Sekunden anfühlten, verließ ich die Dusche, wickelte mich in einen kuscheligen Bademantel und erledigte meine restliche Morgenroutine. Zähne putzen, Haare föhnen und richten und schließlich noch ein dezentes Make-up. Auf mehr hatte ich heute keine Lust, da ich eh nicht vorhatte, etwas zu unternehmen. Und wenn, könnte ich das ja noch nachholen.

Als Nächstes ging es in meinen Kleiderschrank. Nach demselben Motto wie im Bad wählte ich eine schwarze Leggings und dazu einen gemütlichen, weiten Obey-Pulli.

Fertig angezogen machte ich mich in der Aussicht auf Frühstück auf den Weg nach unten. Auf halber Strecke kreuzte Jason meinen Weg, der meine Hoffnungen darauf, dass Dave mich ins Bett gebracht hatte, zerbrach.

»Na, Prinzessin, es gefällt dir, draußen zu schlafen, oder? Hast du das eigentlich extra gemacht, nur damit ich dich ins Bett trage?«, sagte er in seiner eingebildetsten Stimme und zwinkerte mir provokant zu. Ich sah ihm nur verdattert hinterher, wie er ohne ein weiteres Wort in seinem Zimmer verschwand. Eigentlich wollte ich ihm einen passenden Kommentar dazu geben, aber mir war in dem Moment keiner eingefallen ... Okay, eigentlich war es ja auch süß, dass er mich reingebracht hatte. Aber diese Aussage eben ... Nein danke, die ging gar nicht! Der würde mir das jetzt jedes Mal vorhalten. Darauf konnte ich getrost verzichten!

Mit dem Entschluss, nicht weiter darüber nachzudenken, da es eh nichts bringen würde, setzte ich meinen Weg in Richtung Küche fort. Dort angekommen fand ich leider nicht wie erwartet meine Mum, sondern einen kleinen Zettel mit $50 vor:

Guten Morgen, Sky,
Dave und ich sind schon los.
Er will mir ein wenig die Umgebung zeigen.
Ich denke, wir werden gegen Abend wieder da sein.
Jason wird dich auch ein bisschen herumführen,
sag ihm einfach Bescheid, wenn du fertig bist.
Er weiß Bescheid.

Bis später,
Isobel
PS: Von dem Geld könnt ihr euch Pizza bestellen.

Nachdem ich mit dem Frühstück fertig war, ging ich in mein Zimmer, zog mich um und frischte mein Make-up auf. Danach machte ich mich auf den Weg zu Jason. Ich wusste nicht, was mich dazu bewegt hatte. Vielleicht wollte ich ihn ärgern, keine Ahnung. Jedenfalls stand ich nun in seinem Zimmer und wartete auf eine Reaktion seinerseits. Doch außer einem irritierten Blick kam nichts zurück. Da ich wusste, dass abgesehen von einem dummen Spruch nichts zu erwarten war, half ich ihm auf die Sprünge: »Mum hat gesagt, du würdest mir die Gegend zeigen.« Seine Mine klärte sich auf, wurde aber sofort wieder undurchdringbar. Bad Boy halt …

»Du hast doch nicht wirklich geglaubt, dass ich dir irgendwas zeige, geschweige denn was mit dir mache! Das habe ich nur gesagt, damit Dad mich endlich in Ruhe lässt. Und jetzt zieh Leine!« Ich sah ihn leicht verdattert an. War klar, dass er so reagieren würde, aber irgendwie hatte ich die Hoffnung gehabt, er würde plötzlich ganz nett sein. Wie bescheuert konnte ich nur sein?! Ich drehte mich langsam um und wollte mich grade auf den Weg aus seinem Zimmer machen, als er mich erneut anpampte: »Geht's vielleicht auch schneller? Ich bin nicht gerade scharf darauf, dich hier zu haben, Prinzessin! Also? Wird's bald?« Ich sah ihn nicht an, sondern ballte nur die Hände zu Fäusten und verließ den Raum. Der würde schon sehen!

Statt in mein Zimmer zu gehen, ging ich die Treppe runter Richtung Haustür. Ich zog mir meine neuen Nikes, die ich in meinem Kleiderschrank gefunden hatte, an, schnappte mir einen Haustürschlüssel und verließ die Villa. Wild entschlossen ging ich los. Ich würde auch ohne ihn zurechtkommen!

Ich spazierte durch die Straßen, betrachtete die Häuser, die Wege und die Menschen. Mit der Zeit versank ich immer weiter in Gedanken, sodass ich den Wechsel von dem gehobenen Stadtteil in den heruntergekommenen, düsteren erst recht spät bemerkte. Ich sah mich um. Weit und breit waren nur kleine Häuser mit abgebröckeltem Putz zu sehen. Ich hatte keine Ahnung, wo ich war. Und zu meinem Glück hatte ich zwar einen Schlüssel, jedoch kein Handy dabei. Ich war aber auch eine Heldin! Somit blieb mir nichts anderes übrig, als weiterzugehen und mir einen Weg zurück zu suchen.

Nach einiger Zeit fand ich dann endlich wieder auf bekanntes Terrain zurück. Na ja, jedenfalls meinte ich, es schon mal gesehen zu haben. Es sah wieder teurer aus, was mich erleichtert aufatmen ließ. Ich hatte ordentlich Muffensausen gehabt in diesem slumartigen Gebiet. Ich lief noch ein paar Minuten so durch die Gegend – es dürfte mittlerweile Nachmittag sein –, als ich ein Mädchen in meinem Alter aus einer Einfahrt kommen sah. Sie sah nett aus. Sie hatte braune, lange Haare, die ihr bis knapp unter die Brust gingen, braune Augen und eine riesige orangene Sonnenbrille in den Haaren. Sie trug eine zerrissene Jeans-Hot-Pants und ein weites, bauchfreies, graues Top mit einem großen Stierschädel mit Muster vorne drauf und eine große Kette um den Hals. Aber das Auffälligste an ihr war der knallpinke Lippenstift, den sie trug. Ein wenig verrückt, aber echt stylish. Ich glaubte, mit ihr könnte man viel Spaß haben. Aber was viel wichtiger war: Sie konnte mir bestimmt helfen. Also ging ich zögerlich auf sie zu. »Äh … Hi, ich bin Sky.« Sie drehte sich zu mir um und sah mich sofort freundlich an.

»Hi, ich bin Rachel. Rachel Mathews. Bist du neu hier?«

»Ja, ich bin erst seit gestern hier. Ich wollte mich ein wenig umsehen und na ja, dann habe ich mich verlaufen …«, entgegnete ich ein wenig peinlich berührt.

»Haha, dann scheinst du ja genauso neugierig zu sein wie ich«, lachte sie. »Soll ich dir ein wenig die Gegend zeigen? Danach kann ich dich nach Hause bringen. Ich kenne mich hier ziemlich gut aus«, grinste sie.

Instinktiv wollte ich dankend ablehnen, da mein Vertrauen in andere Menschen aus guten Gründen erschöpft war. Doch ich hielt mich zurück. Rachel war mir auf Anhieb sympathisch vorgekommen und sah definitiv nicht nach jemandem aus, der gleich eine Waffe zücken und mich entführen würde. *Gib ihr eine Chance. Sie will dir nur die Gegend zeigen, sonst nichts. Vielleicht wird es ja ganz nett*, redete mir meine innere Stimme gut zu. Es wirkte.

»Gerne«, antwortete ich Rachel nun sichtlich entspannter.

»Super, dann lass uns losgehen.«

JASON

Ich verbrachte den Vormittag und den halben Nachmittag mit Mason in unserem Heimkino, in dem wir uns irgendwelche Actionfilme reinzogen. Gegen 16 Uhr verschwand er. Seine Mutter hatte irgendetwas ›Wichtiges‹, wofür sie ihn brauchte.

Also schlurfte ich zuerst runter in die Küche und machte mir etwas zu essen. Danach wollte ich in mein Zimmer. Gerade als ich durch die Tür gehen wollte, fiel mein Blick in Skys Zimmer. Ihre Tür stand offen und sie war nicht da. Dann war sie wohl immer noch auf ›Erkundungstour‹. Ehrlich gesagt hatte ich geglaubt, dass sie nur bluffte und überhaupt nicht weg war. Als ich dann gemerkt hatte, dass sie wirklich gegangen war, hatte ich mir auch keine weiteren Gedanken gemacht. Schließlich war sie alt genug, um auf sich selbst aufzupassen. In meinem Entschluss gestärkt, dass es mir egal sein konnte, wo sie war und was sie machte, ging ich endlich in mein Zimmer, ließ mich auf mein Bett fallen und schaltete die Stereoanlage an.

Nach einer weiteren halben Stunde, in der ich nur so rumgelegen hatte, bemerkte ich, dass es schon zu dämmern begann. Nun fing die Sorge an, in mir zu keimen. Was wenn sie …? Nein! Wie sollte sie auch … Und woher sollte er sie … Ach, über was machte ich mir hier eigentlich Gedanken? Das war völliger Unsinn. Er kannte sie schließlich nicht und wusste auch nicht, dass sie nun bei mir wohnte! …

Schlussendlich verließ ich mit dem Vorsatz, sie zu suchen, das Haus, da ich sonst mächtig Ärger mit Dad und Skys Mum bekommen würde, wenn sie später heimkommen und mitbekommen würden, dass sie nicht da wäre. Ich ging in die Garage und stieg in meinen schwarzen Lamborghini Aventador 2016 SV mit blauer Beleuchtung. Ja, ich hatte zwei Autos. Aber das war bei den meisten meiner Freunde genauso. Jedenfalls war ich kurz darauf auf der Straße und fuhr die komplette Umgebung ab. Ich fuhr durch jede noch so kleine Gasse, aber Sky schien wie vom Erdboden verschluckt. Irgendwo musste sie doch sein! Und weiter als bis hier dürfte sie nicht gekommen sein.

Nach zwei Stunden vergeblicher Suche machte ich mich schließlich auf den Heimweg. Was, wenn ihr wirklich etwas passiert war? Ich musste nachher unbedingt den Jungs Bescheid geben. Und was würde ihre Mum sagen, wenn Sky und ich gleich nicht zusammen nach Hause kamen?

Immer noch auf der Suche nach einer guten Ausrede fuhr ich unsere Einfahrt hoch, parkte den Wagen und ging ins Haus. Ich war erleichtert, dass Dad und Isobel noch nicht da waren. Doch wider meiner Erwartungen hörte ich Geräusche aus der Küche. Wie konnte das sein? Es konnte keiner da sein, die Autos von Dad und Skys Mum waren nicht in der Garage und Sky war … Ich wollte nicht weiter darüber nachdenken. Auf einen Einbrecher gefasst, ging ich leise Richtung Küche. Ich öffnete vorsichtig die Tür und …

… bekam fast einen Schlag. Da stand Sky und war seelenruhig am Kochen, als wäre nie etwas gewesen. Gerade nahm sie den Topf vom Herd und drehte sich um, um ihn zum Tisch zu bringen. Dabei bemerkte sie mich und ließ ihn vor Schreck fast fallen.

»Mann, Jason, was soll der Scheiß?! Du hast mich zu Tode erschreckt. Und außerdem, stalkst du mich jetzt?« Ich schmunzelte leicht, ihr Gesichtsausdruck war zu komisch.

»Ne, ich habe Hunger!« Mit diesen Worten ließ ich mich auf einen Stuhl fallen und sah sie abwartend an. Ich würde ihr niemals erzählen, was wirklich los war. Das würde nur meinem Ruf als Bad Boy schaden.

S K Y

Boah, hatte Jason mich erschreckt! Aber noch viel schlimmer war, dass er mich erst stehen gelassen hatte und sich den ganzen Tag nicht blicken ließ und jetzt kam und was zu essen haben wollte! Der hatte sich wie ein Pascha einfach an den Tisch gesetzt und etwas zu essen verlangt. Natürlich nicht ohne sein Bad Boy-Grinsen und den passenden Kommentar.

Ich wusste nur zu gut, dass man solche Jungs nicht provozieren sollte. Doch damit würde ich ihn nicht durchkommen lassen. Wie du mir, so ich dir. Er sollte ruhig wissen, was ich von ihm und seinem Verhalten hielt!

»Tut mir leid, Jason, aber ich wusste nicht, wann du wieder kommst. Deshalb habe ich nur für mich gekocht«, entgegnete ich ihm mit zuckersüßer Stimme. Sein süffisantes Lächeln verschwand augenblicklich, doch ich ließ mich davon nicht beirren, setzte mich an den Tisch und begann, genüsslich zu essen. Ich konnte die Blitze förmlich spüren, die von ihm ausgingen. Aus dem Augenwinkel sah ich, dass er sich ziemlich beherrschen musste, um nicht auf mich loszugehen. Das amüsierte mich so sehr, dass ich mir den Kommentar »Boah, schmeckt das gut.« nicht verkneifen konnte.

Damit hatte ich das Fass zum Überlaufen gebracht. Er stand auf und kam direkt auf mich zu. Okayyy, jetzt bekam ich es doch mit der Angst zu tun. Denn seinem Blick nach zu urteilen, wollte er mir nicht bloß die Nudeln wegnehmen …

Nun stand er direkt vor mir. Doch gerade als er nach mir greifen wollte, hörte ich den Schlüssel in der Haustür.

JASON

Ich erstarrte in meiner Bewegung, als ich das Geraschel am Eingang hörte. Ich ließ von Sky ab, zischte »Kein Wort über heute!« und setzte mich wieder auf meinen Stuhl.

Genau in dem Moment ging die Küchentür auf und Skys Mum kam herein. »Na, wie war euer Tag so?«

»Sehr gut, Mum. Ich habe viel gesehen und sogar ein nettes Mädchen kennen gelernt. Ich bin morgen mit ihr verabredet. Vielleicht wird sie ja meine Freundin.«

»Das freut mich für dich.«

Nun betrat auch Dad die Küche. »Jason, sag mal, du hast dir doch nicht wirklich Nudeln gekocht und isst die jetzt allein aus dem Topf? Hast du schon mal daran gedacht, Sky auch was anzubieten?« Erst jetzt fiel mein Blick auf den Topf vor mir. Den musste Sky mir zugeschoben haben, bevor ihre Mum hereingekommen ist. Argh …

Ein kurzer Blick zur Seite bestätigte meine Vermutung. Sky sah mich mit einem schelmischen, aber auch auf meine Antwort gespannten Blick an. Sie wusste, dass mir keiner glauben würde, wenn ich sagen würde, wie es wirklich war. Das machte mich umso wütender.

»Ich hatte es ihr angeboten, aber sie wollte nicht.« Dad sah erst mich und dann Sky prüfend an, doch die schaute mich nur gespielt verwirrt an.

»Echt, das habe ich gar nicht mitbekommen, Jason. Aber danke, ich habe keinen Hunger.« Boah, die log ja wie gedruckt.

Dad warf mir einen bösen Blick zu, beließ es aber dabei. Trotzdem wusste ich, dass er mit dem Thema noch nicht durch war. Wir unterhielten uns noch eine Weile zu viert, bis Dad schließlich sagte: »Jason, könnten wir uns kurz allein unterhalten?« Er erwartete keine Antwort, denn er hatte sich bereits umgedreht und war auf dem Weg zur Tür. Also stand ich auf und folgte ihm.

Kaum, dass ich die Tür hinter mir geschlossen hatte, fing mein Vater auch schon an zu reden: »Normalerweise sage ich ja nichts und ich weiß auch, dass es eigentlich nicht deine Art ist, freundlich und höflich mit anderen Menschen umzugehen, aber könntest du es nicht wenigstens mal versuchen? Die beiden gehören ab jetzt zur Familie und sie sollen sich hier zu Hause fühlen. Da ist es nicht gerade förderlich, wenn du so unhöflich bist und sie teilweise sogar ignorierst. Und um das wieder gut zu machen, wirst du Sky ab Montag mit zur Schule nehmen. Hast du mich verstanden?« Seine Stimme war leise, aber eindringlich und duldete keine Widerrede. Dennoch versuchte ich es: »Aber Dad …«

»Kein ›aber‹. Du musst lernen, dass wir ab jetzt zu viert sind und man aufeinander Rücksicht nimmt und sich hilft.«

Ich wollte erneut zu einem Gegenargument ansetzten, doch Dad warf mir nur einen mahnenden Blick zu und ließ somit meinen Mund wieder zuklappen. Dem musste das ganze Familiending echt wichtig sein, denn sonst kümmerte es ihn auch nicht, was ich machte und wie ich mich verhielt. Er war die meiste Zeit arbeiten und wenn er mal zu Hause war, redeten wir höchstens über belangloses Zeugs. Da es ihm ernst zu sein schien, ließ ich stecken und folgte ihm wieder zurück in die Küche. Auf unnötigen Ärger konnte ich getrost verzichten.

S K Y

Ich war gerade in ein Gespräch mit meiner Mum verwickelt, als Jason und Dave zurück in die Küche kamen. Ich ließ meinen Blick zu Jason schweifen, aber er hatte wieder eine undurchdringliche Maske aufgesetzt, sodass ich nicht erkennen konnte, ob er mir gerade am liebsten den Hals umdrehen würde oder ob er einfach nur genervt oder gelangweilt war. Also konzentrierte ich mich wieder auf meine Unterhaltung. Mittlerweile war auch Dave mit einbezogen worden: »Wie wäre es, wenn wir uns einen netten Abend machen und gemeinsam einen Film anschauen?«

»Klar, wieso nicht«, stimmte ich zu, da ich nichts Besseres vorhatte. Auch Mum war sofort dabei. Nur Jason schien nicht sonderlich begeistert von dem Vorschlag.

»Ich bin noch mit den Jungs verabredet.«

»Das bist du jeden Tag. Also sehe ich kein Problem darin, es einmal ausfallen zu lassen.«

»Aber ...«

»Die Jungs werden schon ohne dich klarkommen. Also los: Ich richte den Kinoraum gemütlich her, Sky sucht einen Film aus, Isobel macht Popcorn und du, Jason, holst Getränke.« Mum und ich stimmten zu und machten uns daran, unsere Aufgaben zu erledigen. Und schließlich gab auch Jason nach, seufzte ein Mal tief und lief los, um die Getränke zu besorgen.

Keine zehn Minuten später hatten wir uns alle im Heimkino eingefunden und schauten einen Film, den ich gewählt hatte, weil ich dachte, dass er allen, selbst Jason, gefallen würde. Und so war es auch. Wir alle lachten viel und hatten Spaß. Es war echt schön und die ganze Zeit hatte ich das Gefühl, dass wir eine Familie waren. Das machte mich gleich doppelt froh.

JASON

Ich würde es nie zugeben, aber der Abend hatte sich doch als ganz gut entpuppt. Der Film war lustig und ich hatte das Gefühl, nicht allein zu sein ... Wie sich das anhörte! Aber es war so. Dad war sonst nie da und hatte selten solche Sachen mit mir gemacht. Deswegen war das etwas Besonderes. Nur würde das niemand erfahren. Denn das würde meinem hart erarbeiteten Image schaden!

Um mir wieder gerecht zu werden, stattete ich Sky, nachdem wir mit dem Film fertig waren, in ihrem Zimmer einen Besuch ab. Sie schien irgendetwas in ihrer Kommode zu suchen und bemerkte mich erst, als ich direkt hinter ihr stand, ihr meine Arme von hinten um den Körper schlang und ihr ins Ohr flüsterte: »Hey, Prinzessin. Ich glaube, mit dir habe ich noch ein Hühnchen zu rupfen, nicht wahr?« Sie verkrampfte sich augenblicklich, drehte sich aber nicht um.

»Was willst du, Jason?«, fragte sie kalt, aber man konnte ihrer Stimme deutlich anhören, dass sie Angst hatte. Wie ich diese Reaktionen liebte. Das zeigte mir immer wieder, wie einflussreich und überlegen ich war.

»Och, ich wollte dich nur daran erinnern, wer hier das Sagen hat und dass du dir nächstes Mal lieber zwei Mal überlegst, was du tust, wenn du nicht möchtest, dass ich dir das Leben zur Hölle mache. Und nur zu deiner Info: Ich und meine Jungs sind die einflussreichsten Schüler der ganzen Schule.« Sky antwortete nicht.

So standen wir noch einige – für sie sicher sehr qualvolle und mich durchaus befriedigende – Sekunden dicht aneinander, in denen ich ihrem Atem lauschte und mich an ihrem Zittern erfreute.

Schließlich löste ich mich langsam von ihr und hauchte ihr provokativ einen Kuss in den Nacken, wodurch ihre Haut augenblicklich eine Gänsehaut überzog.

Kurz bevor ich ihr Zimmer verließ, drehte ich mich noch einmal zu ihr um, nur um festzustellen, dass sie sich immer noch keinen Millimeter bewegt hatte. Ich musste schmunzeln. Ich hatte echt nicht gedacht, dass es mit ihr so einfach werden würde. Sie hatte erst etwas anderes vermuten lassen ... Na ja, war ja auch egal, Hauptsache es passte.

Im Hinausgehen sagte ich nur noch mit meiner üblichen kalten Stimme: »Ich denke wir sind uns einig, wie es ab jetzt laufen wird, nicht wahr, Prinzessin?«

Da ich keine Antwort erwartete, schloss ich die Tür und ging rüber in mein Zimmer. Dort angekommen schnappte ich mir meinen Laptop, schmiss mich damit auf mein Bett und öffnete Skype. Ich hatte Glück, Mason war online. Ich musste dieses urkomische, aber durchaus erfolgreiche Erlebnis mit ihm teilen.

»Hi, Jase, was gibt's? Warum warst du nicht am Treffpunkt?«

»Mein Alter wollte 'nen Filmeabend machen, so voll auf Familie halt. Aber deswegen habe ich dich nicht angefunkt.«

»Schieß los!«

»Ja. Also: Von der Kleinen, die jetzt bei uns wohnt, habe ich dir ja erzählt.«

»Die, die du mir unbedingt vorstellen wolltest?«, grinste Mase.

»Ha, ha, ha, von mir aus kannst du sie haben. Ich will sie nicht. Aber was ich eigentlich sagen wollte: Die hatte mir ja echt Stress mit meinem Vater eingebrockt, weil sie für sich alleine gekocht hatte, mir aber, kurz bevor Dad reinkam, den Teller vorgeschoben hat, sodass es so aussah, als würde ich ihr einen vor essen.

Dad war davon natürlich nur wenig begeistert, es machte schließlich einen schlechten Eindruck vor seiner Neuen.«

»Hahaha, Jase. Der musst du echt noch Manieren beibringen!«

»Ich weiß. Damit habe ich eben direkt angefangen. Es wird wohl leichter als gedacht. Ich habe nur meine übliche Masche abgezogen, dass wir die Einflussreichsten der ganzen Schule und so seien und wir ihr das Leben dort zur Hölle machen könnten. Die war so klein mit Hut und hat am ganzen Leib gezittert. Das war echt extrem und schon fast absurd, da ich es von ihr anders erwartet hätte.«

»Ey Alter, du hast es einfach drauf!«

»Danke, danke. Aber glaubst du nicht auch, dass da noch was anderes hinter steckt?«

»KP. Aber ist eigentlich auch egal. Das einzig Entscheide ist doch, dass du es ihr gezeigt hast!«

»Stimmt auch wieder«, lachte ich zufrieden. »Okay, dann bis morgen, Mase!«

»Jo, bis morgen, Jase!«

Nachdem ich das Gespräch beendet hatte, ging ich wieder ins Heimkino, welches gleichzeitig auch mein Gaming Room war, und zockte noch ein Weilchen GTA.

S K Y

Erst als Jason mein Zimmer verlassen hatte, endete der Flashback in meinem Kopf und ließ mich aus meiner Starre frei. Warum hatte ich nur so reagiert? Gut, eigentlich wusste ich, warum. Doch sowas durfte mir nicht noch mal passieren. Jetzt dachte der bestimmt wieder, er wäre der King. Aber er brauchte sich nichts einzubilden, ich würde mich ihm ganz sicher nicht fügen. Und das würde ich ihm auch zeigen. Schließlich hatte ich mir vorgenommen, glücklich zu leben und mich nicht mehr von solchen Leuten runter machen zu lassen! Nächstes Mal würde ich es schaffen!

Schnell machte ich mich bettfertig. Ich wollte einfach nur, dass dieser Tag zu Ende ging und möglichst viel Zeit zwischen jetzt und diese mehr als peinliche Begegnung kam. Doch einschlafen konnte ich erst nach stundenlangem hin und her wälzen. War ja klar, so aufgewühlt wie ich war.

Am nächsten Morgen weckte mich mein Wecker. Stimmt, ich war ja mit Rachel verabredet. Dann hatte ich jetzt noch genau zwei Stunden Zeit, bevor sie mich um elf Uhr abholen würde. Nachdem ich mich ausgiebig geduscht und auch sonst im Bad fertig gemacht hatte, stand ich nun in meinem Kleiderschrank und wusste nicht, was ich anziehen sollte. Ich hatte gestern doch tatsächlich vergessen zu fragen, was wir unternehmen würden. Zum Glück hatte ich ihre Handynummer.

> Hi Rachel, was machen wir heute eigentlich? Ich bin ein wenig ratlos, was ich anziehen soll. <

> Hi Sky. Nen Bikini wäre super. Was anderes wäre unpassend, um im Meer schwimmen zu gehen ;) <

> Haha, ja. Da hast du recht :D Dann bis gleich! <

> Ähmmm … Zum Thema ›Bis gleich‹: Wo wohnst du eigentlich? < Häää? Sie wusste doch, wo ich wohnte. Schließlich hatte sie mich gestern nach Hause gebracht. Warte, nein! Ich hatte ihr zwei Straßen vorher gesagt, dass ich den Weg von dort aus auch allein zurückfände.

> 153 Sunset Road <

Da ich nicht sofort eine Antwort bekam, beschloss ich, mich anzuziehen und meine Strandtasche zu packen. Ich zog einen schwarzen trägerlosen Bikini mit rosa Blumenmuster und darüber ein leichtes Strandkleid an. Beides war von Dave, denn solche hübschen Sachen waren in meiner alten Garderobe nicht zu finden gewesen. Schließlich hatte ich nicht auffallen wollen. Doch nun hatte ich ja eine andere Einstellung. Jedenfalls zog ich dazu süße Ballerinas an, dessen Farbe sich in meinem Kleid widerspiegelte. In meine Tasche packte ich nach kurzer Überlegung ein großes Handtuch, eine Flasche Wasser, Sonnencreme und etwas Geld. Gerade als ich damit fertig war, bekam ich eine Nachricht von Rachel.

> Ähm, ich glaube es wäre besser, wenn wir uns an der Kreuzung von gestern treffen würden. Ach ja, und erzähl bitte keinem, wie ich heiße, bzw. nenn mich einfach Destiny. Erklärungen später :* <

Okay … Das war komisch. Was war denn plötzlich ihr Problem? Doch ein Blick auf die Uhr verriet mir, dass ich keine Zeit mehr zum groß Nachdenken hatte, da ich schon in 25 Minuten am Treffpunkt sein sollte. Also schnell die Tasche geschnappt und ab nach unten, um noch eine Kleinigkeit zu frühstücken. Dort angekommen traf ich auf Dave und meine Mutter, die bereits am Essen waren.

»Guten Morgen, ihr beiden.«

»Guten Morgen, Schatz. Hast du gut geschlafen?«

»Ja, habe ich, Mum.«

»Das freut mich. Und nun komm und setz dich und frühstücke in Ruhe mit uns.«

»Gerne. Aber so viel Zeit habe ich gar nicht. Ich bin gleich mit dem Mädchen von gestern verabredet.«

»Ach, stimmt ja«, erinnerte Mum sich.

Ich setzte mich zu den beiden und schmierte mir ein Brötchen mit Marmelade. Als ich aufgegessen, mich von ihnen verabschiedet und sie mir einen schönen Tag gewünscht hatten, ging ich in den Flur. Gerade als ich mir den Haustürschlüssel schnappen und das Haus verlassen wollte, kam Jason die Treppe herunter. Der hatte mir gerade noch gefehlt …

»Was hast du vor?«, fragte er, als er vor mir stand.

»Nicht, dass es dich etwas anginge, aber ich bin verabredet. Mit dem Mädchen von gestern, um genau zu sein.« Da für mich alles gesagt war, wollte ich die Tür hinter mir zu ziehen und verschwinden, aber Jason machte mir einen Strich durch die Rechnung, indem er seine Fuß in die Tür stellte.

»Was denn noch?«, fragte ich sichtlich genervt.

»Wie heißt sie?« Warum war der denn auf einmal so neugierig? Hatte es etwas mit der Sache aus Rachels SMS zu tun? Ich würde sie gleich unbedingt darauf ansprechen!

»Warum willst du das wissen?«

»Erstens, weil ich hier das Sagen habe und zweitens, weil nicht alle so nett sind, wie du vielleicht denkst.« Ach was. Da war er wohl das perfekte Beispiel für. Aber da ich endlich loswollte, verkniff ich mir jeglichen Kommentar.

»Sie heißt Destiny und wohnt hier in der Gegend. Zufrieden?« Damit gab er die Tür wieder frei und ließ mich in Ruhe.

Ich machte mich zügig auf den Weg zum Treffpunkt. Schon von weitem sah ich, wie Rachel sich immer wieder umsah. War sie etwa nervös? Kurz darauf hatte ich sie erreicht.

»Hi, Destiny. Ich glaube du hast mir so einiges zu erklären«, grinste ich sie zur Begrüßung an.

»Hi, Sky. Ja, ja, aber jetzt lass uns erst mal hier weg«, lachte sie, schon wieder sichtlich lockerer. Mit diesen Worten zog sie mich zu ihrem Auto, das nur wenige Meter entfernt stand.

Sobald wir in ihrem gelben Ferrari saßen, ging es auch schon los. Sie wandte den Wagen und fuhr in die andere Richtung zur Hauptstraße. Erst als wir diese erreicht hatten, begann ich zu reden: »Also, Rachel, nun sag schon. Was hat es mit dem Decknamen auf sich? Und warum sollte ich zur Kreuzung kommen?«

»Du bist aber neugierig!«, grinste sie, »Aber gut, ich erzähle es dir … Du wohnst doch jetzt in 153 Sunset Road …« Ich bestätigte ihre Aussage mit einem Nicken und wartete darauf, dass sie fortfuhr. »… Na ja, und dort wohnt doch auch Jason Edwards …«

»Jaaa …?«

»Jaaa, er und mein Bruder waren mal Freunde, haben sich dann aber ziemlich zerstritten und … jedenfalls ist Jason nun in einer Gang und mein Bruder ist in einer anderen Gang. Und diese beiden Gangs stehen halt ziemlich auf Kriegsfuß miteinander« druckste sie herum. »Wenn einer von den beiden wüsste, dass wir uns kennen oder noch schlimmer, wie jetzt, was miteinander unternehmen und Freundinnen werden, dann wäre die Hölle los. Und ich sage dir, das möchten weder du noch ich miterleben. Eigentlich lasse ich mir von niemandem was sagen, vor allem nicht von meinem Bruder, aber in der Hinsicht ist echt nicht zu spaßen …«

»Okay …« Das musste ich erst mal verarbeiten.

Plötzlich brach Rachel in Gelächter aus. »Hahaha, du müsstest deinen Blick gerade sehen! Als hättest du ein Gespenst gesehen!«

»Guck geradeaus!«, rief ich gespielt wütend.

»Haha, ne ehrlich. Jetzt sieh es mal so: Das ist mega spannend, so eine heimliche Freundschaft. Wir werden uns doch nicht den Spaß verderben lassen, nur weil die nicht miteinander klarkommen!«

»Da hast du auch wieder Recht!«, grinste ich.

»Ich habe immer recht.« Als Antwort verdrehte ich nur die Augen, auch wenn sie es vermutlich nicht sehen konnte. Sie schien es dennoch bemerkt zu haben, denn sie ließ kurz das Lenkrad los und stieß mir den rechten Ellbogen gespielt entrüstet in die Seite. Daraufhin mussten wir beide lauthals lachen.

Mein Bauchgefühl hatte mich nicht getäuscht. Rachel war echt lustig; ich mochte ihre fröhliche, offene Art. Sie war ein wenig crazy, aber das definitiv im positiven Sinne. Außerdem behandelte sie mich schon seit der ersten Minute wie eine echte Freundin und das, obwohl wir uns erst seit einem Tag kannten. Darüber war ich sehr glücklich. Sie vermittelte mir, willkommen zu sein, und das war ein großartiges Gefühl. Das hatte ich schon seit Längerem nicht mehr gehabt.

Der Rest der Fahrt verlief damit, dass wir lauthals bei allen uns bekannten Liedern, die aus dem Radio schallten, mitsangen. Neben *Beggin'*, *Synchronize* und *As It Was* drang auch THATS WHAT I WANT durchs Auto.

Irgendwann rief Rachel »Wir sind da-ha!« und stellte mit einem Mal das Radio aus. Sie parkte auf einem kleinen Parkplatz, auf dem schon zwei weitere Autos standen.

»Ah, die anderen sind auch schon da«, stellte Rachel erfreut fest.

»Wie? Die anderen?«, fragte ich leicht irritiert.

»Na, meine Clique! Aber keine Sorge, die sind alle total nett. Ihr werdet euch gut verstehen«, antwortete sie mir. Und irgendetwas sagte mir, dass sie recht hatte.

Also stiegen wir aus, schnappten uns unsere Strandtaschen und machten uns auf den Weg zum Strand. Und ich musste sagen, ich war einfach nur glücklich und gespannt, wie die anderen waren und wie der Tag so werden würde.

Nachdem wir einen kleinen Kiosk umrundet hatten, waren wir schon am Strand. Etwa 50 Meter von uns entfernt konnte man eine kleine Gruppe ausmachen, die etwas rief und in unsere Richtung winkte.

»Ach, da sind sie ja«, sagte Rachel fröhlich und begann, auf die drei Personen zuzusteuern. Dann waren das also ihre Freunde.

Bei genauerem Betrachten konnte ich zwei Jungen und ein Mädchen ausmachen. Alle drei waren total hübsch. Der eine Junge hatte ein Sixpack, markante Gesichtszüge, braune hochstehende Haare und trug eine Hollister Badehose sowie eine dunkle Sonnenbrille. Der andere war auch ziemlich durchtrainiert, hatte aber kein Sixpack. Seine Frisur ähnelte der des Sonnenbrillenträgers, doch seine Gesichtszüge waren viel weicher. Ach ja, und das Mädchen war sehr schlank, hatte tolle braune, lange Haare und trug einen dunkelblaugemusterten Bikini.

Gerade als ich mit Abchecken fertig war, erreichten wir sie. Zunächst begrüßten sie Rachel mit einer Umarmung und wider Erwarten wiederholten sie kurz darauf dasselbe bei mir.

»Hey, du musst Skyla sein. Ich bin Jenna«, entgegnete die Brünette freundlich.

»Hey, nenn mich doch Sky. Aber woher kennst du eig …«

»Rachel«, lachte Jenna.

»Ach so«, grinste ich zurück und schüttelte den Kopf.

»Also, Sky. Ich bin Cameron«, stellte sich nun auch der Junge mit den weichen Zügen vor.

»Hi«, sagte ich nur, denn da stellte sich auch schon der letzte im Bunde unter dem Namen Christian vor. Er würde aber von allen nur Chris genannt werden, also sollte ich das auch tun.

»Okay, Chris, mache ich«, antwortete ich und betonte dabei das Chris, woraufhin wir alle grinsen mussten.

Nach der Begrüßungsorgie ließen wir uns auf der großen Picknickdecke nieder, die die anderen mitgebracht hatten. Rachel und ich zogen unsere Strandkleider aus, sodass wir schließlich alle nur noch in Badesachen dort lagen.

Nach einer Weile, in der mich Rachel und ihre Clique mit Fragen über mein altes Leben ausgequetscht hatten, wobei ich die persönlichen Fragen weitestgehend erfolgreich umgangen bin, beschlossen wir, dass es Zeit war für eine kleine Erfrischung. Wir sprangen alle gleichzeitig auf und lieferten uns ein Wettrennen zum Wasser. Und als ob das noch nicht genug gewesen wäre, ging es im kühlen Nass direkt mit einer Wasserschlacht weiter. Wir quietschten, tobten, spritzten, lachten und tauchten als gäbe es kein Morgen. Wir hatten total viel Spaß. Viel zu schnell waren wir aus der Puste, sodass wir eine Pause einlegen mussten.

Gerade als wir wieder an unseren Handtüchern angekommen waren, knurrte Camerons Magen. Wir sahen ihn belustigt an, doch er zuckte nur mit den Schultern und grinste. »Ich habe halt Hunger.«

»Jetzt wo du´s sagst. Ich könnte auch was zu essen vertragen. Also: Wie wär´s, wenn wir jetzt unsere Sachen packen und auf dem Rückweg noch bei McDonald´s anhalten?«, entgegnete Chris.

»Au ja! Das ist eine super Idee!«, stimmte Rachel mit ein.

»Warum nicht?«, sagte ich schlicht und bückte mich nach meiner Tasche.

»Na dann los«, entgegnete nun auch Jenna.

»Auf geht's!«

In wenigen Augenblicken hatten wir unsere Sachen zusammengeräumt und zu den Autos gebracht. Jenna war bei Cameron mitgefahren, sodass wir schließlich mit drei teuren Autos bei McDonald´s auffuhren. Ich hatte gedacht, dass das komisch aussehen würde, mit so einem teuren Wagen bei einem Fastfood Restaurant wie diesem aufzukreuzen, aber da hatte ich mich geirrt. Hier standen noch ein paar weitere Autos des höheren Standards. Die hatten alle echt viel Geld. Na ja, zumindest die in dem Stadtteil, in dem ich jetzt wohnte. Daran musste ich mich erst noch gewöhnen. Aber gut. Das war gerade nicht das Thema. Die Frage aller Fragen war in diesem Moment, was wir essen wollten. Die Jungs entschieden sich für irgendein Menü, die beiden Mädels nahmen einen einzelnen Burger mit Getränk und ich bestellte mir einen Wrap und eine Cola.

Mit unseren Tabletts machten wir uns auf zum Außenbereich. Während wir genüsslich unsere Bestellungen vertilgten, führten die anderen ein Gespräch über irgendwelche Personen, die ich nicht kannte. Natürlich nicht, ich war schließlich erst seit zwei Tagen in der Stadt. Dass ich somit nicht mitreden konnte, störte mich nicht. Ich begnügte mich mit Zuhören.

Nachdem wir alle aufgegessen hatten, brachten wir unsere Tabletts weg und gingen zurück zu unseren Autos. Dort angekommen machten wir noch ein Treffen für den nächsten Freitag aus. Um 20 Uhr vorm Kino. Da ich mich noch nicht so wirklich auskannte, versprach Rachel, mich eine halbe Stunde vorher an unserem Treffpunkt an der Kreuzung abzuholen und mitzunehmen.

Nachdem das alles geklärt war, stieg jeder wieder in das passende Auto und fuhr in eine andere Richtung davon. Rachel und ich verbrachten die Rückfahrt genauso wie die Hinfahrt: Mit ein wenig Gequatsche und viel lautem Gesang.

Viel zu schnell waren die Fahrt zu Ende und wir an der Kreuzung von heute Morgen angekommen. Langsam öffnete ich die Beifahrertür, um auszusteigen, aber nicht ohne mich noch einmal für den großartigen Tag zu bedanken.

»Dafür brauchst du ich doch nicht zu bedanken. Ich fand heute auch klasse und bin froh, dass du dabei warst. Du passt echt super zu unserer Truppe! Wir zählen von jetzt an auf dich!«, antwortete sie mir. Sie zählten auf mich! Ich gehörte von nun an zur Gruppe! Diese zwei Sätze machten mich unendlich glücklich!

»Doch, muss ich mich. Ich bin so glücklich, dass ihr mich so freundlich aufgenommen habt. Das ist nicht selbstverständlich.«

»Jetzt werde bloß nicht sentimental«, scherzte Rachel und musste lachen. Ich stimmte mit ein.

»Okay, dann bis Freitag. Ich freue mich!«

»Ja, bis Freitag, ich stehe dann pünktlich hier, um dich abzuholen.«

»Perfekt, bye.«

»Ciao.« Damit machte ich mich auf den Heimweg.

Da es von unserem Treffpunkt aus nur wenige Straßen waren, war ich ziemlich schnell an unserer Haustür angekommen. Ich schloss auf und trat ein. Sofort fiel mir die Stille auf, die das ganze Haus durchzog. Dann waren Mum und Dave wohl wieder gemeinsam unterwegs und Jason war bestimmt bei seinen Kumpels. Sollte mir recht sein. So hatte ich wenigstens meine Ruhe und konnte ungestört duschen gehen.

Als ich damit fertig war, war es schon 19 Uhr. Also entschied ich mich dafür, es gemütlich zu halten und mir eine schwarze Jogginghose und ein Sweatshirt mit großem Adidas-Logo anzuziehen. Meine Haare ließ ich an der Luft trocknen.

Gerade als ich mich daran gemacht hatte, meine Schultasche für morgen zu packen, hörte ich nebenan eine Tür knallen. Also war Jason wieder da. Davon ließ ich mich jedoch nicht beirren und ging einfach weiter meiner Tätigkeit nach. Da ich meinen Stundenplan und meine Bücher erst morgen bekommen würde, konnte ich nicht allzu viel einpacken. Nach einigem Überlegen, ob ich nicht doch noch etwas vergessen hatte, beließ ich es bei einem Federmäppchen mit ein paar Stiften, einem Collegeblock und etwas Geld. Zufrieden stellte ich meine Tasche an die Ecke des Schreibtisches. Da ich nicht wusste, was ich sonst hätte tun können, setzte ich mich davor, klappte meinen Laptop auf und zappte ein wenig durchs Netz.

Nach etwa zwanzig Minuten wurde ich durch die Stimme meiner Mutter unterbrochen, die zum Abendessen rief. Ich klappte meinen Laptop zu und machte mich auf den Weg nach unten. Dort angekommen fand ich, wie vermutet, Mum und Dave vor. Jason hielt es wohl nicht für nötig, pünktlich runterzukommen. Nachdem ich mich gesetzt hatte, wollte Dave anfangen zu essen, da er wohl nicht glaubte, dass sein Sohn noch zum Essen erscheinen würde. Aber Mum meinte, dass es ihr nichts ausmachen würde, noch einen Moment zu warten. Also saßen wir vor einem gedeckten Tisch und warteten darauf, dass es der feine Herr für nötig hielt, uns mit seiner Anwesenheit zu beehren.

Nach einem Moment der Stille begann meine Mum zu reden: »Sky, wir war eigentlich deine Verabredung mit ...? Wie heißt das Mädchen noch gleich?«

»Sie heißt Ra... äh, Destiny. Und sie ist sehr nett. Wir waren mit ihren Freunden am Strand und hatten echt viel Spaß. Wir sind für nächsten Freitag wieder verabredet.«

»Das freut mich, mein Schatz. Es ist klasse, dass du hier so schnell Anschluss gefunden hast.«

»Ja, Mum, das freut mich auch.«

Gerade als Dave ansetzen wollte, etwas zu sagen, ging die Küchentür auf und Jason schlurfte gelangweilt herein.

»Ach, da bist du ja endlich. Wir haben extra auf dich gewartet.«

»Danke, Dad. Ich fühle mich geehrt.« Jasons Stimme triefte nur so vor Sarkasmus, doch Dave ignorierte es gekonnt und ging nicht darauf ein.

Nachdem Jason sich gesetzt hatte, fingen wir an zu essen. Nach ein paar Minuten des Schweigens, in denen alle vollkommen mit ihrem Essen beschäftigt waren, begann Dave zu reden: »Eigentlich hatten wir das schon geklärt, aber ich würde es trotzdem gerne noch mal ansprechen. Also: Wegen morgen. Um pünktlich um acht an der Schule zu sein, wird Jason wie immer um halb hier losfahren. Ab jetzt nimmt er dich natürlich mit. Ihr werdet zusammen zur Schule und auch wieder zurück fahren.« Jason wollte schon zur Widerrede ansetzen, aber Dave ließ ihn gar nicht erst zu Wort kommen: »Ich will gar nichts hören, Jason. Sky ist neu hier und du wirst sie mitnehmen. Außerdem ist sie jetzt deine Schwester!«

Ich bemerkte, wie Jason unruhig wurde. Vor allem bei Daves letzter Aussage veränderte sich irgendetwas an seinem Gesichtsausdruck. Ich konnte nicht genau sagen, was es war, doch um unnötigem Streit aus dem Weg zu gehen, sagte ich an Dave gewandt: »Ich kann auch mit dem Bus fahren, das habe ich früher immer so gemacht.«

»Kommt gar nicht in Frage! Jason geht zur selben Schule und fährt dementsprechend jeden Tag dorthin. Also ist es kein Problem, dass du bei ihm mitfährst. Alles andere wäre nur unnötig kompliziert.«

»Aber …«, wollte sich Jason nun doch einmischen.

»Du nimmst sie mit! Ende der Diskussion!« Darauf stopfte sich Jason nur den Rest seines Brötchens in den Mund, stand auf und ging Richtung Tür. Grade als er diese durchqueren wollte, wandte er sich zu mir und sagte harsch: »Ich fahre um Punkt halb. Wenn du dann nicht fertig bist, fahre ich ohne dich!« Damit knallte er die Tür hinter sich zu und ging in sein Zimmer.

»Tut mir leid, er ist nicht immer so«, entschuldigte Dave sich für das Verhalten seines Sohnes.

»Ist schon okay«, versicherte meine Mutter ihm und gab ihm zur Bestätigung einen kurzen Kuss auf die Lippen.

Da ich fertig war und die beiden eh andere Pläne zu haben schienen, stand ich auf, räumte mein Geschirr weg und wünschte ihnen noch eine gute Nacht, bevor ich den Raum verließ und mich ebenfalls in mein Zimmer verzog.

Dort angekommen, ließ ich mich mit meinem Handy aufs Bett fallen. Auf den Gedanken hin, dass Rachel auf dieselbe Schule gehen könnte wie ich, schrieb ich sie an und fragte sie genau das. Keine fünf Minuten später bekam ich eine Antwort:

> Nein, ich gehe auf die West Los Angeles High … <

> Schade. Warum denn? <

> Weil mein Bruder auf deine Schule geht und ich nicht gerade scharf darauf war, ihn täglich zu sehen ;) Wahrscheinlich ist es eh besser so, da unsere Freundschaft so nicht sofort auffliegt. <

> Stimmt, da hast du auch wieder Recht. Aber schade finde ich es trotzdem. Sonst hätte ich dort schon wen gekannt <

> Das schaffst du schon! <

> Haha, ich hoffe es doch :D <

> Klar tust du das <

> Wenn du das sagst ;) Aber ich weiß noch nicht so ganz, was ich davon halten soll, dass Jason mich morgen zur Schule fährt <

> Was?!?! <

> Ja :/ Sein Vater hat darauf bestanden ... <

> Okayyy, dann wünsche ich dir morgen viel Glück! Wir müssen abends unbedingt telefonieren und du erzählst mir alles. <

> Haha, danke. Okay, machen wir :-) <

> Supi. Dann schlaf gut. Morgen wird ein aufregender Tag ;) <

> Danke, du auch :* <

Damit legte ich mein Handy zur Seite, machte mich bettfertig, stellte meinen Wecker und ging schlafen. Beziehungsweise versuchte ich zu schlafen. So ganz funktionierte das nicht, da mir unzählige Dinge durch den Kopf gingen: Würde Jason sein Versprechen halten und mich mitnehmen? Oder würde er mich eiskalt stehen lassen? Wie würden mich meine neuen Mitschüler aufnehmen? Würden sie nett sein? Würde ich die Räume finden? Wie würde generell alles werden? Wie würde Jason sich verhalten? Konnte so eine geheime Freundschaft mit Rachel bestehen? ... Nach gefühlten Stunden fiel ich dann doch in den lang ersehnten Schlaf.

Am nächsten Morgen riss mich mein Wecker mit seinem schrillen Geklingel viel zu früh aus meinem viel zu kurzen Schlaf. Dennoch war ich sofort hellwach. Die Aufregung brodelte nur so in mir und ich sprang förmlich aus dem Bett.

Als Erstes ging ich in meinen begehbaren Kleiderschrank. Dort machte ich mich auf die Suche nach etwas Schönem zum Anziehen. Früher hätte mir diese Aufgabe genauso große Schwierigkeiten bereitet wie heute. Nur, dass das komplett verschiedene Ursachen hatte. Früher hatte ich nichts Schickes, heute quoll mein Kleiderschrank davon nur so über. Nach kurzer Überlegung schnappte ich mir einen süßen Skaterrock, ein weißes Top, ein kleines Jäckchen und meine Adidas Superstars.

Zufrieden mit meiner Wahl machte ich mich auf den Weg ins Badezimmer. Dort beendete ich meine Morgenroutine schließlich mit einem dezenten Make-up. Meine Haare hatte ich offengelassen und gewellt. Nur zwei einzelne Strähnen hatte ich nach hinten geflochten.

Fröhlich und nur noch halb so aufgeregt schnappte ich mir meine Schultasche und mein Handy und ging nach unten in die Küche. Dort machte ich mir eine Schale mit Müsli und nahm mir ein Glas Saft. Da ich noch relativ viel Zeit hatte, setzte ich mich gemütlich an den Tisch und begann zu essen. Nebenbei checkte ich meine Nachrichten. Eine Nachricht von Rachel, eine von Mum und eine von Unbekannt.

Rachel

> Viel Spaß in der Schule, Süße! <

Ich antwortete schnell > Dankeschööön :* < und widmete mich der nächsten Nachricht.

Mum

> Hey, meine Kleine! Ich wünsche dir einen schönen Schultag.

Du wirst das super meisten! Bis heute Abend. HDL Mum <

Auch bei ihr bedankte ich mich und wünschte ihr ebenfalls einen schönen Tag. Dann öffnete ich die letzte SMS.

Unbekannt

> Hi, Skyilein. Ich hoffe, dir gefällt es an der neuen Schule. Ich vermisse dich jetzt schon. <

Mit einem Schlag rutschte mir das Herz in die Hose. Das war zu 100 Prozent Jake, der mir da geschrieben hatte. Aber woher wusste er …?! War er mir gefolgt? War er hier? Mir wurde mulmig zu Mute.

Bevor ich noch weiter darüber nachdenken konnte, kam Jason die Treppe herunter gepoltert.

»In 30 Sekunden ist Abfahrt!« Damit verließ er das Haus und war schon an der Garage angekommen. Zügig stand ich auf, schnappte mir einen Apfel und eine Flasche Wasser und folgte ihm.

Als ich in der Garage ankam, saß er schon ungeduldig in seinem Auto. »Na, wird's bald?« Super, ein Morgenmuffel. Eigentlich wollte ich zurückgiften, konnte mich aber im letzten Moment zurückhalten. Es war Montagmorgen, ich war gegen seinen Willen in seinem Auto und er schien generell etwas gegen mich zu haben. Also ließ ich es lieber bleiben.

So sagte ich nur »Bin doch schon da« und stieg ein.

Kaum hatte ich die Tür geschlossen, heulte der Motor auf und wir schossen mit einem Affenzahn aus der Garage und auf die Straße. Ich musste mich zwingen, ihn nicht auf seinen mörderischen Fahrstil anzusprechen oder ihn zu bitten, etwas langsamer zu fahren. Unnötigen Streit wollte ich an meinem ersten Schultag hier einfach vermeiden. Jason drehte die Musik voll auf. Sofort dröhnte aus allen Lautsprechern irgendein scheußlicher Rap. Er wollte mich provozieren, schon klar. Aber ich würde ihm nicht geben, was er wollte. Niemals. Also ließ ich diese sehr spezielle Fahrt ohne einen weiteren Kommentar über mich ergehen.

Doch kurz bevor wir das Schulgelände erreichten, war Jason es, der die Musik leiser stellte und mit scharfer Stimme zu reden begann: »Sobald wir da sind, trennen sich unsere Wege. Ich gehe zu meinen Kumpels und wehe, du folgst mir. Generell ist es dir und eigentlich auch den meisten anderen hier verboten, mit uns zu reden. Das ist ein unausgesprochenes Gesetz, an das sich alle halten. Und das solltest du besser auch, wenn du keine Probleme bekommen möchtest. Da ich dich leider wieder mit nach Hause nehmen muss … Komm nach dem Unterricht zu meinem Auto und warte dort. Und noch mal: Wehe du sprichst mich an!« Damit öffnete er die Fahrertür, stieg aus und ging zu einer Gruppe Jungs, die von einigen leicht bekleideten, dafür aber umso stärker geschminkten Mädels umringt waren. Sofort klettete sich eine an ihn. Okayyy …

Nachdem seine ›Rede‹ und sein Verhalten auf mich gewirkt hatten, bemerkte ich, dass ich immer noch in seinem Auto saß. Damit es nicht noch peinlicher und unangenehmer würde, als es eh schon war, stieg ich zügig aus und machte mich auf in Richtung Haupteingang. Dabei stellte ich fest, wie mich die meisten Schüler komisch anschauten und tuschelten. War ich wirklich so eine Sensation? Oder hatte ich einen Fleck auf meinem Top? Verunsichert sah ich an mir hinab. Wo war Harrys Tarnumhang, wenn man ihn brauchte? Da ich aber keinen fatalen Fehler fand, versuchte ich, so selbstbewusst wie möglich weiterzugehen.

Mit dem Betreten des Schulgebäudes fiel mir eine kleine Last von den Schultern. Der erste Teil war geschafft. Jetzt musste ich nur noch das Sekretariat finden, meine Bücher abholen, einen

Spind zugewiesen bekommen, das Klassenzimmer finden, es schaffen, mich vor meinen neuen Klassenkameraden nicht zu blamieren, und auch den Rest des Tages unbeschadet überstehen. Als ich die Dinge so aufzählte, wurde mir klar, dass ich bisher so gut wie gar nichts geschafft hatte. Dennoch war ich glücklich, heile und ohne besondere Vorfälle angekommen zu sein. Nur wie fand ich jetzt das Sekretariat? Ich sah mich in der großen Eingangshalle, in der sich schon einige Schüler tummelten, um, konnte aber keine Wegweiser oder Ähnliches finden, die mir weitergeholfen hätten. Gerade als ich losgehen und jemanden fragen wollte, sprach mich ein Mädchen von der Seite an: »Hi! Ich bin Brianna, aber nenn mich einfach Bri.«

»Hi, ich bin Sky«, antwortete ich völlig perplex.

»Bist du neu hier?«

»Ist das so offensichtlich?«, lächelte ich sie unsicher an.

»Ja. Erstens habe ich dich hier noch nie gesehen, obwohl wir im selben Alter zu sein scheinen, und zweitens hast du dich so hilflos umgesehen«, entgegnete sie lachend. »Ich gehe mal davon aus, dass du zum Sekretariat musst.« Immer noch ein wenig irritiert von ihrer überschwänglichen Freundlichkeit, nickte ich nur. »Gut, dann komm mit. Ich zeige dir den Weg.« Mit diesen Worten packte sie meinen Arm und zog mich hinter sich her. Brianna, äh, Bri bog einige Male links und rechts ab und schleifte mich eine Treppe hoch, bis sie ruckartig vor einer Tür stehen blieb. »Da wären wir.«

»Danke, echt nett von dir«, erwiderte ich und dachte, dass sie sich umdrehen und verschwinden würde. Aber sie blieb stehen.

»Na los! Worauf wartest du denn?«, fragte sie leicht erheitert.

»Ähm, keine Ahnung«, murmelte ich peinlich berührt und überfordert von so viel Freundlichkeit, verfiel dann aber in ein

Lachen. Sie stieg sofort mit ein. Nachdem wir uns wieder beruhigt hatten, drehte ich ihr den Rücken zu, klopfte an besagter Tür an und betrat den Raum. Ich ging auf den Schreibtisch zu, hinter dem eine sympathisch aussehende Frau in den Vierzigern saß. Ich begrüße sie höflich und sie grüßte zurück.

»Du musst dann wohl Skyla Montgomery sein«, stellte sie leicht lächelnd fest.

»Sky, bitte.«

»Okay, Sky. Es freut mich sehr, dich an dieser Schule willkommen heißen zu dürfen.«

»Vielen Dank. Ich bin schon sehr gespannt.«

»Dir wird es hier sicher gut gefallen«, erwiderte sie freundlich. Dann ergänzte sie: »Nun zu den Formalien: Hier ist dein Stundenplan. In den ersten beiden Stunden hast du Mathe bei Mister Anderson in Raum 310.« Na super. Einen besseren Start in den Montag als mit einer Doppelstunde Mathe konnte es wohl kaum geben. Man bemerke den Sarkasmus! »Hier sind alle weiteren Papiere und Informationszettel, die für dich wichtig sind. Auf einem davon stehen auch deine Spindnummer und die dazugehörige Zahlenkombination.« Die Dame reichte mir einen kleinen Stapel Blätter.

Gerade als ich diesen in meiner Tasche vertauscht hatte, händigte sie mir auch einen Packen Bücher aus.

»Das sind sämtliche Lehrbücher, die du in diesem Jahr brauchen wirst.« Ich bedankte mich höflich und verließ voll beladen das Sekretariat. Vor der Tür wartete Bri auf mich.

»Na komm. Lass uns erst mal den ganzen Kram in deinen Spind bringen. Welche Nummer hast du?« Ich warf einen Blick auf den Zettel ganz oben in meiner Tasche.

»1423.«

»Oh. Okay …«

»Was ist denn? Ist das nicht gut?«

»Na ja. Der Spind von dem Anführer einer der beiden Gangs hier auf der Schule hat den Spind direkt neben deinem.«

»Jason?«, fragte ich, ohne weiter darüber nachzudenken.

»Nein. Ryan. Halt dich bloß fern von ihm und seinen Freunden. Die haben nichts Gutes im Sinn. Für Jason und seine Gruppe gilt das Gleiche.« Okay … Stimmte das, was Jason mir erzählt hatte also wirklich? Früher oder später würde ich es wohl noch selbst rausfinden. Also antwortete ich nur knapp, dass ich ihrem Rat Folge leisten würde. So schwer würde das vermutlich nicht sein, da Jason und ich uns hier ja ›offiziell‹ nicht kannten und ich auch nicht vorhatte, irgendetwas mit Ryan anzufangen. Wer auch immer das war … Warte. Das war dann wohl Rachels Bruder. Schließlich hatte sie gesagt, dass er auch Anführer einer Gang war!

Nach wenigen Minuten hatten wir meinen Spind erreicht. Jedenfalls ging ich davon aus, da Brianna abrupt stehen blieb und mich erwartungsvoll ansah. »Du hast Glück, dass der Unterricht schon angefangen hat und die Flure leer sind. Denn wäre Ryan hier gewesen, hätte ich die Biege gemacht und dir dasselbe geraten.« Sie schien echt eingeschüchtert zu sein. Ich konnte ihre Reaktion verstehen, doch irgendwie machte mich das auch neugierig …

Da ich aber nicht vorhatte, an meinem ersten Tag schon irgendwelche Probleme zu bekommen, schob ich den Gedanken ganz weit weg und machte mich daran, meinen Spind zu entsperren. Ich verstaute alle Bücher bis auf das für Mathe darin, schloss ihn wieder und wandte mich Bri zu. »Welches Fach hast du jetzt eigentlich? Es tut mir echt leid, dass du wegen mir zu spät kommst. Ich …« Sie ließ mich gar nicht erst zu Ende sprechen.

»Erstens habe ich jetzt auch Mathe. Und zwar mit dir zusammen. Und zweitens bin ich nicht gerade scharf auf diese ganzen Formeln. Also lass dir ruhig Zeit«, sagte sie und wir fingen beide an zu lachen.

»Hahaha, aber ich muss dich leider enttäuschen. Auch wenn ich kein Mathe-Fan bin, würde ich jetzt gerne zum Unterricht. Ich wollte nicht unbedingt an meinem ersten Tag schon einen schlechten Eindruck bei den Lehrern hinterlassen.« Bri seufzte theatralisch, drehte sich dann aber um und bedeutete mir, ihr zu folgen.

Als wir wenig später vor unserem Kursraum standen, erklärte Brianna mir, dass ich ihr einfach hinterhergehen und mich neben sie setzten sollte. Ich war erleichtert, dass sie die Führung übernahm und sogar einen Platz neben sich frei hatte, auf den ich mich setzten durfte. Bri klopfte zwei Mal, öffnete die Tür und betrat den Raum.

»Entschuldigung, Mister Anderson. Das ist Sky. Sie ist neu hier. Ich habe mit ihr ihre Bücher abgeholt und sie zu ihrem Spind gebracht.«

»Danke, Brianna. Das war sehr freundlich von dir. Ach, und herzlich Willkommen, Sky. Ich bin mir sicher, dir wird es hier gefallen. Ihr dürft euch setzten.«

Bri machte sich auf den Weg zu einem Fensterplatz in der zweiten Reihe. Ich tat es ihr gleich und war froh, endlich den neugierigen Blicken der anderen zu entkommen. Ich packte meine Sachen aus und versuchte, dem Unterricht soweit es ging zu folgen. Zum Glück hatte Mister Anderson einfach mit dem

Unterricht weiter gemacht und war nicht wie diese fiesen Lehrer, die einen vor der ganzen Klasse über sein altes Leben ausfragten. Ganz im Gegenteil. Er schien nett zu sein.

Die Doppelstunde ging unerwartet schnell zu Ende und schon klingelte es zur Pause. Alle packten ihre Sachen zusammen und verließen den Raum. Auf dem Flur angekommen fragte Bri mich, was ich als Nächstes hatte. Für mich stand nun Deutsch auf dem Programm. Mit Bedauern stellten wir fest, dass sich unsere Wege trennten, da Brianna jetzt Biologie hatte. Doch wider Erwarten, sie würde nun in eine andere Richtung zu ihrem Kurs verschwinden, brachte sie mich erst zu meinem Raum. Sie teilte mir mit, dass sie mich nach dem Unterricht hier wieder abholen und mit zum Mittagessen nehmen würde.

Erleichtert, nicht auf mich allein gestellt zu sein, betrat ich den Raum. Es waren erst vereinzelt ein paar Tische besetzt. Also nutzte ich die Chance und ließ mich auf einen Platz in der letzten Reihe fallen. Ich holte meine Utensilien heraus und versuchte, mich auf den kommenden Unterricht vorzubereiten und die komischen Blicke der anderen zu ignorieren.

Kurz nachdem es geschellt hatte, betraten noch ein paar Nachzügler die Klasse. Erst als sie direkt vor mir stehen blieben und auf mich herabsahen, hob ich den Kopf und schenkte ich ihnen meine Aufmerksamkeit. Ich musste mich anstrengen, nicht zusammenzuzucken, denn vor mir standen vier Jungs, die alle mindestens einen Kopf größer und mindestens ein Jahr älter waren als ich. Mit abwartenden Mienen schauten sie mich an. Ich blickte fragend zurück und wartete auf eine Reaktion ihrerseits.

Nach einem kurzen Moment bekam ich schroff »Das sind unsere Plätze!« als Antwort. Damit war für sie das Gespräch anscheinend beendet gewesen, aber ich sah es gar nicht ein, meinen

Platz zu verlassen. Ich war schließlich zuerst da gewesen. Also antwortete ich schlicht »Heute scheinbar nicht« und wollte mich wieder meinen Materialien zuwenden, als einer der Jungs plötzlich mit seinem Gesicht ziemlich nah an meins kam und bedrohlich hauchte: »Du weißt wohl nicht, wer wir sind, Prinzessin.«

Prinzessin?! Mit einem Mal fiel der Groschen. Das waren Freunde von Jason! Jetzt erkannte ich sie. Sie hatten vor dem Schulgebäude zusammengestanden und sich unterhalten. Dann war das wohl seine ›Gang‹. Mir kamen Bris Worte wieder ins Gedächtnis »Halt dich bloß fern … Sie haben nichts Gutes vor …« Meine innere Stimme sagte mir, dass ich mich daran halten und meinen Platz räumen sollte. Doch mein Mund war schneller: »Klar kenne ich euch. Ihr seid Freunde von Jason!« Einen Moment lang sahen sie mich ungläubig an. Sie hatten wohl keine Antwort erwartet. Und erst recht nicht, dass ich wusste, wer sie waren, und trotzdem mit ihnen redete. Ein anderer von ihnen holte zu einem Kommentar aus, wurde aber durch unseren Lehrer, der in diesem Moment den Raum betrat, unterbrochen. Puh!

»Das ist noch nicht vorbei!«, zischte er nur noch wütend und verschwand mit dem Rest der Truppe auf die Plätze eine Reihe weiter vorne. Sie schienen Respekt vor diesem Lehrer zu haben. Sonst hätten sie sicher nicht so leicht nachgegeben. Verübeln konnte ich es ihnen nicht. Mister Froman war ein alter Mann, der sehr streng und verbittert aussah. Mit ihm war vermutlich nicht zu spaßen. Ich beobachtete, wie er seinen Blick suchend durch die Reihen schweifen ließ und schließlich bei mir hängen blieb. Das bedeutete nichts Gutes …

»Wie ich sehe, haben wir ein neues Gesicht in der Klasse. Möchtest du nicht nach vorne kommen und dich uns vorstellen?« Nein, wollte ich nicht! Aber seine Stimme duldete keine

Widerrede. Somit stand ich auf und ging an den Reihen tuschelnder Schüler vorbei nach vorne. Ich blieb neben Mister Froman stehen, drehte mich zur Klasse und begann zu sprechen: »Hallo. Ich bin Sky Montgomery, 16 Jahre alt und komme aus San Francisco.« Damit war für mich die Vorstellungsrunde beendet und ich wollte mich wieder setzen. Doch Mister Froman machte mir einen Strich durch die Rechnung, indem er fragte, ob irgendwer noch eine Frage an mich hätte. Also blieb ich stehen und hoffte inständig, dass sich niemand melden würde.

Doch ich hoffte vergebens. Augenblicklich schossen ein paar Hände nach oben. Ein Mädchen fragte mich, wie es in San Francisco war, worauf ich nur antwortete, dass es eine schöne Stadt war, ich mich hier aber auch sehr wohlfühlte. Ein anderes Mädchen fragte mich, ob ich Geschwister hätte. Diese Frage verneinte ich schlicht. Die letzte Frage kam von dem Jungen, der mir eben so nahegekommen war. Ich versuchte, mir nichts anmerken zu lassen, aber ich hatte schon etwas Angst vor seiner Frage.

»Warum bist du überhaupt hergezogen? Wollte dich in San Francisco niemand haben, oder was?«, fragte er höhnisch und die ganze Klasse begann zu lachen. Für sie schien es nur eine blöde Jungsfrage zu sein, doch bei mir traf sie einen wunden Punkt. Jake ... Ich musste dem Drang widerstehen, heulend aus dem Raum zu laufen oder dem Jungen eine reinzuhauen.

Zum Glück unterbrach Mister Froman die unangenehme Situation, indem er den Jungen, der scheinbar Mason hieß, und den Rest der Klasse ermahnte und mich auf meinen Platz schickte. Erleichtert kam ich seiner Aufforderung nach. Durch einen strengen Blick und ein Räuspern von Mister Froman erloschen sofort sämtliche Gespräche und alle richteten sich nach vorne. Er begann mit dem Unterricht und überließ mich mir selbst.

Ich verstand bald, worum es ging, und folgte dem Unterricht. Immer wieder spürte ich Blicke auf mir, sie kamen vor allem von Jasons Freunden. Da es mir das Beste schien, sie nicht weiter zu provozieren, ignorierte ich sie. Vielleicht hatte ich die falsche Entscheidung getroffen, da sie immer wütender zu werden schienen. Doch eine andere Möglichkeit fiel mir nicht ein. Dementsprechend beließ ich es dabei und machte mir Notizen zu dem, was Mister Froman erzählte. Als es zum Stundenende schellte, packte ich in aller Seelenruhe meine Sachen zusammen. Ich hatte es nicht eilig, da Bri eh einen Moment von ihrem Klassenzimmer zu meinem brauchen würde und ich den Jungs genug Zeit lassen wollte, sich aus dem Staub zu machen.

Ziemlich schnell hatte sich das Klassenzimmer geleert und auch von den Jungs schien keine Spur mehr zu sein. Also beschloss ich, mich rauszuwagen. Zu meinem Glück fand ich vor der Tür niemand anderen als Brianna.

»Na? Wie war Deutsch?«

»Na ja, war okay. Mister Froman wird sicher nicht mein Lieblingslehrer.«

»Das kann ich verstehen«, lachte Bri. »Na komm, lass uns in die Mensa gehen. Ich sterbe fast vor Hunger!« Ich stimmte in ihr Lachen mit ein und so machten wir uns auf den Weg.

In der Mensa angekommen, holten wir uns beide ein Tablet, stellten uns in der Schlange an und quatschten ein wenig, bis wir an der Reihe waren. Mit unseren vollbeladenen Tabletts hielten wir Ausschau nach einem freien Tisch. Bri schien einen gefunden zu haben, denn sie steuerte zielsicher auf einen Tisch im hinteren Teil des Raums zu. Als wir an dem vermeintlichen Tisch ankamen, saß dort bereits ein Mädchen.

»Hi, Faith«, sagte Bri fröhlich. »Das ist Sky. Sie ist neu hier.«

Nachdem wir uns gesetzt hatten, stellte sich Faith mir als Briannas beste Freundin vor. Sie war zierlich, hatte lange blonde Haare und trug ein Kleid mit Blumenmuster. Ich konnte mir gar nicht vorstellen, dass die beiden so gut befreundet waren. Faith schien mir ruhig und besonnen zu sein, während Brianna lebhaft und aufgeweckt war. Außerdem konnten sie sich vom Aussehen kaum doller unterscheiden. Faith wirkte so süß und Bri mit ihren etwa brustlangen, schwarzen Haaren, den Hot Pants, dem schulterfreien Oberteil und den Chucks eher tough.

Wir verbrachten unsere Mittagspause mit Essen und Quatschen. Doch hauptsächlich hörte ich den beiden Mädels zu. Sie erzählten irgendwelche Geschichten von Lehrern, die sie besonders lustig oder doof fanden, oder schwärmten von ein paar Jungs aus dem Jahrgang über uns. Viel zu früh schellte es, sodass wir uns wieder auf den Weg zum Unterricht machen mussten.

Den nächsten Kurs hatte ich zusammen mit Faith. Ich war froh, nicht allein hinzumüssen. Der Unterricht verging schnell. Ich musste mich nicht vorstellen, war keinem der Jungs begegnet und auch sonst war nichts besonders Aufregendes geschehen. Zu meinem Glück entfielen die letzten beiden Stunden für mich vorerst, wodurch dies mein letzter Kurs für diesen Tag war. Man hatte mir gesagt, dass es reichen würde, wenn ich mich in den nächsten Wochen für eine Extraaktivität wie Cheerleading oder Theater entscheiden würde.

Nachdem ich Faith' Angebot, mich noch zu meinem Spind zu bringen, dankend abgelehnt hatte, machte ich mich allein auf den Weg dorthin. Ich lief durch die schon leeren Gänge und fand ihn relativ schnell. Nachdem ich meine Bücher darin verstaut hatte, schloss ich meinen Spind und wandte mich zum Gehen.

Zu meiner Überraschung blickte in ein paar haselnussbraune

Augen. Der Junge aus Deutsch stand direkt vor mir und funkelte mich böse an.

»Ich glaube, wir haben noch eine Rechnung zu begleichen«, sagte er bedrohlich. Ich zuckte zusammen und bekam etwas Angst. *Das ist eine typische Bad Boy-Masche. Er will dir Angst machen. Wenn du jetzt nachgibst, hat er gewonnen. Das kennst du doch schon aus San Francisco*, teilte mir meine innere Stimme mit. Sie hatte Recht!

»Nicht, dass ich wüsste«, antwortete ich hochnäsig. Ich hatte damit gerechnet, dass er seine Maske für einen kurzen Moment fallen lassen würde, da er sicher mit einer anderen Reaktion gerechnet hatte. Doch dem war nicht so. Er schien nur noch wütender zu werden.

»Wagst du es etwa, mir zu widersprechen?!«, fauchte er nun und kam einen Schritt auf mich zu. Ich wollte zurückweichen, doch mein Spind machte mir einen Strich durch die Rechnung. Mason grinste siegessicher.

»Sieht wohl so aus, oder?«, antwortete ich frech, nachdem ich mich wieder gefangen hatte. Okayyy ... Seinem Gesichtsausdruck nach zu urteilen, hatte ich es übertrieben. Er war kurz vorm Explodieren. Ehe ich mich versah, hatte er meine Hände geschnappt, mit seinen umfasst und drückte sie auf der jeweiligen Seite neben meinem Kopf an den Spind.

»Lass mich los!«, wollte ich wütend fauchen. Doch es klang eher nach einem jämmerlichen Jaulen. Schon wieder lachte der Typ. Doch anstatt loszulassen, drückte er noch fester zu. Es begann richtig weh zu tun, aber ich wollte es ihm nicht zeigen. Jedoch schien er meinen inneren Kampf bemerkt zu haben, denn er verstärkte seinen Griff immer weiter, bis ich zu wimmern und mich unter ihm zu winden begann. Meine Handgelenke taten höllisch weh und mir standen die Tränen in den Augen. Warum geriet ich eigentlich immer an die falschen Jungs?

»Nur, dass das klar ist. Meine Jungs und ich haben hier das Sagen!« Wie ironisch. Das hatte ich schon ein paar Mal gehört.

Mir entfuhr ein sarkastischer Lacher. Als mir bewusst wurde, was ich getan hatte, versteinerte ich in meiner Position und hoffte, dass er nichts gehört hatte. Aber er hatte es gehört. Das erkannte ich an dem noch weiter zunehmenden Druck auf meinen Handgelenken.

»Dir macht das hier also Spaß. Na dann. Kannst du haben. Du stehst bei mir ganz oben auf der Liste, wenn ich mal wen zum Wut abbauen brauche.« Ich verzog angsterfüllt das Gesicht. Natürlich entging ihm auch das nicht. »So gefällst du mir schon besser. Und nun weißt du ja, was dir droht, wenn du einem von uns erneut in die Quere kommst. Also überleg dir demnächst lieber vorher, was du sagst oder tust ... Ach ja. Das ganze hier bleibt unter uns, wenn du nicht noch mehr Probleme bekommen willst.« Er funkelte mich noch einmal böse an, ließ dann ruckartig meine Handgelenke los, machte auf dem Absatz kehrt und verschwand Richtung Ausgang, als wäre nie etwas gewesen.

Erst als ich ihn nicht mehr sehen konnte, konnte ich mich aus meiner Starre lösen. Ich wollte mir meine Handgelenke reiben, doch die bloße Berührung verursachte bereits solche Schmerzen, dass ich zurückzuckte.

JASON

Der Unterricht war schon längst zu Ende und ich stand mit meinen Jungs vorm Schulgebäude. Alle waren da. Nur Mason fehlte. Wo er bloß steckte? Er hatte nur gesagt, dass er noch kurz was erledigen müsste und dann kommen würde. Na ja, mein Problem war es nicht und ich wettete, er würde es erzählen, sobald er zu uns stieß. Also machte ich mir keine weiteren Gedanken darüber und widmete mich voll und ganz der laufenden Diskussion darüber, was heute Abend anstand.

Wir waren immer noch auf keinen Nenner gekommen, als ich Mason mit einem zufriedenen Grinsen aus der Schule kommen sah. Na, der war ja gut drauf. Diesen Gesichtsausdruck hatte er eigentlich nur nach einem Fight oder einer erfolgreichen Auseinandersetzung. Ich musste schmunzeln. Ein paar der Jungs bemerkten das und sahen mich fragend an. Ich deutete lediglich mit dem Kopf in die Richtung, aus der Mase kam. Als sie ihn sahen, verstanden sie und mussten ebenfalls grinsen.

»Na, Mase, wen hast du heute fertig gemacht?«, fragte Jayden amüsiert.

»Ach, nur die Kleine, die uns in Deutsch so dumm angemacht hat«, entgegnete er mit einem triumphierenden Lächeln. »Ihr hättet sie sehen sollen. Die war so klein mit Hut. Das war schon fast langweilig.« Nun mussten wir alle lachen. Wir machten noch ein paar Witze, bis wir uns in alle Richtungen verteilten. Wegen unseres Treffens am Abend wollten wir noch mal schreiben.

Mittlerweile waren die anderen mit ihren teuren Autos weg und ich stand noch immer hier und musste auf die Kleine von Dads neuer Freundin warten.

Ich spielte mit dem Gedanken, sie einfach stehen zu lassen und nach Hause zu fahren, aber irgendwas hielt mich davon ab.

Vielleicht, weil ich sonst Stress mit Dad bekommen würde. Na ja, eigentlich interessierte mich sonst auch nicht, was er wollte. Und außerdem war er eh fast nie da. Aber gut ... Wenigstens hatte die ... ähm Sky ... keinen Ärger gemacht. Ich hatte sie den ganzen Tag nicht einmal zu Gesicht bekommen, was auch gut so war, denn ich war nicht scharf darauf gewesen, sie meinen Kumpels vorzustellen beziehungsweise sie vor allen fertig zu machen. Irgendetwas in mir wollte das nicht. Ich wusste nicht, was es war und ich begann langsam an dem Bad Boy in mir zu zweifeln, als ich Sky endlich das Schulgebäude verlassen sah. Sie kam langsam und mit gesenktem Kopf auf mich zu. Wow, welche Laus war der denn über die Leber gelaufen? Aber mir sollte es recht sein. So war alles um einiges einfacher. Und irgendwie hatte ich Freude daran, sie so zu sehen. Ich war erleichtert, anscheinend doch nicht komplett verweichlicht zu sein.

Als sie noch etwa zehn Meter entfernt war, rief ich in einem ziemlich unfreundlichen Ton zu ihr rüber: »Geht´s noch langsamer, oder was?« Sie zuckte zusammen, sah aber nicht auf. »Hallo?! Siehst du nicht, dass wir die Letzten sind? Ich bin nicht wirklich scharf drauf, mehr Zeit als nötig hier zu verbringen. Ich bin ja kein Vollidiot!«

Mittlerweile hatte sie mein Auto erreicht. Ich entriegelte den Wagen und wir stiegen ein. Doch mit meiner Standpauke war ich noch nicht fertig. Ich musste ihre momentane Verletzlichkeit ausnutzen. »Und dass das klar ist. Demnächst bist du pünktlich zum Schellen an meinem Wagen und wartest dort auf mich. Und zwar so, dass man dich vom Schulgebäude aus nicht sehen kann. Wag es nicht, zu mir und meinen Jungs zu kommen. Ich sage dir, du willst nicht erleben, was dann passiert!« Sky sank immer tiefer in ihrem Sitz. Sie konnte einem fast schon leidtun. Aber es hatte echt gutgetan, meinen Frust an ihr rauszulassen. Außerdem bereitete es mir Genugtuung, sie aus dem Augenwinkel so zusehen, wie ihre Haare schützend ihr Gesicht verdeckten.

Wir kamen zügig zu Hause an, weil ich wie immer ziemlich schnell fuhr. Ich parkte mein Auto nur auf dem Vorplatz, da ich später sowieso noch mal losmusste. Ich stieg aus, schnappte mir meinen Kram, knallte die Tür zu und machte mich auf in Richtung Haus. Erst als ich die Tür schon aufgeschlossen hatte, sah ich, wie sich auf der Beifahrerseite etwas regte. Sobald sie ausgestiegen war, verriegelte ich meinen Wagen und verschwand im Haus.

Nun konnte ich wieder tun und lassen was ich wollte und brauchte keine weitere Zeit mit diesem Mädchen zu verbringen. Da Dad erst spät am Abend heimkommen würde, hatte sie auch keinen, bei dem sie sich beschweren konnte. Aber als ob mich das juckte.

Ich lief hoch in mein Zimmer, schmiss Tasche und Schuhe achtlos in die Ecke und drehte die Stereoanlage auf volle Lautstärke. Ich bekam am Rande mit, dass Sky ebenfalls in ihr Zimmer gegangen war, widmete mich dann aber wieder meinem Kram. Da ich nicht vorhatte, in irgendeiner Weise Hausaufgaben zu machen, hatte ich alle Zeit der Welt, den Dingen nachzugehen, die mir wirklich Spaß machten. Ich schrieb eine Weile mit meinen Leuten, bis wir uns schließlich für 20 Uhr an der alten Lagerhalle verabredeten. Wir sprachen noch ab, wer was mitbrachte. Unsere Strategien und wohin es gehen sollte, besprachen wir immer persönlich. Es war uns zu riskant, dass irgendjemand Unbefugtes etwas mitbekam, was er nicht mitbekommen sollte.

Nachdem das geklärt war, legte ich mein Handy zur Seite. Da bis zu unserem Treffen noch circa drei Stunden Zeit waren, beschlossen Mason und ich, die Zeit zu nutzen, und gingen gemeinsam ins Fitnessstudio. Ein solcher Körper kam schließlich nicht von irgendwo. Außerdem brauchten wir das Training und man konnte dabei super Dampf ablassen. Wir powerten eine Weile, aber nur so, dass wir noch ordentlich bei Kräften waren. Alles andere wäre taktisch unklug gewesen.

Frisch geduscht machten wir uns auf den Weg zu unserem Treffpunkt, wo die anderen bereits auf uns warteten.

S K Y

Langsam trottete ich in mein Zimmer. Dabei war ich darauf bedacht, Jason nicht in die Arme zu laufen. Jedoch nicht, weil ich Angst vor ihm hatte oder so. Nein, die hatte ich auch auf der Heimfahrt nicht gehabt. Ich wollte bloß vermeiden, dass er mich ansah und bemerkte, was passiert war. Die Genugtuung wollte ich ihm nicht gönnen. Das Hochgefühl, was er durch meine Schweigsamkeit bekommen hatte, reichte vollkommen.

In meinem Zimmer angekommen, stellte ich meine Schultasche neben dem Schreibtisch ab und machte mich auf ins Bad, um mich um meine Handgelenke zu kümmern. Nachdem ich sie einige Minuten unter kaltes Wasser gehalten hatte, tupfte ich sie vorsichtig trocken und wühlte in meiner Kosmetiktasche nach einer Wundcreme. Ich trug sie auf und beschloss, erst mal einen Verband darum zu machen, solange ich in meinem Zimmer war. Ich kam mir blöd vor mit zwei verbundenen Unterarmen, doch schaden konnte es nicht. Zur Sicherheit schloss ich meine Zimmertür ab, da es sonst ziemlich unangenehm für mich werden könnte.

Ich legte mich auf mein Bett, um mir ein paar Minuten Ruhe zu gönnen. Jedoch hielt ich es nicht lange aus, still zu liegen. Nach kurzem Überlegen stand ich wieder auf und setzte mich an meinen Schreibtisch. Ich kramte meine Hausaufgaben raus, stets darauf bedacht, meine Handgelenke nicht zu sehr zu belasten. Nach eineinhalb Stunden war ich endlich fertig und verstaute den Kram wieder in meiner Tasche. Dabei fiel mir ein, dass ich mich ja mit Rachel zum Telefonieren verabredet hatte. Also zog ich mein Handy aus der Hosentasche, wählte ihre Nummer und wartete auf das Freizeichen. In Gedanken ging ich durch, was ich ihr erzählen würde. Ich konnte ihr von Bri und Faith erzählen.

Jedoch beschloss ich, die schmerzhafte Begegnung mit dem Kumpel von Jason wegzulassen. Es war mir irgendwie peinlich und so stark war unsere Freundschaft nun auch noch nicht, als dass ich ihr so etwas erzählen müsste.

Gerade als ich dachte, sie würde nicht abnehmen, hörte ich ein Klicken in der Leitung und Rachels Stimme erklang: »Hi, Sky! Na? Wie war's in der Schule?«, fragte sie neugierig.

»Na ja, Schule halt«, lachte ich und fügte etwas ernster hinzu: »Ne, war echt in Ordnung. Ich habe zwei nette Mädchen kennengelernt: Brianna und Faith. Mit denen habe ich auch ein paar Fächer zusammen.«

»Hey, das klingt doch super!« Ich hörte ihrer Stimme an, dass sie sich ehrlich für mich freute und das wiederum freute mich. Dass jemand glücklich war, weil ich es war, hatte ich schon lange nicht mehr erlebt.

Doch als Rachel weitersprach, wurde sie ernst: »Sag mal, hast du schon Bekanntschaft mit meinem Bruder gemacht?«

»Ich glaube nicht … Aber ehrlich gesagt weiß ich noch nicht mal, wie er aussieht.« Damit hatte sich die Stimmung wieder gelockert und wir mussten beide lachen.

»Da hast du natürlich auch wieder recht. Aber ich bin mir sicher, dass du ihn erkennen würdest. Er ist der Typ mit dem unfreundlichsten Blick, den du je gesehen hast.« Wir kriegten uns kaum noch ein.

»Okay, das sollte funktionieren. Ich denke, dass ich ihn ziemlich bald das erste Mal sehen werde. Er hat angeblich den Spind direkt neben meinem …« Rachels Lachen verstummte.

»Oh …«, sagte sie nur.

»Warum?«, fragte ich.

»Ich weiß, er ist mein Bruder. Aber er ist halt nicht immer der

Netteste. Also pass einfach ein bisschen auf. Außerdem müssen wir dann noch vorsichtiger sein, damit wir nicht auffliegen, weil er dich dann ja schon aus der Schule kennt und vielleicht eher mit Jason in Verbindung bringt.«

Um die Stimmung wieder zu heben, antwortete ich: »Okay, dann bin ich von nun an in geheimer Mission.« Es funktionierte. Rachel musste schmunzeln. Wir wechselten das Thema und unterhielten uns noch ein wenig über Dieses und Jenes.

Als wir das Gespräch beendet hatten, war es kurz vor sieben. Jason war schon vor einiger Zeit gegangen, was bedeutete, dass ich allein war. Das war mir nur recht.

Da ich langsam Hunger bekam, ging ich runter in die Küche und schmierte mir ein Brot. Ich aß es gemütlich auf, räumte mein dreckiges Geschirr weg und ging wieder in mein Zimmer. Mum und Dave würden erst in einer Dreiviertelstunde nach Hause kommen. Ich hatte somit noch ein wenig Zeit für mich. Nur wusste ich nichts so recht damit anzufangen. Also führte mich mein Weg mal wieder zu meinem Bett. Ich dachte über den heutigen Tag nach. Als ich an meinem Aufeinandertreffen und der anschließenden Autofahrt mit Jason ankam, ärgerte ich mich über meine eigene Blödheit. Wie konnte ich nur so dumm sein und auf ›so klein mit Hut‹ tun?! Darauf bildete er sich jetzt wahrscheinlich sonst was ein. Und wenn ich nicht schon Gesprächsstoff Nummer eins bei Jason und seiner Truppe gewesen wäre, war ich es jetzt ganz bestimmt. Sie würden sich ihre Mäuler über das kleine Mädchen zerreißen, das erst auf mutig tat und dann fast zusammenbrach. Doch heute Mittag schien es mir die beste Lösung gewesen zu sein, Jasons Diskussionen aus dem Weg zu gehen. Ich musste demnächst vorher darüber nachdenken, was ich tat und welche Folgen das haben konnte! Außerdem musste ich diese Unsicherheit und diese Angst in den Griff bekommen. Die hatte ich schließlich nur durch Jake und die gehörten einfach nicht in mein neues Leben ...

JAKE! Sofort schoss mir seine SMS vom Morgen wieder in den Kopf. Jake, mein Ex-Freund, durch den ich so war, wie ich war, und der Grund, warum ich so glücklich war, San Francisco und somit eigentlich auch ihn verlassen zu haben und nie wieder sehen zu müssen. Wieso wusste er, dass ich weggezogen war, bevor es durch mein Fehlen in der Schule hätte auffallen können? Ich wusste es nicht und konnte nur hoffen, dass er den Spaß an der Sache verlieren würde und mich endlich in Ruhe ließ. Etwas anderes wollte ich mir nicht vorstellen.

Schnell schlug ich mir den Gedanken aus dem Kopf und versuchte, ein anderes Thema zu finden. Als ich auf die Uhr schaute, konnte es sich nur noch um Minuten handeln, bis Mum wieder da war. Da ich ihr die Verbände nicht erklären wollte, tauschte ich mein Top gegen einen riesigen, urgemütlichen Kapuzenpulli ein, dessen Ärmel mir fast bis zu den Fingerspitzen reichten.

Als ich umgezogen war, war ich immer noch allein. Schon fingen meine Gedanken wieder zu kreisen an. Wie konnte ich mich nur so verhalten? Wie konnte ich nur so blöd sein?! Ich hätte stark und selbstbewusst auftreten sollen und dem Jungen und Jason zeigen müssen, dass ich so nicht mit mir umspringen ließ. Jetzt dachten sie wahrscheinlich beide, dass sie es geschafft hatten, mich klein zu kriegen, und würden jetzt erst recht auf mir rumhacken. Mensch, wieso hatte ich das gemacht? Ich verstand mich selbst nicht und schwor mir, dass das nie wieder vorkommen würde. Schließlich war ich dieses Bad Boy-Getue gewohnt. Eigentlich müsste ich längst schon sowas wie immun dagegen sein ... Beim nächsten Mal würde ich es anders machen. Wobei ich natürlich darauf hoffte, dass es kein nächstes Mal geben würde.

Bevor ich mir noch weiter den Kopf zerbrechen konnte, hörte ich Stimmen von unten und kurz darauf näherkommende Schritte. Wenige Sekunden später klopfte es an meiner Zimmertür. Sie wurde einen Spalt breit geöffnet und Mum steckte ihren Kopf hinein. »Hey, Süße. Kann ich reinkommen?«

»Klar.« Ich klopfte neben mich auf mein Bett, um ihr zu bedeuten, sich neben mich zu setzen. Sie kam meiner stillen Aufforderung nach und ließ sich neben mir nieder.

»Na? Wie war dein erster Schultag?«

Ich erzählte ihr dasselbe, was ich zuvor Rachel erzählt hatte. Sie freute sich für mich und berichtete schließlich, dass ihr ihre neue Arbeit auch ziemlich gut gefiel. Diesmal war ich mit Freuen dran. Die Tatsache, dass sie dort mehr verdiente als früher in San Francisco, war klasse, spielte aber kaum eine Rolle mehr, da Dave mehr als genug Geld hatte und sie theoretisch gar nicht arbeiten gehen musste. Aber es machte ihr Spaß und sie wollte wenigstens etwas beisteuern. Also war alles perfekt.

Nach einer Weile stand Mum auf, um mein Zimmer zu verlassen. Im Gehen drehte sie sich noch mal um und fragte, ob ich mit ihr und Dave zu Abend essen wollte. Da ich bereits gegessen hatte, lehnte ich dankend ab und wünschte ihr eine gute Nacht.

Nachdem Mum mein Zimmer verlassen hatte, überlegte ich, was ich tun könnte, da es noch zu früh war, um schlafen zu gehen. Ich beschloss, etwas zu lesen. Ich schnappte mir mein Lieblingsbuch aus dem Regal, legte mich ins Bett und schlug es auf. Schnell war ich in die Geschichte vertieft und konzentrierte mich vollkommen auf das dort beschriebene Geschehen.

Gegen zehn Uhr legte ich das Buch beiseite und raffte mich auf. Ich zog meinen Schlafanzug an und schlurfte ins Bad, wo ich meine übliche Abendroutine verrichtete. Ich entschied mich, über Nacht keine Verbände zu tragen, damit meine Handgelenke Luft bekamen. Erst als ich sie nun sah, wurde mir klar, wie viel Kraft der Junge wirklich hatte. Meine Handgelenke waren grün und blau. Ich war etwas schockiert, doch sie passten zu den Schmerzen, die sie mir bereiteten. Ich cremte sie mir erneut mit einer heilenden und schmerzlindernden Salbe ein und ging ins Bett. Morgen musste ich wohl bei gefühlten vierzig Grad im Schatten mit langen Ärmeln in die Schule gehen. Na, das konnte ja noch heiter werden! Mit diesem Gedanken schlief ich ein.

Als ich am nächsten Morgen von meinem Wecker geweckt wurde, fiel mein erster Blick auf meine Handgelenke. Na großartig, sie waren wie erwartet wunderschön bunt gefärbt (man beachte den Sarkasmus). Aber wenigstens taten sie nicht mehr so weh wie gestern. Solange ich sie nicht berührte, spürte ich nur ein unangenehmes Pochen.

Als Erstes ging ich ins Bad, um Gebrauch von der Salbe zu machen. Dann ging ich in mein Ankleidezimmer und suchte mir eine Hot Pants und ein dünnes Langarmshirt heraus. Fertig angezogen ging ich wieder ins Bad. Ich brauchte einen Moment länger, da ich versuchte die blaue-grüne Färbung, die meine Handgelenke zierte, wenigstens etwas mit Make-up abzudecken, damit es nicht sofort auffiel, wenn ein Ärmel ungewollt ein Stück zu hochrutschte. Dies gelang eher schlecht als recht, aber ich hatte mein Bestes gegeben und das musste reichen.

Trotz der Verzögerung war ich pünktlich fertig und sogar vor Jason in der Garage. Als er schließlich kam, setzte er sich ohne ein Wort in sein Auto. Ich tat es ihm gleich und so fuhren wir schweigend zu Schule.

Dort angekommen lief es genauso wie am Vortag ab. Er stieg aus, ohne mich eines Blickes zu würdigen, und ging zu seinen Freunden. Ich stieg nach ihm aus und steuerte direkt auf das Schulgebäude zu. Dabei fragte ich mich, ob ich Bri und Faith heute wohl wieder sehen würde.

Kaum hatte ich das Gebäude betreten, hatte sich meine Frage auch schon erübrigt. Dort standen sie und schienen auf mich zu warten. Sie begrüßten mich überschwänglich und schon plapperte Bri drauf los: »Welche Kurse hast du heute? Isst du wieder mit uns zu Mittag? Wollen wir nach der Schule mal was zusammen machen? Wir haben auch noch keine Nummern getauscht!« Ich war baff, dass sie so scharf darauf war, meine Freundin zu werden. Sie hatte hier doch schon Freunde. Auch wenn ich dem Braten noch immer nicht ganz traute, freute ich mich ungemein.

Nach einer Sekunde des Schweigens begann ich, auf all ihre Fragen zu antworten: »Englisch, Kunst, Literatur, Philosophie. Wenn ich darf, gerne. Fände ich klasse, wenn wir uns mal treffen. Stimmt, das mit den Nummern haben wir gestern total vergessen.« Schon hatte Brianna ihr Handy gezückt und ich diktierte ihr meine Nummer.

»So. Jetzt haben wir eine WhatsApp-Gruppe, in der wir schreiben und uns verabreden können«, grinste sie zufrieden.

Nun schaltete sich auch Faith mit ein: »Englisch haben wir zusammen und in Literatur sind wir zu dritt. In Kunst bist du mit Bri.« Sie schien von Briannas Redefluss unbeeindruckt.

Mittlerweile war es fünf Minuten vorm Schellen. Da ich noch zu meinem Spind wollte, verabschiedeten wir uns und ich ging mit Faith in die eine und Bri in die andere Richtung.

Der Unterricht war unspektakulär, in Literatur saßen wir zusammen in der vorletzten Reihe und unterhielten uns eher, als dass wir dem Unterricht folgten. Den Lehrer schien es nicht zu stören, also machten wir weiter. Auch sonst war alles ganz gut. Es kam zu keinen Konfrontationen mit irgendwelchen Bad Boys und auch Ryan lief ich nicht über den Weg. So weit, so gut.

Nach der Schule ging ich zu Jasons Auto und lehnte mich in dessen Nähe gegen einen Baum. Ich kam mir ein wenig doof vor, da so allein zu stehen, aber momentan hatte ich keine andere Wahl. Am Wochenende würde ich mich über die Busverbindungen informieren und dann müsste ich seine Dienste nicht mehr in Anspruch nehmen. Jetzt musste ich halt warten.

Nach fünf Minuten erbarmte sich Jason und kam. Wieder stieg er einfach in seinen Wagen und die Fahrt verlief wie die Hinfahrt schweigend. Nicht, dass ich ein Problem damit hatte. Alles war besser, als mit ihm zu reden.

Somit verschwand ich dann auch direkt in mein Zimmer und ging meinen eigenen Aktivitäten nach. Die Hausaufgaben hatte ich zügig beendet, sodass ich noch reichlich Zeit hatte. Ich beschloss, den Garten zu erkunden. Das hatte ich bei dem ganzen Trubel vollkommen vergessen. Gesagt, getan. Draußen angekommen staunte ich nicht schlecht. Der Garten war wunderschön hergerichtet mit einer hübschen Terrasse samt Sitzgelegenheiten, Blumenbeeten, einem kleinen Gewächshaus und, was das Beste war, einem riesigen Pool. Am liebsten wäre ich sofort reingesprungen, doch im letzten Moment fielen mir meine Handgelenke ein. Ich stellte sicher, dass Jason mal wieder nicht zu Hause war. Erst dann konnte ich entspannt hoch gehen, mir den Bikini vom Wochenende anziehen und mit einem Handtuch bewaffnet wieder nach draußen gehen. Ich legte das Handtuch auf eine Liege und ließ mich vorsichtig ins Wasser gleiten. Es war angenehm erfrischend und hatte den positiven Nebeneffekt, dass es meine Handgelenke kühlte.

Nach einigen Minuten, in denen ich das kühle Nass einfach nur genossen hatte, begann ich, Bahnen zu schwimmen. Ich gab mich vollkommen meiner Tätigkeit hin und schob alles andere in den Hintergrund.

Tiefenentspannt und mit einem freien Kopf verließ ich nach einer Weile das Becken und legte mich auf die Liege. Ich schloss die Augen und ließ mich von der Sonne trocknen.

Gegen Abend raffte ich mich schweren Herzens auf und ging zurück ins Haus, wo ich mich zuerst duschte und mir dann gemütliche Sachen anzog. Ich ging runter in die Küche und beschloss, Abendbrot zu machen.

Gerade als ich fertig war und den Tisch gedeckt hatte, hörte ich den Schlüssel im Schloss und kurz darauf Mum und Dave, wie sie sich unterhielten. Ich trat zu ihnen in den Flur, begrüßte sie und teilte ihnen mit, dass das Essen schon auf dem Tisch stünde und sie kommen konnten, wann sie wollten. Beide schauten mich erstaunt an. Ich fühlte Stolz in mir aufsteigen, auch wenn ich Mums Reaktion nicht so ganz nachvollziehen konnte, da ich in San Francisco fast immer die Mahlzeiten zubereitet hatte. Daves Reaktion hingegen konnte ich vollkommen verstehen. Man musste nur eins und eins zusammenzählen, um zu wissen, dass von Jason nichts kam. Beide bedankten sich und folgten mir direkt in die Küche. Wir setzten uns und begannen zu essen. Erst schwiegen wir, bis Dave schließlich zu sprechen begann: »Ist Jason wieder mit seinen Freunden los?«

»Ich denke schon«, antwortete ich, obwohl ich keine Ahnung hatte, wo er sich rumtrieb. Es war schließlich nicht so, dass er sich bei mir abmeldete, wenn er das Haus verließ. Aber ich beließ es dabei und begann stattdessen, von meinem Schultag zu erzählen. Beide freuten sich mit mir, dass ich so gut klarkam und auch schon Freundinnen gefunden hatte.

Nach einigen weiteren Minuten, in denen wir bloß gegessen hatten, wünschte ich den beiden eine gute Nacht und verschwand in mein Zimmer. Ich machte mich bettfertig und salbte meine Handgelenke ein. Dann legte ich mich mit meinem Buch ins Bett. Als es draußen dunkel geworden war, legte ich es auf das Nachttischchen, stellte meinen Wecker und löschte das Licht. Da mich das Schwimmen und die frische Luft müde gemacht hatten, schlief ich recht schnell ein.

Der nächste Tag verlief vorerst genauso wie der vorherige. Der Vormittag strich ereignislos vorbei und die Mittagspause verbrachte ich wieder mit Bri und Faith. Ich fuhr mit Jason heim.

Jason schien mir schon den ganzen Tag etwas angespannt und gereizt gewesen zu sein. Als ich ihm dann zu Hause nicht schnell genug ausstieg – er wollte direkt weiterfahren –, stieg er aus und kam um den Wagen rum. Und da geschah es. Er packte mich unsanft am Handgelenk, um mich aus dem Auto zu ziehen. Er setzte zu einer Motzattacke an, blieb aber still, als er mein schmerzerfülltes Zischen hörte. Abrupt hielt er inne und sah mich an. Ich versuchte so zu tun, als wäre nichts gewesen, stieg aus und wollte mich an ihm vorbei zum Haus drücken, als er mich zurückhielt.

Ich sah ihn nur abwartend an. Er warf mir einen kurzen Blick zu, nahm meine Hand vorsichtig in seine und schob langsam den

Ärmel meines Pullis hoch. Wieder hielt er inne. Ich hatte meinen Blick die ganze Zeit nicht von seinem Gesicht abgewandt, um seine Miene zu entschlüsseln. In dem kurzen Moment, in dem er seine Züge nicht unter Kontrolle hatte, meinte ich, Anspannung und Besorgnis zu erkennen. Jedoch war dieser Augenblick so kurz, dass ich mir nicht vollkommen sicher sein konnte. Nun schob er auch meinen zweiten Ärmel hoch. Durch zusammengebissene Zähne zischte er: »Wer war das?!«

Ich zuckte kurz zusammen und wollte ihm bereits an den Kopf werfen, dass er das mal seine Freunde fragen sollte. Jedoch fiel mir im letzten Moment die Warnung des Jungen ein. Also entschied ich mich für eine Lüge: »Das war niemand.« Er schien mir nicht so recht zu glauben, also versuchte ich, überzeugender zu klingen. »Es ist so. Ich habe sie mir geklemmt. Kein Fremdverschulden.«

»War es Ryan?«, überging er meinen Erklärungsversuch. Diese Frage konnte ich wahrheitsgemäß mit »Nein« beantworten. Er schien zwar immer noch nicht richtig überzeugt, beließ es aber dabei. »Bei mir im Bad liegt eine Salbe dagegen auf dem Waschbecken. Schmier´ sie dir drauf«, meinte er leise, drehte sich um und stieg in sein Auto. Ohne ein weiteres Wort fuhr er davon. Okay, jetzt war ich baff. Woher kam der Sinneswandel? Ich versuchte es mir damit zu erklären, dass er vielleicht doch eine gute Seite hatte.

Ich machte mich auf den Weg ins Haus, legte meine Tasche in meinem Zimmer ab und beschloss dann, in Jasons Bad nach der Salbe zu schauen. Da meine als Allroundsalbe nur semioptimal geholfen hatte, war es einen Versuch wert.

Als ich sein Zimmer betrat, schaute ich mich zunächst neugierig um. Es sah aus wie ein typisches Gangster-Jungen-Zimmer.

Dunkel eingerichtet, mit der teuersten Technik ausgestattet, Hanteln in der Ecke und überall lag Kram herum.

Ich setzte meinen Weg ins Bad fort, wo ich die Salbe tatsächlich auf dem Waschbecken vorfand. Ich drehte den Deckel ab, drückte etwas Salbe aus der Tube heraus und trug sie auf die mittlerweile grün-lilanen Stellen an meinen Armen auf. Sofort trat eine angenehme Kühlung ein. Ich hätte vor Erleichterung aufseufzen können, so gut tat das. Ich verschloss die Tube wieder und legte sie an ihren Ursprungsort zurück. Dann ging ich zurück in mein Zimmer.

Mit hochgeschobenen Ärmeln kramte ich in einer Schublade nach meinen Kopfhörern. Mit ihnen bewaffnet, ging ich auf den Balkon, schloss sie an mein Handy an und ließ leise Musik laufen. Ich machte es mir auf der Liege gemütlich und schloss die Augen. Da die Creme in Ruhe einziehen sollte, hatte ich beschlossen, nun ein wenig zu relaxen.

Nachdem ich meine Playlist durchgehört hatte, rang ich mich dazu durch, meine Hausaufgaben zu erledigen. Einen Aufsatz über Macbeth in Englisch und einige Nummern in Mathe.

Als ich endlich fertig war, überlegte ich, was ich zum Abendessen machen könnte. Schließlich entschied ich mich dafür, Pizza zu bestellen. Mum hatte mir eh vor einer Stunde geschrieben, dass ich auf sie und Dave nicht warten müsste, da sie Überstunden machen und dann auswärts essen würden. Folglich war Pizza die beste und einfachste Lösung.

Nach einer guten Dreiviertelstunde kam meine Pizza Hawaii dann auch. Ich verschwand mit ihr in mein Zimmer und aß sie gemütlich vor dem Fernseher. Als ich fertig war, zappte ich noch ein wenig durch die Kanäle, bis ich bei einem Tanzfilm hängen blieb. Dank der vielen Werbungen dauerte der Film recht lange.

Ich machte mich bettfertig und wollte schon schlafen gehen, als mir die Idee kam, erneut Gebrauch von Jasons Salbe zu machen. Er war eh nicht da, also würde es ihn nicht stören.
Gesagt, getan. Frisch verarztet ging ich dann auch wirklich ins Bett. Es dauerte keine fünf Minuten, bis mir die Augen zufielen.

Am nächsten Morgen sahen meine Handgelenke schon wieder etwas besser aus und sie schmerzten nur noch leicht, wenn ich sie berührte. Das hob meine Stimmung ungemein und so machte ich mich gut gelaunt fertig für die Schule. Jason sagte nichts zu seinem Verhalten am Vortag und tat so, als wäre nie etwas gewesen. Also tat ich dasselbe.

Der Vormittag ging ziemlich schnell vorbei. Ich war für den Nachmittag mit Brianna und Faith verabredet. Jason hatte ich deshalb am Morgen mitgeteilt, dass er mich später nicht mit nach Hause nehmen müsste. Wie zu erwarten, war er darüber nicht gerade traurig. Die Mädels und ich fuhren direkt nach der Schule in die Mall, wo wir uns als Erstes in ein kleines Café setzten und tratschten. Irgendwann fingen wir diskret an, die Leute zu kommentieren, die an uns vorbeigingen. Das war echt lustig und die Zeit verging wie im Flug. So blieben uns nur noch knapp eineinhalb Stunden zum durch die Geschäfte Bummeln.

Die Mädels ergriff dennoch das Shoppingfieber und sie probierten einiges an. Ich hielt mich dabei dezent zurück, da ich so viele neue Klamotten von Dave bekommen hatte. Die beiden schienen das zu meiner Erleichterung nicht zu merken und so kam ich bei der Sache ganz gut bei weg, ohne mich um Kopf und Kragen reden zu müssen.

Am Ende hatten beide ein paar schöne Teile gefunden und gingen damit zur Kasse. Wenige Minuten später verließen wir das Einkaufszentrum und liefen zu Bris Wagen. Als sie fragte, wohin sie mich bringen sollte, zögerte ich kurz. Sollte ich es ihr sagen? Ich entschloss mich vorerst dagegen und nannte ihr nur die Kreuzung, an der ich mich mit Rachel getroffen hatte. Selbst da fiel ihr schon die Kinnlade runter. Es war ein sehr wohlhabendes Viertel und das wusste sie auch. Zwar kam sie auch nicht aus schlechtem Hause, aber das war dann doch eine Nummer höher. Jedoch fragte sie nicht weiter nach, worüber ich ganz froh war.

Zu Hause angekommen führte mich mein Weg in mein Zimmer und leider direkt an meinen Schreibtisch, da wir auch heute nicht von den lästigen Dingen namens Hausaufgaben befreit worden waren. Ich brauchte etwas länger als üblich, da meine Gedanken immer wieder zu dem Treffen mit den Mädels abschweiften. Dennoch war ich irgendwann fertig. Ich packte zügig meine Schultasche für den morgigen Tag und räumte meinen Schreibtisch ein wenig auf.

Der Rest des Tages verlief wie die vorherigen: Abendessen, bettfertig machen, lesen, schlafen.

Als ich am nächsten Morgen von meinem – normalerweise nervigen – Wecker wachgemacht wurde, sprang ich förmlich aus dem Bett. Ich fühlte mich total fit und ausgeschlafen. Das musste wohl an dem schönen Nachmittag gestern gelegen haben.

Durch meine gute Laune war ich zu früh fertig. Um mir die Zeit zu vertreiben, holte ich mein Handy raus und öffnete WhatsApp. Ich wollte Rachel fragen, ob es bei dem Kinobesuch heute Abend blieb. Jedoch erübrigte sich die Frage von selbst. Rachel hatte mir bereits geschrieben und mich an das Treffen erinnert. Ich antwortete ihr schnell, dass ich es nicht vergessen hatte und mich schon riesig freute. Dann wechselte ich den Chat.

Brianna

> Das war echt cool gestern. Das müssen wir öfter machen! <

Sky

> Ja, fand ich auch. Auf jeden Fall! Bis gleich :) <

Brianna

> Bis gleich. Wie warten vorm Haupteingang auf dich :D <

Sky

> Okidoki <

Als Jason die Treppe runterkam, steckte ich mein Handy wieder weg, schnappte mir meine Tasche und folgte ihm zu seinem Auto. Er war mal wieder sehr gesprächig ... Da ich mir meine gute Laune nicht verderben lassen wollte, schloss ich mich seiner Schweigsamkeit an und setzte mich still auf den Beifahrersitz. Erst als Jason auf seinem üblichen Parkplatz geparkt hatte und schon halb ausgestiegen war, begann ich doch zu reden. Ich erinnerte ihn daran, dass ich heute wieder bei ihm mitfahren müsste. Er schaute mich nur kurz an, nickte und verschwand dann in Richtung seiner Jungs.

Wie erwartet standen Brianna und Faith vor dem Eingang und warteten auf mich. Also steuerte ich direkt auf sie zu. Nachdem wir einander begrüßt hatten, machten wir uns plaudernd auf den Weg zum Unterricht. Ich hatte mal wieder Glück und Sport fiel aus. Somit war ich wie schon zu Beginn der Woche zwei Stunden früher fertig. Nur leider hatte Jason scheinbar noch Unterricht. Also setzte ich mich unter den Baum, bei dem ich die letzten Tage auf ihn gewartet hatte, holte meinen Ordner raus und begann damit, meine Hausaufgaben zu erledigen.

Keine zwei Minuten nachdem ich fertig war und meinen Kram wieder in meiner Tasche verstaut hatte, hörte ich die Klingel und kurz darauf Stimmen von Schülern, die das Gebäude verließen. Das nannte ich perfektes Timing! Ich rappelte mich auf und wartete darauf, dass Jason kam. Ich beobachtete, wie er mit seinen Freunden und den weiblichen Anhängseln den Schulhof betrat. Einige von ihnen hatten Kaffeebecher in der Hand und machten nicht den Eindruck, als wären sie im Unterricht gewesen. Aber was nützte es, sich aufzuregen. Wenigstens hatte ich die Zeit produktiv genutzt.

Die Jungs verabschiedeten sich mit einem Handschlag und gingen dann zu ihren Autos davon. Die Mädels hatten sie einfach stehen lassen. Wäre ich eine von denen, ich würde mir das nicht bieten lassen. Aber gut. Jeder, wie er mochte.

Mittlerweile war Jason bei seinem Wagen angekommen. Er stieg ein und ich tat es ihm gleich. Jason sah ziemlich genervt aus. Ich wusste nicht genau, woran es lag, aber die Tatsache, dass er mich mitnehmen musste, machte es wahrscheinlich nicht besser. Um ihn ein wenig aufzumuntern, teilte ich ihm mit, dass ich mir am Wochenende die Verbindungen ansehen und ab nächster Woche den Bus nehmen würde. Dann könnte er auch wieder direkt mit seinen Freunden mitfahren und müsste mich nicht erst noch wegbringen. Er quittierte das Ganze nur mit einem »Na wenigstens etwas«. Aber was hatte ich anderes erwartet? Dass er Luftsprünge machte? Sich bei mir für meine Rücksicht bedankte? Nein. So war er nicht und das wusste ich. Also beließ ich es dabei und wartete darauf, dass wir zu Hause ankamen. Etwa zehn Minuten später war dies dann der Fall.

»Ich hole mir jetzt ein paar Sachen und dann verschwinde ich zu Mason. Ich denke, ich werde vor Sonntag nicht zurück sein. Sag das Dad, falls er fragt.«

»Okay. Mache ich«, antwortete ich leicht verdattert. Dann gingen wir beide ins Haus und verschwanden in unsere Zimmer.

Wenige Minuten später hörte ich erst Jasons und dann die Haustür zu knallen und einen Motor laut aufheulen.

Nun war ich allein. Da ich nichts zu tun hatte, fing ich an, über den bevorstehenden Kinobesuch nachzudenken. Ich entschied mich dazu, mich vorher noch mal umzuziehen. Dazu nahm ich mir ordentlich Zeit, meinen begehbaren Kleiderschrank zu durchforsten. Schlussendlich entschied ich mich für eine dunkelblaue Röhrenjeans und ein schwarzes Seidentop mit einer dreieckigen Aussparung am oberen Rücken. Dazu wählte ich schwarze Chucks. So wirkte das ganze wieder etwas lässiger.

Mein nächster Weg führte ins Bad. Ich machte mich frisch, kämmte mir die Haare und trug ein wenig Lipgloss auf. Meine noch immer leicht bunten Handgelenke ließen sich mittlerweile zum Glück mit ein bisschen Puder gut verdecken. Nun hatte ich immer noch eine knappe halbe Stunde, bis Rachel kommen würde. Genügend Zeit also, um mir noch ein Brot zu schmieren. Danach schnappte ich mir meine Lederjacke vom Haken und machte mich auf zum Treffpunkt.

Fast zeitgleich trafen Rachel und ich an der Kreuzung ein. Nachdem sie mich herzlich begrüßt hatte, stiegen wir in ihren gelben Sportwagen und fuhren los. Nach etwa einer Viertelstunde erreichten wir das Kino. Wir waren die ersten, doch auch die anderen ließen nicht lange auf sich warten. Bald waren wir vollzählig und betraten gemeinsam das Kino. Erst jetzt fiel mir auf, dass ich noch gar nicht wusste, welchen Film wir uns ansehen würden. Wie ich kurz darauf an der Kasse erfuhr, war die Wahl auf eine herzerwärmende Romanze mit einem Touch Drama gefallen. Zwar hatten die Jungs wohl gemault, dass sie ihnen zu kitschig wäre, aber die Mädels hatten sie erfolgreich überreden können, sodass sie sich schließlich darauf geeinigt hätten, dass beim nächsten Mal ein Actionfilm an der Reihe wäre.

Bevor wir den Kinosaal betraten, holten wir uns zwei Familieneimer Popcorn und für alle etwas zu trinken. Damit bewaffnet gingen wir los, um uns Sitzplätze zu suchen. Wir hatten Glück und konnten im oberen Drittel alle nebeneinandersitzen.

Die Jungs waren schon genüsslich am Popcorn mampfen, da hatte der Film noch nicht mal begonnen. Aber gut. Wir Mädels taten das mit einem Schmunzeln ab und tauschten uns bis zum Beginn der Trailer über den neusten Klatsch und Tratsch aus.

Der Film war sehr emotional und Jenna musste sogar weinen. Aber natürlich konnten Cameron und Chris nicht ernst bleiben und mussten bei jeder gefühlvollen Szene Würgegeräusche machen oder leise kichern. Erst als Rachel Cameron mit voller Wucht ihren Ellbogen in die Rippen stieß, hörte er auf. Den Rest der Zeit konzentrierten wir uns vollkommen auf den Film. Ich musste sagen, dass er echt gut gemacht war und die Schauspieler die Story super rübergebracht haben.

Nach dem Film gingen wir zusammen Pizza essen. Eigentlich hatte ich schon gegessen, jedoch hielt mich das nicht davon ab, noch eine leckere Pizza Hawaii zu genießen. Wir unterhielten uns prächtig und ich fühlte mich pudelwohl in meinem Umfeld.

Kurz vor Mitternacht war ich wieder zu Hause. Leise schlich ich hoch, um niemanden aufzuwecken. In meinem Zimmer angekommen, zog ich mir ein großes T-Shirt und eine Schlafshorts an, machte mich im Bad fertig und kuschelte mich anschließend in mein Bett. Bevor ich einschlief, ließ ich die vergangene Woche noch einmal Revue passieren. Vom Umzug nach Los Angeles, dem Kennenlernen von Jason und Dave, Rachel, dem Tag am Strand, über meinen ersten Schultag mit Brianna und Faith, der weniger schönen Auseinandersetzung mit dem Kumpel von Jason, dem Shoppingnachmittag und dem Kinoabend. Alles in allem eine sehr schöne erste Woche. Nur ließ mich das Gefühl nicht los, irgendetwas vergessen zu haben.

Als ich nach einigem Überlegen immer noch nicht darauf kam, beschloss ich, dass es so wichtig nicht gewesen sein konnte. Schließlich schlief ich mit einem glücklichen Lächeln auf den Lippen ein.

Am nächsten Morgen wurde ich nicht von meinem nervigen Wecker, sondern von den warmen Sonnenstrahlen auf meiner Haut geweckt. Ich reckte und streckte mich ausgiebig, bevor ich die Augen öffnete. Das gute Gefühl vom Vortag war immer noch da. Also setzte ich mich fröhlich und voller Tatendrang auf und stieg aus dem Bett. Ich beschloss, eine Runde joggen zu gehen und auf dem Rückweg Brötchen vom Bäcker zu holen, den ich bei meiner Tour mit Rachel gesehen hatte.

Ich schlüpfte in meine Sportklamotten und band mir meine Haare zu einem Pferdeschwanz. Anschließend steckte ich mir einen Haustürschlüssel und Geld ein, schnappte mir Handy und Kopfhörer und verließ das Haus. Draußen sah ich mich erst mal um. Ich entschied mich dafür, den Weg zu nehmen, den Rachel mir bei unserer ersten Begegnung gezeigt hatte. Also setzte ich mir die Kopfhörer auf, machte meine Lieblingsplaylist an und lief los. Ich gab mich der Musik hin und genoss die Bewegung.

Ich war so in meinem Rhythmus, dass ich fast am Bäcker vorbeigelaufen wäre. Erst im letzten Moment fiel es mir auf. Ich ging hinein und ließ mir eine Tüte Brötchen zusammenstellen. Fröhlich vor mich hin pfeifend verließ ich den Laden wieder und joggte die letzten 500 Meter zu unserem Haus zurück.

Als ich die Küche betrat, war Mum bereits dabei, den Tisch zu decken. Ich legte die Brötchentüte auf die Anrichte und begrüßte sie. Danach verschwand ich schnell nach oben, um mich zu duschen und umzuziehen.

Etwa 15 Minuten später war ich wieder unten und setzte mich zu Dave und Mum an den Tisch, die mit dem Frühstück auf mich gewartet hatten. Sie bedankten sich für die Brötchen und fragten, woher ich denn wusste, wo ein Bäcker war. Ich erzählte ihnen, dass ich ihn bei meiner Tour mit ›Destiny‹ gesehen hatte. Im ersten Moment waren sie erstaunt über meine Aufmerksamkeit, widmeten sich dann aber ganz schnell anderen Themen. Zum Beispiel ging es darum, wo Jason war. Ich erklärte, dass er bei Mason war und dort wohl auch das ganze Wochenende bleiben würde. Ich sah Dave an, dass er darüber nicht glücklich war. Wahrscheinlich hatte er auf ein gemeinsames Wochenende gehofft. Ich, für meinen Teil, konnte gut auf Jasons Anwesenheit verzichten. Dave schlug vor, dass wir zusammen im Park, etwa eine halbe Stunde von hier, picknicken könnten. Ihnen zuliebe sagte ich zu. Aber die Idee, Sonntag gemeinsam zu irgendeiner Ausstellung zu fahren, lehnte ich dankend ab. Ich sagte, dass ich noch Stoff nacharbeiten müsste, da sie in einigen Fächern schon weiter wären als an meiner alten Schule.

So verbrachten wir den Nachmittag im Park. Wir saßen gemütlich auf einer Wiese, sonnten uns, redeten und knabberten an der Rohkost, die Mum zuvor geschnippelt hatte. Es war eigentlich ganz angenehm. Richtiges Familienfeeling.

Als es dann abends etwas frischer wurde, packten wir unsere Sachen zusammen und traten den Rückweg an. Im Auto schwärmten Dave und Mum davon, wie schön es doch gewesen wäre und, dass Jason beim nächsten Mal unbedingt mitkommen musste. Ich hörte ihnen schmunzelnd zu. Klar, ich hatte den Nachmittag ebenfalls super gefunden, aber die beiden übertrieben echt. Das war fast so, als wären sie kleine Kinder und das erste Mal im Freizeitpark gewesen. Oder Teenager, die stundenlang von One Direction oder sonst irgendeiner Boyband schwärmten. Nicht, dass ich die Jungs nicht mochte. Nein, ich fand sie sogar echt klasse, aber manche konnten es wirklich übertreiben. Schade nur, dass sie nicht mehr gemeinsam auftraten. Wobei ihre Soloalben natürlich auch top waren.

Daves und Mums Dialog ging die ganze Rückfahrt über so weiter und ich musste mich zum Ende hin ziemlich beherrschen, keinen Kommentar dazu abzugeben. Da ich ihnen ihre Freude nicht verderben wollte, hielt ich mich zurück.

Nachdem Dave seinen Range Rover in der Garage geparkt hatte, gingen wir ins Haus. Und was ein Wunder, Jason war nicht da. Ich freute mich, denn so musste ich keinen der Räume auf unsere Etage mit ihm teilen. Die beiden ´Teenager´ verzogen sich ins Wohnzimmer und ich ging nach oben. Ich schnappte mir ein Buch und huschte damit in die Wellnessoase.

Nach wenigen Minuten waren der Whirlpool voll, die Düsen an und ich ins Wasser gestiegen. So lag ich eine Weile in der Wanne, ließ mich von den Düsen massieren, las und entspannte mich. So den Abend ausklingen zu lassen, daran konnte ich mich definitiv gewöhnen.

Schließlich verließ ich schweren Herzens das angenehm warme Wasser, trocknete mich ab und zog mir meine Schlafsachen an. Zum Zähneputzen ging ich wieder rüber in mein Bad, das ›nur‹ eine Regenwalddusche vorweisen konnte. Wie sich das anhörte! Hahaha! Früher hätte ich nicht mal im Traum daran gedacht und jetzt hatte ich ›nur‹ eine Regenwalddusche. OMG. Das schien mir alles nicht zu bekommen, der Luxus und so weiter. Aber ich fand's geil. Den Rest des Abends verbrachte ich mit Fernsehen, bis ich irgendwann einfach einschlief.

Mitten in der Nacht schreckte ich panisch auf. Das waren doch Schüsse gewesen! Mir steckte der Schrei im Hals, als ich den flimmernden Fernseher gegenüber von mir bemerkte. Und damit hatte ich auch den Grund für die Schüsse gefunden. Ich tastete im Halbdunklen nach der Fernbedienung, fand sie schließlich und beendete den Actionfilm mit einem Druck auf die rote Taste. Beruhigt legte ich die Fernbedienung wieder weg, drehte mich um und schlief ziemlich schnell wieder ein.

Am nächsten Morgen war ich wieder voller Energie. Da ich keine Lust auf Joggen gehen hatte, zog ich mir meine Sportsachen an und beschloss, den Fitnessraum auszutesten. Zum Aufwärmen landete ich ironischerweise auf dem Laufband. Als ich warm war, sah mich nach der nächsten Disziplin um. Von der Wand lächelte mich ein Ropeskippingseil an. Ich fackelte nicht lang und schnappte es mir. Doch bevor ich anfing, drehte ich die Stereoanlage voll auf. So machte das gleich doppelt so viel Spaß! Ich sprang mal schnell, mal langsam, mal nur auf dem linken, mal nur auf dem rechten Bein, mal rückwärts, mal vorwärts, mal überkreuz, mal doppelt. Ich machte einfach alles, was mir einfiel.

Als Nächstes dehnte ich mich ausgiebig und probierte die Figuren und Sprünge aus, die ich von den Cheerleadern aus meiner alten Schule kannte. Vielleicht würde ich mich bei dem Schulteam bewerben. Das sah immer so schön aus, wenn sie tanzten und ihre Mannschaft anfeuerten. Aber vor allem gefielen mir das Zusammengehörigkeitsgefühl, das man entwickelte, und das Vertrauen, wenn man sich zum Beispiel von ganz oben auf der Pyramide in die Arme von ein paar anderen Mädels fallen ließ. Das hörte sich großartig an und ich wäre gerne ein Teil von so etwas.

Die einfachen Figuren und Drehungen funktionierten meiner Meinung nach ganz gut, sofern ich das überhaupt beurteilen konnte. Es machte Spaß und ich fühlte mich leicht. Ein Rad konnte ich auch schlagen, nur einen Flickflack traute ich mich nicht. Da hatte ich echt Respekt vor, doch mit genügend Übung würde das schon klappen. Bei dem Versuch ein Spagat zu machen, musste ich feststellen, dass ich doch nicht so gedehnt war, wie ich eigentlich dachte. Es fehlten mir noch gut 15 Zentimeter bis zum Boden. Aber auch hier war ich zuversichtlich, das mit täglichem Dehnen relativ zügig hinzubekommen.

Als ich mit meinen Übungen fertig war, überlegte ich nach einem schönen Abschluss für meine Sporteinheit. Eigentlich wollte ich ein paar Sit-Ups machen und mich auslaufen, aber ich fand den Boxsack schon die ganze Zeit so verlockend, dass ich nicht widerstehen konnte. Kurzerhand schnappte ich mir die Boxhandschuhe, die ich in der Ecke liegen sah, zog sie an und begann, mit aller Kraft auf den Boxsack einzuschlagen. Zuerst kam ich mir ziemlich lächerlich vor, aber ich bemerkte schnell, wie gut mir das tat. Ich konnte alles rauslassen. Ich ließ meine Wut über Jason und seine Freunde raus. Da schoss mir plötzlich Jake in den Kopf. Meine Schläge wurden noch fester als zuvor und ich fühlte mich gut. Sehr gut. Ich fühlte mich frei. Eine Welle der Glücksgefühle durchströmte mich und ich hatte ein solches Hochgefühl, dass ich glaubte, auf Wolken zu schweben. Ich hätte nie gedacht, dass mir Boxen so gut gefallen würde, aber vor allem nicht, dass es eine solche Wirkung haben konnte.

Erst nachdem ich aufgehört hatte, bemerkte ich, wie sehr ich eigentlich schwitzte. Ich wischte mir mit einem Handtuch das Gesicht trocken und trank einen großen Schluck Wasser. Ich ließ mich an der Wand zu Boden gleiten. So saß ich da, bis sich mein Herzschlag beruhigt hatte und ich wieder normal atmen konnte. Dann rappelte ich mich auf, stellte die Musik ab und ging ins Bad, wo ich mir als Erstes eine ausgiebige Dusche gönnte.

Als ich im Bad fertig war und mich angezogen hatte, fiel mir auf, dass ich zitterte. Natürlich! Ich hatte ja auch noch nichts gegessen. Also ging ich runter in die Küche und machte mir eine Schale Müsli mit Joghurt, frischem Obst und Milch.

Erst nach dem Essen bemerkte ich, dass es im ganzen Haus still war. Dass Jason nicht da sein würde, war klar. Aber auch von Mum und Dave war keine Spur. Wahrscheinlich waren sie zu der Ausstellung gefahren, von der Dave gesprochen hatte. War auch vollkommen in Ordnung, dass sie das machten, doch ich hätte gedacht, dass Mum wenigstens kurz Bescheid sagen würde. Aber gut. Da ich mir keinen Kopf mehr darüber machen wollte, schob ich das Thema beiseite und widmete mich, wie ich Mum gesagt hatte, der Schule. Zwar hatte ich noch keine Lücken feststellen können, da ich früher viel Zeit gehabt hatte, den Stoff zu lernen und sogar vorzuarbeiten, aber von alten Gewohnheiten kam man bekanntlich schlecht los. Also begann ich damit, mich schon mal über das nächste Thema in Englisch zu informieren und in Geschichte die nächsten Kapitel zu lesen. Die Zeit ging schnell vorüber und es war bereits später Nachmittag, als ich meine Bücher zuklappte und in meiner Tasche verstaute.

Es war weiterhin still im Haus, woraus ich schloss, dass ich noch immer allein war. Mit dem Vorhaben, die freie Zeit noch ein wenig zu genießen, schnappte ich mir ein Buch und ließ mich damit auf einer der Liegen auf dem Balkon nieder. Schon bald versank ich tief in meinem Buch und gab mich vollkommen der fiktiven Welt hin.

Erst das Zuschlagen von Autotüren holte mich zurück in die Wirklichkeit. Ich erschrak und ließ fast mein Buch fallen, fing mich aber wieder und blieb still. Auf die Autotüren folgten laute Männerstimmen. Es wurde diskutiert oder so. Ich versuchte halbherzig, das Gespräch zu verstehen. Doch was mich aufhorchen ließ war nicht der Inhalt des Gesprächs. Nein. Es waren die Männer oder besser gesagt Jungen, die dieses Gespräch führten. Denn das waren unverkennbar Jason und seine Freunde. Jetzt bemühte ich mich umso stärker, sie zu verstehen.

»… Nächstes Mal müssen wir uns besser absprechen …«

»… Das war echt knapp …«

»… Nur weil du es im Alleingang versuchen musstest …« Ich verstand nur Bahnhof.

»… Noch einmal und ich bringe ihn um! …« Häää?

»… Ja, wissen wir …«

»… Dann bis morgen früh. Und vergesst nicht, dass wir Dienstag, um 23:00 Uhr, wieder losmüssen …«

»… Jo …«

»… Ciao …«

»… Bye …« Was hatten sie denn so spät noch vor? Die führten doch was im Schilde. Nur was?

Ein lautes Rumsen der Haustür riss mich aus meinen Gedanken. Okay. Ich würde Jason nicht danach fragen. Er durfte nicht wissen, was ich mitbekommen hatte. Sonst würde ich sicherlich niemals erfahren, was los war. Wenn denn überhaupt etwas los war. Vielleicht sah ich mittlerweile schon Gespenster. Na ja, ihr

Image könnte aber auch was anderes vermuten lassen. Ich wusste ja, wie Jake drauf sein konnte.

Ich gab meinen gemütlichen Platz auf dem Balkon auf und ging wieder rein. Dort legte ich erst das Buch zurück auf den Nachttisch, bevor ich auf den Flur hinaustrat. Wie vermutet kam Jason gerade die Treppe hoch.

»Hi. Na? Wie war es bei Mason?«, fragte ich freundlich. Er sah mich erst etwas verdattert an, grüßte dann aber zurück und beantwortete meine Frage mit einem schlichten »Gut«. Ich entgegnete, dass mich das freute.

»Ich bin dann mal wieder weg. Ich muss noch die Busverbindungen für morgen nachschauen«, betonte ich und drehte mich um, um zurück in mein Zimmer zu gehen.

»Das ist gut«, hörte ich ihn noch sagen, bevor auch er in seinem Zimmer verschwand.

Ich schmiss meinen Laptop an und ließ mich auf meinen Schreibtischstuhl fallen. Ich öffnete die Seite mit den Busverbindungen für diesen Teil der Stadt. Schnell wurde ich fündig. Die Buslinie 37 hielt nur etwa 300 Meter von hier und fuhr morgens um 7:10 Uhr auf direktem Weg zur Schule. Ähnlich sah es für die Rückwege aus. Und ich hatte Glück. Ich konnte mir direkt online eine Monatskarte bestellen, die innerhalb von 24 Stunden mit der Post ankommen sollte. So musste ich nur morgen separat zahlen. Das Geld für die Karte würde Mum mir geben, hatte sie gesagt. Ich war echt erleichtert, somit nicht mehr von Jason abhängig zu sein. Eine Woche hatte mir definitiv gereicht. Nun konnte ich im ganzen Bezirk zu jeder Uhrzeit den Bus nutzen. Das war perfekt!

Fröhlich ging ich runter in die Küche, da es mittlerweile an der Zeit fürs Abendbrot war. Wider Erwarten traf ich dort auf Mum, die scheinbar von ihrem Trip mit Dave zurück war. So aßen wir gemeinsam zu Abend und erzählten uns jeweils von unserem Tag. Die Ausstellung schien ganz interessant gewesen zu sein. Dennoch bereute ich es nicht, hier geblieben zu sein, da ich meinen Tag auch ganz schön gefunden hatte.

Gerade als ich mit ihr über die Monatskarte sprach, betrat Dave die Küche. Er bekam mit, worum es ging, und schaltete sich natürlich direkt ein: »Du hast noch keinen Führerschein?«

Mum sah ihn mit einem vernichtenden Blick an, als würde ich wegen dieser Frage gleich in Tränen ausbrechen oder so, aber es störte mich nicht, dass ich so ziemlich die einzige 16-Jährige war, die noch keinen Führerschein hatte.

»Nein, habe ich nicht. Aber ich habe es auch nicht eilig«, entgegnete ich cool. Er nickte, dann überlegte er kurz.

»Aber du brauchst doch nicht den überfüllten Bus zu nehmen. Jason kann dich weiterhin mitnehmen.« Man hörte aus seinem Tonfall heraus, dass er nicht zu den Menschen gehörte, die freiwillig in einen Bus stiegen, es sich aber auch leisten konnten, so zu denken.

»Ach, nein. Das muss doch nicht sein. Es war schon total lieb, dass Jason mich die erste Woche mitgenommen hat. Aber es ist nur fair, wenn ich von nun an den Bus nehme. Dann muss er nicht immer auf mich Rücksicht nehmen. Wir haben zu unterschiedlichen Zeiten Schulschluss, wodurch immer einer auf den anderen warten muss. Echt. So ist es viel einfacher und angenehmer«, versuchte ich so überzeugend wie möglich rüberzubringen. Er schien mir zu glauben.

»Na gut. Aber nur, wenn es dir wirklich nichts ausmacht.«

Nun lachte ich. »Nein, tut es nicht. Ich bin schließlich in San Francisco auch mit dem Bus zur Schule gefahren.« Endlich gab er sich geschlagen. Nach einem kurzen Moment der Stille, wechselte er das Thema und begann ein Gespräch mit meiner Mum.

Damit war mein Moment gekommen, mich aus der Affäre zu ziehen und leise nach oben zu verschwinden.

Als ich an Jasons Zimmer vorbeikam, hörte ich laute Musik. Gangsterrap. Na, wenn er meinte ... Ich ging weiter in mein Zimmer und schloss die Tür hinter mir. Die Geräusche wurden zwar leiser, waren aber immer noch deutlich zu hören. Ich war schon wieder auf halbem Wege aus dem Zimmer rüber zu Jason, um ihn – ganz höflich, versteht sich – dazu aufzufordern, seine Musik runterzudrehen. Im letzten Moment entschied ich mich jedoch um und beschloss, ihm noch eine Dreiviertelstunde Zeit zu geben, bis ich ins Bett ging.

Das Problem löste sich schließlich von selbst. Nach etwa 30 Minuten verstummte das Gejaule abrupt. Ich merkte, wie ich mich sichtlich entspannte, und genoss ein paar Minuten der Stille, bevor ich meinen Kram zur Seite packte, das Licht löschte und mich in eine gemütliche Schlafposition brachte.

Gerade als ich am Wegdämmern war, vibrierte mein Handy. Ich schreckte auf und griff instinktiv danach. Es war eine SMS. Eine SMS von Jake. War klar, dass er nicht so schnell Ruhe gab. Plötzlich fiel mir wie Schuppen von den Augen, was ich in meinem Wochenrückblick vergessen hatte ...

Mit bemüht ruhigen Fingern öffnete ich die Mitteilung, doch als ich las, was darinstand, fiel mir fast das Handy aus der Hand.

> Na? Wie ist es so an der Los Angeles International School? <

Woher hatte er diese ganzen Informationen? Ich hatte es keinem in San Francisco gesagt. Nicht mal die Lehrer wussten, wo ich hingezogen war. Also: Woher wusste er das alles? Hatte er mir nachspioniert? War er vielleicht sogar hier in Los Angeles?

Ich bekam es mit der Angst zu tun. Aus einem Reflex heraus löschte ich die SMS und warf mein Handy aufs Sofa. Nun schossen mir so viele Dinge durch den Kopf, dass an Schlaf vorerst nicht mehr zu denken war.

Nach einer schier unendlich langen Zeit war es mir dann doch gelungen, mich in den Schlaf zu wälzen. Doch es war kein friedlicher Schlaf. Mich quälten schlimme Albträume, die allesamt von vergangenen Ereignissen mit Jake handelten. Warum konnte er mich einfach nicht in Ruhe lassen? Womit hatte ich das verdient?

Am nächsten Morgen wurde ich viel zu früh von meinem Wecker geweckt. Ich war wie gerädert. Wie hätte es auch anders sein können. Ich unterdrückte das heftige Verlangen, liegen zu bleiben, und quälte mich aus dem Bett. Warum konnte ich nicht mal hier, so viele hundert Kilometer von San Francisco entfernt, meine Ruhe vor ihm haben? Es fühlte sich an, als wäre er ganz nah bei mir und es schnürte mir die Kehle zu.

Ich zwang mich zu einem großen Schluck Wasser, in der Hoffnung danach wieder besser atmen zu können. Tatsächlich half es ein wenig. Anschließend wusch ich mir mit eiskaltem Wasser das Gesicht. Ich fühlte mich etwas besser, sodass ich mich dazu in der Lage sah, in die Schule zu gehen.

Ich machte mich weiter fertig, doch als ich in den Spiegel sah, hielt ich inne. Ich sah schrecklich aus. Ich hatte Ränder unter den Augen, meine Schultern hingen nach unten und ich sah auch sonst traurig und geschafft aus. Ich hatte ein Déjà-vu-Gefühl. Da machte es *klick*. Es erinnerte mich an meinen letzten Blick in den Spiegel in meinem alten Zuhause. Und damit erinnerte ich mich an meinen Entschluss. Ich hatte mir vorgenommen, ein fröhlicher Mensch zu sein und mich nicht mehr von anderen runter ziehen zu lassen. Vor allem nicht von ihm!

Ich straffte die Schultern und versuchte, ein Lächeln aufzusetzen. Die Augenringe verdeckte ich so gut es ging mit Make-up. Jake hatte mich schon zu oft so fühlen lassen und das konnte und würde nicht so weiter gehen. Von nun an würde ich einen Scheiß auf seine Psychonachrichten geben und ihn aus meinem Leben verbannen! Er war schließlich nicht hier und konnte mir somit nichts anhaben.

Mittlerweile funktionierte das mit dem Lächeln und ich fühlte mich auch sonst besser. Also schnappte ich mir meine Tasche und flitzte damit runter in die Küche. Ich machte mir mein Lieblingsfrühstück und packte mir auch gleich etwas für die Schule ein. Gerade als ich mein Geschirr weggeräumt hatte und im Flur dabei war, mir meine Schuhe anzuziehen, kam Jason gemütlich die Treppe herunter.

»Viel Spaß beim Busfahren.« Er zwinkerte mir kurz zu und verschwand dann in der Küche.

»Werde ich haben«, rief ich nur im Gehen zurück. Dann war ich auch schon aus dem Haus und auf dem Weg zur Bushaltestelle. Nach etwa fünf Minuten kam der Bus. Die Fahrt verbrachte ich damit, mir die Straßen, durch die wir fuhren, aber auch die Leute im Bus, anzuschauen. Ich entdeckte ein paar Gesichter, die ich meinte, in der Schule schon gesehen zu haben.

Vor der Schule traf ich wie abgemacht auf Bri und Faith. Sie grinsten mich schon von weitem an, was mich ebenfalls zum Grinsen brachte. Wir begrüßten uns und machten uns tratschend auf in Richtung Schulgebäude. Ein kurzer Blick nach links verriet mir, dass Jason schon da war. War irgendwie klar gewesen. Er fuhr ja auch wie ein Irrer! Die Mädels bemerkten meine kurze Abwesenheit nicht und redeten weiter.

Der Unterricht verlief relativ unspektakulär. Mathe war schon immer ein Fall für sich, aber bei Mister Anderson war es halbwegs erträglich. Danach stellte sich heraus, dass es doch nicht nur Scheiße im Leben für mich gab. Deutsch bei Mister Froman fiel aus. Das bedeutete einmal weniger einen griesgrämigen Lehrer und eine verlängerte Galgenfrist in Bezug auf Jasons Freunde. Ich freute mich riesig. Und zu meinem Glück fiel auch der Biologiekurs von Brianna aus. Wie als hätte sie es geahnt, fing sie mich bei meinem Schließfach ab und schlug vor, dass wir die Freistunden bei Starbucks verbringen konnten. Natürlich stimmte ich zu und so machten wir uns gut gelaunt auf den Weg dorthin.

Nach etwa fünf Minuten waren wir da. Ich reservierte uns schnell einen Tisch, da wir offensichtlich nicht die einzigen mit der Idee für diese Art des Zeitvertreibs gewesen waren, und Brianna stellte sich in der Schlange an, um uns unsere Getränke zu besorgen. Aufgrund der vielen Schüler dauerte es etwas, bis sie wieder bei mir war, aber das machte nichts. Sobald sie sich zu mir gesetzt hatte, fingen wir an, genüsslich an unseren Getränken zu schlürfen, die Leute zu beobachten und zu labern. Wir redeten über Dieses und Jenes und wenn Brianna jemanden sah, den sie kannte, und das war nicht selten, bekam ich eine kleine Story über die jeweilige Person zu hören. Ich versuchte, möglichst viel zu behalten, da ich einige aus meinen Kursen wiederzuerkennen meinte. Doch irgendwann wurden es zu viele Menschen und dementsprechend zu viele Gesichter.

Kurz darauf machte mich Bri darauf aufmerksam, dass es langsam Zeit wurde, wieder zur Schule zu gehen, da wir uns für die Mittagspause mit Faith verabredet hatten. Somit machten wir uns auf und verließen unseren gemütlichen Fensterplatz.

Die restliche Pause verging ziemlich schnell und auch der darauffolgende Unterricht verging überraschend zügig. Da ich nicht wusste, wie pünktlich der Bus kam, beeilte ich mich zur Bushaltestelle zu kommen. Leider hatte Bri mir noch etwas ganz ›Wichtiges‹ zu erzählen, weswegen ich doch nicht so pünktlich dran war, wie ich mir vorgenommen hatte. Und auch Jason hielt mich auf, sodass ich sicher meinen Bus verpassen würde.

JASON

Wie immer traf ich mich nach der Schule mit meinen Kumpels auf dem Schulhof. Wir redeten über alles Mögliche, aber vor allem über Mädchen, andere Gangs und unsere Aufträge. Doch heute ging das Gespräch dank Mason in eine andere Richtung. »Ey, Jase! Wann lernen wir deine Kleine endlich mal kennen? Ich bekomme so langsam das Gefühl, dass du sie vor uns versteckst.« Die anderen Jungs stimmten mit ein und sahen mich abwartend an.

»Das ist doch jetzt nicht euer Ernst! Ich habe sie die ganze letzte Woche mit zur Schule und auch zurück nehmen müssen, da sie keinen Führerschein hat und Dad nicht wollte, dass sie Bus fährt. Und mit Sicherheit haben ein paar von euch Kurse mit ihr!«

»Ne, ich habe sie echt noch nicht gesehen«, sagte Aiden bestimmt. Auch die anderen Jungs schüttelten die Köpfe. Nun lachte ich auf. »Ihr seid ja auch immer nur mit den Schlampen beschäftigt, die euch umwerben. Hätte ich mir ja denken können …« Sie sahen mich gespielt entrüstet an.

Ich ging nicht weiter darauf ein und hielt Ausschau nach Sky. Als ich sie aus dem Gebäude kommen sah, deutete ich in ihre Richtung. »Da kommt sie. Dann werde ich sie euch wohl mal vorstellen.« Sie sahen in die Richtung, in die ich gewiesen hatte, schienen sie aber nicht zu finden. Als Sky in Rufweite war, wandte ich mich ihr zu. »Hey, Sky. Komm mal kurz rüber. Ich …« Mason unterbrach mich: »Warte! Wie heißt sie?«

»Sky. Wieso?«

»Ach, nur so. Ich glaube, dann habe ich sie schon mal gesehen.« Okay, das war strange.

Unterdessen sah Sky mich irritiert an, doch ich bedeutete ihr mit einer Kopfbewegung erneut, dass sie herkommen sollte. Sie sah mich zögernd an, worauf ich ihr einen drohenden Blick zuwarf. Schließlich kam sie langsam auf uns zu.

»Geht's noch langsamer?«, rief ich genervt, als sie noch etwa fünf Meter entfernt war.

MASON

Er hatte gerade nicht allen Ernstes »Sky« gesagt, oder?! Ein Blick zu den anderen verriet mir, dass ich mich nicht verhört hatte. Sie sahen mich abwartend an. Doch ich schüttelte nur kaum merklich den Kopf. Sie schienen zu verstehen und widmeten sich voll und ganz dem Mädchen, das auf uns zukam. Wenn Jason wüsste, dass ich ihr die Verletzungen zugefügt hatte, würde er ausrasten. Zwar hatte sie es verdient gehabt, aber Jason war unberechenbar, wenn es um seine Familie ging, besonders seit diesem Vorfall. Und ich war mir ziemlich sicher, dass er Sky in irgendeiner Weise dazuzählte, auch wenn er es niemals zugeben würde. Ich musste dafür sorgen, dass das niemals rauskam. Ich konnte nur hoffen, dass Sky jetzt nichts Falsches sagte.

Als sie uns erreichte, sah sie uns, einen nach dem anderen, zaghaft an. Als sie bei mir ankam, hielt sie kurz inne und ihre Miene wurde unergründlich. Ich spannte mich an und hoffte inständig, dass sie still blieb. Zu meinem Glück blieb sie das auch. Sie schien Angst vor uns zu haben. Vielleicht ging sie davon aus, dass auch Jason sie verletzen würde, würde sie irgendetwas Falsches sagen. Wegen mir konnte sie ruhig bei dieser Einstellung bleiben. Das würde alles um einiges vereinfachen.

»So, Leute. Das ist Sky, die Tochter von Dads neuer Freundin«, begann Jason, während Sky immer noch dabei war, uns zu mustern. Er wartete ein paar Sekunden, bevor er weitersprach. »Gut. Damit hätten wir das geklärt. Sky, du kannst jetzt wieder verschwinden.« Sie schien sich zu verkrampfen, als müsste sie sich einen Kommentar verkneifen oder so, drehte sich langsam um und wollte schon verschwinden, als Jayden zu reden begann:

»Du bist also die Kleine, die noch keinen Führerschein hat?«, spottete er.

Wider Erwarten setzte Jason mit ein. Vielleicht hatte ich mich getäuscht und er sah das Ganze doch nicht so eng. »Ja, Skyilein scheint Angst vorm Autofahren zu haben.«

Als er sie »Skyilein« nannte, erstarrte sie. Irgendetwas hatte dieser Spitzname bei ihr ausgelöst. Die anderen schienen es nicht zu bemerken, denn sie stichelten immer weiter. Doch ich schenkte dem Ganzen keine weitere Beachtung und ich glaubte, Sky tat dasselbe. An was dachte sie? Etwas Positives konnte es definitiv nicht sein, sonst würde sie nicht so reagieren. Aber was war es dann? Oder eher: Wer war es dann? Wer hatte ihr etwas derart Schlimmes zugefügt, dass sie bei einem bloßen Wort so reagierte?

Schließlich konnte sie sich aus ihrer Starre lösen und eilte ohne ein Wort davon. Die anderen riefen ihr noch irgendetwas hinterher, aber das bekam sie schon nicht mehr mit.

S K Y

Das hatte er nicht getan! Er hatte mich gerade nicht wirklich »Skyilein« genannt! Dieses Wort legte bei mir einen Schalter um. Fluten von Bildern, wie Jake, Rider, Brandon und Bryan mich fertig machten, Lügen über mich verbreiteten und mir die schlimmsten Dinge ins Gesicht schleuderten, prasselten auf mich ein. Sie hatten mir diesen Spitznamen gegeben. Ihn nun von Jason zu hören, damit kam ich nicht klar. Tränen stiegen mir in die Augen und ich wusste, dass es sich nur noch um Sekunden handeln konnte, bis sie wie Sturzbäche aus mir herausströmten.

Also drehte ich mich um und lief davon. Die Tränen verschleierten mir die Sicht, als ich auf dem Weg zur Bushaltestelle war. Ich hatte Glück im Unglück. Mein Bus hatte Verspätung und kam gerade erst an der Haltestelle zum Stehen. Ich stieg schnell ein und verzog mich in den hinteren Teil des Busses.

Die ganze Fahrt über versuchte ich mich zusammenzureißen und die Blicke, die mir zugeworfen wurden, zu ignorieren. Als der Bus endlich an der richtigen Haltestelle hielt, sah ich zu, ihn zu verlassen und nach Hause zu kommen. Ich schmiss die Tür ins Schloss, schleuderte meine Schuhe in die Ecke und rannte hoch in mein Zimmer. Dort warf ich mich aufs Bett und da war es vorbei mit meiner verbliebenen Selbstbeherrschung. Ich ließ meinen Gefühlen freien Lauf.

Nach einer Weile waren die Tränen versiegt und ich verspürte nichts als Wut. Wut darauf, dass Jake und seine Gang mir mein Leben in San Francisco versaut hatten, aber noch mehr darauf, dass sie mich auch hier nicht losließen und weiterverfolgten.

Um dieser Wut Luft zu verschaffen, zog ich mir in Windeseile Sportsachen an und ging in den Fitnessraum. Dort stellte ich die

Musik auf volle Lautstärke, zog mir die Handschuhe an und begann, auf den Boxsack einzuschlagen und einzutreten. Nun schon zum zweiten Mal half mir diese Methode, meine Wut abzubauen, und ich bemerkte, wie ich mich langsam immer besser fühlte. Irgendwann war die Wut komplett verpufft und ich fühlte nichts als Erleichterung.

Nach ein paar weiteren Minuten, in denen ich mich nur auf meine Schläge konzentriert hatte, beschloss ich, dass es genug war. In meinem Zimmer switchte ich schnell von verschwitzten Sportsachen zum Bikini und ging runter zum Pool, um zur Muskelentspannung noch ein paar Bahnen zu schwimmen.

Es tat gut und ich genoss, wie das kühle Nass meinen erhitzten Körper abkühlte. Als ich wieder reinging, hatte es schon zu dämmern begonnen und von Jason, meiner Mum oder Dave war immer noch keine Spur. Also ging ich erst mal in Ruhe duschen. Anschließend kuschelte ich mich unter meine Bettdecke und schaltete den Fernseher ein. Ich zappte ein wenig durch die Kanäle, bis mir irgendwann einfiel, dass ich bei dem ganzen Trubel die Hausaufgaben total vergessen hatte.

Wie von der Tarantel gestochen sprang ich auf und nahm an meinem Schreibtisch Platz. Da ich um diese Uhrzeit nicht mehr wirklich motiviert, geschweige denn aufnahmefähig war, fielen meine Arbeiten eher im Sparverfahren aus. Ich nahm mir fest vor, dass das nicht noch mal passieren würde und ich mich beim nächsten Mal doppelt so viel bemühen würde. *Wirst du eh nicht*, teilte mir mein Unterbewusstsein ganz charmant mit und mir war klar, dass es Recht hatte. Dennoch versuchte ich, mein Gehirn mit dieser Ausrede zu beruhigen und schließlich hatte ich Erfolg. Danach kam ich zu meiner vorherigen Tätigkeit, dem Fernsehen, zurück.

Irgendwann im Laufe des Abends hörte ich, wie ein Auto vorfuhr und jemand das Haus betrat. Etwa 30 Minuten später geschah das gleiche erneut. Den lauten Schritten nach zu urteilen war es Jason. Also waren die ersten Heimkehrer Mum und Dave gewesen. Ich machte mir nicht die Mühe, mein Zimmer zu verlassen und irgendjemanden zu begrüßen. Mir war nicht danach. Ich hatte keine Lust, Mum etwas vorzuschwindeln, wie mein Tag gewesen war, und auf Jason hatte ich wohl berechtigt keinen Bock. Damit war meine Entscheidung, im Bett zu bleiben, definitiv die Beste.

Auch wenn ich es erwartet hatte, kam Mum nicht rein, um mir eine gute Nacht zu wünschen. Wie gesagt hatte ich zwar keinen Bock auf Reden, aber ein »Schlaf gut« hätte ich schon schön gefunden. Na ja, auch gut. Ich würde es überleben.

Mit dem Beschluss, dass es mittlerweile spät genug war, schaltete ich den Fernseher aus und löschte das Licht. Dann kuschelte ich mich in Bauchlage in mein Bett und schlief wider Erwarten ziemlich schnell ein.

Komischerweise wachte ich am nächsten Morgen auf und hatte in der Nacht keinen einzigen Albtraum gehabt. Damit hatte ich echt nicht gerechnet. Ich fand es komisch, aber irgendwie freute ich mich auch darüber. Vielleicht war es ein gutes Zeichen. Ich stand auf und machte mich fertig.

Kurz vorm Gehen fiel mir auf, dass ich meinen Ordner vergessen hatte. Also flitzte ich noch einmal hoch und schnappte mir meine Sachen. Trotz meines kleinen Umwegs durch mein Zimmer kam ich pünktlich an der Bushaltestelle an.

Beim Einsteigen zeigte ich dem Busfahrer meine brandneue Monatskarte vor und suchte mir einen freien Platz. Als ich das

Schulgelände erreichte, glitt mein Blick, ohne dass ich es wollte, rüber zu der Stelle, an der Jason und seine Gang mit den Tussis immer standen. Doch heute war der Platz leer. Nirgends waren sie zu sehen und ich freute mich innerlich, dass ich sie somit wahrscheinlich auch nicht im Unterricht antreffen würde. Und so war es dann auch.

Die ersten Unterrichtsstunden verliefen ohne weitere Vorkommnisse und alles war ganz normal. In der Mittagspause traf ich mich mit Brianna und Faith, wobei Bri uns ganz ausführlich von ihrem Date mit einem süßen Typen aus der Klasse über uns berichtete. Zu einem Kuss war es zwar nicht gekommen, aber sie hatte Hoffnung für ihr nächstes Treffen. Sie war so in ihre detaillierten Erzählungen vertieft, dass sie keinen von uns auch nur ein einziges Mal zu Wort kommen ließ.

Als es zum Ende der Pause schellte, musste sie wohl oder übel ihre Berichterstattung abbrechen, da wir in unsere Kurse mussten. Nun hatte ich Literatur mit Faith. Sie schien ein klein wenig erleichtert zu sein, dass sie so Bris Gerede entgehen konnte. »Eigentlich ist Bri ja echt nett und alles, aber manchmal redet sie wirklich wie ein Wasserfall. Ohne Punkt und Komma.«

»Ich merk´s.« Wir mussten beide lachen. Es war lustig und wir meinten es ja auch nicht böse.

Lange konnten wir uns nicht amüsieren, da Mister Armstrong den Flur betreten hatte und auf dem Weg zu unserem Klassenzimmer war, um uns 90 Minuten mit seinem Stoff zu nerven.

Der nächste Kurs, Philosophie bei Ms. Brooks, einer kleinen, rundlichen, netten Dame, war schon um einiges spannender, da wir uns mit der Deontologie beschäftigten. Danach hatte ich endlich Schluss. Ich verabschiedete mich von den Mädels und verstaute meine Sachen im Spind. Mal wieder war weit und breit nichts von Rachels ach-so-gefährlichen Bruder zu sehen. Das Gleiche spielte sich auf dem Pausenhof ab. Ich konnte Jasons Gang nirgendwo entdecken. Sie waren also nicht in die Schule gekommen. Na dann. Brachte ja eigentlich nur Vorteile mit sich.

Der Bus kam pünktlich und wenig später war ich wieder zu Hause. Nachdem ich mir einen kleinen Snack gemacht hatte, ging ich in mein Zimmer und erledigte zügig meine Hausaufgaben. Danach hatte ich nichts mehr zu tun. Früher hätte ich jetzt eben Staub gesaugt oder die Wäsche gewaschen oder so, aber Dave hatte eine Putzfrau angestellt, die sich darum kümmerte. Somit hatte ich den Rest des Nachmittags Zeit für auf was auch immer ich Lust hatte.

Nach kurzer Überlegung entschied ich mich dazu, in die Stadt zu fahren, um nach einem Geburtstagsgeschenk für Mum zu suchen, da es nächste Woche schon wieder so weit war, und auf einem Weg in einer Bücherei halt zu machen und mich dort umzusehen. Also packte ich mir eine Handtasche mit all den unverzichtbaren Dingen, die eine Frau so dabeihaben musste, und ging zur Bushaltestelle.

Zu meinem Glück fuhr in zehn Minuten ein Bus in die richtige Richtung. Die Fahrt war viel unkomplizierter als gedacht und ich erreichte meinen Wunschort ziemlich zügig. Nur das mit dem Geschenk gestaltete sich als nicht ganz so einfach. Früher hatte ich immer eine Idee, womit ich Mum eine Freude bereiten konnte, doch diesmal sah es anders aus. Nun hatte sie einen reichen Lebensgefährten, der ihr alles kaufen würde. Der Preis spielte bei ihm keine Rolle.

Also lief ich zuerst ziemlich verloren durch die Straßen und stöberte in den verschiedensten Läden, bis ich schließlich in einem kleinen Dekoshop fündig wurde. Ein kleiner Bilderrahmen mit schönen Verzierungen hatte meine Aufmerksamkeit erregt. Den Stil liebte Mum, das wusste ich. Also ging ich zur Kasse und kaufte ihn.

Da ich nun einen Bilderrahmen ohne Bild hatte, führte mich mein nächster Weg in einen Drogeriemarkt, der mit einem Sofort-Bild-Automaten ausgestattet war. Ohne groß zu überlegen, ließ ich ein Bild, das Mum und mich am letzten Wochenende zeigte, wie wir nebeneinander auf der Wiese im Park standen, ausdrucken, da ich eh keine anderen Bilder hatte, die in Frage kämen.

Jetzt hatte ich ein Geschenk; aber ganz zufrieden war ich immer noch nicht. Irgendwie hatte ich das Gefühl, dass es zu wenig war. Was konnte ich ihr denn noch besorgen? Ich sah mich in der Einkaufspassage um und ließ meinen Blick über die verschiedenen Geschäfte streifen. Ich sah einen Sportladen, eine Patisserie, ein Schuhgeschäft, eine Eisdiele und ein Büchergeschäft. Wenn Mum Zeit hatte, was früher leider nicht so oft der Fall gewesen war, hatte sie gerne gelesen. Aber nun hatte sie Zeit. Das war es! Dort würde ich garantiert fündig werden! Umgehend steuerte ich besagten Laden an.

Es dauerte nicht lange, bis ich das Gewünschte in den Händen hielt. Einen neuen Roman von Mums Lieblingsautorin. Das war perfekt. Ich ließ mir das Buch direkt vor Ort einpacken, so würde ich keine Gefahr laufen, dass Mum das Geschenk schon vorher erkannte, falls sie es sehen sollte.

Mit einer weiteren Tüte trat ich auf die Straße zurück und überlegte, wo es als Nächstes hingehen sollte. Für Mum hatte ich alles. Was stand sonst auf meiner Liste? Ach ja, die Bücherei.

Um mir die Sucherei zu ersparen, fragte ich kurzerhand eine freundlich aussehende, ältere Dame, ob sie wusste, wo ich eine gute Bücherei finden konnte. Sie nannte mir eine Straße und beschrieb mir auch gleich den Weg dorthin. Ich bedankte mich höflich und ging dann in die besagte Richtung davon. Laut ihrer Beschreibung sollten es von hier etwa zehn Minuten zu Fuß sein.

Sie behielt Recht. Keine Viertelstunde später erreichte ich das urige Gebäude, das von innen komplett mit Holz vertäfelt war. Die Bücherei gefiel mir auf Anhieb. Sie verströmte einen Duft, der zum Dableiben einlud. Auch sonst wirkte alles sehr gemütlich. Ich konnte Fensternischen ausmachen, die zum Hineinkuscheln und Lesen einluden und auch weitere Sitzgelegenheiten, wie Sessel oder klassische Stühle, die um Tische angeordnet waren. Es war angenehm still. Die perfekte Atmosphäre, um in eine andere Welt abzutauchen. Dieser Ort gefiel mir. Also ging ich zu der Bibliothekarin und ließ mir einen Büchereiausweis ausstellen. Leider hatte ich keine Zeit mehr, um noch großartig zu stöbern, da ich langsam wieder nach Hause musste. Doch ich war mir sicher, dass ich das in den nächsten Tagen nachholen würde.

Schweren Herzens verließ ich die Bücherei und machte mich auf zur nächstgelegenen Bushaltestelle. Ich musste nicht lange warten und war bald darauf zu Hause. Natürlich war noch keiner dort. Wie hätte es auch anders sein können. Somit konnte ich ganz in Ruhe meine Sachen auspacken und in meinem Zimmer verstauen. Bevor ich das Buch und den Bilderrahmen in meinen Schreibtisch packte, machte ich den Rahmen fertig und packte ihn in Folie. Zufrieden mit meinem Werk ging ich nach unten, um mir Abendbrot zu machen.

Gerade als ich dabei war, mein Geschirr wegzuräumen, kam Jason heim. Als er die Küche betrat und mich sah, grüßte er mich knapp und ging weiter zum Kühlschrank. Er schnappte sich den Teller mit den Resten vom Vortag und verschwand wieder.

Als ich kurz nach ihm hochging und an seinem Zimmer vorbeikam, hörte ich ihn reden. Scheinbar telefonierte er. Ich konnte nicht widerstehen, blieb stehen und drückte vorsichtig mein Ohr an seine Tür, um ihn besser verstehen zu können.

»Dann machen wir es nachher wie geplant, okay?« Ach, stimmte ja, er hatte doch heute irgendetwas mit seinen Jungs vor.

»Klar. Aber wir sollten vorher nochmal genau die Details durchsprechen.« Das war eindeutig Masons Stimme. Sie schienen zu skypen.

»Ja, können wir machen. Uns darf kein Fehler unterlaufen.«

»Wird es schon nicht. Schließlich sind wir bisher auch immer mehr oder weniger unbeschadet davongekommen.«

»Da hast du auch wieder Recht. Aber erinnere bitte Cole noch einmal daran, dass er …«

»Habe ich ihm schon gesagt. Er hat alles eingepackt.« Wovon redeten die? Warum hatte Mason Jason unterbrechen müssen?

»Na, dann ist ja gut. Bis später. Um 23:00 Uhr an der Lagerhalle zur Besprechung.«

»Jo, bis nachher.« Damit war das Gespräch beendet. Ich hörte, wie Jason von seinem Schreibtischstuhl aufstand und im Zimmer umher ging. Ich sah zu, unbemerkt in mein Zimmer zu kommen. Leise schloss ich die Tür hinter mir und setzte mich auf mein Bett. Was hatten die nur vor? Ich hatte keine Ahnung, doch eins war mir klar: Koscher war das nicht, was da vor sich ging.

Ich spielte mit dem Gedanken, Jason zu folgen. Dann fiel mir jedoch ein, dass ich ohne Auto keine Chance hatte, dies zu tun. Das ärgerte mich. Aber auch wenn ich auf diesem Weg nichts rausfinden konnte, hatte ich vor, weiterhin aufmerksam zu sein. Ich würde schon herausbekommen, was Jason und Co. trieben.

Um 22:35 Uhr hörte ich, wie Jason sein Zimmer verließ und nach unten ging. Ich schlich leise zum nächstbesten Fenster, von dem ich einen Blick auf die Einfahrt zum Haus hatte. Ich sah Jason, der eine Sporttasche geschultert hatte, rüber zu seinem Lamborghini gehen und einsteigen. Kurz darauf startete er den Wagen und brauste davon. Ich hatte immer noch keine Ahnung, was er vorhatte, doch ich fragte mich, was wohl in der Tasche gewesen war. Sie war recht groß und schien voll bepackt gewesen zu sein. Ich hatte das Gefühl, dass mir der Inhalt dieser Tasche verraten würde, was bei den Jungs abging. Dann würde ich wohl morgen mal schnüffeln gehen, wenn Jason nicht zu Hause war.

Gesagt, getan. Am nächsten Nachmittag, als Jason mal wieder unterwegs war, ging ich in sein Zimmer. Zuerst suchte ich nach offensichtlichen Hinweisen auf seine geheimen Machenschaften. Da ich aber weder die Sporttasche, noch weitere auffällige Dinge fand, beschloss ich, genauer zu suchen.

Ich sah in seinem Bad nach, doch auch dort wurde ich nicht fündig. Also begann ich, vorsichtig – damit meine Schnüffelei nicht aufflog – seine Schubladen und Schränke zu durchsuchen. Auch dort war die Tasche nicht. Stattdessen fand ich etwas in seinem Kleiderschrank, hinter seiner Unterwäsche. Es hatte mich einiges an Überwindung gekostet hineinzugreifen, da ich gelegentlich an der männlichen Hygiene zweifelte. Bäh! Es schüttelte mich bei dem bloßen Gedanken daran. Schnell drängte ich ihn beiseite. Dann fiel mir wieder ein, dass ich etwas ertastet hatte. Langsam schob ich den Stapel Wäsche beiseite und holte das Etwas hervor. Es war ein schwarzer Beutel. Neugierig löste ich den Knoten und öffnete ihn. Vorsichtig entleerte ich den Inhalt auf dem Boden. Und …

… Es verschlug mir die Sprache. Vor mir lagen zwei Messer – ein Taschenmesser und ein langes mit Rillen –, eine Knarre und drei volle Magazine. Ich bekam es mit der Angst zu tun. Mit den Messern hatte ich tatsächlich gerechnet, vielleicht auch mit Drogen, aber die Knarre war mir eine Nummer zu heftig. Sowas kannte ich selbst von Jake nicht. Was machte Jason mit diesen Waffen? Brachte er Leute um? Unschuldige Menschen? Diente sie nur zur Verteidigung? Oder lieferten er und seine Freunde sich Gang-Kriege? Oder … Aber klar! Sie waren eine Gang und Gangs waren laut Filmen immer in Schießereien verwickelt. Außerdem handelte es sich meist um die kleinen Laufburschen, die sich die Finger schmutzig machen mussten, um Drogen und so weiter für ihren Boss auszuliefern und das Geld einzutreiben. So musste es sein! Oder sie nahmen an Überfällen, illegalen Straßenrennen und Streetfights teil. Ich hatte mal gehört, dass es sowas tatsächlich gab! Die Waffen hatten sie dann vielleicht nur dabei, um sich zu schützen, wenn es ausartete. Trotzdem! Er besaß Waffen und er scheute sich wahrscheinlich nicht, sie auch einzusetzen.

Schnell packte ich die Sachen wieder ein und verstaute sie an ihrem Ursprungsort. Dann lief ich zurück in mein Zimmer. Wenn ich mir vorstellte, dass an diesen Messern vielleicht – oder eher ziemlich sicher – das Blut anderer Menschen geklebt hatte, konnte ich nicht anders, als so weit wie möglich davon weg zu kommen. Was, wenn Jason herausfand, dass ich an seinen Sachen gewesen war und sein ›kleines Geheimnis‹ gelüftet hatte. Würde er mich dann auch umbringen? Nein, das glaubte ich eigentlich nicht. Sonst hätte er definitiv anders reagiert, als er meine blauen Handgelenke gesehen hatte. Da war ich mir sicher. Aber ich nahm mir trotzdem vor, mich in Acht zu nehmen. Ich wusste schließlich nicht, wozu seine Kumpels im Stande waren. Besonders Mason traute ich nicht über den Weg. Er hatte mich schon einmal verletzt und er würde es sicher wieder tun.

Ich grübelte noch eine Weile darüber nach und kam zu dem Entschluss, dass Rachel mir bestimmt weiterhelfen konnte. Ihr Bruder war schließlich in der Gegnergang von Jason und somit in was auch immer dort vor sich ging zu hundert Prozent involviert. Ich war mir sicher, dass Rachel darüber Bescheid wusste. Also zückte ich mein Handy.

> Hi Rachel :) Hast du spontan Zeit? Ich muss dich unbedingt was fragen <

Ich wartete. Aber auch nach fünf Minuten hatte ich noch keine Antwort bekommen. Klar, fünf Minuten waren eigentlich nicht viel. Aber wenn man dringend eine Antwort brauchte, konnten das ein paar sehr lange Minuten sein. Ich musste mich irgendwie ablenken, um die Wartezeit zu überbrücken. Ich packte meine Schultasche für den morgigen Tag und machte mich frisch, damit ich das nicht mehr machen brauchte, wenn Rachel sich endlich gemeldet hatte. Aber auch jetzt hatte ich immer noch keine Antwort erhalten.

Ich entschloss mich dazu, sie anzurufen. Das Freizeichen ertönte und ich merkte, wie ich noch hibbeliger wurde. Es tutete. Ein Mal … Zwei Mal … Drei Mal … irgendwann sprang die Mailbox an. Mist! Wieso ging sie nicht an ihr Handy?! Vor allem genau dann nicht, wenn ich sie dringend erreichen musste. Dann musste ich ihr wohl einen Besuch abstatten. Doch auch meine letzte Hoffnung, sie heute noch zu sprechen, schwand, als mir einfiel, dass ich nicht einfach zu ihr nach Hause gehen, klingeln und eintreten konnte. Schließlich wohnte auch Ryan dort. Und der durfte mich unter keinen Umständen sehen. Rachel hatte mir sehr deutlich gemacht, dass das nicht unbedingt positive Dinge nach sich ziehen würde, wenn er mich erst mit ihr und dann mit Jason sah. Außerdem wäre sonst der ganze Aufwand mit dem Treffpunkt und den Decknamen umsonst gewesen. Dabei fiel mir ein... Ich wusste gar nicht, welchen Decknamen sie mir gegeben hatte. Sofort schrieb ich diese Frage mit auf die imaginäre Liste der Dinge, auf die sie mir Antworten geben sollte.

Aber es nützte ja alles nicht. So kam ich jetzt nicht weiter, weshalb ich mir eine andere Beschäftigung suchen musste. Ein Blick auf die Uhr verriet mir, dass es ein guter Zeitpunkt wäre, Abendessen zu machen. Also flitzte ich runter in die Küche, stöberte durch die Schränke, bis ich etwas Leckeres gefunden hatte und machte mich an die Zubereitung.

Nachdem ich in Ruhe gegessen hatte, spülte ich das Geschirr und ging wieder hoch in mein Zimmer. Dort schaute ich als Erstes auf mein Handy, aber nein, immer noch keine Nachricht von Rachel. So ein Mist! Hmmm ... Gab es denn sonst noch wen, an den ich mich wenden könnte? ... Aber natürlich. Brianna! Sofort schrieb ich sie an: > Hi, Bri:) Du hast doch gesagt, dass ich mich von Jason und Co. fernhalten soll und dass mit ihnen nicht zu spaßen sei. Kannst du mir vielleicht auch sagen, warum? Also abgesehen von dem Argument, dass sie sehr viel Einfluss haben und unfreundlich sind? <

> Hi, Sky! Ähm, sag mal, warum willst du das überhaupt wissen? Man sieht ihnen doch an, dass an denen nix Gutes ist. Sie schwänzen oft die Schule, sind gemein, sind in so gut wie jede Prügelei verwickelt und genau deswegen haben sie so viel Macht an der Schule. Keiner will sich mit ihnen anlegen. Und dann gibt es da noch diese Gerüchte ... Reicht dir das nicht als Grund, dich von ihnen fernzuhalten?! <

> Ich möchte das wissen, weil ich das Gefühl habe, dass da noch mehr hinter steckt. Dementsprechend reichen mir diese Gründe nicht ;D Was hat es mit den Gerüchten auf sich? <

> Diese Jungs sind niemandem geheuer, das ist normal! Na ja, es wird halt gemunkelt, dass sie Dreck am Stecken haben und in illegale Dinge verwickelt sind und so … < Hatte ich es mir doch gedacht!

> Na also! Wie fändest du es, dem mal ein bisschen auf den Grund zu gehen und herauszufinden, was der Wahrheit entspricht und was nicht? <

> Ne, lass mal. Ich hatte vor, noch ein paar Jahre zu leben. Normalerweise bin ich für jedes Abenteuer zu haben, aber das ist mir dann doch eine Nummer zu hoch. Und dir rate ich auch dringend davon ab! <

> Oh, ja gut. Dann lassen wir es lieber, wenn es selbst dir zu gefährlich ist ;) <

> Dann verstehen wir uns ja <

> Immer doch! <

> Supi, wir sehen uns morgen :) <

> Ja, bis morgen <

Tja, dann musste ich dem wohl doch allein nachgehen, wenn ich Rachel nicht erreichen konnte und Bri zu viel Schiss hatte. Aber wenigstens hatte sich meine Vermutung bestätigt, dass die Jungs noch was anderes am Laufen hatten. Ein bisschen Aufpassen und Nachforschen und bald würde ich wissen, was ihr ›Geheimnis‹ war. Hihi. Nur stellte sich die Frage, wie ich das ohne Auto anstellen sollte. Na ja, ich musste sie in der Schule im Auge behalten und zu Hause Jasons Gespräche belauschen. Und es durfte natürlich niemand Verdacht schöpfen, dass ich ihnen auf der Spur war. Ach, das würde schon irgendwie funktionieren.

In dem Moment, in dem ich den Gedanken zu Ende gedacht hatte, hörte ich zwei Autotüren zu schlagen. Dann konnte es ja losgehen. Ich flitzte leise auf den Balkon und pirschte mich so weit Richtung Hausvorderseite, wie es nur ging. Ich konnte zwei Stimmen hören. Die eine Gehörte Jason und die andere Mason. Leider konnte ich sie nicht sehen, da sie wahrscheinlich nahe der Haustür standen und somit nicht mehr in meinem Blickfeld waren. Daher konzentrierte ich mich voll auf das Zuhören. Blöderweise sprachen die beiden so leise, dass ich sie nicht verstehen konnte. Grrr.

Plötzlich wurden die Stimmen kurz lauter. »Das war ein Erfolg heute!«

»Aber hallo! Da kann ich auch die paar blauen Flecken und Schrammen verschmerzen. Das n...« Da senkten sie ihre Stimmen wieder und es blieb mir ein Rätsel, was Mason sagen wollte. Aber egal. Für den Anfang war das doch schon Mal gar nicht schlecht gelaufen. Wunden standen für Unfälle oder Auseinandersetzungen, wobei ich Letztere für wahrscheinlicher hielt, da die Rede ja auch von ›Erfolg‹ gewesen war. Also hatten sie etwas geschafft beziehungsweise gewonnen. Das passte perfekt in meine Theorie mit den Streetfights und Straßenrennen.

Erst als ich Scheinwerfer im Augenwinkel aufleuchten sah, bemerkte ich, dass das Gemurmel verstummt war und dass es Mason war, der dort in seinem dunkelblauen McLaren davonfuhr. Prompt wurde ich aus meinen Gedanken gerissen und spurtete zurück zu meinem Zimmer.

In letzter Sekunde flitzte ich an Jasons Zimmer vorbei und erreichte meins, als bei ihm das Licht anging. Es juckte mich in den Fingern, unter irgendeinem Vorwand zu ihm zu gehen, um herauszufinden, ob er auch Schmarren oder dergleichen hatte oder vielleicht sogar seinen Kram ausgebreitet in seinem Zimmer liegen hatte. Aber ich hielt mich zurück, da es zu auffällig gewesen wäre. Dann würde ich mit meinen ›Ermittlungen‹ halt einen Tag länger brauchen. War auch nicht so schlimm.

Am nächsten Morgen fuhr ich wieder mit dem Bus zur Schule und wie erwartet war Jason schon da, als ich den Schulhof betrat. Ich ließ meinen Blick zu ihm rüber schweifen und erblickte natürlich ebenso eine ganze Menge billig gekleideter Mädchen, die sich um ihn und seine Freunde scharrten. Widerlich! Aber was viel interessanter war, war, dass die Gruppe nicht vollständig war. Mason und ein oder zwei weitere Jungs fehlten. Vielleicht hatte es etwas mit gestern Nachmittag zu tun. Mason hatte von blauen Flecken und Kratzern geredet. Vielleicht hatte er es heruntergespielt, wie das Jungs nun mal so machten, um cooler zu wirken, und war vielleicht schwerer verletzt. Und die anderen beiden(?) Jungs waren eventuell auch nicht so glimpflich bei der Sache weggekommen, sodass sie sich jetzt einen Tag Ruhe gönnten. Oder sie schwänzten einfach, so wie Brianna es mir geschrieben hatte. Doch das glaubte ich eher weniger.

Mittlerweile hatte es geschellt, also ging ich zum Unterricht. Dieser war mal wieder uninteressant wie eh und je. Klasse. Dafür nutzte ich die Stunde, in der ein verringerter Teil von Jasons Truppe vor mir saß, dazu, sie zu beobachten. Der Junge direkt vor mir mit den braunen, hochstehenden, kurzen Haaren, der etwas größer war als sein Sitznachbar, sah, bis auf einen etwa fünf Zentimeter langen Kratzer am Handgelenk, ziemlich unversehrt aus. Der andere Junge – Cole, glaubte ich – sah auf den ersten Blick auch kerngesund aus. Jedoch meinte ich zu erkennen, wie sich ein Verband an seinem linken Unterarm unter seinem

Sweatshirt abmalte. Ein Pulli bei diesen Temperaturen war schon ziemlich verdächtig. Sowas tat man sich nur an, wenn man etwas verbergen wollte. Da sprach ich aus Erfahrung! Alles sprach für einen Kampf oder eine andere Art der körperlichen Auseinandersetzung. Ob dabei Waffen im Spiel gewesen waren, konnte ich nicht sagen, auch wenn ich es nur zu gerne gewusst hätte.

Zu meinem Glück hatte Bri mich nicht mehr auf die Nachrichten angesprochen. Ich war nicht wild drauf, mit ihr darüber zu reden und sie anlügen zu müssen, damit keiner Bescheid wusste.

Am nächsten Tag kam Mason wieder in die Schule und am Freitag war Jasons Gang wieder komplett. Sonst war leider nichts Auffälliges oder besonders Erwähnenswertes passiert. Rachel hatte sich immer noch nicht zurückgemeldet und langsam begann ich, mir Sorgen zu machen. Was, wenn irgendetwas passiert war? Aber dann hätten ihre Freunde doch bestimmt daran gedacht, mir Bescheid zu geben. Oder etwa nicht? Ich beschloss, noch einen Tag zu warten und wenn ich dann immer noch kein Lebenszeichen von ihr hatte, würde ich bei ihr vorbeigehen. Egal, was dann mit unserer Tarnung war.

Das Problem erübrigte sich von selbst. Als ich am nächsten Morgen aufwachte, hatte ich sieben neue Nachrichten von einer unbekannten Nummer.

> Hi, Sky! Sorry, dass ich mich nicht gemeldet habe. Ich hatte mein Handy verloren. Und deine Nummer kannte ich nicht auswendig … LG Destiny <

> Aber wie du siehst, habe ich ein neues Handy. Das ist eh viel besser als das Alte. Also hat das Ganze auch etwas Gutes :D <

> Ich habe es geschafft, auf die Mitteilungen der letzten Tage zuzugreifen. <

> Ohhh, es tut mir sehr leid. Ist was Schlimmes passiert? Hast du dir anderweitig helfen können?! <

> Oh, Mann! Da verliert man einmal sein Handy und dann sowas. Tut mir echt so leid, dass ich nicht für dich da war …. <

> Aber vielleicht magst du´s mir jetzt noch erzählen? Beziehungsweise fragen? <

> Wie wäre es, wenn wir uns treffen? So schnell wie's geht? Habe gerade voll die Schuldgefühle :(<

Wow … Was sollte ich dazu sagen? So ein Nachrichtensturm. Erleichtert, dass nichts Schlimmeres passiert war, antworte ich schnell, bevor die Schuldgefühle sie noch auffraßen oder sie hier vor der Tür stand und klingelte.

> Hi, Destiny XD. Ist nicht schlimm, ich habe mir anders zu helfen gewusst. Es ist auch nichts Überlebenswichtiges gewesen. Aber das erzähle ich dir später genauer. Jetzt erst mal zu dir … Das Handy verloren? Wie blöd kann man denn sein? Ne, jetzt mal im Ernst. Ich habe mir voll die Sorgen gemacht. Dir hätte sonst was passieren sein können! Tu mir das nie wieder an. Ich war schon drauf und dran zu dir nach Hause zu kommen! Ach ja, wie wär´s denn so in ´ner Stunde an unserem Treffpunkt? <

> OMG! Daran habe ich gar nicht gedacht, dass du sowas denken könntest. Jetzt habe ich gleich doppelt Schuldgefühle … Aber irgendwie auch voll süß, dass du dir Sorgen um mich gemacht hast :* Bis gleich <

> Ich finde das gar nicht so lustig … Bis gleich :) <

In Windeseile zog ich mich an, machte mich im Bad fertig und frühstückte. Erst dann warf ich einen Blick auf die Uhr und realisierte, dass es erst neun Uhr morgens war. Das hieß, dass die restlichen Hausbewohner noch am Schlafen waren. Jason, weil er noch bei seinen Kumpels gewesen war und Mum und Dave, weil sie mal wieder Überstunden gemacht hatten. Also schrieb ich einen Zettel, dass ich mit einer Freundin unterwegs war und legte ihn auf den Küchentisch. Dann zog ich mir meine Schuhe an, schnappte mir Handy und Haustürschlüssel und verschwand nach draußen.

Nach wenigen Minuten erreichte ich unseren Treffpunkt. Kaum war ich dort, konnte ich auch schon Rachel um die Ecke biegen sehen.

Sie lief auf mich zu und schloss mich in ihre Arme. Dabei entschuldigte sie sich noch gefühlte eintausend Mal, bis ich sie schließlich lachend von mir weghielt. »Hey, es ist alles gut. Das ist doch kein Weltuntergang. Es ist eh schon alles vergeben und vergessen!«

»Na, gut. Aber trotzdem möchte ich dich jetzt als Entschädigung auf ein Eis einladen und dann kannst du mir in Ruhe berichten, was ich alles verpasst habe.«

»Da kann ich schlecht Nein sagen, danke.«

»Das ist doch wohl das Mindeste!«

So gingen wir los. Nach etwa zehn Minuten erreichten wir ein kleines, süßes Eiscafé. Wir setzten uns draußen an einen Tisch und warfen einen Blick in die Karte. Als der Kellner kam, gaben wir unsere Bestellung auf und kurz darauf hatten wir unsere Eisbecher vor uns stehen. Rachel hatte einen schokoladigen Oreobecher gewählt, ich einen fruchtigen Erdbeerbecher. Beide Kreationen schmeckten mindestens genauso gut, wie sie aussahen. Yummy!

Während wir unser Eis genossen, berichtete ich Rachel, warum ich sie sprechen wollte. Daraufhin erzählte sie mir, dass sie wusste, dass ihr Bruder häufig mit blauen Flecken, Schrammen oder auch mal größeren Wunden oder Prellungen nach Hause kam, er das aber sehr gut zu verbergen wusste. »Meine Eltern haben davon noch keinen Wind bekommen, was wohl auch daran liegt, dass sie eher selten zu Hause sind ... Ach ja. Mein Bruder besitzt Waffen größeren Kalibers. Nicht nur Messer und so, wenn du weißt, was ich meine.« Sie hielt kurz inne, fuhr auf mein verstehendes Nicken hin aber direkt fort. »Als ich ihn darauf angesprochen habe, hat er komplett dicht gemacht und gemeint, ich solle mich aus seinen Sachen raushalten. Damit war mein Interesse natürlich geweckt. Beim nächsten Mal bin ich ihm gefolgt und habe herausgefunden, dass Ryan und seine Gang in illegale Sachen verwickelt sind. Leider hat er mich dabei erwischt, wie ich ihm in ihr Hauptquartier, eine verlassene Lagerhalle, gefolgt bin. Daraufhin ist er komplett ausgeflippt.« Rachel lachte trocken auf. »Nachdem er sich halbwegs beruhigt hatte, hat er mich letztendlich knapp darüber aufgeklärt, dass sie in der illegalen Szene unterwegs waren und mit Jasons Gang verfeindet waren. – Als ob ich das nicht schon gewusst hätte! – Na ja, er hat mir jedenfalls unmissverständlich klar gemacht, welche Gefahr mein Mitwissen nach sich ziehen würde, weshalb er mich da raushalten wollte ... Ich glaube, es ist das einzige Mal, dass ich auf meinen Bruder gehört habe. Seitdem bin ich diesen Dingen ferngeblieben und habe meinen Bruder machen lassen. Natürlich hat er sich keinen Millimeter dazu bewegen lassen, seine illegalen Machenschaften aufzugeben. Aber mein Leben war mir lieber, als mich da weiter einzumischen.« Sie beendete ihre Erzählung mit einem Schulterzucken.

Leider hatte sie mir keine neuen Details bezüglich der illegalen Machenschaften der Jungs beschert. Also erwiderte ich nur, dass ich so etwas schon vermutet und sie meine Gedanken bestätigt hatte.

Natürlich redete sie mir noch einmal ins Gewissen, einen großen Bogen um Jason, Ryan und Co. zu machen und mich bloß nicht mit ihnen anzulegen. Ich versicherte ihr, dass ich aufpassen würde, wechselte dann jedoch das Thema, da mir wieder die zweite Frage einfiel, die ich ihr hatte stellen wollen. »Du, sag mal, wie nennst du mich eigentlich vor deinem Bruder und so?«

»Erst mal muss ich dich enttäuschen, mein Bruder ist nicht so interessiert an mir, wie du vielleicht denkst. Unsere Kommunikation beschränkt sich eher auf das Nötigste. Aber wenn das Gespräch mal auf dich fällt, heißt du Meredith.«

»Meredith? Interessanter Name. Hört sich aber gut an.«

»Ja, das dachte ich auch. Und man kommt nicht so schnell auf dich.«

»Stimmt, ich finde auch nicht, dass ich wie eine Meredith aussehe.«

»Na also. Dann habe ich wohl alles richtig gemacht.«

»Ja. Du bist spitze!«

»Danke, danke. Ich weiß, dass ich toll bin«, witzelte sie eine Verbeugung andeutend.

»Haha, jetzt übertreib mal nicht!«, lachte ich.

»Was? Das würde ich doch nie tun.« Sie zog das ›nie‹ in die Länge und klimperte gespielt unschuldig mit den Wimpern.

Wir mussten beide lachen. Solche unnötigen Unterhaltungen waren immer dermaßen lustig. Hihi.

Nachdem wir uns wieder beruhigt hatten, schlemmten wir gemütlich unser Eis zu Ende, zahlten und schlenderten ein wenig durch die Gegend. Dabei zeigte Rachel mir ein paar schöne Orte, die ich noch nicht gesehen hatte. Zu den meisten hatte sie auch eine Geschichte auf Lager. Der Großteil war lustig, wie zum Beispiel als Cameron rückwärts in einen Brunnen gefallen war oder sie, Jenna und die beiden Jungs abends auf einer Wiese im Park gewesen waren, als plötzlich die Rasensprenger angingen und sie pitschnass wurden. Aber es gab auch süße, wie sie auf einer Parkbank zum ersten Mal einen Jungen geküsste hatte, und traurige, wie Jenna mehrere Stunden vor einem Café auf einen Jungen gewartet hatte, der es nicht für nötig hielt, aufzutauchen.

Am Ende unserer Tour ließen wir uns an einem kleinen See nieder. Wir setzten uns auf einen Holzsteg und ließen die Füße ins Wasser baumeln. Wir unterhielten uns über Gott und die Welt, bis wir uns irgendwann nach hinten sinken ließen, die Arme hinterm Kopf verschränkten, die Augen schlossen und in einvernehmlichem Schweigen die warme Mittagssonne genossen. Ich lauschte den Geräuschen meiner Umgebung, den Enten im See, den Radfahren und Joggern, die vorbeikamen, und den kleinen Kindern, die mit ihren Großeltern einen Spaziergang machten. Das war sehr entspannend und angenehm.

Ich war schon fast am Wegdämmern, als ich plötzlich einen Schwall Wasser ins Gesicht bekam. Prustend setzte ich mich auf und erblickte wütend eine sich den Bauch vor Lachen haltende Rachel.

Aber was sie konnte, konnte ich auch. Um an das Wasser zu kommen, musste sie sich ziemlich nah an den Rand des Stegs setzten, was sie nun zu einem leichten Ziel machte. Ruckartig bewegte ich mich vor und schubste sie. Rachel sah mich aus schreckgeweiteten Augen an, bevor sie mit einem lauten ›Plumps‹ im Wasser landete. Rache war süß, meine Liebe!

Nun war ich die, die am Lachen war. Als Rachel wieder auftauchte, sah sie mich erst grimmig an, bevor sie eine Art Wicki-

Moment hatte. Ihre Augen leuchteten auf, als wenn sie einen genialen Einfall gehabt hätte. Und ehe ich mich versah, begann sie, mich nass zu spritzen. Mir gefror das Lachen auf den Lippen und ich sah sie gespielt entrüstet an. Doch da ich keine Spaßbremse war, zog ich schnell mein Handy aus der Tasche, legte es auf den Steg und sprang mit einer Arschbombe zu Rachel ins Wasser.

So tollten wir eine Weile durchs kühle Nass, bis uns einfiel, dass wir keine Wechselsachen dabeihatten. Also beendeten wir unsere Wasserschlacht und kletterten auf den Steg zurück. Dort legten wir uns wieder hin und streckten uns der Sonne entgegen, mit der Aufforderung, uns schnell wieder zu trocknen. So lagen wir da wie vor der Abkühlung und genossen das gute Wetter.

Irgendwann drehten wir uns auf den Bauch, damit auch unsere Rückseiten trocknen konnten. Nach einer Weile war dem auch so und wir waren wieder so gut wie trocken. Da mittlerweile schon später Nachmittag war, beschlossen wir, den Heimweg anzutreten. Fröhlich plaudernd spazierten wir zurück. Als wir unsere ›Stammkreuzung‹ erreicht hatten, verabschiedeten wir uns. Das war echt ein schöner Tag. Wir hatten verdammt viel Spaß gehabt. Davon hätte ich mir vor vier Wochen nicht mal träumen lassen!

Super gelaunt kam ich zu Hause an und ging hoch in mein Zimmer. Auf sofortigem Weg ging ich weiter ins Bad und unter die Dusche. Ich merkte erst jetzt, dass das Seewasser doch nicht so angenehm roch und sich auch nicht so anfühlte. Ich duschte ausgiebig und hing meinen Gedanken nach. Anschließend zog ich mich an, wobei meine Wahl auf ein Top und eine Stoff-Hot-Pants fiel. Ein gemütliches Outfit, um den Tag ausklingen zu lassen. Meine Haare ließ ich an der Luft trocknen, während ich mit einem guten Buch auf dem Balkon saß.

Erst als ich wieder rein ging, da es langsam dunkel wurde, fiel mir auf, dass ich allein zu Hause war. Wie hätte es auch anders sein können? Was mir ebenfalls erst jetzt auffiel, war mein knurrender Magen. Ich hatte echt Hunger. War auch selbstverständlich, wenn man morgens das letzte Mal etwas gegessen hatte.

Also führte mich mein nächster Weg runter in die Küche. Dort sah ich meinen Zettel vom Morgen liegen, nur, dass jetzt noch mehr darauf stand. Mum hatte mit ihrer sauberen Handschrift daruntergeschrieben, dass Dave und sie auch etwas unternehmen und erst am Abend zurück sein würden. Außerdem stand dort, dass sie mir etwas zu essen in den Kühlschrank gestellt hatte. Das war perfekt. So konnte ich umgehend meinen knurrenden Magen zufriedenstellen.

Ein Blick in den Kühlschrank verriet mir, dass mein Abendessen aus Lasagne bestand! Mmh. Lecker! Schnell wärmte ich sie in der Mikrowelle auf, bevor ich mich am Tisch niederließ. Die Lasagne schmeckte köstlich! Ein echter Gaumenschmaus für einen ausgehungerten Magen. Hihi. Schnell waren die Schüssel leer und mein Bauch voll.

Gerade als ich die Küchentür hinter mir schließen wollte, hörte ich, wie der Schlüssel im Schloss gedreht wurde und kurz darauf Mum und Dave den Flur betraten. Natürlich ging ich hin und begrüßte die beiden. »Hallo! Na? Wie war euer Tag?«

»Hi, Schatz.«, »Hi, Sky«, grüßten die beiden zurück.

»Unser Tag war sehr schön, wir haben einen Ausflug gemacht und waren anschließend essen. Und du? Bist du mit deinen Schulfreundinnen unterwegs gewesen oder mit dem Mädchen aus der Nachbarschaft? Wie hieß sie noch gleich? Denancy?«

»Das freut mich sehr, dass euer Tag schön war. Meiner war auch super. Ich war mit dem Mädchen aus der Nachbarschaft unterwegs. Wir waren erst Eis essen und dann an einem kleinen See. Und nein Mum, sie heißt nicht Denancy, sondern Destiny!«, lachte ich.

»Ach, das ist doch das Gleiche«, erwiderte Mum grinsend.

»Ja, Mum. Ganz bestimmt«, schmunzelte ich.

»Ähm, sag mal, Sky. Hast du was von Jason gehört? Er hatte gesagt, dass er kurz wegwolle, aber nicht, dass ›nur kurz‹ ›bis spät abends‹ heißt«, fragte Dave.

»Nein, Dave. Ich habe keine Ahnung, wo Jason ist. Ich habe ihn heute noch nicht gesehen.«

»Ach so, okay. Na, dann trotzdem danke.«

»Kein Ding. Er wird schon wieder auftauchen. Er ist ja ein großer Junge.« Jetzt mussten wir alle schmunzeln. Wäre Jason hier gewesen, hätte er das bestimmt nicht so lustig gefunden. Aber da er nicht da war, konnte uns das egal sein. Hihi.

Wir unterhielten uns noch ein paar Minuten, bevor wir jeweils auf unsere Zimmer gingen. Ich kuschelte mich in mein Bett und sah mir noch eine Folge Vampire Diaries an. Die Salvatore Brüder waren schon ziemlich heiß. Vor allem Damon.

So genoss ich die Folge und ergötzte mich an dem guten Aussehen der Schauspieler. Das Ende kam viel zu schnell und zu allem Unglück war es auch noch ein Cliffhanger. Oh, wie ich das hasste! Doch da es mittlerweile recht spät war, zwang ich mich, den Fernseher und das Licht auszuschalten, und versuchte zu schlafen.

Coolerweise träumte ich in dieser Nacht sogar von meiner Lieblingsserie. Ich zog mit Damon durch die Welt und genoss das Vampirleben in vollen Zügen. Und nein! Wir haben keine Menschen umgebracht! Es war einfach schön. Nach so einem Traum aufzuwachen war herrlich. Das versüßte einem den ganzen Tag. Wahrscheinlich übertrieb ich maßlos, aber ich fand den Traum großartig. Punkt!

Voller Energie und nur so sprühend vor guter Laune machte ich mich fertig und auf in die Schule. Der Unterricht verging wie im Flug und war nicht annähernd so langweilig wie sonst. Selbst mit Mister Forman kam ich heute ganz gut zurecht. Die Jungs, die sich wohl damit abgefunden hatten, von nun an eine Reihe weiter vorne zu sitzen, waren auch erstaunlich ruhig und schienen, dem Unterricht zu folgen.

Die Mittagspause mit Bri und Faith war ebenfalls sehr schön. Faith hat uns von einem lustigen Zwischenfall am Wochenende erzählt, über den wir herzlich lachen mussten. Leider klingelte es viel zu früh wieder zum Unterricht. Aber auch das konnte meine gute Laune nicht trüben.

In Biologie, die ich zum Glück mit Faith hatte, haben wir den Auftrag bekommen, zu zweit zu einem vorgegebenen Thema eine Präsentation vorzubereiten. Faith und ich bekamen das Thema ›Der Einfluss des Lichts bei Tieren‹. Dann hieß es: freies Arbeiten. Da man ohne Informationen keinen Vortrag halten konnte, gingen wir hoch in den Computerraum, den unsere Lehrerin extra für diese und die nächste Stunde reserviert hatte.

Dort angekommen, schmissen wir zwei nebeneinanderstehende PCs an und begannen parallel zu googeln. Faith startete mit den Vögeln und wie das Licht ihre Gesänge beeinflusste und ich mit dem Saisondimorphismus des Landkärtchens. Sorgfältig schrieb ich das Wichtigste dazu heraus: *Das Landkärtchen ist ein Schmetterling, der in zwei verschiedenen Formen vorkommen kann ...*

Das war gar nicht so schwer. Auch Faith kam gut voran. So waren wir am Ende des Unterrichts fertig mit dem Raussuchen sämtlicher Informationen. Beim nächsten Mal würden wir uns dem Erstellen der PowerPoint-Präsentation widmen. Dann hatten wir das Wichtigste auch schon geschafft.

Wir verließen zusammen das Schulgebäude und unterhielten uns über Dieses und Jenes. Nebenbei fiel mir auf, dass Jason und der Rest seiner Gang schon weg waren. Auch gut. An der Bushaltestelle trennten sich unsere Wege. Faith stieg in die 401 und fuhr davon. Keine fünf Minuten später war dann auch die 37 da. Leider bekam ich keinen Sitzplatz mehr und musste die Heimfahrt über stehen.

Zu Hause angekommen war ich mal wieder allein. Also erledigte ich zügig meine Hausaufgaben und lernte für Englisch. Am Freitag würden wir eine lineare Dialoganalyse zu einem Ausschnitt aus Shakespeares *Macbeth* schreiben. Hörte sich erst mal kompliziert an, war es aber eigentlich gar nicht. Man musste nur Vers für Vers vorgehen und alle Bezüge, Intentionen, sprachlichen Mittel und so weiter herausschreiben und erklären sowie ein abschließendes Fazit schreiben, in dem man zum Beispiel die Relevanz der Szene für den weiteren Verlauf des Dramas erläuterte. Eine Probeanalyse hatte ich schon als Hausaufgabe geschrieben, weshalb ich mir jetzt noch den Anhang des Buches und ein paar Inhaltsangaben und Analysen im Internet durchlas. Nach etwa zwei Stunden war ich damit fertig. Da der PC grade an war, verbrachte ich noch einen Moment damit, auf YouTube und anderen Seiten zu stöbern.

Gegen 19 Uhr kamen Mum und Dave von der Arbeit nach Hause und etwa eine halbe Stunde später folgte Jason. Er sah aus wie immer. Keine Anzeichen für irgendwelche illegalen oder sonst wie gefährlichen Dinge.

Da Jason schon auf dem Weg nach Hause Halt bei McDonald's gemacht hatte, verschwand er in sein Zimmer und Mum, Dave und ich gingen in die Küche und aßen zusammen zu Abend. Wir unterhielten uns über ein paar unwichtige Dinge und um Viertel nach Acht war ich wieder in meinem Zimmer. Ich sah noch ein wenig fern, bevor ich schließlich das Licht löschte und schlafen ging.

Die nächsten Tage passierte kaum etwas Erwähnenswertes. Sport fiel wieder aus, der Unterricht, der stattfand, war okay, die Pause verbrachte ich wie immer mit Brianna und Faith und am Nachmittag erledigte ich meine Hausaufgaben und lernte für die Schule. Zwei Abende machte ich Sport. Ein Mal ging ich joggen und das andere Mal übte ich ein paar Cheerleadingfiguren. Ziemlich normal also.

Auch bei Jason und seinen Freunden regte sich nichts. Immer wenn ich nach dem Unterricht das Schulgebäude verließ, waren die Jungs bereits verschwunden. Jason kehrte stets erst gegen Abend heim und verschwand dann in seinem Zimmer. Dementsprechend hatte ich keine neuen Informationen herausfinden können. Also beschloss ich, meine Forschungen vorerst zu vertagen.

Mein Freitagmorgen begann mit der Englischklausur. Ich kam gut mit der Zeit aus und wusste einiges zu der Textstelle zu schreiben. Dementsprechend hatte ich ein gutes Gefühl, als ich nach über zwei Stunden den Kursraum verließ.

Der restliche Schultag verlief relativ entspannt und auch das Wochenende brachte nichts Erwähnenswertes mit sich. Die folgende Woche begann ähnlich.

Doch dann kam der drastische Wendepunkt: Wir hatten Sport. Es war ein so schöner Donnerstagmorgen gewesen und dann hatte ich einen Blick auf das schwarze Brett geworfen. Unserer Sportlehrer stand nicht mehr als krank dran. Das hieß so viel wie: Von nun an hatten wir Sportunterricht. Nicht, dass ich etwas gegen Sport hätte, nein, ganz im Gegenteil. Aber durch die Doppelstunde Sport hatten wir logischerweise länger Schule und somit war unser freier Nachmittag Geschichte. Sehr schade. Aber gut. Zumindest war ich vor ein paar Wochen so schlau gewesen, mein Sportzeug prophylaktisch im Spind zu verstauen. Mal schauen, wie es wurde, wer mit mir in einem Kurs war und welches unser erstes Thema sein würde.

Nach der Mittagspause machte ich mich also auf in Richtung Sporthalle und ging in die Mädchenumkleide. Dort beantwortete sich schon mal teilweise Frage Nummer eins: Wer mit mir in einem Kurs war. Die meisten Mädchen erkannte ich aus meinen anderen Kursen wieder. Das Mädchen mit den dunkelblonden Locken aus Deutsch, die Kleine, Zierliche aus Englisch, zwei beste Freundinnen aus Literatur und, und, und.

Nachdem wir uns umgezogen hatten – meine Wahl war auf meine typischen Laufklamotten, also eine schwarze Sportshorts und ein schlichtes, einfarbiges Top gefallen –, gingen wir in die Halle. Als ich durch die große Tür trat, traf mich fast der Schlag. Im linken Hallenbereich war Jasons komplette Gang versammelt. Auf der rechten Seite stand auch eine Truppe. Ohne sie jemals wirklich wahrgenommen zu haben, wusste ich sofort, um wen es sich handelte. Ryan und seine Gang. Ich wusste auf Anhieb, wer Ryan war. Er war der große, muskelbepackte Junge in der Mitte, mit den blonden, kurzen, abstehenden Haaren und dem arroganten, gefährlichen und siegessicheren Blick.

Genau in dem Moment, in dem ich seinen Blick deutete, drehte er seinen Kopf zu mir und sah mich direkt an. In seinen Augen blitzte etwas auf. Lust? Vorfreude? Hohn? Ich konnte es nicht genau deuten. Ich wollte mich von seinem Blick losreißen, doch ich schaffte es erst, als mich ein Mädchen hinter mir anstieß und zum Weitergehen aufforderte. Mensch, war das komisch gewesen. Echt creepy … Okay, Sky, konzentrier dich! Wo war ich noch mal stehen geblieben? Hmmm. Ach ja! Dabei, dass hier beide Erzrivalen in ihrer vollen Pracht versammelt waren. Das würde nicht gut ausgehen. Oder zumindest nicht ohne irgendwelche Zwischenfälle. Da war ich mir sicher. Das konnte man bereits an ihrer Körpersprache und Positionierung in der Sporthalle erkennen.

Aber ehe ich mir noch weitere Gedanken über die angespannte Situation machen konnte, betrat unser Sportlehrer die Halle und rief uns in der Mitte zusammen. Er war im mittleren bis etwas jüngeren Alter einzustufen und sah eigentlich ganz freundlich aus. Er stellte sich uns als Coach Baker vor, entschuldigte sich für das Fehlen seines Kollegen und erklärte, dass er den Unterricht übernehmen würde. Dann leitete er unser erstes Thema ein: Volleyball. Doch bevor wir damit beginnen würden, wollte er sich ein Bild von uns und unseren Leistungen machen. Deswegen verbrachten wir die Doppelstunde Sport damit, dass wir uns zuerst ein paar Runden warmliefen und dann verschiedene Spiele spielten – zuerst Völkerball und Brennball, am Ende noch ein wenig Fußball und schließlich Volleyball.

Entgegen meinen Erwartungen verlief der Unterricht soweit ruhig und es kam zu keinerlei Ausschreitungen unter den Jungs. Puh. Aber was nicht war, konnte ja noch werden. Doch darauf wollte ich lieber nicht hoffen. Da zog ich es vor, wenn sich die

Jungs aus dem Weg gingen und weitestgehend ignorierten.

Als Coach Baker uns zum Ende der Stunde entließ, ging ich mit den anderen wieder Richtung Umkleide. Auf meinem Weg dorthin wurde ich fies angerempelt und wollte schon losmotzen, da ich davon ausgegangen war, dass es Jason gewesen war, der mir da seinen Ellbogen in die Seite gerammt hatte. Doch als ich mich in die Richtung des Remplers drehte, blieben mir meine Worte im Halse stecken. Denn es war nicht Jason, der da vor mir stand. Und es war auch keiner seiner Freunde. Es war Ryan, der mich mit seinen eisblauen Augen fies anblickte. Dann spottete er: »Also in Sport bist du eine totale Niete. Sei froh, dass du wenigstens einigermaßen gut aussiehst.« Er zwinkerte mir höhnisch grinsend zu, bevor er sich umdrehte und mich verdutzt stehen ließ. Sag mal, was war das denn grade?! Hatte ich dem irgendetwas getan, oder wie?

JASON

Ich schlenderte mit meinen Jungs gemütlich auf den Ausgang der Turnhalle zu, als ich aus dem Augenwinkel eine ruckartige Bewegung wahrnahm. Ich schaute genauer hin und sah zwischen den Schülern vor mir Sky, die offensichtlich von Ryan angerempelt worden war. Nachdem er irgendetwas mit Sicherheit Gemeines zu ihr gesagt hatte, hatte er sie einfach stehen lassen. In mir wuchs eine ungeheure Wut heran. Am liebsten wäre ich sofort zu ihm gerannt und hätte ihm eine aufs Maul gegeben. Doch das konnte ich jetzt wohl kaum tun. Vor unserem Lehrer und den ganzen anderen Schülern war das keine gute Idee. Außerdem könnte ich Sky damit in Gefahr bringen. Wenn Ryan mitbekäme, dass ich ein Auge auf sie hatte, würde er sie sofort als Zielscheibe nehmen, wenn es wieder Probleme gab. Das wollte ich lieber vermeiden, um Meine- und auch Ihretwillen.

Dennoch konnte ich es mir nicht nehmen lassen, nach dem Umziehen vor der der Halle auf Sky zu warten. Ich zündete mir eine Zigarette an und lehnte mich lässig an die Mauer des Gebäudes. Als sie herauskam, fing ich sie ab und zog sie mit mir etwas abseits von den Blicken der anderen. »Hey. Ich habe dich eben mit Ryan gesehen. Lass dich bloß nicht von ihm provozieren, denn genau das ist es, was er will. Er ist kein guter Mensch, er tut verbotene Dinge und schreckt vor nichts zurück.«

»Ach, aber du bist anders, oder wie?«, unterbrach sie mich mit einem bitteren Unterton in der Stimme.

Langsam wurde ich ungeduldig. Da wollte ich ihr einmal einen gut gemeinten Rat geben und sie reagierte so!

»Darum geht es doch gar nicht! Nimm dich einfach in Acht und verscherze es dir nicht mit ihm!«, erklärte ich ihr gereizt. Ich zog kräftig an meiner Zigarette, um mich wieder zu beruhigen.

»Na, dann. Wenn du das sagst, wird es wohl stimmen.«

Nun reagierte auch sie zunehmend gereizt. Entweder fand sie mein Verhalten absolut lächerlich, da ich sie vor einem Typen warnte, der eigentlich nicht anders war als ich selbst, oder sie war zu stolz, meinen Rat anzunehmen. Wahrscheinlich war es von beidem ein Bisschen.

»Bitte halt dich einfach daran.« Damit stieß ich mich cool von der Wand ab und schlenderte mit der Zigarette in der Hand rüber zu meinen Freunden, die schon bei unseren Autos standen. Auf dem Weg dorthin, sah ich mich unauffällig um. Es schien uns keiner bemerkt zu haben. Der Schulhof war schon relativ licht und die, die noch da waren, schienen mit anderen Dingen beschäftigt. Im Augenwinkel bekam ich mit, wie jemand um eine Ecke verschwand, schenkte dem aber keine weitere Beachtung.

Als ich meine Jungs erreichte, unterbrach ich einfach ihre Gespräche. »Jungs, wer kommt mit ins Fitness? Ich muss da jetzt sofort hin oder ich kann für nichts garantieren.« Das war das Coole an den Jungs. Sie fragten gar nicht erst, was los war, sondern stiegen in ihre Autos und fuhren los.

Im Fitnessstudio angekommen zogen wir uns um und gingen zu den Boxsäcken. Warm waren wir ja noch halbwegs von der vergangenen Sportstunde. Wir machten unsere Übungen und als wir richtig in Fahrt waren, beschlossen wir, in den Ring zu gehen. Wir kämpften immer eins gegen eins gegeneinander. Dabei kämpften wir so, dass wir alles rauslassen und uns richtig auspowern konnten, uns aber in keinster Weise gegenseitig verletzten. Meine Wut schwand immer mehr, bis sie schließlich ganz verpuffte. Von da an genoss ich einfach nur die Bewegungen.

S K Y

Okay, das war alles ein bisschen strange. Erst die angespannte Stimmung in Sport, dann Ryan, der mich blöd anmachte, und jetzt Jason, der mich vor Ryan warnte. Aber gut. Ich konnte nichts anderes tun, als Jasons Rat Folge zu leisten und Ryan zu ignorieren beziehungsweise mich nicht mit ihm anzulegen. Das war auch das Einzige, was mir logisch erschien. Aber dass Jason mir das mitteilte, hätte ich nicht erwartet. Vielleicht wollte er nur nett sein. Außerdem kannte er Ryan schon länger als ich und dürfte wissen, wie man mit ihm umgehen sollte.

Damit ließ ich das Thema auf sich beruhen und ging zum Bus. Diesmal hatte ich Glück und bekam einen Sitzplatz. Also setzte ich mich ans Fenster, holte mein Handy heraus, stöpselte meine Kopfhörer ein, startete die Musik und sah hinaus. Während ich die vorbeiziehende Stadt betrachtete, klangen die Songs von Shawn Mendes, Jonas Blue, Meghan Trainor und einigen weiteren Interpreten in meinen Ohren. Kurz bevor ich die Bushaltestelle erreichte, an der ich aussteigen musste, vibrierte mein Handy. Eine SMS. Von Jake.

› Du wirst mich nicht los, wenn du mich ignorierst. Das ist dir schon klar, oder nicht? ‹

Jetzt der auch noch. Die Typen konnten mich alle mal in Ruhe lassen! Was wollten die immer von mir? Hatte ich etwa ›Bad Boys zu mir!‹ auf der Stirn stehen, oder was? Sollten sie sich doch eine andere zum Nerven suchen! Entschlossen löschte ich die Nachricht und konzentrierte mich wieder auf meine Musik. Gerade lief *Bonfire* von Felix Jaehn. Ein sehr schönes Lied.

Als ich endlich mein Ziel erreicht hatte, stieg ich aus dem Bus und lief die letzten Meter nach Hause. Und Tadaaa. Ich war allein. Was für ein Wunder.

Nachdem ich meine Hausaufgaben beendet hatte, begann ich langsam, das Positive daran zu sehen, das ganze Haus für mich zu haben: Ich konnte tun und lassen, was ich wollte. Da ich aber nicht so jemand war, der jetzt richtig auf die Kacke hauen und kurzerhand eine Hausparty schmeißen würde, zog ich mir lediglich meine Sportsachen an und ging in den Fitnessraum. Dort stellte ich sofort die Musik auf volle Lautstärke.

Ich entschied mich dafür, mich auf dem Laufband warm zu machen. Nach zehn Minuten stelle ich das Band ab und ließ mich mit dem letzten Schwung runterrutschen. Nun war ich definitiv warm. Ich ließ meinen Blick durch den Raum schweifen und natürlich blieb er an dem Boxsack hängen. Glücklicherweise lagen die Handschuhe direkt daneben auf dem Boden. Ich zog sie mir über und legte los. Im Takt der Musik schlug ich immer wieder auf den Sack ein. Als dann lustigerweise auch noch *Eye of the Tiger* lief, nahm ich die Füße dazu. Ich machte Sidekicks, Roundhousekicks ... Bald tropfte mir der Schweiß von der Stirn. Da mir das Kickboxen aber so viel Spaß bereitete, gönnte ich mir erst eine Pause, als ich so aus der Puste war, dass ich teilweise am Japsen war. Ich schnappte mir eine Flasche Wasser und ging damit rüber zu mir auf den Balkon. Das Wasser und die frische Luft taten gut, doch lange genießen konnte und wollte ich das nicht. Sonst begann ich, kalt zu werden, und ich war noch nicht fertig.

Also flitzte ich zurück in mein persönliches Fitnessstudio, stellt die Musik etwas leiser und begann mit den Cheerleading-Übungen. Ich versuchte alles, was mir in den Sinn kam. Zu guter Letzt dehnte ich mich, wobei ich glücklich feststellte, dass ich schon etwas weiter in den Spagat kam. Wenn ich so weiter machte, konnte es nicht mehr lange dauern, bis ich ihn hinbekommen würde. Sehr gut!

Da ich das beim letzten Mal so angenehm gefunden hatte, sprang ich zur Abkühlung in den Pool. Doch dieses Mal schwamm ich nicht, sondern genoss einfach das kühle Nass. Nach einer Weile verließ ich den Pool wieder, trocknete mich grob ab und war grade auf dem Weg nach oben, als ich den Schlüssel im Schloss hörte und kurz darauf sah, wie Jason den Flur betrat. Ich drehte mich schnell um und wollte unbemerkt die letzten Meter hoch in die sicheren vier Wände meines Zimmers flüchten, aber nein, Jason musste mich natürlich sehen. »Hey, du musst doch jetzt nicht weglaufen, wir können gerne zusammen ´ne Runde schwimmen.« Jason lachte dreckig. Daraufhin rief ich nur »Ach, halt´s Maul«, ohne mich umzudrehen, geschweige denn stehen zu bleiben. Ich hatte fast damit gerechnet, dass er mir folgen oder noch irgendetwas rufen würde, doch er lachte bloß und beließ es dabei. Sollte mir recht sein.

In meinem Zimmer angekommen schloss ich die Tür, schnappte mir frische Wäsche und ging auf direktem Weg ins Bad; natürlich nicht, ohne die Tür abzuschließen. Man wusste schließlich nie, wozu dieser Junge im Stande war. Doch zu meinem Glück kam es zu keiner der peinlichen Szenarien, die sich in meinem Kopf abgespielt hatten.

Als ich wohlduftend in mein Zimmer trat, hörte ich aus dem Nebenzimmer laut Musik dröhnen. Mal wieder irgend so ein Gangsterrap. Doch ich war nach meiner intensiven Sporteinheit so tiefenentspannt, dass mich das nicht störte. Ich fühlte mich klasse. Was wollte ich mehr?! Ein gutes Buch vielleicht? Ja, das würde alles perfekt machen. Ich ging an mein Regal und suchte nach einem Roman, den ich noch nicht gelesen hatte. Genau einen hatte ich noch. Ich musste nächste Woche definitiv in die

Bibliothek gehen und mir Nachschub ausleihen. Aber ein Buch würde für heute reichen. Ich machte es mir mit meinem Schätzchen, welches den Titel *Hope Forever* trug, auf meinem Bett gemütlich und begann zu lesen. Es war eine schöne Geschichte, romantisch, traurig, spannend und fesselnd zugleich. Genau diese Gefühlsvielfalt und Variation machte für mich ein gutes Buch aus. Ich konnte mit der Protagonistin mitfühlen und mich komplett in sie hineinversetzen. Sie hatte ein hartes Schicksal, aber am Ende wurde zum Glück alles gut.

Als ich die letzte Seite zu Ende gelesen, das Buch zugeschlagen und es zurück ins Regal gestellt hatte, war es draußen schon am Dämmern. Erst jetzt fiel mir auf, dass die Musik verstummt war. Ein Blick nach draußen verriet mir, dass Jason schon wieder weg war, dafür aber Mum und Dave daheim sein mussten.

Also ging ich nach unten. Schon als ich den Flur im Erdgeschoss betrat, hörte ich Stimmen aus der Küche. Mum war am Kochen. Nach einer kurzen Unterhaltung aßen wir gemeinsam zu Abend.

Im Anschluss ging ich hoch in mein Zimmer, um noch ein wenig fernzusehen, und Mum und Dave ... Keine Ahnung was sie taten. Ich hoffte, auch Fernsehen schauen. An etwas anderes wollte ich gar nicht denken. Ihhh. Kopfkino ... Ich musste es sofort loswerden. Was würde mich ablenken? Ich schaltete hektisch die Kanäle durch und blieb schließlich mit einem Seufzer an einer Teenie-Serie hängen. Und Tadaaa. Schon waren die unerwünschten Gedanken Geschichte.

Wenigstens träumte ich in der Nacht wieder von meinem Lieblingsvampir. So ließ es sich doch leben – oder wohl eher schlafen. Ich merkte schon, ich war ein hoffnungsloser Fall. Auch okay. Wie sagte man: ›Wenn man tot ist, ist es nur für die andern schlimm. Nicht für einen selbst, denn man selbst merkt es gar nicht. Genauso ist es, wenn man dumm ist.‹ Oder so ähnlich. Auf jeden Fall ließ sich das perfekt auf meine Situation übertragen: Wenn ich verrückt war, war es nicht für mich schlimm, nur für die anderen.

Der folgende Vormittag verging wie im Flug und das wohlverdiente Wochenende war schnell erreicht. Ich fuhr wie üblich mit dem Bus nach Hause, blieb aber nicht lange dort. Ich verstaute schnell meine Schulsachen in meinem Zimmer, schnappte mir meine Handtasche und schon war ich wieder auf der Straße. Ich flitzte zur Bushaltestelle zurück, wo ich glücklicherweise keine zwei Minuten auf den Bus warten musste. Wenig später erreichte ich meine Zielhaltestelle und lief zur Bibliothek.

Als ich durch die Tür trat, schlug mir direkt die schwere, gemütliche Luft, verursacht von tausenden Büchern, entgegen. Ich atmete sie tief ein und genoss den Duft einen Augenblick, bevor ich meinen Weg in das Innere des Gebäudes vorsetzte. Ich grüßte die Bibliothekarin und begann, durch die Gänge zu schlendern und durch die Bücher zu stöbern. Bald hatte ich einen Stapel von sieben Büchern auf dem Arm, mit dem ich mich zu einem der urigen Lesesessel begab. Ich legte den Stapel auf das kleine Holztischchen daneben, machte es mir in dem riesigen Ohrensessel gemütlich und schnappte mir das oberste Buch: *Ein ganzes halbes Jahr* von Jojo Moyes.

So begann ich zu lesen und vertiefte mich in die Geschichte. Sie war witzig, romantisch und traurig zu gleich. Hach. Das war so emotional.

Irgendwann bekam ich am Rande mit, dass ich nur noch mit einer älteren Dame im Raum war. Da warf ich einen Blick auf die

Uhr und stellte mit Schrecken fest, dass es schon 19:30 Uhr war. Die Zeit war wie im Flug vergangen. Die Bibliothekarin wollte bestimmt längst schließen! Hastig stand ich auf, raffte die Bücher zusammen und lief mit ihnen auf dem Arm zum Tresen.

»Keine Hektik, mein Kind. Freitags haben wir immer eine Stunde länger auf. Du hast also noch eine ganze halbe Stunde Zeit.«

»Puh. Danke für die Info. Aber nein danke, ich muss jetzt auch nach Hause ... Diese Bücher würde ich mir gerne ausleihen.«

»Okay, da hast du dir wirklich ein paar schöne Exemplare rausgepickt.« Ich reichte ihr meinen Bibliotheksausweis. Die nette Dame scannte erst ihn und dann die Bücher ein. »Dann solltest du vorerst bestens mit Lesefutter versorgt sein. Aber bitte bring mir die Bücher in spätestens vier Wochen zurück.«

»Kein Problem, bis dahin sollte ich durch ein«, grinste ich. Sie reichte mir die Bücher und ich verstaute sie in meiner Tasche.

»Dann viel Spaß beim Lesen!«

»Danke, werde ich haben. Bis bald!«

So verließ ich die Bibliothek und ging zurück zur Bushaltestelle. Auf dem Weg dorthin kaufte ich mir bei McDonald´s einen Wrap. Mampfend wartete ich auf den Bus, der mich heimbringen sollte. Nach etwa zehn Minuten kam er gemächlich in die Straße gerollt und blieb kurz darauf vor mir stehen. Ich ging die kleinen Stufen hinauf, zeigte dem Fahrer meine Karte und suchte mir einen Platz. Dann holte ich das Buch, welches ich zuvor begonnen hatte, aus der Tasche und vertiefte mich in die Geschichte. Die Fahrt verging schnell und bald war ich wieder zu Hause.

Dort angekommen war ich mal wieder allein. Doch auf dem Küchentisch fand ich einen Zettel vor:

Hi, Sky!
Dave und ich sind heute Abend aus. Jason ist bei Mason.
Du hast also sturmfrei. Mach dir einen schönen Abend.
Liebe Grüße, Mum
PS: Dave und ich müssen etwas mit euch besprechen.
Deswegen wäre es schön, wenn du dir morgen Nachmittag
freihalten könntest, damit wir gemeinsam bei einem Picknick
im Park darüber reden können.
Jason weiß auch schon Bescheid.

Okaaay. Was wollten sie denn bereden? Hatten sie sich verlobt? Oder war Mum ... schwanger? Was könnte denn so wichtig sein, dass sie eine Familiensitzung einberufen würden? Ich hatte keine Ahnung. Ich hoffte bloß, dass es nichts Schlimmes war. Vielleicht war auch alles halb so wild und Mum machte aus einer Mücke einen Elefanten. Ich musste wohl abwarten. Denn vor morgen würde ich niemanden zu Gesicht bekommen und auch wenn. Mum würde bestimmt nichts verraten, bevor wir alle beisammensaßen. Grrr.

Um mich von der nervigen Frage, worum es ging, abzulenken, ging ich hoch in mein Zimmer, schmiss den Fernseher an und ließ mich von irgendeinem kitschigen Liebesfilm berieseln, bis ich schließlich einschlief.

Als ich am nächsten Morgen aufwachte, stellte ich fest, dass mein Fernseher aus war. Mum musste ihn ausgeschaltet haben, als sie von ihrem Date zurückkam. Die Bettdecke zurückschlagend fiel mir auf, dass ich mich am vergangenen Abend direkt ins Bett gelegt hatte, ohne mich umzuziehen, geschweige denn im Bad fertig zu machen. Also erledigte ich das nun und baute eine ausführliche Dusche mit ein.

Danach hatte ich noch genügend Zeit, um zu frühstücken und meine Hausaufgaben zu erledigen, bevor es zum großen Familientreffen ging. Punkt zwei Uhr standen wir alle vorm Haus. Selbst Jason war pünktlich und er sah sogar nur halb so genervt aus, wie ich vermutet hatte. Mum und Dave hatten je einen Korb unterm Arm, mit welchen sie zu Daves Q7 gingen. Nachdem sie diese verstaut hatten, wandten sie sich uns zu: »Na dann, alle einsteigen.« Jason bevorzugte es jedoch, seinen eigenen Wagen zu nehmen. Und da Mum der Meinung war, dass ich Jason während der Fahrt doch Gesellschaft leisten sollte, ging ich zu ihm rüber und nahm in seinem Porsche Cayman Platz.

Natürlich wechselten wir während der Fahrt kaum ein Wort. Ähnlich verlief der Weg vom Parkplatz zum Park. Erst nachdem Mum und Dave, die die ganze Zeit schon ziemlich angespannt wirkten, die Decke ausgebreitet und das Picknick darauf aufgetragen hatten, wurde das Schweigen gebrochen.

»Danke erst mal, dass ihr euch die Zeit genommen habt, zu diesem Treffen zu erscheinen. Es ist uns wirklich sehr wichtig«, ergriff meine Mum das Wort. Hmmm ... So förmlich ...

»Genau, denn Isobel und ich haben euch etwas Wichtiges mitzuteilen.«

»Na dann schießt mal los.« Jason zeigte sich unbeeindruckt von dem, was unsere Eltern hier veranstalteten. Vielleicht war er ähnliches schon von Dave gewohnt.

»Ja ... Also ... Es ... ist so«, druckste Mum herum. Ihr schien das Ganze sichtlich unangenehm zu sein. Doch Dave half ihr.

»Na ja, Ihr beide scheint euch ziemlich gut zu verstehen.« Jason und ich warfen uns einen kurzen Blick zu. Den Eindruck hatten sie? Na dann. Ich richtete meinen Blick wieder auf Dave und wartete ab, was er noch zu sagen hatte. »Also. Wir haben das Gefühl, dass ihr gut miteinander klarkommt und euch unterstützt, wenn es nötig ist und …«

»Komm zum Punkt, Dad!«

»Okay, okay … Was wir euch mitteilen wollen ist, dass Isobel und ich ein lukratives Jobangebot bekommen haben.«

»Das ist doch klasse!«, unterbrach nun ich ihn. Aber er sah mich nur skeptisch an.

»Sprich weiter«, entgegnete Jason kalt und sah weiterhin seinen Vater an.

»Dieses Jobangebot, das ist eine große Chance für uns beide. Die bekommen wir nie wieder. Aber, wenn wir dieses Angebot annehmen, würde das heißen, dass wir euch für ein halbes Jahr allein lassen müssten. Gegebenenfalls auch etwas länger. Deswegen ist es uns auch so wichtig, dass ihr gut miteinander auskommt.« Mir klappte die Kinnlade runter. Ich sah erst Dave und dann meine Mum an. Das konnte doch nicht deren Ernst sein!

»Und was heißt genau ›allein lassen‹? Wo ist euer neuer Arbeitsplatz? San Francisco? New York? Seattle?« Jason ließ sich nicht aus der Ruhe bringen. Zumindest ließ er sich nichts anmerken.

»In Kanada. Toronto, um genau zu sein.« Nun war es Mum, die sprach. »Mein Schatz. Du weißt doch, wie schwer es mir fällt, dich allein zu lassen. Das tut mir in der Seele weh. Aber sieh doch Mal. Das ist eine mega Chance. Die muss ich ergreifen.« Mum war auf mich zugekommen und wollte mich in den Arm nehmen, doch ich wandte mich ab. Das konnte nicht wahr sein. Ich fasste es nicht!

»Wann geht euer Flug?«, fragte Jason unberührt weiter. Perplex sah ich ihn an. Wie konnte er nach ihrem Abflug fragen, wenn sie noch gar nicht zugesagt hatten! Aber scheinbar kannte

Jason das Szenario, denn die Antwort schien ihn nicht zu überraschen, während in mir etwas zerbrach.

»Nächsten Freitag.« Plötzlich wurde mir alles zu viel. Sie konnten uns doch nicht einfach vor vollendete Tatsachen stellen! Was war mit Mum los, sowas hätte sie früher nicht gemacht. Tränen brannten in meinen Augen, als ich aufstand und einen Schritt von der Decke trat. Mum wollte mich zurückhalten, doch ich riss mich los und lief davon. Mum rief mir ein »Sky, Warte!« hinterher, aber Dave hielt sie davon ab, mir zu folgen. »Lass sie, Isobel. Sie ist überfordert mit der Situation. Gib ihr ein wenig Zeit. Dann wird sie sich beruhigen und verstehen, dass wir nicht anders konnten, als das Angebot anzunehmen.«

»Ich hoffe, du hast Recht.« Ich und mich beruhigen?! Darauf konnten sie lange warten. Das war eine Unverschämtheit von ihnen und das konnten sie ruhig merken.

Als ich einen kurzen Blick zurückwarf, sah ich nur noch, wie Jason aufstand, missbilligend den Kopf schüttelte und ebenfalls davonging.

Fast taten mir die beiden leid, wie sie da verloren auf der Decke saßen und sich hilflos anschauten. Aber nur fast! Sie hatten mich verletzt und hintergangen. Ich hatte ein Recht, sauer zu sein.

Eine einzelne Träne lief heiß meine Wange herunter, als ich den Park verließ und zum Parkplatz zurückging. Was ich dort wollte? Keine Ahnung. Jason war wahrscheinlich längst weg und auf dem Weg zu seinen Kumpels. Und mit Mum und Dave würde ich definitiv nicht zurückfahren!

Doch als ich den Parkplatz betrat, fiel mir sofort eine Person ins Auge. Ein Junge, der eine Zigarette rauchend an einem ziemlich teuren Wagen lehnte. Jason. Ausnahmsweise war ich froh, ihn zu sehen. Ich wischte die Träne fort, ging zu ihm rüber und lehnte mich neben ihm ans Auto. Er sah zu mir herüber und schien kurz zu überlegen. Dann hielt er mir stumm seine Zigarette hin. Doch ich schüttelte nur langsam den Kopf.

Jason drehte sich wieder in seine Ursprungshaltung zurück und sah in die Ferne. Auch ich stand einfach so da, abwartend, was er als Nächstes tun würde. Doch was er dann tat, hatte ich nicht erwartet. Er begann zu reden. Zwar sah er mich nicht an und so schien es eher, als würde er mit sich selbst reden, aber er sprach: »War klar, dass sowas früher oder später passieren würde. Dad hat das schon mehrfach gemacht. Zwar waren es meistens nur ein oder zwei Monate, vielleicht auch ein Vierteljahr. Aber was spielt das schon für eine Rolle? Er hat genau das Gleiche abgezogen wie gerade. So zu tun, als hätte man eine Wahl, ein Mitbestimmungsrecht, obwohl schon alles geklärt und die Koffer längst gepackt waren. Und dann immer diese Masche mit ›Es ist so eine große Chance‹. Bla, bla, bla. Ich habe ihn immer wieder gehen lassen. Denn irgendwann habe ich gemerkt, dass es kaum einen Unterschied macht. Entweder ist er 12 Stunden am Tag arbeiten oder er ist ganz weg. Bei dem einen habe ich ihn fünf Minuten gesehen. Bei dem anderen halt gar nicht. Irgendwann habe ich gelernt, darauf zu scheißen. Ich habe mir meine Clique gesucht, bin feiern gegangen und habe den Frust ertränkt. Mittlerweile ist es mir einfach egal. Soll er doch machen, was er will.« Nach einer kurzen Pause fügte er hinzu: »Und jetzt ist es nicht anders … Na gut. Trotzdem hatte ich gedacht, dass er jetzt, wo ihr bei uns wohnt, mal etwas länger daheim bleiben würde, ohne wieder abzuhauen. Aber scheinbar hält auch eine Familie ihn nicht davon ab, seine Karriere voranzutreiben. Wenn er meint…«

Jason hatte die ganze Zeit in die Luft gestarrt und weiter seine Zigarette geraucht, während er monoton und emotionslos geredet hatte. Doch er hatte mir freiwillig von sich erzählt. Und ich war mir sicher, dass ihm das Ganze doch mehr ausgemacht hatte und immer noch ausmachte, als er zugab. Jetzt konnte ich auch verstehen, warum er sich seinem Dad gegenüber immer so kühl und unfreundlich benahm. Wenn er immer nur allein gelassen wurde, als würde sich niemand für ihn interessieren. Nicht Mal sein eigener Vater! In mir regte sich Mitgefühl. Meine Mum wäre früher nie auf die Idee gekommen, einen Job anzunehmen, für den sie mich allein lassen müsste. Sei es auch nur für vier Wochen. Aber nun war alles anders ...

Jason war fertig mit Rauchen und trat gerade seine Zigarette aus, bevor er um seinen Wagen ging, einstieg und darauf wartete, dass ich dasselbe tat.

Eigentlich wollte ich über das Geschehene reden, doch ich hielt mich zurück. Er hatte mir zwar grade offen von sich erzählt, doch die Atmosphäre hatte sich verändert. Er wirkte nun wieder so verschlossen und kalt wie sonst. Außerdem schien mir, mit ihm über Gefühle – seine Gefühle – zu reden, generell keine gute Idee zu sein.

Dementsprechend verbrachten wir die Heimfahrt schweigend. Nur das Radio lief leise im Hintergrund. Zu Hause angekommen ging Jason vor zur Tür und schloss sie auf. Dann trat er einen Schritt zur Seite und ließ mich durch.

»Ich fahre gleich weiter zu den Jungs«, teilte er mir mit, bevor er sich wieder umdrehte und zurück zum Auto marschierte. Mit laut aufheulendem Motor brauste er davon.

JASON

Wie konnte Dad das nur tun?! Ich dachte, er wollte ein richtiges Familienleben führen! Davon hatte er schließlich immer geschwärmt. Doch jetzt, wo er die Chance dazu hatte, nahm er wieder einen Job im Ausland an. Klar, er hatte seine neue Lebensgefährtin dabei. Aber trotzdem. Das konnte er doch nicht bringen. Noch dazu wollte er jetzt länger weg als sonst. Wenn er meinte, dass er mich immer allein lassen konnte … Schön. Ich kam auch ohne ihn klar. Er hatte schließlich auch sonst nie Zeit für mich gehabt! Seine Arbeit stand für ihn, seit Mum weg war, über Allem. Sie hatte ihn von den ganzen Schicksalsschlägen abgelenkt. Doch jetzt ging es nicht mehr nur um ihn und mich. Jetzt hingen auch Isobel und vor allem Sky mit drin. Dass sie damit nicht einverstanden war, beziehungsweise nicht klarkam, war offensichtlich gewesen. War doch auch logisch. Kaum war sie hier, sollte sie plötzlich in einer fremden Stadt, ohne ihre Mutter, dafür mit einem Jungen, den sie kaum kannte und nicht sonderlich leiden konnte, über ein halbes Jahr lang allein leben. Da war ihre Reaktion mehr als verständlich gewesen. Erwachsene konnten so selbstsüchtig und rücksichtslos sein. Grrr.

Meine Aggressionen wuchsen von Minute zu Minute. Ich musste mich dringend abreagieren, sonst würde das irgendein unschuldiger Fußgänger gleich noch zu spüren bekommen! Kurzerhand schnappte ich mir mein Handy und wählte Masons Nummer. Noch bevor er zu Wort kam, schoss ich los: »Fitnessstudio. Jetzt.«

»Okay, Bro. Bin in 20 Minuten da. Und dann will ich wissen was los ist.«

»Jo, bye.«

»Bye.«

Ich erreichte logischerweise vor Mason das Fitnessstudio. Also holte ich schon Mal meine Sporttasche aus dem Kofferraum, die ich zum Glück heute Mittag aus einer gewissen Vorahnung heraus eingepackt hatte, und ging rein. Dort zog ich mich um und begann, mich auf dem Laufband warm zu machen.

Kurz darauf war Mason da. Er wärmte sich im Schnellverfahren auf, bevor wir rüber zu den Boxsäcken gingen. Während wir dort abwechselnd auf die Säcke einschlugen und -traten – der eine hielt den Boxsack fest, während der andere zuschlug –, erzählte ich ihm die ganze Geschichte. Natürlich ließ ich den Teil, wie es mir damit ging, aus und kürzte den Part über Sky, da das sonst ziemlich komisch gekommen wäre.

Gemeinsam regten wir uns über meinen Dad auf. Das tat echt gut. In Kombination mit der körperlichen Aktivität, baute sich mein mein Ärger langsam ab und wurde immer weniger.

Nach dem Training gingen Mason und ich in die Umkleide und duschten. Danach beschlossen wir, noch einen Trinken zu gehen. Dazu schickte ich eine Nachricht an die anderen Jungs und orderte sie in unsere Stammkneipe. Eine halbe Stunde später waren wir alle dort versammelt. Wir orderten uns ein paar starke Drinks und als wir ordentlich einen Intus hatten, gingen wir zur Tanzfläche, um uns jeder ein Mädchen zu schnappen.

Cole tanzte eine sehr knapp bekleidete Blondine von hinten an, die direkt darauf einging. Jayden stellte sich zu einer zierlichen Brünetten an die Theke und begann zu flirten. Aiden hatte sich eine Bitch gekrallt und war schon mit ihr auf dem Weg zu den Toiletten. Mason war, ohne einen Finger zu rühren, schon von einer Truppe Mädels umringt, die ihn alle anschmachteten und ihm gar nicht nah genug kommen konnten, während sie sich vor ihm räkelten und ihre Körper zur Schau stellten. Ich setzte auf die gleiche Taktik wie Colton und versuchte mein Glück auf der Tanzfläche.

Da alle Mädels auf mich und meine Jungs standen und uns anschmachteten, hatte auch ich ziemlich schnell Erfolg. Das Mädchen sprang auf mich an und begann sehr nah vor mir, obszön zu tanzen. Im Takt der Musik bewegte sie ihren Körper, ging immer wieder in die Hocke und rieb ihren Arsch an meinem besten Stück. Dabei warf sie mir über die Schulter eindeutige Blicke zu. Mann, sie wusste, was sie tat. Und ich fuhr voll drauf ab. Es war genau das, was ich jetzt brauchte.

Als es schließlich eng in meiner Hose zu werden drohte, zog ich sie zu mir heran, sodass ihr Rücken an meiner Brust lag, strich ihr die langen Haare hinters Ohr und raunte mit tiefer Stimme: »Na Süße, es wird Zeit, dass wir uns ein ruhiges Örtchen suchen. Du hast da ein ziemlich großes Problem geschaffen, dass wir zusammen lösen müssen.« Offensichtlich angeturnt grinste sie mich an und zog mich an der Hand hinter sich her zu den Damentoiletten.

Sobald wir die kleine Kabine hinter uns abgeschlossen hatten, ging sie auf die Knie und widmete sich leidenschaftlich meinem ansehnlichen ›Problem‹.

SKY

Nach einer kurzen Nacht, die durch die ganzen Ereignisse vom Vortag verursacht wurde, wachte ich entsprechend müde und k.o. auf. Ich hatte viel nachgedacht, während ich mich von der einen auf die andere Seite gewälzt hatte, bei dem vergeblichen Versuch, in den Schlaf zu finden. Klar war Mums Verhalten scheiße gewesen. Sie hätte in Ruhe mit mir darüber reden und mich fragen müssen, ob das für mich okay war und wie ich mich dabei fühlte. Das alles hatte sie nicht getan, sondern mich beziehungsweise uns vor vollendete Tatsachen gestellt. Das war nicht in Ordnung von ihr gewesen und von Dave auch nicht. Das wussten sie auch. Sonst hätte Mum nicht gestern Abend versucht, mit mir zu reden, und Dave nach Jason gefragt. Aber ich war sauer und enttäuscht gewesen, sodass ich meine Tür abgeschlossen und auf keine ihrer Redeversuche, Fragen oder Entschuldigungen reagiert hatte.

Doch nun, wo ich mich beruhigt hatte und wieder rational denken konnte, wusste ich, dass ich Mum nicht für immer böse sein konnte. Sie hatte in den vergangenen Jahren genauso sehr gelitten wie ich. Seit Dad tot war, musste sie allein für uns Sorgen, sich um mich kümmern und mit ihrer Trauer klarkommen. Nun, wo sie endlich wieder glücklich war, wie konnte ich es ihr verwehren, diese Chance wahrzunehmen und mit ihrem Liebsten im Ausland einen gut bezahlten Job auszuüben? Richtig, das war nicht möglich. Ich liebte sie und ich gönnte es ihr von ganzem Herzen. Auch wenn ich dafür zurückstecken musste. Aber ich würde das schon schaffen. Mit Jason zusammen allein unter einem Dach zu leben, sollte nicht allzu schwer sein. Er war sowieso kaum da. Außerdem hatte ich meine Freundinnen, die für mich da waren, wenn ich sie brauchte.

Ich kam zu dem Entschluss, dass das am Vortag eine Kurzschlussreaktion gewesen war. Klar, ich hatte mich übergangen und allein gelassen gefühlt und daher auch allen Grund gehabt, sauer zu sein, aber trotzdem. Ich hätte sie wenigstens ausreden lassen müssen.

Ich machte mich fertig und ging dann runter in die Küche, um Dave und Mum genau das zu erzählen. So wie sie Verständnis für meine Reaktion hatten und sie mir nicht übelnahmen, entschuldigten sie sich ebenfalls erneut. Letztendlich freuten sie sich umso mehr, dass ich mein Okay gab und es ihnen von Herzen gönnte. Vor allem Mum war überglücklich. Es war ihr doch sehr wichtig, dass ich einverstanden war, das wusste ich. Sie hatte schon so ein schlechtes Gewissen und sie hätte es nicht genießen können, wenn ich sie für ihre Entscheidung gehasst hätte.

Auch Jason hatte Dave, als er heimkam, knapp mitgeteilt, dass sie fahren könnten. Dabei tat er so, als wäre es ihm total egal, doch ich glaubte ihm nicht. Aber er sprach nicht weiter darüber, weswegen ich ihn in Ruhe ließ.

Die nächsten Tage standen unter dem Thema ›Abreise‹. Abgesehen von der Schule, blieb ich zu Hause und verbrachte noch so viel Zeit wie möglich mit meiner Mum. Ich half ihr beim Packen ihrer Taschen, räumte ihre Kommode leer, packte ihre Hygieneartikel und Kosmetika zusammen und checkte, ob sie auch wirklich nichts vergessen hatte. Wir unterhielten uns viel, während wir durchs Haus wuselten. Zwar waren es belanglose Themen, da wir das Thema ›Abreise‹ vermieden, aber es war trotzdem schön.

Donnerstagnachmittag waren wir mit den letzten Erledigungen fertig. Da Dave natürlich nicht von Jason unterstützt wurde, und somit alleine zugange war, war er noch nicht fertig. Er irrte ein wenig orientierungslos durch die Gegend. Also beschlossen Mum und ich, ihm zu helfen. Er tat mir fast ein wenig leid. Von seinem Sohn verachtet zu werden, war nicht schön. Doch ich kannte auch nicht die ganze Geschichte. Jason hatte bestimmt seine Gründe, warum er sich so verhielt …

Jedenfalls ging es zu dritt ziemlich schnell und gegen Abend waren auch Daves Taschen fertig gepackt und standen neben Mums unten im Flur.

Am nächsten Tag war Freitag. Der Tag der Abreise. Ich beeilte mich, nach der Schule nach Hause zu kommen. Jason hingegen hetzte sich nicht. Er kam erst kurz bevor unsere Eltern losmussten. Seine Verabschiedung fiel kurz und knapp aus. Dann verschwand er nach oben in sein Zimmer. Dave sah etwas unglücklich drein, weshalb ich beschloss, mich als Erstes von ihm zu verabschieden. Ich umarmte ihn und wünschte ihm eine schöne Zeit. Des Weiteren teilte ich ihm mit, dass wir das schon schaffen und auch mit Jason alles in Ordnung sein würde.

Augenblicklich stahl sich ein leichtes Lächeln auf Daves Gesicht. Ich ließ von ihm ab und wandte mich Mum zu. Auch sie nahm ich fest in den Arm. »Viel Spaß, Mum. Das wird bestimmt toll. Du lernst ein neues Land kennen und hast einen tollen Job. Genieß es! Ich habe dich ganz doll lieb.«

»Ach, ich habe dich auch ganz doll lieb, mein Schatz. Mach dir auch eine schöne Zeit. Du schaffst das schon. Du bist gut in der Schule, hast tolle Freundinnen und du kannst mich jederzeit anrufen. Egal, wie viel Uhr es ist. Außerdem werden wir zwischendurch mal vorbeischauen«, schluchzte Mum.

»Danke, Mum. Das mache ich. Ich werde dich vermissen.«

»Ich dich auch.«

»Melde dich, sobald du gelandet bist.«

»Mache ich.«

»Supi. Habt ein schönes Jahr.«

»Du auch.«

»Danke, bis bald.«

»Bis bald.« Wir verabschiedeten uns unter Tränen. Was sich für Außenstehende sehr theatralisch anhören mochte, war eigentlich nichts Außergewöhnliches. Kinder liebten ihre Eltern und Eltern ihre Kinder. Gut, Jason jetzt mal außen vor gelassen. Aber da war es ganz normal, dass man traurig war und weinte, wenn man sich so lange nicht sehen würde.

Erst als die beiden aus meiner Sichtweite verschwunden waren, trat ich zurück ins Haus und schloss die Haustür hinter mir. Ich ging hoch in mein Zimmer und schmiss mich auf mein Bett. Aus dem Nebenzimmer drang laute Musik, doch ich ließ meinen Tränen freien Lauf. Es dauerte eine Weile, bis sie versiegten.

Ich blieb noch ein paar Minuten liegen, bevor ich mich aufrappelte und ins Bad ging. Dort wusch ich mir mit eiskaltem Wasser das Gesicht, um wieder ein wenig frischer und wacher zu werden. Als ich in mein Zimmer zurückging, bemerkte ich, dass die Musik verstummt war. Fast dachte ich, dass Jason zu seinen Kumpels gefahren war, doch da erkannte ich eine dunkle Gestalt auf dem Balkon. Ich ging näher an meine Scheibe und erkannte Jason. Er starrte in die Dunkelheit und rauchte. Nein. Er rauchte nicht. Er kiffte. Das verriet mir der unverkennbar süßliche Geruch, der durch das offene Fenster in mein Zimmer und direkt meine Nase drang. Eigentlich wollte ich raus zu ihm gehen, doch ich bezweifelte, dass das so eine gute Idee war. Er sah einsam aus. Aber vielleicht war genau das seine Art, mit der Situation umzugehen. Ich weinte, er rauchte Gras. Zugegeben, er hatte nicht die beste Variante gewählt. Aber gut. Er würde schon wissen, was er da tat.

Nachdem er den Stummel weggeschnipst hatte, ging er zurück in sein Zimmer und schloss die Balkontür hinter sich. Anstatt dass die Musik wieder anging, hörte ich ihn kurz darauf reden. Es antwortete ihm eine Jungenstimme. Er schien mit einem seiner Kumpels zu skypen. Leider sprachen sie so leise, dass ich kein Wort verstehen konnte. Folglich verlor ich schnell das Interesse an dem Gemurmel aus dem Nachbarzimmer.

Ich machte mich bettfertig, kuschelte mich in meine Decke und schaltete den Fernseher ein.

JASON

»Hi, Mase!«

»Hi, Jase! Was gibt´s?«

»Mein Dad und seine Neue sind weg.«

»Okay. Und das bedeutet?«

»Na was wohl?« Ich begann zu grinsen und nun setzte auch Mason mit ein. Gleichzeitig riefen wir: »Paaarty!«

»Morgen Abend um 20:00 Uhr geht´s los. Open End. Sag den Jungs Bescheid. Sie können mitbringen, wen sie wollen. Lad´ du auch noch ein paar Leute ein. Ich glaube, ich habe noch die Nummer von der Schlampe aus dem Pub. Die und ihre Freundinnen kommen bestimmt. Das wird ein Spaß!«

»Aber hallo, Bro! Das wird legendär.«

»Natürlich. Morgen geht´s noch ´nen bisschen Alk kaufen. Dann läuft das.«

»Ein ›bisschen‹! Na klar. Wer´s glaubt wird selig«, schmunzelte Mase.

»Du hast mich ertappt. Eventuell wird es doch ein bisschen mehr.« Wir mussten beide lachen.

»Okay, wann soll ich da sein? Dein ´bisschen´ Alkohol kannst du bestimmt nicht allein schleppen.«

»Haha, joa. Wie wäre es um 15:00 Uhr? Mit dem Auftrag sollten wir bis dahin durch sein.«

»Ach, stimmt ja. Den hätte ich vor lauter Vorfreude fast vergessen. Aber ja, bis dahin sollten wir durch sein. So ein Crack-Head, wie der es ist, knickt schnell ein. Bisher hatten wir mit Solchen ja noch nie wirklich Probleme … Dann bin ich um drei bei dir und dann geht's Alk besorgen. Ach ja, sollen die Jungs wieder zwei Stunden vor Partybeginn kommen, um beim Möbelrücken zu helfen?«

»Ja, das wäre super. Wenn alle anpacken, geht's schneller.«
»Gut, dann sage ich ihnen Bescheid und lade noch ein paar Leute ein. Bis morgen, Jase!«
»Perfekt. Bis morgen, Mase.«

Am nächsten Tag machten wir genau das, was wir geplant hatten. Erst unser Auftrag, dann einkaufen und dann das Haus partyfertig machen. Die Jungs kamen pünktlich und in Windeseile waren alle Möbel zur Seite gerückt, beziehungsweise auf andere Räume verteilt, sodass Küche, Wohnzimmer, Flur und Garten für die Party herhalten konnten. In der Küche stellten wir sämtliche Mixgetränke, Schnäpse und sonstige Spirituosen auf den Tisch. Daneben kamen die roten Pappbecher. Das Bier verteilte ich. Ein Teil blieb in der Küche. Der andere kam in den Garten. Wir hatten auch ein paar Cracker besorgt, welche wir nun in den Räumen verteilten. Die Musik wurde voll aufgedreht. Dann machte ich mich schnell frisch und schon kamen die ersten Gäste. Die Jungs hatten ganze Arbeit geleistet und einige Leute eingeladen, weshalb es schon bald eng im Haus wurde. Zum Glück gab es noch den großen Garten, zu dem sich dann auch die ersten Jungs und Mädels, die sich schon mit Getränken ausgestattet hatten, aufmachten.

Die Stimmung war ausgelassen und wir feierten wie die Wilden. Es waren lauter hübsche Mädels gekommen. Auch meine Kontakte waren allesamt erschienen. Und natürlich schämte sich keine, zu zeigen, was sie hatte. Bei Wahrheit oder Pflicht ging es schon bald heiß her und auch beim Bier-Pong ging es ab. Immer wieder verschwanden zwei hinter unserer Gartenhütte oder es wurde wild geknutscht. Alle waren betrunken und hatten Spaß. Einige tanzten. Andere wiederum standen am Rand und grölten die Lieder mit. Ach ja, und wieder andere standen im Garten und genossen ihre Joints.

Es handelte sich also um eine perfekte Party. So stürzte ich mich wie die übrigen Gäste mitten ins Treiben und war bei Allem dabei.

S K Y

Als ich heute Morgen mitbekommen habe, dass Jason eine Hausparty schmeißen wollte, habe ich mich direkt aus der Affäre gezogen und über Nacht bei Brianna einquartiert. Ich war schon am frühen Nachmittag mit dem Bus zu ihr gefahren, da ich aus dem Gewusel raus sein wollte und ganz ehrlich auch keinen Bock auf Jason und seine Gang hatte.

Also ging ich mit Bri zuerst ein Eis essen und dann noch eine Runde in die Mall bummeln. Bri hatte sich einen schwarzen Skaterrock und ein bauchfreies Oberteil gekauft und ich konnte nicht an dem süßen blass-rosanen Spitzenkleid mit Dreiviertelärmeln vorbeigehen. Zufrieden mit unserer Ausbeute kehrten wir heim.

Den restlichen Abend verbrachten wir mit Abendessen und Fernsehen schauen, wobei heute High School Musical dran war. Das war echt lustig, denn es war relativ lange her, dass wir ihn das letzte Mal gesehen hatten. Aus Spaß an der Freude hingen wir noch den zweiten Teil hinten dran. Den dritten Teil hoben wir uns fürs nächste Mal auf, da wir schon ziemlich müde waren.

Am nächsten Morgen frühstückten wir noch gemeinsam, bevor ich mich auf den Heimweg machte. Als ich das Haus von weitem sah, überkam mich eine trübselige Stimmung. Mum war weg. Und sie würde erst in einem halben Jahr wiederkommen ... Doch die Trauer hielt nicht lange an, da fielen mir die vielen plattgetretenen Becher und leeren Flaschen auf dem Rasen auf.

Auf einiges gefasst, betrat ich das Haus. Nichtsdestotrotz traf mich der Schlag. Vor mir erstreckte sich ein riesiger Saustall. Und es sah nicht nur so aus. Es roch auch so. Überall lag Zeug rum. Becher, Flaschen, Teller, Cracker, Müll. Ich konnte vermutlich froh sein, dass hier nicht noch ein paar besoffene Jugendliche rumlagen, die selig schliefen, wie man das aus Filmen kannte. Dennoch hatte Jason hier einiges aufzuräumen. Prost Mahlzeit.

Eigentlich wollte ich direkt hoch in mein Zimmer gehen und Jason mit diesem Chaos allein lassen. Aber ich konnte das nicht so lassen und da meine Gedanken schon wieder in die falsche Richtung abzudriften drohten, beschloss ich, Jason beim Aufräumen zu helfen.

Nachdem ich alle Fenster und Türen zum Lüften aufgerissen hatte, schnappte ich mir einen gelben Sack und begann damit, die ganzen roten Plastikbecher aufzusammeln. Sie lagen überall. Auf dem Boden, in den Regalen, in den Büschen, sogar unter den Sofakissen. Als ich glaubte, alle eingesammelt zu haben, räumte ich die Flaschen zusammen. Nachdem ich die Säcke an die Tür gestellt hatte, sah ich mich zufrieden um. Schon sah alles nur noch halb so wild aus.

Gerade als ich am Überlegen war, was ich als Nächstes tun könnte, kam Jason die Treppe heruntergeschlurft. Er blickte ungläubig in die fast wieder bewohnbaren Räume und rieb sich die Augen. Dann fiel sein Blick auf mich. »Wow, danke,« murmelte er. Oh, er schien noch nicht wach und erst recht nicht nüchtern zu sein. Sonst hätte er alles gemacht, außer sich zu bedanken.

Er taumelte an mir vorbei in die Küche, wo er sich erst mal einen Kaffee machte. Als er die Tasse leergeschlürft hatte, schien er wieder etwas klarer im Kopf zu sein. »Warum hast du das gemacht?«. Er sah mich fast vorwurfsvoll an. Doch ich konnte ihm die Frage nicht verübeln. Welcher normale Mensch nutzte schon freiwillig seine Freizeit dazu, aufzuräumen und zu putzen? Richtig. Niemand. »Nicht, dass ich es schlecht fände. Du nimmst mir einen ganzen Teil Arbeit ab. Aber echt? Warum tust du das?«

»Ganz ehrlich: Keine Ahnung. Vielleicht, weil es mich ablenkt.«

»Oh, ach so. Lass dich von denen nicht runterziehen. Ob du sie ein Mal die Woche siehst oder ein Mal im Jahr. So groß ist der Unterschied nun auch wieder nicht. Du wirst ganz schnell merken, wie schön es ist, machen zu können, was man will, sich nicht mehr an Sperrstunden halten zu müssen oder zu irgendwelchen unnützen Familienkonferenzen zu müssen.« Nachdenklich nahm ich seine offenen Worte auf. Ich fand es nett, dass er das zu mir sagte, aber ich wollte nicht weiter mit ihm darüber reden. Dann müsste ich wahrscheinlich weinen und das wollte ich nicht. Vor allem nicht vor ihm. So war es die beste Möglichkeit von dem ernsten Grad auf dem wir uns gerade bewegten, auf einen, lustigen zu wechseln. »Du sprichst wohl aus Erfahrung.«

»Definitiv. Ich bin ein großer Befürworter der Freiheit und lebe diese auch gerne aus«, entgegnete er ernst.

»Hast du je etwas anderes getan?« Nun musste er grinsen.

»Haha, nein. Eigentlich nicht.« Wir mussten beide lachen.

Da klingelte es an der Tür.

»Das sind Mason und Colton. Sie wollten beim Aufräumen helfen. Aber da du schon einen Großteil übernommen hast, müssen wir nur die Möbel zurückrücken und durchwischen. Den Rest erledigt die Putzfrau.« Ach stimmt, wir hatten ja eine Putzfrau. Sie kam einen Tag pro Woche, meist während wir in der Schule waren, und kümmerte sich um die grundlegenden Dinge.

Jason war mittlerweile an der Tür und machte den Jungs auf. Auch sie sahen noch ein wenig verkatert aus.

»Hi, Bro.«

»Hi, Jungs.« Sie begrüßten sich mit ihrem typischen Jungs-Handschlag. Dann kamen sie herein und ihr Blick fiel auf mich.

»Sky hatte Langeweile und hat schon Mal mit dem Aufräumen angefangen«, grinste Jason schulterzuckend.

»Cool. Du kannst gerne öfters Langeweile haben, Sky«, sagte Colton an mich gewandt und lächelte. Mason hingegen sagte nichts und stand ein wenig unruhig in der Gegend herum.

Am liebsten wäre ich nach oben verschwunden und den Jungs – oder wohl eher Mason – aus dem Weg gegangen. Colton schien eigentlich ganz nett zu sein, aber Mason war mir nicht geheuer. Doch den Triumph wollte ich ihm nicht gönnen. So blieb ich unten und half bei der Beseitigung der letzten Partyüberreste. Die Möbel konnte ich nicht mitschleppen, weswegen ich mich eher um das ›Redekorieren‹ der Räume kümmerte, wofür Jungs bekanntlich eher weniger ein Händchen hatten.

Ruckzuck waren wir fertig. Die Jungs gönnten sich auf die getane Arbeit einen freien Nachmittag, welchen sie damit verbrachten, sämtliche Spiele an der PS5 durchzuspielen. Hin und wieder hörte ich Freudenschreie oder Gemotze aus dem Gaming Room, aber blicken ließen sie sich nie. Ich verbrachte den Rest des Tages mit Lernen, Fernsehen und am Handy daddeln.

Etwa gegen 23:00 Uhr bekam ich mit, wie sich die Jungs verabschiedeten und nach Hause fuhren. Jason kam wenige Minuten später wieder die Treppe hoch und ging in sein Zimmer.

Am Abend hatte ich noch kurz mit Mum telefoniert. Sie hatte es bereits am Vorabend probiert, doch ich hatte es bei Brianna nicht mitbekommen. Na ja. Jedenfalls waren sie und Dave gut in Kanada angekommen. Der Flug wäre okay und ohne jegliche Turbulenzen verlaufen. Ihre Bleibe wäre schön; verhältnismäßig klein und gemütlich. Dann musste sie auch schon aufhören, da es noch irgendetwas Wichtiges zu besprechen gäbe.

Als ich am nächsten Morgen von meinem Wecker geweckt wurde, hätte ich mir am liebsten das Kissen über die Ohren gezogen. Ich hatte Null Bock auf Schule. Kurz überfiel mich der Gedanke, einfach liegen zu bleiben und zu schwänzen. Jedoch verbannte ich diesen Gedanken so schnell es ging wieder in die hinterste Ecke meines Kopfes. Da war ich gerade drei Tage ohne Eltern und schon dachte ich ans Schwänzen. Wenn das so weiter ging, wusste ich auch nicht, wo das noch hinführen sollte.

Fest entschlossen, weiter so strebsam und vorbildlich zu sein wie bisher, rappelte ich mich auf und machte mich fertig.

In der Schule angekommen, traf ich direkt auf Bri. Faith war leider krank, wie sie mir erzählte. Arme Faith ... Ich würde sie nachher anrufen und ihr eine gute Besserung wünschen. Hoffentlich war sie bald wieder fit.

Der Unterricht verlief relativ normal und es gab keine besonderen Vorfälle. Zu Hause war ich mal wieder allein. Wie immer eigentlich. Nach den Hausaufgaben hielt ich es nicht mehr allein aus. Also beschloss ich, joggen zu gehen. Wie üblich bekam ich einen freien Kopf und konzentrierte mich voll und ganz auf meine Bewegungen und mein Umfeld. Das tat mir gut und ich fühlte mich frei. Dieses Gefühl musste Jason wohl gemeint haben, auch wenn er es wohl eher in einem anderen Kontext gebrauchte und mit anderen Aktivitäten verband.

Nach etwa eineinhalb Stunden kam ich vollkommen durchgeschwitzt aber zufrieden wieder zu Hause an. Nachdem ich eine Magnesiumtablette in einem Glas kalten Wasser aufgelöst und dieses in einem Zug ausgetrunken hatte, ging ich unter die Dusche. Das warme Wasser, das von oben auf meinen Körper prasselte, beruhigte mich und lockerte meine vom Laufen angespannten Muskeln. In ein Handtuch gehüllt, trat ich aus dem Bad und ging auf direktem Weg in meinen begehbaren Kleiderschrank. Ich suchte mir ein paar gemütliche Klamotten heraus. Danach föhnte ich mir meine Haare, bevor ich runter in die Küche ging, um mir mein Abendbrot zu machen. Dabei fiel mir auf, dass unsere Vorräte langsam zu Ende gingen. Also beschloss ich, morgen nach der Schule am Supermarkt halt zu machen und uns neu einzudecken.

Genau so machte ich es am nächsten Tag dann auch. Nach der Schule nahm ich zwar den üblichen Bus, stieg aber zwei Haltestellen früher aus, da sich dort, keine 100 Meter entfernt, ein Walmart befand. Ich holte mir einen Einkaufswagen und betrat den Markt. Zum Glück war er aufgebaut wie alle anderen, sodass ich zügig alles fand, was ich auf meiner Einkaufsliste stehen hatte. Müsli, Milch, Nudeln, Soße, Aufbackbrötchen, Erdnussbutter, Marmelade, Wasser und vieles mehr. Alles landete nacheinander in meinem Wagen.

Einen Vorteil hatte die neugewonnene Freiheit schon Mal: Ich konnte kaufen, was ich wollte. Aus Prinzip hielt ich noch mal bei den Süßwaren und deckte mich ausgiebig mit sämtlichen Süßkram, den ich in die Finger bekommen konnte, ein: Chips, weiße Schokolade, Nachos, Weingummis, Reeses, Oreos, M&Ms, Cracker und noch mehr Schokolade. Das war vielleicht etwas übertrieben, aber gerade nun mal meine Art der Rebellion.

An der Kasse bezahlte ich meine Einkäufe mit dem Haushaltsgeld, das uns Mum und Dave jeden Monat überwiesen. Wir bekamen beide zusätzlich ein ordentliches Taschengeld und wenn uns irgendetwas fehlte, sollten wir uns melden, dann bekämen wir noch mehr. Trotzdem wog das ihr Fehlen nicht annähernd auf. Auch wenn sie sich das vielleicht einredeten. Doch darüber wollte ich jetzt nicht weiter nachdenken.

Ich packte die Einkäufe in meine Schultasche und die beiden Tragetaschen, die ich extra eingepackt hatte, und schleppte den ganzen Kram nach Hause. Nächstes Mal konnte Jason das machen. Schließlich hatte er Auto und Führerschein und musste somit nicht wie ich mit den riesigen Tüten in den Bus und sie dann auch noch das letzte Stück schleppen. Darüber würde ich bei Gelegenheit mit ihm reden müssen. Ich wohnte schließlich nicht allein in dem Haus und war auch nicht die Einzige, die von den Einkäufen profitierte.

Am Abend machte ich mir erst mal ein richtig geiles Essen: Ananas-Hähnchen-Curry mit Reis. Als Nachtisch gab es Grießbrei mit heißen Kirschen, welchen ich genüsslich vor dem Fernseher aß. Jedoch wollte mir meine Mum nicht mehr aus dem Kopf gehen.
Auch am nächsten Morgen war es nicht anders. Im Gegenteil, es war sogar noch schlimmer. Den Vormittag in der Schule überstand ich irgendwie, war aber nicht bei der Sache. Und schon auf dem Heimweg, als ich das Haus von weitem sah, wusste ich, dass ich dort heute nicht bleiben konnte. Ich hätte nie gedacht, dass ich so krass und vor Allem so plötzlich ›Heimweh‹ bekommen würde. Ich vermisste Mum und ich fühlte mich einsam und allein gelassen. Da war dieses Haus nicht unbedingt förderlich, wenn man auf andere Gedanken kommen wollte. Also rief ich Rachel an, die zum Glück nach dem ersten Klingeln abnahm. Sie bemerkte die Dringlichkeit in meiner Stimme sofort und so machten wir ein Treffen in 30 Minuten an unserer Stammkreuzung aus. Wir wollten zu dem See vom letzten Mal fahren.

Ich betrat nur schnell das Haus, um meine Sachen in mein Zimmer zu bringen, mich etwas frisch zu machen und mir die wichtigsten Dinge in meine Handtasche zu packen. Dann verließ ich es schon wieder und war dementsprechend viel zu früh an unserem Treffpunkt. 15 Minuten musste ich noch warten, bis Rachel kam. Aber das würde ich schon überleben. Alles war mir gerade lieber, als allein in meinem Zimmer zu hocken.

Das Glück schien sich nicht komplett von mir abgewandt zu haben, denn Rachel kam ebenfalls früher als abgemacht. Wir begrüßten uns, ich stieg zu ihr ins Auto und schon fuhren wir los. Wir redeten nicht viel beziehungsweise eher über Belangloses.

Erst als wir am See saßen und die Beine ins Wasser baumeln ließen, fragte Rachel mich, was mir auf der Seele lag. Infolgedessen erzählte ich ihr alles. Von dem Gespräch, wo Jason und ich abgehauen sind, meine Gedanken am Abend, mein »Okay«, die Verabschiedung, meine Gefühle in den letzten Tagen, was Jason zu mir gesagt hatte und, und, und.

Rachel ließ mich reden. Sie unterbrach mich nicht, sondern saß nur ruhig da und hörte mir zu. Schon während ich sprach, merkte ich, wie mir ein Teil der Last von den Schultern fiel. Es tat mir gut, mich jemandem anvertrauen zu können und nicht alles allein tragen zu müssen. Als ich fertig war, nahm mich Rachel einfach in den Arm. Aus ihrem Mund kamen keine Worte, doch ihre Geste sagte mehr als 1000 Worte. Ich fühlte mich geborgen, verstanden und nicht mehr allein. Ich war so glücklich, Rachel als Freundin zu haben und ich liebte sie dafür, dass sie mich nicht im Stich ließ und mir beistand.

Nach einer Weile lösten wir uns aus der Umarmung und sahen einander an. Sie redete mir ermutigend zu und sagte mir, dass ich das schaffen und sie mir dabei helfen würde. Außerdem zählte sie die ganzen positiven Dinge auf, die ›Sturmfrei‹ mit sich brachte: Ausgehen, Freunde treffen, Abhängen mit wem man wollte, neue Erfahrungen, Unabhängigkeit, Verantwortungsbewusstsein, Partys, Jungs, eigene Entscheidungen treffen und so weiter und so weiter…

Damit hob sie meine Stimmung bedeutend und ich schöpfte Hoffnung, dass es doch eine ganz coole Zeit werden konnte. Na ja, jedenfalls schwor ich, mich nicht unterkriegen zu lassen und zu versuchen, das Beste daraus zu machen. Ich war auf jeden Fall um einiges zuversichtlicher, als ein paar Stunden zuvor.

Da Schokolade bekanntlich gegen alles half, holten wir uns im Anschluss beide ein dickes Schokoladeneis. Mhhh, war das köstlich. Das Eis verfehlte seine Wirkung nicht. Außer vielleicht, dass es sich an den Hüften ansetzte. Haha. Aber das war mir im Moment total egal.

Wir verbrachten noch ein wenig Zeit miteinander. Rachel war echt gut darin, mich aufzuheitern. Meine Stimmung wurde wieder besser und am Ende konnte ich sogar mit ihr über eine lustige Anekdote lachen.

Gegen 20:00 Uhr brachte Rachel mich nach Hause, da ich leider Gottes noch Hausaufgaben machen musste. Was für ein Mist! Wer hatte sowas Doofes wie Hausaufgaben eigentlich erfunden? Aber es nützte ja alles nichts. So setzte ich mich an meinen Schreibtisch, rechnete die Nummer in Mathe, recherchierte für Reli »Die Salbung in Betanien«, und schrieb einen »Comment« in Englisch. Dann war ich endlich fertig.

Ich packte meine Schultasche für den nächsten Tag, stellte sie an die Seite und ging runter in die Küche. Dort machte ich mir Abendessen. Heute gab es Milchnudeln. Schnell und lecker. Zügig hatte ich die Nudeln fertig und den vollen Teller vor mir stehen. Ich schlemmte die Nudeln ganz genüsslich und doch war mein Teller viel zu schnell leer. Da eine weitere Portion aber zu viel des Guten gewesen wäre, beließ ich es dabei, spülte mein Geschirr und ging wieder nach oben.

Dort konnte ich dann doch nicht wiedersehen und aß beim Fernsehen noch ein paar M&Ms. Ich hatte den ganzen Tag über nur süßes, ungesundes Zeug zu mir genommen, doch ich fand, dass sowas auch mal sein musste. Folglich hatte ich kein schlechtes Gewissen, als ich mir noch eine Hand voll M&Ms gönnte.

Die Nacht war deutlich besser als die vorherige und ich hatte relativ gut geschlafen. Nur ein Mal war ich wach geworden, und das, weil ich auf die Toilette musste.

Auch der Vormittag verlief ganz in Ordnung. Ich gab mir alle Mühe, im Unterricht gut mitzuarbeiten und meine Nachlässigkeit wieder wettzumachen. Schönerweise war auch Faith wieder da. Sie hatte etwas Falsches gegessen, aber nun ging es ihr wieder gut. Sie war fit wie ein Turnschuh und ziemlich gut drauf. Mit ihrer positiven Energie steckte sie ihr ganzes Umfeld inklusive Bri und mir an. Alle waren fröhlich und schwatzten über jeden Mist. Das tat mir sehr gut und ich dachte kaum mehr an Mum.

Ein weiterer positiver Aspekt an diesem Vormittag war der, dass ein neues Plakat am schwarzen Brett hing. Es war von den Cheerleadern. Sie waren auf der Suche nach neuen Mitgliedern. In drei Wochen fand ein Casting statt. Wer Lust hatte, konnte kommen und sein Können unter Beweis stellen. Darunter befand sich eine Liste, in die man sich eintragen sollte, wenn man kommen wollte. Die Uhrzeiten würden dann einen Tag vorher ausgehangen werden. Ich schnappte mir den Kugelschreiber, der daneben befestigt worden war, und schrieb meinen Namen unter die circa acht anderen bisherigen Unterschriften.

Ich freute mich schon auf das Casting. Es kam mir grade recht, da ich nun etwas hatte, auf das ich mich konzentrieren konnte. Etwas, dass mich von meinen anderen ›Problemen‹ ablenkte. Die Mädels waren ein wenig erstaunt, dass ich mich eintrug, da ich in ihrer Gegenwart vorher nie vom Cheerleading gesprochen hatte. Ich sagte ihnen, dass ich es einfach Mal versuchen wollte. Im Endeffekt fanden sie meine Idee gut und versprachen, mir während des Castings die Daumen zu drücken. Sie selbst waren im Volleyball- und im Leichtathletikteam.

Meine Laune war so gut, dass mich selbst die Nachricht von Jake, die mich etwa zwei Stunden später erreichte, nicht aus der Fassung brachte.

> Na? Wie ist es so ohne deine Mum? <, hatte er mir geschrieben. Langsam fragte ich mich wirklich, woher er diese ganzen Informationen hatte. Und was er mit seinen Nachrichten bezwecken wollte. Wollte er mir Angst machen? Mich in meine depressive, zurückgezogene Phase zurückversetzen? Mir einfach nur die Laune vermiesen? Aber wenn er doch so gut informiert war, wie er mir immer deutlich machen wollte, dann wusste er ja wohl auch, dass was auch immer er vorhatte nicht funktionierte und seine Nachrichten nichts bei mir ausrichteten.

Plötzlich schoss mir ein Wort in den Kopf: Armselig. Armselig beschrieb sein Verhalten perfekt. Es war armselig, dass er immer noch versuchte, mich zu terrorisieren, obwohl so viele hundert Kilometer zwischen uns lagen. Hatte er keine Hobbys, oder was? Jetzt, wo ich so darüber nachdachte, war das alles verdammt lächerlich. Er schickte mir dämliche Nachrichten. Sonst passierte rein gar nichts. Ich lachte auf. Ich hatte am Anfang auch noch genau so reagiert, wie er wollte. Aber das war mir das letzte Mal passiert. Ich hatte sowieso keinen Platz für Jake in meinem jetzigen Leben. Ich musste schon mit genug Dingen klarkommen, da brauchte ich mich nicht auch noch mit ihm rumzuschlagen.

Nach den Hausaufgaben begann ich direkt damit, mein Vorhaben, bei den Cheerleadern aufgenommen zu werden, in die Tat umzusetzen. Ich machte mich warm, dehnte mich ausgiebig – es fehlte nicht mehr viel zum Spagat – und versuchte mich daran, die Figuren, die in einem Tutorial gezeigt wurden, nachzumachen. Das funktionierte für den Anfang gar nicht so schlecht. Natürlich musste ich an einigen Übungen noch feilen, wie zum Beispiel die Finger richtig abzuspreizen oder bei den Sprüngen die jeweils richtige Höhe zu erreichen.

Nach zwei Stunden machte ich Schluss für heute. Ich lief mich noch ein paar Minuten aus und sprang dann unter die Dusche. Gerade als ich fertig war, hörte ich, wie Jason Heim kam.

Fertig angezogen beschloss ich, mir etwas zu essen zu machen, da mein Magen bereits mehrfach laut geknurrt hatte. Mir fiel ein, dass Jason eventuell auch noch nichts zu sich genommen hatte, weshalb ich vor seinem Zimmer stoppte. Rein ging ich nicht, da ich mir nicht sicher war, wie er das finden würde. »Jason, willst du auch was zum Abendessen? Ich mache jetzt Nudeln«, rief ich durch die geschlossene Tür.

»Ne, wir waren eben bei Mecces.« Mit ›wir‹ meinte er mit Sicherheit sich und seine Gang.

»Okay.«

Damit war unser Gespräch beendet und ich ging nach unten, um meinen Hunger zu stillen. Vollkornnudeln mit Tomatensoße gingen schnell, waren aber etwas gehaltvoller und nährstoffhaltiger als Milchnudeln.

Auch am nächsten Tag war meine Laune ganz gut. Am Abend rief Mum an, um zu hören, ob alles in Ordnung war und wie es mir ging. Ich sagte ihr, dass alles gut war, wobei ich meinen schlechten Tag verschwieg. Außerdem berichtete ich ihr von meinem Vorhaben, mich bei den Cheerleadern zu bewerben. Sie fand die Idee super und drückte mir die Daumen, dass ich es schaffen würde. Dann erzählte sie mir von ihrer neuen Arbeit und der schönen Umgebung. Ich brachte hier und da einen Kommentar wie »Oh, wie schön.« oder »Das ist ja klasse.« ein. Ansonsten hörte ich ihr zu. Nach etwa 20 Minuten beendeten wir das Gespräch, indem wir uns sagten, dass wir uns vermissten.

Danach verbrachte ich eineinhalb Stunden mit dem Training fürs Casting. Ich fing an mit den ›Motions‹, also den Armbewegungen, die während den einzelnen Übungen genutzt wurden. Dann versuchte ich mich an ein paar Sprüngen und anderen Bewegungen. Nur an den Flickflack traute ich mich immer noch nicht. Ich wusste, dass ich ihn bis zum Casting beherrschen musste, also begann ich mit ein paar Vorübungen: Brücke aus dem Stand, Radwende und schließlich der Bogengang. Im Einzelnen bekam ich die Figuren einigermaßen hin. Das würde ich nun wohl von Tag zu Tag perfektionieren müssen. Zu guter Letzt übte ich noch ein paar ›Cheers‹, die ich in einem kurzen Clip auf der Homepage unserer Schule gefunden hatte.

Danach hieß es für mich nur noch dehnen, auslaufen, duschen und ab ins Bett.

Die nächsten Tage verbrachte ich ähnlich: Schule, Hausaufgaben, Training. Einmal rief Mum an und einen Nachmittag verbrachte ich mit Bri. Des Weiteren las ich abends im Bett an den Büchern weiter, die ich mir ausgeliehen hatte.

Jason ließ sich nur ab und an blicken, aber wenigstens hatte er bisher keine weiteren Hauspartys geschmissen. Seine Freunde ließen mich in Ruhe, vor allem Mason schien darauf bedacht, mir nicht zu nahe zu kommen. Auf dem Schulhof standen sie wie immer mit den ganzen Tussis zusammen. Augenscheinlich war somit alles in bester Ordnung bei ihnen.

So war es auch am Donnerstag. Alles war friedlich und ich lief mit Brianna die Flure unserer Schule entlang, um zu Faith zu gehen, die bestimmt schon in der Mensa auf uns wartete. Vorher wollte ich noch meine Sachen in meinen Spind packen und mir die Bücher für die nächsten Stunden holen. Bri war so nett und begleitete mich. Doch als wir um die letzte Ecke bogen, bevor wir bei meinem Spind ankamen, blieb ich abrupt stehen und zog sie rückwärts zurück um die Ecke. Bri sah mich verständnislos an.

»Da war Ryan«, sagte ich. Das genügte als Erklärung. Schließlich war sie eine von denen gewesen, die mir geraten hatten, Abstand von ihm zu halten. Was ich nicht sagte, war, dass mir das relativ egal gewesen wäre, hätte er mich nicht nach dem Sportunterricht so blöd angemacht. Wovon sie ja gar nichts wusste. Stimmte ja. Und das würde sie auch nicht erfahren. Na gut, wahrscheinlich wäre ich auch so ein wenig vorsichtig gewesen. Allein wegen meiner Freundschaft mit Rachel. Aber trotzdem.

Ryan schien mich nicht bemerkt zu haben. Sonst wäre das echt peinlich und er würde beim nächsten Mal bestimmt blöde Sprüche machen. Jedenfalls war er mir weder gefolgt, noch hatte er mich angepampt. Das war doch ein gutes Zeichen dafür, dass er keine Notiz von mir genommen hatte. Zum Glück!

So beließen wir es jedenfalls dabei, gingen in die Mensa und ich holte im Anschluss meine Bücher.

Wider Erwarten hatte Bri das Thema Ryan auf sich beruhen lassen und sich mit anderen Dingen beschäftigt. Das war ideal, denn Bock auf Diskussionen hatte ich keinen gehabt. So verlief der Rest des Tages wieder ganz normal, nur, dass uns in Geschichte eine Klausur über den zweiten Weltkrieg angekündigt wurde. Unser Lehrer war der Meinung, dass man über den Tellerrand hinausschauen und sich auch mit der einflussreichen Vergangenheit anderer Länder auseinandersetzen sollte. Genau fünf Tage bekamen wir Zeit, um uns darauf vorzubereiten.

Dementsprechend hatte ich am Wochenende einige Zeit mit dem Nationalsozialismus, der Judenverfolgung, Adolf Hitler, den Putschversuchen und Anschlägen, dem Bezug zu Amerika und so weiter verbracht. Das war zwar ein wichtiges, aber kein schönes Thema. Es machte keinen Spaß zu lernen und vor allem stahl es mir meine Zeit, die ich fürs Training und andere Dinge eingeplant hatte. So musste ich diese schweren Herzens kürzen, da Schule nun mal leider wichtiger war und vor Cheerleading, Sport, Lesen, Freizeit und Freunden stand.

Erst nachdem die Klausur geschrieben war, konnte ich mich guten Gewissens wieder den schönen Dingen des Lebens widmen.

In der Schule hielt ich weiterhin Abstand von Ryan und seiner Clique. Vor allem in Sport sah ich zu, dass ich möglichst wenig Kontakt mit ihnen hatte.

Mum hatte sich in der ganzen Woche nur ein Mal gemeldet und hatte dann auch nur kurz Zeit zum Reden gehabt, da sie zu einem wichtigen Meeting musste. Schade, aber gut. Langsam begann ich, mich an das elternfreie Leben zu gewöhnen und damit zurecht zu kommen. Meist merkte ich kaum einen Unterschied zu der Zeit, wo wir im selben Haus gelebt hatten. Eigentlich war das schade, denn das bedeutete, dass sie auch sonst kaum da gewesen war. Aber in diesem Fall war es gar nicht so schlecht, da sie mir so den Sprung ins ›neue Leben‹ erleichtert hatte.

Trainingsmäßig lief es dafür ganz gut. Am Donnerstag kam ich zum ersten Mal ganz runter in den Spagat und am Samstag versuchte ich mich zum ersten Mal am Flickflack. Dafür hatte ich mich mit Bri und Faith verabredet, die mir bei den ersten Versuchen Hilfestellung gaben. Irgendwann brauchte ich nur noch eine Stütze. Das war ein super Fortschritt und ich freute mich sehr. Jetzt musste ich nur noch den Schritt wagen und es allein versuchen. Aber fühlte ich mich dafür wirklich schon sicher genug? Für diesen Tag beließ ich es dabei. Wir widmeten uns lieber einem mindestens genauso wichtigen Punkt: Was würde ich beim Casting vorführen? Brianna und Faith unterstützten mich tatkräftig und gaben mit viele Tipps zum Thema Choreografie, Rufe, Sprünge, Outfit und Frisur. Auch wenn sie selbst keine Cheerleaderinnen waren, hatten sie sich schon einige Footballspiele angesehen und die Cheerleader in den Pausen genauestens unter die Lupe genommen.

Am Ende des Tages stand meine Kür. Ich war sehr zufrieden und glücklich, dass die Mädels mich so tatkräftig unterstützten. Als Dankeschön lud ich sie auf ein Getränk ihrer Wahl bei Starbucks ein, welches wir gemütlich schlürften, bevor wir uns nach Hause machten.

Den Montagnachmittag nutzten die Mädels und ich ebenfalls zur Vorbereitung auf das Casting. Netterweise ließ uns der Hausmeister wieder in die Turnhalle. So konnte ich meine Choreografie an dem Ort proben, an dem es sich später entscheiden sollte. Außerdem hatte ich dicke und dünne Matten, sodass ich weiter den Flickflack üben konnte, ohne dass ich Gefahr lief, mir sämtliche Knochen zu brechen. Erst probierte ich ihn wieder mit doppelter Hilfestellung, dann mit einfacher, bis ich mich schließlich in der Lage dazu sah, ihn allein auszuprobieren. Bri und Faith stellten sich an den Rand der Bahn, um mir Sicherheitsstellung zu geben und mich abzufangen, falls etwas nicht so laufen sollte, wie es geplant war.

Ich lief an, machte eine Radwende, sprang in die Brücke, machte den Bogengang und drückte mich ab zum Rückwärtssalto. Schon während ich absprang, merkte ich, dass ich nicht genug Schwung hatte. Ich versuchte mit aller Kraft rumzukommen, schaffte es aber nicht. In letzter Sekunde waren Bri und Faith zu Stelle, die mich an den Armen packten und hielten, bevor mein Kopf Bekanntschaft mit dem Boden machte. Puh. Das war knapp gewesen!

Ich versuchte es zur Sicherheit noch einige Male mit Hilfestellung, bis Faith mir irgendwann fröhlich mitteilte, dass sie mich grade zum zweiten Mal im Rückwärtssalto nicht hatte stützen müssen. Von neuem Mut gepackt, versuchte ich es erneut allein. Dieses Mal ... kam ich rum! Nur war ich so überrascht davon, dass mich die Landung auf den Füßen unvorbereitet traf und ich auf dem Hintern landete. Huch. Bri und Faith lachten sich kaputt. Na danke. Gut, letztendlich musste auch ich mitlachen.

Nachdem wir uns wieder eingekriegt und mein Puls sich beruhigt hatte, versuchte ich es wieder und wieder. Zwei Mal landete ich auf dem Hintern, doch beim dritten Mal stand ich. Zwar wackelte ich, aber ich stand! Die beiden Mädels klatschten und auch ich freute mich riesig. Endorphine schossen durch meinen Körper.

Durch den Erfolg angespornt, versuchte ich es immer weiter. Die Hinfallquote sank. Dafür blieb ich immer häufiger auf den

Beinen. Meist musste ich einen Ausfallschritt machen, um nicht doch hinzufallen, aber egal. Das war ein Anfang.

Ich trainierte weiter und ließ die Hausaufgaben ausnahmsweise etwas knapper ausfallen. Zwar hatte ich ein schlechtes Gewissen deswegen, doch ich versuchte mir einzureden, dass ich nach dem Casting wieder mehr machen würde.

Donnerstag war es dann fast so weit. Jedenfalls erblickte ich nach der Mittagspause die Liste mit den Uhrzeiten für das Casting am schwarzen Brett. Ich war um 15:10 Uhr an der Reihe. Um 15:18 Uhr war bereits die Nächste dran. Das Casting ging von 14:00 Uhr bis 18:00 Uhr. Alle Termine waren belegt. Da brauchte ich nicht lange zu rechnen, um zu wissen, dass ich ziemlich viele Mitbewerberinnen hatte. Ich bekam ein wenig Bammel. Ich musste mich gegen 29 weitere Mädchen durchsetzen. Ich hatte weder eine Ahnung, wie gut sie waren, noch, wie viele Plätze im Team zu vergeben waren. Fest stand: Ich musste morgen mein Bestes geben. 100 Prozent reichten nicht. Ich musste mindestens 110 Prozent geben.

Genau das galt es am nächsten Tag zu tun. Der Vormittag flog vorbei und ich konnte kaum stillsitzen, so aufgeregt war ich. Dann war 15:09 Uhr. Ich stand fertig umgezogen vor der Tür zu Sporthalle und wartete darauf, dass ich rein konnte. Pünktlich um zehn nach verließ ein Mädchen die Halle. Sie hatte Tränen in den Augen ... Dann wurde ich hereingerufen: »Skyla Montgomery«.

Ich ging rein und trat vor die Jury. Es waren drei Mädchen aus dem aktuellen Team. Sie trugen ihre Uniformen und ihrem Aussehen und Verhalten nach zu urteilen waren sie die drei höchsten im Team. Captain, Co-Captain und – oh, ach so – Trainerin.

Sie begrüßten mich und bedeuteten mir, direkt anzufangen. Ich schaltete die Musik an, die ich mitgebracht hatte, und begann mit meiner Choreo. Alles funktionierte ganz gut und ich war im Rhythmus. Einmal wackelte ich ein wenig und streckte ein Bein nicht hoch genug. Ansonsten ging es eigentlich. Dann kam der Flickflack. Ich nahm Anlauf und … stolperte am Ende, konnte mich aber grade noch so auf den Beinen halten. Mist. Ich versuchte, mir nichts anmerken zu lassen, machte noch einen Toetouch und endete im Spagat.

Ich hatte schon mit dem Gedanken, ins Team zu kommen, abgeschlossen. Wer wollte jemanden, der nicht mal den Flickflack beherrschte? Die jungen Frauen musterten mich einen langen Augenblick und sahen einander an. Dann stand eins der Mädchen auf, allem Anschein nach der Teamcaptain, griff unter den Tisch und kam mit einer fein säuberlich gefalteten Uniform zu mir. »Dein Auftritt war noch lange nicht perfekt, aber wir sehen Potential in dir. Willkommen im Team! Training ist immer montags in der siebten und achten Stunde und in der Woche vor einem Spiel zusätzlich mittwochs von 16:00 Uhr bis 18:00 Uhr.«

»Oh mein Gott! Danke. Ich werde da sein.«

»Das wollen wir doch hoffen«, beteiligte sich nun auch die Trainerin an unserem Gespräch.

Leider war meine Zeit jetzt um und ich musste gehen. Aber eigentlich machte das gar nichts, denn ich durfte wiederkommen. Freu!

Kaum war ich aus der Halle erblickte ich Bi und Faith, die mir die Daumen gedrückt hatten. Freudestrahlend fiel ich ihnen in die Arme. »Ich hab´s geschafft!«

»Mega! Ich freu mich so für dich.«

»Ich wusste, dass du es schaffst! Herzlichen Glückwunsch.«

Sie freuten sich ebenso sehr wie ich und waren ganz aus dem Häuschen. Zur Feier des Tages beschlossen wir, nach einem Starbucksbesuch erst ins Kino zu gehen und dann gemeinsam beim Italiener Pizza zu essen.

Genau so machten wir es dann auch. Wir besuchten die 19:00 Uhr-Vorstellung und gingen danach Pizza essen. Der Film war super. Er war actiongeladen, spannend und doch ein wenig romantisch. Die Pizza war ebenfalls super. Pizza Hawaii. Yummy.

Gegen elf Uhr verabschiedeten wir uns. Faith fuhr direkt nach Hause und Bri brachte mich noch bis zu der Kreuzung, an der ich mich immer mit Rachel traf. Dort verabschiedeten wir uns ein weiteres Mal.

Als sie davonfuhr, sah ich ihr so lange hinterher, bis sie um die nächste Kurve gebogen war. Erst dann drehte ich mich um und ging die letzten Meter nach Hause.

Dort fand ich ausnahmsweise Jason vor. Scheinbar stand heute keine mega coole, fette, abgefahrene Party an, zu der er und seine Jungs hätten gehen können. Ich steckte nur kurz meinen Kopf durch die Tür zum Gaming Room, sagte »Hallo« und verschwand wieder. Erst als ich schon fast in meinem Zimmer war, hörte ich von Jason ebenfalls ein »Hallo«. Wenigstens hatte er zurückgegrüßt. Es gab auch Jungs, die nahmen nichts mehr um sich herum war, wenn sie zockten. Aber das war ein anderes Thema.

Gut gelaunt machte ich mich im Bad fertig, zog mir meinen Schlafanzug an und ging ins Bett. Da ich aber noch viel zu aufgedreht war, um zu schlafen, schnappte ich mir mein Buch vom Nachttisch. Irgendwann wurde ich doch müde, weshalb ich beschloss, das Buch zur Seite zu legen und endlich zu schlafen.

Dafür schien die mega coole, fette, abgefahrene Party in der Nacht von Samstag auf Sonntag gestiegen zu sein. Da ich allein zu Hause war, bin ich gegen halb eins ins Bett gegangen. Doch lange konnte ich nicht schlafen, denn keine drei Stunden später wurde ich von lauten Geräuschen geweckt, die ich eigentlich nicht hören wollte. Mein Blick schnellte zum Fernseher, um nachzusehen, ob ich vielleicht beim Fernsehen eingeschlafen war und nun ein versauter Film lief. Aber nein. Der Bildschirm war schwarz.

Mit einem Schlag war ich hellwach und konnte genau orten, woher die Geräusche kamen. Sie kamen aus Jasons Zimmer. Er trieb es dort mit irgendeiner Tussie, die er wahrscheinlich noch nie zuvor gesehen hatte. Und dem Geräuschpegel nach zu urteilen, trieben sie es ziemlich heftig. Vor allem die quietschige Stimme des Mädchens war unerträglich. Natürlich stellte sich bei mir direkt ein Kopfkino ein, auf welches ich gerne verzichtet hätte. Das war so widerlich!

Ich war drauf und dran dem Ganzen ein Ende zu bereiten. Doch ich ließ es bleiben. Zum einen hätte ich dafür rübergehen müssen und da Klopfen und Reden in normaler Lautstärke nicht gereicht hätten, da sie mich bei ihrem Lärm nicht gehört hätten, hätte ich reingehen müssen. Und die Szene, die sich mir dort wahrscheinlich geboten hätte, hätte ich nicht sehen wollen. Die hätte ich mein ganzes Leben lang nicht mehr aus meinem Kopf bekommen. Igitt! Und zum anderen hätte diese Aktion mein Verhältnis zu Jason nicht gerade verbessert. Also ließ ich es bleiben und zog mir stattdessen vor mich hin grummelnd mein Kissen über den Kopf, um die Geräusche zu dämpfen. Leider fing mein Kissen nicht genug ab, sodass ich immer noch etwas aus dem Nebenzimmer wahrnahm.

Erst als die Geräusche nach etwa einer halben Stunde leiser wurden und schließlich ganz verstummten, konnte ich das Kissen von den Ohren nehmen und in den Schlaf zurückfinden.

Als ich am Morgen am Frühstückstisch saß, nahm ich erst das Schließen von Jasons Zimmertür wahr und dann eine Person, die definitiv High Heels trug, die Treppe runterkommen. Durch die halb geöffnete Tür konnte ich Jasons Fang vorbeihuschen sehen. Wie zu erwarten, trug sie das Knappste vom Knappsten. Ihr Make-up war verschmiert und sie schien es eilig zu haben. So eilig, dass sie mich nicht einmal bemerkte.

Fünf Minuten nachdem die Unbekannte gegangen war, kam Jason nach unten geschlurft. Als er die Küche betrat, sah ich ihn erwartungsvoll an. Jedoch kam von ihm nur ein verwirrter Blick.

»Ich gehe davon aus, dass du eine angenehme Nacht hattest? Jedenfalls hat es sich so angehört«, half ich ihm auf die Sprünge und warf ihm einen eindeutigen blick zu.

Schlagartig klärte sich seine Miene auf. »Ach, davon redest du.« Ihm war das Thema erstaunlicherweise sichtlich unangenehm, aber so schnell wollte ich ihn nicht davonkommen lassen. »Wie heißt die Glückliche denn?«

»Ähm …« Jason kratzte sich verlegen am Kopf.

»Jetzt sag mir bloß nicht, dass du ihren Namen nicht kennst.«

»Na ja. Wir waren betrunken und hatten was geraucht.«

»Das ist aber ´ne tolle Begründung. Da tut mir das Mädchen fast schon leid.«

»Wenn du meinst«, grummelte er.

Er hatte keinen Bock zu reden. War klar. Hätte ich auch nicht. Vor allem nicht bei so einem Thema. Aber bei ihm kam noch hinzu, dass er noch halb am Schlafen und verkatert war. Mit ihm war also offensichtlich nichts los, weshalb ich es dabei beließ, mein Geschirr wegräumte und nach oben ging.

Dort schnappte ich mir Handy, Handtasche und Schlüssel und zog mir Jacke und Schuhe an. Dann ging ich die Treppe auch schon wieder runter und verschwand wie die mysteriöse Unbekannte vor mir flink durch die Tür.

Ich traf mich mit Rachel, denn ich musste ihr unbedingt von meinem Erfolg erzählen. Auch sie freute sich total für mich. Sie wünschte mir viel Spaß und, dass ich schnell meinen ersten Einsatz haben würde. Ich umarmte sie als Dankeschön.

Dann gingen wir noch zu Starbucks. Rachel bestellte uns irgendeinen Kaffeemix, dessen Namen ich schon wieder vergessen hatte, den sie jedenfalls mega lecker fand, während ich uns einen Tisch suchte. Kurz darauf war sie auch schon mit den beiden Getränken bei mir. Ich nahm einen Schluck und musste zugeben, dass es wirklich ziemlich gut schmeckte. So saßen wir da, quatschten, schlürften an unseren Getränken und ließen den Nachmittag gemütlich ausklingen.

Und dann war Montag. Der Tag meines ersten Trainings. Gut gelaunt, aber auch ein wenig aufgeregt ging ich mit Uniform und Sportschuhen im Gepäck zur Schule. Der Vormittag verging schnell. Ich war motiviert und mit dabei. Dann, in der siebten Stunde, war es so weit. Ich ging mit den anderen Mädels in die Umkleide und zog mich um. Alle unterhielten sich, nur ich blieb still. Schließlich kannte ich sie kaum und überhaupt diskutierten sie über irgendwelche Formationen, Übungen und Choreos, von denen ich ja schon Mal gar keine Ahnung hatte.

Dann gingen wir zusammen zum angrenzenden Sportplatz, wo uns unsere Trainerin bereits erwartete. Sie begrüßte uns und stellte sich uns Neuen als Coach Young vor, wir dürften sie aber ruhig Liz nennen. Dann waren Captain und Co-Captain an der Reihe. Die eine stellte sich als Scarlett vor, die andere als Chloè. Erstere hatte wasserstoffblonde, lange Haare, war schlank, und trug starkes Make-up. Vor allem die Augen hatte sie sehr intensiv dunkel geschminkt. Letztere war ebenfalls schlank und hatte blonde, lange Haare. Beide hatten einen verruchten Gesichtsausdruck. Bei genauerem Hinsehen identifizierte ich sie als zwei von Jasons Anhängseln. Sie waren also oberflächlich, dumm und zickig hoch hundert. Zu meinem Glück schienen sie mich noch nicht mit Jason und Co. gesehen zu haben. Sonst hätten sie mich bestimmt nicht ins Team geholt. Oder sie sahen mich einfach nicht als Konkurrenz an. Brauchten sie auch nicht. Sie konnten alle Jungs haben, Jason eingeschlossen. Ich hatte kein Interesse.

Na ja. Jedenfalls erzählten sie etwas von Teamwork und Zusammenhalt und schilderten die diesjährigen Pläne und Ziele. Während sie das taten, bekam ich mit, wie die Footballer den Platz betraten. Scheinbar trainierten sie auch hier. Als sie sich ebenfalls um ihren Coach versammelt hatten, warf ich einen genaueren Blick hin. Ich traute meinen Augen kaum. Dort standen Jason, Mason, Cole und wie sie noch alle hießen. Hätte ich mir eigentlich schon denken könnten, dass sie mit von der Partie waren. Aber irgendwie war mir das nie in den Sinn gekommen. Dann fiel mir auf, dass Ryan und seine Jungs nicht dabei waren. Auch das war eigentlich logisch. Die Gegnergangs in einem Team? Unvorstellbar. Die würden sich eher gegenseitig die Köpfe abreißen, als zusammenzuspielen.

Plötzlich fragte ich mich, warum ich mir darüber eigentlich so viele Gedanken machte. Das konnte mir doch alles vollkommen egal sein. Sollten sie doch machen, was sie wollten. Ich machte schließlich auch, was ich wollte. Mit dieser Erkenntnis schenkte ich den Damen vor mir wieder meine volle Aufmerksamkeit.

Als sie fertig waren, begannen wir mit dem Aufwärmen. Ich machte einfach das nach, was die anderen taten. Nach etwa zehn Minuten teilte Coach Young das Team. Die Alteingesessenen sollten eine bestimmte Hebefigur üben, die beim letzten Mal wohl nicht so gut funktioniert hätte. Uns Neue, also mich und drei andere Mädels, nahm sie mit zu sich. Ein paar Meter von den anderen entfernt, erklärte sie uns die Grundfiguren und Cheers. Sie machte sie uns vor, dann mussten wir sie nachmachen. Dabei verbesserte sie uns und wir mussten die Übungen so lange wiederholen, bis sie zufrieden war. Dann ließ sie uns noch ein wenig allein üben, während sie sich den anderen widmete. Hin und wieder warf ich einen Blick zu den Footballern, die mittlerweile vollkommen in ihren Sport vertieft waren.

Kurz vor Ende der achten Stunde rief Coach Young uns alle zusammen. Dann bat sie die anderen, uns Neuen die alte Choreografie vorzutanzen. Die Mädels stellten sich auf, sie stellte die Musik an und schon ging es los. Sie starteten synchron, führten verschiedene Figuren auf, wechselten mehrfach die Aufstellung, riefen ein paar Cheers, kamen zusammen und machten erst kleine Hebefiguren, bauten dann eine Pyramide, schmissen ein Mädchen hoch, fingen es auf, machten Flickflacks, gingen wieder zurück in die Startaufstellung, tanzten noch ein paar Akte synchron und endeten dann allesamt im Spagat.

Bewundernd klatschten wir Beifall. Die Figuren, die Körperspannung, die Freude und der Elan, die in den Mädchen sprühten. All das gefiel mir super, aber vor allem der Zusammenhalt und das blinde Vertrauen unter den Teamkameraden waren genial. Das war der Grund, warum ich dabei sein wollte. Und jetzt konnte ich es. Das war so toll!

Das Training wurde für beendet erklärt und wir machten uns auf den Weg zu den Duschen. Ein Blick in die andere Richtung verriet mir, dass die Footballer noch nicht ganz fertig waren. Alle standen im Kreis versammelt. In der Mitte standen zwei Personen, die stark gestikulierend auf den Rest der Mannschaft einredeten. Jason und Mason. Scheinbar waren sie Captain und Co-Captain der Schulmannschaft. Wie hätte es auch anders sein sollen?

Frisch geduscht und fertig gemacht, verließ ich die Mädchenumkleide und wollte raus zum Bus gehen. Jedoch hielt ich inne, als Jason und seine Freunde vor mir in den Gang bogen und auf den Ausgang zumarschierten. Sie schienen mich nicht wahrgenommen zu haben, denn sie reagierten zu Null auf mich. Sie unterhielten sich einfach weiter. »Zum Glück haben wir endlich mal wieder ´nen Auftrag.« Ich glaubte, das war Jayden, der da gesprochen hatte. Ein Auftrag? Ach, stimmte ja. Da hatte ich schon Mal was von mitbekommen.

»Ja. Wird echt langweilig sonst.« Das war Cole. Aber das spielte ja grade keine Rolle. Viel wichtiger war das, wovon sie redeten. Da fiel mir dann auch wieder ein, dass ich meinen Spionageauftrag komplett aus den Augen verloren hatte.

»Isso. Aber wir können das Geld auch echt gut gebrauchen.«

»Genau. Dann können wir es als Einsatz nehmen und die Kohle verdoppeln.« Was für ein Einsatz? Wofür? War vielleicht an meiner Theorie mit den illegalen Streetfights was dran?

»Ja, aber dann lasst uns jetzt auch los.«

»Gut, dann los.«

»Aber vorher müssen wir noch an der Lagerhalle halten und unsere Sachen holen.« Nun mischte sich auch Jason ein.

Damit legten die Jungs einen Zahn zu und waren schon bald an ihren Autos angekommen, eingestiegen und davongebraust. Ich hatte mich unterdessen immer weiter zurückfallen lassen, damit mein Lauschen nicht doch noch aufflog.

Soso, es gab also Aufträge. Vielleicht mit Drogen oder Zigaretten oder sonst welchen illegalen Dingen. Dann gab es irgendetwas, wo sie ihre Kohle verdoppelten. Vielleicht illegale Streetfights. Oder sie zockten. Casino wäre wohl die einfachste Variante. Aber da durften sie ja eigentlich noch nicht hin. Hmmm. Na ja. Erst mal weiter: Mason hatte von einer Lagerhalle geredet. Was es mit der wohl auf sich hatte? Sie mussten von dort etwas holen. Also war es vielleicht das geheime Hauptquartier ihres Bosses oder so.

Ich konnte nur Vermutungen aufstellen, was es mit den drei dubiosen Begriffen auf sich hatte. Aber es war immerhin mehr, als ich vorher gewusst hatte. Dementsprechend war ich mehr oder weniger ungeplant in meinem Vorhaben, herauszufinden was die Gang trieb, weitergekommen. Sehr gut.

Jason war erst spät in der Nacht heimgekommen, sodass ich ihm leider nicht zufällig über den Weg laufen konnte, um zu checken, ob es irgendwelche weiteren Hinweise oder Auffälligkeiten an ihm oder seinem Verhalten gab. So musste ich es vorerst dabei belassen.

Auch in den nächsten Tagen spielte sich nichts sonderlich Auffälliges ab. Die Jungs waren abgesehen von einem Tag immer in der Schule und auch sonst war alles ruhig. Gut... Wenn ich die

Situation genauer betrachtete, fiel mir schon auf, dass die Jungs hin und wieder blaue Flecken hatten und Colton nicht nur den einen, sondern auch zwei weitere Tage fehlte. Aber blaue Flecken konnten auch vom Football und drei Tage fehlen von einer Grippe kommen. Zwar glaubte ich das nicht, doch um Jason darauf anzusprechen, reichte es auch nicht. Ich bekam leider keine interessanten Gespräche mit, die meine Thesen in irgendeiner Weise unterstützt hätten. Somit musste ich mich damit begnügen und weiter abwarten.

Nur leider bot die Schule auch nichts weiter Spannendes, mit dem ich mir die Zeit ein wenig hätte vertreiben können, um nicht ständig darüber nachzudenken. Das einzige Wochenhighlight war das Training am Montag. Coach Young hatte jeder von uns Neuen ein Stammteammitglied an die Seite gestellt, das uns Bewegungen et cetera beibrachte und uns half, wo es nur konnte. Unterdessen übten sich die Besseren an schwereren Sprüngen und Formationen. Die letzten 20 Minuten übten die anderen ihre Gesamtchoreo und wir waren auf uns allein gestellt. Einen Durchgang sahen wir zu, dann übten wir allein weiter. Es machte Spaß und ich merkte, wie sehr mir ein professionelles Training half. Das war nicht vergleichbar mit meinen Laienübungen zu Hause.

Mum war die ganze Woche über nicht zu erreichen gewesen und hatte sich auch nicht von sich aus gemeldet. Das fand ich sehr schade, konnte es aber leider nicht ändern, weshalb ich versuchte, mich davon abzulenken und mir die Zeit anderweitig zu vertreiben.

Da kam mir die Einladung von Faith und Brianna, mit ihnen auf eine Party zu gehen, gerade recht. In ihrem Lieblingsclub war irgendein besonders Event, das sie sich nicht entgehen lassen wollten, weshalb wohl auch viele Schüler aus unserem Jahrgang da sein würden.

Natürlich nahm ich die Einladung an und so kam es, dass ich am Freitagnachmittag planlos in meinem Kleiderschrank stand, mich im Kreis drehte und keine Ahnung hatte, was ich anziehen sollte. Ich war noch nie auf so einer Party gewesen, weshalb mir die Entscheidung gleich doppelt schwer fiel. Nach einer halben Stunde hatte ich drei Outfits in die engere Auswahl gezogen. Bei Outfit Nummer eins handelte es sich um einen schwarzen Skaterrock, ein dunkelrotes Top und eine schwarze Lederjacke. Dazu Chucks und einen schwarzen Choker. Nummer zwei war das blass-rosane Spitzenkleid mit Dreiviertelärmeln, das ich mit Bri gekauft habe, mit rosanen Ballerinas, passendem Schmuck, einem leichten Jäckchen und einer Clutch. Die dritte Möglichkeit waren eine zerrissene Jeans-Hot-Pants kombiniert mit einem schulterfreien Oberteil und schwarzen Schuhen mit kleinem Absatz.

Ich überlegte eine Weile und wog alle Outfits auf ihre Vor- und Nachteile ab. Schließlich kam ich zu dem Entschluss, dass Outfit Nummer zwei unpassend war, da es zu süß und unschuldig war. Nummer drei flog auch raus, da ich mich darin nicht so wohl fühlte. Ich hatte das Gefühl, dass ich zu viel von mir preisgab. Auch wenn mir wahrscheinlich alle Tussis das Gegenteil bezeugen und mich mit einer Nonne vergleichen würden. Aber egal. Somit blieb nur noch Outfit eins. Ich zog es an und fühlte mich auf Anhieb wohl. Ich war nicht zu verschlossen, aber auch nicht zu freizügig. Nicht under- aber auch nicht overdressed. Ich peppte mein Outfit noch mit einem Lederarmband und ein paar Ohrringen auf. Dann kümmerte ich mich um Haare und Makeup. Ich schminkte mich etwas stärker als sonst und versuchte, die Augen zu betonen. Meine Haare lockte ich und steckte sie an der linken Seite mit einer Klammer etwas zurück.

Zufrieden mit mir steckte ich mir Geld, Handy und Schlüssel in die Tasche. Da es schon an der Zeit war, verließ ich das Haus und ging zum ausgemachten Treffpunkt, an dem Bri und Faith mich einsammeln wollten. Fast zeitgleich mit mir kamen sie dort an.

Bevor ich einsteigen konnte, war Bri ausgestiegen. Häää? Sie kam auf mich zu und musterte mich von oben bis unten. Da ich nichts anderes zu tun wusste, machte ich das Gleiche bei ihr. Sie trug eine schwarze Röhrenjeans, die mit Löchern übersät war, dazu ein schwarzes trägerloses Top mit Glitzerelementen, ein silbernes Armkettchen, Fingerringe und High Heels. Wow. Sie sah echt gut aus. Ein Wunder, dass sie noch keinen Freund hatte.

»Hatte ich´s mir doch gedacht«, murmelte sie plötzlich. Ich sah sie fragend an, aber statt einer Antwort ging sie zum Kofferraum, holte etwas heraus, kam zu mir zurück und hielt es mir vor die Nase. Schwarze High Heels. Zwar nicht so hoch wie ihre, aber trotzdem schon relativ hoch.

»Anziehen!«, befahl sie mir knapp.

»Warum denn? Ich finde meine Chucks ganz in Ordnung.«

»Ja. Das sind sie auch: ›Ganz in Ordnung‹. Sie sind in Ordnung zum in die Schule gehen oder zum Shoppen. Aber nicht zum Party machen. Da muss man sich schon etwas herrichten, wenn man möchte, dass die Jungs einen ansehen … Ich muss zugeben, der Rest deines Outfits ist gut. Es hat zwar noch ein wenig Verbesserungspotential, weshalb wir demnächst zusammen Partyklamotten shoppen gehen, aber erst mal ganz gut. Der rockige Touch gefällt mir. Und deine Haare sind auch klasse. Aber ich versichere dir: Mit diesen Schuhen wirst du gleich noch hundert

Mal besser aussehen. Die Jungs werden dich großartig finden«, zwinkerte sie mir zu. »Du kannst doch auf High Heels laufen?«

»Das werden wir gleich sehen. So hohe Schuhe hatte ich noch nie an.«

Ich zog meine gemütlichen Chucks aus und tauschte sie gegen diese Waffen. Ich ging ein paar Schritte und es klappte deutlich besser als erwartet.

»Na, geht doch. Du bist ein Naturtalent.« Ich musste lächeln. »Aber eine Sache fehlt noch.« Bri zog einen dunkelroten Lippenstift aus der Tasche. »Der passt sogar perfekt zum Top. Als hätte ich es geahnt.« Bri grinste, kam näher und trug ihn mir im Licht der Scheinwerfer auf. Dann machte sie ein Foto von meiner ganzen Erscheinung und zeigte es mir. »Na? Was hältst du davon?«

Ich war erst skeptisch, musste jedoch zugeben, dass ich Bris Veränderungen ganz hübsch fand. Ich sah weiblicher aus. Einen Hauch von Sexiness meinte ich nun erkennen zu können. Aber es war noch im Rahmen.

»Danke, Bri. Es sieht sehr gut aus.«

»Perfekt. Und nun, lass uns Spaß haben.«

Mit einem guten Gefühl stieg ich zu Bri und Faith ins Auto. Schon brausten wir los und erreichten etwa 15 Minuten später unser Ziel. Wir parkten am Straßenrand und stiegen aus. Auf Bris Vorschlag hin ließen wir unsere Jacken im Auto, da es mit Sicherheit warm sein würde da drinnen. Gemeinsam gingen wir an den beiden großen, muskelbepackten Türstehern vorbei ins Innere des Clubs. Bri hatte Recht. Es war warm. Aber vor allem war es stickig und roch nach Schweiß, Alkohol und Zigaretten.

Als Erstes gingen wir zur Bar und schon auf dem Weg dorthin erkannte ich einige bekannte Gesichter. Wir bestellten uns alle ein Bier. Mit unseren Getränken in der Hand lehnten wir uns mit dem Rücken an die Theke und beobachteten das Geschehen. Mir fiel auf, dass sie es hier nicht so ernst mit dem Alter nahmen. Jedem wurde Alkohol ausgeschenkt und auch Rauchen war hier drinnen eindeutig nicht verboten.

Schon das erste Bier zeigte seine Wirkung. Ich hatte noch keine großen Erfahrungen mit Alkohol gemacht und außerdem hatte ich vor Aufregung und Outfit-Aussuchen total vergessen, etwas zu essen. Somit lag meine letzte Mahlzeit acht Stunden zurück. Kein Wunder, dass der Alkohol bereits anschlug. Bri und Faith hingegen schien das eine Bier nichts zu machen.

Als wir ausgetrunken hatten, gingen wir auf die Tanzfläche. Es war schon ziemlich voll, weswegen man nicht wirklich tanzen konnte. Dementsprechend beschränkten wir unsere Bewegungen auf unsere kleine Fläche. Wir tanzten und um uns herum wurde es immer voller. Nun erreichten so langsam alle die, die vorher noch irgendwo vortrinken waren, den Club. Fatih wurde von einem hübschen Jungen, den sie zu kennen schien, angequatscht und auf ein Bier eingeladen.

Also blieben nur noch Bri und ich zurück. Bald wurde Bri von hinten angetanzt. Natürlich ging sie darauf ein und begann, sich im selben Rhythmus wie ihr Hintermann zu bewegen. Diesen ›Erfolg‹ hatte sie bestimmt wegen ihres heißen Outfits. Vielleicht war ich ein wenig prüde und durfte mich beim nächsten Mal einfach nicht so anstellen. Schließlich liefen alle Mädels hier so rum. Die meisten waren sogar noch knapper angezogen.

Doch auch ich blieb nicht lange allein. Ein gutaussehender Junge kam zu mir und machte mir ein Kompliment für mein Outfit. Ich wunderte mich, warum er ausgerechnet mich ausgewählt hatte. Hier waren so viele Mädchen, von denen so gut wie alle viel, viel besser aussahen als ich. Aber er schmeichelte mir weiter und lud mich schließlich auf einen Drink ein. Ich nahm sein Angebot an. Ein weiteres Bier würde mir bestimmt ganz guttun, damit ich noch ein wenig lockerer wurde.

Als er mir dann aber einen Cocktail in die Hand drückte, stockte ich kurz. Der hatte deutlich mehr Prozente als das, was ich bisher so getrunken hatte. Da ich aber nicht unhöflich sein wollte und da ich schon ein wenig duselig im Kopf war, nahm ich ihn dankend an und trank einen Schluck. So standen wir an der Bar, unterhielten uns und er stellte mir immer wieder Fragen. Ob ich einen Freund hatte, mit wem ich da war, wie es mir hier so gefiel ... Und immer wieder schmeichelte er mir. Da der Cocktail schon bald seine Wirkung zeigte, freute ich mich über seine Komplimente und gab hin und wieder sogar welche zurück. Ich wurde immer lockerer und mutiger. Für meine Verhältnisse konnte man das, was da zwischen mir und dem Jungen, der Ethan hieß, lief, schon fast Flirten nennen.

M A S O N

Da wir keine Party ausließen, ließen wir uns natürlich auch diese nicht entgehen. Gegen 23:00 Uhr trafen wir im Club ein. Augenblicklich richteten sich einige Augenpaare auf uns. Wir taten unbeeindruckt und scannten erst mal in aller Ruhe die Menge ab, bevor wir weiter ins Innere des Clubs vordrangen und uns unsere Damen für den Abend auswählten.

Doch davor ging es erst noch zur Bar. Jason bestellte zwei Runden Doppelte, die wir zusammen exten. Dann verschwand Cole, der schon sein Mädchen ausgemacht hatte, in der Menge. Als nächstes verschwand Aiden, den ich schon bald eng mit einem Mädchen tanzend wiederfand. Jase holte sich ein Bier und ging damit zu ein paar anderen Jungs. Ihm war grade scheinbar ausnahmsweise nicht nach knapp angezogenen, sich nur für uns räkelnden Girls. Aber das würde sich im Laufe der Nacht noch ändern. Da war ich mir sicher.

Grade als ich ein weibliches Wesen näher ins Auge gefasst hatte, stieß Jayden mich an. »Sag mal, ist das nicht die Kleine von Jason, die da vorne bei Ethan steht?«

Ich drehte mich und sah in die Richtung, in die er zeigte. Tatsächlich. Dort waren Sky und Ethan. Sie lehnten zusammen an der Bar – für meinen Geschmack ein wenig zu nah aneinander – und unterhielten sich angeregt. Sky war am Lachen und strich sie dabei die Haare aus dem Gesicht. Sie war eindeutig dabei, Ethan zu verfallen. Ethan. Er war ein rotes Tuch in unseren Augen. Zwar war er nicht in Ryans Gang – Das wäre ja noch schöner! –, dafür aber ein Player hoch hundert. Das war an sich nicht so schlimm, schließlich waren wir oft nicht anders. Aber nach den Vorfällen zwischen ihm und Aiden war er uns verhasst.

»Ja, das ist sie.«

»Oh, oh. Wenn Jason das mitbekommt …«

»Genau deswegen wird er es nicht mitbekommen.«

Entschlossen ging ich los, bedeutete Jayden, der mir folgen wollte, zu warten, und blieb direkt hinter Sky stehen. Abwartend sah ich über sie hinweg Ethan an. Dieser nahm mich zwar wahr, ignorierte mich aber. Also tippte ich Sky auf die Schulter, welche sich langsam zu mir umdrehte und mich dann irritiert ansah, und bat sie, kurz mit mir zu kommen. Sie aber schien da anderer Meinung zu sein. »Nope.«

»Komm eben. Es ist wichtig.«

»Nö, ich will aber nicht.« Erst jetzt merkte ich, dass sie schon ziemlich angetrunken war. Also nickte ich Ethan kurz entschuldigend zu, zog Sky vorsichtig von ihrem Barhocker und fing sie ab, da sie leicht wankte. Dann fasste ich sie am Handgelenk und zog sie hinter mir her in eine andere Ecke des Clubs.

»Wenn du mir noch mal wehtust, gehe ich zu Jason und verpetze dich. Der findet das bestimmt nicht lustig«, pampte sie mich plötzlich an.

Dafür, dass sie 30 Sekunden zuvor noch so betrunken geschienen hatte, war sie nun ganz schön klar im Kopf. Na ja, ihrer Wortwahl nach zu urteilen war sie definitiv angetrunken, aber so eine Antwort hätte ich ihr dementsprechend nicht zugetraut.

»Nein. Ich tue dir nicht weh. Auf Stress mit Jason habe ich echt keinen Bock.«

»Warum bin ich dann hier? Ich habe mich so gut unterhalten. Ethan ist total nett.«

»Genau deswegen. Ethan ist nicht so nett, wie er scheint. Er ist ein Player und will dich nur ins Bett kriegen.«

»Du bist doch nur eifersüchtig!« Überrumpelt von ihrer Aussage, brauchte ich einen Moment, um zu antworten.

»Quatsch. Meinetwegen kannst du es mit jedem treiben. Aber ich meine es ernst. Lass die Finger von diesem Typen.«

»Ach ja? Und warum redest du dann ausgerechnet jetzt mit mir? Auf dem Schulhof darf ich euch nicht zu nahe kommen, geschweige denn mit euch reden und jetzt holst du mich zu dir?«, redete sie sich in Rage. Etwas nachdenklicher fügte sie hinzu: »Irgendwie ergibt das keinen Sinn.«

»Sag mal, wie viel hast du eigentlich getrunken?«, überging ich ihren Einwand.

»'Nen, Bier und so 'nen Cocktail, den Ethan mir ausgegeben hat. Wieso?« Also entweder war Sky nichts gewohnt oder Ethan hatte ihr etwas in den Drink getan. Das traute ich ihm locker zu. So oder so war sie benebelt. Wenn ich jetzt einfach das Thema wechselte, vielleicht vergaß sie Ethan dann und widmete sich anderen Dingen. »Mit wem bist du eigentlich hergekommen?«

»Mit Brianna und Faith.«

»Und wo sind die beiden?«

»Weiß ich nicht.«

»Hmmm. Sie suchen dich bestimmt schon. Willst du nicht mal nachsehen, wo sie sind?«

»Nö. Faith hat auch einen ausgegeben bekommen und Bri hat mit 'nem Typen getanzt, bevor Ethan mich eingeladen hat. Den beiden geht's somit bestens. Aber ich sollte jetzt wirklich mal zurück. Andere warten zu lassen, ist unhöflich.« Sie wollte gehen. Mist! Wenn ich nicht genau wüsste, wie allergisch Jason auf Ethan reagierte, wäre mir das hier alles viel zu blöd. Aber da ich eine Prügelei oder sonst was vermeiden wollte, musste ich wohl noch ein wenig auf meinen Spaß verzichten.

»Komm. Ich hol dir erst mal 'ne Cola. Dann sehen wir weiter.« Ich hielt sie am Arm.

»Lass mich los!« zischte sie. Jedem hätte ich eine geknallt, der so mit mir redete. Aber zu unser aller Besten ließ ich lediglich ihren Arm los.

»Komm einfach mit. Tu mir den Gefallen.«

»Kann ich dann wieder zu Ethan?«

»Ja.« Nein!

»Na gut. Aber schnell.« Puh. Das verschaffte mir ein paar Minuten Zeit. Außerdem hatte es den positiven Nebeneffekt, dass Sky ein wenig ausnüchterte. Und vielleicht wurde Ethan ja langweilig und er suchte sich einfach ʹne andere. Doch so wie ich ihn kannte, würde er jetzt erst recht keine Ruhe geben.

Während wir an der Theke saßen, ließ ich meinen Blick durch den Raum schweifen. Etwa zehn Meter entfernt von uns meinte ich, diese Brianna ausmachen zu können. Sie stand dort mit drei Jungs und zwei Mädchen und unterhielt sich.

»Hey, ist das da vorne nicht deine Freundin?«

»Jup«, antwortete Sky gelangweilt.

»Dann las uns ihr doch mal ›Hallo‹ sagen.«

»Muss das sein? Ich will zu …« Ich schnitt ihr das Wort ab.

»Ja, das muss sein.« Ich legte ihr den Arm um die Seite und zog sie mit mir rüber zu der Truppe. Das war eine Schande, dass ich das jetzt wirklich tun musste. Das würde meinen Ruf gefährden. Und wenn Sky doch nicht ganz so voll war, würde ich ebenso ihre Gefühle verletzen. Hätte ich ihr eben lieber noch ʹnen Drink als ʹne Cola gegeben. Egal. Ich musste das Risiko eingehen. Es stand zu viel auf dem Spiel.

Mittlerweile stand ich direkt hinter Brianna. Ihre Gegenüber hatten mich schon entdeckt und starrten mich nun an. Klar, sie wunderten sich, warum ich zu ihnen kam. Normalerweise würde ich auch nicht ein Wort mit ihnen wechseln, aber das war jetzt nebensächlich. Brianna hatte nun die Unaufmerksamkeit ihrer Gesprächspartner bemerkt und drehte sich zu mir um. Ihr blieb der Mund offenstehen.

»Das ist doch deine Freundin, oder? Die hat ´nen bisschen zu viel getrunken und nervt total. Also pass besser auf sie auf oder bring sie nach Hause, aber halt sie von mir fern«, sagte ich in coolem, genervtem Tonfall. Dann ließ ich Skys Seite los und gab ihr einen kleinen Schubs in Richtung Bri, welche mich immer noch anstarrte. Ich drehte mich einfach um und ging, da von ihr keine Antwort zu erwarten war.

Sie schien ihren Spaß gehabt zu haben. Jetzt war ich an der Reihe.

SKY

Durch die Cola wurde ich wieder etwas klarer im Kopf, abgesehen davon, dass ich vorher auch noch nicht betrunken gewesen war. Mason wollte mich aus irgendeinem Grund von Ethan fernhalten. Ich verstand nicht warum, denn Ethan war nur nett gewesen. Er hatte mir wie ein Gentleman einen Drink spendiert und dann mit mir geplaudert. Na ja, vielleicht etwas mehr als geplaudert, aber das war doch wohl meine Sache. Da hatte Mason sich definitiv nicht einzumischen! Und jetzt wollte er mich auch noch zu Bri bringen. Er hatte mir doch versprochen, dass ich wieder zurück zu Ethan gehen konnte, wenn ich seiner Aufforderung nachkam und mit ihm eine Cola trank ...

Doch bevor ich reagieren konnte, hatte Mason schon seinen Arm um mich gelegt. Hä? Was ging denn jetzt falsch?! Warum machte er das?

Die Frage beantwortete sich von selbst, als wir Bri erreichten und Mason zu reden begann: »Das ist doch deine Freundin, oder? Die hat ´nen bisschen zu viel getrunken und nervt total. Also pass besser auf sie auf oder bring sie nach Hause, aber halt sie von mir fern.« Sein Tonfall hatte sich verändert. Eben war er noch nett, fast besorgt gewesen. Jetzt war er kalt, distanziert und genervt. Wie ich diese Bad Boys hasste! Aber viel schlimmer noch war das, was er sagte. Er bezeichnete mich als besoffene Klette, die ihn nicht in Ruhe lassen würde. Obwohl er es gewesen war, der mich aus meinem Gespräch gerissen hatte. Was für ein Arsch! Ich wollte protestieren, ließ es dann aber bleiben. Es war doch eh zwecklos. Fest stand: Ich war leicht beschwipst und er einer der einflussreichsten Jungs an unserer Schule, wie Jason so gerne betonte. Wer also würde hier als Sieger rausgehen? Er. Wer sonst?! Das war so unfair!

»Mason redet Quatsch. Das war ganz anders. Er …« Ich versuchte es trotzdem. Schließlich war Bri meine Freundin.

Sie sah mich erst nur an, unterbrach mich dann aber. »Sky, du hast einfach ein bisschen zu viel getrunken. Das ist alles.« Bitte was? Aber war ja klar. Ich hatte keine Chance gegen Jason und seine Gang. Somit konnte ich nur noch auf Schadensbegrenzung hinarbeiten, was so viel hieß wie, auf betrunken zu tun, um mein ›Verhalten‹ zu entschuldigen und das Ganze nicht ganz so peinlich zu machen.

Bri unterhielt sich noch ein paar Minuten mit den anderen. Dann nahm sie mich an der Hand. »Komm. Wir gehen jetzt Faith suchen und dann fahren wir nach Hause. Es ist schon spät.« Zum einen redete sie mit mir als wäre ich ein Kleinkind und zum anderen log sie. Es war erst kurz vor eins. Aber ich sagte nichts dazu. Schließlich war ich betrunken. Lach. Das war so mies von Mason. Ich hasste ihn. Am liebsten würde ich ihn direkt morgen bei Jason verpfeifen, wegen der Sache auf dem Schulflur vor ein paar Wochen. Doch ich war mir nicht sicher, wie Jason reagieren würde. Nach meinen letzten Erkenntnissen würde er hinter mir stehen. Aber wer wusste, wie Mason sich herauszureden versuchen würde. Er war darin offensichtlich spitze. Und dann hätte ich definitiv ein Problem. Denn Jason verstand bei sowas keinen Spaß. Also beschloss ich, es bleiben zu lassen. Großartig. Somit musste ich das alles über mich ergehen lassen, ohne mich in irgendeiner Weise rächen zu können. Grrr.

Mittlerweile hatte Bri Faith gefunden. Sie kam allein von der Toilette. Bri sprach kurz mit ihr und deutete dann auf mich. Faith nickte verständnisvoll. Boah. Ich könnte ausrasten. Na ja, jedenfalls gingen wir zum Auto und fuhren zuerst zu mir nach Hause. Hmmm. Komisch. Warum wohl? Auch wenn die Mädels darauf bestanden, mich bis in mein Zimmer zu geleiten, konnte ich sie schließlich abwimmeln und zwei Straßenzüge vorher gehen.

Als ich den Flur betrat, war ich schon wieder so gut wie nüchtern. Ich schickte den beiden schnell eine SMS, damit sie wussten, dass ich sicher zu Hause angekommen war.

> Ban zu Hause < Den Rechtschreibfehler machte ich extra, damit ich auch jetzt noch zumindest angetrunken rüberkam.

> Supi. Das freut uns. Gute Nacht <, kam Sekunden später die Antwort. Süß. Dennoch beschloss ich, nicht zu antworten. War ich halt nicht in der Lage zu oder habe sie nicht gelesen. Ich würde mich gegen Mittag bei ihnen melden. Das passte gut. Bis dahin sollte ich meinen ›Kater‹ ausgeschlafen haben und mir aufgefallen sein, dass ich Gedächtnislücken vom Vorabend hatte.

Genau so machte ich es. Ich tat so, als wüsste ich von den peinlichen Ereignissen des Vorabends nichts mehr, und sagte, dass ich sie auch gar nicht wissen wollte. Tatsächlich waren die Mädels so nett und beließen es dabei. Sie taten so, als wäre nie etwas gewesen, und sprachen mich nicht mehr darauf an. Danke Gott!

Auch in der nächsten Schulwoche sprach mich keiner darauf an. Entweder war es für die ganz normal, dass immer mal welche betrunken waren und sich komisch benahmen oder es hatte keiner so richtig mitbekommen. Ich hoffte auf Letzteres, denn ich war eigentlich fest davon ausgegangen, dass irgendwer irgendetwas von mir im Bezug zu der Party sagte, aber Pustekuchen. Es war alles wie immer. Das Cheerleadingtraining machte Spaß und ich verbrachte die Pausen mit Bri und Faith. Ach ja, und ich bekam meine Englisch-Klausur wieder. A-. Wie geil!

Zu Hause schrieb ich Mum sofort von meiner guten Note. Gegen Abend trudelte eine Antwort von ihr ein.

> Wow, Sky. Das ist ja klasse! Ich bin so stolz auf dich. Ich wusste ja, dass du das auch allein super schaffst. Kuss, Mum <
> Kuss zurück :* <

Dann legte ich mein Handy beiseite und erledigte meine Hausaufgaben. Anschließend sah ich mir eine Wiederholung von *The Vampire Diaries* an und zappte mich anschließend noch ein wenig durch YouTube. Gegen halb elf machte ich das Licht aus und kuschelte mich in mein Bett.

Am nächsten Tag stellte ich mit einem Blick ans schwarze Brett fest, dass ich zwei Freistunden hatte, da unsere Lehrerin krank war. Also suchte ich nach Bri, die nun mit mir zusammen frei hatte. Da ich sie leider nicht fand, beschloss ich, sie anzurufen. Unglücklicherweise griff ich ins Leere. So ein Mist! Vor meinem inneren Auge sah ich, wie mein Handy auf der Anrichte im Flur lag, wo ich es abgelegt hatte, um mir die Schuhe anzuziehen. Ich war eine Heldin!

Da mir aber Selbstvorwürfe nicht weiterhalfen, beschloss ich, es gut sein zu lassen, und machte mich auf den Weg in den Gemeinschaftsraum. Dort waren auch schon einige andere angekommen, die dasselbe Glück hatten wie ich. Ich suchte mir einen freien Platz bei ein paar Mädels, die mit mir im selben Englischkurs waren. Erst unterhielten wir uns ein wenig, dann machten wir unsere Hausaufgaben oder lernten für den nächsten Test. Natürlich waren nie alle am Arbeiten. Irgendwer redete immer, weshalb man nicht so gut vorwärtskam. Aber das war nicht schlimm. Alles war besser als Unterricht, und die Atmosphäre war ganz angenehm. Die freie Zeit verging viel zu schnell und schon mussten wir uns wieder aufmachen. Schade aber auch.

Wenigstens hatte ich schon einen Teil meines Nachmittagspensums erledigen können, sodass ich zu Hause relativ schnell fertig war und meine Schulsachen zur Seite packen konnte. Yippie! Da der Tag noch lang war, rief ich Rachel an. Nach dem zweiten Klingeln hob sie ab: »Rachel Mathews. Hallo?«

»Hi, Rachel!«

»Ach, Sky. Du bist´s. Hi!«

»Ja, ich bin´s. Ich wollte dich fragen, wie es bei dir so aussieht. Ich hatte heute zwei Freistunden, weshalb ich grade gaaanz viel Zeit habe.«

»Das freut mich für dich. Ich habe heute einen riesen Batzen Hausaufgaben auf. Plus der Strafarbeit, die wir von unserem SoWi-Lehrer bekommen haben, weil wir einheitlich geschwänzt haben. Also so gerne ich würde: Heute geht leider nicht ...«

»Schade. Vielleicht solltet ihr euren Lehrer mal nicht so ärgern. Dann wäre er bestimmt gnädiger mit euch.«

»Ja, vielleicht. Aber so macht es viel mehr Spaß! Na ja, abgesehen von der Strafarbeit natürlich. Hmmm. Aber wie sieht es denn mit Samstag aus? Jenna hat vorgeschlagen, dass wir alle zusammen zum Strand gehen könnten. So wie letztes Mal.«

»Au, ja! Samstag klingt super. Bin dabei. Kommen Cameron und Chris auch?«

»Bist du scharf auf die, oder was?«, schmunzelte Rachel.

»Was?! Nein!«

»Hahaha, war doch nur ein Spaß!«

»Gut, haha. Ne, jetzt einmal im Ernst: Es macht doch viel mehr Spaß, wenn wir alle zusammen gehen. Eine Wasserschlacht zu dritt ist ziemlich witzlos.«

»Ja, das stimmt allerdings. Ich wollte sie eh noch anschreiben und fragen, aber dann werden sie jetzt einfach dazu verpflichtet, zu kommen!«

»Haha, sehr gut!«

»Immer doch.«

»Supi, um wie viel Uhr?«

»Ähm. Ich spreche Mal mit den Jungs und dann simse ich dir wegen ´ner Zeit, okay?«

»Klar, kein Problem.«

»Gut. Ich hole dich dann wie immer ab.«

»Merci beaucoup.«

»De rien.«

»Dann will ich dich auch nicht weiter stören. Viel Spaß noch bei SoWi!«

»Danke. Werde ich haben. NICHT!«, betonte Rachel.

»Du schaffst das schon. Dann bis Samstag.«

»Na hoffentlich … Ja, bis denne.«

Damit war unser Gespräch beendet.

Da ich nun aber immer noch reichlich Zeit hatte, zog ich mir meine Sportsachen an und ging in den Trainingsraum. Dort lief ich mich warm, machte ein paar Sit-Ups und Kniebeugen und begann anschließend mit Dehnübungen, Sprüngen, Cheers und so weiter fürs Cheerleading.

Eineinhalb Stunden verbrachte ich so. Am Ende war ich sogar so gedehnt, dass ich in den Spagat kam und ihn einige Sekunden problemlos halten konnte. Perfekt! Ich freute mich über diesen Fortschritt und beschloss, damit Schluss zu machen. Ich richtete den Raum wieder so her wie vorher, ging rüber in mein Bad und gönnte mir erst mal eine ausgiebige Dusche. Danach gab es als zweite Belohnung ein leckeres Abendbrot mit Schoki als Nachtisch. Yummy.

Jason kam mal wieder erst spät nach Hause und verschwand direkt in seinem Zimmer. Wirklich was Neues habe ich leider nicht herausfinden können. Doch das würde schon noch werden. Wir wohnten unter einem Dach, da war es ziemlich schwer, etwas vor dem anderen geheim zu halten. Vor allem etwas derartig Großes. Das war kaum möglich. Bisher schien er alles daran zu tun, es vor mir geheim zu halten, aber das würde er nicht auf Dauer durchhalten. Irgendwann würde er einen Moment lang unvorsichtig sein. Und dann: Baaam! Dann hatte ich ihn und wusste Bescheid! Haha, okay. Ich sponn mir mal wieder was zusammen. Maßlos übertrieben war das, aber egal. Wer stellte sich nicht Situationen extremer vor, als sie im Normalfall eintraten? Da war ich mit Sicherheit nicht die Einzige. Also YOLO. Who cares? Und außerdem waren es meine Gedanken. Die konnte schließlich keiner wissen. Also warum zerbrach ich mir noch mal grade den Kopf über meine eigene Verrücktheit? Ich hatte keine Ahnung. Aber egal. Wie gesagt: Who cares?!

Damit ging ich schlafen.

Die nächsten Tage verliefen standardmäßig und unspektakulär. Der Unterricht war langweilig wie immer, ich verbrachte meine Pausen mit Rachel und Brianna, zu Hause machte ich meine restlichen Hausaufgaben und verbrachte meine Freizeit mit Sport, Lesen, Lernen und Fernsehen. Jason kam wie immer erst heim, wenn ich schon im Bett lag. Standard halt.

Dann war endlich Wochenende. Am Freitagabend bekam ich von Rachel die Nachricht, dass die Jungs mit an Bord waren und wir um halb eins loswollten. Der Tag sollte anschließend bei McDonald's gemütlich ausklingen. Das hörte sich doch gut an.

Am Samstagmorgen stand ich pünktlich auf und packte zuerst meine Strandtasche. Handtuch, Sonnencreme, Ersatzbikini,

Schlüssel, Geld, Handy, Portemonnaie, was zu trinken und eine Kleinigkeit zu knabbern kamen mit. Um Musik wollten sich die Jungs kümmern. Dann ging ich in meinen begehbaren Kleiderschrank. Ich zog den schwarzen trägerlosen Bikini mit dem rosa Blumenmuster von unserem ersten Strandausflug unter. Als Oberbekleidung wählte ich ein leichtes Sommerkleid und dazu passende Ballerinas. Am liebsten hätte ich Flip-Flops angezogen, doch da wir danach noch zu Mecces wollten, musste ich wohl bei Ballerinas bleiben. Und zwei Paar Schuhe mitschleppen wollte ich definitiv auch nicht. Na ja, jedenfalls nahm ich mir noch meine große Sonnenbrille, die ich mir, nachdem ich mir einen Dutt gebunden hatte, in die Haare steckte.

Da ich somit soweit fertig war, ging ich runter in die Küche, wo ich mir ein leckeres Müsli mit frischem Obst zubereitete. Darauf noch Milch und Joghurt. Perfekt. Köstlicher konnte ein Frühstück beziehungsweise Mittagessen oder wie auch immer man die Mahlzeit, die ich grade zu mir nahm, nennen wollte, nicht sein.

Um zwanzig nach zwölf verließ ich gut gelaunt das Haus und schlenderte zu unserem Treffpunkt. Kaum war ich da, kam Rachel mit ihrem gelben Ferrari um die Ecke gebraust. Sie hielt direkt neben mir an, sodass ich nur noch die Tür öffnen und einsteigen musste. Wir umarmten uns und begrüßten uns überschwänglich. Dann fuhren wir auch schon los. Natürlich stand das Radio wieder auf voller Lautstärke. Wir sangen mit und während wir so sangen und fuhren, guckte ich in der Weltgeschichte herum. Dabei bildete ich mir ein, ein paar Ecken, Häuser und Straßen wiederzuerkennen. Unsere erste und bisher einzige Fahrt zum Strand war zwar schon ein bisschen her, aber das konnte ja gut sein.

Unterwegs hielten wir noch an einem Supermarkt an, da Rachel ebenfalls ein paar Snacks und Getränke beisteuern wollte. Außerdem legte sie drei Luftmatratzen in den Einkaufswagen.

»Darauf machen wir es uns nachher gemütlich!«

»Cool … Aber warte. Das sind drei. Wieso drei?«

»Na, du, Jenna und ich.«

»Okay, und was ist mit den Jungs?«

»Die kriegen keine.«

»Du bist ja lustig«, lachte ich. Rachel stieg mit ein.

»Hihi, wieso? Die Jungs sind doch sooo stark, dann können sie wohl auch schwimmen und müssen sich nicht treiben lassen.«

»Da hast du natürlich Recht!«

»Ich habe immer Recht! … So, ich glaube wir haben alles. Lass uns zur Kasse gehen.«

»Okidoki.«

Fünf Minuten später verließen wir den Laden mit unseren Snacks und den Luftmatratzen unter dem Arm wieder und verfrachteten alles in Rachels Cabrio. Dann ging unsere Fahrt weiter und bald darauf erreichten wir unser Ziel. Als wir auf den Parkplatz vom letzten Mal rollten, konnte Rachel sofort die Autos von Jenna, Chris und Cameron identifizieren. »Oh, die Jungs sind ausnahmsweise mal pünktlich.«

»Na ja, dafür sind wir zwei Minuten zu spät.«

»Ach, Pünktlichkeit wird überbewertet. Wir haben Essen!«

»Wenn du meinst.« Ich musste lachen und auch Rachel setzte mit ein.

»Na dann mal los! Let´s have fun!«

»Yippie!«

Schon von weitem konnten wir die Drei ausmachen. Schnurstracks steuerten wir auf sie zu. Doch selbst als wir direkt hinter ihnen standen, hatten sie uns noch nicht bemerkt. Natürlich konnte Rachel es sich nicht verkneifen und musste sich einen Spaß draus machen, die anderen zu erschrecken. Alle drei zuckten zusammen und sahen uns erschrocken an. Als sie uns erkannten, wechselten ihre Minen erst zu entgeistert, dann fingen sich zumindest die Jungs wieder.

»Hi, ihr beiden! Erschrecken müsst ihr noch üben!«, versuchten sie sich rauszureden.

»Dass ich nicht lache! Ihr habt euch vor Angst fast in die Hosen gemacht. Ich habe es doch selbst gesehen«, konterte Rachel.

»Gar nicht wahr!«

»Jawohl«, setzte nun auch ich mit ein. Die Jungs warfen sich einen kurzen Blick zu und ich ahnte schon, dass es nichts Gutes bedeuten konnte. Doch bevor ich genauer darüber nachdenken konnte, sprangen sie auch schon auf und liefen auf uns zu. Reflexartig ließen Rachel und ich unsere Sachen fallen und rannten kreischend in unterschiedliche Richtungen davon. Natürlich beließen die Jungs es nicht dabei, sondern nahmen die Verfolgung auf. Chris heftete sich an meine Füße und Cameron an Rachels.

Cameron hatte Rachel schon nach wenigen Metern eingeholt, warf sie sich über die Schulter und trug sie zurück zum Handtuch, wo bereits eine sich vor Lachen kringelnde Jenna lag.

Ich hingegen war durch mein Sportprogramm ganz gut in Form und lief weiter über den Sand davon. Aber auch Chris war nicht unsportlich. Ohne Probleme lief er hinter mir her. Es schien fast, als würde es ihn gar nicht anstrengen. Also beschloss ich, ihn ein wenig herauszufordern und beschleunigte. Nach einigen Metern drehte ich mich um, um zu schauen, ob ich Chris abgehängt hatte oder ob er noch hinter mir war. Erstaunlicherweise war er immer nähergekommen. Ich erschrak und wollte noch einmal zum Sprint ansetzen, da stolperte ich über meine eigenen Füße und fiel der Länge nach hin. Aus dem Augenwinkel sah ich noch Chris auf mich zu rennen, woraufhin ich meine Arme reflexartig schützend vor mein Gesicht hielt. Ich sah ihn schon auf mir liegen, da sprang er im letzten Moment ab, flog über mich und landete knapp anderthalb Meter hinter mir im Sand. Erschrocken sahen wir uns an, dann fingen wir an zu lachen.

Chris stand als erster wieder auf, reichte mir seine Hand und half mir hoch. Immer noch grinsend liefen wir zu unseren Handtüchern zurück, wo Rachel, Jenna und Cameron bereits auf uns warteten. Sie hatten die Zeit genutzt und unsere Sachen zusammengesammelt und unsere Handtücher ausgebreitet. Auch bei ihnen war die Stimmung ausgelassen und fröhlich.

Da die Jungs von der anstrengenden Verfolgungsjagd sooo ausgehungert waren, breiteten wir unser Picknick aus und begannen zu essen. Chris machte seine Box an und ließ im Hintergrund leise Musik laufen, während wir aßen und uns unterhielten. Cameron und Chris schlugen richtig zu und so war unser Vorrat schnell bis auf den letzten Bissen aufgebraucht. Nur die eine Tüte Chips, die noch bei Rachel in der Tasche war, war unberührt geblieben. Sie war auch das einzige Nahrungsmittel, von dem die Vielfraße nichts wussten. Nur wir Mädels waren informiert, denn Rachel hatte uns zwischendurch heimlich zugeflüstert, dass sie unsere Notration war, falls wir nichts mehr abbekommen würden. Zwar sind wir satt geworden, doch die Chips blieben bei uns. Sicher war sicher!

Nach einer halben Stunde Verdauungspause, in der wir einfach nur da gelegen, uns gesonnt und der Umgebung gelauscht hatten, wurde Chris ungeduldig.

»Mir ist langweilig, lasst uns was anderes machen.«

»Ja, Baby Chris, was möchtest du denn machen?«, fragte Rachel feixend in einem Tonfall, mit dem man sonst nur mit Kleinkindern sprach. Chris schmollte kurz beleidigt, beschloss dann aber mitzuspielen.

»Ich möchte eine Wasserschlacht machen, Tante Rachel. Mit dir, Tante Jenna, Tante Sky und Opa Cameron.«

»Wie hast du mich gerade genannt?!«, rief Cameron gespielt entrüstet.

»Opa! Großvater! Grandfather! Grandpére! Wie es dir lieber ist«, säuselte Chris mit zuckersüßer Stimme.

»Das hast du nicht gesagt!« Schon sprang er auf und stürzte auf Chris zu. Dieser sprang ebenfalls wie von der Tarantel gestochen auf und lief in Richtung Wasser davon. Cameron folgte ihm mit wenigen Metern Abstand.

Als die Jungs außer Hörweite waren, brachen wir in schallendes Gelächter aus.

»Jungs! Hahaha!«

»Die werden echt nie erwachsen!«

»Hahaha, solche Quatschköpfe!«

Als Chris und Cam im Wasser angekommen waren und sich schon eine Wasserschlacht lieferten, die sich gewaschen hatte, und wir uns einigermaßen beruhigt hatten, beschlossen wir, dass wir uns das nicht entgehen lassen konnten.

Kaum hatten wir Cam und Chris erreicht, nahmen sie uns auch schon unter Beschuss. Somit hieß es: Mädchen gegen Jungs. Irgendwann verlagerte sich das Ganze und wurde zu: Jeder gegen Jeden. Wir spritzten uns gegenseitig nass, döpten uns, zogen den anderen die Beine weg und, und, und. Wir hatten einen Riesenspaß und tobten durch das kühle Nass.

Nach einer Weile kam uns die Idee, ›Wasserringen‹ zu spielen. Ich kletterte auf Camerons Schultern und Rachel auf Christians. Jenna machte vorerst den Schiedsrichter. Auf ihr Zeichen liefen die Jungs aufeinander zu und Rachel und ich begannen mit dem Versuch, das jeweils andere Pärchen zu Fall zu bringen. Wir rangen eine ganze Weile, bis ich Rachel endlich gefährlich zum Wanken brachte. Doch anstatt sich zu wehren und sich wieder aufzurichten, starrte sie auf einen Fleck hinter mir. Ich wollte ihre kurze Unachtsamkeit ausnutzen und holte aus, um sie vollends von Chris' Schultern zu schubsen.

Im selben Moment öffnete sie den Mund, wie als wollte sie schreien. Doch bevor ich erfahren konnte, worum es ging, verlor ich das Bewusstsein.

RACHEL

Ich setzte gerade zum Schrei an, um Sky zu warnen, da traf sie auch schon der Fußball mit voller Wucht am Kopf. Sofort fiel sie nach vorne von Camerons Schultern ins Wasser. Erst als sie nicht wieder von allein auftauchte, konnten wir uns aus unserer Schockstarre lösen. Ich schrie hysterisch nach Sky und sprang augenblicklich von Chris' Schultern, um sie aus dem Wasser zu ziehen. Doch Cam war schneller. Er hatte sie schon an die Wasseroberfläche gezogen. Aber anstatt, dass Sky das Wasser, das sie mit Sicherheit geschluckt hatte, aushustete und sich rührte, blieb sie regungslos.

Sofort nahm Cameron Sky im Brautstyle in die Arme und trug ihren schlaffen Körper in Windeseile aus dem Wasser. Chris rannte vor zur Decke, um sie für Sky frei zu räumen. Cameron lief so schnell es ging hinterher, bettete Sky auf den Handtüchern, lehnte sich über sie und begann mit den Erste-Hilfe-Maßnahmen. Er begann mit Herzrhythmusmassage. Wir alles knieten angespannt und hibbelig neben ihm und beteten, dass Sky bald wieder zu sich kam. Jenna hatte schon ihr Handy gezückt und war drauf und dran, den Notarzt zu rufen.

Doch nach einer gefühlten Ewigkeit, bei der es sich wahrscheinlich nur um eine Minute gehandelt hatte, schoss Skys Oberkörper plötzlich in die Höhe und in einem riesen Hustenanfall spuckte sie das ganze geschluckte Wasser wieder aus. Sofort packte ihr Cam in den Rücken und stützte sie. Erst als sie sich beruhigt hatte, legte er sie vorsichtig zurück auf den Sand, wo Jenna bereits ein eingerolltes Handtuch für ihren Kopf platziert hatte. Erschöpft sah Sky uns an. Aber auf unseren Gesichtern war nur pure Erleichterung zu erkennen gewesen. Mir fiel ein Stein vom Herzen. Es hätte sonst was passieren können!

Gerade als Sky ansetzte, um etwas zu sagen, erkannte ich etwa hundert Meter entfernt, hinter ihr eine Gestalt.

»Entschuldigt mich kurz, ich bin sofort wieder da«, unterbrach ich sie, bevor sie auch nur einen Ton herausbringen konnte. Alle schauten mich zwar irritiert an, doch ich stand entschlossen und ohne ein weiteres Wort auf und steuerte auf besagte Gestalt zu, welche mit einem selbstgefälligen Grinsen auf mich wartete. Sie trat ein paar Schritte zur Seite, sodass wir außerhalb des Sichtfelds meiner Freunde waren. Als ich endlich direkt vor ihr stand, holte ich aus und scheuerte ihr eine. Dennoch verließ das Grinsen nicht einen Moment ihr Gesicht.

»Was sollte der Scheiß, Ryan?! Du hättest sie fast umgebracht!«

»Jetzt komm mal runter. Die Kleine gehört zu Jason. Es geschieht ihr also ganz recht.«

»Na und?! Sie ist meine Freundin!«

»Nix Freundin! Die Schlampe steckt mit Jason und seinen Wixern unter einer Decke. Ich habe sie gesehen. Wie sie und Jason nach Sport eng beieinanderstanden und so geheimnisvoll geredet haben. Du wirst nie wieder in ihre Nähe kommen!«

»So redest du nicht von Sky! Sie hat sich Jason nicht ausgesucht! Was kann sie denn dafür, wenn sich ihre Mutter in seinen Alten verknallt?!« Nun wurde ich richtig wütend. Erst brachte er Sky in Lebensgefahr und nun machte er sie schlecht. Hatte er denn überhaupt keinen Verstand? Kein Gewissen?

»Ah, so ist das also …« Sein scheinheiliges Grinsen gefiel mir gar nicht. »Trotzdem. Es soll Jason und Co. eine Lehre sein. Alles was sie anfassen bringt Unheil und ist in Gefahr. Hahaha.«

»Boah, du bist so ein mieser Arsch, Ryan!« Zack! Meine linke Wange brannte wie Feuer. Der hatte mir gerade allen Ernstes eine geknallt. Na gut. Dasselbe hatte ich vor zwei Minuten auch getan. Aber trotzdem! Man schlug keine Mädchen. Und vor allem nicht seine kleine Schwester!

»So redest du nicht mit mir!«, zischte er wütend, drehte sich um und ließ mich einfach stehen.

Ich sah ihm kurz nach, dann drehte auch ich mich um und lief schnell zu den anderen zurück. Natürlich sahen sie mich abwartend an. Aber ich ging vorerst nicht auf ihre fragenden Blicke ein.

»Tut mir leid. Und? Wie geht es dir?«

»Ich fühle mich ein bisschen schlapp und mein Kopf tut weh, aber ansonsten ist alles okay.«

»Alles okay?! Du bist bewusstlos ins Wasser gefallen und sagst, es sei alles okay?« Die war lustig.

Sky versuchte, mich schief anzugrinsen. Ich lächelte zurück.

»Der Ball hat dich ganz schön hart getroffen.«

»Das haben die anderen auch gemeint, aber kannst du mir mehr dazu sagen? Du wolltest mich schließlich warnen. Was hast du gesehen?«

»Ich. Ähm ... Ja, ich habe gesehen, wie der Ball in unsere Richtung geflogen kam. Am Strand hat eine Truppe Jungs Fußball gespielt. Einer von ihnen muss ihn geschossen haben.«

»Aber wir waren doch verhältnismäßig weit vom Strand entfernt. Aus Versehen kommt ein Ball nicht so weit vom Spielfeld ab und landet direkt bei uns.« Sky ließ nicht locker.

»Nein, definitiv nicht ... Das war auch kein Versehen. Das war pure Absicht«, konnte ich mich nicht mehr zurückhalten.

»Und wer ...?«

»Ryan.« Alle sahen mich entgeistert an. Na klar, Chris, Cam und Jenna wussten nichts von Skys Bezug zu Jason. Dementsprechend klang das für sie ziemlich absurd und unlogisch. Warum sollte mein eigener Bruder mutwillig meine Freunde verletzten? »Er hat dich mit Jason gesehen. In der Schule. Nach dem Sportunterricht. Er will nicht, dass ich Kontakt zu Personen habe, die mit Jason ›unter einer Decke stecken‹. Aber noch mehr hat er Hass auf alles, was mit Jason und seinen Freunden zu tun hat. Er meinte, er wolle ihnen damit eine Lektion erteilen. Was auch immer das genau bedeuten soll … Es tut mir so leid, Sky. Ich hätte es ahnen müssen, dass so etwas passieren würde. Ich hätte das alles nicht zulassen dürfen!«, sagte ich an Sky gewandt. Ich war den Tränen nahe.

»Ach Quatsch. Das ist doch nicht deine Schuld, Rachel. Das ist ein Problem zwischen Ryan und Jason. Dafür kannst du rein gar nichts. Außerdem hast du mir vorher davon erzählt und ich habe mich für dieses Risiko entschieden. Du warst die erste Person, zu der ich hier Kontakt hatte, die mir geholfen und mich so nett aufgenommen hat. Das werfe ich doch nicht wegen diesen zwei Streithähnen weg. Das wäre ja noch schöner!«

»Trotzdem. Es hätte sonst was passieren können!«

»Ist es aber nicht.«

»Zum Glück.« Ich schluckte. »Brauchst du irgendetwas? Sollen wir zum Arzt fahren?«

»Nein. Ich bin bei klarem Verstand, also brauche ich auch keinen Arzt. Aber wenn es euch nichts ausmacht, würde ich gerne nach Hause, mich ein bisschen hinlegen und die Beule kühlen.«

»Klar, kein Problem. Am besten hilft dir einer der Jungs zum Auto. Ich fahre dich dann heim.«

»Das wäre super. Aber nur, wenn es Keinem was ausmacht.«

»Nein, das macht uns sicher nichts aus. Alles ist besser, als dich in die Notambulanz des Krankenhauses einweisen zu müssen«, schaltete sich nun Chris ein.

»Danke, Chris.«

»Aber eine Frage hätte ich da noch, die wahrscheinlich auch Cam und Jenna auf der Zunge liegt …«

»Ja?«, forderte Sky ihn dazu auf, die offensichtliche Frage auszusprechen.

»Wie kommt es bitte, dass du Kontakt zu Jason hast? Klar, du bist auf derselben Schule wie er, aber du siehst nicht wie eins der Mädchen aus, die sich ihm an den Hals schmeißen, wenn du verstehst, wie ich das meine …«

»Jason ist sozusagen Skys Stiefbruder. Sein Dad und ihre Mum sind zusammen. Dementsprechend wohnen sie unter einem Dach und stehen unweigerlich in Kontakt zueinander«, mischte ich mich nun ein und erklärte den Bezug knapp.

Pures Erstaunen stand auf die Gesichter der anderen geschrieben.

»Ach so, okay. Das erklärt Einiges«, antwortete Cam nachdenklich. Das war nicht negativ behaftet, sondern einfach eine Feststellung. Mehr sagte er nicht dazu.

Es trat eine eher unangenehme Stille ein, weshalb ich Sky ihr Kleid reichte und begann, ihre Schwimmtasche zusammenzupacken. Als ich aufstand, rappelte auch Chris sich auf. Er reichte Sky eine Hand und half ihr vorsichtig hoch. Da Sky sich aber kaum allein auf den Beinen halten konnte, fackelte er nicht lang und hob sie – wie zuvor schon Cameron – in den Brautstyle und trug sie zu meinem Auto. Sky war das sichtlich unangenehm, doch Chris weigerte sich, sie runterzulassen.

Am Parkplatz angekommen entriegelte ich schnell mein Auto, öffnete die Beifahrertür und warf unsere Sachen achtlos in den Kofferraum. Währenddessen setzte Chris Sky behutsam auf dem Sitz ab und schnallte sie sogar an. Dann wünschten alle Sky eine gute Besserung und verabschiedeten sich von ihr, indem sie ihr versprachen sich bei ihr zu melden, um zu hören, wie es ihr ging. Dann fuhren wir los.

Nach einer Weile erreichten wir auch schon unser Ziel. Ich schulterte Skys Tasche und stieg als Erste aus. Ich kam zu ihr rüber, öffnete ihre Tür und half ihr vorsichtig aus dem Auto. Dann gingen wir langsam – ich stützte sie ein wenig, da ihr in aufrechter Position immer noch ein bisschen schwindlig wurde – auf das Haus zu.

Dort angekommen warf ich Sky einen fragenden Blick zu, woraufhin sie nur nickte und ich in ihrer Tasche nach dem Haustürschlüssel zu kramen begann. Ich fand ihn schnell, schloss auf und geleitete sie hinein.

»Dass ich jemals bei Jason Edwards zu Hause sein würde. Das hätte ich nicht gedacht!«, sagte ich gespielt ehrfürchtig.

»Da siehst du mal, wozu es gut sein kann, mich zu kennen«, grinste Sky. Ihren Humor konnten wohl nichts und niemand erschüttern. Gut so! Aber nun mal was anderes: Ich war hier noch nie gewesen und wusste somit nicht, wo wir hinmussten.

»Wo geht es nun lang?«, fragte ich daher.

»Von hier schaffe ich es allein, danke.«

»Nein, ich bringe dich auch das letzte Stück. Nicht dass du mir auf der Treppe noch zusammenklappst oder so.«

SKY

»… Nicht dass du mir auf der Treppe noch zusammenklappst oder so.« Rachel ließ sich nicht von ihrem Standpunkt abbringen. Sehr süß von ihr. Eine echte Freundin! Und eigentlich war es mir nur recht, da ich momentan echt nicht sonderlich gut zu Fuß war, auch wenn mir die ganze Situation schon etwas peinlich war. Aber gut. Das war jetzt nicht zu ändern.

»Na gut, danke. Dann als Erstes nach rechts in die Küche Eis holen. Danach die Treppen hoch und die zweite Tür rechts in mein Zimmer.«

Genau so machten wir es. Doch gerade als wir oben ankamen und mein Zimmer betreten wollten, öffnete sich schwungvoll die benachbarte Tür. Jason kam heraus. »Sky, ich …!« Erst jetzt sah er mich und bemerkte, dass ich nicht allein war. Sein Blick zeigte deutlich die Irritation, die in ihm vorging. »Wer …?« Schlagartig hellte sich seine Miene auf, wurde im selben Moment aber auch schon finster wie die Nacht. »Was macht SIE hier?!« Rachel neben mir versteifte sich zunehmend. Obwohl sie sonst so tough war, konnte ich nun ihre Angst spüren.

Jason war wütend, sehr wütend. Das sah man ihm an. Er trat einen Schritt auf uns zu. Ich nahm all meine Kraft zusammen, löste mich von Rachel und trat ebenfalls einen Schritt vor, sodass ich Rachel ein wenig hinter mir verbarg.

»Was soll der Scheiß, Sky?! Wie kommst du auf die abgefuckte Idee, die Schwester des Feindes mit hierherzubringen? Ich hatte dir doch gesagt, dass du dich von ihm und seinen Leuten fernhalten sollst!«

»Sie heißt Rachel und sie hat rein gar nichts mit Ryan zu tun, außer dass sie seine Schwester ist.« Langsam wurde auch ich wütend. So sprach man nicht von meinen Freunden!

»Das hat sie dir also erzählt? Die steht hinter Ryan. Wahrscheinlich zieht sie hier eine riesige Show ab, nur um irgendetwas für den Arsch rauszufinden.«

»Nein! Das würde sie niemals tun!«

»Und wenn schon. Sie stellt einen Bezug zu Ryan dar und es wird nicht lange dauern, bis er das herausfindet und gegen uns benutzt. Der macht vor nichts Halt.«

»Ach, es geht hier also mal wieder nur um dich und deine Kumpels.« Diese Auseinandersetzung strengte mich immens an, aber das wollte ich nicht so stehen lassen.

»Ja! Und nein! Aber sobald er dich mit uns in Verbindung bringt, bist du in großer Gefahr! Er wird dich verletzten!« Nun trat noch jemand aus Jasons Zimmer. Natürlich handelte es sich bei diesem Jemand um Mason. Wahrscheinlich wollte er nichts verpassen, von dem, was hier abging.

Rachel, die bisher nur tatenlos dabeigestanden hatte, trat nun neben mich und sah Jason wütend an. »Glaubst du, ich bin so blöd und komme zu dir nach Hause, wo du und Ryan Feinde seid? Ich begebe mich doch nicht freiwillig in die Festung des Gegners, der genauso wie mein Bruder zu allem bereit ist, wenn nicht eh schon alles verloren wäre?!«

Im ersten Moment verstanden die beiden Jungs nicht. Dann erblickte Jason das Kühlakku in meiner Hand und begann, zu kombinieren. Mason sah mich einfach nur gedankenverloren an.

Während wir so still dastanden und sich mein Herzschlag langsam wieder normalisierte, traf mich der pochende Schmerz in meinem Kopf mit voller Wucht. Ich begann, Sterne zu sehen, und drohte, erneut umzukippen. Kurz bevor ich mit dem Boden Bekanntschaft machte, griffen zwei starke Arme nach mir und fingen mich auf. Es waren Masons. Er hatte als Erster reagiert und war bei mir gewesen, bevor sich die anderen beiden auch nur hatten rühren können. Doch anstatt mir nur wieder aufzuhelfen, hob auch er mich hoch – was hatten die Jungs nur alle mit dem Tragen? Machten sie das gerne? Fühlten sie sich dann toll? – und trug mich wie selbstverständlich in mein Zimmer und legte mich auf mein Bett. Er deckte mich zu und reichte mir mein Eis, welches ich mir sofort an meine Beule hielt. Unmittelbar trat die angenehm kühlende Wirkung ein.

Unterdessen schienen Rachel und Jason sich auf dem Flur zu unterhalten. Beziehungsweise schilderte Rachel Jason alles, was in den vergangenen Stunden passiert war und auch ein paar weitere Dinge, zum Beispiel, wie Ryan das mit Jason und mir herausgefunden hatte und wie lange das mit ihr und mir schon so ging. Zwar versuchte sie, alles nicht so hart klingen zu lassen, wie es eigentlich war, schließlich war Ryan ihr Bruder und Jason schon wütend genug. Dennoch wurde Jasons Laune nicht gerade besser, wenn man das so sagen konnte.

Nach einer Weile, in der ich in meinem Bett gelegen und gekühlt und Mason einfach nur auf dem Bettrand gesessen und nachgedacht hatte, sah er mich plötzlich an und fragte, ob er sich meine Wunde mal ansehen dürfte. Überrumpelt von so viel Führsorge und Nettigkeit, erlaubte ich es ihm. Ganz vorsichtig hob er meinen Kopf mit der einen muskulösen Hand an, mit der anderen tastete er behutsam meine Wunde ab.

»Dass es nicht blutet, ist schon mal gut. Und so wie du Jason eben Kontra geben konntest«, er schmunzelte, »scheinst du auch kein Schädel-Hirn-Trauma zu haben. Aber die Beule ist ganz schön dick. Das wird bestimmt ein paar Tage dauern, bis sie wieder abschwillt und zu schmerzen aufhört ... Ich würde sagen, du bleibst einfach im Bett liegen und kühlst weiter. Das gleiche gilt für morgen ... Warte mal, Jason hat bestimmt eine passende Creme, die dagegen hilft. So oft, wie der sich was anhaut, hat er bestimmt was da. Ich frage ihn mal eben.« Damit verschwand er aus meinem Zimmer.

Ich war immer noch perplex von seinem plötzlichen netten Verhalten. Das war ein komplett anderes als das, was ich bisher von ihm mitbekommen hatte. Man denke an die Aktion in der Schule, durch die ich tagelang bunte, schmerzende Handgelenke hatte. Hmmm. Vielleicht fühlte er sich indirekt schuldig. So wie Rachel es ausgedrückt hatte, war die Aktion ihres Bruders nicht direkt gegen mich, sondern eher gegen Jason und Co. gerichtet gewesen. Genau das ließ sich bei Jason ebenfalls heraushören ...

Doch bevor ich mir weiter Gedanken darüber machen konnte, kam Mason zurück in mein Zimmer, gefolgt von Rachel und Jason. Nun standen sie alle drei vor meinem Bett und sahen mich an. Ich kam mir ein wenig wie eine Zirkusattraktion vor und fragen wollte ich unter den Umständen auch keinen. Nach einem kleinen Moment trat Mason hervor, zog die Cremetube aus seiner Hosentasche, öffnete sie und begann, mir vorsichtig ein wenig von dessen Inhalt auf meine Beule zu schmieren. »Die Wirkung tritt relativ schnell ein. Du müsstest gleich schon Linderung verspüren.«

»Drei bis vier Mal täglich solltest du sie auftragen. Und das mindestens bis übermorgen«, klinkte sich Jason mit ein. »Aber jetzt müssen wir los. Wichtiges Gangtreffen.« Damit drehten sich die beiden um und verschwanden aus meinem Zimmer. Komisch diese Jungs. Echt komisch. Aber egal. Ich wusste ihre Nettigkeit zu schätzen.

Nun sah auch Rachel mich noch einmal prüfend an, um sicher zu gehen, dass sie mich auch wirklich so allein lassen konnte. Ich versicherte ihr, dass ich durchkommen würde und wenn, war sie ja nicht weit. Außerdem bedankte ich mich redlich bei ihr dafür, dass sie mich hergebracht hatte. Sie war ein wenig geschmeichelt, doch ich merkte ihr an, dass sie sich ein bisschen unwohl fühlte. Das hing wahrscheinlich mit Jason und alledem zusammen und damit, dass sie wahrscheinlich eine Ahnung davon hatte, was jetzt zwischen den beiden Gangs passieren würde. Also wollte ich sie nicht länger aufhalten.

Sie ging raus zu ihrem Auto und fuhr davon. Ich blieb allein zurück.

JASON

Das konnte doch echt nicht wahr sein. Die ganze Zeit über hatte ich sie ignoriert und von mir gestoßen. Da war ich einmal freundlich und wollte ihr helfen ... oder sie wohl eher aus meinen Angelegenheiten raushalten und somit irgendwie auch beschützen ... und sofort bekam Ryan es mit und musste es gegen mich verwenden. Er konnte jede der Schulhofschlampen nehmen; das störte mich nicht. Aber die Tochter der Freundin meines Vaters mit in unseren Streit reinzuziehen, das ging echt gar nicht. Besonders, da ich riesen Ärger bekommen würde, wenn ihr etwas zustieß. Deshalb wollte ich sie ja aus allem raushalten. Je weniger sie wusste, desto besser.

Doch nun funktionierte dieser Plan nicht mehr. Ryan hatte eine Verbindung zwischen mir und ihr entdeckt. Was genau er wusste, wusste ich nicht. Aber ich musste vorsichtig sein. Sie war nun in Gefahr. Deshalb brauchte ich jetzt auch die Hilfe der Jungs. Schon zu Hause habe ich sie angefunkt und ein Notfalltreffen einberufen. Alle ließen sofort alles stehen und liegen und machten sich auf den Weg. So war das nun mal bei uns. Wir konnten aufeinander zählen und halfen uns, egal was war und welche Gefahren es eventuell mit sich brachte.

Endlich erreichte ich die Lagerhalle. Zeitgleich mit Mason rollte ich auf das Gelände, parkte und stieg aus. Zusammen gingen wir in unser geheimes Lager. Dort trafen wir Jayden an. Die anderen würden vermutlich jeden Moment eintreffen. Jayden sah uns fragend an, doch wir setzten uns nur und warteten schweigend auf die anderen. Nach etwa fünf Minuten waren wir vollzählig.

»Was gibt´s Jason? Was ist der Grund für die Krisensitzung?«, fragte nun Aiden.

Alle sahen mich fragend an.

»Es geht um Ryan.« Augenblicklich herrschte eine angespannte Atmosphäre. Die Luft war bis zum Zerreißen gespannt.

»Was hat das Schwein getan?«, mischte sich Colton ein.

»Er hat Sky am Strand mit einem Fußball so fest an den Kopf geschossen, dass sie bewusstlos ins Wasser gefallen ist.«

»Na und? Sie ist selbst schuld, wenn sie sich mit ihm abgibt.«

»Das ist ja das Problem. Sie war nicht mit ihm dort und hat auch nicht mit ihm geredet.«

»Okay. Das ändert einiges«, murmelte Jayden nachdenklich.

»Und warum hat Ryan dann grade sie ausgewählt?«

»Er hat mitbekommen, wie ich mit Sky geredet habe. Scheinbar wusste er irgendwoher, dass sie eine gute Waffe für ihn darstellen würde«, erklärte ich.

»Vielleicht ist es auch gar nicht so schlimm und er lässt sie in Ruhe, wenn wir sie auch wieder links liegen lassen. Oder aber er versucht es immer weiter. Wir wissen es nicht. Deshalb müssen wir vorsichtig sein«, fügte Mason hinzu.

»Okay. Was ist der Plan? Abwarten?«

»Ich bin dafür! Vielleicht war das ein Versuch von Ryan. Einfach um zu testen, ob er mit der Taktik etwas erreicht. Wenn wir jetzt wie die aufgescheuchten Hühner Panik schieben, fühlt er sich doch nur bestätigt.«

»Eigentlich würde ich das auch so sehen. Aber sie ist die Kleine der Freundin meines Vaters. Der macht mir die Hölle heiß, wenn ihr irgendwer auch nur ein Haar krümmt.«

»Zu spät«, merkte Colton trocken an.

»Ha, ha, Cole. Sehr witzig. Das ist mir schon klar. Aber wir müssen es ja nicht darauf ankommen lassen, dass noch etwas Schlimmeres passiert.« Das mussten sie doch verstehen.

»Also schlägst du vor, dass wir sie herbringen, unsere ganzen Geschäfte vor ihr ausbreiten und ihr dann nicht mehr von der Seite weichen?« Jayden war sichtlich genervt. Er hatte keinen Bock darauf, was ich sogar verstehen konnte. Aber er hatte auch noch nie jemand wichtigen verloren. Besonders nicht dadurch, dass er unaufmerksam war.

»Ich glaube, was Jason meint, ist, dass immer jemand ein Auge auf sie haben sollte. Dann soll sie halt in der Schule immer in unserem Blickfeld sein. Was ist schon dabei?«, unterstützte Mason mich. »Und vielleicht könnten wir sie mal mit ins Fitness nehmen und ihr die wichtigsten Selbstverteidigungstechniken beibringen. Das wäre doch auch schon was. Dann wäre sie im Ernstfall nicht vollkommen hilflos und unterlegen.«

»Das ist eine super Idee, Mase. Echt genial.« Mase Idee war spitze. Das wäre ein riesiger Überraschungseffekt, wenn sie plötzlich zurückschlagen würde. Dann hätte sie eventuell genug Zeit, um das Weite zu suchen oder sich Hilfe zu holen.

»Na gut.«, »Wenn es denn sein muss.«, »Meinetwegen. Damit kann ich leben«, waren die Kommentare der anderen. Auch wenn sie nicht sehr begeistert waren, wusste ich sicher, dass sie helfen würden. Einer für alle und alle für einen!

»Okay. Dann spreche ich morgen mit Sky.«

»Mach das. Aber wo wir jetzt schon Mal hier sind. Wie wollen wir das morgen machen? Der alte Sack aus dem zehnten Stock hat schon wieder nicht gezahlt und der Boss wird langsam ungeduldig«, wechselte Jayden das Thema.

»Ich schlage vor, das erledigen Mason, du und ich. Jase und Cole liefern die Ware aus. Der alte Crackhead und die restlichen Kunden, die für morgen auf unserer Liste stehen, sind nicht sonderlich gefährlich. Wir können uns ohne Weiteres aufteilen.«

»Okay. Dann machen wir das so, Aiden. Aber ich würde sagen, dass wir trotzdem nicht unbewaffnet gehen.«

»Natürlich nicht! Ein Messer habe ich immer dabei und den Rest samt Munition holen wir vorher hier ab. Wir wollen kein unnötiges Risiko eingehen. Nicht wahr?« Jayden zwinkerte mir provokant zu. Eigentlich meinte er seine Aussage vollkommen ernst, doch er fand es wohl lustig, einen Bezug zu meiner vorherigen, seiner Meinung nach übertriebenen Reaktion herzustellen. Na, wenn er meinte …

Wir redeten noch ein wenig über unsere Aufträge und was so in den nächsten Tagen anstand. Danach köpften wir ein paar Bierpullen und gammelten ein Weilchen in unseren abgenutzten Sitzsäcken und Sofas.

S K Y

Ich kühlte eine Weile, bis ich zu meinem Glück irgendwann einschlief. So ging die Zeit schneller rum und ich spürte den Schmerz in meinem Kopf nicht. Entgegen aller Erwartungen hatte ich keine Albträume, sondern schlief sogar recht gut.

Doch irgendwann mitten in der Nacht wachte ich plötzlich auf. Mein Schädel pochte bis zum geht nicht mehr. F*ck tat das weh!

Ich blieb vorerst still liegen und wartete ein paar Minuten ab. Langsam ließ der Schmerz ein wenig nach. Ich hätte nie gedacht, dass ein oller Fußball in der Lage war, solche Schmerzen zu hinterlassen.

Ich hatte gerade den Entschluss gefasst, runterzugehen und mir neues Eis zu holen, als mir die Creme, die Mason mir gegeben hatte, in den Sinn kam. Ich griff in meine Nachttischschublade, holte sie heraus und schmierte mir dessen Inhalt großzügig auf die Beule. Dabei wollte ich mir gar nicht vorstellen, wie meine Haare aussehen mussten. Wahrscheinlich waren sie total fettig und schmierig von der ganzen Creme. Aber gut. Das konnte mir ja eigentlich auch egal sein. Schließlich war ich allein und morgen früh konnte ich duschen gehen. Dann wäre haartechnisch wieder alles in bester Ordnung.

Genauso machte ich es. Nach dem Duschen sah nicht nur ich, sondern auch die Welt schon wieder ganz anders aus. Meine Schmerzen waren weniger geworden, was zum Teil bestimmt auch an der Salbe lag. Dennoch wollte ich es ruhig angehen lassen, weshalb ich mir gemütliche Sachen anzog. Eine graue Stoffjogginghose und ein schwarzes Sweatshirt, auf dem ›Obsessed‹ stand.

Gerade als ich fertig angezogen war, öffnete sich plötzlich meine Zimmertür und Jason stand im Türrahmen. Natürlich erschrak ich. Ich hatte schließlich nicht mit ihm gerechnet. »Sag mal, spinnst du? Ich hätte nackt sein können?!«

»Na und? Ich habe schon mehr nackte Mädels gesehen als du oberkörperfreie Jungs. Da macht eine mehr oder weniger den Kohl nicht fett«, entgegnete er gelangweilt.

Würg.

»Ihhh.« Ich verzog angewidert das Gesicht und warf ein Kissen nach ihm. Er jedoch fing es mit Leichtigkeit ab und lachte bloß. Pfff.

»Was willst du?«, versuchte ich das Thema zu wechseln, damit mein Kopfkino nicht noch größer wurde. Ich mochte mir echt nicht vorstellen, mit wie vielen Weibern Jason schon … Bäh!

»Na ja …« Plötzlich war Jasons belustigter und selbstbewusster Gesichtsausdruck verschwunden und einem ernsten gewichen. Doch er schien nicht zu wissen, wie er anfangen sollte.

»Nun sag schon. Worum geht es?« Ich setzte mich im Schneidersitz auf mein Bett und sah ihn abwartend an. Er holte einmal tief Luft, dann begann er zu reden: »Nun ja, also … Es geht um gestern. Ryan. Na ja, Rachel hat mir erzählt, was passiert ist«, druckste er rum. Mir schlich sich ein Lächeln auf die Lippen, da ich es ziemlich amüsant fand, dass Mister Bad Boy höchst persönlich keinen zusammenhängenden Satz herausbekam.

Jason schien meine Belustigung bemerkt zu haben, denn er hielt kurz inne. »Sag mal, findest du das hier gerade lustig? Weil, wenn ja, kann ich dir versichern, dass dem nicht so ist. Die Lage ist ernst und ich weiß nicht, wie ich es dir erklären soll.«

»Okay, dann würde ich mal vorschlagen, dass du einfach vorne anfängst.« Entschuldigung Jason, aber ich konnte gerade einfach nicht anders. Schließlich musste man so eine Situation ausnutzen. Wer wusste schon, wann man das nächste Mal die Chance dazu hatte?!

»Ha, ha, ha. Sehr lustig.« Jason zog eine grimmige Miene. »Jetzt mal im Ernst. Das mit Ryan ist nicht so harmlos, wie du vielleicht denkst. Es ist nämlich so: Ryan und seine Gang und wir … wir sind seit einigen Jahren verfeindet. Stark verfeindet. Wir befinden uns im ständigen Krieg miteinander. Und eine Taktik von Ryan und seinen Leuten, um gegen uns vorzugehen, ist es, Menschen in unserem Umfeld, also Menschen die uns Nahe stehen, zu verletzen und mit in unsere Probleme reinzuziehen. Das war schon … Na ja, egal.«

»Warte mal. Aber wir stehen uns doch gar nicht Nahe. Wir reden kaum miteinander.« Wie kam Ryan also auf die dämliche Idee, dass er über mich Jason und seinen Freunden eins auswischen konnte)

»Das ist mir schon klar. Aber Ryan hat uns ja nach dem Sportunterricht gesehen. Er hat das halt anders interpretiert … Grrr. Ich war extra vorsichtig gewesen und hatte bis nach der Stunde abgewartet … Gut, wir können es jetzt nicht mehr ändern und nun haben wir den Salat. Wenn Ryan nun auch noch wüsste, dass du sozusagen meine ›Schwester‹ bist, hätten wir ein noch viel größeres Problem. Was dann los wäre, wollen wir uns lieber nicht vorstellen.« Okayyy. Nun machte er mir doch Angst. Den ganzen Kram mit den Gangs und so hatte ich mir ja schon gedacht. Aber das alles jetzt aus seinem Mund zu hören, war doch noch mal eine andere Nummer.

»Okay. Und was sollen wir jetzt tun? Soll ich mich hier verstecken, bis sich die Situation beruhigt hat?«

»Mensch, Sky!« Langsam wurde Jason ungeduldig.

»Schon gut. Tut mir leid … Rede weiter.«

»Also: Als Erstes müssen wir alles daran legen, dass niemand sonst herausfindet, dass wir unter einem Dach wohnen und das noch dazu momentan allein.«

»Das dürften wir hinbekommen. Ich habe bisher eh nichts anderes getan.«

»Gut. Außerdem schlage ich vor, dass du dich in den Pausen immer auf dem Hof in unserem Blickfeld aufhältst. Und einer von uns muss immer wissen, mit wem du dich wo aufhältst.«
Na, ganz toll.

»Wollt ihr mir nicht lieber gleich ´nen Bodyguard an die Seite stellen?«, fragte ich spöttisch und leicht angesäuert.

»Nein, vorerst nicht«, gab Jason in ernstem Ton zurück. Sein Ernst?!

»Super. Weiter?« Man bemerke den Sarkasmus.

»Ich verstehe, dass du auf den ganzen Scheiß am liebsten verzichten würdest. Stell dir vor: Die Jungs und ich hätten auch Besseres zu tun. Aber es ist nun mal das Beste. Momentan zumindest … Außerdem haben wir beschlossen, dass wir dir die wichtigsten Selbstverteidigungstechniken beibringen werden. Sicher ist sicher.«

»Muss das sein?«

»Ja. Ich übe erst mal mit dir zu Hause. Am besten Mittwoch. Samstag kommt Mason vorbei. Der hilft dir auch.« Ganz wundervoll. Auf Mason war ich besonders scharf. Hust, hust. Na ja, gestern war er ja ganz erträglich gewesen. Also beschloss ich, ihm noch eine Chance zu geben.

»Schön. Dann also Mittwoch. Wie viel Uhr?«, gab ich mich letztendlich geschlagen.

»Wir wäre es mit 19:30 Uhr? Dann müsste ich wieder da sein.«

»Wovon wieder da?«

»Ist nicht so wichtig«, blockte Jason ab. Na dann. Da mir klar war, dass ich aus ihm nichts rausbekommen würde, ließ ich es mit weiteren Fragen gleich bleiben.

»Gut, dann 19:30 Uhr im Fitnessraum.«

»Gut. Und bis dahin: Pass auf und sag Bescheid, falls dir was verdächtig vorkommt.«

»Mache ich, Daddy«, antwortete ich wie ein kleines Kind, »Falls es dich interessiert, ich hatte heute vor, zu Hause zu bleiben und es ruhig angehen zu lassen. Ich hoffe das ist okay.«

»Du bist unmöglich, Sky.« Jason sah gereizt aus, dennoch konnte er sich ein Grinsen nicht verkneifen. »Und Sky?«, fragte er im Hinausgehen.

»Ja?«

»Daddy hat mich noch nie ein Mädchen genannt. Aber ich könnte mich daran gewöhnen«, sagte er dreckig. Bahhh. Erst jetzt fiel mir meine unglückliche Wortwahl auf, woraufhin mir umgehend die Röte ins Gesicht stieg. Jason bemerkte es und verließ lachend das Zimmer.

»Du perverses Schwein!«, schrie ich ihm noch hinterher.

Wenige Sekunden später steckte er seinen Kopf noch einmal durch die Tür. »Das nehme ich als Kompliment«, entgegnete er grinsend. Dann verließ er endgültig mein Zimmer.

Den Tag verbrachte ich größten Teils mit Fernsehen schauen und lesen. Zwischendurch skypte ich mit Rachel, die hören wollte, wie es mir ging, da Treffen ja zu gefährlich war. Außerdem erzählte sie mir, dass sie ihren Bruder seit dem Vorfall nicht mehr gesprochen hatte und auch nicht vorhatte, dies zu ändern. Na, ob ihn das stören würde? Ich wagte das zu bezweifeln.

Dann berichtete ich ihr von dem Gespräch mit Jason, wobei ich die peinlichen Sachen natürlich wegließ. Rachel war erstaunt davon, dass Jason mich beschützen wollte und versprach mir, es nicht weiterzuerzählen.

Nachdem wir unser Gespräch beendet hatten, ging ich in die Küche, um mir einen Snack zuzubereiten. Wieder auf dem Weg nach oben fiel mir auf, dass aus dem Gaming Room aufgeregte Stimmen drangen. Bei genauerem Hinhören erkannte ich sie als die von Mason und Jason wieder. Die nahmen das aber ganz schön ernst mit dem ›Beschützen‹ und ›in meiner Nähe sein‹. Oder war das alles nur Zufall und sie hatten sich schon vor ein paar Tagen zum Zocken verabredet? Na ja, konnte mir ja eigentlich auch egal sein. Denn so oder so: Sie würden eh nicht mitbekommen, wenn irgendetwas los wäre, so vertieft, wie sie in ihr Spiel waren.

Zurück in meinem Zimmer, packte ich meine Schultasche und legte mir meine Klamotten für morgen raus. Da es noch relativ warm war, entschied ich mich für einen Skaterrock und ein knappes schwarzes T-Shirt auf dem ›Nirwana‹ stand. Chucks dazu und fertig. Eigentlich wollte ich es dabei belassen. Doch um allen zu beweisen, dass ich mich nicht unterkriegen ließ, ging ich noch mal in mein Ankleidezimmer und suchte mir ein Paar weiße Overkneestrümpfe raus, die jeweils zwei schwarze Streifen am oberen Saum hatten. Gut, und ich musste zugeben, dass ich damit auch ein wenig Jason ärgern wollte. Hihi.

Dann hatte ich nichts mehr zu tun. Da es schon Abend wurde, beschloss ich, meine Schlafsachen anzuziehen und mich bettfertig zu machen. 15 Minuten später kuschelte ich mich in mein Bett und ging derselben Aktivität wie den ganzen Tag schon nach: Fernsehen.

Nach dem Blockbuster schaltete ich Fernseher und Licht aus und wollte schlafen. Doch ich lag noch eine ganze Weile wach, bevor ich endlich einschlief, da ich noch gar nicht müde war, dadurch, dass ich den ganzen Tag nur im Bett gelegen und mich nicht aktiv betätigt hatte.

Am nächsten Morgen machte ich mich wie gewohnt fertig – die Schmerzen an meinem Kopf waren mittlerweile recht gut zu ertragen und schwindelig war ich auch nicht mehr – und verließ zügig das Haus, bevor Jason mich zu Gesicht bekam. Ich hatte nämlich das ungute Gefühl, dass er es zustande gebracht hätte, mich dazu zu zwingen, was anderes anzuziehen. Klar war die Aktion nicht sonderlich klug, dessen war ich mir bewusst. Denn wenn ich Jasons Worten Glauben schenkte, dann war mit der Situation nicht zu spaßen. Aber das musste jetzt einfach sein.

Und siehe da: Ich erreichte das Schulgelände unbeschadet. Doch wie immer war Jason vor mir da. Er stand wie gewohnt mit seinen Freunden auf dem Schulhof. Und natürlich sah er mich sofort, obwohl ich extra mit dem Strom gegangen war, um nicht aufzufallen. Er sah mich böse an. Dann scannte er mich von oben bis unten ab und sein Blick verwandelte sich von böse in ... wütend. Ich lächelte ihn jedoch nur unschuldig an. Denn sowohl ihm als auch mir war bewusst, dass er jetzt nicht zu mir rüberkommen und einen Aufstand machen konnte, schließlich hatten wir ›nichts‹ miteinander zu tun! Also ging ich erhobenen Hauptes weiter und grinste in mich hinein.

Vor dem Klassenzimmer wartete schon Brianna auf mich. Zusammen betraten wir es und ließen uns auf unseren Stammplätzen nieder. Der Unterricht ging zügig vorüber und schon war Deutsch an der Reihe. Auf Mister Froman hatte ich ja jetzt so gar keinen Bock. Abgesehen davon, dass ich unseren Lehrer einfach nicht leiden konnte, waren da auch noch Jasons Kumpels, inklusive Mason, die just in dem Moment den Raum betraten. Und als wäre ihre Anwesenheit nicht genug, mussten sie mich auch noch allesamt mustern. Dabei gingen ihre Gesichtsausdrücke von interessiert über mitleidig bis hin zu abschätzig beziehungsweise genervt. Was Jason ihnen wohl erzählt hatte? Wahrscheinlich wollte ich das gar nicht wissen.

Erst als unser wundervoller Deutschlehrer den Raum betrat, konnte ich meine Anspannung ein wenig lockern, da er die Jungs dazu zwang, nach vorne zu sehen. Zu schade aber auch …

Leider zog sich die Doppelstunde gefühlt endlos hin. Dass war ja blöderweise immer so, wenn man Fach oder Lehrer nicht leiden konnte.

Als es endlich zur Pause schellte, packte ich langsam meine Sachen zusammen. Als Bri im Türrahmen auftauchte, waren schon alle weg, weshalb ich bei ihrer Frage, ob wir gemeinsam in die Mensa gehen wollten, kurz versucht war, mich Jasons Anordnung zu widersetzen und zuzustimmen. Doch irgendein Gefühl sagte mir, dass es keine gute Idee wäre, so zu handeln, da ich Jason einerseits für heute schon genug geärgert hatte und andererseits an zu glauben fing, dass er die Situation besser einschätzen konnte als ich. Dementsprechend verneinte ich die Frage und erklärte ihr, dass ich lieber ein bisschen an die frische Luft und in der Sonne entspannen wollte; sie aber gerne zu Faith in die Mensa gehen könnte. Zuerst guckte Bri leicht irritiert, stimmte dann aber meinem Vorschlag zu.

So verließen wir den Klassenraum und gingen den Flur entlang. Bevor wir uns an der nächsten Ecke trennten, fiel mir eine Gruppe Jungs auf, die ein paar Meter von uns entfernt an einer

Reihe Spinde lehnte. Mason und Co. Na, ganz toll. Somit wäre ich so oder so gezwungen gewesen, mit ihnen nach draußen zu gehen. Dafür hätten sie mich nicht mal anzusprechen gebraucht, und das wussten sie. Arrogante, überhebliche Arschlöcher, ey!

Na ja, jedenfalls bog Bri nach links ab und ich ging weiter geradeaus auf den Haupteingang zu. Die Jungs sahen mich scharf und eindringlich an, ich jedoch rollte nur die Augen und ging mit großen Schritten an ihnen vorbei. Pfff.

Mit einigem Abstand folgten sie mir auf den Hof. Als ich mich dann aber unter einem Baum niederließ und mir ein Buch rausholte, sah Mason noch einmal prüfend zu mir herüber, bevor er mit den Jungs zu Jason ging, der schon mit ein paar Mädels auf sie wartete. So verbrachten wir die Pausen augenscheinlich getrennt voneinander und doch spürte ich immer wieder ihre prüfenden Blicke auf mir.

Dann war Mittwochnachmittag. In wenigen Stunden sollte Jason mir Nachhilfe in Sachen Selbstverteidigung geben. Zwar war ich an sich nicht wirklich scharf darauf, doch hatte ich die winzige Hoffnung, dass er mir wieder ein bisschen mehr Freiraum geben würde, sobald er sicher war, dass ich Ryan nicht ganz schutzlos ausgeliefert war. Klar gab es Schlimmeres, als die Pausen in Jasons Blickfeld zu verbringen, doch man fühlte sich schon eingeschränkt, vor allem, wenn es um Nachmittagsaktivitäten oder Ähnliches ging. Cheerleading durfte ich auch nur weitermachen, weil Jason und Co. nicht weit weg waren, da sie zur selben Zeit Footballtraining hatten. Aber in den letzten Tagen hatte es weder Probleme mit Ryan noch irgendwelche anderen negativen Vorkommnisse gegeben, also warf ich die Flinte noch nicht ins Korn. Zumindest fragen konnte ich ihn ja.

Pünktlich um 19:30 Uhr stand ich fertig umgezogen im Fitnessraum. Lange musste ich nicht auf Jason warten. Erstaunlicherweise kam er schon fünf Minuten später heim, zog sich schnell um und war dann bei mir.

Ich hatte die Zeit genutzt, um mich warmzumachen, sodass wir direkt anfangen konnten. Er zeigte mir, wie ich mich aus einem Würgegriff befreien konnte, auf welche Körperpartien ich am besten schlagen sollte, um meinen Gegner außer Gefecht zu setzen oder wenigstens zu irritieren. Als solche Partien nannte er mir unter anderem Augen, Nase, Kiefer und Hals. Unter den Verteidigungsbewegungen waren auch einige Drehungen und Duckungen mit darauffolgendem Tritt, welcher zum Beispiel auf Magengrube oder Knie/ Schienbein abzielte. All diese Methoden versuchte ich zuerst in Zeitlupe bei Jason und dann so lange an dem armen Boxsack, bis Jason einigermaßen zufrieden war. Erst kurz bevor die Trainingseinheit um war, kam er zu der Technik, die ich wohl instinktiv als Erstes angewandt hätte: Dem Tritt in die Kronjuwelen meines Gegenübers.

»Den Tritt würde ich jetzt zu gerne mal bei dir ausprobieren. Natürlich nur zu Übungszwecken, sodass ich mein Ziel im Ernstfall nicht verfehle«, sagte ich gespielt unschuldig.

Jason sah mich einige Sekunden einfach nur an. Ich stand vor ihm und grinste scheinheilig in mich hinein.

Dann löste er sich plötzlich aus seiner Starre und griff blitzschnell nach mir. Ich kreischte erschrocken auf. Jason konnte sich ein belustigtes Auflachen nicht verkneifen. Doch die Rechnung hatte er ohne mich gemacht. Schließlich hatte er höchst persönlich mir gerade beigebracht, wie man sich aus solchen Griffen befreite. Dementsprechend effektiv war auch der Kinnhaken, den ich ihm nun mit voller Wucht verpasste. Erschrocken ließ

Jason mich los und keuchte vor Schmerz auf. Entgeistert sah er mich an.

»Die Prüfung habe ich bestanden«, entgegnete ich übertrieben zufrieden, rieb mir die Hände und verließ erhobenen Hauptes den Raum.

»Du ...«, schrie Jason mir noch zornig hinterher. Jedoch verstummte er sofort wieder. Keine Ahnung, warum. Vielleicht hatte er Schmerzen oder vielleicht, was mir wahrscheinlicher erschien, hatte er einfach keine Lust, mit mir zu diskutieren. Und in seinem tiefsten Innersten war er vielleicht sogar stolz darauf, dass die Trainingseinheit so erfolgreich war. Oh, wie poetisch das klang!

Ich war mir nicht sicher, ob ich nun Mitleid mit Jason haben sollte, oder nicht. Ich war kurz davor, zu ihm rüberzugehen und mich zu entschuldigen, doch da hörte ich Stimmen aus seinem Zimmer. Allem Anschein nach skypte er mit Mason.

»Na, Jase. Wie war das Training? Wart ihr erfolgreich?«

»Ja, ich muss sagen, das hat echt gut geklappt. Für ein Mädchen zumindest. Ein Mädchen, das Cheerleaderin ist.« Pfff. Was sollte das denn bitte heißen? Cheerleading war verdammt anspruchsvoll. Das würde er mit Sicherheit nicht hinbekommen. Statt also reinzugehen und mich zu entschuldigen, räusperte ich mich lediglich laut. So laut, dass er es auf jeden Fall hörte.

»Wer war das denn?«

»Das, lieber Mason, war Sky, die anscheinend vor meiner Tür steht und lauscht.«

Nun entschied ich mich doch reinzugehen. »So ist es, lieber Jason. Und darf ich anmerken, dass dein Gesichtsausdruck nach dem Kinnhaken eben etwas ganz anderes ausgesagt hat als einen ganz passablen Mädchenschlag?« Jason sah mich grimmig an.

Und schon drang Lachen aus dem Laptop. »Sag, dass das nicht wahr ist, Jase. Das hat sie nicht getan?«

»Doch, das hat sie«, brummte er.

»Wo warst du nur mit deinem Kopf, Bro?«

»Sag du´s mir ... Aber bevor du hier noch dein Amüsement aus meinem Leiden ziehst, mach´ dir lieber am Samstag selbst ein Bild.«

»Na gut.« Doch das Lächeln verschwand nicht ganz von Masons Lippen.

Die ganze Zeit hatte ich so gestanden, dass ich zwar Mason auf dem Bildschirm sehen konnte, er mich aber nicht. Und nun hielt ich es für den richtigen Zeitpunkt, einen Abflug zu machen. Ich verschwand in mein Zimmer und machte mich schlaffertig.

Als ich am nächsten Morgen wie gewohnt das Haus verlassen wollte, wurde ich von Jason überrascht, der hastig die Treppe herunter gestolpert kam und mich zurückhielt. Dabei überraschte mich nicht nur die Tatsache, dass er deutlich früher dran war als sonst, sondern auch das, was er mir kurz darauf mitteilte: Er würde mich von nun an zur Schule fahren und wieder abholen. Ich war verwundert und ein wenig irritiert, da ich eigentlich davon ausgegangen war, dass er mit seiner Beschützerei ein bisschen zurückfahren würde, da ich ihm ja wohl mehr als nur bewiesen hatte, dass ich mich verteidigen konnte. Doch das reichte ihm scheinbar nicht.

»Und warum willst du das plötzlich? Ich dachte, es wäre immer so ätzend gewesen, mich mitzunehmen?«

Jason ließ sich ausnahmsweise nicht provozieren. »Ich bin schon die ganzen letzten Tage mit der Situation nicht einverstanden gewesen. Es ist ein unnötiges Risiko, das wie nicht eingehen müssen. Vor allem nicht, nachdem in unserem Viertel zwei von Ryans Männern gesichtet wurden. Es versteht sich hoffentlich von selbst, dass die nicht ohne Grund hier unterwegs waren und definitiv nicht die besten Absichten hatten.«

Da mich dann doch ein leicht mulmiges Gefühl überkam, gab ich mich geschlagen. »Na schön. Lass uns fahren.«

So erreichten wir kurz darauf die Schule, wo sich unsere Wege offiziell trennten. Dass so gut wie immer einer der Jungs in der Nähe war oder zu mir rüber sah, ignorierte ich gekonnt. Wenn ich ehrlich war, musste ich sogar zugeben, dass ich ihre Fürsorge nicht nur nervig fand. Irgendwie war es schon süß und ich fand es beeindruckend, wie ehrenhaft und selbstverständlich sie an ihrem Versprechen festhielten und ihrer Abmachung nachkamen. Und ein wenig sicherer fühlte ich mich auch. Außerdem waren die Jungs so eventuell ein bisschen mehr mit anderen Sachen beschäftigt als mit den krummen Dingern, denen sie sonst immer nachgingen. Es hatte also alles ihr Gutes. Für beide Seiten.

Die Zeit verging relativ schnell. Leider musste ich eine Verabredung mit Rachel und Bri absagen, da Jason es für zu unsicher hielt und selbst keine Zeit hatte mitzukommen. Aber so schlimm war das auch wieder nicht. Stattdessen erledigte ich meine Hausarbeiten, machte im Fitnessraum Sport – erst Laufen, dann Cheerleading und zu guter Letzt verdrosch ich den Boxsack nach allen Regeln der Kunst beziehungsweise Techniken, die Jason mir bisher beigebracht hatte – und skypte ausgiebig mit Rachel.

Erst Freitagnachmittag, als ich wieder mit Jason im Auto saß, fragte ich ihn, was mir schon ein paarmal durch den Kopf gegangen war: »Sag mal Jason, warum nimmst du mich mit?«

»Zu deiner eigenen Sicherheit, das hatte ich dir doch schon erklärt.«

»Schon klar. Aber du hast auch gesagt, dass Ryan uns nicht mehr zusammen sehen soll.« Darüber musste er kurz nachdenken.

»Hmmm. Ja, das habe ich gesagt. Eigentlich bin ich auch immer noch der Meinung. Aber in diesem Fall ist es besser so. Außerdem ist es nur eine Autofahrt und nicht sonst was Großes, Weltbewegendes.«

»Aber du willst mir jetzt nicht wirklich erzählen, dass weder Ryan noch einer seiner Kumpels uns gesehen haben, oder?«

»Nein, natürlich nicht. Wir können bloß hoffen, dass sie dem nicht zu großes Gewicht beimessen und sich jemand anderen zum Nerven suchen.« Damit war das Gespräch für ihn beendet.

Kaum hatte er mich zu Hause abgesetzt, rief er mir noch kurz durchs offene Fenster zu, dass er mit den Jungs was zu erledigen hatte, dann heulte der Motor seines Lamborghinis auf und weg war er. Dieses Verhalten passte natürlich blendend zu dem, was er mir kurz zuvor noch erzählt hatte. Hust, hust. Entweder war er sich sicher, dass Ryan und Co. es nicht wagen würden, zu ihm nach Hause zu kommen, mal ganz abgesehen davon, dass sie eigentlich gar nicht wissen dürften, dass ich auch hier wohnte, oder aber, was mich auch nicht mehr wundern würde, er hatte Kameras im Haus installiert. So oder so war ich nun allein. Also beschloss ich, die freie Zeit zu genießen. Ich schnappte mir ein Buch und Schoki und ging damit in unsere exklusive Wellnessoase. Dort ließ ich mir Wasser in den Whirlpool ein, worin ich schon wenige Minuten später unter dem wohligen Sprudeln der Düsen entspannt lag und las.

Am Vormittag des nächsten Tages kam Jason gemeinsam mit Mason heim. Sie waren wie verabredet da, um mit mir zu üben. Ich zog mich schnell um. Dann ging es auch schon los. Wir wiederholten erst die Sachen vom letzten Mal, optimierten diese soweit es ging und schließlich kamen noch ein paar neue Techniken und Handlungsabläufe dazu. Am Ende waren wir alle schweißgebadet und saßen mit unseren Wasserflaschen auf dem Boden. Die Stimmung war relativ locker und ich war erstaunlicherweise ziemlich gut mit Mason klargekommen. Wir hatten sogar ein paarmal gemeinsam gelacht.

»Nächstes Mal sollten wir sie mit ins Fitness nehmen, da haben wir mehr Möglichkeiten. Oder was meinst du, Jase?«

»Mhm. Eigentlich keine schlechte Idee. Ich denke, die Jungs werden auch nichts dagegen haben. Also warum nicht.«

Und wer fragte hier bitte mich? Na gut, eigentlich war ich nicht abgeneigt, hatte sogar Lust darauf. Auf dem Wege konnte ich die anderen Jungs ein bisschen beobachten und mir ein besseres Bild von ihnen machen.

»Ich bin dabei«, gab ich also auch meinen Senf dazu.

»Dann wäre das beschlossene Sache.«

Mittwochnachmittag sollte es das erste Mal so weit sein. Direkt nach der Schule fuhr ich mit Jason zum Fitnessstudio, wo auch schon die teuren Autos seiner Freunde standen. Keine fünf Minuten später waren wir drinnen und standen umgezogen bei dem Rest der Clique. Eigentlich hätte ich zum Sport lediglich eine Shorts und meinen Sport-BH angezogen, doch ich hatte mich lieber auf ein bedeckteres Outfit beschränkt. Ich wusste schon warum. Denn nun, wo ich wie Falschgeld in der Runde stand, musterten mich die Jungs ausgiebig.

»Jo, Leute. Ihr kennt euch ja alle, also lasst uns direkt loslegen. Immer mindestens einer macht eine Station mit Sky.«

»Aber natürlich. Schließlich wollen wir nicht, dass der Prinzessin etwas zustößt. Nicht wahr?«, sagte Aiden scherzhaft. Sofort lachten alle. Zum Glück stand er direkt neben mir, weshalb mein Ellbogenhieb ihn mit voller Wucht in die Seite traf. Augenblicklich verstummte sein Lachen. Er sah mich erst entsetzt, dann zunehmend sauer an.

»Tja, da hast du die Rechnung wohl mit der Falschen gemacht«, amüsierte sich nun Mason und die anderen stimmten mit ein. Aiden sah gespielt verletzt in die Runde und ich konnte mir ein Grinsen nur schwer verkneifen.

Kurz darauf begannen wir. Zum Warmmachen nutzten wir die Fahrradergometer und Laufbänder. Dann verteilten sich die Jungs an einzelne Geräte. Da ich mich keinem von ihnen aufdrängen wollte, wartete ich einfach einen Moment ab. Schließlich winkte mich Mason zu sich rüber. »Komm, lass uns gemeinsam anfangen. Ich schlage vor, wir gehen zu den Boxsäcken.«

»Okay«, stimmte ich ihm zu und lief hinter ihm her in einen anderen Teil des Fitnessstudios, wo Boxsäcke, andere Gegenstände zum drauf einschlagen und sogar ein Boxring waren.

»Dann zeig mir mal, was du schon so draufhast.«

Gesagt getan. Während Mason den Boxsack festhielt, schlug und trat ich auf ihn ein, wobei ich versuchte, ein gutes Gleichgewicht zwischen Kraft und Technik zu finden. Natürlich korrigierte Mason mich hin und wieder oder gab mir Tipps, wie es noch effektiver würde. Dann demonstrierte er mir ein paar neue Techniken. Dabei sollte ich – wie zuvor er – den Boxsack stabilisieren. Bei den ersten Schlägen klappte das auch ziemlich gut, doch dann trat er zu. Schon taumelte ich nach hinten, stolperte und landete unsanft auf dem Hintern. Mason sah mich erschrocken an, doch ich kicherte los. Kurz darauf setzte auch er mit ein und half mir lachend auf. So beschlossen wir, dass es Zeit war, eine kurze Pause einzulegen und einen Schluck zu trinken.

»Das war nicht schlecht, Sky. Echt nicht! ... Na gut, den Abgang am Ende solltest du vielleicht noch ein wenig üben, aber sonst ...« Mason grinste mich an.

Ich stieß ihn leicht mit meinem Ellbogen an, verschränkte dann meine Arme trotzig vor der Brust und gab ein gespielt eingeschnapptes »Pfff!« von mir. Daraufhin mussten wir wieder lachen. Nun wurden sogar einige der Jungs auf uns aufmerksam. Jayden kam herüber. »Na, wenn Trainieren mit dir so viel Spaß macht, dann will ich die nächste Station mit dir machen!«

Ich guckte ihn einen kleinen Moment erstaunt an, musste dann aber wieder grinsen.

»Okidoki«, flötete ich, stand auf und wartete darauf, dass er vorging. Mason hatte wohl nicht mit dieser Reaktion gerechnet. Und Jayden erst recht nicht. Nun waren sie es, die mich verdutzt ansahen.

»Wird's bald?«, schmunzelte ich. Da kam wieder Bewegung in die Jungs.

Wir verbrachten noch zwei weitere Stunden im Fitness, wobei Jayden Nahkampf mit mir trainierte, Jason Krafttraining und Colten Reaktionsgeschwindigkeit. Zu guter Letzt stiegen die Jungs in den Ring, erst Aiden und Jayden, dann Mason und Jason. Colten blieb mit mir am Rand und kommentierte das Geschehen.

Die Jungs hatten echt was drauf. Sie waren top trainiert, flink und stark. Ich war mir zu einhundert Prozent sicher, dass sie allesamt ein Sixpack hatten. Bei Mason konnte man es sogar unter dem engen weißen Tanktop durchschimmern sehen. Was ein Anblick …. Aber auch die anderen waren nicht weniger muskulös. Da konnte man schon irgendwie nachvollziehen, dass die Jungs so viele Verehrerinnen hatten.

Als sie ihre Kämpfe beendet hatten, musste ich meinen Blick regelrecht von ihren Bodys losreißen, doch ich versuchte, mir nichts anmerken zu lassen, brachte ihrem Können Anerkennung entgegen und verschwand dann parallel zu ihnen in die Dusche.

Bevor alle auf dem Parkplatz in ihre Autos stiegen und verschwanden, lobten sie mich – wobei ich peinlicherweise natürlich sofort rot anlief … – und machten ab, dass sie mich nächsten Mittwoch wieder mitnehmen würden. Obwohl auch diese Entscheidung wieder über meinen Kopf hinweg getroffen wurde, war ich nicht sauer, denn das Training hatte echt Spaß gemacht und wer wusste, wofür es mal gut sein würde.

Der darauffolgende Tag war ganz entspannt. Im Sportunterricht guckte mich Ryan nicht mal an. Meine neuen Techniken musste ich mir somit noch ein wenig aufheben. Nein, Spaß. Vielleicht hatte er mittlerweile das Interesse an mir verloren. Konnte ja gut möglich sein. So ein Erbsenhirn wie er konnte sich mit Sicherheit nicht lange auf eine Sache konzentrieren, bevor es ihm zu langweilig wurde. Also deutete ich seine Zurückhaltung einfach mal als gutes Zeichen und überlegte mir, was ich in meiner bald zurückerlangten, unbeobachteten Freizeit mit meinen Freundinnen machen konnte. Kino vielleicht. Oder Shoppen. Und anschließend Eis essen in der Mall. Oder zu Starbucks. Da gab es so einige Möglichkeiten.

JASON

Mittlerweile war es Abend, denn ausnahmsweise hatten wir unsere Aufträge schon am Nachmittag erledigt und nicht erst auf die Dunkelheit gewartet. So kam es, dass ich schon um 20:00 Uhr frisch geduscht aus meinem Bad kam und eigentlich nichts mehr zu tun hatte.

Gerade als ich mir eine frische Boxer aus dem Schrank nehmen wollte, vibrierte mein Handy. Schnell streifte ich sie mir über, dann schnappte ich mir mein Smartphone vom Bett. Abends meldeten sich eigentlich nur die Jungs oder unser Auftraggeber. Da war es schlau, zügig nachzusehen. Doch diesmal war es keiner davon. Es war ein Bild gekommen. Von einer anonymen Nummer. Ich klickte auf die Nachricht und während das Bild lud, überlegte ich, von wem sie sein konnte. Mir fiel spontan niemand ein. Erst als ich das Bild scharf vor mir sah, fiel es mir wie Schuppen von den Augen. Sofort schrieb ich Mason an, dass wir in genau einer halben Stunde skypen müssten. Dann ging ich rüber zu Sky.

Ohne anzuklopfen, betrat ich ihr Zimmer. Sie saß auf der Bettkante und drehte ruckartig ihren Kopf zu mir. Erst sah sie mich erstaunt und irritiert an. Dann wurde sie sauer. »Sag mal, kannst du nicht anklopfen?! Ich hätte gerne wenigstens hier mal meine Privatsphäre und ...«

Ich unterbrach sie. »Jetzt mach mal halblang, Prinzesschen. Es dreht sich nicht immer nur um dich. Na gut. In diesem Fall schon. Sonst würde ich nicht hier stehen.«

Sky sah mich verständnislos an. Als Erklärung warf ich ihr mein Handy zu. Sie fing es auf, warf mir einen komischen Blick zu und schaute dann auf das Smartphone mit der noch immer geöffneten Nachricht.

S K Y

»Es ist noch nicht vorbei«, stand dort. Darüber war ein Foto. Ein Foto von ... MIR! Nach Sport. In der Umkleide. Beim Umziehen!

Entsetzt sah ich Jason an. Dieser wiederum sah mich mit einem undefinierbaren Blick an.

»Was tun wir jetzt?«, fragte ich und versuchte, dabei möglichst ruhig zu bleiben, was mir jedoch ziemlich schwerfiel, da ein muskelbepackter, gewalttätiger Spanner mich im Visier hatte und mich sogar beim Umziehen beobachtet hatte. Nein. Nicht nur beobachtet, sondern auch fotografiert. Was für ein Mistkerl!

Nach einem langen Moment des Schweigens, in dem er wohl nachgedacht hatte, was er darauf antwortete, öffnete er den Mund.

»Ehrlich gesagt, bin ich mir da auch noch nicht so sicher. Fest steht, dass wir den Schutz verstärken müssen.«

JASON

Kaum hatte ich den Satz beendet, vibrierte mein Handy erneut. Da es immer noch in Skys Händen ruhte, warf sie direkt einen Blick darauf. »Schon wieder ein Foto«, sagte sie und öffnete die Nachricht, bevor ich sie davon abhalten konnte.

»Wobei hat er dich diesmal fotografiert?!«, knirschte ich mit den Zähnen. Ich traute Ryan durchaus zu, dass er sie auch unter der Dusche abgelichtet hatte. Das gab definitiv Krieg!

»Er hat nicht nur mich fotografiert«, sagte Sky bedacht.

»Zeig her«, forderte ich sie auf. Zögerlich gab sie mir das Handy.

Nein. Da war definitiv nicht nur sie drauf. Und sie war zum Glück auch nicht nackt. Jedoch war dieses Bild nicht weniger beunruhigend. Denn Sky saß in einem Auto. Neben ihr am Steuer ein Junge. Und dieser Junge war kein geringerer als ich selbst!

»Scheiße!«, war das Einzige, was ich hervorbrachte. Damit war unsere Deckung aufgeflogen. Ryan wusste, dass wir immer noch etwas miteinander zu tun hatten. Und ich war mir sicher, dass es nicht mehr lange dauern konnte, bis er die Zusammenhänge aufdecken würde. Mist, verdammter!

Während ich innerlich brodelte, sah Sky mich abwartend an.

»Da nun unsere Tarnung aufgeflogen ist – was nicht heißen soll, dass du rumposaunen solltest, dass wir sowas wie Geschwister sind und ohne Eltern im selben Haus wohnen –, halte ich es für das Beste, aufs Ganze zu gehen. Du kommst in den Pausen zu uns, sodass alle sehen, dass du zu uns gehörst. Einen besseren Schutz können wir dir spontan nicht bieten.«

»Okay. Wenn du das für das Beste hältst, dann machen wir das so. Aber fühlt sich Ryan dann nicht noch mehr in seiner Sache bestätigt?«

»So wie ich ihn kenne, fühlt er sich jetzt eh schon dermaßen bestätigt, dass er dich so oder so nicht mehr in Ruhe lassen würde. Deshalb haben wir keine andere Möglichkeit, als dich in unserer Nähe zu haben.«

»Gut«, seufzte Sky. Doch man merkte ihr an, dass sie nicht nur genervt war. Sie machte sich viele Gedanken, hatte ein mulmiges Gefühl im Bauch und war auf jeden Fall dankbar, dass wir uns um sie kümmerten, auch wenn sie sich das noch nicht so recht eingestehen wollte. Das sah man ihr alles unweigerlich an, auch wenn sie es gut zu verbergen versuchte.

»Mach dir mal nicht allzu große Sorgen. Wir werden das schon hinkriegen«, versuchte ich sie aufzumuntern, obwohl ich meinen Worten selbst noch nicht so recht glauben konnte. Beziehungsweise glaubte ich schon, dass wir das schaffen konnten und würden, doch wie und wann, da war ich mit nicht ganz so sicher. Ich wusste nur, dass es nicht einfach und erst recht nicht ungefährlich würde.

Sky lächelte mich als Antwort leicht an, woraufhin ich beschloss, sie für den Rest des Abends in Ruhe zu lassen. »Ich bin nebenan.«

Außerdem war ich in fünf Minuten mit Mason zum Skypen verabredet. Gesprächsthemen hatten wir definitiv.

Erst ging ich alles mit Mason durch, der genauso schockiert und wenig begeistert von den gegebenen Umständen war wie ich, dann schalteten wir die restlichen Jungs dazu. Auch ihnen erklärte ich, was vorgefallen war. Nachdem sie sich ausgiebig über Ryan aufgeregt und ihm den Krieg erklärt hatten, fuhr Mason mit unseren Plänen für das weitere Vorgehen fort. In Bezug auf Skys Schutz waren sie einverstanden, doch gegen Ryan und seine Gang wollten sie härter vorgehen. Sie wollten Krieg! Wobei ich zugeben musste, dass ich den auch wollte, aber erst mal die Vorschläge der Jungs hatte abwarten wollen. Doch nach alledem, was er mir beziehungsweise uns angetan hat, wäre noch nicht einmal der Tod schlimm genug gewesen! Also gab es nun Krieg, und zwar richtigen!

Am nächsten Morgen nahm ich Sky wieder im Auto mit zur Schule, wo die anderen Jungs schon auf uns warteten. Wir begrüßten sie, dann gingen Mason und Aiden zusammen mit Sky ins Gebäude, um sie zu ihrem Klassenzimmer zu bringen. Natürlich fiel die ungewöhnliche Konstellation sofort auf und die halbe Schule sah ihnen dabei zu, wie sie reingingen. Das würde für Gesprächsstoff sorgen. Vor allem die billigen Bitches würden sich die Mäuler darüber zerreißen, wer die Neue in der angesagtesten Gang der Schule war. Aber sollten sie doch. Sowas hatte uns noch nie gejuckt und um ehrlich zu sein, hatten wir gerade ganz andere Probleme, um die wir uns kümmern mussten.

Nach den ersten beiden Stunden beeilten Jayden und ich uns, zu Skys Kursraum zu kommen, um sie dort abzuholen und mit ihr zu unserem nächsten Kurs, den wir passenderweise gemeinsam hatten, zu gehen. Auf dem kurzen Weg redeten wir nicht und gingen ein paar Schritte hinter Sky, da wir so alles ganz gut im Blick hatten und nicht unbedingt von 0 auf 100 die übelsten Beschützer waren. Na ja, zumindest für unsere Mitschüler. Denn wir nahmen unsere Sache schon ziemlich ernst. Wir hatten sie in diese missliche Lage gebracht, zumindest zu Hälfte, also würden wir auch dafür sorgen, dass sie da wieder rauskam, und zwar wohlbehalten. So hatten wir uns aufgeteilt und abgesprochen, wann wer sie wo, von welchem Raum wohin begleiten würde, und sonst irgendwie Acht auf irgendetwas gab.

In der großen Pause kam Sky wie abgesprochen mit zu uns auf den Schulhof. Zuvor musste sie zwar ihre Freundinnen abwimmeln, die sie ziemlich entsetzt und irritiert angesehen hatten, als sie ihnen sagte, dass sie ihre Pause bei uns verbringen würde, kam dann aber zu uns rüber, die wir lässig und mit verschränkten Armen im Türrahmen lehnend auf sie gewartet und die Unterhaltung beobachtet hatten.

So standen wir nun wie immer in unserem Kreis auf dem Schulhof. Der einzige Unterschied war, dass Sky nun direkt bei uns war. Ach ja, und dass die Atmosphäre deutlich angespannter war, was nicht nur an der angespannten Gesamtsituation lag, sondern auch an den sonst ganz süßen Cheerleaderinnen, die uns wie immer umwarben. Sie warfen Sky giftige Blicke zu, so als wollten sie sie wieder aus unserer Gruppe vertreiben und ihr mitteilen, dass sie sich ein paar andere Jungs suchen sollte. Eigentlich wäre mir das nicht aufgefallen. Schließlich juckte mich das sonst auch nicht, da immer genug willige Mädels da gewesen waren, doch Skys verkrampfte Körperhaltung ließ mich aufmerksamer werden. Sie musste sich ziemlich fehl am Platz fühlen. Doch mehr, als wie immer mit meinen Kumpels zu reden, vermochte ich vorerst nicht zu tun. Da wir die Mädels auch nie in unsere Gespräche einbezogen, war ich unschlüssig, ob es nicht zu auffällig beziehungsweise voreilig gewesen wäre, Sky mit einzubeziehen. Darüber musste ich mit den Jungs noch mal beratschlagen und auf jeden Fall musste ich Sky darüber aufklären, sie fühlte sich ja sonst komplett verarscht!

Doch zuerst würden wir Ryan und seinen Lakaien noch einen Besuch abstatten. Am besten gleich heute Nacht!

S K Y

Okaaay, die Situation in der Pause war schon ein bisschen awkward. Ich stand wie Falschgeld zwischen den Jungs und den ›balzenden‹ Bitches. Der männliche Teil der Gruppe schenkte mir keine offensichtliche Aufmerksamkeit und redete einfach wie immer, der weibliche Part hingegen schenkte mir meiner Meinung nach zu viel Aufmerksamkeit. Sie musterten mich von oben bis unten. Wenn Blicke töten könnten, ich schwöre, ich hätte schon nach zehn Sekunden leblos auf dem Boden gelegen.

Na ja, zumindest über den Teil bezüglich des Gesprächsverhaltens der Jungs wurde ich von Jason auf dem Heimweg aufgeklärt, auch wenn ich mir etwas Ähnliches schon gedacht hatte.

Kaum war ich zu Hause, trudelte auch schon die erste WhatsApp-Nachricht ein. War ja klar.

> Hiii :) Sag mal, was war das heute mit Jason und den anderen Bad Boys? Läuft da was?! <

Schnell antwortete ich Bri. > Ihhh! Nein!!! Wie kommst du denn da drauf? <

> Hmmm, lass mich mal überlegen …

1. Du hast die Pause mit ihnen verbracht.

2. Sie haben auf dich gewartet, um dich mit zu ihnen in die Pause zu nehmen.

3. Selbst aus hundert Metern Entfernung konnte man sehen, wie eifersüchtig die Bitches waren, als du die PAUSE MIT DEN JUNGS VERBRACHT HAST.

4. Glaubst du etwa, dass wir nicht mitbekommen haben, dass du dich anders verhältst und kaum Zeit hast?

5. DU HAST DIE PAUSE MIT IHNEN VERBRACHT!!!

Reicht das an Gründen?! <

> Okay, das ist jetzt total awkward. So habe ich das nämlich noch nicht gesehen, weil es überhaupt nicht zu der eigentlichen Situation passt! <

> Na wenn du meinst ;) Was ist denn dann deiner Meinung nach der Grund? <

> Das ist ja das Ding. Ich kann es dir nicht sagen … Du musst mir einfach vertrauen. Okay? … <

> Aber nichts Illegales, oder? <

> Nein, da kann ich dich beruhigen. <

> Na gut. Dann belassen wir es VORERST dabei. Aber bitte pass auf dich auf. Du weißt ja, was ich dir zu den Jungs erzählt habe. Besonders mit den Anführern der Bad Boys ist nicht zu spaßen. <

> Keine Sorge Bri, mir wird schon nichts passieren. <

> Ich hoffe nur, du weißt, was du tust … <

Damit war unser Schreibgespräch beendet. Irgendwie fühlte ich mich schlecht. Ich hatte Bri angelogen. Die erste Freundin, die ich auf dieser Schule gefunden hatte. Obwohl, angelogen hatte ich sie nicht, ich hatte ihr nur die Wahrheit vorenthalten. Mein Selbstaufmunterungsversuch zeigte keinen wirklichen Erfolg, denn auch diese Geheimnistuerei lag mir schwer im Magen. So ein Scheiß…

Am nächsten Morgen wurde ich relativ früh von den Vögeln geweckt. Eigentlich wäre ich jetzt eine Runde laufen gegangen und hätte auf einem Weg frische Brötchen geholt, doch irgendwie hatte ich das Gefühl, dass Jason diese Idee nicht ganz so gut fand. Also ließ ich es bleiben und ging stattdessen in unseren Pool. Ich genoss das kühle Nass. Nach einer Stunde beschloss ich dann aber, mich zuerst mit einem Buch auf der Liege von der Sonne trocknen zu lassen und dann reinzugehen und Frühstück zu machen. Statt Brötchen gab es dann halt Spiegelei und Bacon. War auch keine schlechte Sache.

Beim Blick in den Kühlschrank fiel mir auf, dass wir länger nicht mehr einkaufen waren. Außer unseren Frühstückszutaten hatten wir nur noch eine angebrochene Packung Milch, eine Flasche Saft, einen halben Apfel, zwei Joghurts und eine Tiefkühlpizza, die einsam und allein im Gefrierfach lag. Dann musste Jason gleich wohl oder übel noch mit mir in den Supermarkt fahren, denn spätestens heute Abend hätte vor allem er riesigen Hunger.

Doch bis Jason die Treppe heruntergeschlurft kam, dauerte es noch ein Weilchen. Erst gegen frühen Nachmittag ließ er sich blicken, da war ich schon längst mit dem Essen fertig. Aber nett, wie ich war, hatte ich ihm eine Portion übriggelassen und auf einem Teller in die Mikrowelle gestellt. Dies teilte ich ihm dann auch mit.

Erst als ich ihn richtig ansah, fiel mir auf, dass irgendetwas anders war mit Jason. Ich konnte nur nicht genau sagen was. Er sah ein bisschen verkrampft aus, wie er so zum Tisch ging und sich auf den Stuhl fallen ließ. Hatte er vielleicht Schmerzen?

»Jason, sag mal, ist irgendwas?«

»Hmmm? Ne. Was sollte schon sein?« Er wollte also nicht reden. Auch gut.

»Dann macht es dir ja nichts aus, mich gleich eben zum Supermarkt zu bringen?« Jason sah mich sichtlich wenig begeistert an. »Wir haben keine Chips mehr, und auch sonst sieht es in den Schränken ziemlich einsam aus«, fügte ich augenzwinkernd hinzu.

»Okay, ich bin in einer halben Stunde fertig.«

Und tatsächlich. Keine 30 Minuten später stand er an der Haustür.

Er blieb im Auto sitzen, als ich die Einkäufe erledigte. Aber egal. Ich wollte ihn ja nicht überstrapazieren. Zumindest war er so freundlich, mir dabei zu helfen, die Tüten vom Auto in die Küche zu tragen. Dann verschwand er in seinem Zimmer.

Irgendwann stießen auch Mason und Colton dazu. Erst schienen sie angeregt zu diskutieren, doch wie Jungs nun einmal waren, landeten sie letztendlich im Gaming Room. Ich machte die ganze Zeit über etwas für mich und lief den Jungs eigentlich nicht über den Weg. Nur Mason traf ich auf dem Flur an. Er war auf dem Weg runter in die Küche, um Fastfood zu holen.

»Hi.«

»Hi, Sky.«

Wir sahen uns einen Moment unbeholfen an. Dann fiel mir der dicke blaue Fleck auf, der Masons Schläfe zierte.

»Oh mein Gott! Was hast du gemacht?«, entfuhr es mir.

»Was? Ach so das. Ähm. Ach, das ist gar nichts«, stotterte er.

Ich verwettete meinen Hut darauf, dass seine Wunde etwas mit Jasons verkrampfter Haltung zu tun hatte. Mit Sicherheit waren sie wieder zusammen unterwegs gewesen. Eigentlich sollte es mich nicht mehr wundern, dass regelmäßig mindestens einer der Jungs lädiert herumlief. Hoffentlich machten sie keinen Scheiß! Wobei, allein die Verletzungen, die Geheimniskrämerei und ihr Ruf sagten doch schon alles ...

»Das sieht aber nicht nach nichts aus«, versuchte ich locker zu erwidern, drehte mich dann um und verschwand in mein Zimmer, damit die Situation nicht noch komischer wurde.

Den Rest des Abends verbrachte ich in meinem Zimmer. Hin und wieder hörte ich die Jungs im Gaming Room jubeln oder fluchen. Ich versuchte, dem keine Beachtung zu schenken, und beschäftigte mich mit eigenen Dingen.

Am nächsten Tag skypte ich mit Rachel. Eigentlich wollte sie vorbeikommen, doch ich hielt das für keine gute Idee. Es würde nicht nur Ryan meinen Wohnort und meine Verbindung zu Jason auf dem Silbertablett servieren. Nein. Auch Rachel würde dadurch in Gefahr gebracht werden. Und das wollte ich verhindern. Deshalb habe ich sie bei unserem Skype-Gespräch auch nicht über die Fotos, die Ryan von mir gemacht hat, informiert, sondern ihr lediglich erzählt, dass die Lage nicht gerade besser geworden war und ich vermutete, dass sich ein Gangkrieg anbahnte. Dann quatschten wir noch über Dieses und Jenes und schon war Abend.

Irgendwann beendeten wir das Gespräch, ich packte meine Schultasche – Yippie! Morgen war schon wieder Montag!!! Hust, hust. Ironie ... –, machte mich im Bad fertig und ging dann ins Bett. Jason schien erst spät in der Nacht wiedergekommen zu sein.

Mein Lieblingstag der Woche begann wie immer mit einer Doppelstunde Mathe. Juchhu! Mensch, war ich ironisch im Moment. Das nannte man wohl Galgenhumor. Doch Montag und Mathe waren gar nicht das Schlimmste. Viel unangenehmer waren die vielen Fragen, die Bri mir bezüglich der Jungs stellte. Immer versuchte ich, sie mit kurzen schwammigen Aussagen abzuwimmeln, doch das klappte mehr schlecht als recht. Ihr fielen immer mehr Dinge ein, die sie mich fragen wollte. Dementsprechend war ich dankbar, als Mister Anderson Bri ermahnte und sie so bis zum Kursende ruhig war.

Die Stunden darauf hatte ich wieder meine Leibwächter direkt vor mir sitzen und in der Pause ging ich mit ihnen auf den Hof. Doch dieses Mal stand ich nicht nur blöd rum. Hin und wieder bezogen sie mich in ihre Gespräche mit ein. Zumindest soweit das möglich war. Doch selbst die paar Sätze machten die dummen Hühner eifersüchtig. Sie waren neidisch wie sonst was. Erst versuchten sie es mit verstärktem ›Balztanz‹ und Räkeln. Als sie jedoch merkten, dass ihnen das nichts brachte, verschränkten sie die Arme vor der Brust und wandten sich eingeschnappt ab.

Auch beim Training schienen sie noch leicht pikiert, verhielten sich aber ansonsten ganz normal. Dementsprechend machte das Training Spaß wie immer. Neben den Choreografien, die das Stammteam für die momentanen Footballspiele der Jungs probte, begannen wir parallel mit einer neuen für die nächste Saison, bei der auch ich dabei sein sollte.

Während wir so trainierten, bemerkte ich ein paarmal, wie einer der Jungs prüfend zu uns oder wohl eher mir rüber sah.

Die Anhängsel von Jason und Co., die ich nur noch als ›die Schulschlampen‹ bezeichnete, also Abigail, Madison, Chloé und Scarlett – alle vier Mädels mit blonden, teils wasserstoffblonden, langen Haaren, sehr starkem Make-up, viel zu kurzen Röcken und einem Ausschnitt, der ziemlich tief blicken ließ –, wurden von Tag zu Tag eifersüchtiger. Doch das legte sich relativ rasch wieder, als sie merkten, dass ich rein gar nichts Sexuelles von ihren Bad Boys wollte und auch von diesen keinerlei Initiative in meine Richtung ausging. Reden taten sie trotzdem, sie lästerten und fragten sich wieso, weshalb, warum, aber das war mir so ziemlich egal. Ich machte mir viel mehr Gedanken über Brianna und Faith. Sie hatten mich vermehrt nach der Sache mit den

Jungs gefragt und wollten mit mir ausgehen oder etwas nach der Schule unternehmen. Doch jedes Mal musste ich sie abwimmeln und um Verständnis bitten, da ich ihnen ja schlecht das ganze Gangdrama, in dem ich mittendrin steckte, erzählen konnte. Infolgedessen begannen sie, sich immer weiter zu distanzieren und ihr eigenes Ding zu machen ...

Ich lag oft lange wach und dachte darüber nach, was ich machen könnte. Letztendlich fiel mir nichts anderes ein, als ihnen die Wahrheit zu erzählen. Natürlich musste ich vorher erst mit Jason darüber reden, doch wenn ich meine beiden Freundinnen nicht verlieren wollte, hatte ich keine andere Wahl.

Ich hatte Glück. Zwar war es nicht leicht gewesen, Jason zu überzeugen, dass es die richtige Entscheidung sein würde – ich musste ihn eigentlich sogar zu Tode diskutieren –, aber ich schien ihn an einem guten Tag erwischt zu haben.

Ich zückte mein Handy und schrieb eine WhatsApp-Nachricht in die Gruppe von Bri, Faith und mir:

> Hi Mädels, sorry dass ich in letzter Zeit so komisch war. Ich würde es euch gerne erklären. In einer Stunde bei mir: 153 Sunset Road, LA. Bis gleich <

Bri antwortete als Erstes: > Hi Sky. Dann bin ich aber mal gespannt, welch triftige Gründe du hast. <

Dann schien sie meine Nachricht noch einmal genauer zu lesen. > Ähm. Sky. Ich glaube, du hast dich bei der Adresse verschrieben <

> Nope, da ist alles richtig <, antwortete ich unschuldig. Dabei wusste ich, was in ihrem Kopf abgehen musste: *Das ist doch die Adresse von Jason Edwards! Warum will sie, dass wir dahin kommen? Verarscht sie uns?*

> Aber ... <

> ... da wohnt doch Jason Edwards?! <, vollendete Faith Briannas Nachricht.

> Ja, genau darum geht's ja. Also kommt ihr bitte? <

> Bin schon unterwegs! < und > Almost on the road <, kam es augenblicklich von beiden.

Dann würden sie in etwa einer halben Stunde hier aufschlagen. Ich nutzte die Zeit um Gläser, Getränke und einen kleinen Snack in mein Zimmer zu bringen und mich gedanklich auf das anstehende Kreuzverhör vorzubereiten. Jason war schon wieder weg, wahrscheinlich mit den Jungs unterwegs, als es unten an der Tür klingelte. So waren wir wenigstens ungestört.

Schon beim Öffnen der Tür prasselten die ersten Fragen auf mich ein.

»Langsam, Mädels, langsam!«, lachte ich. »Jetzt kommt doch erst mal rein.«

Das taten sie dann auch. Während sie mir hoch in mein Zimmer folgen, sahen sie sich immer wieder neugierig, erstaunt und vielleicht sogar ein wenig ehrfürchtig um und schienen jedes noch so kleine Detail aufnehmen zu wollen. Klar, hier wohnte ja auch Jason! OMG! Kreisch! Hust!

Kaum hatten wir uns gesetzt, öffnete Bri auch schon den Mund, um etwas zu sagen. Doch ich kam ihr zuvor. »Mein Verhalten in letzter Zeit tut mir echt leid. Das muss euch wahrscheinlich immens egoistisch, rücksichtslos und verletzend vorgekommen sein. Das war nicht meine Absicht! Deshalb sollte ich jetzt mit offenen Karten spielen. Damit ihr versteht, was ich meine, ist es wahrscheinlich am besten, ganz vorne anzufangen.

Also: Ich habe doch erzählt, dass ich mit meiner Mum zu ihrem neuen Freund gezogen bin. Dieser Freund heißt Dave. Dave Edwards. Jasons Vater. Was schon mal meine Adresse erklärt.

Dass ihr noch nie hier wart und auch nichts von meiner Verbindung zu Jason wisst, liegt an Jason. Er wollte das nicht und vor allem in der jetzigen Situation ist es das Beste, wenn möglichst Wenige davon wissen. Apropos jetzige Situation. Jason und ich wohnen hier momentan allein, da unsere Eltern eine Zeit lang beruflich weg sind ... Ach ja, zu meinen komischen Verhalten: Besonders, dass ich in den Pausen bei Jason und Co. stehe. Das kommt daher, dass ich direkt zu Anfang hier Rachel kennengelernt habe. An sich nichts Schlimmes. Nur, da Rachel Ryans Schwester ist und ich mit Jason in Verbindung stehe, bin ich zwischen die Fronten geraten, wodurch ich jetzt sozusagen ziemlich weit oben auf Ryans Liste stehe. Da die Jungs zu wissen scheinen, wozu Ryan und seine Leute fähig sind, haben sie beschlossen, dass sie mich beschützen müssen ...«

Die ganze Zeit über sagten weder Brianna noch Faith ein Wort. So sehr schein sie meine Geschichte zu faszinieren beziehungsweise zu erstaunen. Mit so einer vertrackten Sache hatten sie wohl nicht gerechnet als Erklärung für mein Verhalten. Aber wer hätte das schon.

Sobald sie sich wieder gefangen hatten, ging das Kreuzverhör los. Wie aus der Pistole geschossen stellten sie Fragen über Fragen zu allen möglichen Sachen, die näher oder entfernter zum Thema passten. Ich versuchte, jede einzelne zufriedenstellend zu beantworten, was manchmal echt gar nicht so leicht war. Als dann eine kurze Pause entstand, nutzte ich diese und fragte noch einmal explizit: »Verzeiht ihr mir?«

»Sicher doch!«

»Na klar. Was wären wir denn für Freundinnen?!«

Dann kamen beide auf mich zu und es gab eine ausgiebige Gruppenumarmung. Mensch, war ich erleichtert. Sie hatten das erstaunlich gut aufgenommen. Ich hätte es ihnen nicht verübeln können, wenn sie gesagt hätten, dass sie mit diesen ganzen Problemen nichts zu tun haben wollten, da sie definitiv nicht ganz ungefährlich waren, und das wussten sie. Wahrscheinlich sogar besser als ich.

Aber so kam es, dass wir den Rest des Tages noch gemeinsam verbrachten, plauderten und zu guter Letzt einen schnulzigen Film schauten.

An der Haustür versicherten mir die beiden erneut, dass sie niemandem von alledem, was ich ihnen erzählt hatte, verraten würden. Dann verabschiedeten wir uns und sie fuhren heim.

Die Pausen verbrachte ich weiterhin bei Jason, Mason, Colton und so weiter. Aber im Allgemeinen war die Stimmung längst nicht mehr so angespannt. Mit den Mädels war alles in bester Ordnung – wir konnten uns wieder so locker und fröhlich unterhalten wie zuvor –, die Schulschlampen ließen mich weitestgehend in Ruhe, ich trainierte einmal die Woche mit den Jungs und mittlerweile verstanden wir uns so gut, dass sie sogar so nett waren, mich Samstagnachmittag mit den Mädels zum Shoppen in die Mall zu lassen. Mason hatte sich bereit erklärt, uns mehr oder weniger unauffällig zu begleiten.

Lustigerweise kam am Samstagvormittag eine Mail von Rachel.
> Hi :) In zwei Wochen ist bei mir an der Schule Homecoming Ball. Willst du mit mir hingehen? <

> Hiii. Hört sich super an. Aber glaubst du wirklich, dass das so eine gute Idee ist? <

> Mach dir darüber mal keine Gedanken. Mein Bruder wird nicht da sein. Es ist nicht seine Schule und er war noch nie auf

einer Veranstaltung von mir. Sprich: Es wird überhaupt keiner merken, dass wir gemeinsam da sind <

> Bist du dir da wirklich sicher? Ich will nicht, dass du Probleme bekommst. Und willst du dann ohne Date gehen? <

> Ja, ich bin mir sicher. Und ich habe doch dich! Zum Prom gehe ich mit einem Jungen, aber Homecoming ist da ja recht entspannt. <

> Oki, überredet. Da passt es sich gut, dass ich gleich mit Bri und Faith in die Mall fahre. Ich hoffe, ich finde was Schönes <

> Freu. Natürlich findest du was Tolles! <

Pünktlich standen Bri und Fait vor der Tür. Ich ging raus und stieg in Bris Wagen. Es war ein kleineres Auto, welches längst nicht so teuer war wie das von Jason. Es hatte halt nicht jeder so viel Geld am Arsch wie er. Trotzdem war es top gepflegt.

Kurz bevor wir losfuhren, kam auch Mason aus dem Haus. Er stieg in seinen dunkelblauen McLaren stieg und folgte uns.

Auch in der Mall blieb er steht's in unserer Nähe beziehungsweise so nah, dass er uns sehen konnte. Doch die Mädels ignorierten ihn einfach, was mir weitestgehend ebenfalls gelang.

Wir starteten unsere Shoppingtour mit den Standartläden wie Forever 21 und H&M und machten dann weiter mit Hollister, American Apparel und Victoria's Secret. Dann gingen wir in eine Art Boutique, in der es eine Riesenauswahl an Kleidern gab.

Hier halfen mir die beiden beim Aussuchen und berieten mich, da sie momentan keinen Bedarf an Festmode hatten. Bis zu unserem Prom war es schließlich noch ein Weilchen und zum Homecoming einer anderen Schule wollten sie nicht. Es war ja auch nicht üblich.

Jedenfalls stand ich nach wenigen Minuten mit einigen Kleidern in der Umkleidekabine. Ein Modell flog sofort raus, da es zu groß war, ein weiteres war an der Brust zu eng und wieder ein anderes saß einfach überhaupt nicht. So hatte ich letztendlich drei Kleider in der engeren Auswahl. Wobei das eine genau genommen kein Kleid war. Es handelte sich um ein himmelblaues, mit Strasssteinen besetztes, bauchfreies Top und einen etwa zehn Zentimeter über den Knien aufhörenden, ausfallenden Rock aus Spitze in derselben Farbe. Jedoch meinte Bri, dass es nicht so gut mit meinem Hautton harmonieren würde.

Kleid Nummer zwei war in einem gedeckten Rot gehalten. Der Stoff des Kleides war glatt und relativ fest und die Säume waren mit roter Spitze versäubert. In Kombination mit den halblangen Ärmeln ein wunderschönes Kleid, doch meiner Meinung nach für den gegebenen Anlass viel zu fein und edel.

Also blieb nur noch ein Kleid über. Und das war echt Bombe. Als ich damit aus der Kabine trat, fiel meinen Freundinnen fast die Kinnlade runter. Das Kleid hatte ein semi-transparentes Oberteil, das mit lilanen und pinken Ornamenten in Form von Glitzersteinen versehen war. Noch dazu war es komplett rückenfrei. Der Rock war mehrlagig, pink, leicht ausgestellt und endete etwa 15 Zentimeter über den Knien. Kurzgesagt: Ein Traum.

»Oh mein Gott! Sky! Du siehst wundervoll aus!«

»Traumhaft schön. Sexy, aber nicht billig. Einfach genial.«

»Die Jungs werden dir nur so hinterherrennen!«

»Jetzt übertreibt ihr aber«, klinkte ich mich verlegen ein.

»Nein, Sky. Es stimmt.«

»Jetzt fehlen nur noch Schuhe und Schmuck.«

»Okay, wartet. Ich ziehe mich nur schnell wieder um.«

Damit verschwand ich wieder in die Kabine. Beim Ausziehen des Kleides fiel mir ein, dass ich noch gar nicht auf den Preis gesehen hatte. Ich suchte das Preisschild und las den Preis. Einen

Preis, der höher war, als ich ursprünglich vorhatte auszugeben. Doch durch mein Taschengeld, also mehr oder weniger Daves Geld, konnte ich es mir leisten. Dennoch war mir der Preis ein wenig unangenehm, da ich mir sicher war, dass er Bris oder Faith' Budget überstiegen hätte. Aber sahen wir es mal so: Ich lebte gerade mit meinem ›Stiefbruder‹ allein zu Hause, da meine Mum und Dave sich einfach ausquartiert und mich vor so gut wie vollendete Tatsachen gestellt hatten. Also zählte ich den Shoppingtrip samt seinen Einkäufen als eine Art Entschädigung.

Ich flitzte schnell an die Kasse und zahlte.

»Let´s go, Mädels! Mein Outfit ist noch nicht komplett!«

Etwa eine Dreiviertelstunde später hatte ich dann auch Ohrringe, Lippenstift und Schuhe passend zum Kleid. Damit war unser Shoppingtag zu Ende. Als Brianna mich zu Hause absetzte, bedankte ich mich noch einmal für den schönen Tag.

Gerade als ich an der Haustür ankam, fuhr Mason vor. Oh, den hatte ich ja ganz vergessen. Irgendwie bekam ich ein wenig ein schlechtes Gewissen. Schließlich war er den ganzen Tag in der Mall hinter uns hergelaufen, um mich zu beschützen. Ich schloss die Haustür auf, wartete aber im Türrahmen und bedankte mich auch bei ihm.

»Kein Problem. Was hast du denn so gekauft?« Als ob er das nicht genau wüsste.

»Ach, hauptsächlich Klamotten, ein Kleid, ´ne neue Hose, einen Rock, zwei T-Shirts, Schmuck, Schuhe …« Ich versuchte meine Einkäufe ein wenig zu relativieren, da ich es für früh genug empfand, nächste Woche über den Homecoming Ball zu sprechen. Für heute hatte ich alle, vor allem Mason, genug beansprucht und strapaziert.

Aber auch die Woche darauf – ich hatte extra bis nach dem Training im Fitnessstudio gewartet – verlief die Unterhaltung nicht gerade ruhig und einfach. Natürlich waren sie nicht erfreut darüber, dass ich auf einen Ball wollte, und erst recht nicht mit Rachel. Sie empfanden es als leichtsinnig und dumm. Ich diskutierte auf sie ein, nannte alle Argumente, die Rachel mir gesagt hatte, aber es war echt nicht einfach, gegen fünf sture Jungs anzukommen. Doch ich gab nicht auf. Die Argumente wurden zunehmend lächerlicher. Zum Beispiel argumentierte ich damit, dass ich schon ein Kleid gekauft hätte, was für Jungs natürlich ein unverständlicher Grund war.

Schließlich war es Mason, der mir Beistand leistete und damit die Sache kippte. »Kommt schon, Jungs. Es ist nur ein einziger Ball, um den es hier geht. Um einen einzigen Abend.« Seine Kumpels sahen ihn entgeistert an. Sie hatten wohl nicht damit gerechnet, dass er ihnen zu meinen Gunsten in den Rücken fallen würde.

»Ja und? Was denkst du passiert, wenn Ryan sie und seine Schwester zusammen sieht?«

»Sie hat doch gerade gesagt, dass Ryan noch nie da war. Also wieso sollte er jetzt kommen?«

Die Jungs schienen kurz zu überlegen. Na vielen Dank auch. Warum musste es ihnen erst ein Junge sagen, bevor es bei ihnen ankam?!

»Gut, nehmen wir an, wir lassen sie hin. Ohne Schutz kann sie wohl schlecht gehen.«

»Das ist mir schon klar.«

»Aber wir können da nicht auflaufen. Wenn uns einer sieht, schlägt sofort irgendjemand Alarm.«

»Hmmm.«

»Und wie wäre es, wenn ihr einfach Ryan im Auge behaltet und euch bei mir meldet, sollte er in die Nähe der Halle kommen?«, klinkte ich mich nun wieder ein.

»Mhm. Nicht schlecht. Aber das ist mir noch zu unsicher. Ryan hat so viele Hintermänner; die können wir nicht alle im Auge behalten.«

»Ich habe ein Handy, Leute. Wenn irgendetwas ist oder mir was komisch vorkommt, kann ich mich ja bei euch melden. Außerdem könnt ihr mein Handy orten. Ihr wisst somit immer, wo ich bin.« Also wenn das jetzt nicht reichte, dann wusste ich auch nicht. Aber Mason stand mir zum Glück wieder bei.

»Stimmt. Ey, Jungs. Das ist doch echt keine schlechte Idee. Wir beobachten Ryan und können gleichzeitig verfolgen, wo Sky ist. Sollte sie einer entführen, wüssten wir sofort, wo wir sie wiederholen können. So haben sie keine Chance, irgendwelche Sauereien anzustellen. Und solange sie zusammen mit Rachel auf dem Ball bleibt und nicht in dunklen Gassen vor der Halle rumläuft, würden sie eh nichts tun. Da wären ihnen zu viele Leute.« Ich konnte richtig spüren, wie Mason sich bei ›Sauereien‹ anspannte und ich mochte mir gar nicht vorstellen, welche Bilder er in dem Moment im Kopf hatte.

»Außerdem bin ich nicht ganz hilflos. Dank euch kann ich mich selbst verteidigen«, schleim, schleim, »und schreien kann ich auch. Ach ja, dazu kämen dann noch kratzen und beißen, was ja bekanntlich uns Mädels vorbehalten ist.« Damit hatte ich sie endgültig. Aiden fühlte sich geschmeichelt und Colton musste wegen der Kampftechniken von Mädchen grinsen.

»Schön«, brummte Jason schließlich und gab sich geschlagen.

»Aber du lässt dein Handy samt Ton die ganze Zeit an. Du schreibst uns mindestens einmal pro Stunde, ob alles okay ist.

Ach ja, und wehe du verlässt den Ball, dann kommen wir sofort vorbei!«

Jetzt mussten alle schmunzeln. Jason hörte sich an, als wäre es ihm immens wichtig, dass mir nichts passierte. Als würde er jetzt schon vor Sorge fast umkommen. Das war ja süß. Trotzdem kam es mir ein wenig überzogen vor. Den anderen scheinbar auch. Nur Masons Blick war von amüsiert, zu wissend, ja fast schon mitfühlend geworden. Warum? Was hatte das zu bedeuten?

Ich hätte gerne nachgefragt, doch ich hatte das Gefühl, dass dies weder der richtige Zeitpunkt noch der richtige Ort war. Denn wenn seine Freunde nichts davon wussten, sollten sie es auch nicht wissen.

Drei Tage später war es dann so weit. Schon am frühen Nachmittag begann ich damit, mich für den Ball fertig zu machen. Ich duschte, rasierte mich, cremte mich ein, schminkte, frisierte und kleidete mich. Als ich fertig war, war es auch schon Zeit zu gehen. Also ging ich rüber, um Jason Bescheid zu geben. Er hatte darauf bestanden, mich zumindest zu einem etwas abgelegeneren Treffpunkt zu bringen, von wo aus ich mit Rachel weiterfahren sollte. Danach wollte Jason weiter zu seinen Kumpels fahren, die vermutlich schon irgendwo im Gebüsch saßen und Ryan beobachteten. Wir fuhren mit Daves Zweitwagen, einem Auto, das Ryan Jasons Meinung nach nicht bekannt sein dürfte.

Wir waren schon angekommen, doch aussteigen durfte ich erst, als Jason die Nachricht erreichte, dass Ryan in Sichtweite der Jungs war und das weit genug entfernt von der Party. Als diese Nachricht dann aber da war, bedankte und verabschiedete ich mich schnell. Dann lief ich rüber zu Rachel und setzte mich neben ihr auf den Beifahrersitz.

»Wow, du siehst toll aus!«, platzte es an Stelle einer Begrüßung aus ihr raus.

»Danke, das kann ich nur zurückgeben!« Und es stimmte. Auch sie sah klasse aus. Sie trug ein feines rosanes, enganliegendes, bauchfreies Spitzentop und dazu einen helltürkiesen, weit schwingenden Rock mit rosanem Blumenmuster, der ein wenig an den Green Tea von Arizona erinnerte. In der Länge ähnelte er, soweit ich das im Auto beurteilen konnte, meinem. Es war wahrscheinlich eher kein typisches Homecoming-Outfit, aber es stand ihr mega und passte perfekt zu ihrem Charakter und ihrer fröhlichen, aufgeschlossenen und lustigen Art.

»Danke auch. Aber jetzt mal ehrlich, du siehst heiß aus! Ich wundere mich, dass Jason dich so hat gehen lassen.«

»Hä? Wieso sollte er nicht? Ich will schließlich nichts von ihm und er auch nichts von mir.«

»Schon klar. Aber du bist sowas wie seine kleine Schwester. Und große Brüder haben im Allgemeinen ein Problem mit sowas.«

»Ah, jetzt verstehe ich, was du meinst. Hmmm. Wo du´s sagst. Er hat mich wirklich komisch angeschaut, als er mich in diesem Outfit gesehen hat. Man konnte ihm ansehen, dass er was daran auszusetzen hatte, aber ich konnte mir nicht erklären was. Haha.« Jetzt mussten wir beide lachen.

Wir unterhielten uns noch ein wenig über Dieses und Jenes, bis wir nach etwa fünfzehn Minuten unser Ziel erreichten: Die East Los Angeles High.

Wir mussten einmal um die Schule herumgehen, dann waren wir auch schon an der Sporthalle, in der der Homecoming für gewöhnlich stattfand, angekommen.

Drinnen war es schon recht voll und alles war schön geschmückt. Rechts an der Seite befand sich ein langer Tisch, der gedeckt war mit Snacks, Bechern, und Getränken. Dort führte uns unser erster Weg auch direkt hin. Wir gossen uns beide etwas von der Bowle aus der großen Schüssel ein, dann standen wir einen Moment da und Rachel erzählte mir etwas über ihre Schule und ihre Mitschülerinnen und Mitschüler. Hin und wieder zeigte sie auf jemanden und erzählte etwas zu dieser Person oder es kam wer rüber, um sie zu begrüßen. Sie stellte uns vor, doch nach wenigen Minuten verschwand dieser jemand wieder. Dann kam Jenna. Stimmt, sie besuchte ja den Abschlussjahrgang dieser Schule. Aber warum war sie nicht mit uns …? Ach, okay. Sie war nicht allein gekommen. Sie war in männlicher Begleitung. Und ich musste zugeben, sie hatte einen guten Geschmack, der Typ war echt nett anzusehen. Auch sie kamen zu uns rüber.

»Hi!«

»Hey«, antworteten Rachel und ich. Dann umarmten wir einander.

»Ihr seht klasse aus!«

»Danke, du aber auch.«

Jenna war ausgelassen und fröhlich, auf jeden Fall angeheitert. Passend zu meiner Feststellung drückte sie jeder von uns einen neuen roten Pappbecher in die Hand. Wir stießen an und exten. Langsam merkte auch ich, wie ich lockerer wurde.

»Los, Leute, lasst uns tanzen gehen!« forderte uns Jenna auf und zog auch schon ihre Begleitung Richtung Tanzfläche.

»Sehr gute Idee, komm, Sky« Rachel fasste mich am Handgelenk und wollte mich bereits hinter sich her schleifen.

»Sekunde«, lachte ich. Doch sie sah mich nur verständnislos an. Als ich jedoch mein Handy zückte, hellte sich ihre Miene auf.

> Hallo, Jason. Hier ist alles gut <, tippte ich flink, dann machte ich mich mit Rachel auf zur anderen Seite der Halle, wo die bunten Lichter die Tanzfläche erhellten. Die Musik war gut und dank des Alkohols war meine Hemmschwelle so weit gesunken, dass ich tanzen konnte, ohne mich wie ein zappelnder Affe zu fühlen. Wir hatten Spaß und genossen den Abend.

Ich schickte Jason regelmäßig Nachrichten, die aber immer kürzer wurden. > Alles gut, kein Ryan da <, > Kein Grund zur Sorge <, > nichts Auffälliges <, > alles jut <, > nix < ... Zum einen hatte ich Spaß und wollte meine Zeit nicht mit sowas verschwenden, zum anderen wurde ich nicht nüchterner. Aber egal.

Wir hatten Spaß! Ein Junge hatte mich sogar zum Tanzen aufgefordert, ein anderer hatet mir ein Kompliment für mein Kleid gemacht und ein dritter hatte mich angeflirtet. Bei Rachel sah es ähnlich aus. Mal tanzten wir allein, mal mit einem Jungen und mal miteinander. Die Stimmung war Bombe.

Zum krönenden Abschluss wurden die Homecoming-Queen und der Homecoming-King gekürt. Es waren Jenna und ihre Begleitung, die, wie sich herausstellte, Co-Captain der Schulmannschaft war. Wir freuten uns für sie und jubelten eifrig um die Wette.

Danach wurde die Musik noch ein letztes Mal voll aufgedreht und eine letzte halbe Stunde so richtig wild gefeiert. Dann war sozusagen die Hauptveranstaltung vorbei. Die Halle leerte sich so langsam und nur die wirklich Feierwütigen blieben.

Also verabschiedeten wir uns noch bei Jenna und machten uns ebenfalls langsam auf den Weg nach draußen. Im Gehen schrieb ich Jason, dass wir uns auf den Heimweg machten. Da Rachel – genauso wie ich – getrunken hatte, nahmen wir uns ein Taxi.

Während der Fahrt unterhielten wir uns angeregt über den vergangenen Abend. Wir hatten sehr viel Spaß gehabt. Ich teilte Rachel mit, dass ich sehr glücklich darüber war, dass sie mich gefragt hatte mitzukommen und dass es einer der schönsten Abende hier in Los Angeles für mich gewesen ist.

Zügig erreichten wir den Treffpunkt, an dem mich Jason wieder einsammeln wollte. Bevor ich ausstieg, gab ich Rachel Geld für das Taxi und umarmte sie zum Abschied. Sie fuhr mit dem Taxi heim, obwohl sie eigentlich auf unserem Weg lag. Doch Jason hielt es für sicherer. Und da das Taxigeld bei keiner von uns eine gravierende Rolle spielte, diskutierte ich auch gar nicht erst mit ihm darüber. Während der Heimfahrt redeten wir kaum, doch eins konnte ich mir nicht verkneifen: »Ich habe es dir doch gesagt, Jason. Ryan war nicht da. Und auch keiner seiner Leute.«

»Trotzdem! Man kann ja nie wissen. Ihr Netz von Verbindungsmännern ist groß. Es zu überblicken ist kaum möglich. Aber Ryan und seine engsten Kumpels waren zum Glück weit entfernt von der Halle. Wir saßen die ganze Zeit über in der Nähe ihres Quartiers und haben beobachtet, wie sie rein gingen und drinnen irgendetwas machten. Raus gekommen ist niemand.«

»Siehst du. Alle Aufregung umsonst.«

»Unterschätz die Situation mal nicht.«

»Würde ich nie machen. Aber die Vorstellung von euch, wie ihr alle im Unterholz liegt und euch die Augen ausguckt, ist zu komisch. Hihi.«

»Ja, ja, mach du dich nur lustig.« Er tat beleidigt. Dann fing er an zu grinsen. »Sag mal, wie viel hast du eigentlich getrunken?«

»Ein bisschen«, antwortete ich, zeigte eine Füllmenge mit den Fingern und musste ebenfalls schmunzeln.

»Na, dann hattest ja zumindest du Spaß.«

»Auf jeden Fall!«

»Das freut mich, dann waren unsere Mühen ja nicht umsonst.«

Ich beließ es dabei und sah den Rest der Fahrt glücklich lächelnd aus dem Fenster.

Auch die nächsten Tage gab es keinerlei Reaktion von Ryan, dass er etwas von meinem Treffen mit Rachel wusste. Am Montag stand er ganz normal mit seiner Gang auf dem Hof, am Dienstag war keiner von ihnen da, was Jason ein wenig beunruhigte, doch da sich nichts Außergewöhnliches ereignete und sie am Mittwoch wieder da waren, verwarf er die negativen Gedanken wieder. Selbst am Donnerstag in Sport kam Ryan nicht in meine Nähe. Er blieb die ganze Zeit bei seinen Freunden und versuchte noch nicht mal, Stress mit seinen ›Feinden‹ zu provozieren. Nach dem Unterricht wartete Mason extra vor der Sporthalle auf mich, um sicherzugehen, dass Ryan nicht doch etwas im Schilde führte. So weit war also alles gut.

Die Jungs gaben zu, dass sie ein wenig überrascht und vor allem irritiert darüber waren, dass sich Ryan so ruhig verhielt. Ihrer Meinung nach schon fast zu ruhig. Doch letztendlich taten sie es damit ab, dass er wirklich nichts mitbekommen hatte und darüber hinaus andere Dinge zu tun hatte, als mit irgendwem unnötig Streit anzufangen.

Trotzdem blieben die Jungs die ganze Zeit über aufmerksam. Wie abgemacht, trainierten wir Mittwoch zusammen und die meiste Zeit waren Jason und mindestens einer seiner Freunde bei uns zu Hause. Zumindest, wenn sie nicht gerade dringend wegmussten, also vermutlich irgendwelche Aufträge zu erledigen hatten.

Auch der Freitag begann ruhig. Wie immer fuhr ich mit Jason zur Schule und traf mich dann mit Bri und Faith vorm Haupteingang. Nachdem ich die ersten beiden Stunden beschützerlos verbracht hatte, war ich ab der dritten Stunde in Gesellschaft von Jason und Aiden. Und hätte es nicht besser laufen können, verkündete uns unser Lehrer im weiteren Verlauf des Unterrichts, dass die letzten beiden Stunden entfallen würden. Da ich somit meine Chemieunterlagen nicht mehr brauchte, teilte ich Jason am Stundenende mit, dass ich diese noch schnell in meinen Spind legen, und dann ebenfalls zum Auto kommen würde.

»Aber mach nicht so lange. Ich muss nachher noch mal weg.«
»Okay, ich beeile mich.«

Ich verabschiedete mich noch schnell von Faith und von Bri, die vor dem Kursraum auf uns wartete. Dann ging ich zügig den Gang entlang und um die Kurve zu dem Spind mit der Nummer 1423. Ich schloss ihn auf und legte mein Chemiebuch und die dazugehörige Mappe samt meiner Notizen hinein.

Als ich meinen Spind geschlossen hatte und mich zum Gehen wenden wollte, spürte ich einen warmen Atem in meinem Nacken. Einen kurzen Moment war ich wie versteinert. Wer war das? Es musste ein Junge sein, denn der Atem kam von oben. Aber wer …? Das konnte nur einer sein. Einer, der seinen Spind bei meinem hatte. Ryan!

Schnell wollte ich mich abwenden und verschwinden, doch er war schneller. Er hielt mich fest. Ich wollte schreien, aber er drückte mir etwas ins Gesicht, sodass kein Laut nach außen drang. Doch da fiel mir auf, dass mir eh keiner helfen konnte. Denn der Flur war leer!

Ich bekam es mit der Angst zu tun. Er hielt mir ein Tuch über Mund und Nase! Wollte er mich etwa ersticken?! Ich begann zu zappeln und versuchte mich zu befreien, mich krampfhaft an irgendwelche Selbstverteidigungstechniken zu erinnern und diese umzusetzen. Doch schon drang mir ein widerlich süßlicher Geruch in die Nase und mein Sichtfeld begann zu verschwimmen. Das letzte was ich hörte, war Ryans Stimme, die mir etwas ins Ohr flüsterte:

»Rache ist süß, meine Liebe!«

Dann wurde mir endgültig schwarz vor Augen.

JASON

Ich wartete jetzt schon seit 15 Minuten auf Sky. Was machte sie nur so lange? Ich hatte ihr doch extra gesagt, dass sie sich beeilen sollte. Bis auf Mason waren alle weg. Der Schulhof war weitestgehend leer. Hatten wir uns übersehen? Nein, das konnte nicht sein.

Dann piepste plötzlich mein Handy. Eine SMS. Von Sky. > Hi. Sorry … Bin spontan mit Brianna mit. Gucken uns bei ihr einen Film an. Brauchst dir also keine Sorgen zu machen. Ciao. <

Ihr Ernst?! Langsam wurde ich sauer. Hätte ihr das nicht früher einfallen können? Außerdem hätte sie das mit mir absprechen müssen! Da würde ich heute Abend auf jeden Fall noch ein Wörtchen mit ihr drüber zu reden haben. Aber jetzt musste ich los. Die Arbeit rief.

Als ich gegen 22:00 Uhr nach Hause kam, waren alle Zimmer dunkel. Sky war scheinbar immer noch nicht zu Hause. Ich checkte schnell mein Handy, doch ich hatte keine neue Nachricht von Sky erhalten, in der sie mir mitteilte, dass sie über Nacht wegblieb. Also schrieb ich sie an, und fragte, wo sie war. Doch ich bekam keine Antwort.

Da ich eh noch aufbleiben würde, beschloss ich, einfach zu warten. Es wurde immer später und irgendwann weit nach Mitternacht schlief ich gegen meinen Willen ein.

Am nächsten Morgen sprang ich förmlich aus dem Bett. Es war draußen schon hell. Es musste gegen Mittag sein. Ich lief rüber zu Skys Zimmer und stolperte, ohne anzuklopfen, hinein. Doch das Zimmer war leer. War sie vielleicht zum Bäcker? Nein. Wohl eher nicht. Ich sah mich um und suchte nach Dingen, die darauf hinweisen, ob sie die Nacht hier verbracht hatte. Dann fiel mir eine markante Sache ins Auge. Beziehungsweise eine markante Leere, dort, wo sonst immer Skys Schultasche stand. Scheiße! Sie war also nicht zu Hause gewesen. Hoffentlich war sie immer noch bei dieser Brianna. Doch nur hoffen war mir zu wenig. Ich brauchte die Gewissheit, dass es ihr gut ging. Wenn irgendetwas passiert wäre, könnte ich mir das nicht verzeihen.

Also suchte ich Brianna auf Facebook, wo ich sie auch ziemlich bald fand. Schnell schickte ich ihr eine Nachricht. Keine zehn Minuten später kam die Antwort. > Hallo, Jason. Nein, Sky ist nicht hier. Ich habe sie seit Schulschluss nicht mehr gesprochen < Shit. Wenn sie nicht bei Brianna war, wo war sie dann? Und warum hatte Sky mir geschrieben, dass sie bei ihr wäre, wenn das nicht stimmte ...

> Okay. Weißt du denn, bei wem sie sein könnte? <

> Hmmm. Bei Faith vielleicht. Warte, ich frage mal <

Drei Minuten später vibrierte mein Handy:

> Ne, da ist sie auch nicht. Wie sieht es denn mit der Freundin von der anderen Schule aus? <

> Nein, da ist sie auf keinen Fall. Ist sie vielleicht bei einem Jungen? <

> Eher nicht. Zumindest hat sie nie über jemanden geredet <

> Okay, dann werde ich mich mal weiter umhören. Danke <

> Kein Problem <

So langsam gingen mir die Ideen aus. Wo konnte sie sein? Warum hatte sie mich angelogen? Die einzige halbwegs logische Erklärung konnte nur ein Junge sein. Doch vorstellen konnte ich mir das genauso wenig wie Brianna.

Fuck! Dann blieb nur noch eine Möglichkeit. Ryan hatte sie!

Aber wo konnte er sie auf dem kleinen Stück vom Kursraum bis zum Hof abgefangen haben, und das auch noch unbemerkt?

Aber natürlich. Skys Spind war direkt neben Ryans, fiel es mir wie Schuppen von den Augen. Wieso war mir das nicht früher eingefallen? Er musste dort auf sie gewartet und sie dann in einem unbeobachteten Moment mitgenommen haben. K.O.-Tropfen beziehungsweise Chloroform eigneten sich für solche Aktionen am besten. Durch die schnelle Wirkung funktionierte das top. Das wusste ich aus Erfahrung. Aber auch ein gezielter Schlag ins Gesicht oder Drohen mit einem Messer oder einer anderen Waffe konnten jemanden zum Schweigen bringen und gefügig machen. Scheiße!

Ich hoffte nur, dass er ihr nicht wehgetan hatte ...

Sofort bestellte ich die Jungs in unser Hauptquartier.

> Rot, Stufe 10 <, mehr schrieb ich nicht in unsere WhatsApp-Gruppe, denn es wussten sowieso alle, was gemeint war. Es handelte sich um unseren Code für höchster Gefahr in Verzug, was ein sofortiges Treffen im Quartier verlangte. Bisher hatten wir ihn erst zwei oder drei Mal gebraucht. Zum Glück. Dementsprechend klar war aber auch, wie prekär die Situation war.

Ich schnappte mir meine Sporttasche, die wie immer mit den wichtigsten Sachen gefüllt war, die man für einen Auftrag oder etwas Heikleres, wie eine Entführung, brauchen konnte. Dann schnappte ich mir meine Autoschlüssel und sprintete die Treppe runter und zur Haustür raus. Ich fuhr schnell, noch schneller als sonst, und missachtete einen Großteil der Straßenschilder. Aber die waren mir sowieso meistens egal, besonders jetzt.

Zeitgleich mit Aiden traf ich an unserem Treffpunkt ein. Auch die anderen ließen nicht lange auf sich warten. Keine fünf Minuten später waren wir vollzählig. Alle saßen wir auf unseren Sofas. Die anderen blieben still und warteten darauf, dass ich zu reden begann. Das tat ich auch sofort. »Wir haben ein Problem.

Ein großes Problem.« Sie sahen mich noch relativ unbeeindruckt und abwartend an, denn aus diesem Grund hatte ich sie ja gerufen. »Ryan hat Sky entführt«, ließ ich die Bombe platzen. Sofort spannten sich alle an. »Es muss gestern nach der Schule gewesen sein, da sie weder mit mir noch mit einer ihrer Freundinnen weggefahren ist. Nach Hause gekommen ist sie auch nicht.«

»Bist du dir sicher, dass es Ryan war? Und nicht, dass sie mit einem anderen Jungen, wegen ›du weißt schon was‹, weg ist?«, fragte Jay, der noch am ruhigsten und rationalsten zu sein schien.

»Ja, bin ich. Sie hat uns doch gesagt, dass sie nur noch kurz zum Spind wollte und dann kommen würde. Das ist sie aber nicht. Und jetzt ratet mal, wem der Spind neben ihrem gehört. Ryan. Da bleibt nicht mehr viel Interpretationsraum über.«

»Aber warum sollte er das getan haben?«

»Vielleicht hat er Sky und Rachel zusammen gesehen«, stellte Cole fest, was ich mir auch schon gedacht hatte.

Mason sah bleich im Gesicht aus. Wahrscheinlich gab er sich jetzt die Schuld an dem, was passiert war, da er sich für Sky eingesetzt hatte. Aber das war das Gute an unserer Gruppe. Keiner machte irgendwem Vorwürfe. Wir halfen uns gegenseitig, ohne irgendwen für die Situation verantwortlich zu machen. So auch jetzt. Stattdessen überlegten wir gemeinsam, wie man nun am besten vorgehen konnte.

Wir mussten uns beeilen, durften aber gleichzeitig keine unüberlegten Schritte machen. Ryan und seine Jungs waren, genauso wie wir, immer gut vorbereitet und dachten alles bis ins kleinste Detail durch. Sie arbeiteten sauber, was an sich ja löblich war, uns aber gerade eher ausbremste.

Zumindest waren wir uns in dem Punkt einig, dass wir schnell handeln, dabei aber vorsichtig sein mussten. Wir mussten uns unbedingt absprechen, denn Alleingänge konnten fatal sein. Außerdem war eine gute Ausrüstung unvermeidbar. Zum Glück hatten alle Jungs vorweislich ihre Waffen von zu Hause mitgebracht, sodass wir nur noch ein wenig aufstocken mussten.

Ich ging zu unserem Waffenschrank, schloss ihn auf und nahm einen Großteil des Inhalts heraus und verteilte ihn auf die Jungs. Ich gab ihnen dünne Schutzwesten, die sie unbemerkt unter ihren Shirts tragen konnten, Waffen – sowohl kleinere, wie Messer, als auch größere, wie Pistolen und Schrotflinten, die wir nicht mit nach Hause nahmen und nur für gefährlichere Aufträge oder zur Verteidigung hier aufbewahrten – und ausreichend Munition. Jeder verstaute seine Sachen in seiner Tasche, dann setzten wir uns wieder zusammen und überlegten weiter.

»So, gerüstet sind wir jetzt. Aber wie gehen wir vor? Beziehungsweise die erste wichtige Frage: Wo finden wir Sky überhaupt? Im Hauptquartier wohl eher nicht.«

»Ne. Die wären dumm, wenn sie sie dort festhielten. Wobei auch dort reinzukommen, schon kein Zuckerschlecken wäre.«

»Das stimmt. Aber trotzdem. Sie wird dort nicht sein. Hätten wir Ryans kleine Schwester entführt, hätten wir sie auch nicht hierhergebracht. Aber wohin dann?«

»Auf jeden Fall abgelegen. Vielleicht am Stadtrand, in einem leerstehenden Haus …«

»Oder im Wald. Oder weiter weg. Vielleicht in der Sommerresidenz der Eltern.«

»Okay, das sind viele Möglichkeiten. So kommen wir auch nicht weiter.« Ein Hauch von Verzweiflung und Ratlosigkeit machte sich auf unseren Gesichtern breit.

»Wenn sie tatsächlich außerhalb der Stadt und vielleicht meilenweit weg ist, wird es schwierig. Vor allem rennt uns dann die

Zeit davon. Selbst wenn wir wüssten, wo sie sind, würde es vielleicht Tage dauern, bis wir bei ihnen ankämen. Bis dahin könnten sie sonst was mit Sky anstellen.« Mason und ich sahen Colton entgeistert an. »Tut mir leid. Aber ich bin nur ehrlich.«

»Schon klar, aber das bringt uns weder weiter noch macht uns das Mut …«

»Haben wir denn irgendwelche anderen Kontakte, die uns weiterhelfen könnten? Vielleicht Gangmitglieder«, damit meinte Aiden die Leute, die unter demselben Boss Drogen in anderen Gebieten und Städten vertickten, »Bei denen dürften Ryan und Co. doch auch bekannt sein, oder nicht? Und wenn sie ihn bei sich gesehen haben, ist es sehr wahrscheinlich, dass auch Sky in der Nähe ist.«

»Einen Versuch ist es definitiv wert.« Wir fragten in den umliegenden Städten und bei denen, mit denen wir irgendwen aus dieser Gang in Verbindung bringen konnten, nach. Die meisten antworteten zügig, doch niemand hatte Ryan gesehen.

Mittlerweile waren wir soweit, es trotzdem bei Ryans Hauptquartier zu versuchen, um eventuell etwas aufzuschnappen oder uns bei einem von ihnen an die Fersen zu hängen, in der Hoffnung, dass er uns zu Sky führte. Denn untätig rumsitzen, konnten wir auf keinen Fall.

Gerade als wir uns aufmachen wollten, meldete mein Handy eine eingegangene Nachricht. Beziehungsweise, um genau zu sein, eine Videonachricht. Und zwar von einer unbekannten Nummer.

Ich winkte die Jungs heran und öffnete das Video. Doch was dann kam, ließ mir das Blut in den Adern gefrieren:

Das Video zeigte Sky. Sky, wie sie schwach und mit zur Seite geneigtem Kopf auf einem Stuhl saß. Ihre Arme waren mit Seilen an die Armlehnen gebunden und auch um den Bauch hatte sie ein Seil. Ihre Beine konnte man nicht sehen, aber ich konnte dafür wetten, dass auch diese am Stuhl festgebunden waren. Wut kochte in mir auf. Doch ich wandte meinen Blick nicht ab. Skys Augen waren halb geschlossen und auch sonst schien sie nicht vollständig bei Bewusstsein zu sein. Was hatte dieser Mistkerl nur mit ihr angestellt?!

Nach ein paar weiteren, quälend langen Sekunden kam Bewegung ins Bild. Von hinten trat jemand an Sky heran. Ryan. Unverkennbar. Er hatte ein höhnisches Grinsen auf den Lippen, als er sich zu Sky runterbeugte und ihr linkes Ohr freilegte, indem er mit einer Hand ihre Haare zurückstrich. Sky erschrak und versuchte, sich wegzudrehen. Doch ohne Erfolg. Ryan griff ihr zudem mit einer Hand gewaltsam in den Nacken und hielt somit auch noch ihren Kopf an Ort und Stelle. Dann ging er mit den Lippen an ihr Ohr und flüsterte etwas. Er flüsterte gerade so laut, dass auch wir ihn verstehen konnten. Sowohl Sky als auch wir erschauderten bei seinen Worten, denn sie ließen nichts Gutes verheißen:

»Ich dachte, ich hätte dir damals am Strand schon deutlich genug zu verstehen gegeben, dass du dich von meiner Schwester fernhalten sollst. Aber weißt du was? Von einem kleinen, naiven Mädchen wie dir, war das ja noch zu erwarten. Von deinen ›Freunden‹ hingegen, bin ich echt enttäuscht. Dass auch sie so blauäugig sind, nur weil sie dich gerne haben, hätte ich wirklich nicht gedacht. Vor allem von Mason und Jason. Besonders die sollten wissen, mit wem sie es hier zu tun haben. Scheinbar wollen sie noch mal ihr Mädchen verlieren.« Mir kam die Galle hoch. »Aber wieder zurück zu dir. Wer nicht hören will, muss fühlen. Denn du warst ein böses Mädchen. Und böse Mädchen müssen bestraft werden.« Er hielt kurz inne. Dann richtete er seinen Blick direkt in die Kamera. »Nicht wahr, Jungs?«

Dann ging alles ganz schnell. Ryan holte blitzschnell aus und schlug Sky mit der Faust ins Gesicht. Das letzte, was man von ihr sah, war ihr flehender und ängstlicher Blick, der uns direkt in die Augen sah. Dann flog ich Kopf zur Seite und sie sackte in sich zusammen. Blut strömte aus ihrer Nase. Dann wurde der Bildschirm schwarz.

Zeitgleich erwachten wir aus unserer Schockstarre. Mason war der Erste, der die Sprache wiederfand: »Der Mistkerl hat Sky bewusstlos geschlagen. Wenn ich den in die Finger bekomme! Ich bringe ihn um!!!«

Die Jungs stimmten ihm eifrig und mit voller Lautstärke zu. Ich blieb vorerst still, denn ich war in Gedanken versunken. Der Wichser hatte nämlich nicht nur Sky bewusstlos geschlagen, sondern auch noch Anspielungen auf meine Schwester gemacht. Es ging ihm nicht um Sky. Es ging ihm lediglich darum, mich niederzumachen und zu brechen. Aber dann sollte er gefälligst den Arsch in der Hose haben und zu mir kommen und nicht unschuldige Menschen mit reinziehen.

Doch da war noch etwas, das mir durch den Kopf ging. Ich hatte das Gefühl, dass mir etwas bekannt vorkam. Nur was?

Dann fiel es mir plötzlich wie Schuppen von den Augen. Hektisch startete ich das Video von vorne. Die Jungs hielten in ihren Mordplänen inne und sahen mich irritiert an.

»Seht doch. Das Zimmer.«

Immer noch schienen sie nicht zu verstehen.

»Mason. Sieh genau hin. Der Boden und die Wand. Was fällt dir auf?«

»Ähm. Beides ist aus Holz?«

»Genau.« Langsam wurde ich ungeduldig. »Und mit wem waren wir früher immer in genau so einem, komplett aus Holz bestehenden Haus, wenn wir Pfadfinder gespielt haben?«
»Mit Ryan!« Der Groschen war endlich gefallen.
»Richtig. Und wo steht diese Holzhütte?«
»Am Waldrand. Südlich der Stadt. Na, dann nichts wie los!!!«

S K Y

Als ich aufwachte und langsam die Augen öffnete, fand ich mich in völliger Dunkelheit wieder. Wo war ich? Warum hatte Ryan das getan?

Ich versuchte von dem Stuhl, auf dem mich Ryan abgesetzt haben musste – warte! Er musste mich dafür tragen. Er hatte mich getragen! Wo ich nur meinen Skaterrock anhatte! Wer wusste, was er sonst noch mit mir angestellt hatte?! –, aufzustehen. Schnell merkte ich, dass das nicht funktionierte, da ich scheinbar gefesselt war. Sehen konnte ich die Fesseln nicht. Aber je mehr ich mich zu befreien versuchte, desto deutlicher spürte ich die Seile, die sich in meine Haut schnitten. Ich wurde immer panischer. Aus Reflex wollte ich um Hilfe schreien, doch in letzter Sekunde hielt ich mich zurück. Ryan war nicht dumm. Er würde mich niemals an einen Ort bringen, an dem mich jemand außer ihm und seinen Freunden hören würde. Dementsprechend würde ich mir mit einem Schrei ins eigene Fleisch schneiden, da dann mit Sicherheit sofort einer von ihnen hier stehen würde. Da ich mir nicht vorstellen wollte, was sie tun würden, wenn sie wussten, dass ich wach war, blieb ich ruhig sitzen. Dadurch konnte ich ein wenig Zeit schinden, bis Jason und Co. mich finden würden, sofern ihnen mein Fehlen schon aufgefallen war und sie es nicht als irgendeine Laune aufgefasst hatten. Sie mussten einfach schon auf der Suche nach mir sein, denn sonst hatte ich keinerlei Hoffnung, hier in nächster Zeit lebendig wieder wegzukommen. Das Ryan einen Fehler machte, der mir die Möglichkeit zur Flucht gab, war mehr als unwahrscheinlich.

So kam es, dass ich in einen unruhigen Schlaf fiel, aus dem ich kurze Zeit später unsanft geweckt wurde. Jemand zog meinen

Kopf ruckartig an den Haaren nach oben, sodass ich aufschreckte und einen Schrei von mir gab. Ich vernahm ein kehliges Lachen. Blitzartig öffnete ich meine Augen. Um mich herum stand die versammelte Mannschaft von Ryans Leuten. Der Haarezieher stellte sich schnell als Ryan höchstpersönlich heraus.

»Na Süße, auch endlich mal wach? Ich hoffe, du hast gut geschlafen.« Er war nun neben mich getreten, sodass ich ihn sehen konnte. Er hatte ein widerliches, höhnisches Grinsen aufgesetzt, sodass ich mir eine schnippische Antwort nicht verkneifen konnte: »Natürlich, liebster Ryan. Angekettet an einen Stuhl, schläft es sich blendend.«

Schlagartig änderte sich sein Gesichtsausdruck. Dann scheuerte er mir eine, sodass mein Kopf zur Seite flog. Meine ganze Gesichtshälfte tat höllisch weh und Tränen brannten in meinen Augen. Doch die Blöße wollte ich mir nicht geben. Also schluckte ich tief und sah zur Seite.

Nur nebenbei hatte ich mitbekommen, wie einer von Ryans Leuten auf meinen Kommentar hin angefangen hatte zu lachen. Doch nach einem vernichtenden Blick von Ryan war er wieder verstummt. Also hatten selbst seine eigenen ›Freunde‹ Respekt vor ihm. Das machte mir echt Mut.

»Eigentlich wollten wir dir was zu essen geben, aber das hast du dir jetzt verspielt«, gab Ryan zynisch von sich.

»Euren Fraß will ich sowieso nicht haben«, nuschelte ich leise.

»Was hast du gesagt?!«, fragte Ryan nun lauter und drehte meinen Kopf mit zwei Fingern, die sich wie Zangen in mein Kinn bohrten, zu sich. Er war gefährlich nahegekommen. Wieso konnte ich meinen Mund nicht halten? »Los. Wiederhole es!«

Ich nahm all meinen Mut zusammen und spuckte ihm die Worte förmlich ins Gesicht: »Ich will deinen Fraß sowieso nicht!«

Natürlich ließ eine Reaktion seinerseits nicht lange auf sich warten. Der Griff um mein Kinn verstärkte sich noch mehr, sofern das überhaupt möglich war. Dann wanderte seine Hand runter und ich dachte schon, er wollte mir hier und jetzt, vor seinen Freunden ins Dekolleté greifen und sonst was mit mir anstellen. Doch seine Hand blieb an meinem Hals hängen und er drückte zu. Er drückte immer fester zu. Ich japste nach Luft, doch ich bekam kaum noch welche. Erst als mein Blickfeld zu verschwimmen begann und ich kurz vor der Ohnmacht stand, ließ er plötzlich wieder los.

»Lass dir das eine Lehre sein. Nächstes Mal lasse ich nicht so früh los!« Ryan sah erst mich an, dann seine Freunde. »Keiner von uns schreckt vor Gewaltanwendung zurück. Also überleg dir lieber drei Mal, wie du dich uns gegenüber verhältst!«

Dann nickte er seinen Kumpels zu und verschwand mit ihnen aus dem Zimmer. Ich blieb allein zurück. Mein Hals kratzte und fühlte sich wund an. Noch immer hatte ich nicht das Gefühl, wieder normal Luft zu bekommen. Wenn das so weiterging, würde ich nicht mehr lange durchhalten, beziehungsweise den Raum nicht mehr allein verlassen können.

Scheiße! Was hatte ich mir hier nur eingebrockt?! Wieso musste ich immer meinen Dickkopf durchsetzen und konnte nicht wenigstens ein einziges Mal auf die Jungs hören …

Ich war eine ganze Weile allein. Wie lange, konnte ich nicht genau sagen, da ich jegliches Zeitgefühl verloren hatte. Dann kam jemand herein.

Da ich mit dem Rücken zur Tür saß, konnte ich erst erkennen, wer es war, als er ein paar Schritte weiter in den Raum reingekommen war. Es war einer von Ryans Leuten. Mit den braunen

Augen und den dunklen, hochstehenden Haaren, erinnerte er mich ein wenig an einen bestimmten Schauspieler. Außerdem malten sich ebenso viele Muskeln unter seinem schwarzen Muskelshirt ab wie bei diesem Promi, auf dessen Namen ich gerade nicht kam. Doch weiter kam ich mit dem Vergleichen nicht. Denn der Junge hatte etwas dabei. Ich konnte nicht auf Anhieb erkennen, was es war. Und das machte mir Angst. Er kam auf mich zu, ging dann aber an mir vorbei. Puhhh.

Zwei Meter weiter blieb er dann doch stehen und drehte sich zu mir um. Ich sah ihn irritiert an, doch er beachtete mich gar nicht. Er baute ein Stativ auf, an dem er eine Kamera befestigte. Was wollte er denn nun damit?

Doch bevor ich mir weiter ausmalen konnte, welche widerlichen oder grausamen Handlungen in Verbindung mit der Kamera stehen mochten, betrat eine weitere Person den Raum.

»Alles bereit, Logan?« Das war Ryans Stimme. Na toll. Aber wenigstens bekam mein Gegenüber jetzt einen Namen: Logan.

»Ja, alles fertig.« Was war fertig?!

»Gut, dann lass uns loslegen.« Womit loslegen? »Das wird ein Spaß!« *Hallo?! Würde mich mal jemand aufklären?*, schrie meine innere Stimme.

Obwohl ich das Geschehen, ohne ein Wort zu sagen, beobachtet hatte, kam nun Ryan auf mich zu, als hätte er meine Gedanken gelesen. Er ging neben mir in die Hocke und drehte sachte, fast schon vorsichtig meinen Kopf zu sich. »Keine Sorge, Kleine. Wir drehen jetzt nur ein kurzes Video für Jason und seine Freunde. Schließlich sollen sie wissen, wie es dir geht«, er hielt kurz inne. »Na gut. Vordergründig will ich ihnen eine Lektion erteilen. Und dafür bist du leider der perfekte Lockvogel, da du das Pech hattest, dich von ihnen in ihre Angelegenheiten mit reinziehen zu lassen.« Er sah mich einen Moment ruhig an. »Tut mir leid, Kleines, aber das Ganze muss authentisch aussehen.« Damit holte er aus und schlug mir in die Magengrube, sodass ich vor Schmerzen laut aufkeuchte. Dann gab er mir eine Backpfeife, die sich gewaschen hatte, und verschwand irgendwo hinter mir. Doch ich sah sowieso nur Sterne.

Benommen bekam ich mit, wie Logan »Und los!« rief. Dann passierte einen Moment gar nichts mehr. Irgendwann kam wieder jemand aus dem Hintergrund. Doch ich machte mir nicht die Mühe, mich umzudrehen. Was hätte es mir auch gebracht?

Schnell stellte sich heraus, dass es sich mal wieder um Ryan handelte. Er kam zu mir und strich mir die Haare hinters Ohr. Mein Versuch, mich wegzudrehen und wenigstens ein wenig Abstand zwischen uns zu bringen, war aufgrund von Ryans festem Griff um meinen Hals natürlich vergebens.

Als ich den Widerstand aufgrund von akuter Atemnot und dem erneuten Sehen von Sternen aufgeben musste, lockerte er seinen Griff minimal, aber nur so doll, dass ich nicht erstickte. Dann flüsterte er mir irgendwelchen angsteinflößenden Kram ins Ohr, von dem ich jedoch nur die Hälfte aufnehmen konnte. Erst bei seinem vorletzten Satz erlangte ich schlagartig mein volles Bewusstsein zurück: »Böse Mädchen müssen bestraft werden!«

Ich bekam noch größere Panik, als ich eh schon hatte. Was sollte das bedeuten? Wollte er mich noch weiter foltern, mich sexuell missbrauchen oder mich gar umbringen?

Verzweifelt und voller Angst ließ ich meinen Blick durch den Raum schweifen, auf der Suche nach etwas, das mir helfen konnte oder zumindest einen Funken Hoffnung gab, hier wieder rauszukommen.

Mein Blick blieb an der Kamera hängen. Die Jungs mussten einen Weg finden, mich hier rauszuholen. Wenn ich bis zu ihrem Eintreffen überhaupt überlebte …

Dann traf mich ein heftiger Fausthieb ins Gesicht und mir wurde endgültig schwarz vor Augen.

MASON

Mittlerweile saßen wir alle in unseren Autos, beziehungsweise hatten wir uns auf drei Autos aufgeteilt, da fünf Autos einfach zu auffällig und zu schwer zu koordinieren waren. So kam es, dass ich mit Jason in meinem Auto saß und uns allen Voran zu der kleinen Holzhütte von Ryans Familie fuhr.

Mal wieder fuhren wir alle zu schnell, aber das war eigentlich nicht der Rede wert. Jason neben mir war kurz davor, wahnsinnig zu werden. War auch verständlich. Schließlich hatte er schon seine Schwester wegen diesem Arsch verloren.

Aber auch mir ging die Sache nahe. Zum einen hatte ich Jasons kleine Schwester ziemlich gut gekannt und zum anderen war mir auch Sky nicht egal. Sie war wegen uns, vor allem wegen mir und Jason, in diesem Desaster gelandet, also mussten wir sie da auch wieder rausholen. Und das möglichst unbeschadet. Zumindest, soweit das noch möglich war.

Wir fuhren etwa eine Dreiviertelstunde, ehe ich auf einen versteckten Feldweg, etwa 300 Meter von der Hütte entfernt, fuhr. Dort hielt ich an und stieg aus. Die anderen taten es mir gleich. Schnell zogen wir unsere Schutzwesten unter und rüsteten uns mit den mitgebrachten Waffen aus. Dann besprachen wir zügig unsere Taktik, die keine wirklich ausgeklügelte war, da sie einfach nur beinhaltete, dass Jason und ich, und Aiden und Jayden je ein Team bilden würden. Vorpirschen würden wir uns alle. Aiden und Jayden waren dafür da, vorzugehen und die Wachen – es würde mit Sicherheit ein, oder wohl eher zwei Wachen vor dem Eingang geben – auszuschalten. Dann kamen Jason und ich, die reingehen und Sky retten würden. Colten sollte erst Jayden und Aiden helfen, war dann aber dafür zuständig, dafür zu sorgen, dass wir mit Sky zügig und unbeschadet wieder aus dem

Haus rauskamen. Er hielt also mehr oder weniger draußen die Stellung und hatte den allgemeinen Überblick, auch für den Fall, dass nicht alle Jungs in der Hütte waren und vielleicht aus den Wäldern oder so kamen.

Nachdem wir das geklärt hatten, gingen wir los. Wir bahnten uns unseren Weg durch den Wald, da die Auffahrt doch ein wenig zu auffällig gewesen wäre. Wir verharrten einen Moment hinter der letzten Buschreihe vor der Hütte, die eigentlich eher ein kleines Ferienhaus für zwei Personen war, und verschafften uns einen Überblick: Wie vermutet, standen zwei Jungs vor der Haustür und bewachten den Eingang. Jared und Sean, wenn ich das auf die Entfernung richtig beurteilen konnte. Es dürfte kein Problem sein, die beiden lange genug auszuknocken. Doch was uns drinnen erwartete, wussten wir halt nicht. Noch dazu kam, dass wir uns in der Unterzahl befanden, wenn alle Jungs da waren. Auch wenn uns das noch nie abgehalten hatte, war es dennoch ein kritischer Punkt, der die ganze Aktion nicht wirklich vereinfachte. Aber es wäre doch gelacht, wenn wir mit denen nicht fertig würden.

Wir verharrten noch einige weitere Minuten im Gebüsch, um abzuwarten, ob sich irgendwo im oder außerhalb des Hauses etwas regte. Doch nichts geschah, weder eine Silhouette eines am Fenster vorbeigehenden Ryan noch eine laute Stimme oder eine Bewegung bei den Wachen.

Also blieb uns nichts anderes übrig, als zum Angriff über zu gehen. Aiden, Jayden und Cole machten den Anfang. Sie pirschten sich an Jared und Sean heran und überwältigten sie von hinten. Aiden schaffte es, Sean mit einem gezielten Schlag auf den Hinterkopf mit dem Griff seiner Waffe leise zu Boden gehen zu lassen. Jared war ein wenig aufmerksamer gewesen als Sean. Er drehte sich im letzten Moment zu Seite und wich dem Schlag aus. Binnen einer halben Sekunde hatte er seine Waffe gezückt. Er war definitiv keiner, der Angst davor hatte, auf einen Menschen zu schießen und ihn damit gegebenenfalls sogar zu töten. Somit blieb uns nichts anderes übrig, als zuerst zu schießen. Jaydens Schuss ging durch Jareds rechten Unterarm. Nichts Tödliches, doch effektiv genug, um dafür zu sorgen, dass er vor Schmerz die Waffe fallen ließ, die er in der rechten Hand trug.

Den Moment nutzten wir, um ins Haus zu gelangen. Cole kam doch mit, da Aiden und Jayden die Situation draußen allein unter Kontrolle halten konnten.

Drinnen waren vier Türen. Küche, Bad, Schlaf- und Wohnzimmer. Doch wo welche Zimmer waren, wussten wir nicht mehr. Also mussten wir uns vorarbeiten.

Das erste Zimmer war die Küche. Leer. Doch schon zurück auf dem Flur bekamen wir Gesellschaft. Und zwar von Noah und Lucas. Auch sie waren bewaffnet. Doch die Schusswaffen waren in dem engen Flur wenig effektiv. Flink zückte ich mein Messer. Da gingen die beiden auch schon auf uns los. Es gab ein Gerangel im Flur. Flüche, Geschrei und Stöhnen erfüllte den Gang.

Aus dem Augenwinkel sah ich, dass Jason Schwierigkeiten mit Lucas hatte, der sich gerade mit einem Dolch auf ihn stürzen wollte. Ich trat nach Noah, der sofort ein paar Schritte zurücktaumelte. Ich nutzte den Augenblick, drehte mich zu Lucas und rammte ihm mein Messer in den linken Oberschenkel. Damit hatte dieser nicht gerechnet. Jason wiederum nutzte die Schrecksekunde und entwaffnete Lucas.

Kurz darauf kam Aiden durch die Tür, um uns zu unterstützen. Ich nutzte die personelle Überlegenheit und setzte die Suche fort. Auch hinter der nächsten Tür, also im Badezimmer, befand sich niemand.

Doch aus Tür Nummer Drei, auf die ich gerade zusteuerte, kam Ryan. Nun wusste ich, wo Sky war. Doch auch Ryan wollte sie uns nicht kampflos überlassen. War klar.

Mittlerweile waren wir vollzählig im Flur versammelt, was einerseits bedeuten musste, dass sowohl von Sean als auch von Jared momentan keine Gefahr ausging, und uns andererseits wieder in die Überzahl brachte. Perfekt.

In dem Chaos konnte ich Jasons Blick erhaschen. Er sah mich eine Millisekunde an. Und doch wussten wir beide, was nun zu tun war. Im selben Moment, wie ich meine Stellung Ryan gegenüber verließ, drehte Jason sich und stand nun Ryan gegenüber. Dadurch konnte ich durch die dritte Tür huschen, um …

… Logan gegenüberzustehen. Er stand etwa drei Meter entfernt, mit einer Knarre in der Hand, die er direkt auf mein Herz gerichtet hatte, den Zeigefinger am Abzug. Einen kurzen Moment sah er mich abwartend an. Genug Zeit, um aus dem Augenwinkel festzustellen, dass dort Sky auf dem Stuhl aus dem Video saß. Jedoch saß sie dort auch genauso in sich zusammengesunken wie in dem Video.

Ich musste jetzt Handeln. Die Zeit lief. So schnell es ging, versuchte ich, meine Waffe zu zücken und gleichzeitig aus Logans Schusslinie zu gelangen.

Doch das funktionierte nicht. Logan drückte ab und die Kugel drang in meinen Körper ein, ehe ich mich vollends zur Seite schmeißen konnte. Ich stöhnte vor Schmerz auf und griff mir reflexartig an die Einschussstelle. Zum Glück hatte er mein Herz verfehlt und mir in die Seite geschossen. Doch leiden und verletzt sein, waren jetzt nicht drin. Auch ich zückte meine Pistole und feuerte zurück. Ich traf Logan unterhalb des rechten Schlüsselbeins. Er ließ seine Waffe fallen und taumelte ein paar Schritte zurück. Dann rutschte er an der Wand zu Boden. Er würde von dem Schuss nicht sterben, aber wenn ich einen Knochen getroffen haben sollte und der gesplittert war, dann dürfte er starke Schmerzen haben und eventuell in Ohnmacht fallen.

Ich nutzte die Zeit und lief rüber zu Sky. Ich ging vor ihr in die Hocke. Sie war tatsächlich noch immer bewusstlos. Und ihr Shirt war voller Blut. Doch dafür war jetzt keine Zeit. Erst mal musste sie hier raus! Also zückte ich mein Messer und löste eilig alle Fesseln. Da Sky immer noch nicht reagierte, nahm ich sie im Brautstyle hoch. Logan sah das und wollte es verhindern, doch er war zu schwach, um schnell genug bei mir zu sein.

Um Skys Wohlergehen nicht noch weiter aufs Spiel zu setzen, floh ich durchs Fenster, anstatt durch den Flur zu laufen, der gerade das reinste Schlachtfeld war. Erst als ich außer Sichtweite im Gebüsch angekommen war, hielt ich inne. Ich ging in die Hocke und zückte meine Knarre. Dann schoss ich drei Mal hintereinander in die Luft. Unser Zeichen für Rückzug, in diesem Fall, nach erfolgreicher Mission. Schnell steckte ich sie wieder ein und lief mit Sky weiter. Denn nicht nur unsere Jungs kamen jetzt aus dem Haus gestürzt. Auch die anderen würden nicht lange auf sich warten lassen und dann die Verfolgung aufnehmen. Oder sie würden blind in den Wald hineinschießen. Da schadete es nicht, schon ein paar Meter Abstand aufgebaut zu haben.

Jason holte mich als Erster ein. Die anderen folgten mit ein paar Schritten Verzögerung.

»Ist alles in Ordnung?«

»Ich denke soweit schon. Aber sie ist noch bewusstlos.«

Dennoch schien Jase sehr erleichtert zu sein. Genau wie wir anderen auch. Sky war am Leben. Und auch uns ging es soweit gut. Es hätte deutlich schlimmer ausgehen können.

Wir hörten Geschrei aus dem Hintergrund. Dann das Fallen von Schüssen. Doch wir hatten unsere Autos fast erreicht. Jason sprintete vor und öffnete mir die Beifahrertür meines Wagens. Ich kletterte schnell hinein und bettete Sky auf meinem Schoß. Jase nahm auf dem Fahrersitz platzt und startete den Wagen. Den Schlüssel hatte ich zur schnelleren Flucht stecken lassen.

Dann brausten wir los. Mit heulenden Motoren fuhren wir durch die Straßen in Richtung unseres Hauptquartiers.

Während der Fahrt hatten wir kein Wort geredet. Jeder hing seinen eigenen Gedanken nach. Etwa nach der Hälfte der Fahrt bemerkte ich, wie Skys Lieder flatterten und sie schließlich langsam die Augen öffnete. Ich hatte sie die ganze Zeit über beobachtet. Dabei waren meine Gedanken ausschließlich um Sky gekreist. Was hätte passieren können, was aber nicht passiert war. Und, und, und. Irgendwann hatte ich mich bei dem unpassenden Gedanken ertappt, dass sie auch mit den Hämatomen und blauen Flecken, bewusstlos, immer noch wunderschön aussah.

Doch jetzt war ich nur noch erleichtert. »Hi, Prinzessin«, sagte ich und guckte sie sanft an.

»Hi«, war das Einzige, was sie mit brüchiger, rauer Stimme rausbrachte. Danach betrachtete sie mich einfach nur.

Ich warf einen kurzen Blick zu Jason rüber, dem die Erleichterung deutlich ins Gesicht geschrieben stand. Er sah aus, als wäre ihm ein Stein vom Herzen gefallen. War auch verständlich, nach allem, was er durchgemacht hatte.

Dann wandte ich mich wieder Sky zu: »Versuch, noch ein bisschen zu schlafen.«

Wider meiner Erwartungen, sah sie mich noch einen kurzen Moment nachdenklich an, schloss dann aber die Augen und war kurz darauf eingeschlafen. Sie musste echt fertig sein. Wäre dies ein normaler Tag, dann wäre sie erstens schon längst von meinem Schoß gesprungen, zweitens hätte sie uns tausend Fragen zu dem, was passiert war, gestellt und drittens niemals meinen Rat befolgt und geschlafen. Aber dies war kein normaler Tag.

Als wir die Halle endlich erreichten, sprangen alle förmlich aus ihren Autos. Nur ich stieg langsam aus, um Sky nicht aufzuwecken. Jason wollte sie mir abnehmen, doch ich beharrte darauf, sie reinzubringen.

Drinnen legte ich sie auf eins der Sofas und bettete ihren Kopf auf einem Kissen. Dann räumte ich wie die anderen erst mal meine Waffen und den Kram weg. Cole war direkt zu unserem Erste-Hilfe-Schrank gegangen, der eine fast schon erschreckend große Bandbreite an Medikamenten, Salben, Verbänden und sonstigen Dingen beinhaltete. Na ja, wir brauchten ihn nicht gerade selten und da kam halt was zusammen. Er holte sich jedenfalls eine entzündungshemmende Salbe und einen Verband heraus. Dann erst fiel mir auf, dass er eine Wunde am Bein hatte.

»Streifschuss«, erklärte Cole nüchtern und wie selbstverständlich.

Ein schneller Blick in die Runde verriet mir, dass die anderen nur ein paar Kratzer, blaue Flecken und eventuell eine leichte Schnittwunde davongetragen hatten.

Zuerst zog Cole sich die kaputte Hose aus, dann verband er sich den Oberschenkel und zog schließlich eine weite Jogginghose über. Ja, auch mit Klamotten waren wir hier versorgt. Genau für solche Fälle. Oder dafür, dass unsere Sachen schmutzig beziehungsweise blutbefleckt waren und wir nach Hause mussten, uns dort aber nicht erklären wollten.

Außerdem kam es häufiger vor, dass wir die Nacht hier verbrachten. Dementsprechend hatten wir auch Vorräte an Chips, Dosenfutter und Getränken. Ich vermutete, dass diese Nacht auch so eine werden könnte.

Auch die anderen Jungs wechselten die Kleidung. Nur ich stand noch tatenlos im Raum herum. Also wollte ich wieder zu Sky gehen und nach ihr sehen. Da hielt mich Aidens Stimme zurück: »Hey, Mase. Du blutest ja!«

Ich sah an mir herunter. Mein zuvor weißes T-Shirt war an der Brust mittlerweile blutrot. Erst da fiel mir wieder ein, dass Logan mich angeschossen hatte. Die Schutzweste, die ich anhatte, hatte ein Loch. Tollen Schutz hatte die geboten, echt. Na gut. Über dem Herzen und den überlebenswichtigen Organen war sie etwa doppelt so dick wie an der Stelle, an der ich getroffen wurde. Dort hätte sie wahrscheinlich gehalten. Dumm gelaufen also.

Erst jetzt, wo ich auf die Wunde hingewiesen worden war und das Adrenalin allmählich abebbte, spürte ich den Schmerz. Er trat mit voller Wucht ein. Reflexartig tastete ich mit einer Hand nach der Stelle, an der die Kugel ausgetreten sein musste. Doch da war nichts. Also musste die Kugel noch in mir stecken. Das hatte Jason scheinbar auch schon kombiniert, denn er kam bereits mit einer Pinzette, Nadel, Faden, Salbe und Verband auf mich zu.

»Leg dich auf den Tisch, dann hole ich sie raus.«

Gesagt getan. Im Gehen streifte ich mir das T-Shirt ab und legte mich auf den Tisch.

Jason nahm die Pinzette und ging damit in die Einschussstelle. Er bewegte sie ein wenig darin herum, was mich vor Schmerz aufstöhnen ließ. Aber so schnell wie er drin war, war er auch wieder draußen. Mit der Kugel.

»Du hast echt Glück gehabt, dass sie nicht so weit eingedrungen ist.« Ein Hoch auf die Schutzweste, die vielleicht doch gar nicht so nutzlos war, wie ich dachte.

Gerade als Jason damit fertig war, mich zu verarzten, und ich eine Schmerztablette geschluckt hatte, wachte Sky auf. Schnell gingen wir zu ihr rüber und setzten uns zu den anderen Jungs auf die Sofas.

Mir fiel auf, dass irgendjemand inzwischen ihr Gesicht gesäubert haben musste, denn die Blutspur, die von ihrer Nase ausgegangen war, war verschwunden. So sah sie schon nur noch halb so schlimm aus.

Wir warteten alle ab. Erst als Sky Anstalten machte, sich aufzusetzen, kam wieder Bewegung in uns. Jason half ihr langsam auf, sodass sie nun auf Augenhöhe mit uns saß. Mit undefinierbarem, ich wollte nicht sagen leerem, Blick sah sie uns an.

»Wie geht es dir?«, fragte Jayden, um die Anspannung ein wenig zu lösen, die einerseits den vergangenen Stunden geschuldet war, andererseits aber auch daher rührte, dass wir nicht wussten, wie Sky sich uns gegenüber nun verhalten würde und vor allem, was sie wissen wollen würde.

»Soweit ganz gut, denke ich«, antwortete sie mit leiser Stimme.

Nicht gut, dachte ich nur. Das war doch offensichtlich. Ihre Nase war angeschwollen, ihr linkes Auge war blau, am Hals hatte sie Würgemale. Und das waren nur die offensichtlichsten Verletzungen.

Jetzt sah sie an sich herunter und entdeckte den riesigen Blutfleck. Sie sah ihn einen Moment nachdenklich an, dann blickte sie in die Runde, musterte uns und unsere wahrscheinlich etwas erschöpften Gesichter.

»Danke.« Dann sah sie wieder nach unten. Ihr schien das alles ein wenig unangenehm zu sein.

»Ist doch selbstverständlich. Schließlich sind wir auch nicht ganz unschuldig.«

»Ich glaube, ich habe noch ein frisches Shirt zwischen meinen Sachen. Warte, ich hole es«, sagte ich mehr zu mir als zu Sky und stand auf. Die Jungs sahen mich kurz irritiert an, wandten sich dann aber wieder dem ursprünglichen Thema zu. Ich jedoch fand dieses Bedanken und ›Ist-doch-selbstverständlich-Getue‹ einfach nur unnötig und unangenehm für beide Seiten. Außerdem brachte es uns nicht weiter.

Nachdem ich das schwarze Sweatshirt gefunden hatte, schnappte ich mir noch schnell eine Flasche Wasser und ging wieder zu den anderen hinüber.

»Hier«, sagte ich schlicht und reichte Sky beides. Sie nahm es dankbar an, trank erst einen Schluck und rappelte sich dann langsam auf. »Links um die Ecke ist das Bad. Erste Tür.«

Vorsichtig, einen Fuß vor den anderen setzend, ging sie Richtung Bad. Jason wollte schon aufspringen und ihr helfen, doch ich bedeutete ihm, sitzen zu bleiben. Die Situation musste Sky schon unangenehm genug sein, da brauchte sie nicht noch ihren Stiefbruder, der sie vor allen anderen ins Bad trug.

Etwa 15 Minuten später kam Sky zurück und ließ sich auf ihren alten Platz sinken. Sie trug meinen Pulli, der ihr natürlich viel zu groß war. Aber er war warm und gemütlich. Und er stand ihr.

Es entstand ein peinliches Schweigen. Wir alle wussten, dass einige Fragen im Raum standen, die wir Sky früher oder später beantworten mussten. Auch wenn es noch so unangenehm oder gar verboten war. Doch keiner wollte es ansprechen.

Schließlich nahm Sky es selbst in die Hand und stellte die wahrscheinlich naheliegendste und ihrer Meinung nach bestimmt unverfänglichste Frage: »Wie habt ihr mich gefunden?«

Dass sie damit eigentlich das schwierigste, unangenehmste Tabuthema anriss, konnte sie ja nicht wissen. Ich spürte, wie Jason sich verkrampfte, also antwortete ich für ihn: »Jason hat den Raum aus dem Video wiedererkannt.«

Verwirrung in Skys Gesicht.

»Jason und ich waren mal ziemlich gut mit Ryan befreundet. Als Kinder haben wir dort hin und wieder gespielt.«

Noch mehr Verwirrung. Und Irritation. Gemischt mit Unglauben.

Man konnte es ihr nicht verübeln. Für Außenstehende, die nur einen Bruchteil des Ganzen kannten, mochte das wirklich ziemlich surreal wirken. Aber ich konnte und wollte ihr das hier und jetzt nicht genauer erläutern.

Um genaueres Nachfragen zu vermeiden, versuchte ich, das Gespräch in eine andere Richtung zu lenken: »Aber es war nicht das Video, das uns erst darauf gebracht hat, dass Ryan dich entführt hat. Jason hatte es von Anfang an im Gefühl. Als du nicht kamst, als er auf dem Schulhof auf dich gewartet hatte, hat er den ganzen Abend und die ganze Nacht zu Hause auf dich gewartet. Als du dann immer noch nicht wieder aufgetaucht bist, hat er eine deiner Schulfreundinnen kontaktiert, mit der du, laut einer SMS von dir, eigentlich den vorherigen Nachmittag verbracht haben solltest. Da du aber bei dieser nie gewesen bist und sie auch keine Idee bezüglich deines Aufenthaltsorts hatte, war es Jason klar, dass Ryan seine Finger im Spiel hatte. Sofort hat er uns hergerufen, doch wir konnten uns nicht ausmalen, wo er mit dir sein konnte. Na ja, und dann kam das Video. Anschließend sind wir sofort los.«

Sky sah Jason erstaunt an. Sie hätte ihm wahrscheinlich nie zugetraut, dass er sich so um sie sorgte und noch dazu so aufmerksam in Bezug auf sie war.

Mehr als ein weiteres, erstauntes »Danke« brachte sie nicht zu Stande. Das war ihr wahrscheinlich alles zu viel im Moment. Schließlich hatte sie einiges durchgemacht und war nicht ganz fit. Aber das Wichtigste und Endscheidende hatte sie noch gar nicht gehört.

»Tut dir was weh?«, fragte Jason nun.

»Mhm.« Man sah ihr an, dass ihr einiges wehtat, es ihr aber unangenehm war, alles anzusprechen. »Mein Hals fühlt sich an wie ein Reibbrett und mein Auge pocht.«

»Gegen das Kratzen im Hals können wir nichts tun, das muss von allein abheilen. Aber für die äußeren Wunden haben wir eine Salbe. Hier.«

Dankbar nahm sie die Tube entgegen und salbte sich die Würgemale am Hals, die Beulen und blauen Flecken im Gesicht und die von den Seilen wundgescheuerten Handgelenke ein.

»Wer war das?«, fragte Jason wütend, da Skys Würgemale gerade im Fokus lagen, obwohl er dir Antwort bereits kannte. Er hatte es schließlich in dem Video live gesehen.

»Ryan«, sagte sie schlicht, als würde das alles erklären. Und das tat es ja auch.

»Dieses Miststück! Ich hätte ihn umbringen sollen!«

»Das gibt Rache!«, stimmte Aiden mit ein.

»Aber bitte tut Rachel nichts an. Sie kann nichts dafür. Und sie ist meine Freundin!«

Langsam beruhigten wir uns wieder.

»Na schön. Aber das letzte Wort ist definitiv noch nicht gesprochen!«, mischte nun auch Jayden mit.

»Meinetwegen.« Sie sah uns nachdenklich an. Dann schien ihr etwas aufgefallen zu sein.

»Ihr seid ja verletzt. Ihr hättet das nicht für mich tun brauchen. Echt nicht.«

»Klar, wir hätten dich einfach in den Klauen des Bösen lassen sollen. Jetzt rede doch keinen Unsinn!«

»Genau. Und die Verletzungen sind halb so schlimm. Solchen Kollateralschaden sind wir gewohnt.«

SKY

»… solchen Kollateralschaden sind wir gewohnt.«

Das brachte mich zurück zu den Fragen, die mir schon länger auf der Zunge brannten.

»Trotzdem. Aber … kann ich euch was fragen?«

»Ja. Was willst du wissen?«, antwortete Jason versucht unbeschwert, doch man sah ihm an, dass er wusste, was kommen würde und dass es nicht unbedingt sein Lieblingsthema war.

»Na ja … Also … Ähm, ihr seid in nicht ganz so legale Dinge verwickelt, oder?« Ich sah die Jungs aufmerksam an, denn ich wollte ihre Reaktion nicht verpassen. So fiel mir auf, dass einige von ihnen bei meiner Aussage schmunzeln mussten.

»So könnte man das sagen, ja«, bestätigte Aiden meine Frage mit einem Lächeln auf den Lippen.

»Und was macht ihr genau?«, fragte ich weiter. Doch scheinbar hörte man mir an, dass ich schon eine Vermutung hatte.

»Was denkst du, Kleine?«

»Also, ich denke, dass ihr Drogen verkauft oder zumindest das Geld dafür eintreibt.«

Erstaunte Gesichter bei den Jungs.

»Wie kommst du darauf?«, fragte Jayden interessiert, das Frage-Antwort-Spiel weiterspielend.

»Ihr habt alle Waffen. Und so, wie ihr eben vermutlich die Hütte gestürmt habt, habt ihr das sicher nicht zum ersten Mal gemacht.«

»Na ja, Waffenbesitz bedeutet aber nicht gleich, irgendwelchen illegalen Kram zu treiben.«

»Schon klar. Aber eure Waffen sind zum einen ein ganz anderes Kaliber als die kleinen Dinger, die sich die meisten Leute zum

Eigenschutz zulegen. Zum anderen habt ihr eben von einem Kollateralschaden geredet, den ihr gewohnt seid, was definitiv dafür spricht, dass ihr sowas öfter macht.«

»Gut beobachtet, Sherlock.« Ein anerkennender Blick von Colton.

»Aber du hast doch nicht erst seit heute solche Vermutungen, oder?«, mischte sich nun Mason ein.

»Um ehrlich zu sein, nein. Den ersten Verdacht hatte ich, als ihr lädiert oder gar nicht in die Schule gekommen seid. Dann habe ich mitbekommen, wie Jason oft abends abhaut und erst spät in der Nacht wiederkommt. Na ja, und dann bin ich mal aufgeblieben und habe Bruchstücke eines Gesprächs mitbekommen, in dem ihr von Erfolg, Strategien und Treffpunkten und so geredet habt. Da war ich mir dann schon relativ sicher. Aber gefestigt hat sich mein Verdacht erst, als ich die Sporttasche mit den Waffen in Jasons Schrank gesehen ha…« Mit dem letzten Satz wurde ich immer leiser. Dass ich in seinem Zimmer geschnüffelt hatte, war mir doch ein wenig unangenehm.

Unsicher sah ich auf. Die meisten Jungs grinsten und mussten sich ein Lachen verkneifen. Doch in Jasons Gesicht sah ich eine Mischung aus Erschrecken, Erstaunen und … Wut? Scheinbar wusste er nicht, was er davon halten sollte.

»Deine Kleine ist ganz schön clever, du. Eine richtige Spionin.«, Mason sah mich an und strubbelte mir anerkennend durch die Haare. Eyyy!

»Du solltest echt besser aufpassen, Jase.«

»Sagt mal. Bin ich der Einzige, der das nicht lustig findet?«

»Scheinbar schon«, entgegnete Colton grinsend.

»Ne, jetzt mal im Ernst. Abgesehen von der Aktion mit dem Durchwühlen meines Zimmers – was ich übrigens echt assig finde«, Jason warf mir einen bösen Blick zu. Ich versteckte mich aus Reflex ein bisschen tiefer in Masons kuscheligem Pulli. »Wenn schon Sky das rausfindet. Wie lange soll es dann dauern, bis der Nächste eins und eins zusammenzählt? Dann könnten wir echte Probleme bekommen.«

»Jetzt komm mal runter. Sie wohnt bei dir. Und sie wird es sicher keinem erzählen, richtig, Prinzessin?« Grrr. Ich verkniff mir einen Kommentar und nickte nur.

»Schön. Trotzdem. Sie weiß schon viel zu viel. Das macht uns angreifbar. Genau wie Ryan, könnten die anderen sie schamlos benutzen, um uns eins auszuwischen.« Oh, soweit hatte ich noch gar nicht gedacht.

Betretenes Schweigen legte sich über uns.

Um die unangenehme Stille zu brechen, versuchte ich, das Thema zu wechseln. »Das war doch mit Sicherheit noch nicht alles. Was macht ihr so? Wie läuft das ab? Treibt ihr noch weitere krumme Dinger?«

Doch die anderen blieben still.

»Jetzt kommt schon. Ihr habt eben gesagt, ich kann fragen. Also müsst ihr jetzt auch antworten.«

Die Jungs grummelten, sahen sich dann aber an und nickten Jason zu, der zögernd den Mund aufmachte. »Na schön. Also: Wir sind dafür zuständig, das Geld für die Drogen reinzuholen. Wir verteilen Mahnungen und hin und wieder auch mal Ware und zeigen – wenn es nötig ist –, wer hier das Sagen hat.«

»Sprich, ihr seid bewaffnet, macht den Leuten Angst und wenn sie nicht sofort spuren, haut ihr ihnen eine rein.«

»Joa, so ungefähr.«

»Und eure Waffen kommen auch zum Einsatz?«

JASON

Ich zögerte einen Moment. Sie sollte keine Angst vor uns haben.

»Na ja, wenn es nötig ist, schon. Aber wir versuchen, sie nur zu verletzen.«

»Und ...« Uns allen war klar, welche Frage sie jetzt stellen würde. »... habt ihr schon mal jemanden ... uhm ... umgebracht?«

Ich sah die Hoffnung in ihren Augen, dass ich nun mit »Nein« antwortete, obwohl sie bestimmt ebenfalls ahnte, was nun kam.

Betreten sahen wir in die Runde.

»Ja.« Mehr konnte ich dazu nicht sagen.

Ihre Augen waren schreckgeweitet. Sofort rutschte sie ein Stück mehr in die Sofaecke, weg von Mason.

»U-Und, was macht ihr sonst noch so?« Die Stimmung war angespannt.

»Ich glaube, das reicht erst mal an Informationen«, versuchte es Mase vorsichtig und wollte wieder näher zu ihr rutschen.

»Nein.« Jetzt wurde sie wütend. Sofort rutschte Mase zurück an seinen alten Platz. »Ich stecke schon mitten in eurer Scheiße drin! Also erzählt mir verdammt noch mal den Rest!«

Mase und ich sahen zu den anderen Jungs rüber.

»Na ja, wir nehmen noch an Streetfights teil. Mase ist echt 'ne Bombe!«, erklärte Cole betont locker.

Sky brauchte einen Moment, um die Information aufzunehmen, stellte dazu aber keine weiteren Fragen. Wahrscheinlich hatte sie ihre eigenen Vorstellungen davon, was dort vor sich ging.

»Okay, und wie seid ihr zu dem ganzen Kram gekommen?«

»Aus Langeweile. Kräftemessen macht uns Spaß und man kann 'nen Haufen Kohle dabei verdienen.«

Ich ahnte, dass sie eigentlich nicht die illegalen Streetfights meinte. So war es auch.

»Und die Drogengeschichte?«

»Da sind wir so reingerutscht.«

Die Antwort war für sie keineswegs zufriedenstellend, das sah man ihr an. Doch scheinbar überlegte sie es sich anders und sprach ein anderes Thema an. »Und wieso die Verfeindung mit Ryan? Ihr wart doch früher Freunde.«

Damit hatte sie einen wunden Punkt getroffen. Das würde sie nicht erfahren.

Die anderen Jungs schienen es genauso zu sehen, weshalb Mason mir sofort zur Hilfe kam: »Sie machen die gleichen Dinge wie wir. Nur, dass sie einen anderen Boss haben«, sagte er, als erklärte das alles. Was es unter anderen Umständen eigentlich auch tat.

Doch Sky schien ihm die Erklärung nicht abzukaufen. »Und jetzt der richtige Grund?!«

»Das ist ...«, versuchte Aiden es nun. Aber sie unterbrach ihn.

»Erzähl keinen Scheiß. Ich bin doch nicht blöd! Also?«

Keiner antwortete.

»Schön!«, sagte sie schnippisch. »Dann danke für eure Rettung, aber ich will jetzt nach Hause.«

»Ey, jetzt krieg dich mal ein, Prinzessin«, mischte sich Jayden ein. Doch das schien sie nur noch wütender zu machen. »Nein! Ihr seid verdammt noch mal Killer. Ihr habt geladene Waffen hier rumliegen. Und ich weiß rein gar nichts über euch. Woher soll ich wissen, dass ihr mir nichts tut. Ihr erzählt mir noch nicht mal JETZT, was Sache ist!«

SKY

Okay, das war vielleicht ein wenig hart. Und ein bisschen übertrieben. Aber das war einfach alles zu viel für mich. Ich war sauer. Sauer, dass sie mir trotz allem, was passiert war, immer noch nichts erzählten oder mir Lügen auftischten. Ich wusste, dass sie mich nur beschützen wollten. Und ich bezweifelte stark, dass sie mir etwas antun würden. Sonst hätten sie mich weder gerettet noch in den letzten Wochen mit mir trainiert. Aber ich wusste mich sonst nicht gegen diese Muskelpakete, die alle über einen Kopf größer waren als ich, zu behaupten.

In Rage war ich aufgestanden, doch nun sah ich Sterne und drohte ohnmächtig zu werden. Meine Beine gaben nach und ich stellte mich schon auf ein Date mit dem kalten, dreckigen Betonboden ein. Doch bevor ich unten ankam, spürte ich zwei starke Arme unter mir, die mich hielten und vorsichtig zurück aufs Sofa verfrachteten. Aber sie ließen mich nicht sofort los.

Die Jungs sahen mich schockiert an. In Masons Augen, die direkt über mir waren, sah ich Sorge, Mitgefühl und gleichzeitig ... Verletztheit? Ich hatte ihn verletzt? Verdammt. Sofort wuchsen meine Schuldgefühle.

»Sorry«, murmelte ich, »Das war einfach alles ein bisschen viel für mich. Ich möchte jetzt bitte nach Hause und schlafen.« Den letzten Satz sagte ich mit Nachdruck. Denn obwohl mir meine Worte leidtaten, war ich sauer darüber, dass sie mir immer noch Sachen verheimlichten.

Plötzlich brach die Müdigkeit über mich herein. Ich war einfach nur k.o.

»Klar.« Jason stand auf und schulterte seine Tasche.

Wortlos stand ich auf und wollte ihm zu seinem Auto folgen. Doch Mason hielt mich zurück.

»Wir erzählen es dir, wenn der richtige Zeitpunkt gekommen ist. Versprochen, Prinzessin.«

Ich sah ihn einfach an. Als er Anstalten machte, mir zum Wagen zu helfen, sagte ich ihm, dass ich das schon schaffen würde. Er beließ es dabei.

Die anderen Jungs blieben noch. Wahrscheinlich wollten sie die Ereignisse noch mal besprechen.

Die ganze Fahrt über zwang ich mich, die Augen offen zu halten. Ich wollte auf keinen Fall einschlafen. Sonst würde Jason mich wieder ins Bett tragen, und das ließ mein Stolz nicht zu. Auch wenn ich völlig fertig war, blieb ich wach.

Als wir ankamen, öffnete ich schnell die Beifahrertür, bevor Jason dies tun konnte, und schleppte mich zum Haus. Dort musste ich ärgerlicherweise auf ihn warten, da ich keinen Schlüssel bei mir hatte.

Sobald ich drinnen war, ging ich hoch in mein Zimmer und legte mich in voller Montur ins Bett.

Kurz darauf kam Jason herein. Er stellte mir ein Glas Wasser auf den Nachttisch und reichte mir einen nassen Lappen für meine Stirn sowie ein Eispäck zum Kühlen meiner Verletzungen.

»Komm schon, Sky. Das ist nicht böse gemeint, dass wir dir nicht alles erzählen. Wir können es einfach nicht.«

Ich sah ihn stumm an und musterte ihn von oben bis unten. Ihn schien wirklich etwas davon abzuhalten, mir die Wahrheit zu sagen, aber ich wusste nicht, was. Doch ich war mir sicher, dass er genauso gut wie ich wusste, dass er nicht auf ewig darüber schweigen konnte.

»Danke«, sagte ich schlicht und deutete auf die Sachen, die er mir gebracht hatte.

Dann drehte er sich um und ging Richtung Tür. Bevor er mein Zimmer verließ, fiel mir noch etwas ein. »Jason?«

»Ja?«

»Kannst du Bri und Faith bitte schreiben, dass es mir gut geht?« Sie machten sich bestimmt Sorgen. Und wo mein Handy war, wusste ich nicht. Wahrscheinlich hatte es Ryan.

»Ja, mache ich.«

Dann wandte er sich zum Gehen und löschte das Licht. Leise schloss er die Tür hinter sich.

Obwohl in den vergangenen 24 Stunden so viel passiert war und mich die Gedanken eigentlich hätten stundenlang wachhalten sollen, war ich innerhalb weniger Minuten eingeschlafen. So fertig war ich. Denn der Schlaf, den ich durch die K.O.-Tropfen hatte, war keineswegs ein erholsamer gewesen.

MASON

Nachdem wir Jason und Sky haben wegfahren sehen, blieben wir noch einige Minuten still. Jeder hing seinen Gedanken nach. Letztendlich war es Aiden, der das Schweigen brach: »Ey Jungs, das können wir doch nicht auf uns sitzen lassen. Was Ryan da abgezogen hat, ist voll die linke Nummer. Dafür müssen wir uns rächen. Und zwar so richtig!«

»Genau. Wie wäre es, wenn wir ihm mal zeigen, wie es umgekehrt wäre?«

»Eine Freundin hat er ja nicht. Also bleibt nur seine kleine Sis«, ergänzte Colton hämisch.

Jayden nickte zustimmend.

»Sagt mal, habt ihr Sky eben nicht zugehört?! Seine Schwester ist ihre Freundin. Auch wenn wir das scheiße finden, können wir unsere Wut doch nicht an ihr auslassen. Zum einen würde uns Sky das nie verzeihen und zum anderen hat sie genauso wenig mit Ryans Machenschaften zu tun wie Sky mit unseren. Das wäre falsch!«

Die Jungs schienen ein wenig überrascht von meiner Reaktion, dachten jedoch über meine Worte nach und knickten ein. »Schön. Was wollen wir dann unternehmen? Einfach still die Klappe halten und hier rumsitzen werde ich nicht.«

»Nein. Das habe ich auch gar nicht vorgeschlagen. Ich bin ganz eurer Meinung. Diesem Mistkerl muss mal so richtig die Fresse poliert werden.«

»Sehr gut. Dann lass es uns doch so machen: …«

SKY

Als ich aufwachte, war es gleißend hell. Hatte ich so lange geschlafen? Schien so. Ich hatte es wohl echt nötig gehabt. Mir ging es schon ein wenig besser, doch mein Auge pochte natürlich immer noch. Auch der Rest begann, sich so langsam wieder zu melden. Mein Hals war trocken und kratzte. Also setzte ich mich vorsichtig auf und wollte nach dem Glas Wasser greifen, was Jason mir am Vortag gebracht hatte. Mitten in der Bewegung hielt ich inne. Denn plötzlich fiel mir auf, dass ich nicht allein war. Colton saß bei mir am Bett!

»Guten Morgen, Prinzessin. Das war ein richtiger Dornröschenschlaf.«

»Ha, ha, sehr witzig, Colton. Aber auch dir einen guten Morgen.« Meine Stimme war rau.

Das schien auch Colton zu hören, denn wie selbstverständlich reichte er mir das Glas Wasser. Gierig trank ich es aus.

»Danke.« Meine Stimme hörte sich schon viel besser an.

»Warst du die ganze Naht hier?«

»Nein. Ich bin erst seit zwei Stunden hier. Vorher war Mason da. Und davor Jason.«

»Echt? Das war doch nicht nötig.«

»Doch. Ryan ist nicht ohne. Das weißt du doch. Da gehen wir kein Risiko ein.«

Das war irgendwie süß von ihnen. Dennoch war es mir unangenehm. Sie kümmerten sich um mich wie um ein Baby. Als wäre ich derart hilflos. Und noch dazu haben sie mich beim Schlafen beobachtet. Wie peinlich!

Doch bevor ich etwas dazu sagen und ihm mitteilen konnte, dass ich ja jetzt wach war und ich mich allein um mich kümmern konnte, goss er mein Glas wieder voll und reichte es mir zusammen mit einer Tablette.

»Gegen die Schmerzen«, sagte er schlicht, so als wäre nichts dabei.

Wir saßen ein paar Minuten still da. Dann knurrte plötzlich mein Magen. Ich wäre am liebsten im Erdboden versunken. Aber Colton grinste nur. »Hat Ryan dir etwa nichts zu essen gegeben?«, fragte er kopfschüttelnd.

»Doch. Aber ich wollte seinen Fraß nicht haben.« Nun musste auch ich grinsen.

»Oh, oh. Das hat ihm bestimmt nicht gefallen«, schmunzelte Colton. »Hast du gut gemacht, Kleine.« Er hielt mir die Hand zum High-Five hin. Ebenfalls lachend schlug ich ein.

Die nächsten eineinhalb Tage verbrachte ich weitgehend im Bett. Mindestens einer der Jungs war immer in der Nähe. Selbst nachts blieb einer wach und passte auf.

Das Ganze war mir dezent unangenehm, aber sie bestanden darauf. Sie wollten kein weiteres Risiko eingehen.

Am nächsten Tag kamen dann Jason und Mason gemeinsam in mein Zimmer. Als Ablöse, dachte ich, auch wenn es mir schon wieder deutlich besser ging. Doch Mason stellte sich zu mir ans Bett und sah mich an, während Jason direkt auf meinen begehbaren Kleiderschrank zusteuerte.

Fragend blickte ich zu Mason.

»Wir haben uns entschieden, dass es besser ist, uns eine Weile zurückzuziehen. Meine Großeltern haben ein kleines Sommerhaus, etwa 95 Meilen von hier. Das nutzen sie nur selten, weshalb es im Moment leer steht«, erklärte Mason, während Jason sich in meinem Kleiderschrank zu schaffen machte.

Ich sah Mason einen Moment nachdenklich an, um mir einen Reim aus seinen Worten zu machen. Dann rappelte ich mich auf, ging zu Jason und nahm ihm die kleine Reisetasche aus der Hand, in die er wahllos Klamotten gestopft hatte. Wortlos machte ich mich daran, dessen Inhalt zu vervollständigen. Zum Glück war Jason noch nicht an meiner Unterwäsche gewesen.

»Wie lange habt ihr denn vor, euch zurückzuziehen?«, fragte ich, während ich hinüber ins Bad ging, um meine Kosmetiktasche einzupacken. Ich diskutierte die Tatsache wegzufahren gar nicht erst, da es eh zwecklos war und mir ein paar Tage Auszeit sowie etwas mehr Distanz zu Ryan auch nicht schadeten.

»Hmmm. Solange es nötig ist«, entgegnete Jason, überrascht von meinem fehlenden Widerstand.

»Und was ist mit der Schule?«

»Ich habe heute Morgen im Sekretariat angerufen und gesagt, dass deine Oma schwer krank im Krankenhaus liegt und du unbedingt zu ihr musst. Dass du mit dieser starken emotionalen Belastung natürlich nicht allein reisen kannst, war sofort klar. Also begleite ich dich nach San Francisco. Wir sind erst mal für ′ne Woche entschuldigt.«

»Im Ernst? Das hat die dir so einfach abgekauft?«

»Na ja, ich kann halt gut die Stimme meines Dads nachmachen«, schmunzelte Jason und sagte die letzten Worte in ebendieser Stimme.

»Deshalb konntest du immer so viel schwänzen und musstest letztendlich das Jahr wiederholen. Jetzt verstehe ich.«

»Autsch, der hat gesessen«, lachte Mason. »Aber jetzt mal im Ernst. Wir müssen uns fertig machen.«

»Okay. Aber vorher brauche ich noch ein neues Handy.« Schließlich musste ich mit Bri in Kontakt bleiben. Sie musste mir unbedingt Notizen und Arbeitsblätter über den Stoff, den ich versäumte, mitbringen.

»Schon erledigt.« Jason griff sich in die hintere Hosentasche und zog ein nigelnagelneues Smartphone heraus.

Dankbar nahm ich es entgegen, ging damit zu meinem Schreibtisch und tippte die wenigen Nummern, die in einem winzigen Adressbüchlein standen, ein. Schnell schickte ich eine Rundnachricht an Mum, Rachel und Bri, dass ich mein Handy verloren und nun eine neue Nummer hatte.

»Schön. Dann wäre ich soweit.«

»Sehr gut. Dann lass uns gehen ... Du fährst schon mal mit Mase vor. Ich gucke noch schnell bei den anderen vorbei und komme nach.«

»Okay«, antwortete ich lediglich und ging hinter Mason her.

Als ich seinen McLaren erreichte, nahm er mir meine Tasche ab und öffnete mir ganz gentlemanlike die Beifahrertür.

Die Fahrt verging relativ schnell. Die meiste Zeit hörten wir Musik und ich sah aus dem Fenster. Manchmal redeten wir auch über Dieses und Jenes. Alles unverfängliche Themen. Keiner sprach das große, in der Luft stehende Thema an, worüber ich, ehrlich gesagt, ganz froh war.

Bald erreichten wir das Ferienhaus von Masons Großeltern, das gar nicht mal so klein war. Es war größer als mein altes Heim in San Francisco!

Drinnen fanden sich zwei Schlafzimmer, ein Badezimmer, eine Küche mit angrenzendem Wohnzimmer und noch ein, zwei weitere überschaubare Räume. Ein Blick in den Garten verriet mir, dass es einen kleinen, gemütlichen Pool und eine schnucklige Terrasse mit winzigem Gartenhäuschen gab.

Mason brachte meine Sachen wie selbstverständlich in das Schlafzimmer mit dem großen Doppelbett. Seine eigene Tasche verstaute er in dem angrenzenden Zimmer, das zwei Einzelbetten beherbergte.

»Willst du auch 'nen Kaffee?«, fragte Mason, während er an mir vorbei in die Küche ging.

»Nein, danke. Aber ein Glas Wasser wäre toll.«

»Hier, bitte«, reichte er es mir einen Augenblick später.

»Danke.«

Ich setzte mich mit dem Glas Wasser auf den Barhocker, der an der Theke der offenen Küche stand, und beobachtete Mason dabei, wie er Kaffee kochte.

»Sag mal, Mason. Schwänzt du eigentlich einfach so oder hast du dir auch 'ne Ausrede ausgedacht?«

»Ne, ne. Wenn ich länger nicht im Unterricht erscheine, habe ich meistens Ausreden parat. Diesmal liege ich mit 'nem ganz bösen Infekt im Bett. Hochgradig ansteckend, versteht sich. Absolute Bettruhe.«

Süß. Er schwänzte extra 'ne ganze Woche die Schule, nur um mit Jason und mir weg von Ryan zu kommen. Wobei er vermutlich eh schwänzte, ohne mit der Wimper zu zucken. Egal wofür.

Gerade als die Maschine durchgelaufen war, hörte ich laute Motorengeräusche, die kurz darauf abrupt verstummten. Jason war angekommen. Ich ging in den Flur, um ihm zu öffnen.

»Hey.«

»Hi.«

»Mason ist in der Küche.« Jason nickte und ging rüber.

»Hi, Jase. Was gibt's Neues?« Mason schenkte sich und Jason Kaffee ein und nun saßen sie an der Theke, wo ich noch kurz zuvor gesessen hatte.

»Ach, nicht viel. Die Jungs haben gesagt, dass sie den Auftrag heute Abend allein schaffen. Ach ja. Aiden kommt anschließend her und bleibt bis morgen. Jay und Cole kommen morgen nach der Schule direkt rüber.« Die anderen Jungs gingen also zur Schule und schwänzten nicht wie wir. Logisch. Wäre ja auch mega auffällig, wenn plötzlich Jasons komplette Gang dem Unterricht fernblieb. Dann würde uns niemand unsere Entschuldigung auch nur annähernd abkaufen. »Dann können wir unseren Kram erledigen. Cole fährt später wieder und Jay guckt, wie die Lage ist und entscheidet dann, wann er fährt.«

»Okay. Klingt gut.«

Den Abend verbrachten die Jungs quatschend und fernsehend im Wohnzimmer. Unterdessen schrieb ich mit Bri, die natürlich voller Sorge war und der meine ganze Situation leidtat. Mich plagte ein schlechtes Gewissen, da ich sie anlog, aber es war nur zu ihrem Besten. Auf einem Weg schrieb ich Mum und fragte, ob bei ihr alles in Ordnung war und was sie so machte.

Dann ging ich in die Küche und durchwühlte die Schränke. Es war bereits Abend und wir hatten noch nichts gegessen. In einem der Hängeschränke fand ich ein paar Konserven, zwei Pakete Spaghetti und eine Dose Soße. Damit stand das Abendessen fest: Spaghetti mit Tomatensoße. Ich machte sicherheitshalber beide Packungen. Wer wusste, wie viel die Jungs verdrücken würden.

Kurz bevor ich fertig war, kam Aiden und gesellte sich gleich zu den anderen Jungs. Sie redeten angeregt. Wahrscheinlich über ihren Auftrag von heute.

Ich deckte den Tisch, stellte den Topf Nudeln und die Soße darauf und rief die Jungs. Sofort kamen sie angerannt. Leicht panische, aufgeregte Gesichter blickten mir entgegen.

»Abendessen«, grinste ich.

Sofort entspannten sie sich merklich. Dann setzten sie sich und langten ordentlich zu.

»Danke.«

»Mmh. Lecker!«

Ich lag gar nicht schlecht mit meiner Mengenwahl. Sie verputzen die Nudeln bis auf den letzten Rest.

»Wir müssen morgen einkaufen gehen. Hier ist kaum noch was da.«

»Jo, machen wir.«

Irgendwann gingen die Jungs wieder ins Wohnzimmer. Ich verabschiedete mich und ging in mein vorübergehendes Schlafzimmer. Dort machte ich mich bettfertig, salbte meine Handgelenke und meinen Hals ein und ging schlafen. Auch wenn es mir besser ging, war ich noch nicht wieder gesund. Wie das immer so war, meldeten sich die Wehwehchen vor allem morgens und abends. So auch jetzt. Meine Handgelenke juckten, mein Auge beziehungsweise das blaue Ei darum herum pochte und mein Hals fühlte sich rau an.

Aber schlafen half.

Am nächsten Morgen fuhr ich zusammen mit Mason zum nahegelegenen Supermarkt und deckte uns für die nächsten Tage mit Lebensmitteln ein. Unterdessen waren die anderen Jungs in der Schule und auch Jason hatte irgendetwas zu erledigen.

Etwa zeitgleich kamen wir wieder am Ferienhaus an. Die Jungs trugen die Lebensmittel ins Haus, wo ich sie auspackte und direkt in den Schränken verstaute. Danach setzte ich mich zu ihnen vor den Fernseher.

Die nächsten Tage dümpelten ähnlich vor sich hin. Die Jungs kamen und gingen. Dabei waren sie immer darauf bedacht, dass Ryan ihnen nicht folgte, indem sie jedes Mal einen etwas anderen Weg nahmen.

»Jungs, wann fahren wir wieder zurück? Ihr könnt mich nicht ewig hier verstecken.«

»Hmmm. Bis zum Wochenende wäre uns schon ganz lieb. Ich habe dich eh bereits für eine weitere Woche entschuldigt. Mason und ich müssen uns zwar mal wieder im Unterricht blicken lassen, doch einer von uns beiden ist immer hier.«

»Okay. Meinetwegen. Aber kann ich wenigstens irgendetwas machen? Mit ist langweilig und mir fällt so langsam die Decke auf den Kopf.«

»Also, mit dem Training wollten wir noch ein paar Tage warten, um dich nicht zu überanstrengen. Aber weiter machen müssen wir auf jeden Fall!«

»Warte, Jase«, unterbrach Mason seinen Freund eifrig. »Wie wär's mit Fahrstunden? Sie ist in dem Alter, in dem sie endlich mal den Führerschein machen könnte, und sinnvoll wäre es in der jetzigen Situation auch. Dann müsste sie nicht mehr zu Fuß gehen beziehungsweise mit dem Bus fahren.«

»Super Idee, Mase. So machen wir's!«

»Gut. Dann lass uns doch gleich anfangen. Ich übernehme auch die erste Fahrstunde«, schlug Mason vor.

Und wann fragten sie mich?! Klar fand ich die Idee auch gut, auch wenn sie mir schon ein wenig Muffensausen bereitete. Aber sie hatten ja Recht. Ich war immens spät dran im Vergleich zu den anderen. Und momentan war mir langweilig; ich hatte nichts Besseres zu tun. Also warum nicht?

»Schön. Ich bin dabei.«

»Super. Dann lass uns direkt loslegen. Soll ich schnell noch Helm und Schutzweste holen oder schaffen wir's auch so?«

Jason grinste amüsiert.

»Ja, ja, Mason. Sehr witzig.«

»Ja, finde ich auch. Aber jetzt mal ohne schieß, lass bloß mein Auto heile!«

»Was?! Ich soll mit deinem Auto fahren?« Das war doch ein Vermögen wert!

»Sicher. Oder an was für ein Auto hattest du gedacht?«

»Na ja, an eine älteres, nicht ganz so teures.«

»Und woher bekommen wir das? Abgesehen davon, dass du damit dann allein Fahren lernen dürftest.« Mir wurde das Leck in meinem Gedankengang klar.

»Keine Ahnung. Ihr habt doch sonst auch immer alles«, murmelte ich. »Na ja, egal. Dann lass uns fahren ... Wo wollen wir eigentlich üben?«

»Hmmm. Ich hatte erst mal an die Feldwege am Stadtrand gedacht.«

»Okay.«

»Super, dann mache ich mich jetzt mal auf den Weg. Euch beiden viel Spaß. Dir viel Erfolg, Sky. Und dir Hals und Beinbruch, Mason.«

»Danke, danke, Jase. Dir auch«, antwortete Mason.

Also gab es wieder einen Auftrag oder etwas dergleichen...

Etwa eine halbe Stunde später standen wir auf einem abgelegenen Feldweg und hatten gerade die Plätze getauscht.

»So. Fangen wir mit den Grundlagen an. Als Erstes den Gurt anlegen. Dann stellst du die Spiegel ein. Anschließend nimmst du den Autoschlüssel und ...«

»Mensch, Mason! Ich bin zwar etwas spät dran, aber so blöd bin ich nun auch wieder nicht.« Lachend boxte ich ihm auf den Oberarm.

»Ey! Was sollte das denn?«, fragte Mason gespielt entrüstet, musste dann aber ebenso lachen.

»Gut. Dann zeig mal was du so drauf hast, kleine Expertin«, grinste er.

»Aber immer doch.« Mason hatte einen Automatik, noch dazu einen ziemlich teureren, der somit einigen Schnickschnack zu bieten hatte, der das Fahren erleichtern sollte.

Also steckte ich selbstbewusst den Schlüssel ins Schloss und drehte ihn um. Doch der Wagen blieb aus.

»Wow, fahr nicht zu schnell«, witzelte Mason.

»Ey. Das ist gemein. Jedes Auto ist anders. Und deins ist definitiv kein Standartmodel«, beschwerte ich mich gespielt gekränkt.

»Aber an geht es wie jedes andere Auto. Zuerst …«

So verbrachten wir den Nachmittag. Mason erklärte mir, was ich zu tun hatte und ich versuchte, dies in die Tat umzusetzen. Wir lachten viel, vor allem, wenn ich dumme Fehler machte. Aber am Ende des Tages funktionierte es schon ganz gut. Fürs erste Mal zumindest. Ich freute mich schon auf die nächsten Fahrstunden. Mason war ein guter Fahrlehrer!

Am Abend kam Cole vorbei. Mason brachte ihn auf den neusten Stand der Dinge, sagte aber auch, dass er meine nächste Fahrstunde wieder übernehmen würde. Cool!

Doch anstatt, dass der Tag gut enden würde, vibrierte mein neues Handy, kurz bevor ich einschlief. Die Nummer, die im

Display aufleuchtete, kann mir bekannt vor, doch auf Anhieb konnte ich sie nicht zuordnen. Also öffnete ich die SMS. Schon das zweite Wort verriet mir, dass es Jake war:

> Na, Skyilein? Hast dir also eine kleine Auszeit gegönnt. So, so. Es ist ja echt süß, wie sich die Jungs um dich kümmern. Aber sind wir mal ehrlich. Wenn es darauf ankommt, können sie rein gar nichts ausrichten. Ich würde sogar so weit gehen und sagen, dass sie eher kontraproduktiv für dich sein werden. Denk mal darüber nach. J. <

Krass. Das war viel Text. Und der Inhalt der Nachricht war auch nicht ohne. Was meinte er damit, dass die Jungs kontraproduktiv für mich waren? Schließlich hatten sie mich vor Ryan gerettet!

Aber die naheliegendste Frage: Woher hatte der Dreckskerl meine Nummer?! Ich hatte das Handy erst seit Kurzem, und ich war mir ziemlich sicher, dass ich sie ihm nicht gegeben hatte!

Auch nach längerem Grübeln konnte ich es mir nicht erklären, also schob ich es auf seine Stalkerqualitäten und seine ›Kontakte‹. Trotz der merkwürdigen Andeutungen beschloss ich, der Nachricht keine weitere Bedeutung zuzumessen. Schließlich hatte er, seit ich umgezogen war, immer nur geredet und nichts getan.

Am nächsten Tag fuhr ich wieder mit Mason zu den Feldwegen vom Vortag, um weiter Autofahren zu lernen. Wieder hatten wir Spaß und gingen das Ganze ziemlich locker an.

Die Tage darauf fuhr ich abwechselnd mit Mason oder Jason, und am Freitagabend ging es wieder zurück nach LA. Dort nahmen die anderen Jungs mich ab Samstag wieder mit zum Training, da sie das für sehr wichtig hielten.

Wir fingen mit Übungen an, die eine saubere Technik und weniger Muskelkraft erforderten und dennoch sehr effektiv waren. Sie waren somit ideal für mich, da ich Ryan und seiner Gang immer kräftemäßig unterlegen sein würde, egal, wie viel ich trainierte. Ich hatte nur mit Köpfchen, Technik, Schnelligkeit und Gerissenheit eine Chance. So sahen das auch die Jungs. Doch natürlich ließen wir das Krafttraining nicht weg. Auch ein kräftiger Tritt zwischen die Beine konnte im richtigen Moment wahre Wunder bewirken!

Nach zwei Wochen Pause ging oder besser gesagt fuhr ich am Montag wieder zur Schule. Die äußeren Überreste meiner Begegnung mit Ryan ließen sich ganz gut mit Make-up abdecken und vor den neugierigen Blicken meiner Mitschüler verstecken. Ich war mit Jason zur Schule gefahren und als wir ankamen, warteten auch schon die anderen Jungs auf uns. Von nun an sollte ich keine Sekunde mehr unbeobachtet bleiben. Die Jungs hatten abgemacht, dass immer mindestens einer von ihnen in meiner Nähe sein, und mich somit im Blick haben würde. Dabei konnte ich aushandeln, dass ich nicht immer mit zu ihnen auf den Pausenhof musste, sondern sie auch mal mit in die Mensa oder so kamen, und sich außerdem eher im Hintergrund aufhielten. Schließlich wollte ich meine Freundinnen nicht noch weiter vernachlässigen oder sie gar durch meine Geheimniskrämerei und meine Kontakte zu Jason und Co. verlieren.

Unser Deal funktionierte gut. Auch nachmittags haute alles hin. Drei Mal pro Woche fuhren wir für zwei Stunden ins Fitnessstudio und eine Stunde täglich verbrachte ich mit Jason oder

Mason auf irgendwelchen abgelegenen Wegen oder Plätzen und verbesserte meine Fahrfähigkeiten. Die restliche Zeit verbrachte ich größtenteils zu Hause, wo ebenfalls immer mindestens einer der Jungs war. Meist waren sie in Jasons Zimmer und planten irgendetwas oder sie saßen vor der Playstation. Wenn dem so war, hätte das Haus wahrscheinlich von einem Panzer überrollt werden können und sie hätten es nicht mitbekommen, so vertieft, wie sie immer in ihr Spiel waren.

Einen Nachmittag war ich mit Bri und Faith in der Stadt verabredet, um einen Smoothie zu trinken. Auch dazu erklärte sich einer der Jungs – Mason – bereit und beobachtete uns unauffällig aus dem Café gegenüber. Zum Glück konnte man die Anwesenheit der Jungs meist gut ausblenden, da es sonst echt unangenehm sein konnte. Aber sie hielten sich so im Hintergrund auf, dass man sie zum einen kaum bemerkte und zum anderen sicher sein konnte, dass sie nicht jedes Wort mitbekamen.

Am Sonntag war ich wieder mit Mason Autofahren. Die anderen waren bei einem Streetfight. Leider waren sie vehement dagegen, mich mitzunehmen. Es sei kein sicheres Terrain für mich und sie wollten mich nicht noch mehr in ihre illegalen Dinger mit reinziehen. Na dann …

So kam es jedenfalls, dass ich gegen späten Nachmittag mit Mason auf dem Parkplatz eines großen Supermarkts war und meine Runden drehte. Es klappte ganz gut. Es gab ja auch kaum Gegenverkehr und keine Verkehrsschilder. Also fingen wir an, uns zu unterhalten. Wir quatschen über Gott und die Welt, als Mason plötzlich »Achtung!« rief.

Aus Reflex trat ich volle Kanne auf die Bremse, und erst da sah ich die ältere Dame, die mit ihrem Rollator langsam über den

Parkplatz ging. Ich zog das Lenkrad nach rechts und kann neben der Frau zum Stehen.

»Verdammt! Danke, Mason«, mein Puls ging auf Hochtouren.

»Kein Problem. Zum Glück ist nichts passiert«, brachte Mason kaum weniger überrascht hervor.

Am Abend saßen Mason, Jason und ich bei uns in der Küche und verspeisten das Abendessen, das ich zuvor gekocht hatte. Dabei erzählte erst Jason vom Ausgang des Kampfes. Cole schien weit gekommen zu sein und hatte einen kleineren Geldbetrag erspielt. Jason selbst sei durch einen doofen Fehler schon in der zweiten Runde rausgekickt worden. Ich sah kaum äußerliche Verletzungen an ihm, was darauf schließen ließ, dass er nicht so arg fertig gemacht worden war.

»Aber eigentlich ist Mason immer unser Joker. Der hat einfach ein Händchen für sowas … Nächstes Mal können wir nicht auf dich verzichten, Bro. Dann bleibt Aiden zu Hause«, sagte er dann an Mason gewandt.

»Klar, nächstes Mal bin ich wieder dabei. Damit unsere Ehre nicht noch entgültig durch eure lausigen Ergebnisse in den Dreck gezogen wird«, grinste Mason böse.

»Hey! Normalerweise bin ich auch ziemlich gut. Das weißt du! Aber jetzt mal zu euch. Wie war die Fahrstunde?«

Ich wurde rot und steckte mir schnell eine Gabel Essen in den Mund, damit ich nicht antworten musste. Doch Mason schien es aberwitzig zu finden, Jason alles haarklein zu erzählen. Er sah kurz grinsend zu mir rüber, dann fing er an.

»… und dann war Prinzessin scheinbar so in ihrer Welt versunken, dass sie gar nichts mehr um sich herum mitbekommen hat und fast eine Oma überfahren hätte!«

»Ey!« Ich knuffte ihn in die Seite. »So war das gar nicht! Du hast mich abgelenkt. Und außerdem ist überhaupt nichts passiert. Ich habe rechtzeitig gebremst und nach rechts gelenkt!« Jetzt lachten sie beide.

»Mensch, Mase! Warum musst du den Mädels auch immer den Kopf verdrehen?!«

Ich spürte, wie ich noch ein bisschen röter wurde. Warum eigentlich?

Da Jason mir gegenübersaß und ich ihn schlecht in die Seite piksen konnte, trat ich ihm vors Schienbein. Nicht fest, aber er hatte damit halt nicht gerechnet.

»Auuu«, jaulte er vor Schreck auf. Jetzt konnte Mason sich gar nicht mehr halten.

»Ihr seid unmöglich«, lachte ich, stand auf und stellte mein Geschirr in die Spüle. »Dafür dürft ihr jetzt abspülen.«

Sofort erstarrte ihr Lachen und sie sahen mich einen Moment verdattert an. Dann aber grinste Mason und entgegnete lässig, dass es ja eine Spülmaschine gäbe.

»Idioten«, grinste ich und ging hoch in mein Zimmer.

MASON

Am nächsten Tag musste ich die Rolle als Fahrlehrer leider abgeben. Und am übernächsten auch. Zum einen hatte ich Aufträge zu erledigen – unser Boss billigte keine schlampige, nebenbei verrichtete Arbeit –, zum anderen hatte ich einen Kampf zu gewinnen. Ich wäre viel lieber bei Sky geblieben, denn die Fahrstunden mit ihr waren immer ziemlich lustig.

Und so kam es, dass ich im Kampf eine Sekunde lang nicht aufpasste, da meine Gedanken in ihre Richtung abgeschweift waren. Prompt nutzte es mein Gegner aus und ich geriet gewaltig ins Wanken. Doch zum Glück konnte ich mich noch rechtzeitig fangen und den Kampf drehen. Ich gewann und bekam einen schönen Geldbetrag als Preis!

Dann war ich endlich wieder mit den Fahrstunden dran. Mittlerweile klappte es schon recht gut, weshalb ich einen abgelegeneren Straßenzug wählte, auf dem geringer Autoverkehr herrschte. Bis auf ein paar Kleinigkeiten stellte Sky sich echt gut an. Bis zu ihrem Geburtstag sollte sie den Lappen auf jeden Fall haben.

Trotz der geringen Fehlerquote machte es mir Spaß, sie aufzuziehen. Sie reagierte immer so cool darauf. Die meisten Mädchen, mit denen ich bisher zu tun hatte, wären längst zickig geworden oder hätten billige Sprüche fallen lassen. Aber mit Sky war das anders.

In einem stillen Moment sah ich sie nur an.

»Hey! Huhu! Auf der Straße spielt die Musik. Ich dachte, du willst aufpassen, dass ich niemanden umfahre!«, lachte Sky. Mist! Sie hatte mich ertappt. Schnell schaute ich wieder geradeaus. »Stattdessen beobachtet du mich. Ich wusste gar nicht, dass ich so interessant bin«, neckte sie weiter. Sky war einfach unverbesserlich.

»Und du solltest dich auf die Straße konzentrieren und dich nicht darum kümmern, wohin ich gucke«, gab ich zurück.

»Anyways. Jason hat gesagt, dass du bald Geburtstag hast. Hast du schon was geplant?«

»Mhm. Ich habe mit Mum gesprochen. Sie und Dave wollen übers Wochenende vorbeikommen.« Bei dem Gedanken an ihre Mutter lächelte sie. Sie hatte sie ja auch seit Wochen nicht mehr gesehen. »Dann gibt es bestimmt ein Kaffeetrinken oder so. Jason ist genötigt worden zu kommen. Dave hat darauf bestanden. Er findet das Familiending wichtig. Lustig, oder? Wo er es doch war, der mit Mum weggezogen ist und uns erst kurz vorher informiert hat.« Sie schwieg einen kurzen Augenblick. »Na ja, jedenfalls kommen sie. Jason ist auch da. Wenn du willst, kannst du ja einfach mitkommen«, fügte sie betont beiläufig hinzu, während sie stur auf die Straße sah. »Und eventuell wollte ich noch etwas mit Bri und Faith machen, aber das muss ich noch abklären.«

»Klar, ich bin dabei. Und solltest du mit den Mädels etwas unternehmen wollen, spiele ich gerne den stillen, unsichtbaren Begleiter. Kein Problem«, bot ich sofort an.

»Danke, dass wäre echt supernett von dir. Ich gebe dir dann wegen beidem noch mal Bescheid.«

S K Y

Die Fahrstunden mit den Jungs waren sehr effektiv und vor allem mit Mason auch lustig. Dank ihnen schaffte ich es, pünktlich zu meinem 17. Geburtstag den Führerschein zu haben. Jedoch wusste ich noch nicht so genau, was ich damit sollte. Ich hatte ja kein Auto. Und eins von Jason würde ich bestimmt nicht nutzen dürfen, dafür waren die auch viel zu teuer. Es hatte mich schon gewundert, dass ich zum Üben damit fahren durfte. Dafür hatte Dave noch ein Auto in der Garage stehen, das zwar wahrscheinlich nicht weniger teuer war, dafür aber besser zu handhaben sein dürfte und weniger PS hatte. Vielleicht fragte ich ihn am Wochenende mal, ob ich damit zur Schule fahren dürfte.

Pünktlich kamen Mum und Dave an. Es war Freitagabend und ich war gerade dabei, Kuchen für morgen zu backen.

»Hey, Schatz! Mensch, bist du groß geworden!« Mum kam in die Küche und umarmte mich stürmisch.

»Hi, Mum! Also sooo lange warst du nun auch wieder nicht weg«, lachte ich und umarmte sie zurück.

»Jetzt komm erst mal her. Setz dich. Den Kuchen kann ich gleich fertig machen. Schließlich sollte sich das Geburtstagskind seine Torte nicht selbst backen müssen!«

»Okay. Na, dann erzähl mal. Wie ist die neue Arbeit so?«

Mum berichtete mir ausführlich, wie gut es ihr gefiel, wie nett alle wären und, wie schön die Umgebung dort war. Dann fragte sie mich, wie es mir in den letzten Wochen ergangen war. Ich berichtete ihr von meinen Freundinnen und was ich mit ihnen alles unternommen hatte und auch, dass ich mich ganz gut mit Jason und seinen Freunden verstand, was Mum und vor allem Dave, der in dem Moment die Küche betrat, sehr freute.

Auf diesem Wege informierte ich sie auch, dass Mason dem Kaffeetrinken morgen ebenfalls beiwohnen würde. Man konnte ihnen ansehen, dass sie erst jetzt so richtig glaubten, dass es keine Lüge gewesen war bezüglich der Jungs.

Wir unterhielten uns noch eine Weile weiter, während Mum den Kuchen fertig machte. Anschließend gingen wir in unsere Zimmer, denn Dave und Mum waren doch leicht erschöpft von der langen Anreise.

Am nächsten Morgen wurde ich von den Sonnenstrahlen, die mir warm ins Gesicht schienen, geweckt. Als ich die Augen öffnete und mich aufsetzte, erblickte ich Mum vor mir, mit Kuchen samt Kerzen in den Händen, den Mund schon zum Ständchen geöffnet. Neben ihr stand Dave, der leise mitsang, und im Türrahmen lehnte Jason, der verlegen und ein bisschen fehl am Platz dreinblickte. Ich musste schmunzeln und konnte mir einen lustigen Spruch nur schwer verkneifen.

Stattdessen lauschte ich den letzten Klängen, des eher schiefen *Happy Birthday* und bedankte mich anschließend für die Glückwünsche. Ich pustete mit einem Mal die Kerzen aus und wünschte mir etwas …

Mums und meinem Ritual entsprechend gab es einen Teil der Geschenke im Bett und den anderen später, sprich nach dem Kaffeetrinken. So packte ich zuerst einen neuen Roman meiner Lieblingsautorin und einen Film aus. Dann überreichte Dave mir mit dem Kommentar, dass man damit bei Mädchen eigentlich nichts falsch machen könne, eine Schachtel, in der sich ein Hard Rock Café T-Shirt aus Vancouver befand. Als letztes kam Jason, der mir lässig etwas zuwarf. Er hatte es nicht eingepackt, um hervorzuheben, dass er ja viel zu cool für sowas war, aber gut. Ich quittierte es mit einem Lächeln. Jedenfalls entpuppte sich das Knäul in meinem Schoß als Boxhandschuhe und schwarzen, weiten Hoodie mit großem weißem Nike-Schriftzug.

»Damit du dir nicht immer meine leihen musst. Und damit du genauso lässig aussiehst wie wir, wenn wir unterwegs sind.« Wow, er hatte sich echt Gedanken gemacht. Damit hatte ich nicht gerechnet.

Ich freute mich immens und bedankte mich erneut bei den dreien.

Nachdem sie mein Zimmer verlassen und ich mich angezogen und fertig gemacht hatte, frühstückten wir gemeinsam.

Am Nachmittag kam wie verabredet Mason dazu. Wir aßen und tranken gemeinsam und unterhielten uns, bis Mum gespielt überrascht meinte: »Ach, Sky! Jetzt hätten wir doch beinahe dein Geschenk vergessen.«

»Mensch, Mum, das wäre echt nicht nötig gewesen, ich habe doch heute Morgen schon was bekommen.«

»Ja, aber das waren doch nur Kleinigkeiten.«

»Hier Sky, dein Hauptgeschenk«, sagte Dave und überreichte mir eine kleine Schachtel. Sie erinnerte stark an eine Ringschachtel, was für mich aber wenig Sinn ergab.

Während ich sie öffnete, sprach Dave weiter: »Ein Vögelchen hat uns gezwitschert, dass du jetzt deinen Führerschein hast. – Herzlichen Glückwunsch erst mal dazu! – Da haben deine Mum und ich uns gedacht, dass ein Führerschein allein nicht viel bringt und ...«

In der Schachtel war ein Autoschlüssel! Entgeistert starrte ich ihn an. Das konnte nicht ihr Ernst sein! Oder etwa doch?

»Na los, geh schon rausgucken. Er steht in der Einfahrt«, lachte Mum.

Sofort flitzte ich los, aus dem Wohnzimmer, durch den Flur, zur Tür hinaus. Ich blieb vor einem Wagen stehen. Meinem Wagen. Einem nagelneuen, glänzenden, roten Audi R8 Spyder!!!

Ich quietschte vor Freude. Sofort drehte ich mich um und wollte ins Haus schreien, da sah ich, dass sie mir allesamt gefolgt waren.

»Ihr seid verrückt! Der war doch viel zu teuer!« Ich lief zu Mum und Dave und umarmte sie nacheinander. »Danke, danke, danke. Ich liebe ihn. Er ist perfekt!« Ich konnte nur schwer widerstehen, sofort einzusteigen und direkt eine Probefahrt zu machen. Aber ich hatte Gäste und die wollte ich nicht einfach sitzen lassen.

Gegen Abend ging Mason und etwas später begab sich jeder von uns in sein Zimmer. Doch ich war noch zu aufgedreht, um schon Schlafen zu gehen. Also setzte ich mich auf mein Bett, schnappte mir mein neues Buch und versuchte auf diese Weise, langsam runterzufahren.

Da klopfte es plötzlich an mein Fenster. Leise und zaghaft. Dennoch schreckte ich aus dem Buch auf und blickte panisch Richtung Fenster, bereit loszuschreien, sollte es einer von Ryans Leuten sein.

Ich entspannte mich augenblicklich, als ich sah, dass es Mason war. Was wollte er hier? Bei mir? Um diese Uhrzeit? Und wieso kam er über den Balkon? Und nicht durch die Haustür?

Ich stand auf und öffnete ihm leise die Balkontür.

»Hey, sorry. Ich wollte dich nicht erschrecken«, entschuldigte sich Mason sofort.

»Schon okay. Was machst du hier? Ist was passiert?«, wollte ich alarmiert wissen.

»Na ja, nicht direkt.« Ich sah ihn erschrocken an. »Ich habe dir dein Geburtstagsgeschenk noch gar nicht gegeben«, fügte er eilig hinzu.

Unglaube trat an Stelle der Sorge.

»Ich wollte es dir eigentlich heute Nachmittag geben. Aber dann hast du das Auto bekommen und da dachte ich, dass mein Geschenk … Na ja, es hat sich nicht mehr der richtige Moment ergeben. Also bekommst du es jetzt.«

Mason reichte mir eine kleine Schachtel, die der vom Nachmittag ähnelte. Ich nahm sie gespannt entgegen und löste vorsichtig die rote Schleife. Ich öffnete den Deckel und nahm etwas Zartes, Silbernes heraus. Ein Armband! Ich betrachtete es lange. Auf der Vorderseite war in schöner Schnörkelschrift ›*Prinzessin*‹ eingraviert. Mir war auf Anhieb klar, dass dieses ´Prinzessin´ nicht mehr abwertend gemeint war. Mir war schon bei den Fahrstunden et cetera aufgefallen, dass es sich ins Positive, Nette wandelte. Und mir war bewusst, dass das von nun an auch immer so sein würde.

Ich drehte das Armband und konnte auf der Rückseite, fast unsichtbar, ein winziges ›M‹ entdecken. ›M‹ für ›Mason‹, den Schenker. Wie süß! Ich merkte, wie mir die Röte ins Gesicht stieg.

Mason ergriff die Initiative, nahm mir das Armband vorsichtig aus der Hand und befestigte es mir sanft am Handgelenk. Es passte perfekt.

Die ganze Zeit hatte ich seine starken Hände angeschaut, doch jetzt löste ich meinen Blick und sah ihm direkt in die Augen.

»Danke, Mason. Es ist wunderschön.« Wir sahen uns gegenseitig an und schwiegen. Ein angenehmes Schweigen.

Dann legte Mason seine Hände behutsam an meine Wange und näherte sich mit seinem Gesicht immer mehr dem Meinen.

Er wollte mich doch nicht etwa …? Oder?

Doch er kam immer näher. Ein Prickeln breitete sich in meiner Magengegend aus. Mein Blick wanderte zwischen seinen Augen und seinen Lippen hin und her, bis schließlich seine Lippen auf meinen lagen und wir in einem wunderschönen Kuss versanken. So atemberaubend schön, dass man ihn kaum beschreiben konnte. Er war so zart und sanft. Einfach traumhaft.

Nach einer Weile lösten wir uns ein wenig voneinander und sahen uns einfach nur an.

»Das war …«, begann Mason.

»Wow«, beendete ich überwältigt.

Nach einigen weiteren Minuten trat Mason einen Schritt zurück und drehte sich um. Im Gehen rief er mir noch leise ein »Bis morgen, Prinzessin« zu. Dann machte er einen gekonnten Satz über das Geländer und verschwand in der Dunkelheit.

Ich blieb auf dem Balkon zurück. ›Prinzessin‹ Noch nie hatte jemand dieses Wort so schön ausgesprochen wie Mason gerade.

Verdammt war ich verliebt! Das war schon fast kitschig! Warte … Ich war verliebt! Ich! War! Verliebt! Und Mason auch in mich!

Verständlich, dass ich die Nacht kaum geschlafen hatte, oder?

Am nächsten Morgen frühstückten Mum, Dave, Jason und ich noch gemeinsam, bevor unsere Eltern sich gegen Mittag wieder auf den Rückweg machen würden.

»Sky, warum grinst du so? Ist irgendetwas passiert? Können wir uns mitfreuen?«

»Ach, ich hatte gestern einfach den schönsten Geburtstag meines Lebens«, sagte ich selig lächelnd, im Bewusstsein darüber, dass Mum und ich zwei verschiedene Dinge als das Highlight des gestrigen Tages ansahen. Aber ich empfand es als zu früh, ihr von den Geschehnissen zu erzählen; und besonders vor Jason wollte ich das Thema nicht ausbreiten. Vor allem nicht, bevor ich nicht ganz genau wusste, woran ich war. Denn wenn ich es überstürzte, könnte ich alles kaputt machen. Meine Freundschaft zu den Jungs, die Freundschaft zwischen Jason und Mason ... Das wollte ich auf keinen Fall!

Aber wie stellte ich es an, rauszufinden, woran ich war, ohne direkt nachzufragen? Ich wusste, dass auch Mason eher zu den Playern gehörte, die auf einer Party mal eben Eine abschleppten und am nächsten Morgen nicht mal mehr ihren Namen wussten. Aber nach so einer Nummer war mir das Ganze nicht vorgekommen. Sonst hätte er mir nichts geschenkt und vor allem mehr als nur einen Kuss verlangt. Also musste das doch bedeuten, dass er es ernst meinte, richtig?

Gegen Mittag, als Mum und Dave wieder weg waren, begann ich, mich fertig zu machen, da ich mich für den Nachmittag mit Bri, Faith, Rachel und Jenna in der Mall verabredet hatte, um meinen Geburtstag bei einem Latte Macchiato zu feiern.

Wie verabredet kam Mason bei mir vorbei. Jason war eh anderweitig beschäftigt. Wir grüßten uns, sahen uns verlegen an und stiegen dann in unsere Autos. Wir fuhren getrennt – ich konnte endlich meinen neuen Wagen testen! –, da Mason ja offiziell gar nicht mitkam. Ich glaubte, die ganze Fahrt über neben ihm zu sitzen, hätte ich auch nicht ausgehalten. Auf den Verkehr hätte ich mich dann jedenfalls nicht konzentrieren können. So folgte er mir mit einem gewissen Abstand.

An der Straßenecke sammelte ich Rachel ein, die anderen kamen direkt zur Mall.

»Hey, Sky. Schickes Auto! Fast so cool wie meins«, neckte mich Rachel, als sie einstieg.

»Da bin ich anderer Meinung als du«, gab ich lachend zurück.

Etwa 20 Minuten später erreichten wir das große Einkaufszentrum. Am Eingang standen bereits die anderen. Sofort kamen sie auf uns zu, umarmten uns zur Begrüßung und gratulierten mir noch mal nachträglich zum Geburtstag. Dann gingen wir rein und setzten uns zu Starbucks.

Da es meine ›Feier‹ war, schmiss ich die Runde und kam wenig später mit unseren Getränken zurück an unseren Tisch, wobei ich mich unauffällig umsah und versuchte, Mason unter den Menschen auszumachen. Schließlich erkannte ich ihn ein paar Tische weiter. Er saß mit dem Rücken zu uns hinter einer großen Pflanze. Auch wenn er mich nicht ansah, spürte ich, wie ich ein wenig rot wurde.

»Hey, Erde an Sky! Was ist los? Träumst du?«, riss Rachel mich aus meinen Gedanken.

»Sorry«, lachte ich verlegen und versuchte, mir nichts anmerken zu lassen.

Ich setzte mich zu meinen Mädels an den Tisch und wir quatschten über Dieses und Jenes, lachten und hatten viel Spaß. Hin und wieder linste ich zu Mason hinüber, aber ansonsten schaffte ich es, meine Gedanken an ihn zur Seite zu schieben.

Abends lösten wir unsere fröhliche Runde auf. Wir gingen gemeinsam zu den Parkplätzen, verabschiedeten uns schließlich und nahmen getrennte Wege nach Hause. Ich setzte Rachel wieder an der gewohnten Straßenecke ab – das war eine Diskussion gewesen, sie einladen zu dürfen, weil sie ja immer noch Ryans Schwester war. Aber schließlich hatten die Jungs nachgegeben;

was sollte Ryan schließlich in einer Mall unter so vielen Menschen anstellen? –, dann fuhr ich weiter nach Hause.

Dort angekommen parkte wenige Augenblicke später auch Mason in der Einfahrt ein und stieg aus.

»Noch mal danke, dass du da warst. Und, dass ich deshalb mit meinen Freundinnen feiern konnte. Das war echt mega nett von dir.«

»Kein Ding, war doch selbstverständlich«, versuchte Mason, die Sache ein wenig herunterzuspielen.

»Willst du noch kurz mit reinkommen? Du und Jason haben doch bestimmt noch irgendetwas zu besprechen.«

»Ne, danke. Ich rufe Jase später noch mal an.«

»Okay, dann bis morgen«, sagte ich und ging einen Schritt auf ihn zu, um ihn spontan zur Verabschiedung zu umarmen. Mason reagierte zuerst ein wenig unbeholfen, was mich meine Handlung sofort in Frage stellen ließ, umarmte mich dann aber kurz zurück.

»Bis morgen, Prinzessin.«

JASON

Nachdem ich das Skypegespräch mit Mason beendet und meinen Laptop ausgeschaltet hatte, hörte ich Musik von draußen. Es handelte sich um die sanften Töne einer Gitarre. Hin und wieder konnte ich auch eine Stimme leise dazu singen hören. Also beschloss ich, auf den Balkon zu gehen und zu gucken, woher die Musik kam.

Schon als ich den Kopf aus der Tür streckte, bemerkte ich, dass es sich um Sky handelte, die mit einer Gitarre auf dem Balkon saß. Ich wusste gar nicht, dass sie Gitarre spielte.

Sie spielte ein langsames, gefühlvolles Lied und bei genauerer Betrachtung fiel mir auf, dass sie angefangen hatte zu weinen. Doch als würde sie dies nicht bemerken, spielte sie weiter. Ich wollte sie nicht stören und da sie echt gut spielte, blieb ich einfach im Türrahmen stehen und lauschte ihr.

Nach einer Weile entschied ich mich doch dazu, mich zu erkennen zu geben und trat einen Schritt zu ihr auf den Balkon hinaus. Augenblicklich verstummte die Gitarre und sie sah zu mir auf. Ihr schien es fast peinlich zu sein, dass ich sie beim Spielen ›erwischt‹ hatte. Dass sie geweint hatte, fiel ihr nämlich erst danach auf, was sie zu überspielen versuchte.

»Ich wusste gar nicht, dass du Gitarre spielst. Du bist echt gut.«

Einen Augenblick sah sie mich nachdenklich an. Sie schien sich nicht sicher zu sein, was sie antworten sollte, entschied sich dann aber anscheinend für die Wahrheit.

»Meine Dad hat es mir beigebracht.«

Augenblicklich trat eine Traurigkeit in ihre Augen, die mich dazu brachte, sie trösten zu wollen, weshalb ich mir einen Stuhl dazu zog und mich zu ihr setzte.

»Aber das ist doch toll. Wo wohnt dein Dad denn jetzt? Noch in San Francisco? Ich habe dich in der ganzen Zeit noch nicht ein einziges Mal von ihm sprechen hören. Hast du noch oft Kontakt zu ihm?«

Sie zögerte einen Moment. Doch dann antwortete sie: »Mein Dad ist vor vier Jahren gestorben.« Oh nein! »Seitdem habe ich nicht mehr gespielt. Ich habe es einfach nicht übers Herz gebracht. Jedes Mal, wenn ich die Gitarre in der Hand hatte, musste ich anfangen zu weinen, sodass ich es schließlich auch nicht mehr versucht habe. Aber heute … Irgendwie hatte ich das dringende Bedürfnis zu spielen.«

»Wieso?«, fragte ich, da ich das Gefühl hatte, dass sie sich einfach mal alles von der Seele reden musste.

»Ich habe früher immer mit meinem Dad zusammengespielt. Er hat mir das Spielen beigebracht, als ich noch ganz klein war. So haben wir oft zusammengespielt und dazu gesungen. Dad hat mir gezeigt, dass man seine Gefühle sehr gut mit Musik zum Ausdruck bringen kann und dass man dadurch das Geschehene besser verarbeiten und sich befreit fühlen kann.« Ich hörte ihr die ganze Zeit aufmerksam zu, ohne sie zu unterbrechen. »So einen Moment hatte ich eben. Am Wochenende ist so viel passiert und es haben sich in mir so viele Gefühle angestaut, dass ich sie einfach rauslassen musste. Außerdem bin ich beim Spielen meinem Dad ganz nah. Ich habe das Gefühl, dass er hier bei mir sitzt und mich unterstützt und drückt.«

Sky hatte wieder angefangen zu weinen. Doch statt einer langen, aufmunternden Antwort, die ich eh nicht hatte, nahm ich sie einfach in den Arm und hielt sie, so wie sie es sich wahrscheinlich gerade von ihrem Dad oder wenigstens ihrer Mum gewünscht hätte.

Eine Weile saßen wir nur da, den Blick in die Dunkelheit gerichtet, keiner sagte ein Wort. Schließlich stand ich auf, ging in Skys Zimmer und kam mit ihrer Wolldecke zurück, die ich ihr umlegte, da sie zu zittern begonnen hatte.

Dann begann ich zu reden. Da sie so ehrlich zu mir gewesen war, würde ich nun auch ehrlich zu ihr sein. »Meine Mum ist vor einigen Jahren mit ihrem neuen Lover durchgebrannt. Irgendwohin weit weg gezogen mit ihm. Zum Geburtstag und zu Weihnachten gab es eine Karte mit Geld, vielleicht ein Päckchen oder auch mal einen Anruf. Sonst hatten wir von ihr kaum noch gehört. Wir waren ihr so ziemlich egal. Es zählte nur noch ihr neuer Freund. Am Anfang war ich echt traurig und verzweifelt, wollte unbedingt, dass sie wiederkommt. Aber mittlerweile ist sie mir egal. Meinetwegen kann sie bleiben, wo der Pfeffer wächst, ehrlich. Seit drei Jahren habe ich sie jetzt weder gesehen noch von ihr gehört. Seit ...« Ich musste tief schlucken, »... seit der Beerdigung von Kathy ... meiner kleinen Schwester.«

Sky hatte mir die ganze Zeit über zugehört, ohne mich zu unterbrechen, genauso wie ich zuvor bei ihr. Doch jetzt sah ich, wie sich ihr Gesichtsausdruck veränderte. Er wandelte sich von einfühlsam über schockiert zu tief bedauernd und mittrauernd.

»Wieso? Ich meine, warum ist sie ...?«, fragte sie mit zitternder Stimme.

»Selbstmord«, versuchte ich knapp zu erklären, wusste aber, dass es einiger weiterer Erklärungen bedurfte. Und um ehrlich zu sein, wollte ich es auch nicht so stehen lassen. Denn es ging hier um meine geliebte kleine Schwester. Ihre Geschichte war und durfte nicht mit einem Wort erklärt sein. »Na ja, sie wurde in den Selbstmord getrieben. Sagen wir es so. Du wolltest doch wissen, warum Ryan und ich Rivalen sind. Da hast du es: Vor fast vier Jahren, meine Schwester war noch dreizehn, Ryan und ich gerade 15, begannen die beiden, sich vermehrt zu treffen. Das war auch erst mal kein Problem, schließlich hatten Ryan, Mason und ich uns damals echt gut verstanden ... Jedenfalls begann sich etwas zwischen den beiden zu entwickeln. So schien es zumindest. Die beiden wurden ein Paar. Doch nicht viel später, als Kathy Ryan hoffnungslos verfallen war, begannen er und seine Freunde damit, sich einen Spaß daraus zu machen und sie zu necken. Aus dem Necken wurde Ärgern und schließlich Mobbing. Es ging so weit, dass sie Lügengeschichten in der Schule verbreiteten und Ryan sie schließlich unter einem Vorwand zu sich einlud. Doch statt eines Versöhnungsgesprächs, wie meine Schwester es sich immer erhofft hatte, traf sie nicht nur Ryan, sondern auch den Rest seiner Drecksgefährten an. Sie überwältigten sie, zogen sie aus und begannen Fotos von ihr zu machen. Sie drohten ihr, die Bilder ins Netz zu stellen. Außerdem hat Ryan sie missbraucht ...« Meine Stimme versagte. Weiter ins Detail gehen konnte ich nicht. Es tat einfach zu weh, daran zu denken, was die Schweine Kathy angetan haben. »... So stand es zumindest in ihrem Abschiedsbrief. Die Fotos hat Ryan mir am Tag ihrer Beerdigung geschickt. Kathy hatte mir nie etwas davon erzählt, dabei konnten wir eigentlich immer über alles reden. Ich habe die Neckereien von Ryan nie ernst genommen, sie als Spaß abgetan. Erst als es ihr plötzlich schlechter zu gehen schien, habe ich nachgedacht und versucht, etwas dagegen zu unternehmen. Aber da war es schon zu spät ... Kathy war halt immer eine gute Schauspielerin gewesen.« Ich hielt kurz inne und räusperte mich. »Eines Tages kam sie nicht wie üblich runter zum Frühstück, also bin ich hoch. Sie lag friedlich in ihrem Bett. Es schien, als schliefe sie, doch neben ihr lagen leere Tablettenschachteln und ihr Herz hatte schon aufgehört zu schlagen ... Welche Vorwürfe ich mir gemacht habe, dass ich ihr nicht helfen konnte ... Da bin ich dann in die illegale Szene abgerutscht. Sobald ich Auto fahren durfte, fing ich beziehungsweise fingen wir, mit den Drogendeals an ...

Aber um darauf zurückzukommen: Ich kann vollkommen nachvollziehen, wie du dich fühlst. Ich habe auch jemanden verloren der mit wichtig war und auch immer noch ist. Und damit meine ich meine Schwester und nicht meine Mum.« Nach einem Moment ergänzte ich: »Auch für Mason war Kathy wie eine Schwester. Ihn hat ihr Tod fast ebenso hart getroffen wie mich.«

S K Y

Seine Worte schnürten mir die Kehle zu.

Jason hatte mir von sich aus sein Herz ausgeschüttet. Seine Geschichte war grauenhaft und traf mich mitten ins Herz. Ich schluckte und dachte einen Moment über seine Worte nach … Ich konnte ihn jetzt viel besser verstehen. Ich wusste nun, warum er mir nicht vor allen Jungs diese intime, traurige Geschichte erzählen wollte, aber auch, warum er so beschützerisch mir gegenüber war. Er wollte nicht noch eine ›Schwester‹ verlieren. Er wollte gut machen, was er bei Kathy nicht geschafft hatte. Der Arme. Dabei war es gar nicht seine Schuld. Schuld traf einzig und allein Ryan und seine Anhängsel.

Dass er da den Ausweg nur noch darin gesehen hatte, sich abzuschotten und sich für alle anderen unangreifbar zu machen, erschien mir nur logisch. Den Erfolg und die Bestätigung die er zu Hause nicht erfahren hatte, da sein Dad nie da gewesen war und seine Mum sowieso nicht, suchte er in den illegalen Streetfights und seinen Drogengeschäften.

Doch genug der Philosophie. Ich musste ihm unbedingt zeigen, wie viel es mir bedeutete, dass er mir das alles erzählt hat, und dass ich ihn verstand. Mitleid konnte man in solch einer Situation nicht gebrauchen, das wusste er genauso gut wie ich.

Also tat ich das gleiche wie er zuvor. Ich drückte ihn fest.

»Danke. Danke, dass du es mir erzählt hast. Deine Schwester war bestimmt eine wundervolle Person. Ich hätte sie gerne kennengelernt.« Ich hielt kurz inne. Dann fügte ich mit Nachdruck hinzu: »Aber es ist nicht deine Schuld, dass sie tot ist; es ist Ryans und du hättest nichts tun können. Du warst doch noch ein Kind!«

MASON

Am Montagnachmittag stand Footballtraining auf dem Programm. Jason und ich standen mit dem Rest unserer Mannschaft auf dem Sportplatz und hörten dem Coach zu, der uns Anweisungen für das nächste Spiel gab. Ein kleines Stück entfernt, am Rand des Spielfeldes, standen die Cheerleaderinnen und machten sich warm. In der zweiten Reihe konnte ich Sky ausmachen. Irgendwie passte sie für mich nicht in diesen Sport, wenn ich sie mit unserem gemeinsamen Training im Fitnessstudio verglich, wo sie vor Kraft nur so strotzte. Aber irgendwie passte es auch wieder. Sie sah super-süß in ihrer Uniform aus und ... verdammt war sie gelenkig!

»Mr. McAdams?«, riss mich die Stimme unseres Trainers aus meinen Gedanken.

»Hmmm? Ja, Coach?«

»Sind wir mehr an den Mädels interessiert als am Spiel?«

Die anderen Jungs lachten. Jason stieß mich in die Seite. »Genau, Mase. Mädels gibt's erst nach dem Sieg.«

Stimmt, so hatten wir es sonst manchmal gemacht. Die Mädels unserer Schule himmelten ihr Footballteam und vor allem ihre Kapitäne total an. Da war es ein Leichtes, Eine mit nach Hause oder in die Umkleide oder so zu nehmen. Sie fühlten sich geehrt und wir hatten unseren Spaß. Aber wenn Jason nur wüsste, auf wen ich da ein Auge geworfen hatte ...

»Ay, ay, Captain!«, antwortete ich jedoch, um aus der leicht unangenehmen Situation zu kommen, und hob die Hand an die Stirn. Von da an versuchte ich, mich mehr auf das Training zu konzentrieren.

Doch ich konnte nicht anders, als nach dem Training – Jason war schon weg, da er noch was zu erledigen hatte – vor der

Sporthalle auf Sky zu warten. Ich lehnte mich lässig mit dem Rücken an die Wand und rauchte.

Irgendwann kam Sky endlich aus der Halle. Sie sah mich im ersten Moment nicht, also stieß ich mich von der Wand ab und ging neben ihr her. »Habe ich dir eigentlich schon gesagt, dass du in deiner Cheerleading-Uniform echt heiß aussiehst, Prinzessin?«

Sie sah mich kurz irritiert an, dann stieß sie mir lachend ihren Ellbogen in die Seite. »Das sagst du doch nur, weil die Röcke so kurz sind und du dauergeil bist!«

»Ey! So notgeil bin ich nun auch wieder nicht. Ne, jetzt mal im Ernst. Du siehst darin echt super aus.«

»Ähm, dann danke«, entgegnete sie verlegen.

Dann waren wir auch schon an ihrem Auto angekommen.

»Gehen wir heute noch trainieren?«

»Nein, ich denke, das Training reicht für heute. Aber ich komme nachher noch mal vorbei. Ich muss noch was mit Jason besprechen.«

»Okay, dann bis später.«

»Komm gut nach Hause. Wenn du dir doch noch unsicher beim Fahren bist, können wir gerne noch mal zusammen die Stadt unsicher machen und ein bisschen üben.«

»Danke und danke. Aber ich glaube, es geht schon ganz gut. Sonst melde ich mich auf jeden Fall bei dir. Bye.«

»Ciao.«

Dann stiegen wir in unsere Autos und fuhren davon.

Etwa zwei Stunden später machte ich mich auf den Weg zu Jason. Oder wohl eher zu Sky, da ich wusste, dass Jason von seinem Auftrag noch nicht wieder zurück sein würde. Doch so konnte ich ein paar ungestörte Minuten mit ihr erhaschen. Mal gucken, wie die Atmosphäre so war.

Ding Dong

Keine zehn Sekunden später öffnete Sky die Tür. »Hey, Mason. Komm rein. Jason ist noch nicht da, sorry. Aber er kommt bestimmt gleich. Willst du in seinem Zimmer warten, oder …?«

»Hi auch, Sky. Jetzt hol´ erst mal Luft. Und wenn Jase erst in ´ner Stunde auftaucht, ist doch egal. Ich habe es nicht eilig.«

»Okay. Gut. Na dann. Du kennst dich hier ja aus … wahrscheinlich sogar besser als ich«, fügte sie nach einem kurzen Moment schmunzelnd hinzu.

»Da hast du vermutlich recht«, grinste ich zurück.

Dann drehte sich um und begann, die Treppe hinauf in Richtung ihres Zimmers zu gehen. Ich folgte ihr hinauf, doch anstatt, wie sie wahrscheinlich erwartet hatte, in Jasons Zimmer abzubiegen, ging ich mit in ihr Zimmer, schlüpfte an ihr vorbei und ließ mich auf ihr Bett fallen.

Während sie mir einen irritierten Blick zuwarf, sah ich sie nur abwartend an.

»Okayyy. Mason, ist irgendetwas?«

»Erstens: Du kannst mich, wie alle anderen auch, ›Mase‹ nennen. Zweitens: Ich bin hier, Jason nicht, du aber schon und es ist ja nicht so, als würden wir nicht miteinander klarkommen. Ganz im Gegenteil sogar, würde ich behaupten.« Ich warf ihr einen eindeutigen Blick zu. Sky wurde augenblicklich rot. »Ach, jetzt komm schon. Setzt dich zu mir auf DEIN Bett und lass uns quatschen. Ich beiße schon nicht. Und meine Knarre habe ich auch nicht dabei.«

»Schön«, gab sie sich geschlagen und setzte sich mit für meinen Geschmack zu großem Abstand neben mich aufs Bett.

»Über was willst du reden?«

»Keine Ahnung. Schlag du was vor.«

»Na, du bist mir einer. Willst dich unterhalten, weißt aber nicht worüber. Aber gut. Du hast es so gewollt. Ich stelle dir eine Frage, die du mir ehrlich beantworten musst, dann umgekehrt und immer so weiter. Einverstanden?«

»Jup«, entgegnete ich achselzuckend.

»Okay. Hmmm. Was ist deine Lieblingsfarbe?«

»Dein Ernst? Ich dachte, jetzt kommt was richtig Tiefgründiges. Aber okay. Schwarz. Ich mag schwarz. Schwarze Schuhe, schwarze Lederjacke, schwarzes T-Shirt. Na ja, oder auch mal ein weißes, um etwas Abwechslung reinzubringen«, zwinkerte ich ihr zu. »Okay. Jetzt ich. Wie findest du Jason?«

»Was soll ich denn darauf jetzt antworten? Er ist dein bester Freund!«

»Wie wäre es mit der Wahrheit? Ich dachte, so sind die Spielregeln«, lächelte ich verschmitzt.

»Na gut. Um ehrlich zu sein, fand ich ihn am Anfang ziemlich scheiße. Er hat sich wie das größte Arschloch benommen.«

»So isser halt, der Jason.«

»Also, um das Mal klarzustellen. Du und die anderen wart auch nicht besser!« Gespielt entrüstet sah ich sie an.

»Ä-häm, ich glaube, ich habe mich verhört!«

»Ich glaube nicht«, antwortete sie frech.

»Das wirst du bereuen!«, rief ich, sprang auf, schmiss mich auf sie und begrub sie unter mir.

»Ey, Mason! Du bist schwer. Geh runter von mir.«

»Erst, wenn du das zurücknimmst.«

»Niemals. Und übrigens, du wiegst mindestens ´ne Tonne, du Elefant«, keuchte sie glucksend.

»Das hast du nicht gesagt.« Ich machte mich extra schwer.

»Und ob ich das gesagt habe.« Ich blieb einfach liegen und grinste sie an.

»Ich bekomme keine Luft mehr, Mason«, japste sie schließlich.

»Du weißt, was du zu tun hast.«

»Grrr. Schön. Liebster Mase, du warst von Anfang an der Tollste von allen und warst immer nur nett zu mir. Würdest du jetzt bitte von mir runter gehen?«

»Geht doch.« Ich raffte mich grinsend hoch.

»Ätschibätsch, ich habe die Finger gekreuzt«, lachte Sky, nachdem sie kurz Luft geholt hatte, sprang vom Bett auf und lief in Richtung Tür.

»DU!!!« Doch gerade als ich sie eingeholt hatte und zurückziehen wollte, hörte ich jemanden das Haus betreten.

Sofort ließ ich Sky los. Im selben Augenblick kam Jase die Treppe hoch. Er sah einen winzigen Moment irritiert aus. Er wusste, dass ich da war, mein Auto stand schließlich in der Einfahrt. Aber er hatte wohl nicht damit gerechnet, dass ich zusammen mit Sky im Flur stehen würde, wenn er ankam.

»Da bist du ja endlich. Alles glatt gelaufen?«, brach ich den Moment der Stille.

»Ja, alles easy.«

»Sehr gut. Erzähl.« Damit ging ich an Sky vorbei und hinter Jase her in sein Zimmer. Diese Gespräche waren definitiv nicht für sie bestimmt.

S K Y

Irgendwie wurde es schnell zur unausgesprochenen Regel, dass Mason von nun an immer etwas zu früh kam, wenn Jason ohne ihn unterwegs war. Wir saßen meist auf meinem Bett und quatschten. Manchmal spielten wir auch das Spiel vom ersten Mal. Oft nahm ich mir extra nichts vor, um Mase bloß nicht zu verpassen. Denn ich genoss die Zeit mit ihm. Und es schien mir, als täte er das auch.

Dennoch war ich mir manchmal unsicher, auf welchem Stand unsere Beziehung für ihn war. War sie rein freundschaftlich oder wollte er doch mehr? Manchmal hatte ich das Gefühl ›Ja‹, aber dann auch wieder nicht, weil ich wusste, dass er sonst nicht lange fackelte, wenn er ein Mädchen wollte. Aber darauf ansprechen wollte ich ihn nicht, aus Angst alles kaputt zu machen. Doch ich war verliebt. In den besten Freund meines Stiefbruders.

Vielleicht wollte Mason auch nichts überstürzen, weil er nicht wusste, wie Jason darauf reagieren würde. Ach man. War das alles verzwickt.

Heute saßen wir ausnahmsweise auf dem Balkon und quatschten.

»Ich habe eine Frage: Wo gefällt es dir besser. Hier oder in San Francisco?«

»Hier. Definitiv.«

»Obwohl deine Mum nie da ist?«

Ja, unter anderem wegen dir, dachte ich mir, aber das konnte ich so schlecht sagen. Also entschied ich mich für etwas Unverfänglicheres, was ebenfalls der Wahrheit entsprach:

»Ja. Hier habe ich neue Freunde gefunden. Außerdem ist hier nicht alles voller Erinnerungen an früher …«

»Schlechte Erinnerungen? An deinen Ex?«

»Auch. Aber nicht nur. Ich glaube, ich meine eher die traurigen. An meinen Dad« ... »... der vor ein paar Jahren verstorben ist«, fügte ich erklärend hinzu.

Bevor Mason etwas erwidern konnte, sprach ich weiter:

»Jetzt musst du mir aber auch eine Frage beantworten: Warum hast du mit den Drogengeschäften und so angefangen?«

Er zögerte und war sich sichtlich unschlüssig, wie er diese Frage beantworten sollte.

»Aus denselben Gründen wie Jason?«, fügte ich daher hinzu.

Mason war sich offensichtlich nicht sicher, wie viel ich wusste und was er sagen konnte.

»Wegen ihr?«

MASON

Sie wusste es. Sie wusste von Kathy. Jason musste es ihr erzählt haben. Also vertraute er ihr. Das war etwas Besonderes, denn Jason öffnete sich den Menschen nicht einfach so.

»Ja«, antwortete ich schlicht. Sie kannte die Geschichte ja bereits. »Ich habe mich, genauso wie Jase, verantwortlich für ihren Tod gefühlt. Sie hatte das nicht verdient … Na ja, und dann mussten wir uns irgendwie ablenken. Wenn man es so sagen kann.«

Ich sah ihr an, dass sie mich verstand und genau wusste, was ich meinte, ohne dass ich es weiter ausführen musste. Es war ein gutes Gefühl, es jemandem zu erzählen, der einen verstand. Und ich war mir sicher, dass sie es nicht einfach weitererzählen oder uns irgendwelche Vorwürfe darüber machen würde, wie wir uns aus der Situation gerettet hatten. Jason schien genauso zu empfinden. Das war gut.

Ich spürte eine innere Verbundenheit zu Sky – so kitschig das auch klang –, aber irgendwie war plötzlich diese kleine Barriere, die anscheinend noch zwischen uns gestanden hatte, weg.

Dementsprechend packte ich die Situation beim Schopfe und fing Sky am nächsten Tag nach der Schule ab und fragte sie, ob sie nicht Lust hätte, vorm Training noch bei Starbucks Halt zu machen.

Sie stimmte zu und so trafen wir uns eine Stunde später bei Starbucks. Wir suchten uns eine Nische hinten in der Ecke, damit uns nicht sofort jeder sah, quatschten und tranken einen Kaffee. Dann fuhren wir zum Fitnessstudio, wo Cole zeitgleich mit uns ankam.

»Hey, Mase! Hey, Sky! Wo kommt ihr denn gemeinsam her?«

»Hey, Cole. Es gibt halt nicht so viele verschiedene Wege hier her.«

»Wenn du meinst«, neckte er weiter.

Das Training verlief ganz gut. Wir waren vollzählig und beschlossen, zum Schluss noch einen kleinen Kampf zu veranstalten. Jase gegen Aiden. Jayden gegen Cole. Und ich gegen Sky. Wie hätte es anders sein sollen.

Sie schlug sich ziemlich gut im Ring. Selbstverständlich kämpfte ich nicht mit voller Kraft gegen sie, sonst läge sie schon längst am Boden. Stattdessen spielte ich ein wenig mit. Doch gewinnen lassen wollte ich sie definitiv nicht, dafür war mein Stolz dann doch zu groß.

Gerade als sie dachte, sie wäre in einer überlegenen Position, wandte ich das Blatt und drückte sie mit einem Ruck zu Boden. Und so lagen wir da. Sie mit dem Rücken auf dem Boden und ich mit ein paar Zentimetern Abstand über ihr. Ich konnte ihren schnellen Atem in meinem Gesicht spüren.

»Küssen!«, rief Cole.

Sky wurde augenblicklich rot und auch ich erstarrte in meiner Bewegung.

»Ach komm, Mase. Du bist doch sonst nicht so schüchtern«, stimmte nun auch Aiden mit ein.

Aber ich konnte doch jetzt nicht einfach ... Vor allem nicht vor Jase ...

»Glaubst du etwa echt, dass ich so blöd bin und nicht merke, warum du immer zu früh bei uns auftauchst? Also macht schon.« Ohhh. Ich fühlte mich ertappt und auch Sky schien es ähnlich zu gehen. Aber warte. So wie er es gesagt hatte, schien er es ernst zu meinen!

Ich sah Sky fragend an. Sie lächelte unsicher zurück. Also überwand ich die letzten Zentimeter zwischen uns und küsste sie endlich. Erst sachte, dann fordernder – so war ich nun mal, keiner von der langsamen, zarten Sorte – und sie erwiderte.

Schließlich lösten wir uns lächelnd voneinander. Dann half ich ihr auf und stieg mit ihr aus dem Ring. Das Pfeifen der Jungs ignorierte ich gekonnt.

»So, die Nächsten sind dran«, entgegnete ich betont cool.

»Ich hoffe, du meinst das, wofür der Ring eigentlich gemacht ist, und nicht das, was ihr daraus gemacht habt«, sagte Jayden schmunzelnd und kletterte in den Ring.

SKY

Nun war es offiziell. Mason und ich waren ein Paar!

Er holte mich morgens vor der Schule ab, wir standen zusammen auf dem Pausenhof und unternahmen oft etwas zusammen, auch ohne die anderen Jungs. Bri und Faith waren zwar skeptisch, freuten sich aber trotzdem für mich.

Ich war so glücklich, dass ich selbst die SMS, die ich am Abend nach unserem zweiten Kuss bekommen hatte, nicht ernst nahm.

> Hey, Skyilein. Hast du mich so schnell ersetzt?! Ich bin echt enttäuscht von dir! <

Auch wenn ich den Jungs nichts von Jakes Nachrichten erzählte – sonst konnten wir über so gut wie alles reden, aber ich wollte sie nicht beunruhigen –, blieben sie beschützerisch; wenn sich ihr Beschützerinstinkt nicht sogar noch verstärkt hatte. Ich nannte es einfach den Musketier-Effekt: Alle für einen und einer für alle. Ich war schließlich Masons Freundin und der Brüderbund unter ihnen war immens stark, fast so stark, dass man sagen konnte, ich war nicht nur Mase Freundin, sondern ›das Mädchen der Bad Boys‹. Das passte den Schulschlampen natürlich so gar nicht in den Kram. Aber gut. Sie waren eifersüchtig und machten dumme Sprüche, denn sie waren über eine Nacht mit den Jungs nicht herausgekommen. Dabei schienen sie sich damit sonst auch zufrieden gegeben zu haben. Sie lechzten noch immer nach der Aufmerksamkeit der anderen. Aber mir sollte es egal sein.

Kam ein blöder Spruch, schauten den Übeltäter ›alle meine Bad Boys‹ an und das Thema war gegessen. Das hatte auch was für sich. Hihi.

Die Jungs wurden dennoch relativ tolerant. Sie fanden es zwar nicht gut, dass ich mich mit Rachel traf, aber sie akzeptierten es, solange es sich im Rahmen hielt. Außerdem schien vorerst eine Art Waffenstillstand zwischen den beiden Gangs zu herrschen, wodurch sich die Atmosphäre zwischen ihnen zwar nicht verbesserte, aber die Jungs einigermaßen besänftigt, und Rachel und ich relativ sicher waren. Wenn ich es richtig mitbekommen hatte, waren Ryan und Co. aktuell eh mit anderen Dingen beschäftigt, da wohl einer ihrer Aufträge dermaßen schief gegangen war, dass zwei seiner Jungs kurzzeitig im Gefängnis gesessen hatten und der Rest von ihnen unter Beobachtung stand. Offiziell hielten sie die Füße still, wobei sie sich wohl eher im Geheimen neu formatierten und einen Weg suchten, ungestört weiter ihren Geschäften nachgehen zu können.

Doch wenn es um ihre Machenschaften ging, blieben die Jungs hart. Als ich mitbekam, dass sie am Wochenende zu einem Streetfight wollten und Mason im Finale stand, wollte ich unbedingt mitkommen. Doch sie sagten mir nur, dass das für mich zu gefährlich wäre, da die dunklen Gestalten, die sich dort rumtrieben, nicht ganz koscher wären und ich zu Hause bleiben würde.

Mal davon abgesehen, dass die Jungs selbst Dreck am Stecken hatten, wollte ich mich nicht so einfach geschlagen geben. Doch ich merkte schnell, dass Diskutieren keinen Sinn machte, weshalb ich beschloss, ihnen ganz einfach Samstag zu folgen.

Und so tat ich es auch. Am Samstagabend – ich hatte mir extra dunkle Klamotten in Form eines schwarzen Kapuzenpullovers und einer schwarzen Jeans angezogen – wartete ich darauf, dass Jason das Haus verließ und zu besagtem Fight fuhr.

Gegen 21 Uhr hörte ich, wie er nebenan seine Sachen zu packen und sich fertig zu machen schien. Eine halbe Stunde später verließ er das Haus und ging in die Garage zu seinem Wagen.

Langsam folgte ich ihm die Treppe herunter. Erst als er sein Auto gestartet und aus der Einfahrt gebogen war, ging ich ebenfalls aus dem Haus, setzte mich schnell in mein Auto und fuhr ihm hinterher. Dabei ließ ich immer so viel Abstand wie möglich, sodass ich gerade noch mitbekam, wenn er abbog, er in der Dunkelheit mein Auto aber nicht genauer erkennen und somit mir zuordnen konnte.

Die erste Teilstrecke kannte ich, wir fuhren zu Mason. Seit wir ein Paar waren, war ich schon ein paarmal bei ihm gewesen. Sein Haus war genauso riesig und luxuriös wie unseres. Er lebte dort mit seinen Eltern, die aber ebenfalls beide so gut wie nie da waren. Sein Zimmer war sehr geräumig und gemütlich. Wir hatten dort schon gemeinsam Filme geschaut, gequatscht, geknutscht …

Da es zu auffällig gewesen wäre, Jason bis zur Haustür hinterher zu fahren, bog ich eine Straße vorher ab, drehte und wartete, dass die beiden an mir vorbeibrausten. Dann nahm ich wieder die Verfolgung auf.

Wir fuhren knapp 40 Minuten, erst aus dem Wohngebiet heraus und dann immer weiter hinein in irgendwelche verlassenen Industriegebiete, bis ich eine große Lagerhalle mit dutzenden Autos davor erblickte. Das musste es sein.

Wieder parkte ich etwas abseits. Ich stellte Motor und sämtliche Lichter aus und wartete einen Moment. Erst einige Minuten nachdem Mason und Jason durch eine stählerne Tür im Inneren der Halle verschwunden waren, stieg ich aus, setzte meine Kapuze auf und ging in dieselbe Richtung wie sie zuvor.

Am Eingang angekommen, zögerte ich einen Moment. War es die richtige Entscheidung gewesen, ihnen zu folgen? Plötzlich war ich mir unsicher. Ich hatte ein ungutes Gefühl im Magen.

Doch ich konnte jetzt nicht wieder fahren, dass ging mir gegen meinen Stolz!

Als ich von drinnen Applaus und laute Rufe hörte, war auch meine Neugierde wieder geweckt. Ich wollte endlich wissen, wie so ein Streetfight ablief. Also öffnete ich die Tür einen Spalt, nur so weit, dass ich gerade hindurch schlüpfen konnte, und erblickte viele Menschen, die gebannt auf etwas in der Mitte der Halle schauten.

Sie beobachteten den ersten Fight, natürlich. Und wie nicht anders zu erwarten, waren auf Anhieb nur Männer unter den Zuschauern auszumachen. Ich würde sie auf 17 bis Ende 20 schätzen. Alle waren durchtrainiert und strahlten eine gewisse Stärke und Gefahr aus. Ein paar ältere, feiner gekleidete Männer waren auch darunter. Sie waren sicher reich und verbrachten ihre Abende damit, bei den Kämpfen zuzuschauen und zu wetten. Wenn sie meinten ...

Aber nun wollte ich wirklich wissen, was da vorne vor sich ging. Nur leider konnte ich in der letzten Reihe nicht wirklich viel sehen, da mich die meisten der Anwesenden um mindestens einen Kopf überragten. Mist! Und viel weiter vor konnte ich nicht, sonst würde mich jemand entdecken. Also versuchte ich, mich damit zu begnügen, mich auf Zehenspitzen zu stellen und zu versuchen, eine Lücke zu finden, durch die ich zumindest einen kleinen Blick auf das Geschehen erhaschen konnte.

Ich konnte zwei junge Männer ausmachen, die in einer Art Ring standen und immer wieder aufeinander los gingen und versuchten, den anderen k.o. zu bekommen. Okay, hätte ich mir ja eigentlich auch denken können, aber ich wollte es mit meinen eigenen Augen sehen.

Das machten die Jungs?!

Genau in dem Moment ging der kleinere der beiden zu Boden und der Kampf wurde mit K.o. beendet. Dann wurden die nächsten beiden aufgerufen.

»Ace und Mason. Ab in den Ring. Das Finale beginnt in …«

Ich sah, wie Mason und der andere Junge, Ace, ebenfalls durchtrainiert, muskulös, gefährlich und sogar ein kleines Stück größer als Mason, unter Applaus die Bildfläche betraten.

Doch den Rest bekam ich nicht mit, denn ich wurde abgelenkt. Plötzlich schlangen sich von hinten zwei Arme um mich und zogen mich ein Stück weg vom Geschehen.

Ich wollte schreien und um mich treten, um mich zu befreien, doch Ersteres wurde im Kern erstick, als sich eine der beiden Hände über meinen Mund legte. Letzteres zeigte auch nur geringe Erfolgsaussichten, da die Person hinter mir auch mit einem Arm einen sehr starken Griff hatte. Außerdem stand mir plötzlich jemand gegenüber, der ein wenig in die Hocke ging und mir dann die Kapuze vom Kopf zog. Mir lief es kalt den Rücken runter.

Der war ein richtiger Anabolikaaffe, so wie der aussah, mit seinem breiten Kreuz und seinen dicken Muskeln. Der hinter mir sah wahrscheinlich nicht anders aus, so einen festen Griff wie der hatte. *Reiß dich zusammen, Sky. Keine Schwäche zeigen. Die wollen dich bloß einschüchtern*, redete mein Unterbewusstsein auf mich ein. Ich biss die Zähne zusammen.

»Na, wen haben wir denn da? Du hast dich wohl verirrt, hier bei uns zu landen.« Er musterte mich eingehend. »Na ja. Wir wissen schon was mit dir anzufangen«, fügte der Typ pervers grinsend hinzu. »Wie wär's? Wir gehen jetzt zu dritt nach draußen. Hinter der Lagerhalle ist es schön ruhig und ungestört.« Sag mal, für was für ein Flittchen hielt der mich eigentlich? Ich glaube, es hackt! Sowas ließ ich mir definitiv nicht gefallen. Ich biss meinem Hintermann kräftig in die Hand, sodass er mich vor Schmerz zischend losließ. Schnell machte ich ein paar Schritte von den beiden Schweinen weg, doch weit kam ich nicht.

Mittlerweile hatten einige weitere Leute meine Anwesenheit bemerkt, sich vom Kampf abgewandt und ihre Aufmerksamkeit auf mich gerichtet. Ich wollte gar nicht wissen, was denen jetzt im Kopf vorging.

»Schlampe«, kam es nur von dem Anabolikaaffen, den ich gebissen hatte. »Das hättest du nicht tun sollen. Dir werde ich´s zeigen!«

Er holte zum Schlag aus. Er hätte mich auch mit voller Wucht in die Magengrube getroffen, hätte ich nicht so viel mit den Jungs trainiert. So wich ich in letzter Sekunde aus und er streifte nur meine Seite, was dennoch im ersten Moment ordentlich zwiebelte.

Ich funkelte meine Gegenüber herausfordernd an und war schon auf einen zweiten Angriffsversuch gefasst, als ich unsanft nach hinten gerissen wurde. Ich knallte gegen eine harte Brust, von der ich aber sofort wieder weggezogen und hinter diese Person geschoben wurde.

Eine weitere Person stand mittlerweile zwischen mir und dem Affen.

»Lasst gut sein. Sie gehört uns!« ZU uns, meinte er wohl, denn besagte Person stellte sich als Aiden heraus, und die Brust, mit der ich Bekanntschaft gemacht hatte, gehörte zu Cole. Doch bevor ich mehr oder weniger erleichtert über ihre Anwesenheit sein konnte, wurde ich unsanft am Arm mitgezerrt. Ich wollte mich losreißen – so sprangen sie nicht mit mir um! –, doch der Griff war fest wie ein Schraubstock. Dazu gesellte sich auf der anderen Seite dann auch noch der erbarmungslose Griff von Aiden. Na super.

Sie zogen mich weiter, bis wir in einer anderen Ecke der Halle angekommen waren. Sie schubsten mich unsanft vor und sahen mich an. Die Gesichter wutverzerrt.

»Sag mal, was soll der Scheiß?!«

»Wie kommst du auf die hirnrissige Idee uns zu folgen?!«

»Hatten wir dir nicht ausdrücklich gesagt, dass du zu Hause bleiben sollst? Dass das hier nichts für dich ist?«

»Vor allem bringt das nicht nur dich, und nicht nur jetzt in Gefahr. Du hast sie gesehen, die holen sich, was sie wollen und scheuen dabei vor nichts zurück! Außerdem stellst du jetzt eine super Geisel dar, wenn uns jemand etwas Böses will. Sprich, wir haben jetzt eine Schwachstelle.« Die hatten sie auch vorher schon. Schließlich hatte Ryan denselben Gedankengang gehabt und sich das zu Nutzen gemacht. Aber das brauchte ich ihnen nicht zu sagen.

»Also schalt mal dein Hirn an. Was hat dir die ganze Aktion jetzt gebracht?«

»Sorry, aber ich wollte halt sehen, was ihr so treibt und wie das so abläuft. Vielleicht mache ich mir ja auch Sorgen um euch?! Ist das so abwegig?«

Darauf wussten sie nichts zu sagen. Ihre Mienen änderten sich schlagartig von sehr sauer zu, na ja, weniger sauer. Wobei ich mir sicher war, etwas anderes aufblitzen gesehen zu haben. Freude? Reue? Erstaunen?

»Also, was jetzt? Soll ich gehen?« Sie überlegten nicht lange.

»Nein. Du bleibst. Es wäre es viel zu gefährlich, wenn du jetzt allein gehen würdest. Außerdem würde das den Anschein erwecken, dass du uns auf der Nase herumtanzen und kommen und gehen könntest, wann du willst, was in dieser Gesellschaft hier leider keinen positiven Eindruck hinterlassen würde. Drittens wolltest du einen Kampf sehen. Schön. Sollst du haben. Also komm.«

Wieder gingen die beiden zu meinen Seiten. Ihr Griff war diesmal lockerer und so gingen wir zwischen den anderen Männern hindurch bis zum Rand des Rings, wo ich auch schon Jason und Jayden stehen sah. Sie waren alle zu Masons großem Kampf gekommen, wie romantisch. Hihi.

Ups, Jasons Blick, der mich traf, als wir neben ihm zum Stehen kamen, ließ mir das Blut in den Adern gefrieren.

Doch bevor er etwas sagen konnte, mischte Cole sich ein: »Lass gut sein. Klären wir später.«

»Schön«, brummte Jason widerstrebend, wandte sich dann aber wieder dem Kampf zu.

Für mich schien das Duell relativ ausgeglichen. Sowohl Mason als auch dieser Ace mussten immer wieder Schläge einstecken. Ich war ein paarmal kurz davor, die Augen zusammenzukneifen. Besonders wenn Mason einen abbekam, fiel es mir schwer hinzusehen.

Die Jungs riefen immer irgendwelche Tipps und feuerten die Kämpfenden an. Irgendwann, der Kampf ging schon eine ganze Weile, sah Mase kurz zu uns rüber, dann entdeckte er mich. Für einen winzigen Augenblick war er abgelenkt. Ich wollte gerade noch »Pass auf!«, schreien, da traf ihn die Faust von Ace voll im Gesicht und er geriet mächtig ins Straucheln.

Mensch, dieser Ace wurde mir von Sekunde zu Sekunde unsympathischer!

Dann fing Mase sich zum Glück wieder und überraschte seinen siegessicheren Gegenüber. Diesmal war Ace derjenige, der zu Boden ging und auch lange genug dortblieb, damit der Kampf beendet und Mason zum Sieger erklärt wurde.

Das hatte er nun davon, gegen meinen Freund anzutreten und ihm auch noch weh zu tun! Pfff.

Die Jungs klatschten. Jason sprang über die Abgrenzung, lief zu Mase und machte sein Handschlagdings. Angesteckt von der Freude der Jungs, jubelte auch ich mit.

Während im Publikum gefeiert, geflucht und Geld ausgetauscht wurde, bekam auch Mason einen Koffer mit einer wahrscheinlich nicht unerheblichen Summe überreicht.

Nachdem sie sich ausgiebig gefreut hatten, kamen die beiden zu uns rüber.

»Glückwunsch!«, gratulierten wir alle und während die Jungs einander einschlugen, betrachtete ich Mason ein wenig genauer. Er hatte lauter rote Stellen an Armen und Gesicht, die langsam blau wurden. Dazu reihten sich einige Kratzer, die aber zum Glück nicht allzu schlimm aussahen. Doch ich war mir sicher, dass nicht nur die sichtbaren Stellen seines Körpers so aussahen. Aber das schien gerade keinen zu stören.

»Hey, Sky. Was machst du denn hier?«, fragte er irritiert, aber auch froh mich zu sehen.

»Ich wollte deinen großen Tag nicht verpassen«, grinste ich.

Er sah mich weiterhin irritiert an und die anderen mussten sich ein Lachen verkneifen.

»Wie geht es jetzt weiter? Kommen noch Kämpfe? Fahrt ihr nach Hause?«, wechselte ich das Thema.

»Es kommen noch drei Kämpfe, aber nach dem nächsten wollten wir eigentlich fahren.«

»Gut. Dann bleibe ich auch noch.«

»Ähm …«

»Ach kommt, jetzt wo sie eh schon hier ist, kann sie auch bleiben«, setzte Cole sich für mich ein.

»Na schön. Aber bau keinen Scheiß. Und bleib bei uns.«

»Ja, ja. Keine Sorge.«

So blieb ich noch den nächsten Kampf mit den Jungs dort. Dann machten wir uns auf den Heimweg. Doch statt, dass Jason Mason zu sich fuhr, nahm er ihn mit zu uns. Na großartig. Das konnte was werden. Jetzt bekam ich bestimmt eine Standpauke.

Doch dem war so nicht. Na ja, zumindest nicht so, wie ich es mir vorgestellt hatte. Klar waren sie sauer. Mehr deswegen, weil ich mich ihrer Ansage, zu Hause zu bleiben, widersetzt hatte, als deswegen, dass ich gekommen war. Aber letztendlich waren sie auch froh, dass nichts passiert war, was die Stimmung ein wenig milderte. Vor allem, als ich ihnen mitteilte, dass ich mich dank ihres Trainings gegen die beiden Typen hatte wehren können. Natürlich, denn das pushte ihr Ego.

Sorry Jungs, aber so war es nun mal. Und ich wäre dumm, wenn ich das nicht ausnutzen würde.

Dennoch versprachen oder eher drohten sie mir, in den nächsten Tagen ein besonders großes Auge auf mich zu haben.

Nachdem unser Gespräch – so nannte ich es einfach mal – beendet war, brachte Jason Mason nach Hause. Aber natürlich erst, nachdem Mase sich noch einmal umgedreht und mir einen Gute-Nacht-Kuss gegeben hatte.

Die Jungs machten ernst. Die ganze nächste Woche war in der Schule immer einer von ihnen in meiner Nähe, beziehungsweise holten sie mich zu sich in den Kreis.

Na gut. Es gab Schlimmeres. Schließlich war es keine Strafe, bei meinem Freund zu sein. Auch wenn ich die Schulschlampen nicht allzu gut leiden konnte. Blöd nur, dass ich mit ein paar von ihnen beim Cheerleading war. Aber gut.

Abgesehen von dem 24/7 aufpassen, schleppten die Jungs mich vier Mal ins Fitnessstudio. Auch nicht so schlimm, würde ich sagen. Außer, dass sie mich ziemlich hart rannahmen, was mir einen ordentlichen Muskelkater bescherte.

Sonst war Mason oft bei uns. Meist quatschten die Jungs oder saßen vor der Playstation. Manchmal ließ sich Mason auch bei mir blicken. Vor allem wenn Jason etwas zu erledigen hatte, saßen wir auf meinem Bett und redeten, alberten herum …

Nach der Woche – ich hatte keine weiteren Versuche unternommen, den Jungs zu irgendwelchen illegalen Sachen zu folgen – regulierte sich das Ganze wieder und es folgte eine kurze, etwas ereignislosere Phase, die hauptsächlich aus Schule, Cheerleading, Lernen, Trainieren und dem Treffen von Freunden bestand.

Dann bekam ich eine SMS von Rachel.

\> Hey, Sky!!!

Nächstes Wochenende habe ich Geburtstag! Ich werde 18!!!

Und das soll ordentlich gefeiert werden!

Die Party (es wird eine rieeesige Hausparty) startet am Samstag um 20 Uhr bei mir zu Hause!

Ein Nein wird nicht akzeptiert. Ich freue mich auf dich!!!

Rachel:D

PS: Meinen Bruder und seine Kumpels habe ich offiziell ausgeladen;) <

Uiii, cool. Das würde bestimmt mega!

Sofort antwortete ich ihr, dass ich natürlich käme und mich schon riesig freute.

Heute war Dienstag, also hatte ich noch genügend Zeit, mich um ein schönes Geschenk und was Hübsches zum Anziehen zu kümmern. Und leider auch, um mit den Jungs zu reden.

Die würden von meinen Plänen definitiv nicht begeistert sein. Aber es war ja wohl klar, dass ich gehen würde und sie nicht mitkommen konnten.

So fuhr ich am nächsten Tag in die Mall und bummelte durch die Geschäfte. Bei Hollister fand ich ein supersüßes Top, das einfach perfekt zu Rachel passte. Also kaufte ich es und ging weiter.

An einem Bastelgeschäft vorbeikommend, kam mir die Idee, noch etwas selbst zu machen. Drinnen entdeckte ich eine runde Leinwand mit etwa 30 Zentimetern Durchmesser. Dazu besorgte ich Wäscheklammern aus Holz, Farbe, Sekundenkleber und einen lilanen Edding.

Jetzt fehlten nur noch die Fotos. Die druckte ich beim Automaten um die Ecke aus, wobei es mir schwerfiel, meine Auswahl von gemeinsamen Fotos zu beschränken. Ich fand einfach so viele schön. Na ja, den Rest hänge ich mir dann halt selbst ins Zimmer.

Damit war ich eigentlich fertig mit Einkaufen. Ich freute mich schon darauf, zu Hause loszubasteln, als ich an einem Geschäft vorbeikam, dass auf Anhieb viele schöne Kleider im Sortiment zu haben schien. Jetzt musste ich mich doch umsehen.

Sofort fand ich einige Teile, die mir gefielen: Ein mittellanges geblümtes Kleid mit leicht ausfallendem Rock, ein kurzes dunkelblaues Kleid mit Palietteneinsätzen und ein weißes bauchfreies Top, mit weißen Perlen und passendem kurzen, durch etwas Tüll abstehenden weißen Rock mit Spitze und ebenfalls Perlen am Bund.

Mit allen drei Teilen ging ich in die Kabine und probierte sie an. Das geblümte Kleid war mir leider an der Brust etwas eng und das blaue schien mir für eine Hausparty einfach zu elegant zu sein. Aber der weiße Zweiteiler saß perfekt. Er gefiel mir super. Er war luftig, durch die Spitze ein wenig süß, durch den Schnitt und die Perlen aber auch sexy. Ich fühlte mich wohl darin und er passte super zum Anlass. Damit stand die Entscheidung fest. Ich zog mich wieder um und ging mit meiner Ausbeute zur Kasse.

Danach machte ich mich dann wirklich auf den Heimweg. Zu Hause angekommen, hängte ich das Kleid in meinen begehbaren Kleiderschrank und setzte mich mit meinen Bastelsachen an meinen Schreibtisch. Ich begann damit, die Leinwand hellblau anzumalen. Während die Farbe trocknete, machte ich mit den Wäscheklammern weiter, die ich in allen möglichen Lilatönen kolorierte.

Dann war die Leinwand trocken und der feine Edding kam zum Einsatz: *Live your dream!*, schrieb ich in schnörkeligen Buchstaben darauf. In den Hintergrund malte ich eine Pusteblume, dessen Pollen sich lösten und zu Schmetterlingen wurden.

Nun konnte ich die Wäscheklammern mit der Öffnung nach außen am Rand der Leinwand festkleben. Zu guter Letzt waren die Fotos dran, die ich an den Klammern befestigte. Fertig.

Ich war sehr zufrieden. Das war eine wirklich schöne Fotowand für Rachels Zimmer geworden und ich war mir sicher, sie würde sich freuen.

Nachdem ich die Bastelreste weggeräumt hatte, packte ich noch eben das Top ein und verstaute dann alles bei meinem Kleid im Nebenzimmer.

Als Mason am Freitagabend vorbeikam, um mit mir einen Film zu schauen, erzählte ich ihm beiläufig, dass ich morgen zu Rachel auf ihre Geburtstagsfeier gehen würde.

Natürlich blieb das Thema nicht so beiläufig, wie ich es mir erhofft hatte. Mase stoppte den Film und sah mich ernst an.

»Nein, sorry. Ich weiß, dass sie deine Freundin ist, aber du gehst nicht freiwillig dem Teufel einen Besuch abstatten.« Ich musste grinsen.

»Du brauchst dir überhaupt keine Sorgen machen«, ich lehnte mich zu ihm und gab ihm einen Kuss. »Der ›Teufel‹ ist gar nicht zu Hause. Rachel hat ihn und seine ›Dämonen‹ ausgeladen.« Jetzt musste auch Mase grinsen, wenn auch etwas widerwillig.

Bevor er etwas sagen konnte, redete ich weiter: »Außerdem ist es Rachels 18. Geburtstag. Das ist etwas Besonderes. Es wäre eine Schande, wenn nicht alle ihre Freundinnen anwesend wären, um mit ihr zu feiern. Findest du nicht auch?«

Mason grummelte vor sich hin.

»Das werte ich als Ja.« Damit schnappte ich mir die Fernbedienung und ließ den Film weiterlaufen, nachdem ich noch hinzugefügt hatte: »Ich nehme mein Handy mit. Und du kannst mich hinbringen und abholen, wenn du dich dann besser fühlst.«

Nach einigen Sekunden antwortete Mason mit einem »Ja, schön«, woraufhin ich ihn küsste und mich an ihn gekuschelt wieder dem Film zuwandte.

Den Samstagvormittag verbrachte ich mit Lernen und war froh, als ich endlich fertig war und mich wichtigeren Sachen, wie meinem Styling für heute Abend, widmen konnte.

Zu meinem weißen Zweiteiler legte ich mir weiße Ballerinas mit leichtem Absatz heraus und steckte mir weiße Perlenstecker in die Ohren. Ich wellte meine Haare leicht, ließ sie sonst aber offen und relativ natürlich, und legte zuletzt mein Abend-Make-up auf.

Ich war pünktlich fertig, sodass Mason, der schon den ganzen Nachmittag mit Jason bei uns verbracht hatte, mich um Punkt 20 Uhr vor Rachels Tür absetzte.

Ich war die erste und konnte Rachel somit in Ruhe gratulieren, die übrigens umwerfend aussah in ihrem kurzen pastelllilanen Glitzerkleid, das am Rock zum Teil in Dunkelblau überging und von rosanem und blauem Tüll unterfüttert war. Dazu trug sie feine, silberne High Heels, blaue, hängende Ohrringe und offene, leicht gewellte Haare, wobei sie die vordersten Strähnen hinten locker zusammengesteckt hatte.

Sie freute sich sehr über mein Geschenk, bot mir etwas zu trinken an und zeigte mir kurz einen Teil des Hauses, bis Chris, Cameron und Jenna eintrafen. Wir quatschten ein wenig und stießen schon Mal auf Rachel an, bis sich etwa eine halbe Stunde später das Haus zügig zu füllen begann. Rachel drehte die Musik auf und schon bald war die Party in vollem Gange.

Eine Gruppe Jungs spielte im Esszimmer Bierpong, andere saßen im Wohnzimmer auf dem Boden und spielten Wahrheit oder Pflicht, einige tanzten ausgelassen zu Musik und der Rest war in allen Räumen verteilt, trank und unterhielt sich. Ich gehörte gerade zu der Gruppe, die in der Küche bei den Getränken stand und sich eine Runde Jello-Shots genehmigte.

Im weiteren Verlauf des Abends tanzte ich mit Jenna und ein paar anderen Mädels, die ich nicht kannte, trank Bier oder Vodka-O und genoss einfach die Party. Wir hauten richtig auf den Putz, denn es war schon vier, als ich Mason anrief und ihm mitteilte, er könne mich abholen.

Kurz darauf saß ich bei ihm im Wagen und musste mich dezent bemühen, nicht zu lallen, als ich ihm davon erzählte, wie die Party gewesen war. Entweder bemerkte Mase wirklich nichts oder er war einfach froh, dass alles gut war und es zu keiner unheilsamen Begegnung mit Ryan gekommen war, denn er machte keine entsprechende Bemerkung. Selbst wenn, wäre mir das gerade Schnuppe. Denn egal, was er dachte, ich hatte einen schönen Abend gehabt!

Auf ein Event folgte auch schon das nächste, wie ich am Montagnachmittag erfuhr, als ich die Post aus dem Briefkasten holte. Denn darin befand sich eine weiße Karte mit silberner schnörkeliger Verzierung am Rand. In der Mitte stand in Großbuchstaben »EINLADUNG« geschrieben. Es war offensichtlich eine Einladung zu einer Hochzeit. Wer es wohl war?

Ein Blick in die Karte genügte, um die Frage zu beantworten. Mir schauten Dave und Mum entgegen, wie sie Arm in Arm in einem Park standen. Sie luden zu ihrer kirchlichen Trauung in die St. Mary´s Church hier in LA ein. Für in zwei Wochen!

Einen Moment blickte ich perplex auf die Karte in meinen Händen. Krass. Zum einen war das ziemlich knapp und zum anderen war ich ein wenig verwundert, dass Mum mir nicht früher oder zumindest persönlich Bescheid gegeben hatte.

Fast wie aufs Stichwort klingelte mein Telefon. Mum.

»Hey«, meldete ich mich.

»Hey, Schatz. Sag mal, hast du schon Post bekommen?«, fragte sie ein wenig verlegen.

»Ja, habe ich gerade aus dem Briefkasten geholt.«

»Ich weiß, dass ich dir früher hätte Bescheid sagen müssen, aber das war alles so spontan und hat mich selbst überrumpelt.

Dave hat mir vor zwei Wochen den Antrag gemacht.« Ich konnte ihr anhören, wie glücklich sie war, weshalb ich ihr nicht lange böse sein konnte.

»Das freut mich sehr für dich, Mum.«

»Ja, und ich bin schon sooo aufgeregt. Dass jetzt auch noch alles so schnell geht ... Letzte Woche habe ich mein Kleid gekauft ... Ach ja, und wir kommen nach LA zur Hochzeit. Dann müsst ihr nicht extra rüberkommen. Außerdem haben wir dort eh viel mehr Freunde, Bekannte und Verwandte, die mit uns feiern können.« Mum war wirklich aufgeregt. Sie redete wie ein Wasserfall.

»Du wirst meine Brautjungfer, Schatz. Und natürlich darfst du eine männliche Begleitung mitbringen.«

»Wow, danke Mum. Ich werde sehr gerne deine Brautjungfer sein. Und das mit der Begleitung lässt sich definitiv einrichten.« Das mit Mason und mir wollte ich ihr lieber persönlich erzählen und sie war auch so schon aufgeregt genug.

Zwei Stunden später kam Jason nach Hause.

»Hey, Jason«, empfing ich ihn. »Wir haben Post von Dave und Mum bekommen!«

»Ja, habe ich schon mitbekommen. Dad hat mich eben angerufen und mir von der geplanten Hochzeit erzählt.«

»Und? Wie findest du´s?«

»Passt schon, denke ich.«

»Also ich freue mich für die beiden. Ich gönne es ihnen, dass sie jemanden gefunden haben, mit dem sie glücklich sind. Beide haben es verdient, es war ja nicht immer leicht ... Na ja, jedenfalls sind wir dann offiziell Stiefgeschwister!«

Erst hatte er mich nur nachdenklich angesehen, aber bei meinem letzten Satz erwachte er wieder zum Leben.

»Ihhh, bloß nicht. Ich muss diese Hochzeit irgendwie verhindern!«, rief er gespielt schockiert und angeekelt, bevor er sein Schauspiel mit einem Würger abschloss.

»Ja, ja, Jase. Ich habe dich auch lieb!« erwiderte ich schmunzelnd. »Nur gut, dass wir kein Paar sind. Das wäre extrem awkward! Geschwister und Freund und Freundin gleichzeitig!«

»Das stimmt«, lachte Jase. »Dann ist es ja gut, dass du dir Mase ausgesucht hast.«

Nachdem wir ein bisschen herumgewitzelt hatten, machten wir uns was zu essen und besprachen, dass Jase und Mase, der übrigens noch nichts von seinem Glück wusste, gemeinsam ihre Anzüge besorgen würden, und ich mit Rachel nach einem Kleid schauen würde.

So machten wir es auch. Zwei Tage später fuhr ich zusammen mit Rachel in die Mall und durchstöberte eine kleine Boutique, die auf Festmoden spezialisiert war, auf der Suche nach dem perfekten Kleid für die Hochzeit meiner Mum.

Ich probierte einige Kleider an, während Rachel sie ganz ungeniert kommentierte, was ziemlich lustig war. Schließlich entschied ich mich für ein Kleid, das mir bis knapp über die Knie ging, in einem gedeckten altrosa gehalten war und ein Oberteil aus Spitze hatte, welches fließend in einen gleichfarbigen, ganz dezent ausgestellten Tüllrock überging. Rachel und ich waren auf Anhieb begeistert gewesen. Es war elegant und zart und hatte etwas Elfenhaftes, Leichtes. Es würde Mum keineswegs die Show stehlen, war aber durchaus angemessen für eine Brautjungfer. Außerdem war ich mir sicher, dass Mason hingerissen sein würde. Also hatte es gleich etwas doppelt Gutes.

Somit war das Kleid gekauft.

Auch Mase und Jason sind schon los gewesen. Da sie mir ihre Einkäufe aber nicht zeigen wollten, zeigte ich ihnen mein Kleid auch nicht.

Die nächsten Tage vergingen schnell. Neben Schule und Training besorgte ich noch ein Hochzeitsgeschenk im Namen von Mason, mir, Jason und wen auch immer er mitbrachte. Denn das wollte er uns partout nicht verraten.

Ich freute mich schon sehr, Mum endlich wiederzusehen. Außerdem brannte ich darauf, ihr endlich Mason als meinen Freund vorstellen zu können.

Am Mittwoch kamen Mum und Dave endlich an. Wir begrüßten uns ausgiebig, aber sonst war kaum Zeit für einen Mutter-Tochter-Moment oder ein ruhiges Gespräch. Mum und auch Dave waren ständig auf Achse. Sie mussten die letzten Hochzeitsvorbereitungen treffen, wie die Auswahl der Deko in Kirche und anschließender Feierlocation, der Musik – für die Trauung würde es eine Live-Sängerin geben –, des Umfangs des Buffets und der Hochzeitstorte. Natürlich, schließlich war die Hochzeit schon am Sonntag. Und so kam es, dass ich ihr Mason erst am Sonntagmorgen vorstellen konnte.

Doch zuvor habe ich zuerst mich fertig gemacht, und dann Mum geholfen, ihr Kleid anzuziehen. Um Make-up und Haare hatte sich zuvor schon jemand anderes gekümmert. Dann kam Mason vorbei, der sich als Fahrer bereiterklärt hatte. Dave hatte, wie es die Tradition besagte, auswärts übernachtet, um die Braut samt Kleid erst vor dem Altar wieder zu sehen.

Mason hatte das Gesteck, das ich beim Floristen bestellt hatte, auf der Motorhaube des glänzenden schwarzen Wagens befestigt. Es sah sehr schön aus, nebenbei gesagt.

Er klingelte, ich öffnete.

Er sah mich an und ihm fiel fast die Kinnlade herunter. Er war baff, was aber definitiv auf Gegenseitigkeit beruhte. Er sah in seinem schwarzen Anzug einfach umwerfend aus. Ich musterte ihn eingehend und biss mir lächelnd auf die Unterlippe.

Mase fand als erster die Sprache wieder: »Du … Du siehst wunderschön aus.«

»Danke. Das kann ich nur zurückgeben.«

Gerade als ich ihn umarmen und küssen wollte, da wir vor lauter Anschmachten ganz vergessen hatten uns zu begrüßen, kam Mum um die Ecke.

»Hallo, Mason. Es ist sehr lieb von dir, dass du uns fährst.«

»Guten Morgen, Miss Montgomery. Das mache ich doch gerne. Übrigens sehen Sie hinreißend aus, wenn ich das so sagen darf«, erwiderte Mason förmlich. Ich wusste gar nicht, dass er sich so höflich und knigge-haft benehmen konnte, mein Bad Boy. Da schmolz ich gleich noch mehr dahin.

Trotzdem wollte ich dem Ganzen ein wenig die förmliche Atmosphäre nehmen und nutzte die Chance, Mum meinen Freund vorzustellen. »Mason, das ist Isobel. Mum, das ist …«

Mum sah mich irritiert an und quatschte mir natürlich gleich dazwischen: »… Mason, ich weiß, mein Schatz. Ich kenne ihn.«

Aber ich ging nicht auf sie ein, sondern setzte einfach erneut an. »Mum, das ist Mason, mein Freund.« Es dauerte einen Moment, bis meine Worte sie erreichten und es Klick machte.

Sie sah erst mich und dann Mason ausgiebig an. »Ihr beide?«

Mason grinste verlegen. Das kannte ich ja gar nicht von ihm. »Ja, Miss …«

»Nenn mich doch bitte Isobel. Meine Tochter ist vernünftig und hat einen guten Geschmack. Wenn sie findet, dass ihr gut zusammenpasst, und dich in die Familie aufnimmt, dann tue ich das auch. Du bist hier immer herzlich willkommen.«

Mason wirkte erleichtert, aber auch ich merkte, wie ich ein bisschen entspannter wurde. Zwar hatte ich mit einer ähnlichen Reaktion wie dieser gerechnet, doch trotzdem schien mich die ganze Sache ein bisschen angespannt zu haben, da ich unbedingt wollte, dass sie ihn auch mochte.

»Vielen Dank, Isobel. Das weiß ich sehr zu schätzen.«

Einen kleinen Moment standen wir einfach so da und schwelgten in unseren Gedanken.

»Ich will den Moment ja nicht zerstören oder es so aussehen lassen, als wäre eure Beziehung unwichtig, aber ich glaube, wir müssen jetzt los«, warf Mum mit einem aufgeregten Unterton in der Stimme ein.

»Klar, Mum. Kein Problem, du hast ja recht«, grinste ich.

Mum ging an uns vorbei und verließ als erste das Haus. Mase und ich folgten ihr und gaben einander im Gehen noch den fehlenden Kuss.

Dann eilte Mase voraus und half Mum beim Einsteigen, was sich mit ihrem pompösen Kleid als gar nicht so einfach herausstellte. Aber als dann alle saßen, fuhren wir endlich los in Richtung Kirche.

Mase hielt direkt vorm Eingang, ließ Mum und mich raus und parkte dann eine Straße weiter. Wir warteten auf ihn; er huschte vor uns in die Kirche, was ankündigte, dass die Braut eingetroffen war. Da Opa schon tot war, durfte ich, als Brautjungfer, Mum zum Altar geleiten.

Während leise Musik spielte, schritten wir bedacht den festlich geschmückten Mittelgang der Kirche entlang. Die Menschen standen in den Bänken und Dave, der schon am Altar stand, sah meiner Mum gerührt entgegen. Vorne angekommen, übergab ich sie ihm und setzte mich zu Mason, Jason und dessen Begleitung, die er mir später definitiv noch vorstellen musste, in die erste Reihe und verfolgte von dort aus die Trauung. Der Pastor hielt eine kurze Ansprache, bevor es zum Ringtausch und DER Frage kam. Dann richteten Mum und Dave noch ein paar persönliche Worte aneinander. Beide waren sehr gerührt und Mum liefen sogar vereinzelt Freudentränen die Wangen runter. Auch in meinen Augen brannte es gefährlich.

Es war sehr emotional und während ihres ersten Kusses als frisch verheiratetes Ehepaar sang eine junge Frau *Hallelujah*, was das Ganze noch romantischer und bewegender machte.

Als Mum und Dave nach der Trauung Hand in Hand die Kirche verließen, standen alle Gäste Spalier. Sie hielten weiße Luftballons in die Höhe und warfen Reis. Dann stieg das Brautpaar in eine weiße Pferdekutsche, die allen voran Richtung Partylocation fuhr.

Bevor auch wir ihnen folgten, ergab es sich, Jason auf seine Begleitung anzusprechen. Mason kannte sie nämlich auch nicht, wie er mir in der Kirche zugeflüstert hatte.

»Hey, ich bin Sky. Und das ist Mason«, ergriff ich die Initiative und stellte uns vor.

»Hi, ich bin Emily. Jason hat mir schon von euch erzählt.«

Sie schien sehr nett zu sein; hatte eine positive, aufgeschlossene Art. Jason hingegen blickte ein wenig verlegen drein.

»Ich hoffe, nur Gutes!«, grinste Mase und stupste Jason den Ellbogen in die Seite, um die Situation aufzulockern.

Emily und ich mussten beide anfangen zu grinsen.

»Die beiden sind unverbesserlich.«

Nach den Hochzeitsfotos ging die Feier mit Essen, dem Anschneiden der Hochzeitstorte und dem Hochzeitstanz weiter. Als nach und nach die Gäste die Tanzfläche betraten und dem Brautpaar beiwohnten, forderte mich tatsächlich auch Mason zum Tanz auf. Strahlend reichte ich ihm meine Hand und wir schritten auf die Tanzfläche, wo er mich schließlich sanft zu sich zog und seine Hände an meine Hüften legte. Es lief ein langsames Lied, weshalb ich meine Hände in seinen Nacken legte und wir uns nah beieinander im Rhythmus der Musik wogen.

Ich genoss den Moment. Denn auch wenn ich nie damit gerechnet hätte, dass Mason mit mir tanzen würde, so hatte ich es mir doch insgeheim gewünscht.

Ganz nebenbei bekam ich mit, dass Jason sich ein wenig sträubte – sein Bad Boy Image wohl nicht ganz ablegen wollte –, letztendlich aber auch mit Emily in die Mitte des Saals trat und mit ihr den Wiener Walzer tanzte.

So verbrachten wir alle einen sehr schönen Abend. Wir tanzten, stießen miteinander auf die frisch Verheirateten an, quatschten und hatten Spaß.

Irgendwann nach Mitternacht waren Mason und ich zum frische Luft schnappen nach draußen gegangen, wo wir nun vor der Halle standen und die angenehm kühle Nacht genossen.

Dann wandte sich Mase langsam mir zu und drückte mir einen Kuss auf die Lippen, den ich nur zu gerne erwiderte. Wir lösten uns voneinander und verharrten in einer Position, in der unsere Lippen nur wenige Zentimeter voneinander trennten.

»Ich glaube, es ist an der Zeit, dass wir von hier verschwinden. Findest du nicht auch, Prinzessin? Jase und Emily und ein Großteil der Gäste sind schon gegangen. Und das frischgebackene

Ehepaar würde sich bestimmt auch über ein bisschen ungestörte Zweisamkeit freuen. So wie ich auch.« Er hauchte mir einen Kuss auf die Stirn. »Komm, ich bringe dich Heim. Und wer weiß, vielleicht bleibe ich ja noch ein bisschen«, fügte Mase verschmitzt grinsend hinzu.

»Na gut. Aber lass mich eben noch Mum Tschüss sagen«, grinste ich und machte mich auf den Weg nach drinnen.

MASON

Ich wartete draußen und holte schon Mal das Auto, während Sky mit ihrer Mum sprach und sich verabschiedete. Dann fuhren wir zu ihr nach Hause. Im Radio lief leise Musik und wir sprachen nicht viel. Es herrschte eine angenehme Stille, die wir beide zu genießen schienen.

Bei ihr daheim angekommen, beeilte ich mich, aus dem Auto zu kommen, um ihr gentlemanlike die Tür zu öffnen und ihr aus dem Wagen zu helfen. Sky grinste mich an und stieg mit ein.

»Vielen Dank, Mister McAdams.«

»Gerne, Miss Montgomery. Darf ich Sie noch in Ihr Zimmer geleiten?«

»Es wäre mir eine Freude.«

Ich führte Sky an der Hand ins Haus und geleite sie in ihr Zimmer. Dort ließ sie meine Hand los und ließ sich rückwärts auf ihr Bett plumpsen.

»Du Mehlsack«, platzte es ganz ungeniert aus mir heraus.

Wir mussten beide lachen. Als wir uns einigermaßen beruhigt hatten, setzte ich mich zu ihr aufs Bett, lehnte mich über sie und küsste sie zärtlich. Sky erwiderte und so wurde unser Kuss mit der Zeit immer fordernder. Ich bekam das Verlangen nach mehr. Wollte mehr von ihr spüren, versuchte mich aber zurückzuhalten, da ich sie nicht drängen wollte. Dennoch begann meine Hand wie von selbst, langsam von ihrem Gesicht runter über ihren Bauch zu ihren Oberschenkeln zu gleiten und den Saum ihres Kleides leicht nach oben zu schieben.

Sky erstarrte. Augenblicklich hielt ich in meiner Bewegung inne. War ich doch zu schnell ran gegangen? Ich hatte mir echt Mühe gegeben, doch mein Verlangen nach meiner Freundin war einfach zu groß geworden.

»Alles okay?« fragte ich deshalb.

»Ja, alles okay«, erwiderte sie nach einem Moment zögerlich, »Es ist nur so, dass ... na ja, ich habe vorher noch nicht ...«

Ich entspannte mich. Wenn es mehr nicht war.

»Aber das ist doch kein Problem. Wir müssen auch nicht, wenn du dich noch nicht bereit fühlst.«

»Doch«, kam es wie aus der Pistole geschossen von ihr, »Ich will es.« Ich musste ein Grinsen unterdrücken. Genauso wie ein erleichtertes Seufzen. Ich hätte nicht gewusst, wie ich es auch nur einen Tag länger ohne ihre Nähe ausgehalten hätte. Abgesehen davon hatte sich schon längst etwas in meiner Hose geregt ...

»Okay, das freut mich. Sehr sogar. Keine Sorge, Prinzessin, ich mache ganz langsam und vorsichtig. Dann wird es auch nicht wehtun«, versuchte ich ihr die Anspannung ein wenig zu nehmen und küsste sie sanft.

Ich schob meine Hand unter ihren Rücken und begann langsam, den Reisverschluss ihres Kleides aufzuziehen. Dann streifte ich es ihr von den Schultern und küsste mir den Weg von ihrem Mund herunter bis zu ihren Brüsten, wo ich verweilte. Ihre Nippel waren hart. Sie wollte es also auch. Mein ganzer Körper wurde von Hitze erfüllt. Angeturnt zog ich ihr das Kleid nun vollends vom Körper. Ich betrachtete Sky kurz, wie sie in ihrer Vollkommenheit vor mir lag, ihr wunderschöner, perfekter Körper unter meinem.

Ich erkundete mit Händen und Lippen ihren ganzen Körper, merkte, wie sich Skys Atmung beschleunigte und ihr irgendwann ein leises Stöhnen entwich. Da konnte ich mich nicht mehr länger zurückhalten. Fix zog ich mir meine Klamotten aus, streifte mir die Boxer von den Beinen und rollte mir ein Kondom über.

Hoffentlich fragte sie mich jetzt nicht, warum ich zur Hochzeit ihrer Mutter ein Kondom dabei hatte ... Na ja, ich wollte halt immer bereit sein. Eine Angewohnheit, die ich mir bei meinen vielen Partygängen mit meinen Kumpels angeeignet hatte. Aber diesmal hatte ich keine andere als Sky im Sinn gehabt.

Ich positionierte mich über Sky, senkte mich langsam auf sie herab, ohne mit meinem Gewicht auf ihrem Körper zu Lasten. Ich warf ihr einen fragenden Blick zu. »Prinzessin? Es könnte jetzt gleich kurz wehtun, aber dann wird es schön, versprochen.« Sie nickte mir lächelnd zu und sah mich abwartend an.

Während wir uns leidenschaftlich küssten, drang ich in sie ein.

S K Y

Am nächsten Morgen wurde ich durch die sanften Sonnenstrahlen, die mir ins Gesicht schienen, geweckt. Es musste schon später Vormittag sein.

Als ich die Augen öffnete, blickte ich direkt in Masons, welcher nur wenige Zentimeter von mir entfernt waren.

»Hast du mich etwa beim Schlafen beobachtet?«, fragte ich und musste grinsen.

»Dir auch einen schönen guten Morgen. Und ja, habe ich. Ich konnte nicht widerstehen«, sagte er ebenfalls grinsend, seine Stimme noch rau von der Nacht. Dann überwand er die letzten Zentimeter zwischen uns, um mir einen Guten-Morgen-Kuss zu geben.

Unsere erste gemeinsame ›Nacht‹ war wunderschön gewesen. Wir hatten es beide genossen und ich war mir sicher, dass es nicht das letzte Mal gewesen sein würde. Aber jetzt zogen wir uns erst mal etwas an und gingen runter, um zu frühstücken. Oder wohl eher, um zu brunchen oder so. Schließlich war es schon kurz vor zwölf. Wir machten es uns mit unseren Fressalien auf dem Sofa gemütlich und sahen ein wenig fern, während wir aßen.

Gegen Nachmittag kam Jason heim, der scheinbar auswärts gepennt hatte. Zum Glück. Aber es schien nur einen Blick auf uns gebraucht zu haben, wie wir aneinander gekuschelt auf dem Sofa lagen und Filme schauten, um zu wissen, was Sache war, denn auf Jasons Gesicht schlich sich ein fettes Grinsen und er nickte nur wissend.

Ich hätte mich in dem Moment am liebsten in Luft aufgelöst. Mann, war das peinlich …

Aber als wäre das nicht genug, musste Jason noch einen Kommentar ablassen, bevor er sich auf den Weg nach oben machte:

»Aber bitte nicht auf der Couch. Sonst werde ich da nie wieder in Ruhe drauf liegen können.«

Jetzt reichte es mir. Ich schnappte mir ein Sofakissen und warf es schwungvoll in Richtung Jason ... welcher es mühelos mit einer Hand auffing und lachend im Kreis schwang.

Natürlich setzte Mason direkt mit ein, weshalb auch er mit einem Kissen befeuert wurde. Nur dass er es nicht hatte kommen sehen und es ihn aus kurzer Distanz voll im Gesicht traf. Er schaute ziemlich perplex drein, weshalb wir nun alle lachen mussten. Zufrieden grinsend rieb ich mir die Hände.

Unsere Eltern kamen gegen Abend rein, blieben aber nicht lange, da es für sie morgen auf in die Flitterwochen ging. Genügend Zeit für ein persönliches Gespräch mit meiner Mum war aber alle Male. Ich spürte sofort, dass ihr etwas auf dem Herzen lag, doch als sie mir davon erzählte, wie sehr sie sich für mich und Mason freute, und wir in eine Unterhaltung darüber verfielen, wie schön es war, dass es nun bergauf ging und auch Mum wieder glücklich mit ihrem Leben war, dachte ich, das wäre es gewesen. Als sie dann jedoch mit der Arbeit anfing, wusste ich Bescheid. Ihr Aufenthalt sollte verlängert werden. Aber ganz ehrlich: Ich war gerade an einem Punkt in meinem Leben, an dem es mir so gut ging, wie schon lange nicht mehr. Ich kam mit Jason gut klar, hatte großartige Freundinnen und das Cheerleading, und vor allem hatte ich Mason. Hatte ich Mum beim ersten Mal nur widerwillig mein Okay gegeben, so gab ich es ihr nun aus vollem Herzen.

Die nächsten Wochen unternahmen Mason und ich viel miteinander. Wir gingen ins Kino, fuhren ein Wochenende an den Strand, gingen zusammen in die Stadt bummeln, chillten bei Starbucks … Oft waren auch die anderen Jungs dabei, wenn wir trainierten zum Beispiel. Manchmal durfte ich auch mit in die Lagerhalle kommen und bei ihren Planungen für die nächsten Aufträge zuhören. Das hatte einiger Überredungskunst bedurft, da sie alle der Meinung waren, dass es umso sicherer für mich war, je weniger ich wusste. Aber nachdem ich ihnen das erste Mal einfach so gefolgt war und ihnen verklickert hatte, dass ich mir ebenso Sorgen um sie machte und dementsprechend im Ernstfall gerne wüsste, wo sie zu suchen waren, ließen sie ein wenig locker.

Bis auf einer SMS von Jake blieb es relativ ruhig.

> Also ehrlich, mit diesem Typen überlebst du keine sechs Monate <

Klar war die Nachricht irgendwie beängstigend. Wollte mich im nächsten halben Jahr jemand umbringen? Vielleicht Jake selbst? Was sollte das bedeuten? Aber vielleicht lag es an meinem glücklichen Zustand, in dem ich mich die meiste Zeit über befand, dass ich mir kaum Sorgen um Jake machte. Und damit es Mason und Co. auch nicht taten, behielt ich die Nachricht für mich.

MASON

War da nicht jemand? Ich blickte mich um. Irgendwie hatte ich seit ein paar Tagen das Gefühl, dass mich jemand verfolgte. Ich hatte mit einigen Leuten Stress. War auch nicht abwegig, wenn man illegale Dinger drehte und sich beim Geldeintreiben noch dazu unbeliebt machte. Somit war es schwer, den Täterkreis einzuschränken. Oder ich war mittlerweile einfach nur übervorsichtig geworden und mich spionierte gar niemand aus. Seit ich mit Sky zusammen war, war ich doppelt vorsichtig und viel aufmerksamer geworden und Jason auch. Denn es ging nicht mehr nur um uns. Wenn uns jemand etwas anhaben wollte, hatte er in Sky einen wunden Punkt gefunden. Das war etwas, das mich fuchste. Vor allem, was waren das für feige Arschlöcher, die mir nicht direkt ins Gesicht sagen konnten, wenn sie ein Problem mit mir hatten, sondern es über andere laufen lassen mussten?! Aber gut, darum ging es jetzt nicht.

Als mich auch in den nächsten Tagen dieses komische Gefühl begleitete, wurde mir schlagartig etwas klar. Also beschloss ich, ein Gangtreffen einzuberufen.

> Treffen in einer Stunde. Wichtig <, schrieb ich daher in unsere WhatsApp Gruppe und machte mich auf den Weg zu unserer Lagerhalle. Sky war mit Brianna unterwegs, was gut war, da ich sie vorerst nicht über meine Pläne in Kenntnis setzten wollte.

Pünktlich trafen alle Jungs ein. Cole war sogar noch in seinen Sportklamotten. Er schien direkt von der Hantelbank hergekommen zu sein. Na klar, meine Nachricht hatte sie beunruhigt.

»Was ist los, Mase? Was ist passiert?«, fragte Jayden, sobald er durch die Tür kam.

»Setz dich, wir müssen über etwas reden. Aber entspannt euch, es ist nichts Schlimmes.«

Ich blickte in verständnislose Gesichter. Logisch, denn eigentlich beriefen wir so kurzfristige Treffen nur im Notfall ein.

»Es ist nichts Schlimmes passiert. Aber es gibt was Wichtiges, über das ich mit euch reden möchte.«

Nun sahen sie mich einfach abwartend an, wobei ich das Gefühl hatte, dass Jason schon eine leise Ahnung hatte, was ich ansprechen würde.

»Na ja, es ist so. Wir werden alle älter und wollen vielleicht irgendwann auch noch was anderes machen, als nur Drogen zu verticken und illegale Sachen zu verzapfen. Wir haben das zum Spaß und für den Kick gestartet, aber wir werden erwachsen und wir haben Verantwortung. Verantwortung für unsere Freunde und unsere Familie, die wir jedes Mal wieder in Gefahr bringen. Findet ihr nicht auch, dass es an der Zeit ist, unsere kriminellen Machenschaften zu beenden? Zumindest das Dealen?«

Bis auf Jason sahen mich alle perplex und irritiert an. Aiden ergriff als erster das Wort: »Mase, du machst dir Sorgen um Sky. Das verstehe ich. Aber wir sind doch da, falls es ernst wird. Und so hilflos ist sie nun auch wieder nicht, als dass sie sich nicht selbst verteidigen könnte, wenn es darauf ankäme.«

»Das sehe ich auch so. Kennst du nicht die Geschichten von denen, die versucht haben auszusteigen. Die meisten sollen das nicht überlebt haben. Oder ihnen wurde das Leben zur Hölle gemacht. Denkst du nicht, dass Sky dann noch mehr in Gefahr wäre?«, ergänzte nun Cole.

»Ich glaube, ich habe mich nicht deutlich genug ausgedrückt. Meine Entscheidung ist schon gefallen. Ich wollte euch lediglich fragen, ob ihr mit austreten wollt«, erwiderte ich ruhig.

Ich blickte zu Jase, der mir gegenübersaß und mich nachdenklich ansah.

»Ich glaube« setzte er an, »… ich glaube, Mase hat recht. Außerdem lasse ich ihn nicht allein diesen schweren Schritt gehen. Wir stehen das zusammen durch, Bro. Ich bin dabei.«

»Sorry, Mase, aber ich kann das nicht«, erwiderte Aiden.

»Ich bleibe, Mase, sorry. Hat nichts mit dir zu tun«, schloss sich Cole an. Auch Jayden schüttelte entschuldigend den Kopf.

»Kein Problem, Jungs. Es ist eure Entscheidung. Alles gut. Aber bitte erzählt Sky noch nichts von Jasons und meiner Entscheidung. Sie soll erst davon erfahren, wenn wir es raus geschafft haben. Sonst macht sie sich unnötig Gedanken beziehungsweise Hoffnungen …«

»Klar, kein Ding. Von uns erfährt sie nichts. Aber ich hoffe, ihr wisst, was ihr da tut.«

Wir saßen ein paar Minuten einfach so da, schwiegen und waren in Gedanken versunken. Dann brach ich die Stille: »Das war auch eigentlich alles, was ich besprechen wollte. Wenn ihr noch was vorhabt, will ich euch nicht aufhalten.«

»Ne, ich habe nichts mehr vor. Aber wo wir schon mal hier sind … Den Auftrag morgen, den werdet ihr sicher noch mitmachen müssen. Also könnten wir auch jetzt schon besprechen, wie wir vorgehen wollen«, warf Jayden ein.

Ich seufzte innerlich auf, aber mir war schon klar, dass es nicht so einfach und schnell ging, aus einer Gang auszutreten, wie ich es gerne hätte. Und ein Auftrag mehr oder weniger machte den Kohl jetzt auch nicht mehr fett.

»Ja. Also, wie wäre es, wenn du und Cole …«

So machten wir es. Am nächsten Tag erledigten wir unseren Auftrag und direkt im Anschluss fuhren Jason und ich zum Hauptlager von LA, in der Hoffnung, reingelassen zu werden und mit dem Chef – er war das Oberhaupt von LA; den Anführer der gesamten Gang kannte kaum jemand – sprechen zu dürfen.

Wir hatten Glück und wurden von den zwei bewaffneten Türstehern, die den Eingang der Lagerhalle bewachten, durchgelassen und von einem Dritten direkt zum Büro des Chefs geführt. Er klopfte an, trat ein und meldete uns an, woraufhin wir hinter ihm durch die Tür traten und uns, nachdem wir ihn förmlich begrüßt hatten, vorstellten.

Auf ein Nicken des Chefs hin, verließ der Dritte das Büro und schloss die Tür hinter uns. Wieso sollte er auch dabei bleiben, wir waren schließlich unbewaffnet, denn unsere Pistolen hatte man uns am Eingang direkt abgenommen. Außerdem wettete ich, dass unser Gegenüber unter seinem Schreibtisch ein ganzes Arsenal an Waffen verbarg.

Unser Chef wies uns an, uns hinzusetzten, was wir sofort taten, und fragte uns, nachdem er uns ausgiebig gemustert hatte, nach unserm Anliegen.

»Mason und ich arbeiten jetzt schon einige Jahre für Sie und bisher haben wir unsere Arbeit immer gut gemacht. Doch wir sind gekommen, um Sie zu bitten, uns aus der Gang aussteigen zu lassen«, erklärte Jason höflich. Bitte lass ihn darauf eingehen …

Unser Chef musterte uns wieder, dann stahl sich ein kleines Lächeln auf seine Lippen, das immer größer wurde. »Glaubt ihr echt, dass ich euch so einfach gehen lasse?«

»Na ja, wir hatten gehofft … Wir werden auch nichts über die Gang verraten, das schwören wir mit unserem Leben. Wir würden einfach unter dem Radar fliegen, als hätten wir nichts mit Ihnen und der Gang zu tun und wüssten auch nichts.« Abwartend sah ich ihn an.

»Nur blöd, dass das so einfach nicht geht. Ihr würdet eine Schwachstelle im System darstellen. Außerdem werdet ihr gebraucht.«

»Wir wollen aber nicht mehr. Was haben Sie denn von zwei Mitgliedern, die ihre Arbeit nur halbherzig machen?«, erwiderte ich mit mehr Nachdruck.

»Ihr werdet eure Arbeit aber nicht halbherzig machen, da ihr nicht wollt, dass eurem Umfeld etwas passiert. Skyla heißt deine Freundin, richtig?«, sagte unser Chef höhnisch.

Ich erstarrte und Jase warf mir einen verstohlenen Blick von der Seite zu.

»Lassen Sie unsere Freunde und Familien da raus, die haben überhaupt nichts mit unseren Entscheidungen zu tun.«

»Tja, das sehe ich anders. Also entweder ihr macht motiviert und zu einhundert Prozent weiter oder ihr müsst mit den Konsequenzen leben. Wie fändet ihr es, wenn ich mal meine Leute bei deiner Kleinen vorbeischicke? Die wüssten bestimmt etwas mit ihr anzufangen.« Ein perverses Grinsen schlich sich auf sein Gesicht. Augenblicklich schoss Wut durch meinen gesamten Körper. Ich musste die Hände zu Fäusten ballen, damit sie nicht in seinem Gesicht landeten.

Ein Blick zu Jason reichte jedoch, um mir klarzumachen, dass wir verloren hatten. Wir hatten keine Chance, ihn umzustimmen, ohne Sky und alle anderen in noch größere Gefahr zu bringen, als sie es eh schon waren …

Wir sahen uns kurz an und nickten einander zu. Dann ergriff ich das Wort: »Schön. Aber wenn wir weitermachen, lassen Sie Sky und unsere Freunde und Familien in Ruhe!«

»Solange ich keinen Grund sehe, euch motivieren oder bestrafen zu müssen, werde ich meine Jungs vorerst zurückhalten.«

Mehr war nicht aus ihm rauszubekommen. Wir mussten uns wohl oder übel mit diesem vagen ›Versprechen‹ zufriedengeben.

Damit war das Gespräch beendet. Also stand ich einfach auf, was Jason mir gleichtat, und ging zur Tür. Kurz bevor ich sie öffnen konnte, meldete sich unser Chef noch mal zu Wort.

»Es war schön, mit euch gesprochen und das geklärt zu haben.«

Auch ohne mich umzudrehen, konnte ich das fiese Grinsen in seinem Gesicht spüren. Wie gerne hätte ich ihm jetzt eine reingehauen. Aber da das nicht zu einer Verbesserung der Situation beigetragen hätte, hielt ich mich zurück.

Draußen angekommen, bekamen wir unsere Waffen zurück und verließen das Gelände. Auf dem Weg zu unserer Lagerhalle schimpften und fluchten Jase und ich vor uns hin. Verdammt, warum konnte nicht ein Mal etwas so laufen, wie wir es gerne hätten? Da wollten wir freiwillig die schiefe, illegale Bahn verlassen und uns bessern und dann wurde uns das verwehrt! Was war das eigentlich für ein Scheiß?!

Nur gut, dass ich Sky noch nichts erzählt hatte. Sie würde sowohl von unserem gescheiterten Versuch als auch davon, dass unser Boss über sie Bescheid wusste, nichts erfahren.

Jetzt mussten wir erst mal den Jungs von unserer Niederlage berichten, was mir schon allein deswegen gegen den Strich ging, weil sie vorher gesagt hatten, dass das nicht so einfach was werden würde. Und natürlich konnten sie sich einen Kommentar nicht verkneifen.

»Versteht mich nicht falsch, ich will auch nicht, dass Sky oder irgendjemandem sonst etwas zustößt. Aber es ist schon irgendwie komisch, dass Sky erst der Grund dafür war, dass ihr aussteigen wolltet und sie jetzt der Grund ist, dass ihr bleibt, oder?«

Auf einen bösen Blick von Jase hin, hob Aiden nur abwehrend die Hände. »Ich wollte es nur gesagt haben.«

»Ja, wir haben es verstanden. Aber lustig ist es trotzdem nicht. Jetzt laufen wir wahrscheinlich noch eher Gefahr, dass ihr etwas passiert, wenn wir uns auch nur den kleinsten Patzer erlauben …«

»Ach Quatsch, die Sache ist bestimmt bald wieder vergessen. Denk doch mal daran, wie viele Mitglieder diese Gang allein in LA haben muss, geschweige denn in ganz Amerika. Da wäre es viel zu umständlich, die ganze Zeit ein Auge auf euch zu haben, nur damit sie euch bestrafen können. Die haben viel größere Probleme, mit denen sie dealen müssen«, versuchte Cole, die Situation ein bisschen abzumildern.

»Hoffentlich hast du recht«, erwiderte ich nur gedankenverloren. Hoffentlich hatte er recht…

S K Y

Als ich mit Bri shoppen war, beschlossen wir, dass es mal wieder Zeit für einen Mädelsabend war. Also informierten wir Faith über unsere Pläne für den kommenden Freitagabend und fuhren nach unserem Einkaufsbummel noch in den Supermarkt und besorgten Chips, Schokolade, Cola und was man sonst noch so alles gebrauchen konnte.

So trafen wir uns am Freitag, machten es uns im Wohnzimmer mit Kissen, Wolldecken und unseren Fressalien gemütlich und suchten uns bei Netflix einen Film aus. Schnell einigten wir uns auf eine romantische Komödie.

Der Film war echt lustig und wir lachten viel. Außerdem konnten wir uns ungestört unterhalten, da die Jungs schon wieder irgendwelche Aufträge zu erledigen hatten. Und wie es kommen musste, artete unser Herumgealber in eine Kissenschlacht aus, die sich gewaschen hatte. Hihi.

Nachdem wir uns wieder beruhigt hatten, sahen wir uns noch einen zweiten Film an, bevor wir hoch gingen und unser Nachtlager in meinem Zimmer errichteten. Im Bett lagen wir dann relativ zügig, aber wie das immer so war, dauerte es noch eine ganze Weile, bis wir schliefen, da wir uns noch über den ganzen Gossip und Gott und die Welt unterhielten. Am Ende der Nacht kannte ich Geschichten und Gerüchte über Leute, bei denen ich mir nicht sicher war, ob ich sie eigentlich hatte wissen wollen. Aber witzig war es schon gewesen.

Am nächsten Morgen frühstückten wir gemeinsam – Jase hatte sich noch nicht blicken lassen, was bedeuten musste, dass er noch tief und fest am Schlafen war, da es auch bei ihm gestern ziemlich spät geworden war – und räumten anschließend auf und unsere Sachen zusammen. Gegen frühen Nachmittag verabschiedeten wir uns.

Gerade als ich wieder hoch in mein Zimmer gehen wollte, kam mir Jason entgegen die Treppe hinunter geschlurft.

»Guten Morgen.«

»Morgen«, brummte er noch verschlafen.

»Wir haben dir was vom Frühstück übriggelassen. Steht in der Küche.« Bei dem Wort Frühstück wurde Jase augenblicklich etwas wacher. Klar, essen konnten Jungs ja auch wie die Scheunendrescher.

Eine Dreiviertelstunde später – Jase war mittlerweile fertig mit dem Essen und hatte geduscht und sich fertig gemacht – ging ich davon aus, dass er nun wach genug war, um sich vernünftig zu unterhalten. Also ging ich rüber zu seinem Zimmer, klopfte kurz an und ging dann rein. Jason saß auf dem Bett und machte irgendetwas an seinem Laptop, welchen er nun aber zuklappte und zu mir aufsah. »Was gibt's?«

»Ich wollte fragen, wie wir das morgen machen?« Er guckte mich fragend an. »Euer Footballspiel? Abgesehen davon, dass ich sowieso mitgekommen wäre, um zuzugucken, trete ich morgen mit den anderen Cheerleadern bei eurem Match auf.«

Seine Mine hellte sich auf. »Ah, davon redest du. Hinfahren können wir auf jeden Fall gemeinsam, wir müssen uns ja zu einem ähnlichen Zeitpunkt treffen. Und zurückfahren geht auch klar, da es üblich ist, dass die Spieler und die Cheerleaderinnen nach dem Spiel gemeinsam noch was trinken gehen und eventuell noch feiern und so.«

Was mit ›und so‹ gemeint war, wollte ich mir jetzt nicht unbedingt vorstellen, aber gut. Doch das mit dem gemeinsamen trinken gehen nach dem Spiel fand ich gut. Das klang nach Spaß.

»Super, dann machen wir das so.«

»Sehr gut. Viertel vor drei ist Abfahrt.«

»Ich bin pünktlich fertig«, antwortete ich, »aber jetzt fahre ich erst mal zu Mason«, grinste ich.

»Ach, das passt sich ja, da wollte ich auch gerade hin. Dann können wir ja gleich zwei Mal an diesem Wochenende zusammenfahren.« Jase sah mich herausfordernd an.

»Nein, ich glaube nicht.«

»Doch, ich glaube schon.«

»Ne, ich bezweifle, dass das deiner Planung entspricht.«

»Doch tut es, Mase hat seinen Pulli letztens hier liegen lassen, den wollte ich ihm vorbeibringen.«

»Das macht zwar keinen Sinn, da du ihn gestern erst gesehen hast und wenn es dringend gewesen wäre, ihm den längst mitgebracht hättest, aber gut, ich mache mich eben noch frisch. In zwanzig Minuten fahre ich.«

Jetzt guckte er mich perplex an. Damit hatte er wohl nicht gerechnet. Aber er schien beschlossen zu haben, das Spiel weiterzuspielen, denn er erwiderte, dass er pünktlich am Auto stehen würde.

Nur schade, dass ich eigentlich gar nicht vorhatte, ihn mitzunehmen. Und da ich theoretisch schon abfahrbereit war, schnappte ich mir nur noch meine Handtasche und meinen Schlüssel, wartete fünf Minuten und schlich dann leise aus dem Haus zu meinem Auto und fuhr los, bevor er die Chance hatte, aus seinem Zimmer raus zu mir zu kommen. Hihi.

Bei Mason angekommen, fiel ich ihm um den Hals und küsste ihn, bevor er mich überhaupt begrüßen konnte.

»Daran kann ich mich gewöhnen«, brummte er, den Kuss erwidernd, als wir rückwärts in den Flur taumelten.

Dann, als wir drinnen waren und es uns bei ihm auf der Couch gemütlich gemacht hatten, erzählte ich ihm von meiner lustigen Aktion mit Jason. Mase musste lachen, erwiderte dann aber gespielt ernst: »Das wird Jason aber gar nicht gefallen.«

»Tja, damit wird er wohl leben müssen«, grinste ich.

»Jetzt lachst du noch. Mich würde es nicht wundern, wenn er gleich hier auf der Matte steht.«

Fast zeitgleich klingelte es an der Haustür. Diesmal war ich es, die perplex dreinsah.

»Woher wusstest du …? Hat er dir geschrieben?«

»Nein, ich kenne meinen Kumpel halt schon ziemlich lange«, lachte nun Mason, stand auf und ging zur Tür. Tatsächlich stand Jason davor.

»Hi, alter Freund. Was ist der Grund deines Kommens?«, sagte Mason gespielt unwissend. Ich musste mir ein Lachen verkneifen.

»Hi, Mase. Na ja, …« erwiderte er und trat in den Wohnraum, »ich wollte mal nach meiner Stiefschwester sehen. Nachdem sie einfach ohne mich gefahren ist, habe ich mir Sorgen gemacht und wollte sicher gehen, dass alles in Ordnung ist.« So viel also zu ›Mason hat seinen Pulli bei mir vergessen, ich wollte ihn ihm vorbeibringen‹. Dass ich nicht lache!

»Geliebter Stiefbruder. Mir geht es blendend, kein Grund zur Sorge. Vielleicht kennst du dieses kleine Gerät, es heißt Handy und ist unter anderem dazu da, jemanden im Notfall zu erreichen. Und ich glaube nicht, dass deins in der letzten halben Stunde geklingelt hat.«

Mason beobachtete amüsiert unsere überzogene Unterhaltung und ließ sich währenddessen wieder neben mich auf die Couch plumpsen.

»Ach ja, und wenn du die Stiefbruder/ Stiefschwester-Sache jetzt so weit ausreizen willst, dass du immer und überall bei mir aufzutauchen meinst und diese Masche abzuziehen, hast du dich geschnitten.«

»Oh, wieso? Dabei hat das gerade angefangen, Spaß zu machen.«

Damit schob er mich mit einem Handgriff ein Stück zur Seite und setzte sich mitten zwischen Mase und mich. Nun verging auch meinem Freund das Grinsen.

»Sag mal, hast du ´nen Vogel, Jason?«, schimpfte ich.

»Stimmt, da muss ich Sky beipflichten. So heiß du auch sein magst, ich würde es vorziehen mit meiner Freundin zu kuscheln.«

»Pfff«, war alles, was Jase dazu sagte. Doch Mase machte Butter bei die Fische und schubste ihn kurzerhand vom Sofa.

Lachend guckte ich auf Jase runter, wie er sich wieder aufrappelte.

»Na gut, ich glaube, ich habe eure Zweisamkeit jetzt genug gestört. Wir sehen uns morgen, Mase. Bis später, Sky.«

»Ciao.«

»Bye.«

Doch bevor er ganz aus der Tür war, steckte er seinen Kopf noch mal ins Zimmer. »Ach ja, bitte lasst auch dieses Sofa verschont.«

Diesmal war es Mason, der ein Kissen nach Jason warf, welcher das jedoch geahnt zu haben schien, denn das Kissen traf lediglich die Tür, welche bereits hinter Jase ins Schloss gefallen war.

Einen Moment sahen wir beide zur Tür, dann wandte sich Mase wieder mir zu. »Wo waren wir stehen geblieben?«

Mit diesen Worten lehnte er sich zu mir rüber, nahm mein Gesicht in seine Hände und küsste mich.

Am nächsten Morgen stand ich zeitig auf, packte meine Uniform, meine Pompons und alles was ich sonst noch brauchte in meine Sporttasche und machte mich fertig. Zum Mittagessen aß ich nur einen leichten Salat, damit mir das Essen bei unserem Auftritt nicht so schwer im Magen lag. Dann machten wir uns los.

Beim Stadion angekommen, sah ich auch schon die anderen Jungs vorm Eingang stehen. Die, die nicht mitspielten, wünschten den anderen noch viel Glück, bevor wir durch den Hintereingang zu den Umkleiden gingen. Auf dem Weg durch den langen Gang, zeigte Jason irgendwann auf eine Tür und teilte mir mit, dass sich dort die Mädels fertig machen würden und sie zwei Umkleiden weiter wären.

Also ging ich rein. Etwa die Hälfte der Mädels war schon da. Die Restlichen trudelten in den folgenden fünf bis zehn Minuten ein. Während wir uns umzogen, unser Make-up richteten und uns die blaue Schleife in die Haare banden, quatschten wir über das kommende Spiel, unseren Auftritt und letztendlich auch über die Bodys der Spieler. Wobei ich bei letzterem eher zuhörte, da mir das Ganze dezent unangenehm war. Abgesehen davon war es mir zu doof und zu oberflächlich, vor allem, da ich ja offensichtlich einige der Jungs ziemlich gut kannte. Aber gut.

Als alle fertig waren, begannen wir, uns zu dehnen und warm zu machen. Schließlich waren es nur noch 15 Minuten bis zum Spielbeginn und ich war schon ziemlich aufgeregt, als Scarlett alle in die Mitte zusammenholte: »So Mädels, was wollen wir?«

»Die Jungs anfeuern!«

»Und warum machen wir das?«

»Damit sie gewinnen!«

Und dann riefen alle zusammen, die Hände in die Luft werfend: »Let´s Gooo!«

Damit stellten wir uns in Reih und Glied auf und verließen gemeinsam die Umkleide und gingen rauf zum Spielfeld, welches wir auch gleich darauf betraten. Sofort begannen die Zuschauer zu jubeln, während wir mit dem Pompons raschelnd und winkend in die Mitte des Spielfelds gingen. Dort begaben wir uns in Position und wenige Sekunden später setzte die Musik ein, zu der wir nun auftreten würden. Wir begannen reihenweise, bevor wir schließlich alle synchron performten und zu den Hebefiguren und den Soli kamen. Ich stand meist in einer der hinteren Reihen und hatte auch kein Solo, was mir aber recht war, da es mein erster Auftritt war und mir somit ein durchschnittlicher Part reichte. Es war schon ein Highlight, dass ich bei einer Figur, wo in drei Gruppen jeweils eine Person in die Luft geworfen wurde und dann auch noch oben auf den kleinen Pyramiden stand, eine dieser Personen war. Zum Glück klappte alles einwandfrei. Und nach einigen Momenten der Aufregung konnte ich mich auch ganz auf das Cheerleading einlassen und die Aufführung genießen.

Natürlich war es anstrengend, vor allem, da wir Sprechgesang und Turnen verbinden mussten, aber das merkte ich erst, als wir das Spielfeld verlassen hatten und am Rand zur Ruhe kamen. Doch vorher bekamen wir noch tosenden Applaus, der unglaublich guttat und mir einen weiteren Adrenalinschub verpasste. Dann verließen wir in Reih und Glied winkend das Feld. Gleichzeitig betraten die Jungs den Rasen, die mit ihren breiten Schulterpolstern schon echt gut aussahen, und gingen haarscharf an uns vorbei. Es dauerte nur eine Sekunde, aber als Mason direkt neben mir war, gab er mir einen flüchtigen Kuss und raunte: »Du siehst zum Anbeißen aus.«

Ich war mir sicher, dass ich augenblicklich rot wie eine Tomate geworden war. Jason, der direkt hinter Mase lief, hatte nichts Besseres zu tun, als provozierend zu pfeifen. *Idiot!*

Jedenfalls sahen wir Mädels uns das Spiel vom Seitenrand aus an, hatten einen zweiten, kleineren Auftritt in der Pause, und liefen am Ende des Spiels auf das Feld, um unseren Jungs zum Sieg zu gratulieren. Wir umarmten die Jungs stürmisch, wobei ich mich auf die mir bekannten beschränkte, und schließlich bei Mason landete, der mich ein Mal im Kreis herumwirbelte und dann küsste.

»Du warst großartig. Die Uniform solltest du übrigens öfter tragen«, grinste er.

»Danke, ich habt auch toll gespielt!«, gab ich lächelnd zurück.

Dann trennten sich unsere Wege, denn wir gingen in die Umkleiden zurück, duschten und machten uns für die Aprés-Spiel-Party fertig. Wir unterhielten uns wieder über Dieses und Jenes. Doch als ich mich gerade schminkte, hörte ich, wie Chloé mit den anderen Schulschlampen tuschelte. Beim Sport kamen wir miteinander aus, privat waren sie echt zum Kotzen, sodass ich mich weitestgehend von ihnen fernhielt.

»Wie die sich an Mason ranschmeißt, geht echt gar nicht. Merkt die nicht, wie bitchig ihr Verhalten ist? Und dass er das gar nicht will?«, flüsterte sie in einer Lautstärke, sodass sie sicher sein konnte, dass ich jedes Wort verstand.

»Stimmt. Ich bin gespannt, wie lange Mason es mit ihr aushält, bevor er merkt, dass sie ihn nur ausnutzt, um fame zu werden«, stimmte Scarlett zu.

»Ja. Außerdem ist sie gar nicht sein Typ. Mason steht auf heiße Mädels, die wissen, was sie haben.«

Ich konnte mich nur schwer zurückhalten, meinen Kinnhaken an den beiden zu trainieren, entschloss mich aber dazu, ihre Unterhaltung zu ignorieren, um unnötigen Stress zu vermeiden und mir nicht die Laune verderben zu lassen. Früher oder später würden auch sie merken, dass es uns beiden ernst war. Und wenn hier jemand als Bitch zu betiteln war, dann waren es ganz klar sie selbst. Aber schön; wenn ihr eigenes Leben so langweilig war, dass sie sich an dem von anderen aufgeilen mussten, sollten sie das tun. Ich hatte das jedenfalls nicht nötig.

Zehn Minuten später waren alle fertig und wir gingen raus, wo die Jungs schon auf uns warteten.

Die, die nicht selbst hergefahren waren, verteilten sich auf die Autos der Jungs. Ich stieg bei Jason ein; dann fuhren wir los. Etwa eine Viertelstunde später erreichten wir einen Pub, in dem wir uns einige Tische zu Gruppen zusammenzogen und uns mit unseren Getränken setzten. Natürlich saß ich neben Mason und auch Jason saß in der Nähe, hatte sich aber einer meiner Cheerleaderkolleginnen zugewandt, wie es bei den meisten Jungs der Fall war. Sie waren immer zumindest halbherzig mit einem Mädel beschäftigt, dass ihnen an den Lippen hing, auch wenn die Unterhaltung einem Kumpel galt und nicht ihnen.

Ich unterhielt mich sowohl mit Mason als auch mit Ann und Alicia, die neben mir und mir gegenüber saßen und mit mir die beiden einzigen nicht ganz so ›Abgedrehten‹ zu sein schienen.

So quatschten wir viel, hatten Spaß und der Abend schritt voran. Immer wieder bekam ich mit, wie einer der Jungs mit einer Cheerleaderin Richtung Toiletten verschwand und etwa zehn

Minuten später wiederkam. Beide glücklich und sie mit leicht zerzausten Haaren. Ich mochte mir nicht vorstellen, wie sie es trieben, aber erst recht nicht, ob beziehungsweise wie Jase und Mase dabei mitgemacht hatten. Mase blieb natürlich die ganze Zeit bei mir, küsst mich hin und wieder und legte seinen Arm um mich, aber auch Jason schien den anderen Mädels nur bedingt Aufmerksamkeit zu schenken. Entweder wollte er seine Triebe in meiner Anwesenheit nicht ausleben oder da bahnte sich etwas Festes an. Vielleicht mit Emily? Wünschen würde ich es ihm ja. Doch mir war klar, dass ich ihn gar nicht erst darauf ansprechen brauchte, da ich eh nichts aus ihm raus bekommen würde ... Somit musste ich wohl abwarten.

Na ja, irgendwann nach Mitternacht löste sich unsere Gruppe langsam auf, sodass wir uns gegen halb eins ebenfalls auf den Heimweg machten.

Zum einen war ich mittlerweile müde, schließlich war es spät und ein anstrengender Tag gewesen, und zum anderen war morgen – oder wohl eher heute – Schule.

Die kommende Woche verlief ohne weitere Vorkommnisse. Weder irgendwelche Bedrohungen, Entführungen oder sonst irgendetwas. Und Schule war halt Schule: Nix Spannendes.

Doch Freitag nach Unterrichtsschluss fing Mason mich ab, bevor ich mich auf den Heimweg machte. Er umarmte mich von hinten, drehte mich um und küsste mich auf die Stirn. »Hey, Prinzessin. Heute Abend um sieben. Ich hole dich ab«, grinste Mase mich an.

Ich blickte ihn ein wenig irritiert an. Er schien dies zu bemerken und fügte schmunzelnd hinzu: »Du. Ich. Date.« Da fiel bei mir der Groschen. OMG! Klar, wir waren jetzt schon ein Bisschen zusammen, aber welches Mädchen freute sich bitte nicht über ein Date?! Außerdem hatte er unsere Treffen selbst noch nie so genannt.

»Und was, wenn ich schon was vorhabe?« Ich versuchte betont gelassen und desinteressiert zu klingen, damit er mir nicht anmerkte, wie sehr ich mich freute. Wobei meine Gesichtsfarbe mich wahrscheinlich eh schon verraten hatte, diese treulose Tomate ...

»Du hast nichts vor«, grinste Mase siegessicher.

»Stimmt«, grinste ich nun zurück und musste lachen. Ich ließ meine Maske fallen.

»Wo geht´s denn hin? Was machen wir?«, fragte ich nun.

»Das wirst du heute Abend schon sehen«, schmunzelte er.

»Aber ...« Weiter kam ich nicht, denn Mase hatte sich geschickt von mir gelöst und joggte nun in Richtung seines Autos davon. Argh.

»Gedulde dich, Prinzessin«, rief er noch über die Schulter zu mir zurück, bevor er in sein Auto stieg und davonfuhr. Und mich ratlos aber glücklich zurückließ.

Auch ich setzte mich unverzüglich in meinen Wagen und fuhr heim. Ich musste schnell etwas essen und meine Hausaufgaben erledigen, damit ich anschließend noch genug Zeit hatte, um zu duschen und mich fertig zu machen, bevor Mase um sieben kam und mich zu unserem *Date* abholte.

Ich war gerade frisch geduscht und stand in Unterwäsche in meinem begehbaren Kleiderschrank, über die Frage grübelnd, was ich anziehen sollte, als ich hörte, wie Jason nach Hause kam. Der musste doch was wissen!

Schnell schmiss ich mir meinen Bademantel über, dann stürmte ich los und rannte fast in Jason hinein, als dieser die

Treppe heraufkam. Er musterte mich nur belustigt, was unter anderem meinem Outfit geschuldet sein dürfte. Aber ich ignorierte seinen Blick einfach.

»Was will Mase mit mir unternehmen?«, platzte ich direkt mit meiner Frage heraus.

»Das weiß ich doch nicht«, sagte Jase achselzuckend, doch ich kannte die Jungs zu gut. Sie erzählten sich alles. Fast so schlimm wie Mädels.

»Ach, verarsch mich nicht. Ich weiß, dass du Bescheid weißt.«

»Schön, ich weiß Bescheid. Aber ich sage dir trotzdem nicht, wo es hingeht.« So langsam ging mir Jasons blödes Grinsen auf den Keks. Das machte er doch extra.

»Komm schon. Dann sag mir wenigstens, was ich anziehen soll. Ich kann schließlich schlecht in Winterjacke schwimmen gehen oder im Kleid Achterbahn fahren.«

»Letzteres ist ein verlockender Gedanke«, erwiderte Jason provokativ. Er konnte es einfach nicht lassen.

Einen Ellbogenhieb in seine Seite später, gab er mir dann doch einen Tipp: »Ruhig«, lachte er, »Du musst ja nicht gleich gewalttätig werden. Aber ich denke, etwas Schickes wäre nicht schlecht.«

»Danke.« Ich ließ von ihm ab und ging schnurstracks zurück in mein Zimmer und in meinen Kleiderschrank. Ich bekam noch so gerade mit, wie Jase lachend den Kopf schüttelte und »Mädels«, murmelte. Dann konzentrierte ich mich vollkommen auf die Kleidung vor mir.

Ich entschied mich für das rosane Spitzenkleid, welches ich vor einiger Zeit gekauft hatte. Es war fein und elegant, aber gleichzeitig auch süß und verspielt und versprühte mit den richtigen Accessoires auch einen Hauch von Sexy. Perfekt also für ein Date, bei dem ich keine Ahnung hatte, wohin es ging, geschweige denn, was gemacht werden würde. Ich wählte ein Paar Ballerinas – damit war ich definitiv auf der sicheren Seite und würde auch bei einem langen Spaziergang keine Probleme bekommen –, eine kleine rosane Umhängetasche, das silberne, zarte Armband von Mason, welches ich eigentlich immer trug, und passende Ohrringe.

Ich zog mir mein ausgewähltes Outfit an und ging dann ins Bad, wo ich mich schminkte und mir die Haare leicht lockte.

Als ich fertig war, hatte ich immer noch eine halbe Stunde Zeit, bevor Mase kam, also setzte ich mich auf meine Bettkante und schaltete noch ein wenig den Fernseher ein. Sonst hätte ich mir definitiv viel zu viele Gedanken über unser bevorstehendes Date gemacht.

Zehn vor wurde ich dann doch unruhig, weshalb ich schon mal nach unten ging und dort durch die Küche stiefelte. Ich kam mir selbst ein wenig lächerlich vor, da ich schließlich nicht zum ersten Mal mit Mason ausging und auch schon etwas länger mit ihm zusammen war, aber trotzdem. So ein Überraschungsdate war etwas vollkommen anderes!

Um kurz vor sieben kam auch Jason runter in die Küche. »Du siehst toll aus. Das wird Mase definitiv gefallen. Und zum Anlass passt es auch, keine Sorge«, zwinkerte Jase mir zu.

»Danke.«

Dann kam auch schon mein Freund. Pünktlich auf die Sekunde, um das anzumerken! Also machte ich mich auf in den Flur und Richtung Tür.

»Viel Spaß!«, rief Jase noch. Dann ging ich nach draußen.

Dort stand Mason direkt vor mir, hatte gerade angesetzt, um zu klingeln, hielt nun aber in seiner Bewegung inne, ging einen

Schritt zurück und musterte mich von oben bis unten. Dann kam er wieder näher. »Du siehst wunderschön aus«, murmelte er und küsste mich.

»Danke. Du aber auch.« Es stimmte, Mase sah in seiner dunklen Jeans und dem Hemd zum Anbeißen aus. Er sah sehr edel, aber gleichzeitig auch irgendwie locker und sportlich aus, was perfekt zu ihm passte.

»Darf ich bitten?«, unterbrach er nun meinen Gedankengang und hielt mir seine Hand hin. Ich ergriff sie und so führte er mich zu seinem Auto, öffnete mir gentlemanlike die Beifahrertür und joggte dann locker um den Wagen herum, um selbst auf dem Fahrersitz Platz zu nehmen.

»Und? Wo geht es nun hin?«, fragte ich, nachdem wir die Auffahrt verlassen hatten.

»Lass dich überraschen«, kam es von Mason. Ich glaubte, ein Déjà-vu zu haben. Pfff.

»Ey.«

»Gedulde dich. In zwanzig Minuten sind wir da. Dann wirst du es schon noch früh genug erfahren.«

Ich kreuzte gespielt beleidigt die Arme vor der Brust und wandte mich zum Fenster. Von Mason kam augenblicklich ein raues Lachen, das so sexy war, dass ich nicht anders konnte, als verstohlen in seine Richtung zu blicken.

Nur blöd, dass er mich auch von der Seite betrachtete …

»Du sollst auf die Straße gucken!«, lachte ich und wies ihm tadelnd mit dem Finger die Blickrichtung.

Er musste ebenfalls wieder lachen, guckte aber von nun an mehr auf die Straße als zu mir.

So konnte ich ihn wenigstens in Ruhe anschmachten, was einen echt schönen Zeitvertreib darstellte.

»Wenn du mich weiter so anguckst, kann ich dir nicht garantieren, dass wir unser Ziel überhaupt noch erreichen, denn sonst muss ich gleich rechts ranfahren, und dich auf der Stelle hier im Auto nehmen.«

Von seinem vulgären Kommentar überrumpelt, wurde ich augenblicklich feuerrot. Schnell guckte ich in eine andere Richtung, was Mase lediglich wieder ein raues Lachen entlockte. Er war halt immer noch ein Bad Boy, mein Bad Boy!

Die nächsten fünf Minuten verbrachten wir schweigend, bis wir um eine Ecke bogen und Mase verkündete, dass wir da wären.

Ich sah mich gespannt um und erblickte vor uns ein edles Luxusrestaurant. Mase fuhr auf den Parkplatz, stellte den Motor ab, und ehe ich mich versah, war er auf meiner Seite des Wagens, öffnete mir die Tür und hakte mich ein. So gingen wir zum Eingang des Restaurants, wo uns ein Portier im Anzug empfing. Mason nannte ihm seinen Nachnamen, er guckte in seiner Liste nach, nickte und führte uns dann zu einem Tisch für zwei. Er wartete, bis wir saßen – Mason ließ es sich auch hier nicht nehmen, den Gentleman raushängen zu lassen und mir den Stuhl ran zuschieben –, dann verabschiedete er sich, indem er uns einen angenehmen Abend wünschte und dabei selig lächelnd hinzufügte, was für ein süßes Paar wir doch seien.

Als wir ›allein‹ waren, wandte ich mich wieder Mase zu. »Wow, es ist wunderschön hier, aber das ist doch bestimmt viel zu teuer.« Hier sah einfach alles edel und exklusiv aus: Das Silberbesteck, die Lampen, die Tischdeko, die Kerzenleuchter, einfach alles.

»Für meine Freundin gibt es nur das Beste«, antwortete Mase im Brustton der Überzeugung.

»Du alter Schleimer«, erwiderte ich, lehnte mich zu ihm rüber und küsste ihn.

»Schön, dass es dir gefällt.«

Dann war unsere Zweisamkeit fürs Erste wieder vorbei, denn der Kellner kam, reichte uns die Speisekarten und fragte uns nach unseren Getränkewünschen.

»Zwei Gläser Champagner und eine Flasche Wasser, bitte«, ergriff Mason das Wort.

Dank der Reizüberflutung, die mich durch die riesige Auswahl an Gerichten traf, entschieden wir uns dafür, das Tagesgericht zu probieren. Dies teilten wir dem Kellner mit, als er unsere Getränke brachte. Dann stießen Mase und ich auf uns und den Abend an und nahmen einen Schluck von dem Prickelwasser.

Bis unsere Gerichte schließlich kamen, unterhielten wir uns. Da wir relativ abgeschirmt in einer romantischen Nische saßen, störten wir auch keinen damit, dass wir hin und wieder lachten oder uns zueinander rüber beugten und uns küssten.

Das Essen war köstlich. Es handelte sich um einen bunten Salat und selbstgebackenes Brot mit Dipp als Vorspeise und anschließend ein perfekt gegartes Stück Fleisch mit diversen Beilagen und einer leckeren Soße. Und auch wenn wir beide eigentlich schon satt waren, ließ Mason es sich nicht nehmen, noch einen Nachtisch zu ordern, welcher aus einer Beerenmousse und einem Sorbet bestand, einem leichten, fruchtigen Abgang also. Auch dieser schmeckte vorzüglich.

Anschließend bekamen wir noch einen Aperitif. Dann zahlte Mason – er bestand darauf – und wir verließen gemeinsam das Restaurant.

Doch statt direkt nach Hause zu fahren, wählte Mason eine andere Route und hielt wenige Minuten später an einem großen

Park. »Was hältst du von einem kleinen Verdauungsspaziergang?«

»Klingt sehr romantisch«, erwiderte ich ironisch grinsend.

»Na gut, dann lass mich meine Frage anders formulieren: Was hältst du von einem romantischen Spaziergang bei Mondschein?«

»Das klingt schon viel besser. Sehr gerne!«

Ich war froh, flache Schuhe anzuhaben, denn so konnte ich unseren Spaziergang auch wirklich genießen. Wir gingen Hand in Hand durch den Park und machten schließlich Halt an einer Bank am Teich. Dort ließen wir uns nieder und genossen eine Weile aneinander gekuschelt die kühle Nachtluft, betrachteten die Sterne und lauschten den Geräuschen der Umgebung. Irgendwann wurde es frischer und ich hatte anscheinend eine Gänsehaut bekommen, denn Mason löste sich aus unserer Umarmung, zog sich seine Jacke aus und legte sie mir über die Schultern. Ich küsste ihn als Dankeschön.

»Komm, lass uns langsam gehen ...«, begann Mase nach einigen Minuten.

»Okay, danke für den tollen Abend. Das Essen war superlecker und ...«, begann ich.

»Jetzt lass mich doch erst einmal ausreden. Ich will dich noch gar nicht Heim bringen. Ich wollte lediglich sagen, dass es hier langsam kühl wird und es in meinem Bett viel kuscheliger wäre.«

»Du bist unverbesserlich, Mase!«, musste ich grinsen. Nicht, dass ich was gegen seinen Vorschlag einzuwenden hatte! Nein, ich war sogar begeistert davon!

»Ich liebe dich!«

»Ich liebe dich auch, Prinzessin!«

Wir gaben uns einen ausgiebigen Kuss, dann fuhren wir zu Mason und verbrachten dort eine lange, atemberaubende Nacht in seinem Bett.

Am nächsten Morgen beziehungsweise wohl eher Mittag brachte mich Mason nach Hause, nachdem wir ausführlich im Bett gefrühstückt hatten. Dort angekommen, geleitete Mase mich zur Tür, welche ich aufschloss und in den Flur rief: »Hey, Jason. Wir sind wieder da-ha!« Aber es kam keine Reaktion.

»Hmmm, komisch. Er scheint nicht zu Hause zu sein. Hatte er einen Auftrag und war mit den Jungs unterwegs?«

»Nicht, dass ich wüsste. Wir informieren uns immer gegenseitig, also kann das eigentlich nicht sein.«

»Aber wo steckt er dann?«

»Keine Ahnung, vielleicht ist er Laufen oder so. Er wird schon wieder Heim kommen«, zwinkerte Mase mir zu. »Aber weißt du was, Prinzessin?« Ich sah fragend zu ihm rüber. »Das bedeutet auch, dass wir das ganze Haus für uns haben.«

»Mason McAdams, du hast kannst wohl einfach nicht genug bekommen!« sagte ich spielerisch anklagend.

»Stimmt. Aber ist das verwerflich? Schließlich steht das hübscheste Mädchen auf der ganzen Welt vor mir.«

»Du musst mir keinen Honig um´s Maul schmieren, Mase. Ich hätte dich auch so mit hochgenommen«, lachte ich, geschmeichelt von seinem Kompliment.

»Das wollte ich hören!« Damit hob er mich hoch, als würde ich nicht mehr wiegen als eine Feder, und trug mich mit schnellen Schritten hoch in mein Zimmer, wo er mich auf meinem Bett wieder absetzte. Dabei zog ich ihn am Kragen seines Shirts mit zu mir runter und küsste ihn.

Das wäre sehr romantisch gewesen, wenn er nicht plötzlich das Gleichgewicht verloren hätte und auf mich gefallen wäre.

»Geh runter von mir, du Kamel«, japste ich lachend.

»Eyyy«, lachte auch Mase, rollte sich aber von mir runter. Dabei war er stets darauf bedacht, nicht einen Millimeter zu weit von mir abzurücken, was schon wieder süß war.

So lagen wir einfach ein Weilchen da, bis wir die Haustür zufallen hörten, gefolgt von Schritten auf der Treppe. Jason schien direkt in sein Zimmer gegangen zu sein, weshalb Mase und ich uns langsam aufrappelten, um hinüberzugehen und zu erfragen, wo er gewesen ist.

JASON

Keine 30 Sekunden war ich in meinem Zimmer, genau genommen in meinem Bett – denn die Nacht war echt lang gewesen und ich dementsprechend müde –, da klopfte es an der Tür.

»Nö«, grummelte ich. Aber wie es nicht anders zu erwarten gewesen war, ging trotzdem langsam die Tür auf.

»Doch«, grinste Sky und kam herein. Ich richtete mich auf und stellte fest, dass sie nicht allein war. Ich ließ mich wieder zurück aufs Bett fallen.

»Wird das hier eine Invasion?« Dann fiel mir etwas ein, was mich den beiden doch meine ungeteilte Aufmerksamkeit zukommen ließ.

»Warte. Warst du die ganze Nacht hier, Mase?«

»Nein, Jase. Keine Sorge ...«

»Gut.«

»... Wir waren bei mir.« ?! Doch bevor ich etwas dazu sagen konnte, meldete Sky sich zu Wort:

»Das heißt, du warst auch nicht zu Hause. Sonst hättest du gewusst, dass wir beide nicht da waren. Also: Wo warst du?«

Mist, damit hatte ich mir wohl ein Eigentor geschossen ... Wie kam ich aus der Situation wieder raus? Ich entschied mich für Ablenkung. »Ach, wie war eigentlich euer Date? Sky war echt aufgeregt gewesen ... Euren Gesichtsausdrücken nach zu urt...«

»Versuch gar nicht erst abzulenken. So doof sind wir nun auch wieder nicht, als dass wir darauf reinfallen würden.«

»Genau, also spuck's aus Kumpel. Bei welchem Mädel hast du die Nacht verbracht?«

Puh, sie gingen also davon aus, dass es sich um irgendein Mädel handelte, was bedeutete, dass sie nicht die leiseste Ahnung hatten, dass ich mich mit ...

»Oder DAS Mädchen?«, warf Sky nun ein. Verdammt! Woher? Wie?

Ich hatte scheinbar einen Augenblick ertappt dreingeblickt, denn Sky schaute mich nur wissend an und Mase musste Grinsen.

»Emily also ... Aha. Wie lange geht das schon so? Und viel wichtiger, warum wusste dein bester Freund nichts davon?«

»Na ja, also ... Seit der Hochzeit ...«

»Und ich dachte, du hältst nichts von Hochzeiten und festen Beziehungen. Hast du nicht nach dem Motto ›Ein Mal ficken, weiter schicken!‹ gelebt?«

»Erstens: Genau deswegen habe ich dir und den Jungs nichts erzählt. Und Zweitens: Wenn ich dich dran erinnern darf, warst du bis vor ein paar Monaten nicht anders.«

»Schön: Eins zu eins. Aber du bist der Meister im Sprüche klopfen, also darfst du dich am wenigsten beschweren.«

»Danke für das Gespräch, aber das sind mir zu viele Informationen.« Damit schlüpfte Sky unter Masons Arm hindurch durch die Tür und verschwand in ihrem Zimmer. Ich musste lachen.

»Du Idiot! Musstest du meiner Freundin das Kopfkino von mir und zig anderen Mädels bescheren?« Aber auch Mase selbst konnte ein Lachen kaum zurückhalten.

»Ach komm schon. Als hätte sie das nicht schon längst gewusst.«

»Stimmt auch wieder. Aber nun zurück zu dir. Du und Emily also ... Wann bringst du sie mal mit?«

SKY

Eine Woche später wurden wir zu einer riesigen Hausparty eingeladen, die laut einiger Mitschüler aus Erfahrung wieder ›legendäääär‹ werden würde.

Sie sollte am nächsten Samstag in einer Villa mit großem Garten und Pool stattfinden und es wurden mehrere hundert Highschool-Schüler und College-Studenten erwartet. Dabei waren vor allem die ›coolen Schüler‹ eingeladen. Und so kam es, dass ich – wahrscheinlich nur wegen der Jungs – auch eine Einladung bekam. Wie konnte ich da Nein sagen?

Als der Samstag dann gekommen war, stand ich mal wieder planlos in meinem Kleiderschrank und überlegte fieberhaft, was ich nur anziehen könnte. Letztendlich entschied ich mich ganz typisch für eine enge schwarze Hose im Used-Look und ein schwarzes Spagettitop mit Schnürungen am Rücken. Dazu gab's Ankleboots, ebenfalls in schwarz, ein paar schlichte Armbänder und tiefroten Lippenstift, in Kombination mit einem Party-Make-up. Die Haare ließ ich offen und legte sie in schöne große Wellen.

Um acht kam Mase vorbei, um mich und Jason abzuholen. Ich küsste ihn zur Begrüßung, und Jason und er machten ihr Handschlag-Dings, dann stiegen wir ins Auto und fuhren los. Die Party fand etwa 20 Minuten entfernt in einem weniger dicht besiedelten Gebiet statt. Als wir ankamen, waren schon einige Gäste da. Ein Teil stand mit ihren roten Bechern vor der Tür und quatschte; von drinnen drang laute Musik nach draußen und man konnte bunte Lichter flackern sehen. Mase parkte und fast zeitgleich kamen auch Aiden, Jayden und Colten an, mit welchen wir zusammen Richtung Haus gingen. Wir begrüßten ein paar bekannte Gesichter, gingen dann aber als Erstes in die Küche, um uns ebenfalls mit Getränken zu versorgen. Ich startete mit einer Runde Kirsch-Vodka und die Jungs mit Bier. Mit unseren Bechern machten wir uns auf in den Garten, wo wir uns zu einer anderen Gruppe gesellten. Während die Jungs sich unterhielten, stand ich neben Mase, der seinen Arm um meine Hüfte gelegt und mich an sich gezogen hatte, und nippte an meinem Drink. Ich musste nicht immer mitreden; ich genoss es manchmal auch, einfach nur zuzuhören und das Geschehen zu beobachten.

Irgendwann war mein Drink leer. Also beschloss ich, Nachschub zu holen, was ich Mason mit einer Geste signalisierte, bevor ich mich losmachte. Auf dem Weg zur Küche traf ich dann auf Brianna und Faith, die ein wenig unschlüssig in der Gegend rumstanden. Ich hatte ihnen gesagt, dass sie auch kommen sollten, war mir aber nicht sicher gewesen, ob sie es tun würden, da sie nicht zu den ›Fame‹-Schülern gehörten und noch dazu nicht so die Partygänger waren. Das hatten sie zumindest erzählt. Ich ging rüber, begrüßte die beiden und nahm sie mit in die Küche, wo wir uns erst mal einen Jello-Shot genehmigten. Danach schenkten wir uns in unsere Becher ein und gingen zusammen nach draußen zu den Jungs.

Diese quittierten die neue Gesellschaft mit einem Nicken und kehrten relativ schnell zu ihren ursprünglichen Gesprächsthemen zurück, weshalb ich mit den Mädels Konversation führte.

Nach einer Weile kam ein Junge aus dem Haus in unsere Richtung gestürmt. »Los Leute, jetzt wird Bierpong gespielt! Jason, ihr seid doch sicher mit von der Partie!«

»Natürlich sind wir das! Und die Mädels bestimmt auch!«, rief Jase zurück und sah dann in unsere Richtung.

»Na klar sind wir dabei!«, entschied ich für uns drei und folgte den Jungs nach drinnen.

Dort waren drei Tische zu Bierpong-Spielfeldern umgebaut worden. Wir beschlossen Mädchen gegen Jungs zu spielen, wobei Brianna, Faith und ich gegen Mason, Jason und Cole antraten. Die restlichen Jungs hatten sich bereits an die anderen Tische verteilt.

»Dann lass uns loslegen!«, rief Jase gut gelaunt. Dann stockte er kurz. »Ihr kennt doch die Regeln, oder?«

»Ja, wir wohnen schließlich nicht hinterm Mond!«, gab ich zurück, nachdem ich ein Nicken von meinen beiden Teamkolleginnen wahrgenommen hatte.

»Okay, let´s go! Lady's first!« Das war mein Zeichen. Ich nahm den Tischtennisball, warf ... und traf daneben. Mist!

Aber gut, erst mal abwarten, was die Jungs so draufhatten. Jason war an der Reihe und versenkte den Ball mühelos in einem unserer Becher. Die Jungs freuten sich und klatschten ein. Sie hatten einen Punkt, und für uns hieß das: Trinken.

Na ja, und daraus bestand das Spiel für uns auch hauptsächlich: Trinken. Die Jungs versenkten reihenweise die Bälle in unseren Getränken, während wir nur hin und wieder mal einen Punkt erzielten. Das war jedoch nicht weiter schlimm, denn wir lachten und hatten viel Spaß. Natürlich bestanden wir auf eine Revanche, wobei eigentlich vorher schon klar war, dass mit steigendem Alkoholpegel die Trefferquote noch weiter sank, was wiederum zur Folge hatte, dass wir wieder deutlich mehr als die Jungs trinken mussten und nach drei Runden schon ziemlich angetrunken waren.

Das störte aber keinen, da die Stimmung ausgelassen war und alle den Abend genossen und lockerer wurden.

»Ey, Mase, ihr habt geschummelt. Das war unfair«, entgegnete ich ihm, als er nach Ende des Spiels um den Tisch herumkam, um mir einen Kuss zu geben.

»Ja, ja, Prinzessin. Das würde ich jetzt auch sagen. Werfen ist definitiv nicht deine Stärke.«

»Pfff. Dafür kann ich andere Sachen gut«, antwortete ich gespielt schnippisch.

»Das stimmt allerdings«, raunte Mase und küsste mich erneut.

Ich glaubte, ich war schon zu angetrunken, um richtig zu verstehen, worauf er damit anspielte, aber ich machte mir darüber keinen Kopf, sondern küsste ihn lange zurück.

»Komm, lass uns tanzen«, forderte ich Mase auf, nachdem wir uns voneinander gelöst hatten. Es lief ein gutes Lied, weshalb ich ihn schon am T-Shirt Richtung Tanzfläche zu ziehen versuchte.

»Hey, nicht so stürmisch. Ich komme schon«, lachte Mase und folgte mir.

Auf der Tanzfläche angekommen packte Mase mich an den Hüften und drehte mich sanft zu sich. Ich legte meine Arme um seinen Hals und wir begannen, uns langsam im Takt der Musik zu wiegen. Dabei sahen wir uns immer wieder tief in die Augen und gaben uns einfach der Musik und dem jeweils anderen hin. Nach ein paar Liedern fiel mir auf, dass wir immer näher aneinandergerückt waren und nun ein wenig enger tanzten, als eigentlich nötig war. Aber hey! Mit wem sollte man eher zu nah tanzen als mit dem eigenen Freund?! Wobei ich der Meinung war, dass es für Mase und mich kein zu nah gab. Also legte ich meinen Kopf an seine Brust und genoss seine Nähe.

Irgendwann wurde die Musik deutlich schneller, sodass unser Tanzstil nicht mehr passte und wir in einen anderen Modus hätten wechseln müssen. Gerade als wir genau das tun wollten, kam

Cole, der Mase irgendetwas ins Ohr flüsterte und nach draußen deutete. Dann beugte sich Mase zu mir und erklärte, dass die Jungs draußen etwas Wichtiges zu besprechen hatten und er da leider nicht fehlen konnte.

»Na schön, aber plant nichts zu Gefährliches, okay? Ich brauche dich nämlich noch!«

»Ich dich auch. Keine Sorge. Aber mach du auch keinen Scheiß, solange ich weg bin, okay?«

»Wieso sollte ich?!« Ich kam nicht ganz mit, bis mir die Idee kam, dass er auf meinen angeheiterten Zustand anspielte und das vermeintlich damit verbundene erhöhte Fremdgehrisiko.

»Nein. Auf keinen Fall. Ich liebe dich!«

»Ich liebe dich auch, Prinzessin!« Damit drückte er mir einen Kuss auf die Lippen und ging mit Cole nach draußen, der während unserer Unterhaltung Würgegeräusche gemacht hat. Ja, ja, die Jungs waren schon eine Nummer für sich …

Allein hatte ich auch keine Lust mehr auf Tanzen, weshalb ich mich auf die Suche nach Bri und Faith begab. Jedoch konnte ich sie nirgendwo entdecken. Vielleicht waren sie nach Hause gegangen?

Dafür lief ich jemand anderem über den Weg. Ich konnte meinen Augen kaum trauen. »Rachel!« Sie stand mit dem Rücken zu mir in der Küche und drehte sich nun ruckartig zu mir um.

»Sky! Du auch hier? Na ja, hätte ich mir ja fast denken können, schließlich sind Jason und Co. auch vor Ort.« Wir umarmten uns zur Begrüßung. Dann fuhr Rachel damit fort, sich ihren Becher aufzufüllen, wobei sie mir auch direkt einschank und mir einen Becher Kirsch-Vodka reichte.

Wir unterhielten uns ein wenig, bis irgendjemand laut »Wahrheit oder Pflicht« rief und damit alle Anwesenden aufforderte mitzuspielen. Rachel war gleich mit von der Partie. Sofort nahm sie meine Hand und zerrte mich Richtung Wohnzimmer, wo schon um die zehn Leute im Kreis auf dem Boden saßen.

»Komm schon, das wird lustig!«, rief Rachel mir ins Ohr, da ich mich ein wenig sträubte. Ich hatte zwar noch nie selbst auf einer Party Wahrheit oder Pflicht gespielt, aber aus Filmen und Büchern wusste ich, dass Spiele dieser Art in der Regel nicht gut endeten. »Wenigstens ein paar Runden, wir können dann auch wieder aufhören, wenn du bis dahin noch immer keinen Spaß daran hast, in Ordnung?«

»Na gut«, ließ ich mich überreden und setzte mich zu den anderen auf den Boden.

Das Spiel startete harmlos. Die meisten Pflichtaufgaben bestanden daraus, alkoholische Getränke zu exen, und die Wahrheitaufgaben daraus, zu erzählen, wer der erste Schwarm war, wie viele Freunde man schon hatte et cetera.

Rachel hatte Recht, ich begann, Gefallen an dem Spiel zu entwickeln. Die Geschichten der anderen waren oft sehr witzig, und auch zu sehen, wie alle lockerer und ausgelassener wurden, war ziemlich amüsant. Zwar meldete sich in meinem Unterbewusstsein eine Stimme, die mir klar machen wollte, dass ausgelassen auch gefährlich sein konnte, aber sie schaffte es nicht in mein volles Bewusstsein.

So spielten wir weiter, und auch wenn meine Antworten meist zu der langweiligeren Sorte gehörten, da ich noch nicht so viele Freunde hatte, wollten mich die anderen gerne dabei behalten.

Als ich wieder an der Reihe war, sollte ich den heißesten Jungen in der Runde küren. Meine Entscheidung fiel schnell, zu schnell, wie ich mir im Nachhinein überlegte. Ich hatte schließlich einen Freund, der mir doch von allen am besten gefiel. Dabei schwirrte mir der Gedanke durch den Kopf, dass ich den Alkoholkonsum eventuell ein wenig zurückfahren sollte, da ich auf jeden Fall Herr meiner Sinne bleiben wollte. Somit beschloss ich, sobald mein Becher leer war, ihn diskret mit Saft und allerhöchstens einem kleinen Schluck Spiritus wieder aufzufüllen.

So spielten wir Runde für Runde weiter und ich bemerkte nur nebenbei, dass mein Becher gar nicht leerer zu werden schien. *Das war doch ein gutes Zeichen*, überlegte ich, *da das ja bedeuten musste, dass ich nur noch geringe Mengen Alkohol konsumierte.*

Als Marc an der Reihe war und Pflicht wählte, wurde er von einem Jungen, den ich nur vom Sehen kannte, dazu aufgefordert mit allen in der Runde ›Kartenkuss‹ zu spielen. Eigentlich keine richtige Pflichtaufgabe für eine einzelne Person, aber egal. Alle fanden es witzig, da nun jeder involviert war. So nahm Marc eine Spielkarte vor den Mund, saugte sie an und drehte sich zu seiner rechten Sitznachbarin. Diese musste die Karte nun ebenfalls ansaugen und so von Marc übernehmen. Danach überreichte sie sie an ihren Nebenmann und immer so weiter. Es entstanden einige brenzlige Situationen, die wir anderen lachend kommentierten, aber so weit blieb die Karte oben.

Nun drehte sich mein linker Sitznachbar, ein Junge aus der Stufe über mir, und auch genau der, den ich einige Runden zuvor nominiert hatte, in meine Richtung, um die Karte an mich weiterzugeben. Ich spitzte hochkonzentriert die Lippen und begann zu saugen, um auch ja die Karte zu behalten. Doch kaum berührten meine Lippen die Karte, war sie auch schon wieder weg. Aber wo? Wie?

Ich sah in die belustigt funkelnden Augen meines Gegenübers, der nur wenige Zentimeter von mir entfernt war. Ich wusste augenblicklich, dass er das extra gemacht hatte.

»Ey, du ...« aber weiter kam ich nicht, denn der Rest der im Kreis Anwesenden begann, laut »Küssen, Küssen ...« zu rufen, die Strafe, wenn die Karte heruntefiel. Und ehe ich mich versah, hatte ich auch schon Lippen auf meinem Mund, die nach mehr forderten. Ich aber löste mich relativ schnell wieder, da es mir ein wenig unangenehm war.

Trotzdem schienen die anderen zufrieden zu sein, denn sie kreischten laut. Nur Austin – mittlerweile hatte ich seinen Namen mitbekommen – funkelte mich weiterhin an. »Du willst es doch auch, gib´s ruhig zu.«

Ich schaute ihn leicht irritiert und angewidert an, doch er blieb unbeeindruckt. Er wusste doch, dass ich einen Freund hatte.

»Du hast mich schließlich nicht umsonst zum heißesten Typen der Runde gewählt«, zwinkerte er mir zu.

Ich überging seinen Kommentar und wandte mich dem Spiel zu, das schon wieder in vollem Gange war. Es wurde immer herausfordernder, Küsse wurden verteilt und intime Fragen gestellt. Als ich an der Reihe war zu drehen und eine Aufgabe beziehungsweise Frage zu stellen, blieb die Flasche bei Rachel liegen.

»Wahrheit oder Pflicht?«, fragte ich.

»Pflicht«, kam es prompt zurück. Sie sah mich gespannt und herausfordernd an, und ich beschloss, das Spiel mitzuspielen.

Ich überlegte kurz und hatte auch schnell eine passende Aufgabe gefunden. »Rachel, du musst für zehn Minuten mit Ash nach nebenan in die Besenkammer!«

Ihrem Blick nach zu urteilen, hätte sie mit dieser Pflichtaufgabe niemals gerechnet, vor allem nicht von mir. Aber im Endeffekt nahm sie sie gerne an, da sie, wie mir bewusst war, heimlich für Ash schwärmte. Bevor sie aufstand, um mit Ash zu verschwinden, prostete sie mir noch zu und wir nahmen beide einen kräftigen Schluck aus unseren Bechern.

Dann ging das Spiel weiter und ich bekam gar nicht mit, wie langsam sowohl die Zeit als auch meine Sicht zu verschwimmen begannen. Wurde ich etwa müde? Sicherheitshalber nahm ich noch ein paar Züge aus meinem Becher, da Alkohol bekanntlich aufputschte. Ich war mir nicht sicher, ob das Getränk seine erwünschte Wirkung erfüllte, aber ich merkte, wie meine Laune immer weiter stieg und ich mich einfach nur leicht und glücklich fühlte. Als wäre ich nicht mehr von dieser Welt.

Ich verteilte ein paar Kussaufgaben, beantwortete eine private Frage, über die ich aber sehr offen sprechen konnte. Als ich wieder dran war – Rachel war immer noch nicht zurück mit Ash, was ich für ein gutes Zeichen hielt –, wollte ich auch mal was wagen und den anderen zeigen, dass ich nicht nur die nette, kleine Freundin eines Bad Boys war, sondern selbst auch ziemlich tough sein konnte. »Pflicht!«, wählte ich daher aus voller Überzeugung.

Ich dachte mir nichts dabei, dass Austin der Fragensteller war. Was konnte er mir schon? Niemand konnte mir gerade meine gute Stimmung verderben!

»Küss mich! Mit Zunge!«, forderte er mich auf.

Ich bemerkte ein paar gespannte, abwartende Blicke. Trauten die mir etwa nicht zu, einen Jungen zu küssen, oder wie? Pah, das wäre doch gelacht!

Ich drehte mich zu ihm um, und gab ihm genau das, was er gefordert hatte, als …

MASON

Unsere Unterhaltung draußen hatte ziemlich lange gedauert, weshalb ich, als wir fertig waren, beschloss, reinzugehen und nach Sky zu sehen.

Ich ging ins Wohnzimmer und sah mich um. Ich konnte nur eine Meute Betrunkener sehen, die Wahrheit oder Pflicht spielte, konnte Sky aber nirgends ausmachen. Gerade wollte ich mich weiter in die Küche machen, als ich noch einen genaueren Blick auf das küssende Paar warf, dass offensichtlich eine Pflichtaufgabe zu erfüllen hatte, und ... Warte! War das Sky?! Ich sah noch einmal genauer hin, als mir schlagartig bewusst wurde, dass es sich wirklich um meine Freundin handelte, die da mit irgendeinem eingebildeten Senior knutschte!

Innerhalb einer Sekunde war ich bei den beiden und hatte Sky mit der einen Hand von dem Typen weggerissen und diesen Mistkerl mit der anderen Hand kräftig nach hinten gestoßen.

»Was fällt euch ein?!« brüllte ich. Alle sahen mich an. Einige schockiert, andere wiederum, wie der Typ, der Sky geküsst hatte, blickten ein wenig verwirrt drein, wieder andere waren schon in höchster Alarmbereitschaft und bereit, eine Prügelei zu starten.

Doch da ich da heute Abend nicht drauf aus war, beherrschte ich mich, ließ von dem Typen ab und wandte mich Sky zu, die zu den verwirrten Leuten gehörte.

»Aber wir waren doch gerade am Spielen«, kam es leise, halb vorwurfsvoll von ihr. Ich spürte einen Stich in der Brust, versuchte mich aber darauf zu konzentrieren, dass Sky offensichtlich sturzbetrunken war. Dennoch kam mir irgendetwas an ihrem Verhalten komisch vor, selbst für einen Betrunkenen. Hmmm ...

Als Sky mich endlich als mich ausmachte, umarmte sie mich und gab mir einen Kuss, was ja schon fast wieder süß war. Aber halt nur fast.

»Schön, dass du da bist. Spiel mit«, lallte sie und strahlte mich an, wie ein Kleinkind an Weihnachten, »das wird lustig«. Lustig?! Ganz sicher nicht. Ich atmete tief ein und aus, bevor ich mich so weit unter Kontrolle hatte, dass ich ihr antworten konnte.

»Ne, lass mal«, grummelte ich, sauer und enttäuscht darüber, dass sie so verantwortungslos gewesen war und sich so hatte zulaufen lassen. Aber ich wusste auch, dass es keinen Sinn hatte, das mit ihr in diesem Zustand zu diskutieren.

»Lass uns hochgehen«, sagte ich daher und versuchte, sie an einem Arm mitzuziehen.

»Nein, ich will bleiben.«

»Das steht nicht zur Debatte. Wir gehen!«

»Schön«, zischte sie und bückte sich. Ich dachte, sie wollte sich dennoch wieder setzen und machte mich bereit, sie notfalls auch hier wegzutragen. Stattdessen griff sie nach ihrem roten Becher und drehte sich wieder zu mir. Klasse.

»Jetzt können wir«, sagte sie und wartete, dass ich mich in Bewegung setzte. Na dann ...

Ich nahm sie an der Hand – oder wohl eher am Arm – und führte sie die Treppen hoch in eines der noch leeren Schlafzimmer. In einigen Räumen vergnügten sich bereits Partybekanntschaften, in den restlichen schliefen vereinzelt Leute ihren Rausch aus. Jedenfalls fand ich noch ein leeres Zimmer, in das ich mit Sky ging. Drinnen schloss ich die Tür ab, damit wir ungestört blieben, und setzte Sky aufs Bett.

Ich sah sie einen Augenblick lang an. Obwohl ich wusste, dass es nicht viel bringen würde, beziehungsweise ich die Antwort schon kannte, musste ich die Frage stellen:»Wieso hast du diesen Typen geküsst?«

Sky sah mich verständnislos an, als wäre nichts dabei gewesen. Das war verletzend und brachte gleichzeitig die Wut in mir wieder zum Kochen.»Wieso?«, zischte ich nun.

»Weil das meine Aufgabe war«, entgegnete sie schnippisch. War ja klar.

»Warum hast du überhaupt Pflicht gewählt? Oder eher gesagt, warum hast du mitgespielt?«

»Weil das Spiel Spaß macht. Darum.«

»Aha, du hast also Spaß daran, andere Typen zu küssen? Obwohl du einen Freund hast? Bist du wirklich so eine Schlampe?«

Ich wusste, dass der letzte Satz unpassend war, aber er war mir einfach so rausgerutscht.

Sky sah mich entsetzt an, drehte sich dann aber weg und rutschte auf die andere Bettseite, weg von mir. Ich griff nach ihrem Becher, der auf dem Nachttischchen stand und wollte sie fragen, warum sie sich so abgeschossen hatte, als mir ein süßlicher, für dieses Mixgetränk eher unüblicher Geruch in die Nase stieg. Ich meinte den Geruch zu kennen, probierte einen kleinen Schluck und roch noch mal an dem Getränk, als mir langsam klar wurde, was hier abging.

»Sky, eine Frage noch. Hast du Drogen genommen?«

Die Frage traf sie unerwartet. Schlagartig drehte sie sich zu mir um, und ich brauchte ihre Antwort eigentlich gar nicht mehr zu hören, denn meine Vermutung wurde schon durch ihre Reaktion bestätigt. Sie hatte keine Ahnung, was da alles in ihrem Drink war.

Augenblicklich verpuffte ein Teil meiner Wut auf meine Freundin, ein anderer wandelte sich in Frustration, da sie nun, durch meine Unterstellung, noch eingeschnappter war. Dabei war ich ausnahmsweise unschuldig!

»Komm, legt dich hin. Versuch ein bisschen zu schlafen«, versuchte ich, sie in ruhigem Tonfall zu überreden. »Ist okay. Schlaf dich erst mal aus, den Rest klären wir morgen.«

Tatsächlich schien sich meine ›Ruhe‹ auf sie zu übertragen, denn sie legte sich ins Bett und war fast augenblicklich eingeschlafen. Kurz vorher konnte ich noch ganz leise folgenden Satz wahrnehmen: »Ich liebe dich, Mase.«

Als ich sicher war, dass sie tief und fest schlief, gab ich ihr einen Kuss auf die Stirn, simste den Jungs, die mich schon mit SMS bombardiert hatten, wo ich denn sei, kurz den Stand der Dinge. Dann verließ ich, die Tür hinter mir abschließend, leise den Raum, um mir zuerst dieses Miststück vorzuknöpfen, dass Sky erst besoffen gemacht und mit Drogen vollgepumpt hatte und sich das dann auch noch zu Nutzen machen wollte, und um auf dem Rückweg noch eine Flasche Wasser für Sky zu besorgen.

Als ich alles erledigt hatte – der Typ hatte jetzt eventuell eine gebrochene Nase, aber das geschah ihm recht, wie ich fand – und sich die Villa langsam zu leeren begann, beschlossen die Jungs und ich, den Heimweg anzutreten. Ich holte Sky von oben und trug sie im Halbschlaf zum Auto, wo ich sie auf dem Beifahrersitz setzte, anschnallte und ihr die Flasche Wasser in die Hand drückte. Dann fuhr ich zu ihr und Jase nach Hause, brachte sie in Bett und beschloss kurzerhand, die Nacht dort zu verbringen. Sicher war sicher. Jedoch blieb ich nicht bei ihr im Zimmer, das war meiner Meinung nach einfach nicht passend, und für Sky sicherlich auch unangenehm. Also machte ich es wie früher und schlief mit bei Jason im Zimmer. Ich sah noch zwei, drei Mal nach ihr, ließ sie aber sonst in Ruhe, damit sie sich ausschlafen konnte.

schon kannte, musste ich die Frage stellen: »Wieso hast du diesen Typen geküsst?«

Sky sah mich verständnislos an, als wäre nichts dabei gewesen. Das war verletzend und brachte gleichzeitig die Wut in mir wieder zum Kochen. »Wieso?«, zischte ich nun.

»Weil das meine Aufgabe war«, entgegnete sie schnippisch. War ja klar.

»Warum hast du überhaupt Pflicht gewählt? Oder eher gesagt, warum hast du mitgespielt?«

»Weil das Spiel Spaß macht. Darum.«

»Aha, du hast also Spaß daran, andere Typen zu küssen? Obwohl du einen Freund hast? Bist du wirklich so eine Schlampe?« Ich wusste, dass der letzte Satz unpassend war, aber er war mir einfach so rausgerutscht.

Sky sah mich entsetzt an, drehte sich dann aber weg und rutschte auf die andere Bettseite, weg von mir. Ich griff nach ihrem Becher, der auf dem Nachttischchen stand und wollte sie fragen, warum sie sich so abgeschossen hatte, als mir ein süßlicher, für dieses Mixgetränk eher unüblicher Geruch in die Nase stieg. Ich meinte den Geruch zu kennen, probierte einen kleinen Schluck und roch noch mal an dem Getränk, als mir langsam klar wurde, was hier abging.

»Sky, eine Frage noch. Hast du Drogen genommen?«

Die Frage traf sie unerwartet. Schlagartig drehte sie sich zu mir um, und ich brauchte ihre Antwort eigentlich gar nicht mehr zu hören, denn meine Vermutung wurde schon durch ihre Reaktion bestätigt. Sie hatte keine Ahnung, was da alles in ihrem Drink war.

Augenblicklich verpuffte ein Teil meiner Wut auf meine Freundin, ein anderer wandelte sich in Frustration, da sie nun, durch meine Unterstellung, noch eingeschnappter war. Dabei war ich ausnahmsweise unschuldig!

»Komm, legt dich hin. Versuch ein bisschen zu schlafen«, versuchte ich, sie in ruhigem Tonfall zu überreden. »Ist okay. Schlaf dich erst mal aus, den Rest klären wir morgen.«

Tatsächlich schien sich meine ›Ruhe‹ auf sie zu übertragen, denn sie legte sich ins Bett und war fast augenblicklich eingeschlafen. Kurz vorher konnte ich noch ganz leise folgenden Satz wahrnehmen: »Ich liebe dich, Mase.«

Als ich sicher war, dass sie tief und fest schlief, gab ich ihr einen Kuss auf die Stirn, simste den Jungs, die mich schon mit SMS bombardiert hatten, wo ich denn sei, kurz den Stand der Dinge. Dann verließ ich, die Tür hinter mir abschließend, leise den Raum, um mir zuerst dieses Miststück vorzuknöpfen, dass Sky erst besoffen gemacht und mit Drogen vollgepumpt hatte und sich das dann auch noch zu Nutzen machen wollte, und um auf dem Rückweg noch eine Flasche Wasser für Sky zu besorgen.

Als ich alles erledigt hatte – der Typ hatte jetzt eventuell eine gebrochene Nase, aber das geschah ihm recht, wie ich fand – und sich die Villa langsam zu leeren begann, beschlossen die Jungs und ich, den Heimweg anzutreten. Ich holte Sky von oben und trug sie im Halbschlaf zum Auto, wo ich sie auf dem Beifahrersitz setzte, anschnallte und ihr die Flasche Wasser in die Hand drückte. Dann fuhr ich zu ihr und Jase nach Hause, brachte sie in Bett und beschloss kurzerhand, die Nacht dort zu verbringen. Sicher war sicher. Jedoch blieb ich nicht bei ihr im Zimmer, das war meiner Meinung nach einfach nicht passend, und für Sky sicherlich auch unangenehm. Also machte ich es wie früher und schlief mit bei Jason im Zimmer. Ich sah noch zwei, drei Mal nach ihr, ließ sie aber sonst in Ruhe, damit sie sich ausschlafen konnte.

SKY

Als ich am nächsten Morgen aufwachte, brauchte ich einen Moment, um mich zurecht zu finden. Ich war gestern auf dieser Party. Aber wie war ich nach Hause gekommen?

Dann kamen langsam einige Erinnerungen bruchstückweise in mein Gedächtnis zurück: Die Party. Bierpong. Vodka. Wahrheit oder Pflicht. Der Kuss mit Austin. Mase, der mich von Austin wegriss und in ein Zimmer brachte. Schlampe. Die Fahrt zurück in Masons Auto.

Warte, was?! Ich hatte wirklich jemand anderen geküsst! Was war nur in mich gefahren? Wie konnte das passieren? Hatte ich mich wirklich so abgeschossen? Und Mason hatte es gesehen! Was war ich nur für eine miserable Freundin. Augenblicklich wurde mit speiübel.

Mase hatte mich »Schlampe« genannt ... Es tat zwar weh, das aus seinem Mund zu hören, aber übelnehmen konnte ich es ihm nicht. Denn mein Verhalten gestern war kein geringeres gewesen als das einer Schlampe. Ich fühlte mich schmutzig, so als könnte ich mir selbst nicht mehr ins Gesicht schauen. Alles was ich mit Moral, richtig und falsch verband, hatte ich an einem Abend über Bord geworfen und damit vielleicht alles ruiniert!

Es war mir schleierhaft, warum sich Mason dennoch um mich gekümmert und mich nach Hause gebracht hatte. Mein Verhalten war nicht zu entschuldigen und ich hätte es verstanden, wenn er mich einfach auf der Party stehen gelassen hätte. Aber er hatte es nicht ...

Bevor ich mir noch weiter den Kopf darüber zerbrechen konnte, meldete sich mein Schädel mit einem heftigen Pochen, welches mich stöhnend zurück ins Bett sinken ließ. Verdammter Alkohol!

Ein Blick auf mein Nachttischchen verriet mir, dass auch dagegen jemand vorgesorgt hatte, denn ich fand dort ein großes Glas Wasser und eine Aspirin vor, die ich sofort einnahm. Das Wasser schüttete ich gierig hinterher. Dann schloss ich für einige Minuten die Augen, bis die Tablette zu wirken begann.

Anschließend rappelte ich mich auf und ging ins Bad, wo ich mir kaltes Wasser ins Gesicht spritzte, mich ein wenig frisch machte und mir die Haare zu einem Messi-Bun band. Dabei wurde mir klar, dass es nicht umsonst Katerfrühstück hieß, denn ich hatte einen Bärenhunger auf fettige, reichhaltige Speisen. Also ging ich langsam runter Richtung Küche, wo ich mir erst mal Orangensaft, Eier und Würstchen aus dem Kühlschrank holte.

»Hey, Sky. Ausgeschlafen? Was macht der Kopf?«, kam eine Stimme aus dem Eingang zur Küche.

Leicht erschrocken drehte ich mich um, um Jason lässig im Türrahmen lehnend, mit einem süffisanten Grinsen im Gesicht, auszumachen.

»Shut up«, grummelte ich und wollte mich wieder meinem Frühstück zuwenden.

Doch Jason lachte nur und fügte hinzu: »Das kommt davon, wenn man sich zu dröhnt.«

»Danke für diese wichtige Lebensweisheit, da wäre ich von selbst niemals draufgekommen.«

»Immer wieder gerne. Aber jetzt mal ehrlich: Gut, dass Mase dich gesehen hat, wer weiß was sonst noch passiert wäre.«

»Und noch mal: Danke, Jason. Danke für diese hilfreiche Information. Aber das weiß ich selbst. Und danke, dass du mir mein grandioses Verhalten noch unter die Nase reiben musst. Ich kann Mase nie wieder unter die Augen treten.«

»Zum einen: Mase war die ganze Nacht hier; er hat sich um dich gesorgt. So schlecht kann er dir also nicht gestimmt sein. Zum anderen: So meinte ich das gar nicht, es war nämlich nicht unbedingt deine Schuld, was da gestern passiert ist, weil …«

Den zweiten Teil bekam ich schon gar nicht mehr mit, denn ich unterbrach ihn abrupt: »Mason ist hier?!«

»Ja, er ist gerade unter der Dusche.«

Ich wurde leicht panisch. Was sollte ich tun? Was sollte ich sagen? Wie würde er reagieren?

»Hättest du mir das nicht vor fünf Minuten sagen können? Ich muss hier weg.« Damit schaufelte ich hektisch mein Essen auf einen Teller, schmiss die Pfanne in die Spüle und wollte mich auf den Weg nach oben in mein Zimmer machen.

»Jetzt mal halblang. Wo liegt das Problem?«, fing Jason mich in der Tür ab.

»Ich habe großen Mist gebaut, und ich weiß nicht, wie ich das je wieder gut machen kann.«

»Aber das meinte ich doch gerade, es ist nicht komplett de …«

»Jetzt komm mir nicht mit: Es ist nicht deine Schuld. Natürlich ist es das. Ich hätte meine Grenzen kennen müssen und aufhören sollen zu trinken. Aber stattdessen habe ich dieses blöde Spiel mitgespielt und alles nur noch schlimmer gemacht!« Ich wurde zum Ende hin immer lauter und aufgebrachter. Aus Verzweiflung stiegen mir Tränen in die Augen.

Bevor Jase etwas erwidern konnte, hatte ich mich umgedreht und war die Treppen hochgerannt. Dabei musste ich mich höllisch konzentrieren, denn durch meinen schwungvollen Abgang hatte es sich in meinem Kopf angefangen zu drehen.

In meinem Zimmer angekommen, schloss ich die Tür, drehte den Schlüssel um und ließ mich auf mein Bett sinken.

Vorerst war mir der Appetit vergangen. Mason war hier. Eigentlich würde ich ihn gerne sehen, in die Arme schließen und um Verzeihung bitten, aber das konnte ich jetzt einfach nicht. Nicht nach dem, was ich gemacht, was ich ihm angetan hatte. Es war mir bewusst, dass ich Mase nicht ewig aus dem Weg gehen konnte, aber ich entschied, dass es vorerst das Beste war. Ich musste erst wieder einen klaren Kopf bekommen, und mir überlegen, wie ich die Sache am besten angehen sollte, wie ich unsere Beziehung vielleicht doch noch retten konnte. Wenn es nicht schon zu spät dafür war …

Ich vergrub meinen Kopf in den Kissen und murmelte vor mich hin, bis ich schließlich in einen ruhelosen Schlaf fiel.

Als ich gegen frühen Abend wieder aufwachte, versuchte ich, jeden Gedanken an die letzte Nacht zu verdrängen und aß erst mal. Meine Kopfschmerzen hatten nachgelassen und mein Hunger nun auch. Aber jetzt, wo ich nichts mehr zu tun hatte, schweiften meine Gedanken doch wieder in die falsche Richtung: Jason hatte erzählt, dass Mason die ganze Zeit da war und sich um mich gesorgt hatte, was laut ihm bedeutete, dass er mich nicht abgrundtief hasste. Ich konnte mir nicht ausmalen, warum, denn diese Reaktion wäre meiner Meinung nach nur angebracht gewesen.

Ich fragte mich, wie es ihm wirklich ging, und wenn das einer wusste, war es Jason. Doch bevor ich zu ihm rüber ging, ging ich auf den Balkon und checkte, ob Masons Auto vielleicht doch noch in der Auffahrt stand. Tat es zum Glück nicht. Also ging ich langsam rüber zu ihm und klopfte zögerlich an seine Zimmertür.

Ich musste nicht lange auf ein »Herein« warten. Er chillte auf seinem Bett und war am Handy.

»Hey. Kann ich dich kurz stören?«

»Klar.« Jase setzte sich auf und sah mich abwartend an.

»Mase ist nicht mehr hier, oder?«, fing ich vorsichtig an.

»Nein, er ist vor etwa zwei Stunden gegangen. Er wollte noch ins Fitness, sich ein bisschen auspowern und einen klaren Kopf bekommen.« Oder sich abreagieren?

»Okay. Ähm. Wie ist … Mason denn … so drauf gewesen?«

Jase sah mich intensiv an und überlegte einen Moment.

»Na ja, also super happy war er natürlich nicht.« Er stockte.

»Bitte, Jase, erzähl es mir einfach.«

»Also gut. Du kennst Mason ja. Und wie er normalerweise reagiert. Am Anfang hat er das auch; er war schon echt sauer. Ein bisschen ist er das bestimmt immer noch, denn das liegt halt in seiner Natur. Und irgendwie ist er auch enttäuscht oder verletzt, glaube ich. Aber anders als sonst, hat er viel nachgedacht und versucht zu verstehen, dass alles was passiert ist, mehr an den unglücklichen Umständen und Geschehnissen von gestern Abend lag als an eurer Beziehung und deiner Liebe zu ihm.« Wow, das war echt eine genaue Beschreibung. Vor allem für einen Mann.

Aber zurück zum Inhalt: Es versetzte mir einen Stich ins Herz zu hören, dass ich ihn verletzt hatte. Aber was hatte ich anderes erwartet?! Doch was mich verwunderte, war Jasons Aussage, dass er versuchte, die Schuld wo anders, als bei mir zu suchen, und dass er damit scheinbar einigermaßen erfolgreich war. Wenn dem wirklich so war, womit hatte ich das verdient?

»Aber … Wieso? Er hat jedes Recht sauer zu sein. Und dass ich ihn verletzt habe, tut mir unendlich leid … Doch warum redet er sich ein, etwas anderes könnte schuld gewesen sein? Dabei war es doch ich allein.«

»Erstens: Er liebt dich Sky! Und das auf einer anderen Ebene als die ganzen Weiber vor dir. Für die hätte er das nie getan. Und zweitens: Er hat recht. Du bist nicht schuld. Na ja, zumindest nicht komplett.«

Was sollte das bedeuten? Ich verstand nur Bahnhof.

»Das verstehe ich nicht. Habe ich gestern Abend irgendwas nicht mitbekommen?«, was ja aufgrund meines Alkoholpegels nicht unwahrscheinlich war. »Klär mich bitte auf«, bat ich Jason.

»Das wollte ich heute Morgen schon machen, aber du bist ja nach oben geflohen. Und zwar war es so: Mase ist nach drinnen gegangen, um sich was Neues zu trinken zu holen oder nach dir zu sehen, oder so. Jedenfalls sind die Jungs und ich noch draußen geblieben. Das nächste, was wir mitbekommen haben, war ein Tumult, der aus dem Wohnzimmer drang. Wir sind hin und haben Mase gefunden, wie er dich festhielt und halb hinter sich geschoben hatte und gleichzeitig auf diesen Typen einschrie. Ein Wunder, dass der zu dem Zeitpunkt noch keine Faust im Gesicht hatte.« Er schwieg einen Moment. »Soweit, alles klar?«

»Ja, daran, dass wir Wahrheit oder Pflicht gespielt haben und, dass Mase mich von Austin weggezogen hat, erinnere ich mich noch. Auch daran, dass wir in irgendeinem Zimmer waren und er mit mir geredet hat. Irgendwann saß ich bei euch im Auto, und dann weiß ich wieder, wie ich in meinem Zimmer aufgewacht bin.«

»Okay, dann ist dir eine entscheidende Sache entgangen: Nachdem Mase dich von Austin weggerissen und nach oben in eins der Zimmer zum Ausruhen gebracht hat, hat er dir erst mal deinen Drink abgenommen und festgestellt, dass ...«

In dem Moment wurden wir durch das Klingeln von Jasons Handy unterbrochen. Er wollte es erst ignorieren, als er aber sah, wer anrief, lag seine volle Aufmerksamkeit auf dem Telefonat. Ich merkte, wie Jase sich anspannte, und entnahm seiner Antwort, dass einer der Jungs am anderen Ende der Leitung sein musste. Offenbar gab es einen dringenden Auftrag, der nicht ganz ungefährlich war, wie Jase mir kurz darauf bestätigte.

»Sorry, Sky. Ich muss dringend los. Wir reden später weiter.« Währenddessen war er schon aufgestanden und dabei, seine ›Sporttasche‹ zu packen.

»Seid vorsichtig«, rief ich ihm noch hinterher. Dann war er auch schon aus der Tür.

Dann musste ich mich mit meiner Antwort wohl noch etwas gedulden …

Ich lag lange wach, grübelte, was Jase mir hatte sagen wollen und was ich Mase sagen sollte. Außerdem machte ich mir Sorgen um die Jungs. Als Jason am nächsten Morgen immer noch nicht zurück war, und ich ihm schon fünf SMS geschickt und ihn drei Mal angerufen hatte – ohne Erfolg –, hielt ich es nicht mehr allein im Haus aus. Laufen hatte mir schon immer geholfen, den Kopf freizubekommen und kurzzeitig alle meine Sorgen zu vergessen. Also gesagt, getan. Kurzerhand zog ich mir meine Sportsachen an und lief los. Eine Stunde später kam ich völlig verschwitzt und aus der Puste zurück. Immer noch kein Jason.

Ich ging unter die Dusche, machte mich fertig und setzte mich anschließend mit meinem Handy runter ins Wohnzimmer. Immer noch keine Nachricht. Dafür bemerkte ich erst jetzt, dass ich diverse Nachrichten von Bri, Faith und Rachel bekommen hatte, die wissen wollten, wie die Party noch so gewesen war beziehungsweise, wie es mir ging. Doch ich hatte keine Ruhe ihnen ausführlich zu antworten; generell hielt ich es nicht lange auf dem Sofa aus.

Ich musste wissen, dass es den Jungs, vor allem Mason, gut ging. Schnell streifte ich mir meine Schuhe über und war schon halb aus der Tür, als ich mir überlegte, dass ich eventuell Verbandszeug und was zu essen und zu trinken einpacken sollte, da ich keine Ahnung hatte, wie ich die Jungs vorfinden würde. Falls ich sie überhaupt fand. Aber ich war guter Dinge. Die Jungs waren bisher überall mehr oder weniger unversehrt rausgekommen.

So fuhr ich erst zu Mason, wo ich wie erwartet niemanden antraf, und dann weiter zur Lagerhalle. Dort sah ich schon von weitem vier Autos stehen, was ich als ein gutes Zeichen deutete. Ich parkte und ging zögerlich in die Lagerhalle rein. Es war absolut still, bis …

… ein lautes Schnarchen die Ruhe zerstörte.

Ich schaltete das Licht ein und sah fünf schlafende Jungs, quer durch den Raum verteilt. Mich durchfuhr eine Welle der Erleichterung, denn auf den ersten Blick schien es allen gut zu gehen.

Doch scheinbar hatte ich sie durch das Anschalten des Lichts geweckt. Denn es begann, Bewegung in den Raum zu kommen. Zuerst reckte sich Aiden und blickte verwirrt in meine Richtung; dann kamen Jayden und Colten ins Reich der Lebenden zurück, die sich verschlafen nach dem Übeltäter für ihre Ruhestörung umsahen, und letztendlich wachten auch Jason und Mason auf. Alle Blicke waren auf mich gerichtet.

»Guten Morgen«, grinste ich schlicht.

»Guten Morgen«, grummelte Jayden zurück, »weißt du eigentlich, wie viel Uhr wir haben?!«

»Ja, ein Uhr nachmittags.«

»Was machst du überhaupt hier?«, meldete sich nun Jason zu Wort.

»Na, ich habe mir Sorgen gemacht.« Dabei ließ ich meinen Blick durch die Runde schweifen. Bei Mason blieb ich kurz hängen. Bevor er meinen Blick bemerkte und er seine Gesichtszüge einfrieren ließ, meinte ich, eine Mischung aus Verletztheit und … Abneigung? Aber auch Hoffnung und Freude zu erkennen.

»Ach so. Wir hatten eine lange Nacht. Waren erst um fünf zurück und hatten dann keinen Bock mehr heimzufahren«, erklärte Cole kurz und bündig.

»Na, wenn das so ist. Aber es geht euch allen gut, richtig?«

»Ja, Mama. Alles gut. Bis auf ein paar Schrammen geht's uns prima.«

»Du bist unmöglich Jase!«, lachte ich, wurde dann aber wieder ernst. Jetzt oder nie.

»Kann ich kurz mit dir sprechen, Mason«, durchbrach ich die unangenehme Stille.

Keiner der Jungs brachte einen dummen Kommentar; sie sahen Mason lediglich abwartend an. Sie wussten ja, worum es ging.

Mase musterte mich einen Augenblick lang, nickte dann aber und folgte mir nach draußen. Dort angekommen, lehnte er sich an die Mauer der Lagerhalle und sah mich an. Ich versuchte zu erraten, was in ihm vorging. Aber er hatte wieder diese undurchdringliche Maske aufgesetzt. Es blieb mir also nichts anderes übrig, als einfach los zureden, in der Hoffnung, dass er mich halbwegs verstand und genauso fühlte.

»Mason, ich … Es tut mir leid! Es tut mir leid, was da auf der Party passiert ist. Ich wollte das nicht. Ich hätte meinen Alkoholpegel besser im Blick haben müssen. Hätte gar nicht erst diesem blöden Spiel zustimmen dürfen, geschweige denn …« Ich verstummte. Doch Mason sah mich immer noch stumm und ohne jegliche Regung an. »Mensch Mase, ich habe Mist gebaut. Riesengroße Scheiße. Und ich weiß nicht, wie ich es je wieder gut machen kann. Es ist alles meine Schuld!«

»Und die der Drogen«, fügte Mason trocken hinzu.

»Ich wollte dich nicht verletzen, geschweige denn unsere Beziehung aufs Spiel setzen. Ich habe solche Angst, dass ich mit meiner Unvorsichtigkeit und meiner Blödheit alles zerstört habe. Mason, kannst du mir noch mal verzeihen? Es ist dein gutes Recht, sauer auf mich zu sein, ich könnte das zu 100 Prozent nachvollziehen, aber ... Warte! Was hast du gesagt?!«

Ich war so in meinem Redefluss, dass Masons Worte erst jetzt in mein Bewusstsein stiegen und es in meinem Gehirn zu Rattern begann. Wovon redete er da? Was für Drogen? Wer hatte Drogen genommen? War es das, was Jason mir gestern hatte mitteilen wollen?

»Drogen. Du hattest Drogen in deinem Drink.«

»Wie? Aber ... Das wusste ich gar nicht!«

»Das hast du mir in der Nacht auch schon erzählt. Du hast sie also wirklich nicht bewusst genommen?«, seine Gesichtszüge wurden wieder etwas weicher.

»Nein, natürlich nicht. Das würde ich nie tun. Aber wie sind sie dann in meinen Drink gekommen?«

»Austin war es. Er hatte das die ganze Zeit geplant. Aber dafür hat er schon bezahlt. Seine gebrochene Nase dürfte ihm noch eine Weile zu schaffen machen.« Nun schlich sich ein genugtuerisches Lächeln auf Masons Lippen.

Ich schenkte dem weiter keine Beachtung, denn irgendwie hatte Austin es ja verdient.

»Dieser Mistkerl«, schimpfte ich vor mich hin, »Ich hätte es wissen müssen, na ja, oder zumindest besser auf mein Getränk aufpassen sollen.« Ich verstand so langsam, was Jason mir hatte sagen wollen. Es war nicht komplett meine Schuld, denn die Drogen hatten mich Dinge tun lassen, die ich normalerweise niemals tun würde. Nichtsdestotrotz fühlte ich mich schlecht.

»Aber trotzdem. Ich habe zu viel getrunken und mich auf dieses bescheuerte Spiel eingelassen. Sonst hätte ich meinen Becher bestimmt besser im Blick gehabt und dann wäre das alles nicht passiert. Es tut mir so leid, Mason. Kannst du mir noch mal verzeihen?«, wiederholte ich meine Frage von zuvor.

Mason musterte mich erneut. »Ich denke schon. Aber eine Frage musst du mir vorher noch beantworten: Hast du ihn bewusst geküsst? Wolltest du es auch?«

»Nein!«, antwortete ich stark. »Oder ja«, fügte ich leise hinzu. »Nein«, entschied ich mich letztendlich.

Doch das hatte Mason zu lange gedauert, erst sah er mich aus großen Augen an, dann spannte sich sein ganzer Körper vor Wut an und er war schon dabei zu verschwinden.

»Halt, warte!« Meine Stimme zitterte, Verzweiflung lag darin. Ich könnte mir in den Hintern beißen, für mein vorschnelles Mundwerk. »So meinte ich das nicht! Jetzt warte doch. Hör dir nur das noch an, bitte. Danach kannst du entweder gehen oder bleiben. Aber bitte lass mich mich zu Ende erklären!« Wider Erwarten blieb er tatsächlich stehen. »Ich wollte nicht sagen, dass ich den Kuss wollte, in dem Sinne, an den du gerade denkst, geschweige denn, dass ich ihn mochte. Definitiv nicht! Ich will nur dich, so kitschig das auch klingen mag, aber so ist es nun mal.

Ich habe Austin geküsst, das kann ich weder leugnen noch rückgängig machen, so sehr ich das auch will. Und natürlich steckt in dem Kuss auch irgendwo meine Entscheidung genau das zu tun, Drogen hin oder her. Aber der einzige Grund, der mich vielleicht dazu gebracht haben könnte, Pflicht zu wählen und ihn zu küssen, ist der, dass ich allen beweisen wollte, dass ich auch mutig und tough sein kann.«

»Aber du bist die Freundin der Bad Boys! Reicht dir das nicht als Beweis?«

»Ich habe nie gesagt, dass mein Grund logisch war, aber ein paar Leute sehen das halt nicht so. Sie sehen mich als schwach und schutzbedürftig, was ja das ist, was du und die anderen tun. Ihr beschützt mich. Aber darum geht es jetzt nicht. Lass mich noch mal sagen, dass mir der Kuss nichts bedeutet hat und erst recht nichts mit dir und mir zu tun hatte! Ich liebe dich, Mason!«

»Ich liebe dich auch, Sky, aber ...«

»Ich verstehe, wenn du etwas Zeit bauchst. Aber ich werde auf dich warten!« Dann drehte ich mich um, ging langsam auf mein Auto zu, stieg ein und fuhr davon.

Ja, genau so hätte man es in einem schlechten Liebesfilm sehen können, aber egal. Es war das Beste so. Ich war mir bewusst, dass ich von Mase nicht erwarten konnte, dass er mir sofort verzeihen und jauchzend in die Arme fallen würde. Ich hätte das wahrscheinlich auch nicht gekonnt. Also hatte ich keine andere Wahl, als ihm Zeit zu geben.

Und genau so machte ich es auch. Ich zog mich vorerst aus der Gruppe zurück – auch wenn es mir nicht leichtfiel – und gab Mason Freiraum. Stattdessen ging ich wieder vermehrt laufen und versuchte, mich abzulenken, indem ich mit den Mädels etwas unternahm. Ab und an fragte ich Jason, wie es den Jungs ging und was sie so machten.

Doch irgendwann reichte Jason meine Fragerei: »Warum fragst du mich eigentlich nicht gleich direkt danach, wie es Mase geht. Das ist es doch, was dich wirklich interessiert. Und um das zu beantworten: Es ist Mason, er kann ganz schön stur sein, und über Gefühle redet er in der Regel auch eher selten, aber wenn ich dir eins sagen kann, dann dass er dich liebt! Ich glaube, er hat dir schon längst verziehen, aber er steht sich selbst irgendwie im Weg. Genauso wie du dir«, fügte er etwas leiser hinzu.

Ich merkte, wie sich in meinem Magen etwas regte. Plötzlich wurde mir klar, dass ich die Sache jetzt in die Hand nehmen musste und wollte. Ich war lange genug auf Distanz gegangen. Also: Jetzt oder nie!

»Wenn das so ist, was kann ich tun, um ihn zu überzeugen beziehungsweise zurückzubekommen?«

Jason dachte einen Augenblick nach. »Erst mal: Du hattest ihn nie verloren. Dann hätte er sich ganz anders verhalten und dich das deutlich spüren lassen. Und zu deiner Frage: Fahr einfach hin. Ich weiß zufällig, dass er heute Abend allein zu Hause ist. Er und ich sind bei ihm zum Zocken verabredet, aber du kannst gerne an meiner Stelle hinfahren.«

»Wirklich? Das würdest du für mich tun? Danke!«

Beflügelt von Jasons Worten und der Aussicht, mich mit Mase zu versöhnen, wollte ich schon sein Zimmer verlassen und ein paar Sachen zusammenpacken, als Jason mich zurückhielt: »Warte. Als Masons bester Freund muss ich dir noch sagen, dass du es hoffentlich ernst mit ihm meinst, wovon ich eigentlich ausgehe. Ich weiß, dass die Sache auf der Party nicht von dir beabsichtigt war, aber trotzdem. Mase verdient es nicht, wieder verletzt zu werden. Er ist nicht ohne Grund so wie er jetzt ist; genau wie wir alle. Na ja, auf jeden Fall verdient er das nicht; und im Ernstfall würde ich mich auf seine Seite schlagen, so schwer mir das auch fallen würde.«

»Ich meine es komplett ernst, Jase. Versprochen«, antwortete ich nur auf seine kurze, unerwartete Rede. Ich konnte verstehen, warum er das sagte. Aber es war nicht in meinem Interesse, Mason zu verlieren oder noch schlimmer, ihn fallen zu lassen. Definitiv nicht!

Ich packte ein paar Snacks, was zu trinken und, nur für alle Fälle, Schlafsachen ein. Gegen Abend fuhr ich dann zu Mason. Unterwegs hielt ich noch beim Italiener und besorgte seine Lieblingspizza. Damit bepackt stand ich schließlich vor seiner Haustür und klingelte. Meine Beine zitterten vor Anspannung.

Kurz bevor mein Herz aus meiner Brust zu springen drohte, wurde die Tür schwungvoll geöffnet. Mase setzte schon an, irgendetwas zu sagen, als ihm auffiel, dass da nicht Jason, sondern ich auf der Matte stand.

»Pizzaservice!«, versuchte ich, die Situation aufzulockern, und lachte leicht nervös.

Masons Blick verwandelte sich von irritiert zu überrascht. Dann breitete sich ein Grinsen auf seinem Gesicht aus.

»Darf ich reinkommen?«, fragte ich.

»Natürlich, wer Pizza mitbringt ist immer willkommen«, scherzte er.

»Also bist du mir nicht mehr böse?«, fragte ich, als ich ins Haus trat.

»Nein. Nicht mehr. Am Anfang war ich es schon irgendwie. Ich wusste zwar, dass die Drogen schuld waren, und ich war mir ziemlich sicher, dass du das sonst nie getan hättest. Aber es tat weh dich so zu sehen, knutschend mit diesem Sack. Deshalb hat es eine Weile gedauert, mein Herz von dem zu überzeugen, was mein Kopf schon längst wusste.« Mir fiel ein Stein vom Herzen. Das war viel leichter und lockerer verlaufen als gedacht.

»Dafür liebe ich dich umso mehr, Mase. Danke!«, ich legte die Pizza beiseite, fiel ihm um den Hals und drückte ihm einen dicken Kuss auf die Lippen.

»Das habe ich so vermisst«, stöhnte Mase in den Kuss hinein.

»Und ich habe dich so vermisst! Ich hätte es mir nie verzeihen können, wenn ich dich verloren hätte«, machte ich in einer Atempause klar.

»Vergeben und vergessen!«, murmelte Mase und zog mich wieder an sich.

An dem Punkt war es wohl keine Überraschung mehr, dass ich die Nacht blieb.

MASON

Natürlich hatte ich Sky verziehen. Jeder machte mal Fehler. Wenn das einer wusste, dann ich und die Jungs. Und ich liebte Sky. Mir fiel es schwer, die letzten Wochen ohne sie gewesen zu sein, aber sie hatte mich verletzt. Auch wenn ich wusste, dass sie eigentlich keine direkte Schuld traf, außer dass sie ein wenig zu tief ins Glas geschaut und dieses dann aus den Augen gelassen hatte, war ich sauer. Ich hätte sowas von ihr einfach niemals erwartet. Von dem Großteil meiner vorherigen Bekanntschaften und Bettgeschichten ja, keine Frage. Aber nicht von ihr. Deswegen hatte es auch eine Weile gedauert, bis ich mir selbst eingeredet hatte, dass es keinen Grund gab, ihr auf ewig böse zu sein und dass sie mich noch immer liebte – wie sie mir ja selbst an der Lagerhalle versichert hatte.

Doch nun, da wir uns wieder versöhnt hatten, hatte ich das Gefühl, dass unsere Bindung stärker war als zuvor. Wie sagte man nochmal: Wenn man gemeinsam durch die Höhen und Tiefen des Lebens ging, wuchs man enger zusammen. Oder so ähnlich? Na ja, bei uns schien genau das der Fall gewesen zu sein.

Wir machten wieder viel zusammen, gingen gemeinsam spazieren, ins Kino, trainierten mit den Jungs und verbrachten unsere Pausen zusammen ...

Von Partys und Alkohol distanzierte sich Sky vorerst, und obwohl ich ihr gesagt hatte, dass es okay wäre, kam sie nicht mit zu der Fete, auf die die Jungs und ich eingeladen waren. Sie wünschte uns lediglich viel Spaß, aber sie müsste uns absagen, da ihr momentan nicht so nach feiern wäre. Komisch, woher diese Einstellung wohl kam? Ich schmunzelte nur, beließ es aber dabei. Wenn Sky sich etwas in den Kopf gesetzt hatte, konnte sie dabei genauso stur sein wie ich.

Davon ab erledigten wir weiter unsere Aufträge, die aber ohne nennenswerte Vorkommnisse verliefen und auch in der Schule ging es ziemlich gewöhnlich zu. Für Freitag war eine Versammlung der gesamten Jahrgangsstufe angesetzt, bei der die diesjährige Klassenfahrt bekannt gegeben werden sollte. Die meisten waren aufgeregt und spekulierten schon seit Tagen über mögliche Reiseziele.

Mich und die Jungs hatte das aber noch nie wirklich interessiert, da wir im Allgemeinen kein Fan von Exkursionen waren. Schließlich gab es Sinnvolleres zu tun, als unseren Lehrern hinterherzudackeln, langweilige Museen zu besuchen und an Stadtführungen teilzunehmen, bei denen eh keiner zuhörte und alle nur auf die anschließende Freizeit warteten.

Aber gut. Drücken konnten wir uns nicht, da unsere Eltern das nicht zuließen. Darum saßen wir am Freitag um Punkt neun Uhr in der letzten Reihe der Aula – Sky und zwei ihrer Freundinnen befanden sich ein paar Reihen vor uns, da sie direkt aus ihrem letzten Kurs hergekommen waren – und warteten auf die Ansprache unseres Jahrgangsstufenleiters. Wenigstens ging dadurch Unterrichtszeit verloren.

Wie erwartet schwafelte er eine Weile herum, erzählte von pädagogisch wertvollen Lehrinhalten und Sehenswürdigkeiten, die unseren Horizont erweitern würden. Nach einer gefühlten Ewigkeit kam er schließlich zum Punkt und ließ die Bombe platzen: »Dieses Jahr geht es nach San Francisco!«

Meine Mitschüler jubelten und auch ich musste zugeben, dass es deutlich schlechtere Ziele für eine Klassenfahrt gab. Doch ein Blick zu Sky verriet mir unerwarteterweise, dass wir nicht einer Meinung waren. Ich hatte erwartet, dass sie sich freute und aufgeregt mit ihren Freundinnen tuschelte und bequatschte, was sie in diesen vier Tagen wohl sonst noch alles machen würden. Aber Pustekuchen. Stattdessen saß sie verkrampft, ja fast schon versteinert da und schaute stur geradeaus. Welche Laus war ihr denn über die Leber gelaufen?

Da fiel mir ein, dass Sky ja ursprünglich aus San Francisco kam. Aber müsste sie sich nicht gerade deswegen freuen? Sie könnte alte Freunde wiedersehen … Wobei … Sie sprach nicht viel über ihr Leben vor dem Umzug und ich meinte herausgehört zu haben, dass ihre Erinnerungen nicht alle nur positiv gewesen waren. Ob das mit dem Tod ihres Vaters zusammenhing? Oder ob da noch etwas anderes hinter steckte?

Lange konnte ich nicht überlegen, denn nun fingen meine Jungs an zu reden und zu überlegen.

»Vielleicht treffen wir unseren Anführer. Also nicht nur den kleinen direkt über uns. Sondern den Boss aller Gangs«, fing Aiden an.

»Stimmt. Der soll ja in San Francisco leben«, stimmte Cole mit ein.

»Ja, das habe ich auch gehört, aber wer weiß das schon mit Sicherheit? Es hat ihn bisher kaum einer gesehen, noch kennt jemand seinen Namen«, desillusionierte Jase unsere Freunde.

»Genau. Davon ab: Warum sollte genau uns die Ehre zuteilwerden, ihn persönlich zutreffen? Wir stehen so ziemlich ganz unten in der Pyramide«, führte nun Jayden fort, woraufhin ich zustimmend nickte.

»Schön. Dann sehen wir ihn eben nicht. Aber unseren Spaß können wir trotzdem haben, nicht wahr?«

Cole und Jayden mussten grinsen. Ich verdrehte nur schmunzelnd die Augen. Ein Blick zu Jase verriet mir, dass er ähnlich dachte, denn er schüttelte amüsiert den Kopf. So waren sie – und wir, bis vor kurzem – halt; konnten keine Gelegenheit auslassen, sich zu amüsieren.

Am Abend waren wir bei Jase verabredet, um ein paar Filme zu schauen und Fifa zu zocken. Ich hatte gehofft, auch ein paar Worte mit Sky wechseln zu können, denn ich wollte wissen, was los war. Doch kurz nachdem wir angekommen waren, kam sie in unsere Zockerlounge, drückte mir einen kurzen Kuss auf die Lippen und verschwand mit dem Kommentar, dass sie zu Rachel ginge.

»Okay, bis später, Prinzessin. Aber wehe Ryan kommt dir zu Nahe!«

»Wird er schon nicht. Rachel hat gesagt, dass er nicht zu Hause sei.« Damit hörten wir die Tür ins Schloss fallen. Dann musste ich meine Nachforschungen wohl vertagen.

Mittlerweile war es schon nach Mitternacht und Cole und Aiden waren dabei, sich zu verabschieden, als ich mich entschied, Sky eine SMS zu schreiben, da sie immer noch nicht zurück war und ich mir langsam Sorgen zu machen begann.

Etwa zehn Minuten später vibrierte mein Handy.

> Alles gut, Mase. Bin noch bei Rachel. Wir unterhalten uns. Mädelskram. <

Auch wenn so eine kurz gefasste Antwort nicht zu ihr passte, entspannte ich mich wieder. Vielleicht war sie wirklich einfach nur beschäftigt.

Als ich mich etwa eine Stunde später als letzter auf den Heimweg machte und aus der Auffahrt fuhr, bekam ich mit, wie Sky nach Hause kam. Auch wenn ich das im Dunklen nicht so gut beurteilen konnte, machte sie keinen sehr glücklichen Eindruck auf mich. Ob das an der kurz bevorstehenden Klassenfahrt lag oder an etwas anderem, konnte ich nicht sagen ...

Am darauffolgenden Tag kamen wir auch nicht dazu, uns zu unterhalten, da ich einen Auftrag auszuführen hatte, und am Übernächsten ebenfalls nicht, da sie mit Freundinnen unterwegs war.

Als wir am Montag wieder in die Schule gingen, machte Sky einen normalen Eindruck auf mich, sodass das Thema vorerst hinten rüber fiel. Erst als Jason mich am Ende der Woche zur Seite nahm, um mit mir über etwas Wichtiges in Bezug auf Sky zu sprechen, wurde ich stutzig.

»Mein Dad hat mir eine SMS geschickt, dass Sky mit ihrer Mum gesprochen hat und sie angefleht hätte, die Fahrt schwänzen zu dürfen.«

»Was? Sky und Schwänzen? Das passt doch überhaupt nicht zusammen!«

»Ich weiß ... Jedenfalls hat Isobel ihr das verboten und jetzt hat mein Alter mich gebeten, sie ein bisschen aufzubauen. Und da kommst du ins Spiel. Ich dachte mir, wenn einer Sky überzeugen kann, dass die Fahrt eine gute Idee ist, dann du.«

»Klar. Ich werde mir ihr sprechen. Aber weißt du auch, warum Sky nicht mitwill?«

»Nein. Das hat Dad mir nicht geschrieben. Aber du wirst das bestimmt herausfinden.«

»Sicher. Weil Sky ja so gerne über ihre Vergangenheit spricht und überhaupt nicht stur ist, wenn sie sich was in den Kopf gesetzt hat.«

»Na, da passt ihr doch perfekt zusammen«, grinste Jase.

»Ja, ja. Echt witzig. Aber ich werde dem Ganzen auf den Grund gehen!«

Ich schrieb Sky eine Nachricht:
> Hey, Prinzessin. Lust auf einen Filmeabend? Bei mir? <
> Okay, ich bringe Pizza mit:) <
Dafür liebte ich sie. Sie wusste genau, wie sie mich glücklich machen konnte.

Um Punkt sieben Uhr stand sie bei mir vor der Tür. Wir begannen den Abend damit, genüsslich vorm Fernseher die Pizza zu verputzen. Als sich der Film langsam dem Ende zuneigte, versuchte ich, ganz beiläufig die Klassenfahrt ins Spiel zu bringen.

»Sag mal, was hältst du eigentlich von der Klassenfahrt? Du freust dich sicher, mal wieder in die Heimat zu kommen, oder?«

Scheinbar hatte ich Sky doch nicht nebenbei erwischt, denn ich hatte sofort ihre volle Aufmerksamkeit und bemerkte, wie sie sich augenblicklich anspannte. Wie erwartet ein heikles Thema.

»Meine Heimat ist hier. Hier bin ich glücklich. Ich habe mit meiner Vergangenheit und meinem Leben dort abgeschlossen. Was sollte ich auch alte Geschichten wieder aufrütteln, wo ich doch hier meine Freunde und Familie habe und nicht darauf aus bin, auf die Entfernung irgendwelche Kontakte zu pflegen. Das geht eh nie gut«, erklärte sie schlicht. Das wäre auch eine plausible Erklärung; doch das Gefühl, dass da noch mehr hinter steckte, ließ mich einfach nicht los.

»Das ist alles?«, fragte ich schlicht.

»Ja. Das ist alles! Reicht das nicht als Begründung, warum ich keinen Bock auf diesen Ausflug habe?!«, brachte sie mir zunehmend aufgebracht und sauer entgegen.

»Ich habe das Gefühl, dass es noch einen anderen Grund gibt. Einen der noch gewichtiger ist als das, was du gerade gesagt hast.«

»Und wenn schon! Ich will einfach nicht hin, okay?«

»Also gibt es wirklich noch einen anderen Grund«, stellte ich ruhig fest.

Sky sah mich irritiert an, bis auch ihr der ungesagte Teil ihrer Worte klar wurde. »Verdammt, lass mich einfach«, versuchte sie zurück zu pampen, doch mir fiel auf, dass nicht mehr nur Wut in ihrer Stimme lag. Nein, nun klang auch Verzweiflung durch.

»Du kannst mit mir reden, Sky! Ich bin dein Freund. Du kannst mir vertrauen. Egal, was der Grund ist, ich würde dich niemals dafür verurteilen, noch würde es etwas an unserer Beziehung ändern. Aber nur, wenn du mit mir sprichst, kann ich dir helfen und mit dir nach einer Lösung suchen«, beendete ich meine kleine Rede.

Ich hatte nicht damit gerechnet, wirklich etwas aus ihr herauszubekommen, aber Sky sah mich erst unentschlossen an – wahrscheinlich wog sie ab, ob sie mit mir darüber reden sollte, oder nicht –, dann öffnete sie langsam den Mund. »Es gibt einige Dinge, die in San Francisco nicht so gelaufen sind, wie sie hätten laufen sollen. Freunde, die keine wirklichen Freunde waren. Wie auch immer. Reicht es, wenn ich sage, dass ich froh bin, weggezogen zu sein?«

Was steckte da wirklich hinter? So schlicht und unbedeutend, wie sie es gerade darstellte, konnte das, was in ihrer alten Heimat passiert war, nicht gewesen sein. Davon hätte sich meine Freundin niemals unterkriegen lassen. Da war ich mir sicher!

»Okay, und was ist genau passiert? Was haben deine Freunde getan, dass du froh bist, sie los zu sein?«, versuchte ich sie zum Weiterreden zu bewegen.

Sky seufzte tief, gab sich aber einen Ruck und erzählte weiter. Dabei hatte ich das Gefühl, dass es ihr gut tat jemandem davon erzählen zu können, denn sie schien das bisher alles mit sich allein ausgemacht zu haben.

»Schön. Aber bitte lass mich erst zu Ende erzählen.« Mit einem Nicken forderte ich sie auf loszulegen, was sie auch zögerlich tat.

»Na ja, ich hatte einen Freund. Er hieß Jake. Ich dachte wirklich, dass er mich auch mag. Das stellte sich schnell als falsch heraus, wie du dir wahrscheinlich schon denken kannst. Erst war er super-süß und so. Aber relativ schnell hat er angefangen, über mich herzuziehen und mich schlecht zu machen. Erst hinter meinem Rücken, dann in meiner Gegenwart. Er und auch seine Gang haben mich schikaniert, mich fertig gemacht. Sie haben mir gedroht. Gleichzeitig bestand Jake darauf, dass ich seine Freundin blieb. Ich konnte einfach nicht von ihnen loskommen. Meine Freunde haben sich aus Angst vor Jake und seinen Jungs von mir abgewandt. Und, und, und.

Geschichte zeichnet Menschen. Und das nicht nur positiv. Jake hat aus mir den Menschen gemacht, den ihr bei meiner Ankunft hier kennengelernt habt.« Sie hielt kurz inne. »Ich brauche wohl nicht dazu zu sagen, warum ich auf Jungs im Allgemeinen, aber vor allem auf Bad Boys und den ganzen Gangkram keinen Bock hatte, oder?«

Wow. Ich hatte mit einigem gerechnet, aber nicht damit. Einerseits überkam mich eine unfassbare Wut auf die Menschen, die mein Mädchen verletzt hatten, andererseits machte sich ein schlechtes Gewissen bemerkbar. Zwar würde ich sie nie verletzen – abgesehen von dem einen Mal –, trotzdem hatten wir sie in unsere Gangangelegenheiten mit reingezogen und einer ernst zu nehmenden Gefahr ausgesetzt …

Ihre Geschichte war schrecklich. Sie erinnerte mich an Kathy. Was ihr zugestoßen war und was die Ereignisse mit Jason und mir gemacht haben. Ich konnte mir also nur allzu gut vorstellen, was in ihr vorging.

»Oh, nein. Sky. Das ist schrecklich. Das tut mir so leid!«

Ich kam mir wie ein Idiot vor. Denn einfallsloser und allgemeiner konnte meine Antwort nicht sein. Dafür zog ich Sky näher zu mir und nahm sie fest in den Arm. »Wir können leider trotzdem nicht blau machen. Auch wenn ich jetzt ziemlich gut nachvollziehen kann, warum du nicht mitfahren willst. Eure Eltern würden das mitbekommen und vor allem Jasons Dad würde einen Aufstand machen. Aber ...«, überlegte ich weiter. »Aber ich werde während dem ganzen Ausflug nicht von deiner Seite weichen. Und die Jungs werden auch die Augen offenhalten«, ging ich zum Thema Klassenfahrt über, denn ich fand einfach keine passenden Worte für das, was sie durchmachen musste. Wahrscheinlich gab es auch keine ...

Mein Angebot war zwar nur ein schwacher Trost, aber eine andere Lösung fiel mir auf die Schnelle nicht ein. Dennoch schien sich Sky ein wenig zu entspannen. Sie lehnte ihren Kopf an meine Schulter und antwortete:

»Das musst du. Ohne dich werde ich das nicht durchstehen!«

»Ich bin bei dir. Zusammen schaffen wir das«, versuchte ich, sie weiter zu überzeugen.

Ich hoffte nur, dass wir keiner ihrer negativen Erinnerungen über den Weg laufen würden. Vor allem nicht dem Arsch Jake! Ich wusste, dass Sky stark war, aber ich wollte ihr die Konfrontation mit ihrer Vergangenheit ersparen. Jetzt, wo sie sich ihrer Aussage nach hier so gut eingelebt hatte, sich wohlfühlte und mit ihrem alten Leben abgeschlossen hatte. Abgesehen davon, war ich mir nicht sicher, ob ich mich würde beherrschen können, sollte ich dem Miststück gegenüberstehen.

Nachdem wir unser Gespräch beendet hatten, schauten wir noch einen Film, wobei Sky eng an mich gekuschelt neben mir auf dem Sofa saß. Ich merkte, wie sie immer wieder in Gedanken versunken war und auch die Meinen drifteten immer wieder zu unserem Gespräch, der bevorstehenden Fahrt und den Sicherheitsmaßnahmen, die ich ergreifen würde. Ansonsten war der Abend recht gemütlich. Zu meiner Freude blieb Sky über Nacht.

Leider kam die nächste Woche viel zu früh. Sky, die Jungs und ich waren noch ein paar Mal im Fitnessstudio gewesen, um unter anderem Skys Selbstverteidigung aufzufrischen. Aber dann war der Tag gekommen, an dem Sky am liebsten im Bett liegen geblieben wäre. Doch das tat sie nicht. Am frühen Morgen hielt ich in der Auffahrt der Edwards und Montgomerys, um Jase und Sky einzuladen. Ersterer trat gerade mit einem großen Rucksack über der Schulter aus der Haustür, gefolgt von meiner etwas widerwillig drein blickenden Freundin. Ich stieg aus und begrüßte die beiden übertrieben fröhlich. Jase grüßte zurück und verstaute seine Sachen im Auto, während Sky ... na ja, wenn Blicke töten könnten, würde ich jetzt leblos am Boden liegen. Ich zog sie in meine Arme und gab ihr einen Kuss auf die Stirn. »Hey, Prinzessin!«

»Hey«, ihr Blick wurde weicher.

Dann fuhren wir zur Schule, wo der Reisebus bereits auf uns wartete. Davor standen einige Schüler, die aufgeregt durcheinanderschnatterten und ungeduldig darauf warteten, endlich in den Bus zu dürfen. Wow, man konnte es auch übertreiben.

Etwa eine halbe Stunde später waren wir vollzählig, das Gepäck verstaut und alle auf ihren Plätzen. Die etwa achtstündige Busfahrt konnte losgehen.

Ich saß neben Sky, hatte aber meine Jungs hinter und neben mir, und Sky ihre beiden Freundinnen vor sich. So unterhielten wir uns kreuz und quer mit allen, die um uns herumsaßen und die Zeit verging recht schnell. Zu meiner Erleichterung war Sky durch die Gespräche abgelenkt und hatte für den Moment den negativen Teil dieser Fahrt vergessen.

Als wir am Nachmittag San Francisco erreichten, ging es erst mal an die Zimmerverteilung und das anschließende Zimmerbeziehen. Wie erwartet, schliefen Mädchen und Jungen getrennt, weshalb die Jungs und ich uns ein gemeinsames Zimmer unter den Nagel rissen. Auch die Mädels hatten Glück und bekamen ein Drei-Bett-Zimmer nur für sich. Nachdem wir uns frisch gemacht hatten, durften wir bis zum Abendessen die Stadt allein erkunden. Wirklich weit kamen wir nicht, denn wie die meisten anderen, ließen wir uns auf einer nahegelegenen Grünfläche nieder und chillten in der Sonne, bis wir um 19 Uhr zurück zum Hostel mussten.

Am nächsten Tag startete das Programm mit einer Sight-Seeing-Tour, die daraus bestand, erst mit einem Bus die äußeren Sehenswürdigkeiten anzufahren und anschließend zu Fuß das Zentrum zu erkunden.

Abgesehen davon, dass Sky natürlich sämtliche touristischen Attraktionen schon kannte, war daran nichts auszusetzen. Doch die Rechnung schienen wir ohne unseren Jahrgangsstufenleiter, Mister Anderson, gemacht zu haben. Denn wie er gerade verkündet hatte, würde es aufgrund der Schüleranzahl zwei Touren geben. So weit, so gut. Doch geteilt hatte er die Klasse bei ›M‹. Und zwar so, dass ›McAdams‹ noch zu Gruppe 1 gehörte, ›Montgomery‹ aber zu Gruppe 2.

Skys höfliche Frage, die Gruppe wechseln zu dürfen, wurde abgelehnt, mit der Begründung, dass sonst jeder tauschen wollen würde, was wiederum zu Chaos führen würde. Damit hatte er zwar Recht, aber weiterbringen tat uns das leider nicht. So wurden wir schon bei der ersten richtigen Aktivität getrennt, und ich hatte ein schlechtes Gewissen, da ich damit mein Versprechen, die ganze Zeit an Skys Seite zu bleiben, nicht halten konnte. Sie versicherte mir zwar, dass alles in Ordnung wäre, da sie ja dauerhaft bei der Gruppe wäre und beide Führungen am Nachmittag am selben Ort enden würden; doch ich fühlte mich trotzdem nicht wohl dabei.

SKY

Ich hatte zwar ein mulmiges Gefühl im Bauch, die Tour ohne Mason, oder im Allgemeinen ohne irgendeinen der Jungs, dafür aber auch ohne Ryan – da sie alle in Gruppe 1 gelandet waren – zu machen, doch ich redete mir ein, dass in den paar Stunden schon nichts passieren würde. Zum einen saßen wir eh einen Teil der Führung im Bus und waren immer als Gruppe zusammen. Zum anderen wusste niemand aus meinem früheren Leben davon, dass ich hier war, weshalb wohl auch niemand auf die Idee kommen würde, nach mir Ausschau zu halten. Damit beruhigte ich mich ein wenig und stieg mit Bri in den zweiten Bus.

Ich sah aus dem Fenster und ließ mich von unserem Reiseleiter berieseln, bis wir nach einer Weile das Zentrum erreichten. Wir starteten am Pier 39 und fuhren anschließend mit einem Cable Car in die Innenstadt. Dies nahm ziemlich viel Zeit in Anspruch, da wir natürlich nicht die Einzigen waren, die diese Attraktion mitnehmen wollten. Außerdem dauerte es eine ganze Weile, bis eine ganze Horde Schüler auf diverse Fahrzeuge verteilt war. Während wir so in der Schlange standen und warteten, tippte mir plötzlich jemand von hinten auf die Schulter und sprach mich an: »Skyla, bist du es?«, fragte zögerlich eine Mädchenstimme, die mir bekannt vorkam. Ich drehte mich angespannt und irritiert um, wurde aber augenblicklich wieder ruhiger, denn vor mir stand Maria. Sie war früher in meiner Klasse gewesen, war aber immer eher der zurückhaltende, ruhige Typ gewesen, der sich aus allem raushielt und einfach machte, wofür er zur Schule ging: Zum Lernen. Ich hatte kein besonderes Verhältnis zu ihr gehabt, war nicht mit ihr befreundet gewesen, doch sie hatte mich nie schlecht gemacht, weshalb ich ganz gut mit ihr ausgekommen war.

»Hey, Maria«, grüßte ich sie, »Ja, ich bin´s.«

»Hey. Ich war mir nicht sicher gewesen. Du bist weiter weg gezogen, richtig? Wohin genau? Was hat dich hierhergebracht? Besuchst du Verwandte?« Sie war schon immer nett und höflich gewesen, genau wie jetzt. Kurz fragte ich mich, warum ich kaum etwas mit ihr zu tun gehabt hatte. Sie wäre mir bestimmt eine bessere Freundin gewesen als die Idioten, die ich stattdessen um mich gehabt hatte. Aber die Antwort auf meine Überlegung war wahrscheinlich die, dass ich mit meinen ganzen Problemen und meiner Beziehung zu Jake nicht ganz das nette, ruhige Mädchen von nebenan verkörpert hatte, und ich Maria, wahrscheinlich aus ebendiesem Grund nicht wahrgenommen hatte.

»Ja, ich lebe jetzt mit meiner Mutter bei ihrem neuen Ehemann und dessen Sohn in LA. Und ich bin hier, weil meine neue Schule eine Klassenfahrt hierher angesetzt hat.«

»Ach, wie witzig. Zufälle gibt´s«, grinste sie.

»Das stimmt«, antwortete ich schlicht, fügte dann aber noch hinzu, »Und wie sieht es bei dir aus? Alles gut?«

»Ja, bei mir ist so weit alles in Ordnung. In der Schule läuft alles rund.«

»Das freut mich zu hören.« Damit war unsere kurze Konversation beendet, da Bri und ich an der Reihe waren, in ein Cable Car zu steigen.

»Bye«, verabschiedete ich mich von ihr, woraufhin ein »Tschüss, alles Gute«, zurückkam.

Bri, genauso wie der Rest meiner Klassenkameraden, war hellauf begeistert von dem Cable Car und hatte einen Platz an einer der äußeren Stangen ergattert. Ich musste zugeben, dass es wirklich ein angenehmes Gefühl war, dort zu stehen und die leichte Brise in den Haaren zu spüren, während man durch die Stadt fuhr. Doch ich war mit meinen Gedanken wo anders. Natürlich war meine Begegnung mit Maria nicht schlimm gewesen. Eigentlich sehr nett sogar. Sollte mir das nicht die Angst nehmen, weiteren ehemaligen Klassenkameraden über den Weg zu laufen? Stattdessen stieg meine Anspannung, da ich befürchtete, dass mich die anderen viel schneller erkennen würden als gedacht, wo Maria mich sofort gesehen hatte. Oder gar, dass sie es irgendjemandem erzählte und es die Runde machte, dass ich in der Stadt war. Was bedeutete, dass es nicht lange dauern würde, bis Jake oder einer von seinen Leuten Wind davon bekam. Vielleicht wurde ich paranoid, aber mich ließ das Gefühl nicht los, dass es nicht bei dieser einen Begegnung bleiben würde. Doch dann war ich hoffentlich in Begleitung meines Freundes und seiner Kumpels.

Wenige Minuten später war unsere Fahrt auch schon beendet, und einen kurzen Fußmarsch später erreichten wir den Treffpunkt, wo die andere Gruppe bereits auf uns wartete. Mase suchte schon aus der Entfernung Blickkontakt und sah mich fragend an. Kurz war ich versucht, ihn á la Galgenhumor zu verarschen und ihm nur die Halbwahrheit zu erzählen. Und zwar, dass ich jemanden aus meiner alten Schule getroffen hatte und er nicht bei mir war. Letztendlich entschied ich mich aber dagegen, da ich es unangebracht fand. Er hatte sich wahrscheinlich Sorgen gemacht und da wäre es nicht fair, ihn jetzt aufs Korn zu nehmen.

Also erwähnte ich nur kurz, dass ich eine alte Bekannte getroffen hatte und alles gut verlaufen war, ich aber froh wäre, wieder bei ihm zu sein. Damit drückte ich ihm einen Kuss auf die Lippen.

Unseren freien Nachmittag verbrachten wir damit, durch die Stadt zu bummeln und anschließend am Pier Pizza zu essen. Alles verlief ohne weitere Vorkommnisse, genauso wie der folgende Tag. Unser Tagesprogramm absolvierten wir diesmal als ganzer Jahrgang: Wir besuchten ein Museum, besichtigten noch zwei, drei Orte und aßen gemeinsam im Hostel zu Abend. Meine Anspannung legte sich langsam und ich konnte den Ausflug mit meinem Freund und meinen Freundinnen zunehmend genießen.

An unserem letzten Tag ging es noch mal nach Downtown, wo wir am Nachmittag noch einmal drei Stunden zur freien Verfügung hatten, bevor es zurück nach LA ging.

Die meisten nutzten diese Zeit zum Souvenirs shoppen oder Fotos machen. Bri und Faith schlossen sich dieser Gruppe an, während ich bei den Jungs blieb. Die wiederum steuerten irgendeinen Laden an, der bestimmte Gadgets hatte. Da ich die Stadt kannte, war mir egal, was wir machten, weshalb ich ihnen einfach folgte. Doch in den Laden ging ich nicht mit rein. Stattdessen wartete ich vorm Eingang und genoss die Sonne.

Da vibrierte mein Handy.

> Hi Skyilein. Schön, dass du mal wieder in San Francisco bist. Ich hatte schon ganz vergessen, wie du in live aussiehst.

PS: Das Kleid steht dir übrigens super;D

Jake. <

Panisch sah ich mich um und suchte hektisch alles nach dem Jungen ab, den ich am wenigsten sehen wollte. Ich bemerkte noch, wie jemand hinter einer Hausecke verschwand. Das war ganz sicher er gewesen!

Mein Instinkt sagte mir, dass ich ihm folgen und ihm deutlich zeigen sollte, was ich von seinen Spielchen hielt. Doch ich stand wie versteinert da. Bevor ich schreien oder sonst irgendetwas tun konnte, kam Mason aus dem Laden raus. Als er mich sah, wurde seine Miene augenblicklich ernst und er eilte zu mir. Anscheinend stand mir der Schock ins Gesicht geschrieben und ich war so bleich, wie ich mich fühlte.

»Was ist los, Prinzessin? Was ist passiert?«

»Ich ... Ich ... Ich dachte, ich hätte jemanden von früher gesehen. Jemanden, den ich nicht wiedersehen wollte.« Ich sah Mase an. »Aber es ist okay. Er ist ja schon wieder weg«, versuchte ich sowohl ihn als auch mich selbst zu überzeugen. Auch das sah Mason mir wahrscheinlich an, denn er zog mich an sich, und anstatt, dass er Nachfragen anstellte oder zu einer großen Beruhigungsrede ansetzte, öffnete er leicht die Jacke.

»Keine Sorge. Dir kann nichts passieren«, fügte er lediglich hinzu.

In seiner Jacke befand sich eine Pistole. Ich war schockiert. Er hatte eine Waffe dabei! Wobei ... Eigentlich war es ja auch süß, dass ihm so viel an meiner Sicherheit lag. Dennoch hoffte ich, dass wir diese Karte nie spielen mussten.

Ich ließ meinen Blick langsam hoch wandern, bis er an Masons Lippen hängen blieb. »Danke. Für alles«, murmelte ich und drückte ihm einen Kuss auf die Lippen.

Mittlerweile waren auch die restlichen Jungs mit ihren Einkäufen fertig und wieder aus dem Laden rausgekommen. Zusammen machten wir uns auf den Rückweg zum Bus, welcher uns in den frühen Morgenstunden wieder in Los Angeles rausschmeißen sollte.

Als alle Schüler da waren, ihre Plätze eingenommen hatten und wir endlich losfuhren, merkte ich, wie mir ein Stein vom Herzen fiel. Entgegen der ganzen Horrorszenarien, die ich mir ausgemalt hatte, war der Ausflug ziemlich glimpflich und positiv verlaufen. Mit dem Gedanken lehnte ich mich an Masons Schulter und war schon bald eingeschlafen.

So verging die Fahrt recht schnell und bald darauf waren wir in unserer Heimat angekommen. Auch wenn wir direkt vorm Schulgebäude hielten, waren die Lehrer so gnädig gewesen unseren Unterrichtstag erst am Mittag beginnen zu lassen, sodass wir uns noch ein wenig ausruhen und frisch machen konnten.

Dementsprechend setzte Mase Jase und mich ab und fuhr dann selbst heim. Ich duschte, und bevor ich mich hinlegte, schrieb ich meiner Mum noch schnell eine SMS, dass die Fahrt gut verlaufen war und besser gewesen war, als erwartet. Das würde sie glücklich stimmen, das wusste ich.

Die nächsten Tage verliefen wieder weitestgehend normal. Wir gingen zur Schule und zum Sport, die Jungs hatten kleinere Aufträge zu erledigen, ich verbrachte mal wieder Zeit mit Rachel, Jenna und der Clique, traf mich mit Mason, und so weiter.

Ach ja, und ich bekam immer mal wieder Textnachrichten von Jake, denen ich aber nach wie vor wenig Bedeutung zukommen ließ. Wenn es wirklich er gewesen war, der mich in San Francisco beobachtet hatte, hätte er alle Möglichkeiten gehabt, an mich ranzukommen. Also wieso sollte mich jetzt irgendeins seiner Worte unruhig stimmen, wo einige hundert Kilometer zwischen uns lagen und er nichts unternommen hatte, als er nur wenige Meter von mir entfernt gewesen war.

Mittlerweile waren es nur noch wenige Wochen bis zu den Sommerferien. Die letzten Klausuren standen an, genauso wie der Sommerball. Brianna, Faith und ich hatten unsere Kleider schon besorgt. Und auch sonst war alles in Butter. Ich war immer noch glücklich mit Mason zusammen und ich liebte den Sommer. Das Wetter war einfach himmlisch.

Endlich war Freitag, und ich freute mich schon auf morgen, denn ich war mit Mase fürs Kino verabredet. Heute musste ich leider auf ihn verzichten, denn er und die Jungs hatten einen Auftrag bekommen.

So nutzte ich die Zeit, um mich auf die bevorstehende Matheklausur vorzubereiten. Ich war so in meine Bücher vertieft gewesen, dass ich gar nicht bemerkt hatte, dass ich zwei Nachrichten bekommen hatte. Eine von Bri, die mich fragte, welche Frisur wohl besser zu ihrem Kleid aussehen würde. Und eine von Jake.

> Na, Skyilein? Heute Abend allein zu Haus? <

Ich war schon dabei, die Nachricht wieder zu schließen und ihr keine weitere Beachtung zu schenken. Doch diese SMS ließ mich stutzig werden. Irgendwie klang sie anders als die vorherigen. Und vor allem: Woher wusste er, dass ich allein war?

Ich beruhigte mich damit, dass er es wahrscheinlich über irgendeinen Spitzel mitbekommen hat, der an unsere Schule ging und von Jasons Plänen für den Abend gehört hatte. Außerdem hatte ich relativ am Anfang eine ähnliche Textnachricht bekommen. Die war auch nichts als heiße Luft gewesen. Also wieso jetzt ein ungutes Gefühl haben?

Nachdem ich sicherheitshalber doch die Haustür verriegelt, im Erdgeschoss alle Fenster geschlossen und den Alarm eingeschaltet hatte, machte ich mir Musik an – die lenkte mich immer gut ab und besserte meine Stimmung – und ging ins Bad. Gelernt hatte ich genug für heute.

Nach einer langen, heißen Dusche, die in Kombination mit der Musik ihren Soll erfüllt und mir ein wohliges Gefühl beschert und mich auf andere Gedanken gebracht hatte, wickelte ich mich in ein kuscheliges, großes Handtuch und ging wieder in mein Zimmer.

Plötzlich war das mulmige Gefühl wieder da. Das Haus kam mir zu still vor und eine Gänsehaut breitete sich über meinem Körper aus. Sobald ich mich angezogen hatte, würde ich die Jungs anschreiben und fragen, ob alles in Ordnung war.

Doch noch bevor ich meinen begehbaren Kleiderschrank erreichte, schlangen sich von hinten zwei Arme um meinen Bauch und meinen Mund und ich wurde rückwärts auf mein Bett gerissen. Ich versuchte zu schreien, doch durch die Hand auf meinem Mund, brachte ich nur ein leises Keuchen zu Stande.

Sofort war mir klar, an wessen Brust ich da gepresst wurde. Meine wiederkehrende Gänsehaut und das abstoßende Gefühl, das ich empfand, bestätigten es mir.

Dann begann Jake zu sprechen: »Na, Skyilein, hast du mich auch so sehr vermisst?«, säuselte er höhnisch.

Wütend und vor allem auch panisch versuchte ich, mich zu wehren und aus seinen Armen zu befreien. Fieberhaft versuchte ich mich an die Selbstverteidigungsmethoden zu erinnern, die mir Jase und Co. beigebracht hatten, doch ich war viel zu aufgeregt und leider auch von schlimmen Erinnerungen überflutet, sodass ich kaum einen klaren Gedanken fassen konnte. Außerdem begann mein Handtuch gefährlich zu rutschen. Und einen Teufel würde ich tun, mich vor Jake zu entblößen.

Trotzdem brachte ich alle Kraft auf, die mir zur Verfügung stand, um irgendwie loszukommen. Ich strampelte, kratze, trat um mich ... Doch gegen Jake kam ich einfach nicht an ... Er besaß sogar die Frechheit, kaum zu agieren – abgesehen von der Tatsache, dass er mich weiterhin fest im Griff hielt – und nach einer

Weile in amüsiertem Tonfall zu sagen: »So, nun hast du aber wirklich genug gespielt.«

Dann ließ er kurz mit der rechten Hand von meinem Mund ab und ich sah eine Chance. Mit aller Kraft schmiss ich mich nach vorne, wodurch ich ihm aus der verbliebenen Hand an meinem Bauch rutschte und rannte los. Bloß raus aus meinem Zimmer. Vielleicht in ein anderes Zimmer, wo ich mich dann einschließen konnte, oder nach draußen und gleichzeitig den Alarm auslösen.

Doch so weit kam ich gar nicht. Denn meine Zimmertür war abgeschlossen. Noch bevor ich mich umdrehen und zum Kampf ansetzten konnte, war Jakes Hand an meinem Oberarm, die mich fest im Griff hatte und zurück an seine harte Brust riss. Augenblicklich war auch die zweite Hand wieder da. Nur, dass sie mir diesmal ein feuchtes Tuch über Mund und Nase hielt. Ich versuchte, wie wild mit dem Kopf zu schütteln, um den Lappen loszuwerden, doch Jake hielt mich an Ort und Stelle. Auch mein Versuch, den Atem anzuhalten, scheiterte, denn letztendlich musste ich doch nach Luft schnappen, woraufhin mir zuerst schummerig, und schließlich schwarz vor Augen wurde.

Mein Kopf dröhnte, als ich langsam wieder zu mir kam und die Augen öffnete. Ich brauchte einen Moment, um mich zurechtzufinden, denn der kleine Raum, in dem ich mich befand, war definitiv nicht mein Zimmer. Hier war es dunkel und kalt. Das Bett mit der siffigen, durchgelegenen Matratze, auf der ich lag, war das einzige Möbelstück im ganzen Zimmer. Zumindest soweit ich das ausmachen konnte, denn wirklich viel konnte ich in der Dunkelheit nicht erkennen.

Jake hatte mich entführt! Erst musste er mich mit K.O.-Tropfen bewusstlos gemacht, und dann hergebracht haben ... Warte!

Schnell checkte ich meinen Körper. Ich hatte zu meiner Erleichterung immer noch mein Handtuch um. Doch wie schnell man das Entfernen konnte, war mir durchaus bewusst. Was hatte der Arsch mit mir angestellt?! Spontan würde ich sagen, dass sich mein Körper relativ normal anfühlte. Doch wenn …!

In dem Moment wurde ich aus meinen Gedanken gerissen und erschrak. Denn da trat jemand aus einer dunklen Ecke aus der anderen Seite des Raumes. Die Person kam immer näher und ich zog das Handtuch fester um meinen Körper. Panik stieg in mir auf.

»Nein, Skyilein. Ich habe nichts mit dir angestellt, während du im Land der Träume warst. Aber glaub mir, ich will alles tun. Und du weißt, wenn ich will, kann ich auch. Jedoch macht das viel mehr Spaß, wenn der Partner bei Sinnen ist. Findest du nicht auch?« Nun stand Jake vor mir und hatte mein Kinn mit seinen Fingern angehoben.

Dieses widerliche Schwein!

Eigentlich wollte ich zu einem wütenden Wortschwall ansetzten, da fiel mir ein kleiner Lichtschein auf, der von einer Wand ausging. Dort war die Tür! Und sie war noch nicht mal abgeschlossen. War Jake wirklich so blöd oder war das eine Falle? Egal. Wenn ich hier rauskommen wollte, musste ich es versuchen. Also riss ich mit Schwung mein Bein hoch, wobei ich Jake Junior empfindlich traf. Der Überraschungseffekt saß. Jake ließ von mir ab und ging mit schmerzverzerrtem Gesicht in die Knie. Ich wiederum sprang auf, sprintete zur Tür, riss sie auf und war schon halb hindurch, als ich von Jake ein gezischtes »Schlampe!« hörte. Die Worte kamen noch von derselben Stelle, wo ich ihn hatte sitzen lassen, weshalb ich mich schon fast siegessicher fühlte.

Doch die Rechnung hatte ich ohne die beiden Handlanger gemacht, die neben der Tür standen und mich nun links und rechts unter den Armen nahmen und zurück in den Raum schleiften. Dann schmissen sie mich mit Wucht aufs Bett, wobei ich mein Handtuch verlor. Schnell versuchte ich, das Nötigste mit den Händen zu bedecken, denn Jake stand mittlerweile wieder und sah nun lachend auf mich herab. »Das hättest du besser nicht getan!«

Ich rechnete mit allem. Damit, dass er mir eine reinhaute. Damit, dass er mich vergewaltigte ... Dieser Junge war offensichtlich zu allem fähig.

Doch zu meiner Verwunderung passierte ... nichts ... Jake sah mich lediglich einen Moment lang an, musterte mich von oben bis unten, drehte sich um, und ging. Kurz bevor er den Raum verließ, wandte er sich noch mal in meine Richtung und schmiss mir eine alte Hose und ein viel zu großes T-Shirt vor die Füße.

»Ich bin noch nicht fertig mit dir«, waren seine letzten Worte, bevor die Tür ins Schloss fiel und von außen verriegelt wurde.

Ich verharrte noch einige Sekunden auf dem Bett, bevor ich aufstand, die Klamotten zusammensammelte und hastig überstreifte. Nun war ich allein in diesem kalten, ungemütlichen, dunklen Raum und hatte keine Ahnung was als Nächstes passieren würde.

JASON

Wir hatten eine lange Nacht gestern, weshalb wir im Lagerhaus übernachtet hatten. Gegen Mittag machte ich mich dann auf den Heimweg. Dort angekommen, schob ich mir als Erstes eine Pizza in den Ofen, die ich genüsslich vorm Fernseher aß, bevor ich nach oben ging.

Schon als ich die obersten Treppenstufen erreichte, fiel mir auf, dass Licht aus Skys Zimmer drang und ihre Tür halb offen stand. Sie schien also doch zu Hause zu sein. Das wunderte mich, denn normalerweise wäre sie längst nach unten gekommen oder hätte sich bemerkbar gemacht. Also beschloss ich, zu ihr rüberzugehen und sie zu begrüßen. Doch sie war nicht in ihrem Zimmer. Komisch. Sie hatte gar nicht erzählt, dass sie was vorhatte. Na ja, vielleicht hatte sich ja auch kurzfristig was ergeben.

Ich ging rüber in mein Zimmer, duschte und machte es mir anschließend gemütlich. Erst gegen Abend begann ich, mich zu wundern, wo sie steckte. Vor allem als von Mason eine SMS kam, in der er fragte, ob Sky noch daheim wäre, da er vorm Kino auf sie warten würde.

Ich textete ihm, dass ich sie heute noch nicht gesehen hätte. Hatte ich sie vielleicht verpasst? Ich ging in die Garage, doch ihr Auto war noch dort.

Ich entschied, Mase anzurufen: »Hey. Immer noch nichts von Sky gehört?«

»Nein. Ich warte schon seit 30 Minuten. Das ist eigentlich so gar nicht ihre Art.«

»Stimmt. Das passt nicht zu ihr. Hast du mal versucht, sie zu erreichen?«

»Ja, habe ich. Angerufen und angeschrieben. Keine Reaktion ... Da ist doch irgendetwas faul.«

»Ich würde dir ja gerne etwas Gegenteiliges erzählen, aber ihr Auto ist noch hier. Entweder eine Freundin hat sie abgeholt und sie haben sich verquatscht oder ...«

»Dann müssen wir ihre Freundinnen anrufen und nachfragen«, unterbrach Mase mich knapp.

»Das übernehme ich. Warte du noch 'ne halbe Stunde am Kino. Für den Fall, dass sie doch noch auftaucht. Komm anschließend zu mir. Ich melde mich, sobald ich was weiß.«

»Okay, Jase. Bis später.«

Gesagt, getan. Ich funkte Brianna und Faith, und Rachel und Jenna an. Doch Fehlanzeige. Keine hatte Sky heute gesehen, noch von ihr gehört. Verdammt!

Es dauerte nicht lange, bis Mason die Einfahrt hinauffuhr. Doch auch er hatte keine guten Neuigkeiten.

Bevor wir die Jungs informierten, wollten wir uns in Skys Zimmer umsehen, ob dort etwas darauf schließen ließ, wo sie war oder was passiert war. Auf den ersten Blick sah alles normal aus. Ihre Schultasche stand am selben Platz, die Hefte lagen geordnet auf ihrem Schreibtisch ... Nur ihr Bett sah etwas zerwühlt aus, was aber nichts heißen musste. Meins sah immer so aus.

Ein Blick zu Mase zeigte mir, dass er dabei war, Sky zum dutzendsten Mal anzurufen. Natürlich erfolglos.

»Ich glaube nicht, dass uns das weiterbringt.«

Doch da hielt Mason plötzlich inne. »Sei still.«

Ich wollte schon zu einem Kommentar ansetzten, doch da hörte ich es auch. Dieses leise Summen, das ein auf Stumm geschaltetes Handy machte, wenn es einen Anruf empfing.

Beide sahen wir uns um, bis Mason sich vorm Bett bückte und mit einem Handgriff darunter Skys Smartphone hervorzog. Das konnte nichts Gutes heißen.

Ich sah Mase an, dass er unruhig, nein eher panisch, wurde.

»Warte, lass uns erst mal Skys Handy durchsuchen, bevor wir den Teufel an die Wand malen. Vielleicht hat sie mit jemandem über ihre Pläne geschrieben«, versuchte ich ihn zu beruhigen, auch wenn ich selbst nicht wirklich daran glaubte.

WhatsApp brachte uns nicht weiter. Mit ihren Freundinnen hatte sie zuletzt nur über belanglose Dinge geschrieben. Doch als ich ihren SMS-Folder öffnete, wurde ich stutzig.

»Jase, einer von Skys Kontakten heißt Jake. Heißt so nicht auch ihr Ex-Freund? Der, wegen dem sie nicht nach San Francisco wollte?«

»Ja. Zeig her. Aber warum sollte sie mit ihm schreiben. Sie kann ich nicht leiden.«

»Na ja, sie hat auch nicht mit ihm geschrieben. Die Konversation ist sehr einseitig abgelaufen. Aber guck mal, das geht schon das ganze Jahr über. Wusstest du davon?«

»Nein. Natürlich nicht. Aber was mich gerade viel mehr interessiert ist: Wann hat er ihr zuletzt geschrieben? Und was?«

»Eine Sekunde.« Ich überflog die letzten Nachrichten und wurde stutzig.

»Gestern. Sieh selbst.« Damit reichte ich Mase das Handy und sah ihn entsetzt an.

»Verdammt.« Mase wurde ganz bleich im Gesicht.

»Wir kriegen sie da wieder raus, Mase. Keine Sorge«, versuchte ich, uns beide zu beruhigen.

Sofort zückte ich mein Handy und bestellte den Rest der Jungs zur Notfallsitzung zu uns.

Innerhalb von 30 Minuten waren wir vollzählig. Und nach weiteren 30 Minuten waren Mase und ich auf dem Weg zur Lagerhalle, um unsere Waffen et cetera zu holen, und unterwegs nach San Francisco. Wir würden den Mistkerl in seiner Heimat suchen und die Jungs würden hierbleiben und die Umgebung unter die Lupe nehmen. Vielleicht hatte Jake in der Nähe Unterschlupf gefunden, wer wusste das schon.

Nach 24 Stunden ununterbrochener Suche, vibrierte plötzlich mein Handy. Nummer Unbekannt.

> Hey, Jase. Sorry, dass ich mich nicht gemeldet habe. Hab mein Handy zu Hause vergessen. Mum hatte mich gefragt, ob ich sie für ein paar Tage besuchen komme. Da habe ich natürlich nicht Nein gesagt. Sky

PS: Richte Mase bitte aus, dass ich ihn liebe! <

Ich zeigte Mase umgehend die Nachricht. Dieser schien erleichtert. Doch ich war nicht ganz überzeugt.

»Ich rufe sie an, nur um sicher zu gehen, dass wirklich alles in Ordnung ist.«

Auf ein Nicken Masons hin, wählte ich die Nummer. Doch niemand nahm ab. Stattdessen kam wenige Sekunden später eine zweite Mitteilung. Sie enthielt ein Foto von Sky und ihrer Mutter, wie sie eng beieinanderstanden und glücklich in die Kamera strahlten. Darunter stand geschrieben: > Mir geht es gut, macht euch keine Sorgen. Ich habe nur gerade keine Zeit zu telefonieren. Bis bald! <

> Okay. Das heißt, bei dir ist alles in Ordnung? Wir haben dein Handy unterm Bett gefunden und die Nachrichten von Jake gesehen. Er ist also nicht bei dir aufgetaucht? < Zwar war das Bild recht überzeugend, doch ich wollte sicher gehen.

> Ja, alles gut. Jake hat mich das ganze Jahr über mit Nachrichten und Drohungen genervt. Nie ist was passiert. Alles nur heiße Luft. Also wieso sollte er gerade jetzt seine Worte in die Tat umsetzten?

Davon ab: Was macht ihr an meinem Handy?! <

»Glaubst du ihr jetzt?«, fragte Mase mich hoffnungsvoll, aber irgendwie auch skeptisch. Ich denke, es verunsicherte ihn, dass Sky sich nicht die Zeit genommen hatte, kurz mit uns zu sprechen.

Ich überlegte kurz. »Ja, ich glaube ihr. Dad hat mir vor ein paar Tagen geschrieben, dass Isobel einen Kurzurlaub plant. Eigentlich wollte sie mit Freundinnen oder Arbeitskolleginnen oder so fahren. Vielleicht hat sie ihre Meinung kurzfristig geändert. Oder es sollte eine Überraschung für Sky werden. Ich glaube, es geht ihr gut. Zum einen: Sie dir das Foto an. Sie sieht glücklich darauf aus. Und zum anderen: Woher sollte Jake wissen, dass Isobel in den Urlaub fährt. Da hätte er schon tief graben müssen, um an diese Information zu gelangen.«

»Da hast du wahrscheinlich Recht«, stimmte Mase mir müde zu.

»Komm, wir texten jetzt den Jungs die guten Nachrichten. Dann suchen wir uns eine Bleibe für die Nacht, schlafen aus und morgen fahren wir in Ruhe zurück.«

S K Y

Eine gefühlte Ewigkeit später und doch viel zu früh öffnete sich die Tür wieder. Zwischendurch hatte mir einer der Türsteher einen Teller mit zwei Scheiben Toast und einem Glas Wasser hingestellt, die ich erst verweigern wollte, dann aber doch gegessen habe, da ich nicht wusste, wie lange es dauern würde, bis ich wieder was bekam. Doch nun war es Jake, der geradewegs auf mich zu kam und direkt vor mir stehen blieb. Ich schaute trotzig in eine andere Richtung und ignorierte ihn, doch nach einer Weile des Schweigens, begann Jake zu lachen. »So stur hatte ich dich gar nicht in Erinnerung.«

Ich ging auf Jakes Kommentar nicht ein.

»Gut, dass du mich nicht allzu lange ertragen musst. Denn mein Freund und mein Stiefbruder sind mit ihren Jungs bestimmt schon auf dem Weg hierher. Ich schwöre dir, die möchtest du nicht sauer erleben. Und das sind sie. Darauf kannst du Gift nehmen!«, spuckte ich ihm regelrecht ins Gesicht.

Diesmal gab es zwar keinen Lachen, dafür aber ein süffisantes Grinsen. »Tja, wie schade nur, dass deine kleinen Freunde überhaupt nicht nach dir suchen. Darum habe ich mich bereits gekümmert.« Bitte was?!

»Was hast du getan, du Mistkerl?! Wenn du ihnen auch nur ein Haar ...«, presste ich hervor.

»Woah! Jetzt mal halblang. Wenn ich dir sage, dass es ihnen gut geht, beruhigst du dich dann und wir können Spaß haben?«

»Aber wenn es ihnen gut geht, wieso sollten sie dann nicht nach mir suchen?« Das war mir schleierhaft.

»Na, weil sie glauben, dass es dir genauso gut geht. Schließlich hast du ihnen eine SMS geschickt, dass du spontan mit deiner Mum verreist bist, und ihnen sogar ein Beweisfoto angehangen.«

Er hielt mir ein Prepaidhandy unter die Nase, auf dem ein Bild von mir und meiner Mum am Tag vor ihrer Hochzeit angezeigt wurde.

»Darauf fallen sie niemals rein!«, brachte ich voller Überzeugung hervor. Doch ganz so sicher war ich mir da selbst nicht mehr. Was, wenn sie diesen Unfug wirklich glaubten und erst in ein oder zwei Wochen dahinterkamen. Wie sollte ich es so lange hier aushalten?!

»Doch, sind sie. Sie haben dir sogar viel Spaß gewünscht.« Mir drohten die Gesichtszüge zu entgleiten.

»Aber jetzt, wo wir das geklärt haben und alle Hindernisse aus dem Weg geräumt sind, können wir uns endlich den schönen Dingen widmen.«

Ich sah Jake mit großen Augen an. Also ich wüsste nichts, aber auch rein gar nichts, was mir hier, in seiner Gegenwart Freude bereiten könnte.

»Na, uns. Uns beiden. Und unserer Wiedervereinigung«, erwiderte er mit teuflischem Unterton auf meinen unausgesprochenen Kommentar hin.

Schon hatten seine Finger mein Kinn fest im Griff und bevor ich in irgendeiner Weise reagieren konnte, presste er seine Lippen auf meine. Ich versuchte mich zu wehren, doch er hatte mich mit seinem Körper so geschickt in die Mangel genommen, dass ich mich kaum rühren konnte. Er forderte mit seiner Zunge Einlass, den ich ihm aber nicht gewährte. Bis er mich plötzlich kniff und ich vor Schmerz aufkeuchend kurz den Mund öffnete.

Mir wurde übel von dem Gefühl seines Körpers so nah an meinem und den Erinnerungen, die in mir hochkamen. Also tat ich das Einzige, was mir übrigblieb: Ich biss im volle Kanne auf die Zunge.

Nun war er es, der vor Schmerz aufschrie und zurücktaumelte. Jedoch fing er sich für meinen Geschmack viel zu schnell wieder. Denn nun stand er in voller Größe vor mir und sah mich böse an. Dadurch, dass er das Licht beim Eintreten eingeschaltet hatte, konnte ich auch sehen, dass seine Augen fast schwarz waren, so in Rage war er. Jetzt bekam ich es mit der Angst zu tun.

»Es hätte so schön werden können ... Aber du wolltest es ja unbedingt so«, zischte er mit tiefer, dunkler Stimme, die mir eine Gänsehaut bescherte.

Jake holte aus und noch bevor ich meine Hände schützend vor mein Gesicht halten konnte, traf seine Hand meine Wange mit voller Wucht. Mein Kopf flog zur Seite. Der Rest meines Körpers mit. Dann wurde mal wieder alles schwarz.

MASON

Nachdem wir unseren Auftrag ausgeführt hatten, saßen die Jungs und ich in unserer Lagerhalle. Da betrat plötzlich eine uns unbekannte Person den Raum. Wir waren schon in höchster Alarmbereitschaft, doch besagte Person ließ uns innehalten. »Bleibt locker. Ich bin einer von euch. Ich bringe Post vom Boss höchstpersönlich.« Damit drehte sich der junge Mann um und war wieder verschwunden.

Wir sahen uns verdutzt an. Schließlich ging Cole zum Eingang, hob den Brief auf und überflog ihn. Dann hielt er perplex inne – ich befürchtete schon sonst was –, bevor er kurz darauf aufgeregt rief: »Ey, Leute! Wir sollen zum Hauptquartier kommen. Unser Anführer will uns sehen. Wir sollen belohnt werden für unsere gute Arbeit!«

»Krass! Echt?! Das ist nicht zu fassen. Was für eine Ehre!«, stimmte Jayden mit ein.

»Vielleicht werden wir ja befördert!«

Ich konnte meinen Ohren kaum trauen. Wir waren von unserem Anführer eingeladen worden? Von dem Mann, dessen Namen kaum einer kannte, geschweige denn ihn je zu Gesicht bekommen hat? Ich würde ja sagen, da war was faul. Doch die anderen waren so überzeugt von der Echtheit dieses Briefes, dass ich mich letztendlich überzeugen ließ. Ich informierte Sky, die uns gratulierte und eine gute Fahrt wünschte.

Wir brachen sofort auf, denn wir wurden schon bald in einem Vorort von San Francisco erwartet. Dort wartete bereits ein schwarzer Van auf uns, dem wir noch circa 15 Minuten hinterherfuhren, bis wir ein verlassenes Industriegelände erreichten.

Schon vom Aussehen konnte ich sagen, dass es sich nicht um das Hauptlager handelte. Das hätte uns wahrscheinlich schon klar sein müssen, da es mit einem gewissen Risiko verbunden war, seinen Aufenthaltsort und sein Aussehen preiszugeben. Und das an die niederen Glieder der Kette.

Bevor wir die Lagerhalle betreten durften, mussten wir den beiden Handlangern am Eingang den Brief zeigen und unsere Waffen aushändigen. Dann führte uns der junge Mann aus dem Van zu einem Büroraum, klopfte und meldete uns an. Wir wurden eingelassen und stellten uns nebeneinander vor den Schreibtisch. Der Mann blieb hinter uns an der Tür. Erst nach einigen Sekunden der Stille, räusperte sich die Person, die unser Anführer sein durfte und bisher mit dem Rücken zu uns in einem großen, schweren Stuhl gesessen hatte und drehte sich zu uns um. Zu meinem Erstaunen war besagte Person in unserem Alter.

Ein flüchtiger Seitenblick verriet mir, dass meine Freunde ebenso überrascht waren. Dennoch beeilten wir uns, ihn angemessen zu begrüßen und eine Verbeugung anzudeuten. Wir wollten es uns auf keinen Fall mit ihm verscherzen. Und aus Erzählungen wusste ich, dass solche Menschen gerne mal launisch und schnell zu verstimmen waren. Wir schienen Glück gehabt zu haben.

»So, ihr wisst ja, warum ihr hier seid. Zumindest zum Teil. Erst mal möchte ich, als Junior-Boss, euch für euren treuen Dienst danken. Ich weiß, dass hier und da mal Zweifel aufgekommen sind, aber ihr habt sie erfolgreich überwunden. Das zeugt von eurer Stärke und Verbundenheit zu uns. Außerdem habt ihr eine sehr gute Erfolgsquote und seid gewissenhaft und effizient, bei dem was ihr tut. Genauso wünsche ich mir das. Als Belohnung dafür soll euch die Ehre zukommen, die Bestrafung eines unserer gefürchtetsten Schwerverbrecher zu übernehmen. Und wer weiß, vielleicht ziehe ich ja auch eine Beförderung in

Betracht«, zwinkerte er uns zu. »Nehmt ihr an?«, fügte er nach wenigen Sekunden hinzu.

»Natürlich nehmen wir an, Boss!«

»Es wäre uns eine Ehre und Freude!«, antworteten Aiden und Cole. Wir anderen nickten zustimmend, auch wenn ich und Jase scheinbar dasselbe dachten: Das war viel zu freundlich verlaufen. Doch selbst wenn wir wollten, könnten wir jetzt keinen Rückzieher machen. Nicht hier, wo uns vermutlich insgeheim ein Dutzend Waffen im Visier hatten.

Unser Anführer erhob sich, forderte uns auf, ihm zu folgen und geleitete uns dann eine Kellertreppe hinunter in einen anderen Raum. Dort befand sich eine Person in Lumpen und mit einem Sack auf dem Kopf, gefesselt zwischen zwei Pfeilern. Mehr hängend als stehend, denn sie schien bereits geschwächt oder sogar bewusstlos zu sein.

»Bitte, sie gehört ganz euch.« Mit einer galanten Handbewegung trat er einen Schritt zur Seite, »Lasst sie leiden!«

Das ließen wir uns nicht zweimal sagen und begannen wie immer damit, gewissenhaft unsere Aufträge auszuführen. Immer wieder schlugen wir auf die Person ein, traten sie. So schlimm das auch klang: Ich hatte nie wirklich ein Problem damit gehabt, jemand anderen zu verprügeln. Genau wie meine Jungs. Wie sonst hätten wir für unseren Boss das Geld eintreiben und Gangkriege führen können. Aber gerade war es anders: Mich ließ das Gefühl nicht los, dass hier etwas falsch war. Dass das hier falsch war. Doch ich durfte mich davon jetzt nicht übermannen lassen. Mein Boss sah zu und er durfte mir nichts anmerken. Ich hatte der Person vor mir gerade einen gezielten Schlag in die Magengrube verpasst, als ich ein Wimmern vernahm. Das Geräusch kam mir bekannt vor. Oder eher gesagt die Stimme.

»Halt!«, schrie ich, und die Jungs hielten irritiert inne. Jase warf mir einen Blick zu, der so viel bedeutete, wie: Willst du uns alle umbringen?!

Bevor ich mich weiter erklären konnte, kam ein raues, amüsiertes Lachen aus der anderen Ecke des Raumes. Augenblicklich lag unsere Aufmerksamkeit auf unserem Anführer.

»Entschuldigt. Ich glaube, ich habe ganz vergessen mich vorzustellen. Ich bin Jake. Ihr habt bestimmt schon von mir gehört.«

Damit hatte ich Gewissheit. Und auch bei Jase schien es klick gemacht zu haben, denn er hechtete zu der Person, die elendig in ihren Fesseln hing und zog ihr den Sack vom Kopf. Gleichzeitig zogen wir alle scharf die Luft ein. Sky.

Schnell kamen wir wieder zur Besinnung und halfen Jase dabei, Sky zu befreien, die, sobald die Fesseln gelöst waren, halb bewusstlos in Jasons Arme sank.

»Wir holen dich hier raus«, flüsterte ich Sky zu und strich ihr eine Haarsträhne aus dem Gesicht. Dann wandte ich mich Jake zu. »Was bist du eigentlich für kranker Psychopath? Reicht es dir nicht, dass du ihr das Leben in San Francisco versaut hast? Kannst du sie nicht endlich in Ruhe lassen?!« Mir war es in diesem Moment egal, was ich wahrscheinlich für einen Schaden mit meinen Worten anrichtete, aber das musste jetzt gesagt werden. Ich musste für Sky einstehen. Und wenn es das letzte war, was ich tat!

Doch Jake rief nicht nach dem Mordkommando. Nein. Er stand nur da und sah mich fast schon amüsiert an. »Karma is a Bitch. Und diese Bitch hatte ihre Strafe definitiv verdient«, entgegnete er höhnisch. »Aber weißt du was: Du kannst sie wiederhaben. Es wäre viel zu gnädig von mir, euch alle jetzt zu töten. Viel interessanter ist es doch, wie du erklären willst, was heute passiert ist, ohne dass sie dich für ein Monster hält und euch alle hasst.« Damit ließ er uns stehen und ging, gefolgt von seinen Leuten.

Jason, der Sky bereits in den Armen hielt, stand nun auf und lief – mit uns vor und hinter ihm – aus dem Gebäude und zum Auto. Dort bettete er Sky vorsichtig auf der Rückbank. Sofort fuhren wir im Eiltempo los zum nächstgrößeren Krankenhaus. Ich war bereits dabei, meine arme Freundin ins Foyer zu tragen, als auch die übrigen Jungs ankamen. Drinnen holte man sofort ein Krankenbett und rollte Sky unverzüglich in ein Untersuchungszimmer.

Unterdessen sprach ich mit einer Arzthelferin und ließ Sky in die Patientenakten aufnehmen. Auf die Frage, was passiert war, reimte ich mir was von einem Sportunfall zusammen. Die Dame beäugte mich zwar ungläubig, beließ es aber dabei, da sie mit ins Arztzimmer gerufen wurde.

Eine gefühlte Ewigkeit saßen meine Freunde und ich im Wartezimmer und wurden fast verrückt vor Sorge. Ich machte mir schwerste Vorwürfe, genauso wie Jason, der sich als Stiefbruder in einer besonderen Verantwortung Sky gegenüber sah.

Als die Arzthelferin endlich wieder ins Foyer trat, sprangen wir beide auf und stürmten fast auf sie zu.

»Entschuldigen Sie. Ist einer von Ihnen mit der Patientin verwandt?«

»Ich bin ihr Bruder.«, »Und ich ihr Freund«, klärten Jase und ich sie auf.

»Okay. Als Bruder darf ich Sie über den Gesundheitszustand von Miss Montgomery informieren. Bei allen anderen gilt das Verschwiegenheitsgesetz. Tut mir leid. Folgen Sie mir bitte, Mister Montgomery.«

Das konnte doch nicht ihr Ernst sein! Ich hielt es nicht aus, noch länger hier draußen zu warten, ohne zu wissen, wie es meiner Prinzessin ging! Doch ich hatte keine andere Wahl.

Etwa dreißig Minuten später war Jason zurück. Er war bleich im Gesicht und sah zerknirscht aus. Verdammt! Das konnte nichts Gutes heißen. Aber Sky war doch nicht ...? Darüber mochte ich gar nicht nachdenken.

»Was ist los, Jase? Erzähl schon!«, forderte ich ihn deshalb hektisch auf.

»Erst mal die guten Nachrichten: Sky lebt und wird überleben. Keine gefährlichen inneren Blutungen, oder so. Sie ist stabil. Die Ärzte haben ihr ein Schmerz- und Beruhigungsmittel gegeben, sodass sie nun tief und fest schläft. Das wäre vorerst das Beste, hat der Arzt gesagt. Ruhe und so wenig wie möglich bewegen. Ach ja, und voraussichtlich keine bleibenden Schäden.«

Mir fiel ein Stein vom Herzen. Sky würde sich erholen und wieder ganz die Alte sein. Zumindest körperlich.

»Und jetzt die schlechten Nachrichten?«, hakte Aiden nach. Hätte er mir meine Erleichterung nicht für eine Minute lassen können? Denn nun war die Anspannung schlagartig wieder da.

»Ach ja. Die schlechten Nachrichten«, murmelte Jason. »Also: Die schlechte Nachricht ist die, dass Sky einige äußere Verletzungen davongetragen hat. Diverse blaue Flecken und Rötungen. Ein geprellter Wangenknochen. Eine ausgekugelte Schulter. Zwei angebrochene Rippen. Und ein gebrochenes Bein.«

Ich sank zu Boden. Nein! Das konnte nicht sein! Meine arme Sky! Wir alle wussten, wie schmerzhaft nur eine dieser Verletzungen war. Aber gleich alle zusammen? Unvorstellbar. Und das Schlimmste: Wir waren schuld! Wir waren schuld daran, dass es Sky, dem Mädchen, dem wir geschworen hatten, dass wir es beschützten, jetzt so miserabel ging. Sky, meiner Freundin und Jasons Schwester! Wir hatten versagt.

Den anderen ging es ähnlich schlecht und am liebsten hätten wir jetzt alle an ihrem Bett gesessen. Doch mittlerweile war es spät in der Nacht und die Krankenschwester war der Meinung, dass Sky Ruhe und viel Schlaf jetzt am besten tun würden. Damit hatte sie natürlich recht, aber trotzdem … Zerknirscht verließen wir das Krankenhaus und suchten uns eine Übernachtungsmöglichkeit.

Erst am nächsten Nachmittag erlaubte die Krankenschwester es einem von uns, Sky für eine Stunde zu besuchen. Die Wahl wurde zwischen mir und Jase getroffen und letztendlich war ich derjenige, der zu Sky durfte. Damit war ich aber auch derjenige, der ihren etlichen Fragen Rede und Antwort stehen musste. Doch das war mir egal. Hauptsache, ich konnte meine Prinzessin sehen.

Langsam betrat ich das Krankenzimmer, in dem Sky untergebracht war, und ging auf ihr Bett zu. Ich setzte mich neben sie, ließ meinen Blick über sie schweifen. Ihre linke Wange war geschwollen und ihre Arme waren übersaht von blauen Flecken; mehr konnte ich nicht erkennen, da sie zugedeckt war. Vorsichtig nahm ich ihre Hand in meine. »Hey, Prinzessin!«, lächelte ich sie scheu an.

»Hey, Mase«, brachte sie leise hervor und versuchte ein Lächeln zu Stande zu bringen.

»Wie geht es dir?« Dumme Frage. Ich sah, dass sie Schmerzen hatte.

»Blendend. Ging mir nie besser.« Ich musste grinsen. Das war meine Freundin! Selbst in einer Scheißsituation noch zum Scherzen aufgelegt.

»Ne, ehrlich jetzt ...«

»Es ging mir schon besser. Aber die Medizin gegen die Schmerzen hilft recht gut.«

»Das freut mich. Hoffentlich kannst du bald wieder hier raus und mit uns nach Hause. Dann kannst du dich dort auskurieren.«

»Ja, das wäre schön.« Wir sahen uns einen Moment an und hingen unseren Gedanken nach. Dann ergriff Sky zögerlich das Wort. »Mase, ihr habt mich doch ins Krankenhaus gebracht, oder?«

Ich nickte. Worauf war sie aus? Wie viel wusste sie von den Geschehnissen?

»Okay. Danke. Danke, dass ihr mich gerettet habt! ... Um ehrlich zu sein, weiß ich kaum etwas von gestern. Es war doch gestern, oder?«, nun wurde sie leicht panisch.

»Ja, das war gestern. Keine Sorge, so lange hast du nicht geschlafen.«

Sky beruhigte sich wieder und atmete tief durch, doch dann spannte sie sich wieder an. »Das Einzige, was ich weiß ist, dass ...« Sie musste schlucken. »Das Jake mich küssen wollte und ich ihm auf die Zunge gebissen habe. Dann ist er so wütend geworden, dass er mich geschlagen hat. Danach ist alles weg. Warte. Ich glaube ich kann mich erinnern, kurz auf Jasons Arm zu mir gekommen zu sein, als er mich nach draußen getragen hat. Dann lag ich im Auto. Und dann plötzlich im Krankenhaus, umringt von Ärzten und Krankenschwestern. Ich habe eine Spritze bekommen und bin eingeschlafen. Und jetzt bist du hier.«

Sky wusste nichts von der negativen Rolle, die wir in der gestrigen Nacht gespielt hatten ... Wie konnte ich ihr das nur beibringen. Wie würde sie reagieren?

»Passt das so? Oder habe ich was Schwerwiegendes verpasst?«

Jetzt war ich es, der schlucken musste. Ich brachte es einfach nicht übers Herz, ihr die Wahrheit zu sagen. Ihr ging es gerade schon körperlich schlecht, da brauchte sie nicht noch die Hiobsbotschaft, dass ihre Freunde an einem Großteil ihrer Verletzungen schuld waren. Und ich wollte sie nicht verlieren …

»Das passt so«, antwortete ich leise.

Sky dachte kurz nach.

»Danke, Mase. Ich liebe dich. Und auch danke an die Jungs. Ihr habt mir wahrscheinlich das Leben gerettet!«

Ich brachte kein Wort mehr über die Lippen, so groß war mein schlechtes Gewissen. An unserem Verhalten war rein gar nichts Heldenhaftes gewesen …

Bevor ich antworten konnte, beziehungsweise musste, kam eine Arzthelferin rein, um mir mitzuteilen, dass die Besuchszeit um wäre und Miss Montgomery nun ihre Ruhe bräuchte. Zum Abschied hauchte ich Sky einen Kuss auf die Stirn – darum bemüht, ihr nicht wehzutun – und ging runter zu den Jungs, die im Foyer gewartet hatten.

Ich erzählte ihnen, wie es Sky ging, und davon, was sie vom vergangenen Tag wusste, und dass ich ihr nicht die Wahrheit hatte sagen können. Wir diskutierten eine Weile, beschlossen dann aber, es bei der Halbwahrheit, an die sich Sky erinnerte, zu belassen und ihr den Kummer und das Gefühlschaos zu ersparen, damit sie sich ganz auf ihre Genesung konzentrieren konnte. Ganz uneigennützig war das Ganze natürlich nicht. Es ersparte uns zugegebener Maßen auch einige Probleme und wir wollten Sky nicht verletzten.

Eine Woche musste Sky letztendlich noch im Krankenhaus bleiben, bevor wir sie unter der Bedingung, dass sie ein Mal pro Woche einen Arzt aufsuchen würde, mit zurück nach LA nehmen durften. Doch bis es so weit war, besuchten wir sie täglich und verbrachten jede Minute, die wir konnten, bei ihr. Wir brachten ihr jedes Mal eine Kleinigkeit mit. Ein Buch, Blumen, Schokolade …

Cole, Aiden und Jayden fuhren nach drei Tagen wieder zurück, da wir nicht alle so lange der Schule fernbleiben konnten, ohne dass es auffällig wurde. Jase und ich lebten praktisch mit im Krankenhaus, bis Sky endlich nach sieben Tagen entlassen wurde. Sie war zwar noch nicht wieder gesund – das wäre auch eine Wunderheilung nach so kurzer Zeit –, aber die Ärzte waren der Meinung, dass sie so stabil beziehungsweise fit wäre, dass es keinen Unterschied machen würde, ob sie im Krankenhaus im Bett lag oder bei sich zu Hause. Doch für die nächsten zwei Wochen wurde ihr strengste Bettruhe verordnet. Danach sollte sie schauen, wie gut die Wunden verheilt waren und sich langsam wieder in den Alltag einfinden.

Wir fuhren Sky im Rollstuhl bis zum Auto, wo sie sich vorsichtig auf die Rückbank legte. Dann traten wir die Heimreise an. Unterdessen waren die Jungs unserer Bitte nachgekommen, Skys Zimmer ein wenig herzurichten. Sie hatten ihr Blumen auf den Nachttisch gestellt. Dazu etwas Süßes und was zu lesen. Die Schublade war mit Snacks und Getränken gefüllt, sodass sie sich ohne viel Auffand selbst versorgen konnte, wenn mal keiner zu Hause war.

Als wir ankamen, halfen wir Sky die Treppe rauf in ihr Zimmer, stellten die Krücken, die der Arzt ihr gegeben hatte, neben ihr Bett und verstauten die Medikamente im Nachttischchen.

Sky freute sich sehr über das liebevoll hergerichtete Krankenzimmer, war aber von der langen Fahrt so k.o., dass wir sie erst mal schlafen ließen.

Am nächsten Tag blieb ich bei ihr, um ihr bei allen möglichen Dingen behilflich zu sein. Doch ab dem darauffolgenden Tag bestand sie darauf, dass wir alle wieder zur Schule gingen – entgegen des Plans, dass Jase und ich immer abwechselnd zu Hause blieben, um Sky unter die Arme zu greifen –. Und so stur, wie Sky manchmal sein konnte, folgten wir ihrer Aufforderung, gingen vormittags zu Schule und verbrachten die Abende bei ihr. Sie bekam auch Besuch von ihren Freundinnen, worüber sie sehr glücklich war. Die Abwechslung zwischen Ruhe und Ablenkung tat ihr gut und sie erholte sich gut.

SKY

Jetzt war ich schon fast zwei Wochen wieder zu Hause. Mir ging es schon deutlich besser, auch wenn ich noch längst nicht wieder komplett gesund war. Zudem quälten mich Alpträume. Doch meine Rippen und meine Schulter verheilten ganz gut, weshalb ich mittlerweile in der Lage war, mich mit den Krücken fortzubewegen. Meine blauen Flecken hatten sich von blau zu lila zu grün verwandelt, waren mittlerweile aber zum Glück am Verblassen. Die Jungs und meine Freundinnen hatten sich so rührend um mich gekümmert, dass ich mir vorstellen konnte, ab nächster Woche wieder in die Schule zu humpeln.

Mittlerweile war ich auch wieder so fit, dass ich einigermaßen problemlos duschen konnte, was ich sehr genoss. Doch von nun an nahm ich mir meine Anziehsachen mit ins Bad und schloss die Tür ab. Da hatte ich eine kleine Phobie entwickelt.

Diesmal kam ich also angezogen aus dem Bad. Wieder war etwas anders. Doch an Stelle von Jake, war dieses Mal ein Umschlag, der auf meinem Bett lag, der Übeltäter. Woher der wohl kam? Und was drin war?

Diesen Fragen ging ich direkt auf den Grund. Achtlos riss ich den Umschlag auf und fand eine DVD darin vor. Hatten mir die Jungs einen Film gebrannt? Gegen die Langeweile? Das war eine süße Idee! Den würde ich gleich anschauen.

Doch ich wurde schnell eines Besseren belehrt. Denn anstatt eines Liebesfilms oder eines Science Fictions, flackerte ICH groß über den Bildschirm meines Fernsehers. Gefesselt und bewusstlos. Mir wurde übel. JAKE! Dieser Arsch hatte alles gefilmt.

Drauf und dran, den Film auszuschalten und die DVD in tausend Teile zu zerschmettern, griff ich zur Fernbedienung, hielt jedoch abrupt inne, als ich sah, dass Jason und Co. die Bildfläche betraten. Entgegen meiner Annahme eilten sie nicht zu meiner Rettung, sondern ... – mir blieb vor Schock der Atem weg – ... kamen auf mich zu, und ... Sie schienen noch nicht mal ein schlechtes Gewissen zu haben ... Ja, es sah fast nach Freude und Genugtuung aus, was sich da auf ihren Gesichtern widerspiegelte ... Was zum Teufel? ... Augenblicklich brach eine Welt für mich zusammen. Ich drückte den Ausknopf, ließ die Fernbedienung sinken und saß eine Weile einfach nur da. Ich fühlte mich leer, wusste nicht, was ich denken sollte. Meine eigenen Freunde hatten mich belogen und betrogen. Hintergangen hatten sie mich. Nein, mehr sogar ...

Als ich aus meiner Starre erwachte, wollte ich einfach nur weg. Weg von den Jungs, die sich meine Freunde nannten. Weg aus diesem Haus. Dummerweise machten es mir meine Verletzungen unmöglich, selbst hinters Steuer zu steigen und abzuhauen. Also rief ich kurzerhand Rachel an und bat sie in meiner Verzweiflung, mich abzuholen und für eine Weile aufzunehmen. Nur so lange, bis ich mir was Anderes, Dauerhaftes überlegt hatte und wieder halbwegs mobil war.

Rachel erwies sich als wahre Freundin, denn keine dreißig Minuten später stand sie vor meiner Haustür, half mir, ein paar Sachen zusammenzuraufen und nahm mich dann mit zu sich. Auf dem Küchentisch hinterließ ich einen Zettel, der die gleiche Erklärung meines spontanen Umzugs trug, wie ich sie zuvor auch Rachel gegeben hatte. Ich konnte und wollte über die wahren Geschehnisse einfach noch nicht sprechen. Stattdessen erklärte ich, dass ich einfach einen Tapetenwechsel brauchte, da mir so langsam die Decke auf den Kopf zu fallen drohte und ich mir über so einige Dinge klar werden und Gedanken machen musste.

Das konnte jetzt jeder deuten, wie er wollte, aber ich war mir sicher die Jungs würden das verstehen und mir ein wenig Freiraum lassen würden.

Ich blieb entgegen meiner vorherigen Planung bis auf die letzte Woche weiter der Schule fern – die Klausuren waren eh schon geschrieben, ich hatte Ersatzaufgaben eingereicht und ich ließ mich von Bri und Faith über den versäumten Unterrichtsstoff informieren – und zog für die letzten beiden Schulwochen bei Jenna ein, die schon in einer eigenen Wohnung wohnte und momentan ein Bett frei hatte.

Den Jungs ging ich weitestgehend aus dem Weg, denn ich hatte verständlicherweise keinen Bock, Zeit mit ihnen zu verbringen. Ich sah ihnen – vor allem Jase und Mase – an, dass sie sich um mich sorgten – oder zumindest so taten – und kam manchmal fast ins Schwanken. Aber auch nur fast. Die Jungs schienen Verständnis für mein Verhalten zu haben. Wie auch immer sie es sich erklärten und welches Problem sie auch immer sahen, es war hilfreich beim Abstand halten.

Da ich nachts häufig von Alpträumen geplagt wurde, lag ich oft wach und hatte so genügend Zeit, mir über die Zukunft Gedanken zu machen. Dabei kam ich zu dem Entschluss, dass ein Auslandsaufenthalt die perfekte Lösung war. Ich recherchierte im Netz und fand ein Angebot, dass es amerikanischen Schülern ermöglichte, ihr letztes Schuljahr in Australien zu absolvieren und währenddessen dort bei einer Gastfamilie zu leben. Ich meldete mich an und lud alle benötigten Unterlagen hoch. Ziemlich zeitnah fand ich eine Gastfamilie, die in Sydney wohnte. Das nannte ich Glück im Unglück, denn diese Stadt interessierte mich wirklich.

Außerdem buchte ich einen Flieger nach Kanada. Ich hatte mit Mum abgesprochen, dass ich sie für eine Woche besuchen kommen würde.

Am letzten Schultag hatten wir nur zwei Stunden regulären Unterricht. Dann bekamen wir unsere Zeugnisse. Ich war recht zufrieden, hätte aber sicher noch besser abschneiden können, wenn mir das Gangdrama erspart geblieben wäre. Das war zwar Meckern auf hohem Niveau, denn ich hatte eins der besten Zeugnisse in unserem Jahrgang, doch ich hatte halt hohe Ansprüche an mich selbst.

Nach Schulschluss verbrachten alle noch ein wenig Zeit auf dem Schulhof, um zu quatschen und sich voneinander zu verabschieden. Für die meisten war das natürlich nur ein Abschied auf Zeit, begrenzt auf die Sommerferien, doch für mich war das ein Abschied für immer. Nur, dass außer mir keiner davon wusste. Ich wollte keine Aufmerksamkeit, kein Tränenvergießen, keine Fragen, warum ich das tat und niemanden, der versuchte, mich davon abzuhalten. Denn meine Entscheidung war gefallen.

Als ich mich von Bri und Faith verabschiedete und ihnen sagte, wie sehr sie mir in diesem Jahr ans Herz gewachsen waren, hatte ich ein wenig ein schlechtes Gewissen, ihnen die Informationen bezüglich meines Auslandsaufenthaltes vorzuenthalten, doch ich brauchte einen klaren Schnitt. Früher oder später würden sie eh davon erfahren, aber dann musste ich ihnen nicht in die Augen sehen. Es war für uns alle besser so.

Auch von den Jungs verabschiedete ich mich auf dem Schulhof, denn sie würden direkt weiter zu einem Jungswochenende fahren. Das bedeutete wahrscheinlich nichts anderes als Feiern, Saufen und Zocken. Sie wussten von meinen Besuchsplänen meiner Mum, von mehr aber auch nicht. Ich spielte ihnen eine heile Welt vor, um auch hier die Konfrontation zu umgehen. Stattdessen wünschte ich ihnen viel Spaß und gab ihnen zum Abschied eine Umarmung. Mase bekam dazu noch einen Kuss. Es war ein schmerzhaft schöner Kuss, der sowohl den Abschied besiegelte als mich auch an unsere schönen Zeiten erinnerte. Denn eigentlich liebte ich diesen Jungen. Er bedeutete mir viel und gerade deshalb war mir der Abschiedskuss wichtig gewesen. Wenigstens ein paar schöne Erinnerungen wollte ich mir erhalten, auch wenn das Ganze sonst ein so tragisches Ende genommen hatte, beziehungsweise nehmen würde.

Nachdem alle »Good Bye´s« und »Schöne Ferien« ausgetauscht waren und sich der Schulhof langsam zu leeren begann, stieg auch ich ins Auto, warf noch einen Blick auf das Schulgebäude und fuhr ›nach Hause‹.

Dort packte ich meinen Kram zusammen. Die wichtigsten Sachen verstaute ich in zwei großen Koffern und einem Handgepäckskoffer. Kleinkram und Dokumente kamen in meine Handtasche. Den Rest packte ich weitestgehend in Kartons, die ich in meinem begehbaren Kleiderschrank verstaute. Zurück blieb ein picobello aufgeräumtes Zimmer, das nicht darauf schließen ließ, dass während der letzten zehn Monate hier jemand gelebt hatte. Im Gegenteil: Es sah eher aus, als erwartete es einen neuen Bewohner.

Ich checkte noch einmal alle Ecken, um sicherzugehen, dass ich auch nichts wirklich Wichtiges vergessen hatte. Dann legte ich mein Handy und ein ›Abschiedsgeschenk‹ auf mein Bett und verließ mein Zimmer. Ich ging die Treppe herunter, zog mir im Flur meine Schuhe an, legte meinen Haustürschlüssel auf die Kommode, ging raus in die Einfahrt und zog die Haustür hinter mir zu.

Dort wartete auch schon Rachel auf mich, die mich netterweise zum Flughafen fuhr. Mit einem weinenden und einem lachenden Auge blickte ich ein letztes Mal auf das Haus zurück. Dann stieg ich zu ihr ins Auto. Rachel war die einzige, der ich mehr erzählt hatte, denn sie hatte sich nicht so leicht mit meinen erfundenen Gründen für meine Wunden abfertigen lassen. Sie hatte einen Bruder, der genauso tief in der Scheiße steckte wie meiner. Sie verstand meine Entscheidung zu gehen und versuchte nicht, mich davon abzubringen. Sie war einfach für mich da gewesen, ohne mehr aus mir herausquetschen zu wollen. Dementsprechend fiel mir auch hier der Abschied sehr schwer.

Meine gemischten Gefühle und kreisenden Gedanken wurden zunächst beiseitegeschoben, als ich an meinem Zielflughafen mit meinem Gepäck aus dem Security Bereich kam und meine Mum in der Eingangshalle stehen sah. Ich lief zu ihr und schloss sie fest in die Arme. Da erst wurde mir bewusst, wie sehr sie mir in all der Zeit doch gefehlt hatte. Ihre Nähe, ihre Umarmungen, ihre Ratschläge.

Wir verbrachten einige schöne Tage miteinander, gingen bummeln, an den Strand, ins Kino … Kurz vor Ende meines Aufenthalts, als wir im Restaurant saßen, ergriff ich das Wort und erzählte ihr von meinen Plänen. Wie erwartet, war sie überrascht und verwundert über meine Entscheidung. Auch schien sie ein bisschen verletzt darüber, dass ich nicht früher mit ihr geredet hatte. Aber am meisten interessierte sie die Frage: Warum?

Ich entschied mich, ihr eine Halbwahrheit zu erzählen: Dass mich Australien und vor allem Sydney schon immer gereizt hatten. Dass ein Auslandsaufenthalt wirklich gut für den Lebenslauf war. Dass ich eine neue Kultur kennenlernen und mein

Weltbild erweitern wollte. Dass sie sich so keine Sorgen um mich machen musste, da ich in einer Gastfamilie leben würde, die sich um mich kümmern würde. Und, und, und.

Mum war nicht zu 100 Prozent glücklich mit meiner Entscheidung, gab mir schließlich aber ihre Zustimmung und volle Unterstützung.

Zwei Tage später stieg ich in den Flieger nach Australien und nahm meinen Sitzplatz ein. Kurz darauf startete das Flugzeug und schoss ′gen Himmel. Ich merkte, wie ich wieder freier atmen konnte. Voller Erwartung flog ich in Richtung ›neues Leben‹.

Ein Jahr später

Mit meinem Abschluss in der Tasche und vielen neuen Erfahrungen saß ich nun im Flieger zurück in die USA. Ich machte mir Gedanken darüber, was auf mich zukommen würde. Wie sich mein Leben von nun an gestalten würde. Ich hatte mich an einer Uni an der Westküste eingeschrieben und sogar ein Teilstipendium erhalten, um kreatives Schreiben und journalistische Tätigkeiten zu studieren, um anschließend im Mediensektor zu arbeiten. Eine Wohnung im Studentenwohnheim hatte ich mir auch schon gemietet, damit ich gar nicht erst wieder in LA einziehen musste. Doch würde ich schnell neue Freunde finden? Würde ich wieder mehr Kontakt zu meiner Mum haben? Würde ich das Studium packen und Freude daran haben? Oder würde mich die Vergangenheit einholen?

Gemischte Gefühle machten sich in mir breit. Zur Ablenkung kramte ich in meinem Rucksack und zog ein Notizbuch heraus: *Skyla´s Journal*.

Ich blätterte es durch und ließ die vergangenen zwölf Monate Revue passieren. Es war eigentlich eine schöne Zeit gewesen, ich habe viele Menschen kennengelernt und neue Dinge erlebt. Klar, am Anfang war es etwas schwierig gewesen. Mich hatten oft Alpträume geplagt, die glücklicherweise mit der Zeit weniger geworden waren, und ich hatte Probleme, mich auf Menschen einzulassen und Bindungen aufzubauen, in der Angst, von ihnen verletzt zu werden. Auch war es nicht ganz einfach, in die bestehenden Cliquen in der High-School reinzukommen und dort meinen Platz zu finden; vor allem, da sie Vorurteile gegen die Amerikaner hegten und sie als arrogant und eingebildet ansahen, was wohl einer vorherigen Austauschschülerin geschuldet war.

Doch mit der Zeit legte sich das alles und ich konnte immer mehr Freude an meinem ›neuen Leben‹ finden. Das hatte ich vor allem meiner vierköpfigen Gastfamilie zu verdanken, die mich sofort herzlich empfangen und in die Familie mit aufgenommen hatte. Charlotte, meine Gastmutter, war Lehrerin an einer Grundschule und eine fröhliche, quirlige Person, die immer gut gelaunt zu sein schien. Mein Gastvater, Andrew, war Bankkaufmann und ebenfalls sehr freundlich. Jedoch war er oft geschäftlich unterwegs und nur an den Wochenenden zu Hause, wo er dann aber gerne etwas mit uns unternahm. So machten wir immer wieder ›Familienausflüge‹. Wir gingen in eine Ballettaufführung, besuchten Verwandte oder nahegelegene Städte, verbrachten gemütliche Nachmittage am Strand oder veranstalteten Spieleabende. Riley und Ally waren die letzten im Bunde. Sie waren Zwillinge und in meinem Alter. Ally war eine Frohnatur, lustig und eine leidenschaftliche Surferin. Riley war ebenfalls sehr sportlich. Er spielte Fußball und ging hin und wieder mit mir laufen. Mit beiden verstand ich mich blendend und verbrachte gerne Zeit mit ihnen. Manchmal hatte ich einfach am Strand gesessen und Ally beim Surfen zugesehen – ich hatte es auch mal selbst versucht, aber schnell festgestellt, dass das nichts für mich war –, mal gingen wir in die Mall, ins Kino, Eis essen oder trafen uns mit anderen Freundinnen.

Zu mir: Ich war von nun an Skyla Montgomery. Meinen Spitznamen hatte ich mit meiner Ankunft in Australien abgelegt, da er mit zu vielen schmerzhaften Erinnerungen behaftet war. Auch ich hatte mich viel sportlich betätigt. Ich war fast täglich laufen gegangen, war in der Cheerleading Mannschaft der Schule und unterstützte unser Basketballteam, ging ein Mal die Woche ins Fitnessstudio, um zu boxen und Cardio zu machen, und zum

Ende meines Aufenthalts hatte ich mich noch im Ballett versucht. Das war ein ganz schönes Pensum, aber vor allem am Anfang hatte ich es gebraucht, da ich nur beim Sport einen klaren Kopf bekommen und zu 100 Prozent abschalten konnte, was ich zu dem Zeitpunkt definitiv brauchte, da mich die unangenehmen Erlebnisse manchmal einfach nicht loslassen wollten. Abgesehen davon genoss ich das Gefühl von Stärke und Körperkontrolle, das mir der Sport verlieh.

Abgesehen vom Sport, hatte ich einen Nachmittag pro Woche in einem Modegeschäft gearbeitet, da meine Gastfamilie zur Mittelklasse gehörte und sich somit nicht so viel Luxus gönnte, wie ich es aus LA kannte. Das kam mir ziemlich recht, da ich ein so normales Leben wie möglich führen wollte, weshalb ich auch von meiner Mum eine höhere Summe an Taschengeld abgelehnt hatte. Außerdem lebten wir in einer süßen Doppelhaushälfte mit Garten. Nicht zu klein und nicht zu groß. Sehr heimisch und gemütlich; genau richtig.

In der Schule war alles bestens gelaufen, ich hatte mich richtig reingehangen und war wieder zur Höchstform aufgelaufen. Noch dazu kam, dass es keine Gangs an der Schule gab und ich auch in keine Jungs-Dramen verwickelt gewesen war. Dementsprechend gut war mein Abschluss, den ich am Ende des Schuljahres erhielt. Wir hatten eine großartige Feier, mit Zeugnisvergabe und anschließendem Ball. Alle waren toll gekleidet und hatten super viel Spaß. Auch wenn es schön gewesen wäre, meine Mum dazuhaben, hatte meine Gastfamilie mir das Gefühl gegeben, dass meine Familie anwesend wäre. Wir hatten einen wunderbaren Abend. Doch das bedeutete auch, dass meine Zeit hier sich langsam dem Ende zuneigte.

Als es schließlich so weit war, packte ich meine Sachen, wobei mir der Schuhkarton in die Hände fiel, der das ganze Jahr über ungeöffnet in der hintersten Ecke meines Schranks gelegen hatte. Er enthielt ein paar Erinnerungen, die ich nicht zurücklassen wollte: Fotos von meinen Freundinnen, das Armband, das Mason mir geschenkt hatte ... Ich konnte mich von diesen Sachen nicht trennen, da wie gesagt ja doch ein paar schöne Dinge mit ihnen verbunden waren. Doch auf der anderen Seite wollte ich mich nicht mit der Vergangenheit konfrontieren und alte Wunden aufreißen. Aus ähnlichem Grund – um einen klaren Schnitt zu haben – hatte ich meine Social Media Accounts gelöscht, ohne die hunderten von Nachrichten zu öffnen, die ich unter anderem von den Jungs bekommen hatte, und durch neue ersetzt, zu denen nur meine australischen Freunde Zugang hatten. Ich packte den Karton achtlos in meinen Koffer, ohne einen Blick hineinzuwerfen, und holte die restlichen Sachen aus meinen Schränken. Es waren einige neue Sachen hinzugekommen – neue Kleidung, aber auch neue Erinnerungsstücke –, weshalb ich aussortieren und ein paar Sachen zurücklassen musste, über die sich Ally aber freute.

Am Flughafen gab es dann die tränenreiche Verabschiedung, die ich auf meiner Hinreise nicht hatte. Ich hatte sie alle sehr ins Herz geschlossen. Sie waren wie eine zweite Familie für mich geworden und ich würde sie alle sehr vermissen. Doch wenn alles nach Plan lief, würden Ally und vielleicht auch Riley mich in den Semesterferien besuchen kommen. Ally setzte dem Abschied noch eine Krone auf, denn sie reichte mir ein Buch, genauer gesagt ein Fotoalbum, dass die schönsten Erlebnisse des vergangenen Jahres festhielt. Sie hatte sogar Kommentare zu den einzelnen Bildern geschrieben und alles schön verziert.

Ich umarmte jeden einzelnen noch mal, bedankte und verabschiedete mich, dann ging ich durch den Eingang zum Gate.

Und hier war ich nun. Ich klappte mein Tagebuch zu und verstaute es wieder neben dem Fotoalbum, das ich schon am Gate angeschaut hatte, in meinem Rucksack.

Einige Stunden später erreichten wir LAX und durften das Flugzeug verlassen. Einerseits freute ich mich auf das, was jetzt kommen würde und darauf, dass meine Mum im Foyer stand und auf mich wartete, doch ich hatte auch ein unwohles Gefühl im Bauch. Denn ich war meiner Vergangenheit näher, als ich ihr das ganze Jahr über war. Hoffentlich hatte Mum keine Überraschung geplant und Dave, Jason und vielleicht sogar Mason mit zum Flughafen gebracht. Ich versuchte, den Gedanken zu verdrängen und hoffte auf das Beste.

Das Glück stand auf meiner Seite. Als ich voll bepackt aus dem Sicherheitsbereich trat, entdeckte ich Mum, wie sie in der Nähe des Eingangs stand und sich suchend umsah. Als sie mich entdeckte, kam sie auf mich zu gelaufen und schloss mich strahlend in die Arme.

Nachdem wir uns ausführlich begrüßt hatten, gingen wir zum Auto und machten uns auf den Heimweg. Oder besser gesagt auf den Weg zu Mum nach Hause. Ich musste noch ein paar Sachen aus meinem alten Zimmer holen, bevor wir morgen gemeinsam zur Uni fahren und ich mein Zimmer beziehen würde.

Während der Fahrt unterhielten wir uns durchgängig, schließlich hatten wir uns lange nicht mehr gesehen. Dabei erfuhr ich, dass es das Leben heute besonders gut mit mir meinte, denn Jason war schon vor einer Woche zur Uni gefahren und hatte seine neue Bleibe bezogen. Seine Wahl war auf eine Schule einige

Stunden außerhalb von LA, und auch ein ganzes Stück von meiner Lehrstädte entfernt, gefallen. Ihm würde ich in den nächsten 24 Stunden also schon mal nicht über den Weg laufen. Sonst wusste auch niemand, dass ich in der Stadt war, was die Chance auf eine Begegnung verringerte.

Kurze Zeit später fuhren wir die Einfahrt hinauf. Da waren sie wieder. Die Erinnerungen. An schlechte, aber auch an gute Zeiten. Konnten die mich nicht einfach in Ruhe lassen?! Ich würde nur für einen Tag hier sein und dann wieder verschwinden.

Schließlich schaffte ich es, meine Gedanken zur Seite zu schieben und stieg aus dem Wagen. Ich ließ die beiden großen Koffer direkt im Auto, denn die würde ich so mitnehmen. Lediglich mein Handgepäck nahm ich mit rein.

Schon im Flur roch ich den leckeren Geruch von frisch gekochtem Essen. Erst da merkte ich, wie hungrig ich war.

»Hmmm. Das riecht ja gut«, schwärmte ich deshalb.

»Na dann kommt direkt in die Küche, damit wir essen können«, begrüßte Dave mich, der plötzlich im Türrahmen auftauchte. »Schön, dich zu sehen.«

»Hey, Dave«, grüßte ich schlicht zurück und umarmte ihn kurz. »Ich bringe nur schnell meine Tasche hoch, dann können wir essen.«

Oben angekommen, ging ich direkt in mein Zimmer, blieb aber erst mal stehen und sah mich um. Es sah alles noch genauso aus, wie ich es zurückgelassen hatte. Abgesehen davon, dass die CD und mein altes Handy nicht mehr auf dem Bett lagen. Vielleicht hatten die Jungs endlich eingesehen, dass ich nichts mehr mit ihnen zu tun haben wollte, seit ich die Wahrheit kannte, und aufgegeben zu versuchen, mit mir Kontakt aufzunehmen. Keine

Ahnung. Da ich aber auch keine Lust hatte, weiter darüber nachzudenken, ging ich schnell ins Bad, machte mich frisch und flitzte dann zurück nach unten, wo Mum und Dave schon am gedeckten Tisch saßen und sich unterhielten.

Das Essen war köstlich, doch so langsam wurde ich müde, da sich die 17 Stunden Zeitverschiebung bemerkbar machten. Also verabschiedete ich mich nach dem Essen und ging schlafen.

Am nächsten Morgen packte ich meine restlichen Sachen zusammen und aß mit meiner Mum zu Mittag. Danach traten wir die vierstündige Autofahrt an. Wir unterhielten uns über alles Mögliche, brachten uns gegenseitig auf den neusten Stand der Dinge und sangen zur Musik, die im Radio lief. Es war schön, Zeit mit meiner Mum zu verbringen und diesen Schritt in einen neuen Lebensabschnitt nicht allein gehen zu müssen.

Am Ziel angekommen, hieß es erst mal auf zum Sekretariat, anmelden und Schlüssel abholen. Die Dame hinter dem Tresen war sehr freundlich und ich fühlte mich direkt willkommen. Sie händigte mir einen Stapel mit Unterlagen zu meinen Kursen und sonstigen Formalitäten aus und beschrieb mir den Weg zu meinem Zimmer im Studentenwohnheim. »Sie teilen sich das Zimmer mit Ava. Sie ist ebenfalls neu hier und erst vor ein paar Tagen angekommen. Ihre Kursbelegung ähnelt sich, weshalb wir dachten, dass sie sich ganz gut verstehen könnten.«

»Das klingt super. Vielen Dank«, bedankte ich mich.

Dann hieß es Kisten und Koffer schleppen. Denn es gab keine Parkmöglichkeiten direkt am Wohnheim. Zu zweit ging es aber doch recht zügig und bald hatten wir die erste Ladung vor der Tür stehen. Ich schloss sie gespannt auf und trat ein. Im selben Moment drehte sich die Person, die mit dem Rücken zu uns an ihrem Schreibtisch vorm Fenster saß, um, stand auf und kam auf mich zu. »Hey, du musst Skyla sein. Ich bin Ava. Schön, dich kennenzulernen.«

»Hey, Ava. Das kann ich nur zurückgeben.«

Ich stellte meine Taschen auf das freie Bett auf der rechten Seite und machte Anstalten, die nächsten Sachen holen zu gehen.

»Kann ich helfen? Zusammen geht das doch viel schneller!«

Ich schaute Eva überrascht an. »Gerne. Das wäre wirklich nett von dir.«

Ich mochte sie schon jetzt. Sie schien, aufgeschlossen und sympathisch zu sein.

Gemeinsam waren wir schnell fertig und hatten alle meine Sachen verstaut. Meine Hälfte des Zimmers war identisch zu der von Ava und bestand aus einem Twin XL Bett, samt Nachttisch und Lampe, einem Schreibtisch mit Schubladen, und einem Schrank. Glücklicherweise hatten wir ein kleines Bad im Zimmer und mussten nicht in die Gemeinschaftsdusche. Eine Küche befand sich auf dem Gang und war für alle Studenten zugänglich. Damit war ich sehr zufrieden. Es machte eh viel mehr Spaß, zusammen zu kochen.

Als der Abend hereinbrach, verabschiedete Mum sich und fuhr heim. Ich verbrachte den Abend mit meiner Zimmergenossin und unterhielt mich viel mit ihr. Das war sehr nett und ich hatte direkt das Gefühl, dass wir gute Freundinnen werden konnten. Das freut mich gleich doppelt, denn endlich lief in meinem Leben mal von Anfang an was rund. Hoffentlich blieb das auch so.

Die nächsten Tage verbrachten wir damit, die Umgebung zu erkunden und uns auf dem Campus umzuschauen. Wir checkten unsere zukünftigen Kursräume aus, besuchten die Bibliothek und die Mensa, saßen im Park ...

Eine Woche später begannen dann die Einführungsveranstaltungen, bei denen wir über das Leben auf dem Campus, die geltenden Regeln und den Studienalltag informiert wurden und unsere Kommilitonen kennen lernten. Anschließend fingen die Vorbereitungskurse an, damit wir alle auf dem gleichen Stand waren. Diese waren freiwillig, doch ich besuchte alle, da ich der Meinung war, dass es nie schaden konnte und ich eh Zeit hatte. In demselben Zeitraum informierte ich mich ebenfalls über das Sport- und Freizeitangebot sowie die Möglichkeiten, auf dem Campus zu arbeiten. Zu beiden Themen fand ich sehr zufriedenstellende Antworten. Ich bekam einen Minijob in der Bücherei und beschloss, mich beim Fitness-Kickboxen einzuschreiben, das ein Programm aus Arbeit am Boxsack und einem Workout am Boden versprach, und somit gut zu meinen Interessen passte. Außerdem wollte ich mich wieder bei den Cheerleadern bewerben. Als es dann am Mittwoch zwei Wochen später so weit war, wurde ich ins Team aufgenommen. Außerdem plante ich, mich alle zwei Wochen mit einer Buch-/ Autorengruppe zu treffen, die entweder über gelesene Bücher diskutierte oder über eigene Werke sprach.

Hoffentlich war das auf Dauer so umsetzbar und nicht zu viel des Guten. Denn es bereitete mir alles sehr viel Freude. Dass Ava mit im Buchclub war und Miley – eine andere Kommilitonin, mit der ich mich angefreundet hatte – mit beim Kickboxen, machte das Ganze noch besser.

Dazu kamen dann auch die ersten Collegepartys, so wie man sie aus Filmen kannte, und gemütliche Abende im Park. Kurz: Ich hatte mich sehr gut eingelebt und hatte das Gefühl, wirklich angekommen zu sein und mich wohlzufühlen. Auch die Kurse liefen gut und ich war rundum zufrieden.

Einen Abend war ich mit einer Gruppe Studenten außerhalb des Campus Bowlen gewesen. Wir hatten viel Spaß, doch als sie anschließend beschlossen, noch in einen Club zu gehen, verabschiedete ich mich. Ich hatte zwar einen gefälschten Ausweis, doch ich fühlte mich immer noch nicht ganz wohl dabei. Außerdem war morgen früh Uni und ich wollte noch etwas Unterrichtsstoff vorbereiten.

Gerade als ich in den Bus einsteigen wollte, der mich zurück zum Wohnheim bringen sollte, hörte ich hinter mir eine tiefe Stimme. Jemand rief nach mir. Es war nur ein einziges Wort, das aus dem Mund der Person hinter mir gekommen ist, doch ich erstarrte in meiner Bewegung. Diese drei Buchstaben ließen eine Welle der Erinnerungen auf mich einstürzen. Nur ein Wort, drei Buchstaben und doch so eine große Bedeutung. Der Ausruf des Mannes war: »Sky!«

Ich wusste sofort, wer da hinter mir stand. Zum einen hatte mich seit über einem Jahr niemand bei meinen Spitznamen genannt, und zum anderen könnte ich diese Stimme überhaupt nicht vergessen.

»Mason«, erwiderte ich eisig und drehte mich leicht verkrampft um. Er hatte sich kaum verändert, sah immer noch so aus wie vor 12 Monaten. »Was treibt dich hierher?«, wollte ich wissen, obwohl ich mir die Antwort bereits denken konnte.

Ich stand immer noch mit einem Bein in der Tür zum Bus, worauf mich der Busfahrer mit einem Räuspern noch mal hinwies. Ich musste mich entscheiden: Bleiben? Oder einsteigen und wegfahren? Ich war dabei, mich für Letzteres zu entscheiden, was scheinbar auch Mason nicht entging, denn er beeilte sich zu antworten: »Wegen dir, Sky. Bitte lass uns reden. Es war nicht so, wie du denkst!«

Ich wusste nicht, was mich ritt, doch ich nahm den Fuß von der Stufe und drehte mich komplett zu ihm. Vielleicht wollte ich hören, wie er versuchte sich rauszureden, um mich später darüber lächerlich zu machen oder wenigstens sagen zu können, dass ich alles versucht hatte. Vielleicht hoffte ein kleiner Teil von mir, dass es wirklich anders war, als ich dachte und es eine logische Erklärung für alles gab. Aber ich wusste, die gab es nicht. Ich hatte das Video schließlich mit eigenen Augen gesehen. Also sollte dieser Teil in mir verdammt noch mal die Klappe halten!

»Ach ja? Warum sollte ich dir zuhören? Ich finde nicht, dass wir noch was zu besprechen haben«, stellte ich selbstbewusst und leicht wütend fest. Was fiel ihm eigentlich ein, nach über einem Jahr plötzlich vor mir zu stehen und ›reden‹ zu wollen?

»Ich verstehe, dass du wütend bist, Sky. Aber lass es mich erklären, bitte. Das Video zeigt nicht die ganze Wahrheit.« Ich war nicht nur wütend. Ich war auch enttäuscht. Enttäuscht darüber, dass ich ihm vertraut und er mir als Dank so etwas angetan hatte.

»Ach ja? Und warum sollte ich dir das glauben?«

»Vertrau mir einfach.«

»Vertrauen muss man sich verdienen. Und das hast du dir definitiv nicht. Woher soll ich nicht wissen, ob ihr gerade vielleicht einen neuen Plan aushecht, um mich fertig zu machen, hmm? Du und Jake. Seid ihr nun beste Freunde?!« Okay, das letzte war vielleicht etwas übertrieben. Aber trotzdem! Es ging ums Prinzip. Und wenn ich nicht an meiner Wut festhielt, würden mir wahrscheinlich augenblicklich die Tränen kommen; und diese Blöße würde ich mir definitiv nicht geben.

»Stimmt. Wir ... Ich habe ganz schön Mist gebaut. Und du hast Recht. Du hast keinen Grund, mir zu glauben und erst recht keinen, mir zu vertrauen. Trotzdem bitte ich dich darum. Gib mir eine Chance, mich zu erklären. Nur eine einzige. Bitte!«

»Nein, danke. Kein Interesse.« Damit wollte ich mich umdrehen und das Gespräch beenden, doch so leicht ließ Mason sich nicht abwimmeln.

»Bitte, Sky. Hör mich an. Wenn du dann immer noch der Meinung bist, ich soll aus deinem Leben verschwinden ...« Er musste schlucken. »... dann werde ich das tun und du musst mich nie wiedersehen.«

Mason war schon immer stur gewesen. Genauso wie ich. Wenn er sich einmal was in den Kopf gesetzt hatte, dann blieb er dabei. Ich überlegte einen Moment. Dann siegte die Neugier. Ich wollte wissen, was er zu sagen hatte. Warum er mich an meinem College aufsuchte, um mit mir zu reden. Wahrscheinlich war es eine dumme Idee, aber so sagte ich kurz angebunden: »Schön.«

Er wirkte erleichtert und wollte zum Reden ansetzen, doch ich war noch nicht fertig: »Eine Chance. Morgen um 12 Uhr auf dem Südhof bei den Bänken.«

Damit war die Konversation beendet.

Ich musste nicht erwähnen, dass ich die Nacht kaum geschlafen hatte, oder? Und auch in meiner Vorlesung war ich nur halb bei der Sache. Zu viele Dinge schwirrten mir im Kopf herum. Ich begann, meine Entscheidung zu bereuen, denn genau das wollte ich vermeiden. Ich wollte meine Vergangenheit nicht in mein gut laufendes, neues Leben bringen. Aber das konnte ich nun auch nicht mehr ändern. Die Blöße, einen Rückzieher zu machen, würde ich mir definitiv nicht geben!

Also machte ich mich nach dem Unterricht auf den Weg zum vereinbarten Treffpunkt. Aber nicht, ohne vorher Ava Bescheid gegeben zu haben, dass, wenn ich in zwei Stunden nicht bei ihr auf dem Zimmer war, sie nach mir suchen, beziehungsweise Alarm schlagen sollte. Hoffentlich kam es nicht so weit.

Schon von weitem sah ich Mason mit dem Rücken zu mir auf einer Bank sitzen. Ich ging rüber und setzte mich wortlos mit etwas Abstand neben ihn. Er blickte auf.

»Danke, dass du gekommen bist. Wie geht es dir?« Wow, wollte er jetzt ernsthaft mit mir Smalltalk treiben, oder was?

»Mir geht's gut. Danke der Nachfrage«, antwortete ich höflich, aber mit dem Unterton, dass ich auf solch leeres Geschwätz keinen Bock hatte.

»Wie war es in Australien?«, fragte er weiter. Ich war mir sicher, dass Jason etwas von Mum und Dave gehört und weitergegeben hatte, aber gut.

»Australien war sehr schön. Ich hatte eine tolle Gastfamilie und habe viel erlebt.«

»Das freut mich.«

»Aber deswegen sind wir nicht hier«, merkte ich an.

»Stimmt. Da hast du Recht. Aber es ist trotzdem wichtig für mich zu hören, dass es dir im letzten Jahr gut ging.« *Nicht so wie mit euch, hmm?*, konnte ich mir gerade noch verkneifen. Stattdessen sah ich Mason abwartend an.

»Okay … Wo soll ich anfangen«, überlegte Mason laut. Vielleicht am Anfang?

»Also. Das Video, was Jake dir zukommen lassen hat … Das zeigt nicht alles, was passiert ist. Es verdreht die Wahrheit.«

»Ach ja? Das Video sah für meinen Geschmack ziemlich echt aus. Es ist ja auch nicht so, dass ich dabei war.« Außerdem mochte man ein Video vielleicht zuschneiden können, aber das was man sah, war so passiert. Das war Fakt.

»Denk doch mal nach Sky.«

»Ich heiße Skyla«, warf ich genervt ein, was Mason aber einfach überging.

»Jake wollte dir bisher mit allem, was er getan hat, schaden. Und er hat es geschafft. Nicht nur hat er uns auseinandergebracht. Er hat dich auch verletzt. Körperlich und seelisch. Und das nicht zum ersten Mal. Also höre mir bitte einfach zu. Danach kannst du selbst entscheiden, wem du glaubst. Okay?«

Seine Aussage stimmte mich nachdenklich. Ich nickte nur stumm und forderte ihn zum Fortfahren auf.

»Danke. Also. Als du plötzlich verschwunden warst, haben wir sofort ganz LA und San Francisco nach dir abgesucht. Leider haben wir uns dann von ›deiner‹ SMS und dem Foto von deiner Mum und dir täuschen lassen und gedacht, dass alles in Ordnung wäre. Na ja, kurz darauf stand dann ein Bote bei uns vor der Tür, der uns erzählte, dass unser Anführer uns erwarte und eine Belohnung für uns habe. Jase und ich waren skeptisch, aber die anderen waren begeistert und ablehnen hätten wir sowieso nicht gekonnt. Also sind wir hin …«, erzählte Mason mir die Geschehnisse aus seiner Sicht. »… Als ich dich dann erkannt habe, haben wir alle sofort gestoppt und dich umgehend ins Krankenhaus gebracht, während Jake nur höhnisch grinsend da stand … Ab da kennst du die Geschichte wieder.«

Okay … Auch wenn es mir gegen den Strich ging, musste ich zugeben, dass das nach einer plausiblen Möglichkeit klang. Doch ich war hin und hergerissen. Denn Bilder sagten bekanntlich mehr als tausend Worte.

Mason nutzte mein Schweigen und redete weiter.

MASON

Sky schien angestrengt über meine Worte nachzudenken. Also fuhr ich fort, um ihr zu beweisen, dass mich das alles nicht kalt gelassen hatte.

Rückblende – Vor 13 Monaten

Als die Jungs und ich bei der Rückkehr von unserem Trip feststellten, dass Sky noch immer nicht zurück war, wurden wir augenblicklich unruhig. Ich ging in ihr Zimmer, um nach Hinweisen zu ihrem Aufenthaltsort zu suchen und wurde schnell fündig. Ihr Handy lag auf ihrem Bett, daneben eine DVD. Jake? Ich warf die DVD in meinen Laptop und stellte schnell fest, dass Skys Abwesenheit diesmal nicht Jake geschuldet war. Wobei ... Irgendwie doch. Denn dieses Video, das uns als alleinigen Sündenbock darstellte, kam mit Sicherheit von ihm! Egal. Viel wichtiger war, herauszufinden, wo Sky war, und die ganze Sache aufzuklären. Anrufen konnte ich sie schlecht, da sie ja ihr Handy hiergelassen hatte, und über Social Media war sie auch nicht zu erreichen, weshalb ich beschloss ihre Freundinnen abzuklappern. Ich begann mit Rachel, da Sky ihr am ehesten von den Vorfällen erzählt hatte, wo sie dem Gangkram selbst nicht ganz fremd war.

Ich hatte Recht. Als Rachel mir dir Tür öffnete, blickte sie mir grimmig entgegen.

»Hey, Rachel. Weißt du, wo Sky ist? Ich muss mit ihr reden.«

»Ich glaube nicht, dass das noch nötig ist. Außerdem hat sie das Land verlassen. Also lass sie einfach in Ruhe, du Idiot!«

Bevor ich etwas erwidern konnte, kam Ryan aus einem benachbarten Raum in den Flur getreten. »Tja, McAdams. Wie ich sehe, war es gar nicht nötig, dass ich euch Sky wegnehme, um euch zu schaden. Das habt ihr selbst schon hervorragend hinbekommen. Wahrscheinlich sogar besser, als ich es je gekonnt hätte.«

Am liebsten hätte ich ihm eine reingehauen. Aber verdammt! Er hatte ja Recht!

Nach langem Überlegen und etlichen unbeantworteten Nachrichten an Sky, war ich kurz davor, ein Flugticket zu kaufen und sie in Sydney zu besuchen, beschloss aber, es nicht zu tun und erst mal mein eigenes Leben auf die Reihe zu bekommen. Sky hatte schließlich nicht umsonst so viel Distanz zwischen uns geschaffen und laut Jason, beziehungsweise laut Isobel, schien Sky glücklich zu sein. Das wollte ich ihr nicht zerstören.

Dafür hatten Jase und ich einen anderen Plan, der auch einiges an Kraft kosten würde. Wir wollten diesen ganzen Gangkram nicht mehr. Nicht, wenn er so viele Opfer forderte und dabei nicht nur uns, sondern auch unserem Umfeld schadete. Wir hatten das schon viel zu lange zugelassen und das mit Sky war wie ein Weckruf gewesen. Außerdem war damit meine einzige Chance verbunden, sie zurückzubekommen. Warum sollte sie mir schließlich vertrauen oder sich bei mir geborgen fühlen, wenn ich immer noch mit diesem Miststück von Jake zusammenarbeitete. Doch leider war ein Ausstieg aus einem Drogenring nicht gerade einfach. Nein, er endete manchmal sogar tödlich. Deswegen hatten sich Colton, Aiden und Jayden auch dagegen entschieden. Jason und ich konnten nur hoffen, dass Jake mit seiner Aktion genug bekommen hatte und uns nicht gleich eine Kugel in den Kopf jagte. Denn Spitzel oder jemanden der redete, konnte kein Drogenring gebrauchen. Doch unsere Entscheidung war diesmal endgültig. Wir würden kein Nein akzeptieren!

So fanden wir uns zwei Wochen später einem Tribunal in einer verlassenen Kiesgrube gegenüber. Zehn endlos lange Minuten wurden wir ›gesteinigt‹. Dabei galt die Vereinbarung: Sollten wir überleben, waren wir raus. Sollten wir plaudern, waren wir tot.

Offensichtlich hatten wir überlebt. Wir hatten einige kleinere und größere Verletzungen davongetragen, die eine Weile gebraucht hatten, um zu heilen. Aber letztendlich hatten wir es geschafft. Wir waren raus aus dem Drogenscheiß. Damit hatte ich mir wahrscheinlich einige Türen im Leben geöffnet, die sonst verschlossen geblieben wären und ich hatte die Chance, eventuell Sky zurückzubekommen. Das hoffte ich zumindest. Ich hatte viel falsch gemacht, aber ich hatte ebenso mein Bestes gegeben, um es wieder gut zu machen.

Rückblende Ende

Jetzt stand ich hier. Ich hatte Sky alles erzählt und hoffte, dass sie mir eine zweite Chance gewährte.

Sie sah mich lange, nachdenklich an. »Mason ... Ich weiß nicht ... Das ist gerade alles ein bisschen viel ... So viele neue Informationen ... Ich denke, ich brauche ein bisschen Zeit, um alles richtig zu verarbeiten und mir ein Urteil beziehungsweise eine Entscheidung zu bilden. Okay?«

Das war zwar nicht die Antwort, die ich mir gewünscht hatte. Doch es war besser als nichts. Sie hatte nicht Nein gesagt. Mehr konnte ich mir momentan wahrscheinlich eh nicht erhoffen. Es wäre auch dezent dumm zu denken, dass sie mir augenblicklich freudestrahlend in die Arme fallen würde.

»Natürlich, Sky. Äh, Skyla. Nimm dir so viel Zeit, wie du brauchst. Melde dich bei mir, sobald du dich entschieden hast.«

Damit stand ich auf und ließ ihr den Freiraum, den sie sich wünschte.

Eine quälend lange Woche wartete ich, bis ich eine SMS von einer unbekannten Nummer erhielt. Sky war zu einem Entschluss gekommen, den sie mir persönlich mitteilen wollte. Sie schrieb mir, dass sie am kommenden Wochenende ihre Mum besuchen würde und sich anschließend mit mir in unserem ehemaligen Stammcafé treffen wollte.

Ich fasste es als gutes Zeichen auf, dass sie mich sprechen wollte. Persönlich. In LA. Und so war es auch. Sie erzählte mir, dass sie lange nachgedacht hatte und zu dem Schluss gekommen war, dass ich mit meiner Schilderung der Ereignisse und meiner Argumentation Recht haben musste. Sie gab sogar zu, dass ihr die Scheinwahrheit in dem Video in Kombination mit unserem hilfsbereiten, fürsorglichen Verhalten danach hätte komisch vorkommen müssen. Sie verzieh mir und war bereit, es noch mal zu versuchen, sagte aber auch, dass es Zeit brauchen würde und sie nicht sicher war, ob es je wieder so werden konnte wie vorher. Vielleicht würden wir über eine normale Freundschaft nicht hinauskommen, sollten wir es überhaupt so weit schaffen. Doch das war mir egal. Wir konnten uns alle Zeit der Welt lassen, ich hatte es nicht eilig. Vorerst reichte es mir, zu wissen, dass Sky wieder bei mir war und bereit war, uns noch eine Chance zu geben. Alles andere würde sich ergeben.

Genau so kam es auch. Wir begannen damit, uns wieder regelmäßig zu treffen – zuerst nur an den Wochenenden – und kleinere Dinge, wie Kino, Spaziergänge oder Starbucksbesuche, zu unternehmen. Wir kamen uns langsam wieder näher und bauten unsere Beziehung wieder auf. Erst war alles auf einer recht freundschaftlichen Basis, doch nach und nach kamen wieder intensivere Gefühle ins Spiel.

SKY

Es hatte mich einiges an Überwindung gekostet, doch mein Herz war der Meinung, dass es die richtige Entscheidung gewesen war, Mason – oder eher uns – noch eine Chance zu geben. Davon musste ich jetzt nur noch meinen Kopf überzeugen.

Glücklicherweise kam Mason meinem Wunsch nach und ließ es langsam angehen. Er ließ mir den Freiraum, selbst zu entscheiden, wann ich wie weit gehen wollte. So schafften wir es wieder zueinander zu finden. Ich glaubte, mein Herz wusste es schon die ganze Zeit, denn es hatte von Anfang an heimlich zu hüpfen begonnen, wenn ich mich mit Mason traf.

Neben unserer Wiedervereinigung traf ich nach einiger Zeit auch Jason wieder. Dieser war mittlerweile offiziell mit Emily zusammen, was mich sehr freute. Wir unterhielten uns lange und versöhnten uns schließlich. Ebenso lief es mit Colton, Aiden und Jayden, die gemeinsam auf ein Community College in Los Angeles gingen. Letztere sah ich zwar nicht mehr allzu häufig, trotzdem war es gut, mit ihnen gesprochen zu haben. Mit Jason und Emily trafen Mase und ich uns doch hin und wieder. Aufgrund der Entfernung entschieden wir uns für Wochenendtrips, die immer sehr schön waren. Wir hatten viel Spaß und lachten oft. Emily war ziemlich nett und ich merkte, wie gut sie Jase tat. Hach … Liebe konnte Welten bewegen, und Menschen zum Besseren verändern. Wie schön!

Weil die Liebe so etwas Großartiges war und die Beziehung zwischen Mason und mir – zu meiner Überraschung und trotz kleinerer Rückschläge – aus unserer Vergangenheit gestärkt hervorging, beschlossen wir, den nächsten Schritt zu wagen. Mason hatte einen Antrag gestellt und würde zum nächsten Semester an meine Universität wechseln, wo wir dann gemeinsam in eine kleine Studentenwohnung ziehen würden. Zwar hatte ich zunächst ein schlechtes Gewissen Ava gegenüber, da ich sie nach nur einem Jahr allein lassen würde – vor allem da wir echt gute Freundinnen geworden waren –, doch sie bestärkte mich in meinem Entschluss. Eine wahre Freundin halt.

Einen Monat später war es dann so weit. Die Semesterferien neigten sich dem Ende zu und Mase und ich waren gerade dabei, die letzte Umzugskiste in unserem kleinen, gemeinsamen Heim zu verstauen. Als wir kurz darauf fertig waren und uns zufrieden umgeschaut hatten, ließen wir uns glücklich und geschafft auf das Bett fallen.

Nach einigen Minuten, die wir schweigend nebeneinander gelegen und unsere Zweisamkeit genossen hatten, rollte Mase sich geschickt über mich, die Hände neben meinem Kopf abgestützt, und sah mir tief in die Augen. »Ich liebe dich, Sky!«

»Ich liebe dich auch, Mase!«

Damit überwand ich die letzten Zentimeter, die unsere Lippen voneinander trennten, und wir versanken in einen tiefen Kuss, der so intensiv war wie noch keiner zuvor.

Milton Keynes UK
Ingram Content Group UK Ltd.
UKHW040647061023
430068UK00004B/193

9 783757 803230